DROIT DANS LES YEUX

Du même auteur

Je tue, Flammarion, 2004 ; J'ai Lu, 2005.

Giorgio FALETTI

DROIT DANS LES YEUX

Traduit de l'italien
par Alexandre Boldrini

Flammarion

Titre original : *Niente di vero tranne gli occhi*
Éditeur original : Baldini Castoldi Dalai

ISBN : 2-08-068882-8

À Roberta, l'unique

Complainte de la femme qui voulait naviguer

... Maintenant, seulement maintenant,
que mon regard épouse la mer
je déchire ce lourd silence
qui m'interdit toute chimère
des forêts de mâts dressés et mille et mille nœuds marins
les traces des serpents froids et indolents
qui rampent et rampent sans fin
les rayons de la lune sur la paume deviennent
autant de mirages rêvés à perdre haleine
et ce cœur enfin, étrange cœur
qui déjà les récifs brave sans peur...

... Maintenant, seulement maintenant,
que mon regard embrasse les flots vivants,
je comprends ceux qui les sirènes ont cherché,
ceux qui leur douce mélodie ont aimé,
lumineuse dans la tête comme le jour
de la fête les dattes avec du miel
et puissante comme le vent qui se fait tourment,
déchirant le cœur des voiles et des hommes vaillants
il n'existe point de gloire ou désir ardent
que l'on puisse boire ou dévorer,
ni aucune roue de moulin à vent,
qui cette pierre dans mon cœur puisse broyer...

Connor Slave,
Extrait de l'album *Les Mensonges des ténèbres*.

Prologue

Les ténèbres et l'attente ont la même couleur.

La femme installée dans l'obscurité comme dans un fauteuil a suffisamment goûté aux deux pour en avoir peur. Elle n'a que trop bien appris – à ses dépens – que la vue peut devenir un sens aussi bien mental que physique.

Soudain, les phares d'une voiture de passage dessinent un carré de lumière qui promène brièvement sa curiosité furtive sur les parois. Puis, fuyant la captivité de la pièce, il s'en retourne dehors, à la poursuite de la voiture qui s'éloigne.

Au-delà des rideaux, au-delà des vitres et des murs, dans l'obscurité jaunie par mille lumières et mille néons, il y a toujours l'incompréhensible folie que l'on nomme New York, cette ville que tous prétendent haïr tout en continuant néanmoins à l'arpenter, dans le but inavoué de comprendre combien ils l'aiment – et avec l'angoisse de découvrir qu'ils ne sont pas aimés en retour. Réduits à n'être que de simples humains identiques à ceux qui peuplent le reste du monde, ils renoncent à ouvrir les yeux, à écouter, à élever leurs voix contre le vacarme qui les domine.

Sur la table basse à côté de la femme, il y a un Beretta 92 SBM, pistolet dont la crosse étroite est prévue pour s'adapter aux mains féminines. Avant de poser l'arme sur la surface en verre, la femme a fait monter une balle dans le canon, d'un geste décidé. Le bruit de l'obturateur, identique au son d'un os qui se brise, a rebondi dans le silence de la pièce. Habitués à l'obscurité, les yeux de la femme lui donnent une idée assez précise du lieu où elle se trouve.

Son regard est rivé sur le mur droit devant, où elle devine le contour sombre d'une porte. Jadis, à l'école, elle a appris que si l'on concentre le regard sur une surface colorée et qu'ensuite on s'en détourne, il s'imprime dans la pupille une tache lumineuse de couleur parfaitement complémentaire à celle que l'on vient d'observer.

La femme sent son sourire amer fleurir dans les ténèbres.

Deux couleurs sont dites complémentaires lorsque leur mélange selon des proportions déterminées donne le gris absolu. Mais les ténèbres n'ont pas de complément : l'obscurité n'enfante que plus d'obscurité. En cet instant, ce n'est pas un problème : quand celui qu'elle attend arrivera, la lumière inondera la pièce. Ce qui ne sera pas non plus un problème, ni une solution.

Au terme d'un itinéraire qui semblait infini, parcouru pour donner la mort ou pour y échapper, après un long voyage à travers un tunnel où seules des lueurs dérisoires balisaient le chemin, deux personnes sont sur le point de rejoindre le soleil. Elles partagent cette connaissance qui réunit la vue, la parole et l'ouïe : la vérité.

L'une est cette femme qui a longtemps été trop effrayée pour prendre conscience de cette vérité.

L'autre, inévitablement, est l'homme qu'elle attend.

Lui, l'assassin.

Première Partie

New York

1

Jerry Kho se laissa glisser jusqu'au sol. À genoux sur l'énorme toile blanche fixée au plancher, il se concentra comme un artiste de cirque juste avant son numéro. Il plongea les mains dans le gros bidon de peinture rouge qu'il tenait entre ses jambes puis leva les bras au plafond, laissant la couleur dégouliner lentement. Tel un rituel païen destiné à draper l'humanité de couleurs sacrées, son geste semblait invoquer une entité supérieure. D'un mouvement fluide qui se voulait empreint de mysticisme, il étala la couleur sur son corps entièrement nu, n'épargnant que les zones autour du sexe, de la bouche et des yeux. Il abandonna ainsi peu à peu son corps d'homme pour adopter une identité rouge sang : celle d'une immense plaie béante, palpitante, douloureuse, sécrétant un poison auquel on ne pouvait survivre qu'en abdiquant purement et simplement sa nature humaine.

Il regarda la femme debout face à lui. Elle aussi était nue, le corps recouvert d'un bleu de Chine intense.

Jerry unit ses mains à celles de la femme. Leurs paumes se collèrent dans un bruit étouffé de succion, liquide contre liquide, et les couleurs commencèrent à se fondre et à se contaminer. Lentement, il la fit s'agenouiller devant lui. Il ne se rappelait pas le nom de cette femme, créature indéfinissable tant par son âge que par son aspect physique. En temps normal, Jerry l'aurait jugée presque repoussante, mais elle était parfaite pour l'œuvre qu'il souhaitait composer. L'esprit embrumé par les drogues avalées ce soir-là, il trouvait même que le dégoût constituait une composante essentielle de son projet. Pendant qu'il regardait les seins flétris et avachis que même le voile de couleur échouait à embellir, son pénis commença à frémir. Pas à cause de la nudité de la femme, mais plutôt de l'excitation sexuelle qui accompagnait toujours la réalisation de ses œuvres. Il s'allongea. Son esprit se concentra sur la trace de couleur laissée par son corps sur la toile. Il allait composer un tableau gigantesque, unique, divisé en plusieurs panneaux de dimensions égales.

Pour Jerry Kho, l'art résultait surtout d'un heureux accident, d'un évènement que l'artiste pouvait provoquer puis découvrir, mais jamais d'une création. L'acte créatif dépendait uniquement du hasard et du chaos. Et seules deux choses surgissaient du chaos pour y retourner tôt ou tard : le sexe et la drogue – nature et artifice.

Jerry Kho, artiste cinglé. Ou du moins était-ce ainsi qu'il aimait à s'imaginer dans son narcissisme absolu, alors qu'il invitait d'un geste la femme sans nom à s'approcher. Elle vint sur lui en appuyant les mains de part et d'autre de son torse, les yeux mi-clos, la respiration légèrement haletante. Jerry sentit les cheveux barbouillés de peinture lui effleurer le nombril. Il saisit la tête de la femme et la guida vers son membre, désormais en pleine érection, dont la blancheur se détachait du reste du corps. La femme écarta les lèvres et sa bouche visqueuse enveloppa entièrement le sexe de Jerry.

Le regard du peintre ne voyait plus qu'une superposition de taches d'intensités différentes, reflétées par le miroir fixé au plafond. Les mouvements verticaux de la tête s'évanouissaient dans la perspective. Jerry les sentait sans parvenir à les voir. L'acte créatif l'exaltait – avec l'aide d'une quantité de drogues non négligeable. Il écarta les bras et pressa ses paumes ouvertes sur le tissu blanc, excité par les deux nouvelles traces de couleur sur la toile. Les jeux de miroir étaient un truc vieux comme le monde, déjà utilisé à une époque où l'on baptisait complaisamment « art » le travail pathétique du pinceau qui s'essouffle sur la toile. Velázquez, Norman Rockwell et tant d'autres : protagonistes d'un passé qui sentait le moisi et la décomposition.

Pourquoi s'échiner à peindre un corps sur une toile quand le corps peut se peindre lui-même ? Et même, pourquoi gâcher un support quand la chair elle-même peut servir de toile ?

Il vit dans le miroir, et sentit sur sa peau, les mains de la femme sans nom remonter le long de ses hanches, sillons bleus sur un corps rouge.

Quelques mots susurrés lui parvinrent à travers le miroir.

— Oh, Jerry, je suis tellement...

— Chut...

Il la fit taire d'un doigt posé sur ses lèvres et se redressa pour la regarder. Son doigt lui avait laissé un trait rouge sur la bouche. Rouge sur rouge à lèvres. Sang et vanité. L'écroulement et la destruction de tous les mythes modernes, jusqu'au dernier.

Sa voix flotta tel un murmure dans la lumière diffuse du loft, que modulait une série d'écrans de télévision muets reliés les uns aux autres, semblables à un totem imposant. Programmés par ordinateur, ils diffusaient en séquence des mélanges de couleurs aléatoires et sans apparente continuité. De temps en temps seulement, le délire chromatique disparaissait dans un fondu qui réduisait l'image à des fragments dispersés puis recomposés en clichés reconnaissables. Défilait alors une chronique photographique des épisodes les plus meurtriers de l'histoire humaine : le champignon atomique sur Hiroshima, les horreurs de l'Holocauste, les eaux d'un fleuve charriant les cadavres du génocide rwandais. Des images pornographiques illustrant les pratiques les plus extrêmes venaient s'intercaler entre chaque scène.

— Maintenant, silence. Je ne peux pas parler. Je ne *dois pas* parler.

Jerry s'allongea de nouveau et obligea la femme à s'étendre près de lui. Il lui indiqua leurs reflets dans le miroir au plafond.

— À présent, je dois réfléchir. Je dois *voir*...

Jerry Kho sentit que l'émotion et l'excitation de la femme l'enveloppaient comme une aura. Dans un seul mouvement brusque, il se retourna, lui écarta les cuisses et la pénétra. Dans son emportement, il renversa le bidon de peinture rouge posé à côté d'eux. La couleur s'étala sur la toile pour y dessiner une bouche grande ouverte de stupeur.

La femme allongée voyait la tache s'élargir comme si c'était son propre sang qui s'écoulait de son corps. Elle comprit alors qu'elle participait pleinement à la vocation quasi liturgique de cette union. En proie au désir, elle poussait des gémissements de plus en plus lourds au rythme des coups de reins de Jerry. Leurs corps étaient enlacés dans un ballet frénétique qui se peignait sur la toile tel un graffiti, en quête effrénée d'une satisfaction que, pourtant, ils se refusaient.

La femme anonyme l'ignorait, mais Jerry méprisait ce genre de soubresauts pathétiques. Quelqu'un avait comparé le sexe au battement d'ailes d'un papillon sur la soie. Mais Jerry était convaincu de son inutilité, comme il était convaincu que chaque artiste portait en lui les germes de son propre anéantissement. L'art était bénédiction et Némésis.

Et tous les artistes, des ratés.

Peu importait le nombre de femmes qu'il avait baisées sur des toiles démesurées, peu importaient les mille pinceaux promenés sur mille canevas, peu importait la quantité de couleurs mélangées puis étalées : la plupart des peintres s'essoufflaient à la poursuite d'une œuvre à peine entrevue, qui apparaissait dans un éclair et s'évaporait aussitôt, remplacée par les images vulgaires que la réalité imposait au regard. On ne pouvait pas résumer l'humanité au cercle et au carré, car ces formes parfaites n'existaient pas – et l'humanité, encore moins.

Dans un long soupir plaintif, ses doigts griffant la toile, la femme atteignit l'orgasme. La drogue et le sexe avaient enflammé les sens de Jerry au-delà du point de non-retour. Il bondit sur ses pieds et se masturba jusqu'à éjaculer sur les taches colorées, comme s'il voulait inséminer son œuvre – ou lui témoigner son infini mépris.

Témoin de ce geste, la femme se sentit plus que jamais partie intégrante de l'œuvre et un second orgasme la traversa, si fort qu'elle se recroquevilla d'un coup en position fœtale.

Ayant soudain perdu toute motivation, Jerry se laissa glisser au sol et s'allongea, le visage tourné vers les baies vitrées lumineuses qui donnaient sur l'East River. Bien qu'il habitât au septième étage, la lueur de la lune reflétée sur les eaux sales parvenait jusqu'à son appartement. Seule cette lumière donnait un semblant de noblesse au fleuve. Tournant la tête vers la gauche, il vit le cercle brillant qui se découpait au centre de la vitre.

La veille, la radio avait annoncé qu'une éclipse nocturne serait visible depuis cette partie de la côte. À cet instant, Jerry aperçut une ligne d'ombre commencer à dévorer le disque lunaire.

Il se mit à trembler d'émotion.

Son esprit divagua vers cette date fatidique pour toute l'Amérique, ce 11 septembre 2001 où chaque certitude s'était brutalement muée en cauchemar. Après l'impact du premier avion, Jerry avait entendu par ses fenêtres ouvertes la clameur qui s'élevait, un mélange de hurlements et de sirènes, et le son inoubliable de la foule plongée dans une panique absolue.

Il était monté sur le toit de son immeuble situé au bout de Water Street. De là, il avait tranquillement assisté au second impact, suivi par le chef-d'œuvre de dévastation que fut l'effondrement des tours jumelles. Il avait admiré la simplicité et la perfection de cette catastrophe démesurée : une telle civilisation ne pouvait connaître de rédemption que dans sa propre annihilation. Et cela était d'autant plus vrai pour l'art, qui représentait l'avant-poste de la civilisation. Le fait que des milliers de personnes aient perdu la vie le laissait plutôt indifférent. Chaque chose avait un prix, et ces morts ne représentaient pas grand-chose comparés à ce que le monde pouvait tirer de ce rugissement poussiéreux.

C'est ce jour-là qu'il avait opté pour le pseudonyme de Jerry Kho, un jeu de mots volontairement facile avec Jéricho, la ville biblique dont les murailles infranchissables s'étaient écroulées au son des trompettes de guerre. Jerry rêvait d'abattre mur après mur – pour les accompagner dans leur chute.

Quant à son véritable nom, à son ancienne vie, il préférait tout oublier. Rien dans son passé ne méritait d'être conservé, pas même en souvenir. Son art et sa vie, il n'en avait pas contrôlé la naissance. Mais il pouvait en programmer l'extinction.

Il perçut un mouvement à ses côtés. Le corps de la femme s'approchait en traînant, ralenti par la peinture qui séchait. Une main sur son épaule, puis une voix, un souffle chaud dans son oreille :

— Jerry, c'était magni...

Jerry leva les bras et frappa dans ses mains. Le senseur électronique éteignit toutes les lumières, et ils se retrouvèrent plongés dans une pénombre que seule la lueur changeante des écrans de télévision animait.

Il repoussa la femme d'un geste ferme.

Pas maintenant, pensa-t-il.

— Pas maintenant, dit-il.

— Mais je...

La voix plaintive se décomposa en un geignement indistinct quand Jerry l'éloigna encore d'une poussée plus appuyée.

— Tais-toi, ne bouge pas, ordonna-t-il sèchement.

La femme anonyme s'immobilisa et Jerry reporta son attention sur la lune, à moitié dévorée par les ténèbres. Il se moquait de connaître l'explication scientifique et rigoureuse de l'éclipse : seule comptait sa signification profonde, le symbole qu'il voulait y voir.

Il resta ainsi, s'enfonçant peu à peu dans l'hébétude qui succédait à la drogue et à l'effort physique, jusqu'à ce que la lune devînt un disque noir cerclé de lumière, flottant dans le ciel des enfers.

Il ferma alors les yeux et, juste avant de s'endormir, il émit un dernier souhait : ne plus jamais se réveiller.

2

Dès qu'elle ouvrit les yeux, la femme fut aveuglée par la lumière qui entrait par les fenêtres. À cause du champagne absorbé la veille, elle avait la langue pâteuse et un goût atroce dans la bouche.

Elle se rendit compte qu'elle avait dormi par terre, nue. Le froid l'avait réveillée. Frigorifiée, elle se replia en boule pour trouver un peu de chaleur, recroquevillée comme après l'orgasme de la nuit précédente. Une expérience dévastatrice. Pour la première fois de sa vie, elle avait éprouvé un véritable sentiment d'appartenance, devenant à la fois protagoniste et victime d'un événement sans précédent qui laisserait en elle une empreinte indélébile. Elle garda les paupières closes quelques instants encore, revoyant les images de sa nuit. Un frisson parcourut tout son corps.

Puis, en soupirant, elle entrouvrit prudemment les yeux pour les habituer à la lumière. La première chose qu'elle vit fut les épaules en mouvement de Jerry Kho, mais elle ne comprit pas tout de suite à quoi il s'activait. La peinture qui recouvrait son corps avait séché. La clarté bleue du petit matin inondait le loft et se mêlait au rayonnement des téléviseurs. Le totem était sûrement resté allumé toute la nuit. La femme se demanda si cette œuvre était bien celle qui...

Comme s'il venait de percevoir le mouvement dans son dos, Jerry se retourna et posa sur elle des yeux aussi rouges que si la peinture avait coulé dedans.

Il la regarda mais il ne semblait pas la voir.

— Qui es-tu ?

Troublée par cette question, elle se sentit soudain honteuse. Elle s'assit, relevant les genoux contre sa poitrine pour cacher sa nudité. Sa peau la tiraillait à cause de la peinture séchée, comme si un millier d'aiguilles microscopiques la piquaient simultanément. Des rides colorées creusaient son épiderme, quelques écailles se détachèrent et tombèrent sur la toile.

— Je suis Meredith.

— Bien sûr. Meredith.

Jerry Kho acquiesça lentement, comme s'il se rappelait une évidence. Il lui tourna le dos et se remit à étaler de nouvelles couleurs sur la toile, plongeant les mains dans les pots qui l'entouraient. Meredith interpréta ces mouvements comme une volonté de l'effacer de l'appartement et de son monde.

Elle se relevait avec précaution, craignant d'avoir la peau irritée, quand la voix rauque de Jerry la fit sursauter :

— Ne t'inquiète pas, c'est de la peinture à l'eau, non toxique. Le genre qu'on donne aux enfants pour qu'ils s'amusent. Une simple douche et ça s'en va. La salle de bains est au fond à gauche.

Jerry entendit les pas qui s'éloignaient dans son dos, et peu après, le crachotement de la douche.

Lave-toi et fous le camp, Meredith-sans-nom...

Il connaissait parfaitement ce genre de femme. S'il lui avait laissé le moindre espace, elle se serait collée à lui comme un vilain tatouage – tout ce qu'il redoutait. Elle n'avait été qu'un outil pour réaliser l'œuvre qu'il traçait à présent sur le plancher. Un accessoire, et rien de plus. Une fois son rôle accompli, il ne lui restait qu'à disparaître. L'euphorie de la drogue était passée, et dans son esprit rendu confus par la descente, il se souvenait vaguement de l'avoir rencontrée à une exposition photographique, à Broadway. C'était LaFayette Johnson, le directeur de galerie qui s'occupait de Jerry, qui l'avait traîné au vernissage. La photographe avait vécu deux ou trois ans dans un coin reculé d'Afrique, pour faire un documentaire sur la vie d'une tribu primitive dans son habitat supposément naturel et non contaminé. Jerry avait remarqué la ressemblance troublante des ornements, amulettes et fétiches africains avec leurs équivalents amérindiens. Deux continents éloignés, et les mêmes matériaux imposés par la nécessité.

Peaux de bêtes, ossements, pierres colorées. Essence et vanité, encore et toujours.

Seule différence, les vêtements africains ne portaient pas de franges – inutile de fabriquer des habits drainant l'eau de pluie quand il ne pleut presque jamais.

Jerry s'était longuement promené parmi les voix, les visages et les vêtements, sans se soucier de savoir qui étaient tous ces invités. Imperméable aux mots échangés, il traversait ces murs sonores que les gens érigent entre eux quand ils croient communiquer. Avec le temps, l'ennui avait commencé à estomper les effets de l'ecstasy que Jerry avait avalé avant de sortir. C'était l'une de ces soirées où il se sentait d'humeur à faire la tournée des coins de Manhattan capables de lui retourner les tripes – et cette salle d'exposition n'en faisait certainement pas partie.

— Excusez-moi, vous êtes bien Jerry Kho, n'est-ce pas ?

Se retournant vers cette voix importune, il s'était trouvé face à une entité biologique de sexe féminin, grise de la tête aux pieds. Seul le rouge à lèvres apportait une touche de couleur. La femme lui fit penser à un de ces films en noir et blanc où le réalisateur a choisi de laisser un seul détail en couleur. L'adoration dans les yeux de la femme brillait comme son rouge à lèvres : c'était sans doute les deux seules nuances vivaces dans une existence aux mille teintes de gris.

— C'est une question ? avait-il répondu en détournant le regard.

La femme n'avait pas saisi son invitation subtile à lui foutre la paix. Imperturbable, elle avait enchaîné, comme si, à l'image des autres membres de l'assistance, elle s'enivrait du son de sa propre voix.

— Je connais vos œuvres. J'ai vu votre dernière exposition. C'était tellement...

Jerry ne saurait jamais à quel point sa dernière exposition était *tellement...* Il avait continué à fixer les lèvres rouges sans entendre les mots qui en sortaient – et là, dans ce gros plan de cinéma muet, une vision s'était imposée à lui. Et la vision, comme toute révélation, exigeait un rituel.

Il avait saisi le bras de la femme pour l'entraîner vers la sortie.

— Si tu aimes tant mes œuvres, alors viens avec moi.

— Où ça ?

— Faire partie de la prochaine.

Dans la rue, à la recherche d'un taxi, ils étaient passés devant la vitrine de Dean & Deluca, une épicerie dont les prix rivalisaient avec ceux de la bijouterie Tiffany. Jerry s'était mis à rire en repensant à l'exposition de photos. Une image avait traversé son esprit comme un flash : l'un de ces Africains se baladant dans les allées du magasin, poussant un chariot rempli de denrées qui coûtaient plus cher que sa propre vie.

Un taxi s'était arrêté devant Meredith-sans-nom, évitant à Jerry de devoir expliquer son hilarité.

Les yeux fermés, il revoyait la passivité soumise de la femme quand il lui avait demandé de se déshabiller, puis son excitation quand il avait commencé à l'enduire de peinture. Elle avait rapidement compris à quoi s'en tenir : en contrepartie de sa participation à l'œuvre, elle devait garder le silence.

Et à présent, le bruit de la douche. L'art expurgeait ses scories par le trou d'évacuation. Peut-être ces déchets avaient-ils plus de valeur que la réalisation finale de Jerry.

L'art et la merde, quelle différence ? On trouve toujours quelqu'un pour les vendre, et toujours quelqu'un pour les acheter.

La fatigue commençait à se faire sentir. Ses yeux le brûlaient et quelques larmes réparatrices vinrent soulager l'irritation. Il étira les muscles de son cou endolori. Il lui fallait quelque chose, n'importe quoi, pour sortir de cette impasse physique. Une seule personne pouvait lui procurer ce dont il avait besoin. Il se dirigea vers le téléphone et saisit le combiné, sans se soucier des taches qu'il allait laisser dessus. Il composa un numéro, et bientôt, une voix ensommeillée lui répondit :

— Putain de connard, t'es qui pour m'appeler à une heure pareille ?

— LaFayette, c'est Jerry. Je travaille et j'ai besoin de te voir.

— Jerry, merde, il est six heures du matin.

— Ravi de l'apprendre. J'ai besoin de te voir, maintenant.

Il raccrocha sans attendre la réponse. LaFayette Johnson allait sûrement le vouer aux gémonies, mais il se lèverait et se dépêcherait de le rejoindre. Ce qu'il possédait, il le devait en grande partie à Jerry Kho ; il était normal qu'il se comportât en conséquence.

Jerry leva le regard vers le miroir accroché au-dessus du téléphone. Dans le reflet, il vit toute l'horreur et la splendeur de son visage : la couleur le transformait en démon, et ses chairs semblaient en décomposition sous la peinture séchée.

Il sourit à cet autre moi, qui lui renvoya une grimace indéfinissable.

— Tout se passe comme prévu, Jerry Kho. Tout se passe exactement comme prévu...

Ce face-à-face avec lui-même aurait duré éternellement si le retour de Meredith-sans-nom ne l'avait arraché à sa contemplation. Elle entra dans le champ du miroir et Jerry se retourna. Elle avait les cheveux mouillés et portait un peignoir incrusté de taches, auquel un passage en machine n'aurait pas fait de mal. Débarrassée de la peinture et des dernières traces de maquillage, elle se trouvait sans défense face aux rayons implacables du soleil. Cette vulnérabilité flagrante suscita en Jerry un profond mépris pour tout ce qu'elle représentait : l'attachement pathétique à une vie terne, cette quête désespérée d'un souvenir inestimable, l'adoration pénible qu'il lisait dans son regard. Cette femme ne lui inspirait plus que le dégoût, et pourtant son insignifiance confinait à la perfection.

— Habille-toi et va-t'en. Je dois travailler.

Meredith-sans-nom rougit et devint Meredith-sans-voix. En silence, elle ramassa ses vêtements épars ici et là, une main serrée sur l'échancrure du peignoir pour éviter qu'il s'ouvre. Tournant le dos à Jerry, elle commença à s'habiller. Il regarda la silhouette informe qui disparaissait peu à peu sous les habits, escamotée comme par magie. Quand elle lui fit face à nouveau, elle était redevenue la femme grise de la veille – une coquille vide, embellie l'espace d'une nuit par sa vision. Tenant le peignoir à bout de bras, elle demanda :

— Je peux le garder ?

— Bien sûr, garde-le.

Meredith-sans-nom sourit. Elle serra le tissu éponge contre sa poitrine et se dirigea vers la porte. Jerry la remercia mentalement d'être partie sans lui infliger un dernier regard ou des adieux écœurants. Il resta seul, tel un damné. Quand il entendit l'ascenseur se mettre en marche, il alla s'allonger au centre de la toile, bras écartés. Le miroir au plafond lui renvoya l'image d'un peintre crucifié sur son propre tableau.

Il contempla longuement ce corps, *son* corps, sans trouver la force de se lever et de reprendre le travail. À sa gauche, l'écran géant formé par les moniteurs continuait à transmettre ses couleurs et ses horreurs discontinues. L'État de New York lui avait commandé ce totem pour l'exposer dans l'énorme vestibule du palais du gouvernement, à Albany. Le jour de son installation, en présence du gouverneur et d'un public trié sur le volet, un murmure impatient et curieux avait accueilli l'allumage des écrans. Mais au fur et à mesure que les images s'étaient précisées, un silence de plomb était tombé sur l'assistance tétanisée.

Le gouverneur avait réagi le premier. Sa voix de stentor avait résonné dans l'immense salon, tonnant comme l'orage :

— Éteignez-moi ce scandale immédiatement !

On avait débranché le scandale en question, mais le *véritable* scandale devait encore se produire : en signant l'acte d'accusation pour outrage aux institutions et attentat à la pudeur, un juge anonyme avait projeté Jerry Kho vers la gloire et la célébrité. LaFayette Johnson, actuellement en route pour Water Street avec sa cargaison de drogues, avait ajouté quelques zéros aux prix de ses œuvres. Jerry avait découvert avec émerveillement les conséquences de son coup d'éclat : une condamnation, mais également la possibilité de baiser toutes les femmes qu'il voulait et de se payer toutes les drogues que le marchand d'art poserait sur le tapis.

La sonnette de l'entrée annonça l'arrivée du *lupus in fabula*.

Jerry ne prit pas la peine de s'habiller et traversa le chaos du loft pour aller ouvrir. Il trouva la porte entrebâillée.

Cette gourde de Meredith ne l'a pas refermée, pensa-t-il après un instant de confusion. Mais si ç'avait été LaFayette Johnson de l'autre côté, il serait entré sans sonner.

Jerry poussa grand le battant. Devant lui, un homme, enveloppé dans la pénombre du palier. Sous l'éclairage défectueux, Jerry ne put reconnaître le visiteur. Il ne s'agissait manifestement pas de LaFayette Johnson, car la silhouette était un peu plus grande.

Quelques instants de silence – l'un de ces moments où le temps semble suspendu, comme lorsque le vent arrête de souffler juste avant que tombent les premières gouttes de pluie d'un orage d'été.

— Bonjour, Linus. Tu ne veux pas inviter ton vieil ami à entrer ?

Cette voix plongea Jerry dans des ténèbres qui n'étaient plus celles du palier mais remontaient à un millier d'années et de brouillards plus tôt. Bien qu'il ne l'eût pas entendue depuis une éternité, il la reconnut immédiatement. Dans les brumes de la drogue, Jerry Kho avait plus d'une fois imaginé sa propre mort – la seule certitude des hommes. Il avait souhaité ce dont rêve tout artiste : pouvoir la composer lui-même, choisir sa couleur et la toile qui lui servirait de suaire.

Quand l'homme sur le plancher s'avança dans la lumière de l'appartement, Jerry eut la conviction soudaine que la réalité ne tarderait pas à dépasser tous ses fantasmes. Il regarda l'homme fixement, les yeux dans les yeux, faisant abstraction du pistolet serré dans son poing. La seule chose qu'il vit distinctement fut une main inconnue qui éclaboussait de peinture noire l'œuvre douteuse qu'avait été son existence.

3

LaFayette Johnson dépassa l'angle de Water Street et gara sa Nissan Murano flambant neuve sur Peck Slip. Après avoir ôté les clefs du contact, il se baissa pour sortir un petit paquet caché sous le siège conducteur. Il sortit de la voiture et enclencha l'alarme avec sa télécommande. L'auto répondit par un clignotement de feux. Il s'étira en avalant une grandc bouffée d'air chargé d'embruns. La brise chaude venue du sud chassait les dernières traînées de nuages qui avaient assombri le ciel pendant plusieurs jours. À présent, un incroyable ciel bleu s'étendait au-dessus de la tête de Johnson. Malheureusement, ce spectacle n'était pas gratuit puisqu'on ne voyait qu'un maigre rectangle d'azur découpé par les gratte-ciel. À New York, un tel panorama de soleil et ciel bleu restait le privilège des fortunés.

Et LaFayette Johnson en faisait désormais partie. Grâce à Jerry Kho, ce malade pervers, il s'était fait un beau paquet de fric. Le coup de téléphone matinal ne l'avait pas étonné. La veille, en voyant Jerry quitter le vernissage au bras de cette morue, il avait immédiatement deviné ce que son esprit gangrené voyait chez cette femme. LaFayette, lui, ne l'aurait même pas baisée avec la lumière éteinte et un sac sur la tête, mais il ne trouvait rien à redire aux bizarreries de sa poule aux œufs d'or : si Jerry avait besoin de ce genre de dégradation pour pondre ces croûtes repoussantes dont le public raffolait, grand bien lui fasse. Les œuvres de Kho avaient ravivé un certain intérêt pour l'art figuratif et les artistes émergents. Les collectionneurs mordus d'avant-garde étaient sortis de leurs tanières et il y avait pas mal d'argent en circulation. À croire qu'on était de retour au bon vieux temps de Basquiat et Keith Haring. Et LaFayette, comme ce filou d'Andy Warhol avant lui, s'était accaparé l'un des chevaux gagnants. En conséquence, il devait le soigner, le dorloter et le nourrir comme un véritable pur-sang. Peu lui importait que les idées de Jerry dépendent entièrement de toutes les drogues possibles et imaginables. LaFayette était assez lucide pour ne pas s'embarrasser de scrupules, et Jerry assez adulte pour décider tout seul comment se détruire. Leur relation lui semblait plutôt équilibrée : LaFayette fournissait à Jerry tout ce que le corps de ce dernier était capable d'absorber, et il recevait en échange cinquante pour cent de tout ce que son cerveau était capable de produire.

LaFayette Johnson fourra le paquet dans la poche de son survêtement et remonta Peck Slip en longeant les immeubles en brique.

Arrivé à l'angle, il se trouva face au pont de Brooklyn illuminé par le soleil, dont les rayons n'avaient cependant pas encore envahi Water Street. Les voitures défilaient sur le pont mais on ne pouvait qu'imaginer les bruits de la circulation, car rien ne troublait le silence de la rue ombragée.

Derrière lui s'étendait le South Street Seaport District. Depuis qu'il vivait dans la métropole, quelque chose le troublait : Manhattan avait beau être une île et New York située sur la côte, on pouvait difficilement considérer celle-ci comme une ville maritime. L'océan se transformait en fleuve et les courants opposés se menaient une éternelle guérilla, comme si la mer authentique dédaignait ce coin de terre et n'y laissait affluer que des scories. Seules les mouettes régnaient sur cette frontière en perpétuel conflit. Il arrivait que l'une d'entre elles s'aventure jusqu'à Harlem pour voler leur nourriture aux pigeons, mais elles ne s'éloignaient que rarement de leur domaine.

LaFayette se retourna pour jeter un œil à sa voiture rutilante et sourit en pensant au long chemin parcouru depuis son enfance miséreuse. Bien des années avaient passé et il pouvait enfin s'offrir tous les jouets auxquels il n'avait jamais eu droit.

Ses souvenirs se faisaient de plus en plus embrumés, comme si une part cachée de sa personnalité essayait de les effacer définitivement de sa mémoire. À seize ans, il avait fui sa ville natale de Louisiane, un bled minable où l'attente était inscrite dans le patrimoine génétique de chaque habitant. Ils restaient plantés là toute la journée, tellement occupés à somnoler qu'ils n'arrivaient même plus à dormir pour de bon. Et ils attendaient. Été, hiver, pluie, soleil, le train qui passe, l'arrivée d'un autobus. Ils attendaient la seule chose qui ne viendrait jamais : une étincelle de vie. Three Farmers, c'était quelques maisons branlantes construites à un carrefour, des millions de moustiques comme produit d'appel, et une carafe de limonade fraîche comme rêve le plus fou. Il se rappela cette phrase tirée d'un film, qu'il avait faite sienne :

Si j'étais Dieu et que je voulais faire un lavement à la planète, c'est à Three Farmers que j'enfoncerais la canule.

D'un côté, une mère prématurément vieillie qui empestait l'odeur tenace de la cuisine cajun et avait des vergetures jusqu'aux mollets. De l'autre, un père qui, dès qu'il avait quelques verres dans le nez, voyait sa famille comme un défouloir pour sa colère et sa frustration. LaFayette Johnson en avait eu marre des patates et des baffes : un soir où son père avait levé la main sur lui pour la énième fois, il lui avait fracassé les dents avec une vieille batte de baseball. Puis il s'était tiré en emportant tout le fric planqué dans cette baraque nauséabonde qui n'avait rien d'une maison.

Bye bye Louisiane.

Et après un long et lent voyage, au bout du chemin, hello New York.

S'il avait eu un permis de conduire, il serait peut-être devenu chauffeur de taxi à l'instar de tant d'Indiens, Pakistanais et autres. Mais il avait trimé dans la mine new-yorkaise jusqu'au jour où il avait découvert son filon, grâce à un boulot de coursier pour une galerie d'art de Chelsea. Le propriétaire se nommait Jeffrey McEwan, la cinquantaine, snob, légèrement efféminé, invariablement habillé à l'anglaise. À leur première rencontre, LaFayette s'était à grand-peine retenu de rire en l'imaginant en train de chier avec une écharpe en papier toilette autour du cou.

Le sourire sur son visage s'élargit et se transforma en grimace de mépris alors qu'il approchait de l'appartement de Jerry, les poches pleines de drogue.

Bon Dieu, quel putain d'hypocrite tu faisais, Jeffrey McEwan.

Il avait beau être marié, ce pédé avait un trou du cul aussi large qu'un tunnel pour train électrique, et LaFayette ne pouvait réprimer un frisson de dégoût à chaque contact avec sa chair blanche et molle. Mais McEwan était riche et il aimait les beaux garçons de couleur. LaFayette, lui, aimait les femmes, mais il possédait toutes les caractéristiques qui plaisaient tant à son employeur vicelard. Il avait rapidement compris qu'il se trouvait à un tournant de sa vie. Il avait de bonnes cartes en main, il comptait bien ne pas les gâcher. Il s'était alors lancé dans un jeu de regards et de silences, d'ostensibles avances suivies de retraites astucieuses juste au moment où l'affaire semblait entendue. Après plusieurs mois de ce manège, Jeffrey McEwan était cuit à point. LaFayette lui avait délivré le coup de grâce en se laissant surprendre – quel hasard ! – alors qu'il était nu sous la douche, dans la salle de bains de la galerie. La vieille tantouse avait littéralement perdu la tête. Il était tombé à genoux et lui avait embrassé les jambes en pleurant, avant de se lancer dans une véritable déclaration d'amour accompagnée de mille serments et promesses.

LaFayette avait relevé sa tête et lui avait enfilé la queue dans la bouche, puis il l'avait forcé à se pencher sur le lavabo avant de l'enculer avec violence, une main écrasée sur son dos et l'autre qui lui tirait les cheveux pour qu'il regarde leur reflet dans le miroir.

Sans penser aux conséquences, le vieux McEwan avait alors décidé de quitter sa femme pour s'installer avec LaFayette, soudainement promu au rang d'associé. Ils avaient ainsi travaillé et vécu ensemble jusqu'à ce que Jeff ait la bonne idée de quitter la scène avec panache, emporté par un infarctus au vernissage d'un peintre relativement coté dont ils s'occupaient en exclusivité.

Malheureusement pour LaFayette, la tafiole n'avait jamais divorcé, et sa conne de femme avait empoché tout ce que Jeff n'avait pas expressément légué à LaFayette. Cela représentait environ la moitié du patrimoine.

Mais en fin de compte, il n'avait pas à se plaindre.

Qui plus est, Jeff lui avait laissé en héritage une chose inestimable pour son travail : il lui avait enseigné la valeur de la culture. Lafayette avait compris que la connaissance constituait l'outil principal de son métier et il s'était adapté. Après que la veuve McEwan l'eut dépouillé de la galerie de Chelsea, il s'était mis à voler de ses propres ailes. À l'époque, Soho s'imposait de plus en plus comme centre de gravité de l'art figuratif ; il avait donc acheté un grand local au deuxième étage d'un élégant immeuble en cours de rénovation sur Greene Street, une petite rue pavée non loin de Spring Street. La L&J Gallery avait bientôt ouvert ses portes, avec pour seul patron un LaFayette Johnson fidèle à sa résolution de n'avoir aucun autre associé que lui-même. Des biens dont il avait hérité, il n'avait finalement conservé que son petit appartement et le loft au septième étage de Water Street, qu'occupait à présent Jerry.

Chaussé d'une confortable paire de Nike, il marchait d'un bon pas vers le bâtiment.

Il s'arrêta devant un restaurant-grill et admira son reflet dans la vitre : bel homme noir, une quarantaine d'années, survêtement Ralph Lauren. Pas de doute, le destin avait misé gros sur sa pomme. Il répéta cette phrase que Jerry Kho affectionnait :

— Tout se passe comme prévu, LaFayette. Tout se passe exactement comme prévu.

Après le grill, il dépassa un portail rouillé muni d'une chaîne et d'un cadenas. Derrière la grille, un petit chemin conduisait à la cour intérieure, où étaient garées des voitures en sale état. Un panneau accroché au portail invitait les gens à tenir leurs chiens en laisse.

Il arriva enfin devant l'immeuble de Jerry, un édifice décoré de moulures en grès défraîchies, avec les escaliers d'évacuation en façade. Il fouilla ses poches à la recherche de ses clefs, en vain. Il les avait sûrement oubliées dans le 4x4. Il sonna donc une première fois, en espérant que cet imbécile de Jerry n'était pas trop abruti par la drogue pour l'entendre.

Il sonna une seconde fois. Toujours pas de réponse.

Il s'apprêtait à rebrousser chemin jusqu'à la voiture quand une silhouette émergea de la pénombre du hall et ouvrit la porte. L'homme portait un survêtement gris, la capuche rabattue sur le front, et des lunettes de soleil.

Gardant la tête légèrement inclinée, il se déplaçait comme s'il voulait cacher son visage. Dans sa précipitation, il bouscula durement LaFayette mais ne s'excusa pas pour autant. À peine sorti, il se redressa et partit en courant à petites foulées.

LaFayette le suivit du regard alors qu'il s'éloignait. L'homme courait de façon étrange, presque en boitant, comme si un problème à la jambe droite l'obligeait à faire attention quand il posait le pied.

Tête de nœud, pensa LaFayette Johnson à l'adresse de tous les joggers en général et de celui-ci en particulier. Il entra dans le hall et appela l'ascenseur. La porte s'ouvrit immédiatement, ce qui signifiait que le camarade athlète l'avait probablement utilisé. Sportif, oui, mais pas au point d'emprunter l'escalier. À moins que son problème à la jambe l'empêchât de descendre facilement les marches.

LaFayette haussa les épaules. Il avait bien assez de préoccupations comme ça, pour se soucier en plus d'un aspirant marathonien boiteux et mal dégrossi. Il devait approvisionner Jerry et le faire travailler à vitesse maximum. Il comptait organiser une exposition en automne et, pour cela, il avait besoin d'un vaste choix d'œuvres, afin de sélectionner les plus représentatives. Il avait déjà prévu une visite privée pour quelques collectionneurs qui faisaient la pluie et le beau temps, et il avait activé ses contacts pour obtenir l'appui des publications spécialisées les plus influentes.

Le moment était venu de franchir le pas décisif qui allait les propulser de New York à l'Amérique tout entière, puis au reste du monde. Dans un murmure métallique, l'ascenseur s'ouvrit sur le palier du septième étage, entièrement occupé par le loft de Jerry Kho.

La porte était entrouverte.

Soudain, sans raison apparente, un goût de rouille envahit la bouche de LaFayette Johnson. S'il existait réellement un sixième sens, alors le sien venait de se manifester.

Il entra dans l'appartement, où l'accueillit le chaos habituel de couleurs, de désordre et de saleté, comme si son artiste ne pouvait survivre que dans un tel environnement.

— Jerry ?

Silence.

LaFayette se fraya un chemin à travers le fatras de toiles, assiettes, livres, canettes de bière, restes de nourriture, et draps trop usés et trop peu lavés pour qu'on puisse en deviner la couleur originelle. Sur sa gauche, LaFayette vit les étagères en métal où Jerry rangeait ses pots de peinture et son matériel. Par terre devant lui, il découvrit la toile pleine de taches colorées.

Une forte odeur de peinture flottait dans l'air.

— Hé, Jerry, tu ne devrais pas laisser la porte ouverte. Tu te rends compte que si un voleur entrait chez toi, il pourrait devenir d'un seul coup l'heureux propriétaire de plusieurs chefs-d'œuvre de l'art contemp...

Tout en parlant, LaFayette avait contourné l'obstacle des étagères. Et le spectacle qui s'offrit à sa vue fit taire tout net ses considérations sur l'art moderne, le laissant sans voix.

Jerry Kho, le corps nu recouvert de peinture rouge séchée, était assis contre le mur dans une position si grotesque que seule la mort parvenait à la rendre tragique. On aurait dit qu'il suçait le pouce de sa main droite, alors que la gauche, comme paralysée, maintenait une couverture sur le côté de son visage, collée à l'oreille. Grands ouverts sur le néant qu'ils contemplaient désormais, ses yeux médusés d'horreur exprimaient sa stupéfaction à se voir ainsi ridiculisé dans la mort.

Sur la paroi derrière lui, à hauteur de sa tête, on avait dessiné avec une bombe de peinture bleue une bulle en forme de nuage, comme celles qui servent à indiquer les pensées des personnages de bande dessinée. Dans le nuage, une suite de chiffres :

8433628 6747 | 46 |

Le goût de rouille dans la bouche de LaFayette fit place à une nausée glaciale qui lui perça l'estomac comme une griffe d'acier. Brutalement, il réalisa deux choses : la première, c'était que sa poule ne pondrait plus un seul œuf en or ; la seconde, qu'il était dans la merde. La seule façon de s'en tirer, pour une fois, était de respecter les règles.

Il sortit son portable et composa fébrilement le 911. Quand l'opératrice lui répondit d'une voix polie et impersonnelle, il lui dit qu'il voulait signaler un homicide. Il donna son nom ainsi que l'adresse, promettant de rester sur place jusqu'à l'arrivée de la police.

Immédiatement après avoir raccroché, il photographia le cadavre sous toutes les coutures avec son téléphone. Il trouverait sans doute plus d'un journal disposé à payer ces clichés rubis sur l'ongle, même si leur qualité laissait à désirer. Il se glissa ensuite jusqu'à la salle de bains, jeta dans les toilettes la marchandise qu'il avait apportée et tira la chasse d'eau. En regardant les cachets disparaître dans le petit tourbillon, LaFayette Johnson se demanda s'il réussirait à sortir de ce merdier les tableaux de Jerry Kho, énième artiste maudit, énième crétin – paix à son âme. À l'heure qu'il était, il continuait sûrement de peindre ses fresques sur les parois de l'enfer.

4

Debout devant la fenêtre, Jordan Marsalis regardait le camion de déménagement quitter la place réservée devant son immeuble. À peine quelques minutes plus tôt, alors que les voix des déménageurs dans l'escalier lui parvenaient encore, il avait signé le reçu présenté par le responsable, un Noir imposant au physique de lutteur, avec de larges biceps qui gonflaient les manches de sa combinaison jaune et rouge. Dans le dos était imprimé le logo de « Cousins », une société de garde-meubles basée à Brooklyn. Jordan leur avait confié une partie du mobilier, laissant le reste à la disposition du prochain occupant de la maison. Il avait gribouillé sa signature sur le document, consentant ainsi à expédier toute une partie de son existence vers un entrepôt lointain, dans un lieu inconnu. Désormais, sa vie passée et sa vie future se confondaient. Toutes deux lointaines, dans un lieu inconnu.

— Voici pour vous, monsieur.

En lui tendant sa copie du reçu, l'homme avait regardé avec une curiosité mêlée d'envie la combinaison de motard que portait Jordan. Ce dernier plongea la main dans une poche pour en sortir un billet de cent dollars.

— Tenez, allez boire un verre à ma santé, et jetez un œil à mes affaires de temps en temps.

D'un geste solennel, l'homme empocha l'argent, avec l'expression malicieuse d'un enfant faisant un serment.

— C'est promis, monsieur.

Il resta debout face à Jordan, sans faire mine de partir. Après une pause, il le fixa dans les yeux.

— Ce n'est probablement pas mes oignons, mais j'ai l'impression que vous partez pour un long voyage. Et vous avez l'air d'un voyageur qui connaît son point de départ, mais pas son point d'arrivée.

Jordan fut étonné par la lueur d'intelligence qui éclairait le regard de son interlocuteur. Jusque-là, l'homme avait dressé entre eux la barrière amorphe du rapport de travail, évitant toute interaction en dehors du strict cadre professionnel. Par délicatesse, pour ne pas obliger Jordan à répondre, il enchaîna :

— J'avoue que j'aimerais bien être à votre place. En tout cas, où que vous alliez, je vous souhaite bon voyage.

Jordan sourit et le remercia d'un hochement de tête. L'autre pivota en direction de la porte et s'éloigna. Au moment de sortir, il se retourna à demi.

— Voyez comme la vie est étrange... dit-il, soulignant son observation d'un geste de la main qui les engloba tous deux. Nous portons la même chose : une combinaison. Sauf que pour vous, elle représente la liberté. Et pour moi, la captivité.

Il était sorti sans ajouter un mot, refermant délicatement la porte derrière lui. Jordan était resté seul.

Le camion tourna à l'angle de la rue et Jordan s'éloigna de la fenêtre. Il se dirigea vers le vieux divan élimé, face à la cheminée. Il fit claquer la fermeture de sa besace – qui contenait le minimum nécessaire de vêtements – puis saisit ses gants et son casque. Il leva les yeux sur la large baie vitrée du salon, observant les reflets changeants de la lumière sur l'immeuble d'en face.

Par l'intermédiaire d'une agence, il avait loué son appartement à un parfait inconnu qui voulait s'installer à New York. Après avoir vu des photos expédiées par e-mail, cet « Alexander Guerrero » avait envoyé un chèque – accompagné des références et garanties adéquates – qui couvrait la caution et six mois de loyer. Il était ainsi devenu le nouveau locataire d'un bel appartement de quatre pièces, au 54 Ouest de la 16e Rue, entre la Cinquième et la Sixième Avenue.

Eh bien, félicitations, monsieur Guerrero, qui que tu sois...

Jordan chargea la besace sur son épaule et se dirigea vers la porte. Au bruit de ses pas répondit un écho inhabituel dans l'appartement à demi vide. C'est à l'instant précis où il posait la main sur la poignée de la porte que le téléphone sonna.

Il se retourna lentement et resta planté là, interdit, les yeux rivés sur le poste posé sur le rebord de la cheminée. Cela faisait pourtant plusieurs jours qu'il avait demandé à AT&T la résiliation de sa ligne, mais le téléphone continuait de sonner. Voilà une inconnue que Jordan aurait volontiers ignorée. Il se moquait de savoir qui l'appelait et pourquoi. Dans son esprit, il se voyait déjà sur la route – tel un missile coloré qui déchire le paysage, le murmure du vent sur le carénage, l'asphalte défilant sous les roues, le reflet de la ligne blanche sur la visière. Il avait beau se trouver encore là, New York n'était déjà plus qu'un souvenir. Et pas l'un des meilleurs.

Autrefois, il éprouvait un attachement profond pour cette ville. Certes, New York était parfois trompeuse : elle vous donnait l'impression de déborder d'énergie, alors qu'en réalité elle vous vidait littéralement. Mais cela, Jordan l'avait compris et accepté dès le départ, à une condition : que la métropole lui donne les moyens de devenir l'homme qu'il aspirait à être.

Puis, un jour, il avait dû faire un choix, l'un de ces choix qui excluent tout retour en arrière. Si la vie offre souvent des privilèges, il lui arrive tout aussi souvent de les reprendre. Quelqu'un – il ne savait plus qui – lui avait dit que le succès et la jeunesse sont des choses qu'il faut rembourser tôt ou tard. Jordan estimait avoir payé le prix fort. Dorénavant, il comptait façonner de ses propres mains l'existence qu'il souhaitait. Comprenant que sa vie à New York ne lui apporterait plus rien, il avait mis son appartement en location et décidé d'abandonner la ville.

Et maintenant, le téléphone.

Avec un soupir, Jordan balança ses affaires sur le canapé et, de mauvaise grâce, décrocha le combiné.

— Allô...

Un bruit de fond étouffé et monotone, puis la voix familière.

— Jo, c'est Chris. J'ai essayé ton portable mais il est éteint. Dieu merci, tu es encore en ville.

Chris, son frère, la dernière personne que Jordan s'attendait à entendre à l'autre bout du fil. Dans le ton précipité, il détecta de l'anxiété et quelque chose de nouveau, quelque chose qu'il n'aurait jamais imaginé entendre dans la voix de Christopher Marsalis.

La peur.

Il fit semblant de n'avoir rien remarqué.

— Je n'utilise pas beaucoup mon portable ces temps-ci. J'allais partir. Qu'est-ce qui se passe ?

Chris garda le silence un instant, chose plutôt insolite pour lui. D'habitude, il n'était pas du genre à concéder le moindre répit, ni aux autres ni à lui-même.

— Gerald a été assassiné.

Jordan fut frappé par une sensation de *déjà-vu** [1]. Il n'avait pas l'impression de vivre un événement pour la seconde fois, mais plutôt d'assister à l'accomplissement d'une prophétie. Il accueillit la nouvelle de cette mort comme s'il s'y attendait depuis longtemps. À chaque fois qu'il pensait à Gerald, un pressentiment funeste l'effleurait.

Il réussit à maîtriser sa voix, évitant de céder à l'agitation qui pointait dans celle de son frère.

— Quand ?

— Cette nuit. Ou bien ce matin, je ne suis pas sûr. Le directeur de sa galerie est passé le voir tout à l'heure, c'est lui qui a découvert le cadavre.

Jordan ne put s'empêcher de penser que si ce fils de pute de LaFayette Johnson se trouvait chez Gerald à une heure aussi matinale, ce n'était probablement pas pour une visite de courtoisie. Personne n'avait jamais réussi à le coincer, mais tout le monde savait avec quoi il achetait les œuvres de son protégé. À l'autre bout du fil, Christopher gardait le silence : il se faisait sûrement la même réflexion.

— Tu m'appelles d'où ?

— J'étais à Albany pour un congrès des Démocrates. Dès qu'on m'a averti, j'ai pris un hélicoptère. Nous allons bientôt atterrir sur l'héliport d'East River, dans le centre. Nom de Dieu, Jordan, on m'a dit qu'il était dans un état effroyable.

---

1. Les mots en italique suivis d'un astérisque sont en français dans le texte. (*N.d.T.*)

Jordan crut percevoir un tremblement dans la voix de Chris. Ça aussi, c'était nouveau.

— J'arrive tout de suite.

— Gerald habitait...

Jordan constata que son frère parlait déjà de Gerald au passé. Il n'aurait su s'expliquer pourquoi, mais il rechignait à enterrer aussi hâtivement le cadavre encore chaud.

— Je sais où il habite, au bout de Water Street.

Jordan se demanda si Chris avait remarqué la formulation au présent. Il s'apprêtait à raccrocher quand la voix de son frère interrompit son geste.

— Jordan...

— Oui ?

— Je suis content d'avoir réussi à te joindre.

Embarrassé par ces mots, Jordan s'efforça de répondre d'une voix égale. Il dit la première chose qui lui passa par la tête, car en réalité il n'avait rien à répondre.

— OK, j'arrive.

Dans ses rêveries, il imaginait parfois New York comme une entité vivante, une créature dotée d'une conscience souterraine et insondable, capable de continuer à fonctionner même si un jour la race humaine se volatilisait soudain. Les lumières continueraient à s'allumer et s'éteindre, les rames de métro à circuler sans interruption, et les taxis à sillonner des rues vides où plus personne n'agiterait le bras pour les interpeller.

En reposant le combiné, Jordan eut la sensation que même s'il partait immédiatement, une infranchissable barrière d'énergie invisible le bloquerait à la sortie de la ville. Comme si tout conspirait à le retenir prisonnier dans cet endroit qu'il désirait tant fuir. Cet endroit où il n'avait plus aucune raison de s'éterniser.

Il ôta ses bottes, ouvrit promptement la fermeture éclair de la combinaison et s'en débarrassa. Il la déposa sur le dossier du divan, avant de prendre dans son sac une paire de baskets, une chemise, un jean et un blouson en cuir qu'il enfila rapidement. Initialement, il n'avait prévu de porter ces vêtements qu'une fois loin de New York. Quand il s'assit pour lacer ses chaussures, il remarqua un bout de papier coincé entre les coussins.

Il glissa la main sous le siège et en tira une photographie. C'était un vieil instantané aux couleurs légèrement affadies, témoin d'une époque révolue depuis des siècles. Jordan se rappelait parfaitement ce jour-là : une partie de pêche avec un groupe d'amis, à Lake George. Jordan et son frère étaient debout côte à côte, auréolés par le reflet du soleil sur le lac. Tous deux souriaient et regardaient l'objectif avec un air de complicité.

Jordan contempla leurs visages pendant quelques secondes, mais il peinait à les reconnaître. Physiquement, Christopher et lui ne se ressemblaient pas du tout. Seul leur regard était identique. Nés de mères différentes, ils avaient pour unique trait commun les yeux bleus de leur père, un héritage que Jakob Marsalis avait distribué équitablement à ses fils.

Il se leva et posa le cliché au-dessus de la cheminée. Casque en main, il s'achemina vers la porte avec l'impression absurde que les personnages de la photo eux aussi tournaient le dos à cette pièce, pour se diriger vers les eaux claires du lac qui les attendait.

Passé le seuil de son appartement, il se retrouva sur le palier familier – la lumière vacillante des appliques, la moquette qui avait grand besoin d'être remplacée, et cette vague senteur d'humidité et de nourriture préparée en pleine rue que certains avaient baptisée l'« odeur de New York ».

Un flot de musique assourdissant montait de l'étage inférieur. Jordan reconnut un morceau de Connor Slave, l'un de ses artistes préférés et nouvel *enfant prodige** de la scène musicale américaine. La chanson, pleine de tristesse et d'amertume, s'intitulait *Complainte de la femme qui voulait naviguer*. Elle racontait la mélancolie et l'espoir inextinguible d'un être désirant une vie que les institutions lui refusaient et qui lui resterait à jamais inaccessible.

Jordan aimait cette chanson. Il se sentait proche de cette femme qui, debout sur une falaise, regardait l'océan qu'elle ne pourrait jamais sillonner, étouffée peu à peu par sa soif de liberté contrariée. Jordan se trouvait plus ou moins dans la même situation. Personne ne lui avait imposé ses choix, mais son sentiment de nostalgie n'en était pas moins oppressant.

L'ascenseur arriva à son étage. Il entra dans la cabine et appuya sur le bouton du rez-de-chaussée. Les portes le coupèrent de la musique et de ses pensées.

À l'extérieur, il fut accueilli par les rayons d'un soleil bienveillant que ni lui ni cette ville ne méritaient. En traversant la rue, il réfléchit à la vie difficile qu'avait dû mener celui que tous connaissaient sous le nom de Jerry Kho, un garçon qui aspirait à devenir le visage emblématique de l'avant-garde new-yorkaise. Nul doute qu'on allait raconter toutes sortes d'histoires à son sujet, et la plupart seraient malheureusement véridiques. D'expérience, Jordan pouvait d'ores et déjà prévoir que la presse se jetterait sur son enfance difficile, son adolescence mouvementée, son addiction à la drogue et au sexe – le tout en insistant sur son appartenance à l'une des familles les plus en vue de la métropole. Avec un peu de chance, le temps et le talent auraient pu faire de Jerry un grand artiste. Mais le déplorable gâchis de ce talent l'avait transformé en un homme médiocre qui avait brûlé ses réserves de temps et de chance. Le succès et la jeunesse devaient être remboursés tôt ou tard, mais Gerald, lui, avait dû y renoncer avant même d'y avoir réellement goûté.

Suivant le trottoir jusqu'au coin de la Sixième, il arriva bientôt au snack-bar où, autrefois, il prenait souvent ses repas. À l'époque, ses journées s'égrenaient au rythme des conversations désinvoltes avec les serveuses ou des heures silencieuses qui s'envolaient comme la fumée des cigarettes, les yeux perdus dans le vague, à la recherche de réponses qui continuaient de lui échapper. Jordan avait fini par se lier d'amitié avec le propriétaire, Tim Brogan, qui l'avait autorisé à garer sa moto dans la petite cour derrière le restaurant.

En passant devant le snack, il salua d'un signe de la main l'employée en tenue verte qui servait deux clients installés côté rue. Elle le reconnut et lui adressa un hochement de tête en souriant.

Il s'engagea dans l'allée familière et rejoignit l'arrière-cour. Debout à côté de la moto recouverte d'une bâche, Annette profitait de sa pause pour fumer une cigarette, appuyée à la porte de service. Jordan connaissait l'histoire personnelle de la serveuse. Cela faisait pas mal de temps que son mari entretenait une relation passionnée avec l'alcool, et son fils avait eu des soucis avec la police quelques années plus tôt. Quand Annette, en larmes, avait imploré Jordan de l'aider, celui-ci s'était laissé attendrir et avait tiré le gamin d'affaire. À présent, elle n'adressait plus la parole à son mari, mais son fils avait trouvé du travail et paraissait déterminé à ne pas replonger.

Elle ne sembla pas surprise de voir Jordan débarquer.

— Salut, Jordan. En arrivant ce matin, je ne m'attendais pas à trouver ta moto. Je croyais que tu serais déjà parti.

— Je le croyais aussi. Mais quelqu'un, quelque part, en a décidé autrement. Et apparemment, son avis compte beaucoup plus que le mien.

— Des ennuis ?

— On peut dire ça comme ça.

Le visage de la femme se voila d'une ombre plus profonde que celle qui obscurcissait la cour.

— Qui n'en a pas, Jordan ?

Ils avaient tous deux vécu assez longtemps pour savoir de quoi ils parlaient. Ni l'un ni l'autre n'avaient appris la vie dans les livres.

Jordan fit glisser la bâche qui recouvrait la moto, révélant la carène rouge vif de sa Ducati 999. Elle n'avait rien perdu de son charme avec le temps. Il l'aimait autant pour ses lignes que pour ses performances. Quand on a choisi la moto comme mode de transport, impossible de rester indifférent à l'attrait d'une Ducati.

Annette jeta un œil au bolide.

— Elle est belle.

— Belle et dangereuse, confirma Jordan en repliant le tissu.

— On peut facilement trouver plus dangereux dans cette ville. Allez, à la prochaine, Jordan.

Elle jeta son mégot au sol et l'écrasa avec le talon. Puis elle se retourna et disparut dans le local. Le grincement de la porte qui se refermait se perdit dans le rugissement du moteur. Jordan ajusta son casque en écoutant le crachotement familier du pot d'échappement. Il s'apprêtait à prendre une route parcourue mille fois par le passé, qu'il croyait ne plus jamais devoir emprunter : celle qui conduisait à une scène de crime. Mais cette fois-ci, c'était différent. Car cette fois-ci, la victime faisait partie de sa vie, même si elle avait décidé depuis longtemps de ne plus faire partie de la vie de personne.

Cependant, ses considérations personnelles céderaient bientôt la place à une réalité bien plus lourde : Jerry Kho, l'homme assassiné, se nommait en réalité Gerald Marsalis. Et avant d'être le neveu de Jordan, il était le fils de Christopher Marsalis, le maire de New York.

5

Quand Jordan déboucha sur la dernière portion de Water Street, le soleil découpait la rue en deux. Droite et gauche, ombre et lumière, fraîcheur et chaleur. Avec détachement, il se rappela que lui aussi s'était complu jadis dans cette métaphore simpliste : noir et blanc, bien et mal. Désormais, tout cela lui paraissait étranger, comme les images imprécises d'un film dont on a oublié le titre.

Outre le déploiement habituel des forces de police, les médias avaient débarqué en masse, ce qui ne le surprit guère. Les reporters de presse écrite se faufilaient tant bien que mal entre les voitures aux gyrophares allumés et les fourgons de Eyewitness News ou Channel 4 garés sur Peck Slip. Une journaliste de NY1 dont le nom lui échappait effectuait son reportage en direct, avec le cordon de police en arrière-plan. Rien d'étonnant à leur arrivée précoce : il y avait toujours un brave policier pour monnayer ses « informations de source sûre » afin de payer ses dettes ou les frais d'université de son fils.

Jordan gara la Ducati à l'ombre pour éviter de retrouver le siège brûlant quand il la récupérerait. Il s'achemina vers l'immeuble tel un badaud quelconque, le casque de moto préservant son anonymat. S'il y avait bien une chose qu'il tenait à éviter, c'était de devoir se frayer un chemin au milieu d'une foule de journalistes avec leurs jolis bouquets de micros.

Un groupe de jeunes hommes en survêtement bleu du NYPD lui coupa la route. C'était des recrues de l'Académie de police qui couraient au petit trot derrière leur instructeur. En voyant l'agitation qui régnait, plus d'un élève tourna la tête, excité, devinant que la façade cachait une scène de crime.

Jordan dépassa le fourgon bleu de la Police scientifique et longea les barrières de police jusqu'à l'ouverture qui donnait sur la porte d'entrée. Elle était gardée par deux agents en uniforme. Jordan connaissait l'un d'entre eux, un flic du One Police Plaza, le quartier général. Le commandement central se trouvait à moins d'un kilomètre à vol d'oiseau et la zone était sous leur juridiction.

L'agent s'apprêtait à lui barrer la route quand Jordan ôta son casque. Le policier le reconnut et se détendit, attendant qu'il arrive pour écarter la barrière.

— Bonjour, lieutenant.

Jordan inclinait la tête comme s'il faisait attention à l'endroit où il posait les pieds, et le policier ne put voir l'expression sur son visage quand il répondit :

— Je ne suis plus lieutenant, Rodriguez.

— Bien sûr, lieut... Je vous prie de m'excuser.

Gêné, Rodriguez baissa les yeux au sol. Jordan n'allait pas faire payer au garçon ce dont il n'était pas responsable.

— Aucun problème, Oscar. Tout le monde est là-haut ?

Oubliant le faux pas qu'il venait de commettre, Rodriguez se ressaisit.

— Oui, au dernier étage. Mais le maire n'est pas encore arrivé.

— Je sais. Il sera là d'un instant à l'autre.

L'agent Oscar Rodriguez plissa les yeux et son visage d'hispanique se rembrunit.

— Je suis désolé pour ce qui est arrivé à votre neveu... monsieur Marsalis.

Ce n'était pas qu'une barrière qui les séparait, mais toute une vie. Le policier se tut mais il hésitait, comme s'il voulait ajouter quelque chose.

— Si je peux me permettre, un bon lieutenant comme vous le restera toujours aux yeux d'un flic comme moi.

— Merci, Oscar. J'aimerais que les choses soient aussi simples. Je peux monter ?

— Bien sûr. Personne n'a rien dit ouvertement, mais j'ai la nette impression qu'ils vous attendent.

Rodriguez lui ouvrit le passage vers la maison. Dans l'ascenseur mal éclairé, Jordan ne put contenir une poussée d'amertume en pensant que la vie creusait parfois entre les gens des distances qu'aucun instrument ne pouvait mesurer. Du New York City Hall où travaillait Christopher Marsalis, à l'appartement de Gerald sur Water Street, le trajet était ridiculement court. On pouvait se rendre d'un lieu à l'autre en quelques minutes à pied. Et pourtant, aucun homme, pas même le plus rapide des athlètes, ne courait assez vite pour franchir en une seule vie le fossé qui séparait père et fils.

Jordan n'avait jamais visité le domicile de son neveu. Un soir, il l'avait rencontré par hasard au Via della Pace, un restaurant italien de l'East Village. Le peintre était affalé dans un coin sombre avec un groupe de gens dont l'aspect et le comportement s'accordaient parfaitement au style de vie choisi par Gerald. Tous avaient sur le visage la même expression, à mi-chemin entre l'arrogance de se sentir libre au point de se détruire et l'écœurement de ne trouver que du vide autour d'eux. À en croire l'attitude soumise de sa cohorte, Gerald faisait manifestement office de chef charismatique. Quand Jordan s'était approché de la table, son neveu s'était interrompu en plein discours et avait posé sur lui un regard qui ne trahissait ni surprise ni plaisir. Jordan avait des yeux bleus pareils aux siens – mais beaucoup, beaucoup plus vieux.

— Salut, Jordan.

— Salut, Gerald.

Agacé, son neveu avait répondu en grimaçant :

— Gerald, c'est de l'histoire ancienne. Un nom qui appartient au passé. De tout ce que j'ai été, il ne reste plus rien.

L'air de défi dans son regard confirmait ce verdict sans appel. Jordan avait opté pour un ton de voix conciliant.

— Tout et rien sont des extrêmes. Il ne faut pas grand-chose pour qu'ils se rejoignent.

— De bien belles paroles, Père Marsalis. J'ignorais que tu te piquais de philosophie. Si tu es venu m'offrir un sermon...

Jordan avait secoué la tête.

— Non, je suis venu dîner, mais je crois avoir choisi le mauvais endroit.

— Je le crois aussi.

S'était alors installé ce silence interminable qui tombe lorsque deux personnes n'ont plus rien à se dire. Jordan avait tourné les talons et quitté le restaurant. Dans les murmures confus qui avaient accompagné son départ, Jordan n'avait discerné que les mots : « C'est juste un poulet. »

Ainsi s'était déroulée leur dernière rencontre.

Et à présent, il montait vers le théâtre du meurtre de Jerry Kho, l'homme qui avait pris possession de Gerald Marsalis au point de mourir à sa place.

À peine sorti de l'ascenseur, il fut frappé par une forte odeur de peinture. Par la porte grande ouverte, il vit l'équipe scientifique en train d'effectuer les prélèvements habituels. Vu l'identité de la victime, nul doute que les effectifs, l'attention aux détails et les moyens employés seraient largement supérieurs à la normale.

Christopher les avait probablement prévenus de l'arrivée de Jordan car le détective James Burroni vint l'accueillir sur le palier avant que l'agent posté à l'entrée lui barre le passage.

— Ça va, Pollard, je m'en occupe.

Il connaissait Burroni depuis pas mal de temps. Comme flic, il se débrouillait plutôt bien. Ils avaient travaillé ensemble au Neuvième district à l'époque où c'était encore un poste frontière, mais on ne pouvait pas dire qu'ils étaient comme cul et chemise. Jordan ne lui en voulait pas : difficile de pardonner à un collègue d'être à la fois une légende de la Police criminelle et le frère du maire de New York. Évidemment, ils étaient nombreux à penser qu'il devait sa carrière fulgurante plus à son illustre famille qu'à ses mérites effectifs.

Bizarrement, Jordan ressentait sa propre présence sur la scène du crime comme une intrusion, alors même que l'affaire le concernait personnellement. Et il soupçonnait Burroni de partager cette impression.

— Bonjour, James.

— Bonjour. J'aurais préféré te revoir dans d'autres circonstances.

D'un geste vague de la main, Jordan balaya l'embarras de ces retrouvailles. Tous deux connaissaient parfaitement les enjeux de l'affaire – le genre d'enjeux auxquels ils auraient préféré ne jamais être confrontés.

— Entre. Je t'avertis : c'est pas beau à voir.

Emboîtant le pas du détective, Jordan promena son regard tout autour de lui. Abstraction faite du chaos indescriptible qui régnait dans le loft – au point que le désordre semblait en être la pierre angulaire –, il flottait une ambiance étrangement paisible dans ce lieu baigné d'une lumière printanière éthérée. Ici, Jerry Kho avait planifié sa guerre contre le monde et contre lui-même.

Puis Jordan le vit.

Il lutta pour rester impassible et froid devant cette énième preuve de la sauvagerie humaine, devant l'icône d'horreur qu'était ce garçon assassiné et dégradé jusque dans la mort. Il n'avait pas encore trente ans.

Il s'agenouilla à côté du corps aux yeux écarquillés, recouvert d'une peinture rouge de marionnette infernale qui accentuait le ridicule de sa posture. Burroni n'attendit pas que Jordan l'interroge pour lui résumer les premières conclusions :

— D'après l'examen préliminaire du légiste, il aurait été étranglé et ensuite placé dans cette position. La mort remonte à quelques heures.

Jordan indiqua les zones claires sur les poignets et les chevilles, où la peinture s'était écaillée.

— Regarde ces marques : on l'a attaché. Peut-être avec un ruban adhésif.

— C'est probable. L'autopsie nous le confirmera.

— Et à part ça, que dit la Police scientifique ?

Burroni fit un geste circulaire qui engloba tout l'appartement.

— Tu as vu ce foutoir ? Il y a plusieurs siècles d'histoire dans cette baraque, et la propreté des lieux laisse franchement à désirer. Quoi qu'on trouve, ça pourrait appartenir à Dieu sait qui et remonter à Dieu sait quand.

— Et ça ? Qu'est-ce que c'est ?

Jordan désigna le pouce enfilé dans la bouche de la victime et la couverture appuyée contre l'oreille. Burroni comprit de quoi il voulait parler.

— De la colle. Ils ont prélevé un échantillon, ils nous diront ce qu'ils peuvent en tirer dès qu'ils l'auront analysée.

— Et la peinture ?

— Il a fait ça tout seul. LaFayette Johnson nous a confirmé qu'il utilisait souvent cette technique pour peindre. Tu sais, encore une de ces conneries de foutaises avant-gardistes à la c...

La fin de sa phrase resta bloquée dans sa gorge, comme s'il s'était soudain rappelé le lien de parenté entre Jordan et la victime.

L'arrivée de Christopher Marsalis coupa court à d'éventuelles excuses. Lorsqu'il entra dans l'appartement, suivi par son omniprésent factotum Ruben Dawson, le frère de Jordan était en train de tailler en pièces le médecin légiste :

— ... c'était la volonté de mon fils, et j'entends bien qu'elle soit respectée ! Nom de Dieu, ça doit bien servir à quelque chose d'être le maire de cette ville de merde ! Faites le nécessaire ! Dépêchez-vous et emportez le corps.

Toujours accroupi, Jordan attendait le moment où son frère dépasserait les étagères et découvrirait enfin de ses propres yeux le sort inhumain qu'on avait infligé à son fils.

Et la terreur fut.

Christopher s'arrêta net en voyant le cadavre, Jordan le vit se pétrifier et s'écrouler en un seul instant. Son regard se voila de ténèbres dans la clarté de l'appartement. Jordan ignorait combien d'années son frère vivrait encore, mais il ne faisait aucun doute qu'il était mort à ce moment précis.

Il fit volte-face et disparut derrière l'écran providentiel formé par les étagères. Jordan se releva sans quitter des yeux les épaules de son frère, visibles entre les pots de peinture. Christopher enfouit son visage dans ses mains. Ses cheveux blancs se détachaient des aérosols colorés et autres lambeaux de toile maculés.

Jordan s'approcha et posa une main sur l'épaule de Chris, qui le reconnut sans lever la tête.

— Bon sang, qui peut avoir fait une chose pareille ?

— Je n'en sais rien, Chris, je n'en sais vraiment rien.

— Je n'arrive même pas à le regarder. Je n'arrive pas à croire que cette chose soit mon fils.

Christopher tituba jusqu'au mur et s'y appuya, dos voûté et tête baissée, son pardessus pendant de travers. Il tapotait nerveusement le sol d'un pied tremblant, comme s'il voulait creuser un trou jusqu'au centre de la terre. Il resta dans cette position tout le temps que prit l'enlèvement du corps.

Ruben Dawson se tenait debout près du maire, silencieux et prêt à réagir, comme toujours. On souleva le cadavre et on l'enveloppa dans une housse noire en polyéthylène. Jerry Kho sortit de la pièce sur un brancard, avec pour marche funèbre le grincement des roues et le bruit d'une fermeture éclair. Sur le mur, la suite de chiffres représentait une épitaphe incompréhensible, enfermée dans une bulle enfantine. Son aspect naïf détonait dans un contexte aussi sinistre. Il ne manquait plus que quelqu'un se mette à chanter une berceuse.

Seules quatre personnes restèrent dans l'appartement – quatre statues de sel confrontées à l'énigme posée par chaque crime. Deux éternelles questions : *Qui ? Pourquoi ?* Et même quand la première trouvait une réponse, la seconde restait irrémédiablement insoluble.

Christopher Marsalis sortit avant tous les autres de la stupeur qui les immobilisait. Peut-être grâce à la rage qui grondait dans sa gorge, il se ressaisit. Il alla examiner la paroi contre laquelle le corps de son fils était appuyé encore quelques instants plus tôt.

— C'est quoi ce putain de numéro ?

La question resta en suspens, comme un fil ténu qui se perdait dans le vide.

Jordan respira profondément et s'écarta des autres. Il fit complètement abstraction de leur présence – ils n'existaient plus. Il se savait depuis longtemps doté d'une capacité d'observation hors du commun. Au cours des tests d'aptitude de l'Académie de police, la psychologue responsable de son évaluation avait été impressionnée par sa faculté à décrire tout ce qu'il voyait avec une avalanche de détails.

Se fiant à cet instinct, il fixa ses yeux sur le mur jusqu'à le faire littéralement disparaître.

Il vit le cadavre de Gerald, traîné contre le mur, installé dans cette position saugrenue... puis une main, qui traçait un nuage bleu sur la paroi...

— C'est un code T9, annonça Jordan, comme une évidence.

Trois visages se tournèrent vers lui. Ruben Dawson rentra dans son rôle officiel de porte-parole du maire.

— Et qu'est-ce qu'un « code T9 », au juste ?

Jordan sortit son téléphone portable de la poche. Il pianota rapidement sur les touches, levant la tête de temps en temps pour contrôler les chiffres sur le mur. Une fois obtenue la confirmation de son intuition, il ne changea pas pour autant d'attitude : le trophée de premier de la classe ne l'intéressait pas.

— C'est un système de saisie intuitive des SMS. Au fur et à mesure qu'on appuie sur les touches du téléphone, le logiciel propose les mots complets qui peuvent correspondre. Ça évite de composer tout le message lettre par lettre.

Jordan attira leur attention sur les deux derniers chiffres.

— Là, vous voyez ? Le 4 et le 6 à la fin sont encadrés. Et si on considère la position du corps...

Jordan s'efforçait de ne pas appeler la victime par son nom. D'après les normes comportementales de la police, se référer à une victime par son nom trahissait une implication émotionnelle excessive de l'enquêteur, au détriment de sa lucidité.

— En voyant la position du corps et le message, j'ai pensé que les chiffres faisaient peut-être référence à quelque chose de bien précis. Je les ai tapés sur mon téléphone, et voilà ce que ça donne.

Il orienta l'écran du téléphone vers son auditoire attentif. On pouvait y lire une phrase :

the doctor is in

Les trois têtes se soulevèrent de concert, un air perplexe imprimé sur leurs visages. Le silence qui suivit la démonstration était plus éloquent que n'importe quelle question.

Jordan poursuivit ses explications. Quiconque le connaissant assez bien aurait compris à ce moment-là qu'il parlait plus pour lui-même que pour les autres.

— La position de la victime imite celle de Linus, un personnage de Charles Schulz qui a la manie de sucer son pouce en tenant sa couverture fétiche collée contre son oreille.

Puis Jordan pointa le doigt sur l'écran du téléphone.

— Quant à cette phrase, elle aussi apparaît dans les *Peanuts*, quand Lucy joue les psychiatres de rue. Sur son étal, il y a les mots *The doctor is* suivis d'un panneau *in/out* – d'où l'encadré.

Burroni l'observait d'un air qui se voulait blasé. Le ton de sa voix, pourtant, était rien de moins qu'admiratif.

— Et qu'est-ce que tu en déduis ?

Jordan rangea son téléphone dans le blouson.

— À mon avis, l'assassin a fait exprès de laisser un message facile à déchiffrer. Le code est tellement évident que n'importe quel programme de la police ou du FBI l'aurait décrypté en quelques secondes.

Jordan tira une cigarette de sa poche sans sortir le paquet. Il l'alluma et conclut son raisonnement en expulsant une bouffée de fumée.

— En fait, ce n'était rien de plus qu'une sorte de *divertissement** pour le meurtrier. Et cette plaisanterie a pour but de nous aiguiller...

Jordan s'interrompit brusquement.

Je ne suis plus lieutenant, Rodriguez.

— ... a pour but de *vous* aiguiller sur son prochain coup.

Personne ne sembla remarquer la précision apportée par Jordan, un distinguo qui le plaçait pourtant sur une autre planète qu'eux.

Christopher avança d'un pas. Burroni était blême.

— Explique-toi.

L'homme qui avait autrefois été flic et qui, d'après l'agent Oscar Rodriguez, le resterait à jamais, fit un geste vers les chiffres sur le mur.

— C'est simple. Le meurtrier a transformé la victime en un personnage de BD, Linus. On peut s'attendre à ce que la victime suivante subisse un sort analogue.

Involontairement, il avait pris le contrôle de la situation et tout le monde était suspendu à ses lèvres.

— Impossible de prévoir le prochain nom sur sa liste, mais si mon hypothèse tient la route, on peut s'attendre à deux choses : la première, c'est qu'il s'agira d'une femme...

— Et la seconde ? le pressa Christopher.

— La seconde, c'est que dans son esprit malade, il l'aura baptisée Lucy.

6

L'inertie du train qui s'arrêtait poussa doucement Lysa Guerrero en avant. Le crissement rouillé des freins annonça l'arrivée à Grand Central Station, New York. Encore une nouvelle ville, des gens indifférents, une maison pleine de meubles qu'elle n'avait pas choisis. Mais cette destination-ci était la dernière, le lieu où tout finissait pour mieux recommencer.

Elle se leva et descendit sa valise à roulettes du porte-bagages. Comme animés d'une vie propre, ses longs cheveux ondulés flottaient autour de son visage. Du coin de l'œil, Lysa surprit l'expression rêveuse de l'homme assis face à elle avec un garçonnet de sept ou huit ans. Un visage anonyme d'employé de bureau, le genre à porter des cravates à élastique et des chemises à manches courtes sous sa veste. Il avait passé une bonne partie du voyage à la regarder, s'imaginant qu'elle ne s'en rendait pas compte. La beauté de Lysa l'intimidait sans doute, et la seule fois où leurs regards s'étaient croisés, il s'était précipitamment réfugié dans le flot ininterrompu de questions que son fils lui posait.

Elle lui fit un clin d'œil.

Il rougit comme un homard et s'affaira à aider le garçon, aux prises avec son sac à dos.

Lysa sortit du train et remonta le quai en suivant les panneaux, indifférente aux regards qui la précédaient et la suivaient jusqu'à la sortie comme un souffle de vent. Personne ne l'attendait et, à ce moment de sa vie, elle ne voulait être attendue par personne.

Elle se retrouva dans l'énorme hall de Grand Central, véritable monument de marbre, de boiseries, d'escaliers et de souvenirs fixés sur mille bobines de pellicules.

Le plafond élevé formait une voûte céleste pour la petite ville contenue dans ces murs. Dressé au milieu des gratte-ciel futuristes, ce morceau d'histoire sauvé de la destruction par Jacqueline Kennedy témoignait d'un passé à peine révolu.

Tirant sa valise derrière elle, Lysa se dirigea vers le passage souterrain qui menait au métro.

À l'étage inférieur de Grand Central prospérait un restaurant célèbre, l'Oyster Bar, où l'on trouvait tous les types d'huîtres que la nature et l'homme avaient créés pour satisfaire les gourmets. Lysa décida de célébrer son arrivée à New York comme il se devait. Huîtres et champagne : l'idéal pour démarrer sa nouvelle vie sous les meilleurs auspices. L'idéal aussi pour oublier l'ancienne, pour l'empêcher de devenir un souvenir trop lourd...

Tu y es arrivée, Lysa. Plus qu'un petit effort et c'est bon.

Toute sa vie, elle avait cherché un endroit tranquille où se réfugier. Ce qu'elle désirait le plus au monde, c'était un peu de sérénité, ainsi que cette chose que la plupart des gens fuyaient comme la peste : l'anonymat. Elle rêvait de passer inaperçue mais son aspect physique provoquait précisément l'effet inverse. Elle avait vécu le plus clair de son existence sous des dizaines de regards scrutateurs qui exprimaient toujours la même attente. Et elle avait reçu des dizaines de réponses toujours identiques à *ses* attentes, même les plus modestes.

Elle avait fini par abandonner.

Comprenant que le monde qui l'encerclait ne changerait jamais, elle avait rendu les armes. Mais tout en agitant son drapeau blanc, elle avait décidé de vendre très cher son abdication.

Elle descendit le plan incliné qui menait au restaurant.

Elle franchit les portes vitrées de l'Oyster Bar, en regardant droit devant elle.

Deux yuppies accoudés au comptoir juste en face de l'entrée, modérément éméchés, s'arrêtèrent de parler. Deux tabourets plus loin, un type grassouillet laissa tomber sur ses genoux l'huître qu'il s'apprêtait à gober.

Un serveur en chemise blanche et gilet noir vint à sa rencontre et l'accompagna jusqu'à une table dans un coin de la salle. Nappe à carreaux rouges et blancs, couverts pour deux.

Lysa s'assit et posa sac et valise contre le mur. Le serveur, discret, lui proposa poliment le menu, sur lequel était imprimé le logo du restaurant.

Elle le repoussa délicatement et adressa au serveur son plus aimable sourire, parvenant à ouvrir une brèche dans son indifférence courtoise.

— Ce ne sera pas nécessaire. Je voudrais simplement une sélection de vos meilleures huîtres et une demi-bouteille de champagne bien frais.

— Bien, mademoiselle. Est-ce qu'une douzaine d'huîtres vous conviendrait ?

— Deux douzaines me conviendraient nettement mieux.

Le serveur prit note et, cédant à la sympathie, il se pencha vers elle, l'air complice.

— Je pense être en assez bonne intelligence avec le maître d'hôtel pour vous obtenir une bouteille de champagne au prix d'une demie. Je vous souhaite la bienvenue à New York, mademoiselle.

— Comment avez-vous compris que je ne suis pas d'ici ?

L'homme sourit d'un air entendu.

— Vous avez une valise et vous souriez. Vous ne pouvez pas être de New York.

— Mais les gens qui partent ont bien une valise, non ?

Lysa avait aiguillonné le serveur et reçut exactement le genre de réponse escomptée.

— Oui, mais ceux qui quittent la ville ne retrouvent le sourire qu'une fois bien loin d'ici.

Après cet abrégé de petite philosophie apocalyptique, l'authentique *newyorker* s'éloigna et Lysa resta seule à sa table.

Dans le coin opposé du restaurant, six hommes étaient assis à une grande table. De toute évidence, eux non plus n'étaient pas du cru. Lysa savait reconnaître au premier coup d'œil les « gens du dehors » : elle-même l'avait été trop souvent et trop longtemps. Pendant qu'elle passait commande, elle les avait observés par intermittence, cachée par le serveur. Depuis qu'ils l'avaient repérée, installée seule à une table, ils se chamaillaient comme des chats sauvages dans les herbes folles.

Lysa farfouillait dans son sac à main quand le serveur providentiel revint, chargé d'un plateau d'huîtres élégamment disposées sur un lit de glace. Il apporta ensuite un seau à champagne chromé dont dépassait la bouteille.

Les hommes attablés patientèrent jusqu'au départ du serveur, puis l'inévitable se produisit. Après un dernier round de conciliabules, l'un des joyeux compères quitta sa chaise et traversa la salle. Il était plutôt grand, au crâne dégarni, avec une bedaine de buveur de bière qui gonflait sa veste claire.

Il arriva juste au moment où Lysa se servait une huître Belon appétissante.

— Salut, ma belle. Je m'appelle Harry et je viens du Texas.

Lysa leva à moitié les yeux de son assiette puis entreprit d'assaisonner son huître. Elle parla sans regarder l'homme en face.

— Et ça fait de toi quelqu'un de spécial ?

Parti sur la lancée, Harry le Texan n'entendit pas le point d'interrogation à la fin de la phrase et la prit pour une reconnaissance méritée de ses qualités.

— Ça, tu peux le dire.

— Je l'aurais parié.

Sans y être invité, il s'assit à côté de Lysa sur la banquette en cuir.

— Comment tu t'appelles ?

— Quoi que tu aies à me proposer, laisse-moi te prévenir : ça ne m'intéresse pas.

— Oh, allons. Un homme comme moi a toujours quelque chose qui peut intéresser une femme dans ton genre.

Harry le Texan galopait à bride abattue vers une conquête qu'il imaginait inéluctable, au point qu'il ne remarquait même pas la répulsion affichée sur le visage de sa proie. Il était une mouche qui s'imaginait araignée. Lysa se cala contre le dossier, poussant légèrement ses seins en avant. Le regard qu'elle lança au séducteur le fit frissonner.

Puis elle lui adressa un sourire radieux, tel un océan de promesses.

— Tu vois, Harry, s'il y a bien une chose que j'adore chez un homme, c'est l'esprit d'initiative. Et toi, tu en as à revendre. Tu es dégourdi, ça se voit. Très dégourdi.

Harry le Texan sourit à son tour et bomba le torse, se pavanant grossièrement devant ses amis. Son coup d'œil vers leur tablée n'échappa pas à Lysa.

— Tu n'imagines même pas à quel point.

— J'en étais sûre. Il faut que tu saches que moi aussi, je suis dégourdie. Regarde ma main.

Lysa caressa la table de la main gauche, lentement. Fasciné, Harry suivait le parcours des ongles sur le tissu à carreaux. C'était un mouvement simple, le bout des doigts glissant sur la nappe, mais l'expression de cette femme lui conférait une sensualité inouïe. Sa pomme d'Adam bondit dans sa gorge et il déglutit avec difficulté.

— Tu vois ce geste ? Imagine que je pourrais faire la même chose sur toi, dans ton dos, sur ta nuque, ta poitrine, ou encore ailleurs...

Cet *ailleurs* arriva aux oreilles de Harry porté par un souffle chaud qui lui ouvrait des perspectives vertigineuses. Lysa plissa les yeux et continua ses cajoleries.

— Tu imagines ?

Toute limitée que fût sa fantaisie, Harry le Texan imaginait, oui. Puis la femme assise à ses côtés changea brusquement d'attitude. Elle détourna le regard et poussa un soupir en ajoutant, d'une voix légère et insouciante :

— Et maintenant imagine ce que je pourrais faire avec l'autre main.

Elle désigna du menton un point sous la table. Harry regarda entre ses jambes et devint blanc comme un linge. La main droite de Lysa serrait le manche d'un couteau à cran d'arrêt.

Et la lame acérée menaçait directement ses testicules.

— Maintenant, je te laisse le choix, Harry le Texan. Soit tu repars chez tes amis avec tes couilles, soit tu repars sans.

Harry affecta une moue ironique, mais les tremblements dans sa voix trahissaient son malaise.

— T'oserais pas.

— On parie ?

Il y eut un instant de flottement. L'espace de quelques secondes, le monde entier sembla s'arrêter, à l'exception de la goutte de sueur froide qui s'écoula sur la tempe de Harry. Puis Lysa décida de remettre le monde en marche.

— Nous allons passer un accord.

— Quoi ?

— Étant donné que tu n'es pas méchant mais juste crétin, je vais te rendre un service. Tu vas gentiment glisser la main dans la poche de ta veste et tu vas me donner ta carte de visite. Je la prendrai avec un grand sourire. Tes amis nous observent ; libre à toi de leur raconter ce que tu voudras. Ce soir, tu pourrais – pourquoi pas – sortir seul et te planquer dans un cinéma. Demain, tu leur raconteras ta fabuleuse partie de jambes en l'air avec la fille du restaurant. Je m'en balance. Mais en contrepartie, je te demande juste une chose : disparais et fous-moi la paix pendant que j'avale mon repas.

Harry se leva en faisant très attention à l'épée de Damoclès miniature qui pendait au-dessus de sa virilité.

Lysa posa les deux mains sur la table : le couteau avait disparu. D'un geste volontairement suggestif, elle prit la belle huître posée dans son assiette, la porta à ses lèvres et l'avala avec un léger bruit de succion.

Dans un sursaut d'orgueil, Harry cracha :

— T'es qu'une sale petite pute.

Le sourire angélique que cette femme ravissante lui décocha alors paraissait incompatible avec l'image du couteau pointé sur ses parties sensibles. La main de Lysa disparut sous la table.

— Si c'est vraiment ce que tu penses, pourquoi ne reviens-tu pas t'asseoir ?

Harry tourna les talons sans rien ajouter et rejoignit ses amis. Elle suivit sa retraite du regard, sans se départir de son air avenant. Quand il eut repris place à la table texane, elle saisit sa coupe de champagne et la leva dans sa direction. Aucun de ses camarades ne remarqua le sourire crispé qu'il composa en retour.

Calmement, Lysa reporta son attention sur une énorme huître du Maine qui trônait sur le plateau de métal.

Trois quarts d'heure plus tard, un taxi la déposait à l'adresse qu'on lui avait donnée.

Chelsea, au 54 Ouest de la 16e Rue, entre la Cinquième et la Sixième Avenue.

Elle sortit de la voiture et, pendant que le chauffeur extirpait sa valise du coffre, elle leva les yeux jusqu'au sommet de l'édifice puis chercha les fenêtres à l'angle du troisième étage. Elle sortit le trousseau de clefs de son sac à main, agrippa la poignée de la valise et se dirigea vers l'entrée de l'immeuble.

Elle ignorait pour combien de temps, mais cet endroit était désormais sa maison.

7

Jordan passa les grilles du Carl Schurz Park et engagea sa moto sur le chemin qui montait vers Gracie Mansion, la résidence officielle du maire de New York. Son frère avait décidé d'y habiter bel et bien pendant toute la durée de son mandat, même s'il possédait un splendide appartement au dernier étage d'un immeuble de la 74ᵉ. Jordan se souvenait par cœur du discours d'investiture de Chris, qui avait pris sa plus belle voix – un véritable aimant à électeurs – pour déclarer : « Le maire de New York doit vivre là où ses administrés ont décidé qu'il devait vivre, car c'est là qu'ils le chercheront quand ils auront besoin de lui. »

Jordan s'arrêta devant le portail et ôta son casque. L'agent de service, un jeune homme avec quelques traces d'acné sur les joues, s'approcha pour vérifier son identité.

— Je suis Jordan Marsalis. Le maire attend ma visite.

— Puis-je voir vos papiers ?

Sans un mot, Jordan lui tendit le permis de conduire qu'il gardait dans son blouson.

En attendant que le contrôle soit terminé, il vit plusieurs voitures de police garées autour de la maison, ainsi qu'un certain nombre de policiers en faction. Ce n'était pas étonnant : le fils du premier citoyen de New York venait d'être assassiné, et rien ne permettait d'exclure l'éventualité que le meurtrier en voulût également au père.

L'agent lui rendit son document.

— Je vous ouvre immédiatement.

— Merci.

Si le jeune homme connaissait Jordan et son histoire, il n'en laissa rien paraître. Il regagna sa guérite et le portail automatique se mit en mouvement.

Jordan gara sa moto devant l'entrée principale de Gracie Mansion. Alors qu'il s'approchait de la porte, celle-ci s'ouvrit et un majordome impeccable apparut sur le seuil. Son allure et sa physionomie n'étaient pas sans rappeler l'illustre John Gielgud.

— Bienvenue, monsieur Marsalis. Je vous prie de bien vouloir me suivre. Le maire vous attend dans le petit bureau.

— Inutile de m'accompagner, je connais le chemin. Merci.

— Très bien, monsieur.

Le majordome s'effaça discrètement. Jordan emprunta le couloir qui menait à l'aile opposée du bâtiment, côté East River.

En quittant l'appartement de Gerald, Christopher lui avait demandé de le rejoindre à Gracie Mansion. Sorti de l'immeuble, Jordan s'était une nouvelle fois prémuni de l'assaut des journalistes grâce à son casque. La barrière protectrice s'était révélée utile mais pas indispensable, puisque Christopher était sorti juste après lui. Un bourdonnement d'excitation s'était élevé de la ruche des journalistes, qui avaient fondu sur Chris avec la frénésie d'insectes dont on aurait détruit le nid.

Jordan avait rejoint la Ducati, mis le contact et quitté les lieux sans regarder en arrière.

Et à présent, il se tenait devant cette porte à laquelle il n'avait aucune envie de frapper. Il donna deux petits coups sur le bois brillant et, sans attendre qu'on l'y invite, il entra dans la pièce.

Assis à son bureau, Christopher parlait au téléphone. Il lui fit signe d'approcher. Ruben Dawson était installé dans un fauteuil sur le côté, aussi élégant, rigide et aseptisé que d'habitude. Il hocha imperceptiblement la tête pour saluer Jordan.

Au lieu de s'asseoir, ce dernier préféra marcher jusqu'à la fenêtre qui donnait sur le Roosevelt Channel. Une chaleur agréable émanait des vitres. La même lumière qui inondait Water Street se reflétait sur l'eau du canal. Une péniche naviguait paisiblement sur le West Channel. Un homme se promenait sur la rive en tenant deux enfants par la main, en direction du terrain de jeux. Deux adolescents s'embrassaient, appuyés à la rambarde.

Tout était normal. Sous ses yeux, une banale journée de printemps.

Et dans son dos, la voix glacée d'un homme qui venait de perdre son fils.

— J'ai dit non. Hors de question d'instrumentaliser ce qui vient de se passer. Pas de photos du père rongé par le chagrin, rien de tout ça. Nous envoyons des soldats américains partout dans le monde. Je ne veux pas donner l'impression que la mort de mon fils est plus importante que la mort de l'un de ces jeunes. Le deuil du maire de New York ne doit pas être plus important que celui d'un plombier de Detroit. Tu peux dire que notre ville pleure la disparition d'un grand artiste, mais c'est tout.

Une pause.

Jordan ignorait avec qui parlait Christopher, mais c'était apparemment quelqu'un du service de presse, qui prenait ses instructions pour la gestion de la crise. Jordan repensa au visage tétanisé de son frère quand il avait découvert le cadavre de Gerald.

Et pourtant, à présent...

— D'accord. Dans tous les cas, ne prenez aucune initiative sans me consulter d'abord.

Il raccrocha au moment précis où la porte d'entrée s'ouvrait. Maynard Logan, le chef de la police, s'efforçait visiblement de se composer un masque adapté aux circonstances.

— Christopher, je suis infiniment désolé pour ce qui t'arrive. Je suis venu dès que j'ai...

Le maire l'interrompit sans même faire semblant d'avoir écouté un seul mot.

— Assieds-toi, Maynard.

Jordan n'avait jamais vu Logan dans un tel embarras. En fait, il ne l'avait jamais vu montrer le *moindre* embarras. Et quand le chef remarqua sa présence dans la pièce, la gêne s'accrut considérablement.

Logan s'installa sur la chaise en bois comme sur un cactus. Christopher se pencha et, coudes sur la table, pointa l'index sur lui.

— Maynard, je veux que tu trouves celui qui a fait ça à mon fils. Je veux qu'on l'enferme à Sing Sing. Je veux que les autres détenus le tabassent tous les jours jusqu'à lui faire pisser le sang, et je veux être celui qui enverra le poison dans ses veines quand le jour viendra de l'expédier en enfer.

En homme politique averti, Christopher Marsalis savait comment mener la danse face à une assemblée dont les membres étaient tous des électeurs potentiels. Dans le privé, toutefois, il laissait complètement tomber le vocabulaire soigné que les gens associaient d'ordinaire à son image.

— Et je veux que ce soit Jordan qui dirige l'enquête.

Trois hommes restèrent immobiles : Jordan à côté de la fenêtre, son frère, le doigt pointé, et Ruben Dawson qui paraissait subitement fasciné par le bracelet de sa montre. Seul le chef de la police les regardait tour à tour.

— Mais Christopher, je ne...

— « Je ne » mon cul, Maynard !

Logan tenta de reprendre pied sur un terrain qui s'effritait sous ses pieds.

— OK, réfléchissons un instant. Sur le plan humain, je n'ai absolument rien contre Jordan. Et nous savons tous à quel point il est doué. Mais le NYPD compte d'autres excellents policiers, et il y a des procédures auxquelles même moi je...

Logan semblait condamné à ne jamais pouvoir terminer une phrase. Christopher se jetait sur chacun de ses mots comme un faucon sur sa proie.

— Je m'en contrefous des procédures. La plupart de tes hommes n'arriveraient pas à trouver leur propre trou du cul avec un traité d'anatomie à la main.

— J'ai des devoirs envers la communauté. Comment suis-je censé faire respecter les règles si je suis le premier à les violer ?

— Maynard, on n'est pas à un congrès national de police. Je connais la chanson. La moitié des flics de cette ville touche des pots-de-vin, et l'autre moitié qui n'est pas foutue d'en dégotter se contente de regarder ailleurs. Et entre les deux, ça joue les vases communicants. C'est la nécessité et les circonstances qui font et défont les règles.

Logan adopta un nouvel angle d'attaque – ou de défense. Mais c'était sa dernière cartouche, il le savait pertinemment.

— Jordan est impliqué émotionnellement dans cette affaire. Sa capacité de discernement pourrait s'en trouver compromise.

— Maynard, j'ai vu de mes propres yeux ce qui s'est passé aujourd'hui. Si Jordan a pu garder la tête assez froide pour déchiffrer ce putain de code alors qu'il venait...

Christopher s'interrompit. L'espace d'un instant, l'homme que Jordan avait vu s'effondrer devant le cadavre de son fils refit surface. Mais cela ne dura qu'une seconde.

— S'il a pu le déchiffrer alors qu'il venait à peine d'assister à ce spectacle atroce, je pense qu'il n'aura aucune difficulté à poursuivre l'enquête.

À en croire l'expression de Maynard Logan, on aurait dit que Christopher lui demandait de déplacer une montagne avec une cuiller.

— Je ne sais pas si...

Christopher ne lui accordait aucun répit.

— Moi, je sais. Je sais exactement ce que je veux. Et ce que toi, tu dois faire, c'est me donner un coup de main.

Pour la première fois depuis qu'il avait mis les pieds dans la pièce, Jordan prit la parole.

— Ça vous intéresse peut-être d'entendre mon avis sur la question.

Maynard et Christopher le regardèrent comme s'il venait de surgir de nulle part. Sur le visage exsangue et impassible de Ruben Dawson apparut l'ombre d'un sourire, vite effacée.

Jordan abandonna son poste à la fenêtre et se rapprocha du bureau.

— Je suis hors jeu, Christopher. Dieu sait que la mort de Gerald me bouleverse, mais à l'heure qu'il est je devrais déjà être à deux cents kilomètres d'ici.

Son frère croisa le regard bleu de Jordan – prêt à la confrontation, ou à la recherche d'un réconfort.

— La route sera toujours là à t'attendre quand ce sera fini, Jordan. Je ne peux faire confiance à personne d'autre que toi.

Puis le maire s'adressa au chef de la police avec une amabilité aussi inattendue qu'intéressée.

— Tu veux bien nous accorder un instant, Maynard ?

— Certainement.

— Ruben, peux-tu accompagner monsieur Logan et lui offrir quelque chose à boire ?

Dawson se leva sans changer d'expression et les deux hommes quittèrent la pièce, sans doute soulagés par cette pause. Jordan se réjouit que le désir de discrétion de son frère se soit également appliqué à son inséparable collaborateur.

Il s'assit sur la chaise New England précédemment occupée par Logan. Il s'attendait presque à la trouver brûlante.

Christopher se pencha de nouveau sur le bureau, adoptant un ton confidentiel qui se voulait persuasif.

— Logan fera ce que je lui dis de faire. Je peux t'obtenir toute l'aide dont tu auras besoin. Tu n'auras qu'à demander, et toutes les ressources possibles et imaginables seront à ta disposition. Officiellement, tu n'apparaîtras nulle part, mais tu mèneras cette enquête de A à Z et personne ne te dictera ton boulot. Si tu veux, ce Burroni pourra te servir de paravent pour l'aspect officiel.

— Ça m'étonnerait qu'il saute de joie à cette idée.

— J'ai entendu dire qu'il avait l'IAD [1] sur le dos. Crois-moi, il fera des cabrioles une fois qu'on l'aura débarrassé d'eux et qu'on lui aura fait miroiter unc jolie promotion.

Jordan gardait sa réserve. De confidentiel, le ton de son frère devint suppliant.

— Je t'en prie, tu dois accepter.

Il répondit par une question à plusieurs sens.

— Pourquoi ?

— Parce que ce matin, on a tué ton neveu. Et parce que le boulot de flic, c'est toute ta vie.

Le regard de Jordan se perdit sur le sol, comme s'il réfléchissait. En réalité, il sentait une certaine frustration monter en lui car il ne pouvait rien rétorquer à son frère. Pour une raison très simple : son affirmation était rigoureusement exacte.

Je ne suis plus lieutenant, Rodriguez...

Fidèle à son habitude, il prit sa décision en quelques secondes. Il s'en était parfois mordu les doigts, d'autres fois félicité. Il espéra que cette décision-ci viendrait illustrer le second cas de figure.

---

1. IAD : Internal Affairs Division, inspection générale de la police de New York. (*N.d.T.*)

— D'accord, j'accepte. Fais en sorte qu'on me communique au plus vite une copie des dépositions, les résultats de l'autopsie et toutes les analyses de la Police scientifique. Je procéderai à ma façon, à mon rythme. Je te dirai au fur et à mesure de quoi j'ai besoin.

— Tout ce que tu voudras. Ruben s'est déjà procuré le procès-verbal de l'interrogatoire de LaFayette Johnson, ainsi que les premières conclusions du légiste. L'autopsie se déroule en ce moment même. Un rapport préliminaire devrait nous parvenir avant ton départ.

— Parfait. Je te tiens au courant.

Jordan se leva et se dirigea vers la porte. Il se figea main sur la poignée quand son frère ajouta :

— Merci, Jordan. Je sais que tu fais ça pour moi et...

Ce fut au tour de Christopher Marsalis de se voir couper la parole, une chose à laquelle il n'était pas habitué.

Un regard froid posé sur son frère, Jordan prononça d'une voix plate quelques mots qui dissipèrent leur solidarité précaire et momentanée.

— Pour une fois, permets-moi d'être égoïste. Je ne fais pas ça pour apaiser ta culpabilité. Je le fais pour étouffer la mienne.

— Quelles que soient tes raisons, je te remercie. Je m'en souviendrai.

Jordan ne put retenir une grimace d'amertume.

— C'est bizarre, j'ai comme l'impression d'avoir déjà entendu ça quelque part.

Une ombre traversa le visage de Christopher. Refermant la porte derrière lui, Jordan souhaita à son frère de ne pas posséder de conscience – car attendre entre ces quatre murs, seul avec ce spectre impitoyable, serait une rude épreuve même pour lui.

8

— Voici pour toi. Noir, serré, sans sucre. Comme tu l'aimes.

Annette posa l'expresso sur la table.

— Merci, Annette. Tu m'apportes l'addition ?

— Le boss a dit que c'est la maison qui offre.

Jordan se tourna vers Tim Brogan, debout derrière la caisse. Il le remercia d'un geste de la main. La serveuse fit un signe de tête vers la télévision allumée dans un coin du restaurant. Un film passait sur HBO, le son coupé. Harry Potter voltigeait à califourchon sur son balai magique, engagé dans une partie acharnée de Quidditch. Annette lui parla sur le ton de la confidence, ce qui les isola un instant du reste du monde.

— Nous avons vu les nouvelles, Jordan. Je suis vraiment désolée pour ce garçon. Sale histoire. Et côté sales histoires, j'en connais un rayon.

— La vie tout entière est une sale histoire. Il y a une douzaine d'heures, je pensais que ce restaurant cesserait d'être ma cantine. Et pourtant...

Il leva sa tasse pour porter un toast aussi amer que le café qu'elle contenait.

— Aux rendez-vous manqués.

Annette lui sourit avec sincérité.

— Aux rendez-vous repoussés, Jordan. Juste repoussés.

Un gros type chauve avec du ketchup sur la joue était en train de se dévisser l'épaule pour attirer l'attention d'Annette.

La serveuse fut contrainte de rentrer dans le rôle qu'elle interprétait huit heures par jour. Plus les heures supplémentaires, comme ce soir-là.

— J'arrive tout de suite.

Elle s'éloigna, laissant Jordan repenser à cette réflexion avec laquelle il était d'accord. Indépendamment de la composante émotionnelle, c'était vraiment une sale histoire. Du genre qu'il fallait prendre avec des pincettes, de tout point de vue. Et s'il ne se trompait pas, la situation risquait de devenir encore plus explosive – en admettant que ce fût seulement possible. Quand il avait quitté Gracie Mansion, le rapport d'autopsie préliminaire n'était pas encore arrivé et il avait préféré abandonner Christopher à ses sentiments de père et à ses devoirs de maire. De ces deux casquettes, Jordan se demandait laquelle était la plus lourde à porter dans un moment pareil.

Il avait téléphoné à Burroni pour lui donner rendez-vous à l'heure du dîner, dans le snack au coin de la Sixième. Il venait de terminer son café quand il aperçut le policier à travers la première fenêtre. Burroni longea les vitres et apparut dans le cadre de la porte.

Il avait toujours la veste en daim et le chapeau noir à bords arrondis qu'il portait le matin même. Il entra et parcourut le local du regard jusqu'à ce qu'il repère Jordan. Il traversa la salle d'une démarche étrange, semblable à celle d'un joueur de football. À la main, il tenait un quotidien sportif plié en deux, dont dépassait une pochette jaune.

Arrivé à la table de Jordan, il resta debout. Son visage montrait clairement qu'il aurait préféré se trouver ailleurs et en meilleure compagnie.

— Bonjour, Jordan.

— Assieds-toi, James. Qu'est-ce que tu prends ?

Il héla la serveuse, qui s'arrêta pour prendre la commande.

— Un Schweppes. Je suis en service.

Jordan encaissa sans ciller l'allusion grossière des quatre derniers mots. Le détective se laissa tomber sur la chaise face à lui et jeta le journal sur la table. La pochette glissa légèrement et Jordan y lut les initiales NYPD.

— Soyons clairs dès le départ, Marsalis.

Jordan prit l'expression la plus agacée dont il était capable.

— Je ne demande que ça.

— Tu ne m'apprécies probablement pas, mais ça ne va pas bouleverser le résultat des courses. Le vrai problème, c'est que moi, je ne t'aime pas. Et surtout, je n'aime pas cette situation. Je compatis pour ton neveu, mais...

Jordan leva les paumes vers son interlocuteur pour interrompre un discours dont il pressentait déjà la teneur.

— Arrête-toi là. J'ignore ce qu'on t'a raconté, et je m'en moque. Par contre, tu as intérêt à écouter sagement ce que *moi*, j'ai à dire.

Burroni se découvrit et posa son chapeau sur une chaise. Il se redressa et croisa les bras, attendant la suite.

— J'écoute.

— Je ne crois pas un instant que tu compatisses réellement pour mon neveu. Tu le considères juste comme un détraqué qui a reçu la fin qu'il méritait, et dont le monde pourra très bien se passer. Ça te regarde, et je ne m'attends pas à ce que tu comprennes. Mais tu seras bien obligé de t'accommoder du reste. Il ne s'agit pas de faire des projets de mariage, mais de travailler ensemble sur une enquête – inhabituelle sans doute, mais une enquête malgré tout. Tu as tes raisons, et moi, les miennes. Nous en tirerons bénéfice tous les deux...

Burroni posa brusquement les coudes sur la table et dévisagea Jordan. Celui-ci eut l'impression de voir un serpent se dresser pour l'attaque.

— Si tu fais référence à cette histoire d'affaires internes, sache que je...

Jordan ne le laissa pas finir.

— Je sais très bien que *tu*. Je sais, pour toi et pour beaucoup d'autres. J'ai toujours su, pendant toutes mes années de *service*, comme tu as dit tout à l'heure. Ceci dit, je savais aussi qu'en fin de compte, un bon policier donne toujours plus qu'il ne prend, même s'il cède parfois à quelques petites faiblesses. Seulement, quand les faiblesses prennent le dessus, on cesse d'être un bon flic pour se transformer en voyou. Et là, c'est au juge d'entrer en scène. Mais il y a un élément nouveau qui, lui, *va* bouleverser le résultat des courses.

— C'est-à-dire ?

— C'est-à-dire que maintenant, je n'en ai plus rien à branler, James. Pour des raisons qui m'appartiennent, je veux boucler cette affaire. Ce chapitre tout entier. Et le fait que la victime soit mon neveu n'est qu'une de ces raisons. Après, je pourrai enfin partir pour un voyage qui aurait dû commencer ce matin.

La serveuse arriva, posa le soda sur la table et tourna les talons sans un mot. Jordan laissa passer quelques secondes et Burroni en profita pour avaler une gorgée de Schweppes.

— En ce qui me concerne, c'est tout ce que je demande. Mais toi, tu pourras mettre à ton actif l'arrestation du meurtrier de Gerald Marsalis, le fils du maire. Un véritable héros. Tu sauras enfin ce que ça fait d'être une star. Et tu pourras non seulement arrêter de t'inquiéter pour les pots-de-vin que tu as acceptés, mais même augmenter tes tarifs.

Indiquant le journal sportif, il ajouta :

— Tu paries sur le baseball ou les chevaux ?

— T'es un fils de pute, Marsalis.

Jordan acquiesça avec un sourire en coin.

— C'est de famille, sans doute.

Pendant un court silence, les forces en présence firent le décompte des morts et des blessés. Jordan décida que si une trêve était nécessaire, alors c'était le bon moment pour agiter sinon un drapeau blanc, du moins un mouchoir. Faisant référence à la pochette qui dépassait du quotidien, il demanda :

— C'est quoi, ça ?

Le détective la sortit et l'ouvrit devant les yeux de Jordan. Déplacer ces documents de quelques centimètres représentait pour Burroni un effort immense.

— La copie des procès-verbaux. Absolument tout ce qu'on sait pour l'instant. L'autopsie a été faite en un temps record, de même que les premières analyses. Tu n'as qu'à lire, prends ton temps.

Jordan se dit qu'un témoignage de confiance pourrait flatter l'amour-propre de Burroni. Les mécanismes rouillés de leur collaboration forcée avaient bien besoin d'être dégrippés.

— Je préfère que tu m'expliques.

La tension dans la voix de Burroni se relâcha un peu.

— L'autopsie a permis de confirmer la cause de la mort : strangulation. Pour coincer le doigt, on lui a rempli la bouche de colle extraforte. Idem pour la couverture et la main collées à l'oreille. L'analyse de la substance a révélé qu'il s'agissait d'une marque très répandue, Ice Glue. On en trouve à peu près partout dans le pays. Il n'y a rien à en tirer. Ensuite, tu avais apparemment raison sur le déroulement de l'homicide. On a trouvé des traces de scotch sur les poignets et les chevilles. Là aussi, un type de ruban tellement répandu que ça ne nous avance à rien. L'assassin a d'abord attaché sa victime pour l'avoir à sa merci, puis il l'a tuée. À part les hématomes au cou, aucune trace de lutte sur le corps.

Au fur et à mesure que Burroni développait, Jordan retrouvait inconsciemment sa mentalité d'enquêteur. Il se rappelait parfaitement cet état de grâce particulier, telle une bénédiction empoisonnée, qui s'emparait du détective fraîchement débarqué sur une scène de crime. Oui, il se rappelait ce moment où il devenait le point de référence, où tous les policiers présents faisaient un pas en arrière, attendant ses instructions.

La voix de Burroni le tira de sa rêverie.

— Le témoignage de...

Il fit pivoter la feuille pour lire le nom.

— Le témoignage de LaFayette Johnson ne nous a pas appris grand-chose, pour l'instant. Il a dit la vérité sur ce qui s'est passé, et il a réagi normalement. Ses relevés téléphoniques confirment que la victime l'a appelé sur son portable, approximativement à l'heure qu'il nous a indiquée. Quand il a découvert le corps, il a averti la police. On ne peut pas encore le rayer de la liste des suspects, mais...

L'hypothèse resta en suspens, et Jordan conclut à sa place.

— Mais tu ne penses pas qu'il aurait tué sa principale source de revenus.

— Exactement. Ceci dit, il y a un détail dans sa déposition qui pourrait nous aider.

— Quoi ?

— Devant l'immeuble de la victime, il a été bousculé par un type en survêtement qui sortait. Il n'a pas réussi à voir son visage, mais quand l'homme est parti en courant, Johnson a remarqué une légère claudication, comme s'il avait un genou plus faible que l'autre. Nous avons quadrillé le quartier sans trouver personne qui corresponde à la description. Il n'habite probablement pas dans le coin.

— C'est une piste à ne pas négliger. Autre chose ?

— La femme qui a passé la nuit avec ton nev... avec la victime. Elle s'est présentée spontanément à la police dès qu'elle a appris la nouvelle par les médias. Quand j'ai quitté le QG, ils étaient en train de l'interroger.

— Quel genre de femme ?

— Banale, comme il en existe beaucoup. Plutôt fade, sans personnalité. Éteinte, flétrie. Le genre à tomber en adoration devant la personnalité flamboyante d'un peintre de renom. Elle travaille comme secrétaire chez un éditeur de Broadway, j'ai oublié le nom.

— D'après toi, elle aurait pu l'étrangler ou pas ?

— Vu son physique, même pas s'il y en avait deux comme elle.

— Et au labo, ils disent quoi ?

— Ils s'arrachent les cheveux. Ils se débattent avec des milliers d'empreintes digitales, de fibres, de poils, cheveux, couleurs... Il faudrait des mois et le double d'effectifs pour tout classifier.

— Et c'est là tout ce que nous avons, pour l'instant...

Le commentaire de Jordan était une simple constatation où ne pointait aucune résignation. Son expérience lui avait enseigné que la plupart des enquêtes débutaient dans un brouillard total.

Comme c'était l'usage après l'examen des faits, Burroni hasarda une première hypothèse de travail.

— Tu crois que ça pourrait être un tueur en série ?

— Aucune idée. Trop tôt pour le dire. Avec le message codé et un tel *modus operandi*, il y a largement de quoi s'orienter vers un psychopathe accompli. Mais ce pourrait être aussi une personne ordinaire, quelqu'un qui aurait connu par le passé un épisode psychotique isolé, sans rechute jusqu'à cette nuit. Et parmi les fans et les fréquentations de la victime, on en trouvera sûrement plusieurs qui correspondent au profil. Regarde l'assassin de John Lennon...

— Alors, qu'est-ce qu'on fait ?

— Ce ne sera pas un travail gratifiant, mais il faut fouiller la vie de Gerald Marsalis de fond en comble. Tout : amis, femmes, clients, dealers...

Jordan remarqua l'air réticent de Burroni et répondit à son objection implicite :

— James, je sais très bien quel genre d'homme était mon neveu. Je sais dans quelles affaires il était embourbé. Mais ça ne change rien aux exigences de l'enquête. Je veux tout savoir. Le reste, c'est mon problème.

— Ça me paraît une bonne façon de procéder.

Jordan crut percevoir un soupçon de respect dans le ton anodin de Burroni.

— Tu as des hommes à ta disposition ?

— Évidemment. Dans une affaire comme celle-ci, autant que je veux.

— Alors colle quelqu'un aux basques de Johnson. Ça ne donnera probablement rien – ou en tout cas, rien qui concerne le meurtre. Mais si jamais on déniche de quoi l'expédier au trou, la société ne s'en portera pas plus mal.

— Compris. Autre chose ?

— Rien pour l'instant. Espérons juste que je me sois trompé et que nous n'ayons pas rendez-vous avec Lucy.

Burroni se leva et mit son chapeau.

— Bonsoir, Jordan. Merci pour le verre.

— À bientôt.

Le détective tourna les talons et slaloma entre les tables jusqu'à la sortie. Il ne se retourna pas une seule fois, et bientôt, il mêlait ses pas à ceux des millions de piétons qui arpentaient les rues de New York.

Jordan resta seul, avec la désagréable sensation d'être inexistant dans un monde plein de gens qui se contentaient d'exister. Il regarda autour de lui. Visages, gestes, couleurs, attitudes, nourriture dans les assiettes, boissons dans les verres, ceux qui parlaient, ceux qui écoutaient. Rien de nouveau, rien d'anormal. Chacun portait un déguisement, parfois sans le savoir. Après le monologue rageur d'Edward Norton dans *La 25ᵉ Heure* de Spike Lee, il ne restait pas grand-chose à ajouter sur les habitants de la Grosse Pomme.

Quelqu'un avait changé de chaîne et le téléviseur montrait à présent le journal télévisé de CNN. Après quelques images de la guerre en Irak, le présentateur lança le reportage sur l'information principale du jour, le meurtre de Jerry Kho. Jordan n'entendait pas le commentaire depuis sa table ; il vit juste son frère qui sortait de l'immeuble de Gerald, immédiatement assailli par une horde de journalistes. Personne ne faisait à présent attention – pas plus que le matin – à l'homme casqué qui s'esquivait discrètement en profitant de la diversion. Le plan large fut suivi par un gros plan de Christopher Marsalis qui regagnait son auto, laissant dans son sillage un bourdonnement de questions sans réponses. L'image de la voiture qui emportait son frère ranima le souvenir d'une autre voiture, dans un autre lieu, un autre soir. Le moment précis, presque trois années auparavant, où tout avait commencé.

Ou pris fin.

Jordan était invité pour le week-end dans la maison de campagne de Christopher. Il faisait tellement beau qu'ils décidèrent de rester jusqu'au lundi dans la splendide villa en bois et en pierre, dont les baies vitrées donnaient sur les berges de l'Hudson, près de Rhinecliff. La propriété comportait un vaste parc, un embarcadère privé et une dépendance pour les gardiens et le service de sécurité. Les plans de la maison – extérieur et intérieur – avaient été dessinés par un architecte européen au sommet de son art : le résultat final ainsi que les honoraires exorbitants de son concepteur en témoignaient incontestablement. L'aspect de la villa semblait calculé pour souligner les disparités de caractère des deux frères, qu'une douzaine d'années séparaient. La veine artistique du hasard avait créé deux êtres aussi différents que possible. L'existence désinvolte de leur père les avait placés à deux extrémités d'un labyrinthe complexe au parcours délimité par des haies basses. Ils pouvaient se voir et se parler, mais ils se rencontraient rarement.

Christopher était le fils riche, Jordan le fils jeune et athlétique. Christopher avait la trempe d'un meneur, et il aimait avoir des gens autour de lui. Jordan n'avait besoin de personne. Tel un loup solitaire, il préférait autant que possible passer inaperçu et raser les murs dans des lieux peu fréquentés. Christopher était du genre à faire exploser le coffre-fort, Jordan à le crocheter avec discrétion et doigté.

Ce soir-là, après le dîner, Christopher reçut un coup de téléphone. À travers la porte du bureau, Jordan l'entendait parler en monosyllabes secs. Puis Christopher regagna le salon, vêtu d'un manteau en cachemire à trois mille dollars. Jordan vit deux liasses de billets disparaître dans ses poches en un éclair.

— Je dois sortir. Mets-toi à l'aise et fais comme chez toi. Je reviens vite.

— Il y a un problème ?

Christopher boutonnait son manteau, ce qui lui permit de répondre sans regarder son frère dans les yeux.

— Je dois voir LaFayette Johnson.

— Tu veux dire qu'il est venu de New York jusqu'ici ?

Christopher mâchonna sa réponse et la cracha comme une imprécation.

— Pour le pognon, ce sac à merde serait foutu d'accepter un rendez-vous sur le Titanic, même là où il se trouve maintenant, au fond de l'océan.

— Tu veux que je t'accompagne ?

— Inutile. Vu ce que je lui rapporte, je peux compter sur sa protection.

Jordan connaissait le but de la rencontre. Christopher achetait une bonne partie des toiles que Gerald vendait par l'intermédiaire de LaFayette Johnson, le sinistre personnage qui lui servait d'agent. Mais Jordan n'avait jamais compris si Christopher faisait cela pour protéger son fils d'ennuis encore plus graves, ou pour soulager sa propre conscience.

Christopher quitta la maison en claquant la porte. Peu après, Jordan entendit le crissement du gravier sous les roues de la Jaguar, puis le bruit du moteur qui se perdit au loin.

Ne restait plus que le silence.

Jordan était habitué au perpétuel bourdonnement de la métropole en bruit de fond – le battement du cœur souterrain qui semblait propulser tout ce qui s'agitait en surface. Chaque fois qu'il venait dans cette maison isolée, il recevait cette parfaite absence de bruit comme de l'absinthe sur du sucre.

Dehors, l'hiver, le froid et les eaux sombres de l'Hudson qui s'écoulaient dans une nuit plus sombre encore. Jordan se laissait bercer par cette quiétude douce et chaude, à la lueur des flammes qui dansaient librement dans la cheminée.

Après avoir allumé la télévision, il s'installa sur le canapé pour suivre le Monday Night Football sur ABC, en direct du Giants Stadium. À portée de main, un précieux whisky tourbé de dix-huit ans d'âge mis en bouteille spécialement pour Christopher. Sans y prêter attention, Jordan en vida la moitié. Il ne vit même pas la fin du match. Là, sur ce divan, il s'était coulé dans un sommeil paisible, peuplé de rêves de sérénité.

La sonnerie du téléphone le rappela brutalement à la réalité. Il souleva le combiné sans fil posé sur le guéridon.

— Allô ?

À sa voix ensommeillée répondit le débit précipité de son frère.

— Jordan, je suis dans la merde.

— Qu'est-ce qui se passe ?

— J'ai tué un homme.

— Qu'est-ce que ça veut dire, « J'ai tué un homme » ?

— Exactement ça. Je roulais vers la maison après mon rendez-vous avec LaFayette. À un carrefour, une voiture déboule à tombeau ouvert et brûle la priorité. Moi aussi j'allais un peu vite, et je l'ai percutée de plein fouet. C'était pas ma faute.

— Tu es bien sûr qu'il est mort ?

— Bordel, Jordan, je suis pas médecin, mais j'ai fait la guerre. Je sais à quoi ressemble un cadavre.

— Il y a des témoins ?

— À cette heure-ci ? En plein hiver ? C'est la rase campagne, il doit y avoir trois voitures par semaine qui prennent cette route.

— Où es-tu ?

— Pas loin de High Falls, sur l'autre rive de l'Hudson, au sud. Tu situes ?

— Oui, sans problème. Je saute dans la voiture et j'arrive. Toi, ne fais rien. Et surtout, ne t'approche pas de l'autre voiture. Tu as compris ? Si tu as des ennuis, appelle-moi sur le portable.

— Jordan... dépêche-toi.

— Ça va aller, j'arrive.

Il courut dehors en attrapant un blouson au vol, puis démarra sa Honda en trombe. Il alluma le système de navigation et, en suivant les indications du GPS, il gagna le lieu de l'accident. À peine descendu de voiture, il évalua la situation d'un seul coup d'œil. La Jaguar était dans le fossé, de l'autre côté du carrefour. La partie antérieure gauche était froissée, une roue à la suspension cassée sortait en travers de la tôle. Sur le flanc opposé de la route, il y avait un vieux pick-up à la carrosserie ratatinée, tourné dans l'autre direction. Derrière le pare-brise, on entrevoyait la silhouette d'un corps avachi sur le volant. Les traces de pneus sur l'asphalte permettaient de comprendre le déroulement de l'accident – le violent coup de frein de la Jaguar et la friction des roues de l'autre véhicule, parti en tête-à-queue sous la violence de l'impact. La route était parsemée de débris de verre et de plastique – et l'air, chargé du parfum délétère de la fatalité.

Jordan s'approcha du pick-up et posa deux doigts sur le cou du conducteur, un homme d'âge moyen qui semblait simplement endormi sur son volant. Il ne trouva aucun pouls. Quant à Christopher, aucune trace.

— Je suis là, Jo.

Il émergea d'un bosquet d'arbustes qui s'étendait sur ce côté de la route, les mains dans les poches du manteau. Son souffle faisait de la buée quand il parlait.

— Je n'étais pas sûr que c'était toi, j'ai préféré me cacher. Bon, maintenant qu'est-ce qu'on fait ?

Il ne semblait pas tant effrayé qu'énervé.

Jordan se décida instantanément. Ce fut comme parier sur un double zéro à la roulette.

— Prends ma voiture et rentre. Ne bouge pas de la maison.

— Mais qu'est-ce que tu racontes ? Tu te rends compte de ce que ça signifie ?

— Dans l'échelle des valeurs, un bon maire est beaucoup plus important qu'un bon flic. Fais ce que je te dis.

Ils restèrent debout un instant, les yeux dans les yeux – ces iris bleus, leur seul point commun. Puis Christopher monta dans la Honda et mit le contact. Avant de quitter le lieu de l'accident, il baissa la glace et se pencha.

— Je sais ce que tu es en train de faire, et je m'en souviendrai.

Jordan suivit du regard les feux de l'auto qui rapetissaient de plus en plus et finirent par disparaître complètement. Après quoi Jordan appela le bureau du sheriff de Rhinecliff. Il alluma les warnings des deux voitures puis attendit patiemment, adossé à la Jaguar à moitié détruite, avec pour seule compagnie ses pensées et un homme mort.

Il grilla une cigarette.

tlack... tlack... tlack...

Le clignotement rythmique des feux écorchait le silence et l'obscurité.

tlack... tlack... tlack...

La cigarette finie, il la laissa tomber et l'écrasa consciencieusement sur l'asphalte.

tlack... tlack... tlack...

Quand il entendit les sirènes approcher, il réalisa que les lueurs dans la nuit et le son intermittent resteraient longtemps gravés dans son esprit. Il donna ses coordonnées à l'adjoint du sheriff qui dressait le procès-verbal et déclara qu'il était au volant de la Jaguar de Christopher Marsalis. La demi-bouteille de whisky se rappela à son bon souvenir quand on lui fit passer les tests de lucidité habituels.

Heureusement pour lui, l'autopsie révéla que la victime était décédée d'un infarctus du myocarde. En clair, le conducteur avait perdu le contrôle de son véhicule parce qu'il était déjà mort avant la collision. Jordan n'eut donc à subir aucune retombée pénale.

Restait un détail en suspens. Et ce détail, c'était qu'un lieutenant de la police de New York était impliqué dans un accident mortel alors qu'il conduisait en état d'ébriété avancée. Comme si ça ne suffisait pas, le lieutenant en question était Jordan Marsalis, frère cadet du maire. Les médias firent une montagne de l'affaire et ce fait divers tourna bientôt au débat politique. La pression de l'opposition municipale devint insoutenable, au point que le propre parti de Christopher l'exhorta – officieusement mais avec fermeté – à désamorcer cette situation explosive. Ainsi, un beau matin de ciel bleu comme celui où, trois ans plus tard, les deux frères se retrouveraient autour d'un autre cadavre, Jordan rendait pistolet et insigne avec sa démission.

Depuis ce jour-là, il n'avait plus bu une seule goutte d'alcool ni conduit de voiture. Et Christopher ne s'était pas manifesté jusqu'au jour où il avait téléphoné pour lui annoncer le meurtre de Gerald.

Jordan sourit avec amertume à une tasse de café sale et un verre de Schweppes parcouru par les dernières bulles fatiguées. L'histoire se répétait. Dans l'après-midi, son frère l'avait remercié avec les mêmes mots qu'il avait prononcés ce soir-là.

Je sais ce que tu es en train de faire, et je m'en souviendrai.

Et pourtant, il avait oublié.

9

En sortant du restaurant, Jordan traversa la route et s'achemina vers son domicile. Des échafaudages étaient dressés autour du bâtiment en rénovation juste en face du sien. Les toiles de protection créaient une zone d'ombre menaçante qui enveloppait l'entrée de son immeuble. Il quitta la lumière du soleil pour celle artificielle et vive qui filtrait à travers les portes en verre. Il fouillait ses poches pour trouver les clefs de son appartement quand il entendit une musique assourdissante s'approcher dans son dos.

Sans raison précise, Jordan eut la sensation que cette musique ne présageait rien de bon. Il se retourna et sa sensation se mua en certitude. Une Mercedes noire parfaitement lustrée se gara devant lui. La sono puissante crachait les pulsations électroniques d'un morceau de techno. Les portières s'ouvrirent et deux Noirs sortirent de la voiture, puis s'avancèrent vers lui d'une démarche indolente et intimidante. Ils portaient des survêtements aux couleurs criardes et des baskets. L'un avait un bonnet de rappeur en laine, l'autre un bandana noir. Icônes parfaites d'une certaine jeunesse.

Jordan n'avait jamais vu le type au bonnet mais il reconnut immédiatement l'autre. Il avait oublié son vrai nom, se souvenant juste que dans la rue, tout le monde l'appelait Lord. Jordan l'avait coincé pour détention et trafic de stupéfiants – héroïne. Le dealer avait résisté à l'arrestation, blessant deux agents.

— Salut, Lord. Ils t'ont déjà relâché ?

— J'ai été sage comme une image. Six mois de remise de peine pour bonne conduite, lieutenant.

— Je ne suis plus lieutenant, Lord. J'aimerais bien que tu te mettes ça dans la tête.

— Oh, mais je sais bien, *lieutenant*. Ils t'ont éjecté à grands coups de pieds dans le cul. Et maintenant, t'es juste un honnête citoyen. Exactement comme nous, pas vrai, Hardy ?

Hardy ne répondit pas et resta immobile. Toutefois Lord n'attendait pas de confirmation, il lui suffisait de se sentir épaulé.

— Tu sais ce que ça fait de passer trois ans de sa vie en taule ? T'as jamais connu ça, hein ?

Il ne lui laissa pas le temps de répondre. Il n'était pas là pour l'écouter ; tout ce qu'il voulait, c'était poursuivre son one man show. Il se tourna vers son acolyte et, comme s'il révélait à l'assistance un secret embarrassant, il ajouta d'un ton sarcastique :

— Oh, mais j'oubliais. Quel con. Le lieutenant Marsalis, il y va pas en prison, même pas quand il tue un pauvre péquenaud en conduisant complètement bourré. Son excellence le frère du maire de New York se prend juste un savon, et le voilà libre d'aller buter quelqu'un d'autre.

— Arrête de tourner autour du pot, Lord. Qu'est-ce que tu veux ?

C'était une question oiseuse, formulée dans le seul but de gagner du temps. Jordan aurait pu y répondre lui-même. Il jeta un œil aux alentours en resserrant son étreinte sur le casque, prêt à s'en servir comme arme.

Lord recula d'un pas et ouvrit d'un geste sec la fermeture éclair de sa veste. Il s'en débarrassa, révélant ses biceps et ses pectoraux hypertrophiés, qu'il exhiba fièrement en prenant une pose de culturiste.

— Tu vois ces muscles, lieutenant ? Je les ai gagnés en suant comme un porc quatre heures par jour, chaque jour, pendant plus de mille jours. Et tu sais à quoi je pensais pendant que je soulevais les haltères ?

— Non, mais je meurs d'envie de le savoir.

— Je pensais au moment où, enfin, je me retrouverais devant toi, sans que tu puisses te planquer derrière un badge.

Jordan vit alors deux ombres se découper dans le cadre lumineux que l'éclairage du hall projetait sur le trottoir. Il n'eut pas le temps de se retourner : deux hommes sortirent de l'immeuble et l'immobilisèrent, bras tordus en arrière. Le casque glissa de ses doigts et roula par terre.

Lord s'approcha lentement de lui.

— Je pensais à *ce moment précis*.

En s'engageant dans la police, Jordan savait que tout représentant de l'ordre risquait d'être confronté un jour ou l'autre à ce genre de situation délicate. L'ironie du sort avait voulu que ça lui arrive *après* son départ de la police, mais il avait conservé tous ses réflexes. Prenant appui sur les molosses qui le retenaient, il fit basculer son bassin vers le haut et envoya deux grands coups de pied dans la face de son agresseur. Il entendit nettement le bruit sec du nez qui se cassait et Lord disparut de son champ de vision. Jordan essayait de se libérer de l'étreinte qui le paralysait quand le silencieux Hardy réagit en un éclair. Il se mit en position de boxeur et lui balança deux coups rapides au plexus. Jordan sentit une montée acide dans sa gorge et juste après, comme au ralenti, il vit le poing de Hardy foncer en ligne directe vers sa tête. Quand le coup porta, une explosion de lumière jaune l'aveugla avant la déflagration de douleur. La violence de l'impact le repoussa brutalement contre les deux hommes qui le bloquaient. La douleur au visage fut suivie presque instantanément par la déchirure de son épaule droite qui se déboîtait.

Entre-temps, Lord s'était relevé et il s'approchait, jurant et crachant entre ses dents rougies par le sang qui coulait du nez brisé.

— Putain d'enculé de ta mère, je vais te...

Il n'eut pas l'occasion d'expliquer ce qu'*il allait lui*. Une voiture de police était venue se garer de l'autre côté de la route, et un policier en descendit pour entrer dans le restaurant à l'angle. D'une voix alarmée, l'un des sbires s'écria :

— Hé ! C'est les flics, on s'arrache !

Lord allongea le cou et proféra ses dernières menaces en crachotant sang et salive au visage de Jordan.

— C'est tout pour l'instant, mais j'en ai pas fini avec toi, salope.

D'un revers de la main, il fit valser la tête de Jordan en arrière. Enfin libéré, celui-ci tomba à genoux alors que les quatre hommes remontaient dans la voiture. Claquement de portières, rugissement du moteur et crissement de pneus. Ils étaient partis.

Ses oreilles bourdonnaient et son épaule droite l'élançait terriblement. Il comprit que le sang qui éclaboussait les marches du perron était le sien. Il se releva et récupéra son casque, puis tituba dans le hall jusqu'à une colonne. Le bras droit pendant à son côté, il prit appui contre la pierre et respira profondément avant d'écraser d'un coup sec son épaule contre le pilier. Il dut étouffer un cri de douleur mais l'articulation s'était remise en place. Quelques gouttes de sang tombèrent sur sa poitrine, salissant son blouson et sa chemise. Jordan épongea son nez à l'aide d'un Kleenex. Il se traîna dans l'ascenseur, dos au miroir pour ne pas devoir faire face à son piteux reflet.

Arrivé chez lui, il alluma la lumière de son ancien appartement, retrouvant son ancienne vie qui l'attendait là, installée confortablement sur le canapé. Il posa son casque et se dirigea vers la salle de bains. Un rai de lumière filtrait sous la porte – il avait sûrement oublié de l'éteindre en partant. Il avait d'autres soucis en ce moment que la facture d'électricité.

Il poussa la porte. Baignée dans la lumière ambrée, il découvrit une femme entièrement nue, probablement la plus belle qu'il eût jamais vue.

Debout face au miroir, elle lui tournait le dos. Son reflet s'arrêtait à la taille. Quand Jordan avait fait irruption dans la pièce, elle était en train de se frotter énergiquement les cheveux à l'aide d'une serviette. Elle s'arrêta mais n'eut aucune réaction, ni de surprise ni de peur. Elle ne se couvrit pas non plus.

— Dois-je considérer votre présence dans ma salle de bains comme un danger ?

Sa voix restait douce et calme dans une situation qui laissait Jordan muet. Il se sentait désarmé face à cette apparition imprévue, d'une beauté inouïe et intemporelle. Incapable de bouger, il restait paralysé sur le seuil, statue grotesque d'un homme qui pressait contre son nez un inutile mouchoir imprégné de sang. Sur le miroir, deux silhouettes si proches et si différentes.

— Absolument pas, excusez-moi, je...

— Dans ce cas, cela vous ennuierait-il beaucoup de refermer la porte et de patienter dehors pendant que je m'habille ?

Jordan obéit docilement, honteux comme un petit garçon surpris en train de regarder par le trou de la serrure. Il se réfugia dans la salle de bains de la chambre d'amis. Sous la lumière crue, le miroir ne renvoya cette fois-ci que son seul reflet. Devant l'état de son visage, il fut forcé de reconnaître que Lord et Hardy avaient fait du bon boulot. Son œil enflait, sa bouche et son nez étaient couverts de sang à moitié coagulé. Il ouvrit le robinet et se lava rapidement, appréciant le contact de l'eau froide sur ses chairs tuméfiées.

Il se sécha avec la partie encore propre de sa chemise. Torse nu, il remonta le couloir jusqu'au séjour et entendit le ronflement du sèche-cheveux. Il sortit sa besace de l'armoire où il l'avait rangée le matin même, afin d'y prendre une chemise propre. Pendant qu'il la boutonnait, ses pensées étaient tout occupées par la femme qui occupait sa salle de bains. Il pouvait fouiller sa mémoire et ses expériences tant qu'il voulait, il n'y trouverait personne possédant un charme comparable – même de loin – à celui de cette créature. Une fois habillé, il alla poser sa besace sur le canapé, à côté du casque.

Quand elle le rejoignit, elle endossait un peignoir bleu ciel. Sa chevelure brune encore humide faisait ressortir son visage, si particulier qu'il échappait à tous les canons de beauté, voire les redéfinissait. Ses grands yeux liquides qu'elle ne détournait pas de Jordan avaient une incroyable teinte noisette dorée. Il songea que l'or, pour être réellement précieux, aurait dû avoir cette couleur-là.

— Bien. Puis-je savoir ce qui me vaut l'honneur de votre présence ?

— J'habite ici.

— Bizarre, je pensais pourtant avoir pris cet appartement en location. Peut-être qu'un détail m'a échappé.

Jordan se sentit une nouvelle fois désorienté face à la jeune femme.

— Vous avez raison, je me suis mal exprimé. *J'habitais* ici.

— Vous êtes Jordan Marsalis ?

— Exact. Et je suppose que vous êtes Mme Guerrero.

— Pas tout à fait, même si j'imagine que cette définition pourrait me correspondre. Je m'appelle Lysa.

Jordan serra la main qu'elle lui tendit. Chaude et souple. Un parfum de vanille délicat accompagna cette douce sensation tactile.

— On m'a dit que vous n'arriveriez que dans trois jours.

— C'est ce qui était prévu, en effet. Mais l'agence m'a avertie que vous seriez parti aujourd'hui, alors j'ai décidé d'avancer mon arrivée.

— Je *devais* partir, mais...

Jordan eut un geste vague de la main, censé représenter avec éloquence l'impuissance de l'homme face à l'impondérable.

— Comme vous pouvez le constater, les plans sont faits pour être modifiés. Excusez-moi de vous avoir effrayée. Je suis terriblement gêné.

— Et vous saignez toujours du nez quand vous êtes gêné ?

Jordan porta la main à ses narines : le saignement avait repris. Il se dirigea vers la cuisine, en quête d'un chiffon pour absorber le sang.

— Je suis désolé. Je viens de passer une sale journée.

— Au risque de paraître présomptueuse, j'avais deviné toute seule. Asseyez-vous sur le divan, je reviens tout de suite.

Elle le laissa seul un instant puis revint avec un vanity-case reconverti en mallette de premiers secours. Elle le posa à côté de Jordan et en tira du coton.

— Ne vous inquiétez pas. J'ai travaillé un temps comme infirmière. Et de toute façon, je risque difficilement d'aggraver votre état.

Quand elle se mit debout devant lui, Jordan inspira de nouveau son parfum de vanille et de bons souvenirs. Elle lui tamponna délicatement l'œil et le nez, puis souleva son menton.

— Bien, regardez vers le haut. Ça va brûler un peu.

Une odeur âcre effaça le parfum de Lysa. Il ressentit une légère brûlure quand elle appliqua l'hémostatique. Puis elle recula pour l'observer d'un œil professionnel.

— Et voilà, ça ne saigne plus. Pour information, votre nez est en un seul morceau. Ç'aurait été dommage de casser un si joli nez. Évidemment, attendez-vous à des ecchymoses, mais ça ira bien avec vos yeux bleus.

Jordan eut l'impression que le regard de Lysa pénétrait jusque dans ce repli secret où certains hommes cachent leurs larmes.

— Vous n'avez pas l'air de quelqu'un qui a seulement passé une mauvaise journée.

— Vous avez raison. Ce matin, une personne que je connaissais a été assassinée.

— Tout à l'heure, au journal télé, ils ont dit que Gerald Marsalis était mort. Le fils du maire. Vous êtes parents ?

Gerald, c'est de l'histoire ancienne. Un nom qui appartient au passé.

— C'était mon neveu. Je suis le frère de Christopher Marsalis.

Jordan ne comprenait pas comment cette femme parvenait à le faire parler de choses intimes sans qu'il s'y sente forcé.

— Je suis sincèrement désolée.

— C'était un garçon difficile avec une vie tout aussi difficile derrière lui. Et de toute évidence, il n'était pas destiné à en avoir une meilleure devant lui.

Lysa perçut dans ce discours désabusé une foule de sentiments, mais elle préféra ne pas insister. Jordan se leva puis récupéra casque et besace.

— Bien, je crois vous avoir assez dérangée comme ça. Bonne nuit, et encore une fois, toutes mes excuses.

Il s'acheminait vers la sortie quand la voix avenante de Lysa l'interpella.

— Écoutez, si vous partez comme ça, dans un état pareil, je vais me sentir coupable. Vous n'avez qu'à vous installer ici pour ce soir. Vous connaissez la maison. Deux chambres et deux salles de bains, personne ne va gêner l'autre. Demain, vous déciderez quoi faire.

— Ça n'embêtera pas votre mari si je dors ici ?

Jordan avait coutume de regarder les gens dans les yeux. Il savait toujours si une personne mentait ou disait la vérité, si les émotions étaient feintes ou retenues. Et pourtant, il ne comprenait pas ce qu'il lisait dans les yeux de Lysa Guerrero.

— Étant donné que vous m'avez vue *presque* nue, je pense que compléter le tableau permettra d'éviter toute ambiguïté entre nous.

Lysa écarta les pans du peignoir. Plus rien ne voilait sa nudité. Le temps s'arrêta, inerte et transparent comme un éclat de plastique. Jordan eut l'impression que si Lysa avait laissé tomber le peignoir, il se serait figé par magie en pleine chute, bloqué comme leurs respirations. Puis le temps reprit sa course, insensible et primitif. Un éclair, et Lysa était de nouveau enveloppée dans les plis légers du vêtement. Sa voix résonna de cet air de défi qu'elle portait sur le visage.

— Comme vous venez de le constater, je suis à la fois Mme et M. Guerrero.

Jordan se tritura les méninges pour trouver des mots adaptés à la situation. Lysa devina ses pensées.

— Inutile de vous fatiguer. Quoi que vous disiez, je l'aurai déjà entendu une centaine de fois.

Lysa noua la ceinture du peignoir et ce geste fluide suffit à lui seul à dissiper ce moment inconfortable. Elle se pencha et prit un flacon de pilules qu'elle posa sur le plan de travail de la cuisine.

— Bonne nuit, Jordan. Si vous avez mal, prenez-en deux.

Jordan resta silencieux et la regarda disparaître dans le couloir, vers la chambre à coucher. Avec son départ, la pièce redevint une pièce banale, comme toutes les autres. Jordan s'approcha de la fenêtre. Au-delà des vitres, ce monde si familier. La nuit, les lumières, les voitures, cette pulsation surnaturelle sous les bouches d'égout fumantes.

Et au milieu de tout cela, des gens qui habitaient New York, qui venaient y chercher leur Graal sans soupçonner qu'il ne s'y trouvait pas, qu'il ne se trouvait nulle part. Mais ici, il y avait plus de recoins à fouiller, voilà tout.

Finalement, ils ne désiraient tous qu'un peu d'illusion.

La complainte mélancolique d'une chanson résonnait depuis l'étage inférieur. C'était la bande-son parfaite pour cet instant. Pendant qu'il écoutait les paroles avec un intérêt renouvelé, Jordan se demanda si Lysa avait déjà regardé la mer en pleurant sur une aspiration contrariée, pendant qu'une mort à petit feu lui dévorait les entrailles.

... Maintenant, seulement maintenant,
que mon regard épouse la mer
je déchire ce lourd silence
qui m'interdit toute chimère
des forêts de mâts dressés et mille et mille nœuds marins
les traces des serpents froids et indolents
qui rampent et rampent sans fin
les rayons de la lune sur la paume deviennent
autant de mirages rêvés à perdre haleine
et ce cœur enfin, étrange cœur
qui déjà les récifs brave sans peur...

Deuxième Partie

Rome

10

... Maintenant, seulement maintenant,
que mon regard embrasse les flots vivants,
je comprends ceux qui les sirènes ont cherché,
ceux qui leur douce mélodie ont aimé,
lumineuse dans la tête comme le jour
de la fête les dattes avec du miel
et puissante comme le vent qui se fait tourment,
déchirant le cœur des voiles et des hommes vaillants
il n'existe point de gloire ou désir ardent
que l'on puisse boire ou dévorer,
ni aucune roue de moulin à vent,
qui cette pierre dans mon cœur puisse broyer...

Le bras nu d'un homme émergea des couvertures et glissa sur le lit comme un serpent sur une branche. La main tendue atteignit le panneau de commandes encastré dans la paroi, qui contrôlait la chaîne hi-fi et la télévision. Une légère pression sur un bouton interrompit le flot de musique qui s'écoulait par la fenêtre. Le son mélancolique du bandonéon et des archets s'interrompit juste avant d'atteindre les toits de Rome.

La chevelure ébouriffée de Maureen Martini émergea, empêtrée dans l'enchevêtrement des draps.

— Non, laisse-moi écouter encore un peu.

Connor Slave répondit sans sortir la tête de sous les couvertures. Sa protestation étouffée par le duvet semblait amusée et Maureen y perçut même un zest de satisfaction enfantine.

— Mon cœur, tu sais combien de fois ça fait que tu écoutes cette chanson ?

— Toujours une de moins que ce qu'il me faut.

— Pense un peu à moi. Tu imagines le nombre de fois que j'ai dû l'écouter ? Ne me fais pas regretter de l'avoir composée.

Les cheveux bouclés de Connor sortirent enfin des draps. Il bâilla et se frotta les yeux avec de grands gestes exagérés qui le faisaient ressembler à un chat. Sa gestuelle extrêmement précise de musicien accompli n'en conservait pas moins une large part d'instinct – un trait qu'il se plaisait à accentuer discrètement sur scène, pour rendre ses concerts plus intenses. En privé, il se comportait souvent comme un véritable clown. Maureen avait d'ailleurs été surprise en découvrant peu à peu la face joyeuse de cette planète mystérieuse qu'était Connor Slave. Son imitation du félin occupé à se lécher le pelage la faisait invariablement rire aux larmes.

— Allez, s'il te plaît, fais-le !

— Non, pas question.

— Je t'en prie, juste un peu.

— Je vais entrer dans le personnage et il fait tellement beau que tu seras obligée de venir me récupérer sur les toits.

Maureen secoua la tête et fit semblant de bouder, pendant que Connor, nu comme un ver, se levait et se mettait face à la fenêtre. Elle admira son corps mince et sculpté, un corps qui aurait pu appartenir à un danseur ou à un champion de patinage artistique. La silhouette de Connor se découpait en contre-jour. Ses cheveux ondulèrent quand il se dégourdit paresseusement les cervicales. Elle pensa alors que tel était le véritable Connor Slave : l'incarnation d'une ombre. Il appartenait à cette caste d'individus qui défie l'aune imprécise des canons esthétiques. Son magnétisme n'était pas le simple produit de ses traits physiques, de son corps, ses mouvements, sa chevelure.

Maureen se tira du lit, nue elle aussi, et alla l'enlacer. Elle respira son parfum qui sentait la musique, l'homme, la nuit passée, et se mélangeait à l'air de ce printemps insolent, orgueilleux. Maureen réalisa qu'elle était heureuse et aucune autre pensée ne vint la troubler.

Elle posa la tête contre l'omoplate de Connor, émerveillée par le petit miracle de leurs peaux réunies. Elle aimait à imaginer qu'un alchimiste génial et espiègle avait enrichi leurs épidermes de substances qui entraient en résonance, après quoi il avait attendu patiemment leur rencontre pour obtenir confirmation de son succès. Et son sourire de triomphe était devenu leur sourire à eux. Entre Connor et Maureen, il y avait du respect, de l'admiration et, néanmoins, une certaine pudeur face à leurs situations respectives dans le monde. Le fossé qui séparait leurs vies n'empêchait pas Maureen de frissonner de plaisir à chacune de leurs étreintes et de savourer cette perfection qui ne peut naître que du hasard.

— Il y a une question que j'aimerais te poser depuis longtemps.

— Dis-moi.

— Qu'est-ce que ça fait d'écrire une chanson ?

Connor répondit sans se retourner. Sa voix sembla provenir directement du panorama ensoleillé qu'il contemplait.

— Difficile à expliquer. C'est une sensation étrange, parce qu'au départ, on n'a rien du tout. Peut-être que la chanson est tapie dans le noir, attendant que quelqu'un la découvre. Je ne sais pas ce qu'éprouvent les autres, mais pour moi, ça se passe sans préavis, ça vient de l'intérieur. La chanson est là, je ne la connais pas encore, mais je sais qu'ensuite je ne pourrai plus m'en passer. Il y a des choses qu'on essaie de contrôler, mais qui finissent par prendre le dessus. C'est comme...

Il se retourna et la regarda comme si, à cet instant précis, il venait de trouver la définition parfaite. Il conclut dans un murmure :

— Écrire une chanson, c'est comme tomber amoureux, Maureen.

Dès les premiers temps de cette relation, elle avait rechigné à la définir de quelque manière que ce soit. Elle craignait que le moindre qualificatif lui donne une consistance qu'elle n'avait pas. Mais les mots de Connor la remplirent d'un sentiment d'abandon qui ne l'effrayait pas, et qu'elle se décida finalement à nommer amour.

Toujours enlacés, ils contemplèrent la Rome de carte postale qui s'étendait sous leurs yeux – le soleil éclatant, les toits rouges, le ciel bleu. Maureen habitait Via della Polverina, au dernier étage d'une maison ancienne qui avait appartenu à son grand-père. Après restructuration, on l'avait transformée en un vaste duplex. Occupant une partie du toit, la terrasse offrait une vue à trois cent soixante degrés sur l'horizon romain. Le soir, on pouvait même y dîner sans autre éclairage que celui du Colisée, enveloppé d'un halo qui le recouvrait d'or.

Connor se retourna complètement vers la fenêtre sans vouloir toutefois perdre l'étreinte de Maureen.

— Pourquoi est-ce le seul endroit au monde où on peut éprouver une sensation aussi merveilleuse ?

En silence, peau contre peau, ils regardaient le jour décliner, confiants. L'Italie, l'Amérique et tout le reste de la planète pouvaient arriver aux limites de cette chambre, mais pas y pénétrer.

Les pensées de Maureen remontèrent le temps jusqu'à la journée incroyable où ils s'étaient rencontrés. Connor faisait une tournée de six dates en Italie pour la sortie de son nouvel album, *Les Mensonges des ténèbres*. Les concerts étaient organisés par l'agence Triton Communications, dont la responsable était Marta Coneri, la meilleure amie de Maureen. À l'occasion du passage de Connor à Rome, Marta avait débarqué chez elle et, telle une tornade, l'avait quasiment traînée à la soirée. Marta avait le don de mettre Maureen de bonne humeur et – vertu inestimable – elle était l'une des rares femmes de la vie publique romaine qui n'appelaient pas tout le monde « chéri ».

— Maureen, si j'avais une maison comme la tienne, moi non plus je ne sortirais pas beaucoup. Seulement entre « pas beaucoup » et « pas du tout », il y a une belle différence. Et crois-moi, ce chanteur vaut largement le déplacement d'ici au Teatro Olimpico.

Devant l'intransigeance de son amie, Maureen avait compris qu'elle ne pourrait échapper à cette soirée qu'avec une excuse imparable. Mais elle n'avait même pas réussi à en improviser une mauvaise. Quelques instants plus tard, elle s'était retrouvée assise dans un fauteuil du Teatro Olimpico, à côté d'une place vacante. Elle avait respiré l'air de promiscuité anonyme qui caractérise toujours le public à un concert, même si la salle était remplie ce soir-là par l'élite de la capitale – et par ceux qui voulaient y entrer à tout prix.

Marta l'avait rejointe peu avant le début, s'installant dans le fauteuil inoccupé à sa droite.

— Parfait. Mon travail est fini. Et maintenant, profitons de cette merveille.

Avant que Maureen ait eu le temps de répondre, les lumières s'étaient éteintes et le bourdonnement indistinct des conversations avait cessé.

Dans le noir total s'était élevé un arpège de guitare délicat au point d'en devenir sensuel. Grâce à un effet de *delay* maîtrisé, le son tournoyait entre les parois de la salle. Maureen avait l'impression que la musique résonnait directement dans sa tête. Soudain, un cône de lumière avait frappé le centre de la scène et, dans ce faisceau d'un blanc aveuglant, Connor Slave était apparu, le buste incliné vers le public et les bras qui pendaient nonchalamment. Il était vêtu, avec une rigueur presque monastique, d'un costume sombre à col Mao. Dans ses mains, un violon et son archet.

Un *pad* électronique était subitement venu appuyer l'arpège de sa vibration basse et trouble, faisant monter un grondement terrestre dans la poitrine des spectateurs.

Après ces premières harmoniques, Connor Slave avait commencé à chanter en redressant lentement la tête. Le charme suranné de sa voix rauque – tel un frottement de papier de verre sur un lit de miel – avait instantanément relégué au second plan l'accompagnement musical. La finesse et la consistance qui émanaient de lui avaient donné à Maureen l'impression absurde que le chant s'adressait exclusivement à elle. Puis, en promenant son regard dans la pénombre, elle avait lu sur le visage des autres spectateurs que tous partageaient cette sensation.

La chanson s'intitulait *Le Ciel enseveli*. La mélodie raffinée accompagnait des paroles tourmentées que quelque critique en odeur de sainteté avait stigmatisées et accusées d'être à la limite du blasphème. Le morceau mettait en scène Lucifer, l'ange déchu précipité dans les ténèbres de l'enfer, qui pleure son sort et les conséquences de son péché. Et quel péché ? Non pas sa rébellion contre Dieu, mais le fait d'avoir osé penser de manière autonome.

Envoûtée par la mélodie et les paroles, Maureen s'était demandé ce qui agitait l'âme de leur auteur.

Qu'il m'est étrange d'en choisir un seul
et de dire voilà, c'est ce jour-là
– car une journée n'est qu'un battement de cils
et l'éternité a le regard froid –
le jour où la rancœur a envahi mes pensées
et changé à jamais le visage du péché

Qu'il m'est étrange d'avoir été le premier
à décider soudain « Je ne veux plus de ce ciel »
– l'horizon dévorant peu à peu le soleil
déposait sur le monde un manteau d'obscurité –
le jour où, me fiant à un dieu plus humain,
j'ai confondu les ténèbres et le pardon.

Dans le pont, une voix féminine pure comme le cristal vint se superposer à celle de Connor Slave. Une chanteuse superbe avait émergé de l'ombre pour partager avec lui la lumière et l'attention du public. Ces deux voix à la couleur et au timbre si différents se fondaient pourtant dans une telle harmonie qu'elles ne semblaient faire qu'une. Au fil des strophes, leur union vocale développait toute la signification profonde de ces paroles – l'ombre et la lumière, la complainte et l'orgueil, le vertige de l'adieu sans possibilité de retour.

L'ange que tu voulais à tes côtés
l'ange s'est envolé
envolé bien loin d'ici

La douleur du mal, le soulagement du remède.

Sans bien comprendre pourquoi, Maureen avait senti poindre en elle un sentiment qui l'avait immédiatement emplie de honte – une jalousie aussi aiguë que stupide envers la chanteuse qui partageait un fragment de la vie de cet homme avec un dévouement et un transport trop intenses pour n'être qu'un jeu de scène.

Mais cette perturbation s'était rapidement dissipée quand Connor Slave avait arrêté de chanter pour porter son violon à l'épaule. Dès les premières notes, Maureen avait littéralement vu sa musique prendre forme et Connor Slave disparaître. Son corps avait beau être là, face au public, son esprit se trouvait ailleurs, dans un univers parallèle qui n'appartenait qu'à lui. Il avait laissé derrière lui une brèche ouverte pour ceux qui étaient capables de s'y glisser. Influencée par les paroles de la chanson et ce talent presque surnaturel, Maureen avait fini par croire que si le diable existait vraiment, il était debout sur la scène et jouait du violon. Jusqu'à la fin du concert, Maureen n'avait pas réussi un seul instant à se soustraire à l'enchantement ineffable de l'artiste. Il semblait posséder le don d'ubiquité : il était avec le public qui l'écoutait, avec l'orchestre qui l'accompagnait et avec la musique qu'il jouait, il appartenait à tous ceux qui marchaient à sa suite – tout en n'étant nulle part, tout en n'appartenant à personne.

En se concentrant sur l'expression de son visage pendant qu'il recevait ses applaudissements, Maureen avait pensé que pour lui l'épreuve n'était pas finie mais, au contraire, commençait maintenant. Comme si la vie de tous les jours était une corvée pour Connor Slave et que les heures de musique volées aux projecteurs impudiques fussent sa seule échappatoire.

Enfin, inévitablement, la magie avait disparu derrière le rideau baissé. Les lumières du monde normal s'étaient rallumées et chaque spectateur était sorti de cette forme d'hypnose pour recouvrer son identité, dans un froissement de vestes, cravates et robes bariolées.

Marta s'était tournée vers son amie, l'air triomphant.

— Qu'est-ce que je t'avais dit ? Il est génial ou pas ?

— Époustouflant.

— Et attends, la soirée n'est pas finie. J'ai une petite surprise. C'est pour ça que je tenais absolument à ce que tu viennes. Devine où nous allons dîner ?

— Marta, ne me dis pas que...

Marta l'avait interrompue, prenant l'expression de quelqu'un qui se contente d'énoncer l'évidence.

— Tu connais peut-être mieux comme endroit ? Ton père est le propriétaire d'un des meilleurs restaurants de Rome, sinon d'Italie. Il est tellement renommé qu'il a pu en ouvrir un autre à New York. Tu es mon amie, et une extraordinaire conjonction astrale a voulu que ce soir je réussisse à te traîner ici. D'après toi, où devrais-je emmener un prodige américain affamé – dans tous les sens du terme – de vieille Europe ?

Marta avait pris en main la direction des opérations, balayant les réticences de Maureen.

Elles avaient patienté à l'extérieur de la loge pendant que Connor se changeait. Une fois les présentations faites, ils avaient rejoint la Lancia Thesis noire garée devant l'entrée du théâtre. Marta s'était assise à côté du chauffeur, laissant la banquette arrière à Maureen et Connor. Ainsi avaient-ils commencé à faire connaissance pendant que la voiture progressait dans la circulation romaine, en direction de la Via dei Gracchi.

— Comment ça se fait que tu parles anglais sans le moindre accent ? On croirait que tu es plus américaine que moi.

— Ma mère est de New York.

— Parce qu'en plus d'avoir une fille comme toi, elle a la chancc d'habiter Rome ?

— Plus maintenant. Plus aucune de ces deux choses. Mes parents sont divorcés, ma mère est repartie vivre aux États-Unis.

Marta s'était alors invitée dans la conversation avec son anglais folklorique teinté d'accent romain.

— Peut-être que tu as entendu parler de sa mère. C'est une avocate prestigieuse. Elle s'appelle Mary Ann Levallier.

— *La* Mary Ann Levallier ?

— Oui, celle-là même.

La réponse laconique avait fait comprendre à Connor qu'il valait mieux éviter d'approfondir la question. Il avait baissé la vitre de la voiture comme pour laisser s'échapper le léger malaise. Sa sensibilité et sa discrétion l'avaient fait monter d'un cran dans l'estime de Maureen. Elle avait rencontré nombre de gens du spectacle sans jamais être particulièrement attirée par eux. À sa grande déception, elle avait souvent dû reconnaître que bien des artistes n'étaient pas aussi grands que leur art.

Connor avait souri.

— Bon, je pense que tu as deviné ce que je fais dans la vie. Mais toi, que fais-tu ?

Marta avait laissé son enthousiasme inépuisable tenter un début de réponse.

— Oh, elle est...

Un coup d'œil glacial de Maureen l'avait interrompue avant qu'elle se lance dans une promotion façon téléachat.

— ... extra.

La conversation avait pris fin avec l'arrivée au restaurant. À l'intérieur, ils avaient été accueillis chaleureusement par le très professionnel Alfredo, maître d'hôtel des lieux depuis leur création. Il avait connu Maureen enfant. Selon un numéro bien rodé, il l'avait serrée dans ses bras et saluée en prononçant son nom avec un accent romain exagéré.

— Ciao, *Maou-ri'nné* ! En voilà une surprise. Dommage que la télévision ne soit pas là pour immortaliser ce jour historique. Notre cuisine n'est sans doute pas assez bonne pour toi. Tu n'as pas de chance, ton père n'est pas là. Il est parti faire son marché chez les vignerons français. J'espère qu'à la place, vous accepterez ce pauvre vieillard...

Marta s'était glissée entre ces mots en bourdonnant comme une abeille qui butine.

— Alfredo, le coup du pauvre vieillard, ça fait longtemps que ça ne marche plus. Même si elle a eu deux enfants depuis, ma tante Agata soupire encore en jurant qu'elle ne t'a jamais oublié.

Il n'existait pas plus de tante Agata que de pauvre vieillard, juste l'allégresse d'une femme encore jeune et d'un homme qui avait su le rester. Leur gaieté était contagieuse et Maureen s'était félicitée d'avoir suivi Marta ce soir-là.

Alfredo les avait installés à une table, Maureen en face de Connor. N'ayant rien compris à leur conversation en italien, ce dernier la regardait d'un air déboussolé.

— *Maou-ri'nné ?*

— Alfredo considère que la langue anglaise et moi sommes deux choses *très* étranges.

Ils avaient bavardé pendant tout le repas. Peu à peu, leurs sourires s'étaient faits plus appuyés, plus fréquents. Marta, l'impayable et bouillonnante Marta, avait su se montrer discrète et devenir presque invisible. Maureen pouvait identifier précisément le moment où Connor l'avait conquise. C'était quand elle lui avait demandé, par curiosité, quel genre de musique il écoutait.

— La mienne.

— Et c'est tout ?

— Oui.

Dans ce monosyllabe, il y avait toute la sérénité du monde. Maureen avait scruté ses yeux pour y déceler de la vanité, de l'arrogance, mais elle n'y avait trouvé que le regard clair d'un homme conscient de posséder tout ce dont il avait besoin.

— Pourtant, ce n'est pas une musique facile.

— Rien n'est facile. Peut-être que moi non plus, je ne le suis pas.

— Au moins, ton succès prouve que les gens ne sont pas aussi stupides qu'on l'imagine.

Connor avait souri, comme amusé par une farce qu'il se récitait à lui-même depuis des années.

— Pas aussi stupides qu'on l'imagine mais jamais aussi intelligents qu'on aimerait.

Maureen avait fait siens la lumière et l'amusement contenus dans ce sourire. Depuis cet instant, même s'ils n'avaient pas toujours été ensemble, ils ne s'étaient plus quittés.

Comme à présent, deux êtres enlacés qui regardaient Rome à leurs pieds. Le téléphone les fit sursauter et leur rappela que, sous ces toits qui s'étendaient à l'infini, vivait tout un monde qui avait bel et bien une fin, et une finalité. De mauvaise grâce, Maureen s'arracha aux bras de Connor. Elle prit le téléphone sur la table de chevet et décrocha.

— Allô ?

— Salut, Maureen, c'est Franco.

Elle poussa un long soupir. Impossible de repousser durablement le monde à l'extérieur de cette chambre remplie de bonheur. D'un simple coup de fil, le monde venait de défoncer la fenêtre pour faire irruption dans leur tranquillité.

— Salut, Franco. Qu'est-ce qu'il y a ?

— Ils ont fixé la date de l'audience. Jeudi matin.

— Déjà ?

— Oui. Et j'ai bien peur que ton cas ait passé trop de temps en première page des journaux pour qu'on puisse espérer un renvoi. Entre-temps, ils t'ont mise à pied ?

— Pas officiellement. Mais ils m'ont affectée à l'Académie de la Via Piero della Francesca, en tant que consultante. En gros, c'est comme être surveillante dans un lycée.

— Je sais que c'est difficile. Mais si tu peux, j'aimerais que tu passes me voir aujourd'hui. J'ai des procurations à te faire signer.

— Dans une heure, ça te va ?

— Impeccable, je t'attends. Et...

Une seconde de pause – Maureen attendit un siècle qu'elle se termine.

— Je voulais te dire : ne t'inquiète pas, c'est tout.

— Ça va, je ne suis pas inquiète.

— Tout va bien.

— Oui, tout va bien.

Elle reposa le combiné d'autant plus délicatement qu'elle mourait d'envie de le fracasser sur la surface en verre.

Tout va bien.

Non, rien n'allait bien.

Ça n'allait pas bien du tout pour ce travail qu'elle avait toujours fait avec passion, avec sa soif de vérité, et toutes ces nuits de sommeil interrompues par un coup de téléphone. Ça n'allait pas bien du tout pour ces gens qui avaient si souvent clamé leur entière confiance en elle et qui désormais se retranchaient dans un silence circonspect. Ça n'allait pas bien du tout pour le crépuscule mauvais qui la menaçait, pour l'homme merveilleux à ses côtés, pour les années passées à attendre obstinément qu'un homme comme lui arrive dans sa vie. Ça n'allait pas bien du tout.

Tout risquait même d'aller très mal pour Maureen Martini, commissaire au poste de Casilino, Préfecture de police de Rome, qui, deux semaines auparavant, avait tué un homme.

11

Maureen pénétra dans la pénombre du parking où elle garait sa voiture, à une centaine de mètres de chez elle. En la voyant arriver, Duilio, le gérant, quitta sa cabine pour venir à sa rencontre. C'était un homme sympathique que son âge plaçait au-dessus de tout soupçon, même quand il déclarait affectueusement avoir le béguin pour Maureen. Depuis le temps qu'il la taquinait en lui faisant faussement la cour, il ne s'était jamais montré envahissant ou importun.

— Si vous voulez, je peux aller chercher votre voiture, mademoiselle Martini. C'est toujours un plaisir de conduire un bijou pareil.

Maureen lui tendit les clefs.

— D'accord. Allez-y, amusez-vous.

Duilio descendit vers l'étage inférieur. Tout en guettant le bruit de sa Boxster, Maureen se força à considérer sa vie avec détachement et reconnut qu'elle avait eu de la chance jusque-là. Sa famille possédait le Ristorante Martini depuis toujours et son père, Carlo, en patron habile, avait réussi au fil du temps à transformer la modeste *trattoria* en une référence incontournable de la gastronomie italienne. Après la rencontre et le mariage avec sa mère, l'aventure s'était poursuivie outre-Atlantique, où il avait créé le désormais célèbre Martini's de New York. Il n'était pas rare d'y croiser à l'heure du dîner quelque star de cinéma ou de télévision. Entre-temps, sa mère s'était imposée comme l'une des meilleures avocates pénalistes de la ville. Leur mariage s'était graduellement effiloché, usé par les absences répétées, l'éloignement dans le temps et l'espace, les différences de mentalité irréconciliables.

Et surtout, l'infranchissable fossé de l'amour révolu.

La relation de Maureen avec sa mère ne méritait même plus d'être qualifiée de « relation ». Le tempérament austère et pragmatique de Mary Ann Levallier laissait peu d'espace au genre de complicité affectueuse et malicieuse qui unissait Maureen à son père. Aussi, à l'époque du divorce, elle avait choisi de rester vivre à Rome. Après l'obtention d'un diplôme de droit, elle s'était engagée dans la Police nationale.

Maureen n'avait pas oublié la réaction de sa mère face à son choix de carrière. Elles étaient assises dans le restaurant du jardin du Hilton, où sa mère descendait quand elle venait à Rome. Comme à l'accoutumée, Mary Ann était l'élégance incarnée avec son tailleur Chanel et son attention maniaque au moindre détail de son aspect.

— La police, tu dis ? Quelle sottise. J'imaginais plutôt ton avenir à New York. Mon cabinet traite beaucoup de cas à cheval entre l'Italie et les États-Unis. Une avocate bilingue avec ton niveau de qualifications serait promise à une brillante carrière.

— Maman, pour une fois, est-ce que tu ne pourrais pas oublier ce que *tu* veux, et me laisser décider ce que *je* veux ?

— D'après ce que tu viens de m'annoncer, j'ai l'impression que tu n'as pas les idées bien claires.

— Oh, comme tu te trompes. Malheureusement pour toi, j'ai les idées très claires. C'est une question de principe. Je veux un travail qui me permette d'attraper les criminels pour les mettre en prison, et cela en faisant abstraction de l'argent que je gagne. Ton travail, c'est exactement le contraire : tu aides des criminels à éviter la prison en fonction des honoraires qu'ils te versent.

Une fois n'est pas coutume, la réponse pour le moins explicite de sa mère surprit Maureen.

— Qu'est-ce que tu peux être conne, Maureen.

La jeune femme s'était autorisé le luxe d'un sourire angélique.

— À moitié seulement, du côté maternel.

Se levant sans rien ajouter, elle avait tourné les talons et laissé Mary Ann Levallier aux prises avec un cocktail de langoustines, dont la *nuance** de rose mal assortie à son chemisier l'agaçait probablement.

La Porsche décapotée émergea du garage souterrain et Duilio vint se ranger juste devant Maureen. Il descendit et garda la portière ouverte.

— Et voilà. Fin du rêve interdit.

— Quel rêve interdit ?

— Une balade à travers Rome dans une voiture comme celle-ci, par une journée comme celle-ci, avec une belle femme comme vous.

Maureen prit place derrière le volant et lui sourit tout en attachant la ceinture.

— Parfois, Duilio, il faut tout simplement oser.

— Ah, mademoiselle, à mon âge ? Quand j'étais jeune, j'avais peur que les femmes me disent non. Maintenant, je suis terrifié à l'idée qu'elles puissent me dire oui.

Maureen éclata de rire, bien qu'elle ne fût pas d'humeur à plaisanter.

— Passez une bonne après-midi, Duilio.

— Vous aussi, mademoiselle.

La Porsche était un cadeau de son père qui lui avait fait infiniment plaisir, mais ce n'était pas l'idéal pour passer inaperçue. Par nature, Maureen avait un caractère réservé qui allait de pair avec son assurance discrète. Elle n'utilisait pas beaucoup la Boxster – et jamais pour aller au commissariat. Par souci de tranquillité, elle préférait éviter de passer pour la petite fille riche qui avait choisi d'entrer dans la police par lubie.

Elle s'engagea dans la circulation et roula à allure modérée jusqu'à la Via dei Fiori Imperiali. À l'abri derrière ses lunettes de soleil, elle s'efforçait d'ignorer les regards des autres conducteurs quand elle s'arrêtait à un feu. D'aucuns suggestifs, d'autres curieux, et la plupart envieux.

Alors qu'elle descendait le Lungotevere, son portable se mit à sonner.

Elle tendit la main vers le siège passager et attrapa l'oreillette. La voix de Connor la surprit.

— Salut. Je suis un homme seul tout proche du ciel. Quand est-ce que tu rentres ?

— Mais je viens tout juste de partir.

— Crois-le ou pas, c'est exactement la même excuse qu'Ulysse a servie à Pénélope en rentrant au bercail après vingt ans.

— Dans ce cas, il vaudrait mieux qu'on synchronise nos montres. Ça ne fait même pas vingt *minutes* que je suis sortie.

— Menteuse, ça en fait au moins vingt et une.

Maureen lui fut reconnaissante pour la gaieté qu'il parvenait à lui transmettre. Elle ne la trouvait pas du tout déplacée. Connor n'ignorait rien de sa situation, ni de son état d'esprit. Ce coup de téléphone était sa façon à lui de lui montrer qu'elle n'était pas seule dans cette passe délicate.

— Et si tu sortais faire une virée en ville pour te pavaner devant les filles avant de me rejoindre dans... disons, une heure et demie devant le bureau de l'avocat ?

— Promets-moi qu'après nous irons extorquer un dîner chez ton père.

— Tu n'en as pas encore marre de manger là-bas ?

— Pas tant que c'est gratuit.

Maureen lui donna l'adresse du cabinet de Franco Roberto avant de raccrocher. Malgré sa plaisanterie, s'il y avait bien une chose dont Connor n'avait pas à se soucier, c'était l'argent. Les ventes de ses disques commençaient à lui rapporter beaucoup, même s'il aurait été incapable de dire combien au juste. Quand Maureen avait quitté la maison, il parlait au téléphone avec Bono au sujet d'un projet commun. Ses yeux brillaient comme ceux d'un gamin.

Elle continua de longer le Tevere, caressée par l'éclat du soleil qui perçait le feuillage des arbres. L'air chaud du printemps ébouriffait sa chevelure mais ne parvenait pas à réchauffer son cœur. Sur la gauche, le lit du fleuve n'était qu'un reflet indécis au-delà du muret qui bordait la route. Un chemin d'eau sale qui coupait en deux une ville à peine plus propre.

Ayant vécu entre l'Italie et les États-Unis, elle comprenait aisément l'enthousiasme de Connor pour Rome. Au détour de la moindre ruelle, on respirait le parfum de ce que les Américains s'étaient longtemps échinés à construire : un passé. Ils n'avaient pas réalisé qu'on ne pouvait s'inventer un passé selon notre bon vouloir : c'était le passé qui s'imposait, étranger à notre volonté.

À présent, malheureusement pour eux, quiconque s'arrêtait devant Ground Zero pouvait comprendre ce que l'on ressentait à contempler le Colisée.

Des ruines. Partout, des ruines.

Et le souvenir de la douleur qui peu à peu s'estompait et les transformait en cartes postales.

Quant à Connor, elle n'avait pas jugé bon de l'avertir que la ville entière n'était que poudre aux yeux. Rome était la femme de Fellini dans le manifeste du cinéma. Une maîtresse chatoyante, aguicheuse, maquerelle, qui vous accueillait les bras ouverts pour vous vendre toutes ses putains – au sens propre et au figuré.

Elle dépassa le ministère de la Marine et tourna à gauche après la Piazza delle Belle Arti, sur le pont du Risorgimento. Ensuite l'avenue Mazzini et, par chance, une place de stationnement tout près du cabinet de Franco Roberto, avocat pénaliste.

Quand Maureen appuya sur le bouton de l'interphone, elle entendit pour toute réponse le déclic de la serrure. Elle poussa l'imposante porte en bois et gravit les escaliers jusqu'au premier étage, où se trouvait le bureau de son avocat. Même si ce genre de problème faisait partie des risques du métier, elle n'avait pas imaginé y être confrontée aussi tôt.

La secrétaire escorta Maureen dans le bureau de Franco Roberto, qui se leva et traversa la pièce pour l'accueillir. C'était un homme grand et mince, au teint basané et aux yeux marron, avec des cheveux tellement noirs qu'ils renvoyaient parfois des reflets bleus. Il n'était pas beau à proprement parler, mais son regard et son visage laissaient deviner une profonde intelligence. Génial camarade de Maureen à l'université, il avait fini major de sa promotion, pour ensuite imposer à Rome et dans toute l'Italie une nouvelle façon d'enseigner le droit pénal. À l'époque de leurs études, la jeune fille le soupçonnait d'espérer que leur amitié évolue vers une relation plus intime. Mais si c'était le cas, rien dans l'attitude rigoureusement amicale de Maureen ne l'avait encouragé dans cette direction, et le soupçon n'était resté précisément qu'un soupçon.

Franco s'approcha et l'embrassa affectueusement sur les deux joues.

— Salut, commissaire. Tout va bien ?

— Oui et non. Et je suis désolée de te dire qu'en ce moment, tu représentes malheureusement le *non*.

— Eh bien, tâchons de faire en sorte qu'il ne reste que du *oui*.

Il reprit place derrière son bureau et ouvrit un dossier épais qu'il avait certainement appris par cœur. Maureen s'assit devant lui, dans l'un des deux élégants fauteuils en cuir.

— La situation est un peu emberlificotée, mais vu tes états de service, je suis convaincu que tu peux affronter cette affaire avec sérénité.

— Franco, tu es optimiste par nature. Moi-même, je ne me considère pas comme particulièrement pessimiste. Mais je ne crois pas me tromper en disant que la situation est beaucoup plus qu'emberlificotée.

— Tu veux bien qu'on révise un peu tout ça ?

Maureen rentra les épaules. Cette histoire lui empoisonnait déjà l'existence, et ce n'était pourtant que le début. L'après-midi passée avec Connor n'était déjà plus qu'un lointain souvenir, tel un fragment de vie qu'elle s'était approprié en forçant un coffre-fort. Et qui, en réalité, ne lui avait jamais appartenu.

— Allons-y.

Franco alla s'adosser à la rambarde de la fenêtre ouverte.

— Essaie de résumer les faits.

— Tout a commencé avec l'Albanais, Avenir Gallani. Sorti de nulle part, il a commencé à se promener à travers Rome dans des voitures de luxe, à fréquenter les clubs branchés et à frayer avec les vedettes du show-biz. Il se disait producteur de musique et de cinéma. Son attitude ainsi que l'argent qu'il dépensait sans compter soulevaient pas mal d'interrogations. Nous avons reçu une consigne d'en haut : il fallait le surveiller pour découvrir l'existence éventuelle de liens avec la mafia albanaise et leur nature – en particulier avec un puissant cartel de trafic de stupéfiants. Nous avons pu vérifier qu'il possédait dans son pays un casier judiciaire qui confirmait nos soupçons. Nous l'avons donc surveillé pendant plus d'un an, et notre seul résultat fut la certitude qu'Avenir Gallani était un parfait crétin. Avec beaucoup d'argent, certes, dont on ignorait la provenance, certes, mais un parfait imbécile quand même. En fait, il était très rusé. Mais comme tu le sais, la grande faiblesse des gens rusés est qu'ils ne résistent pas, tôt ou tard, à l'envie d'exhiber les fruits de leur ruse. Et lui est précisément tombé dans ce piège. Il entretenait une vague relation avec une starlette de télé, une parmi beaucoup d'autres prêtes à tout pour faire carrière. Gallani est tombé amoureux et il cherchait par tous les moyens à impressionner sa belle. Nous avions planté des mouchards dans son appartement et, un soir, nous l'avons entendu se vanter à sa petite amie d'une affaire de plusieurs millions d'euros qu'il était sur le point de conclure. Il lui promettait de produire ensuite un film qui ferait d'elle une vraie vedette. Nous avons intensifié notre surveillance, nous le suivions partout, vingt-quatre heures sur vingt-quatre. Finalement, nous avons découvert qu'une grosse livraison de drogue devait avoir lieu dans la forêt de Manziana, au nord de Rome, après quoi Avenir serait chargé d'écouler la marchandise grâce à ses contacts. Nous avons monté une opération en collaboration avec la police de Viterbo. Ce fut un succès : nous avons surpris les trafiquants en flagrant délit. Nous avons coincé tout le monde sauf Gallani. Quand il nous a vus arriver, il a réussi à passer entre les mailles du filet et il s'est enfui. Je l'ai poursuivi en courant à travers les bois jusqu'à une petite clairière, où était garée une BMW. Il a atteint la voiture, ouvert la portière et s'est penché à l'intérieur pour prendre quelque chose. Quand il s'est relevé, il a pointé un pistolet contre moi et a tiré.

— Combien de fois ?

— Une seule.

— Et toi, qu'est-ce que tu as fait ?

— J'ai riposté.

Les paroles de Maureen résonnèrent dans la pièce comme un coup de feu.

— Et tu l'as abattu.

Une constatation, pas une question.

Maureen prononça une seule syllabe, telle une signature apposée au bas de sa confession :

— Oui.

— Que s'est-il passé ensuite ?

— J'ai entendu un bruit provenant des fourrés à ma droite. Je me suis cachée derrière un arbre, puis je me suis enfoncée dans la forêt. J'ai inspecté les environs sans rien trouver, sans voir personne. J'ai pensé que le bruit avait été causé par un animal effrayé par la détonation.

— Et après, qu'as-tu fait ?

— Je suis retournée à la voiture.

— Et qu'as-tu trouvé ?

— Le corps d'Avenir Gallani, dans la même position où il était tombé.

Maureen n'aurait jamais pu oublier cet instant. C'était la première fois qu'elle tuait un homme. Elle était restée debout, figée comme une statue de marbre, le regard fixé sur le cadavre. Il avait la bouche grande ouverte, comme si la vie s'était enfuie par là et non par la blessure noire au niveau de son cœur, dont le sang s'écoulait pour former une flaque sur l'herbe humide. Autour d'elle, des flashes, des cris, des ordres impérieux, le bruit des moteurs, les pneus sur le gravier. Et elle prostrée au milieu, la main encore serrée sur la crosse de son arme qui pendait sur le côté, seule face à l'écrasante responsabilité d'avoir fauché une vie humaine. Les commentaires ne manqueraient pas pour dire qu'Avenir Gallani l'avait bien cherché. D'ailleurs, Maureen avait entendu des pas derrière elle, suivis du constat lapidaire d'un membre de l'unité.

— Quand tu passes ta vie à baiser tout le monde, tôt ou tard c'est le monde qui finit par te baiser.

Aujourd'hui encore, elle entendait cette voix dans sa tête, sans plus se rappeler à qui elle appartenait.

La voix professionnelle de l'avocat Franco Roberto se substitua à celle des souvenirs.

— Et son pistolet ?

Maureen chassa de son esprit l'image du cadavre et retourna dans le bureau.

— Son pistolet avait disparu.

— Il avait disparu, ou bien il n'avait jamais été là ?

Maureen se leva d'un bond.

— C'est quoi cette putain de question ?

Franco secoua la tête. Maureen comprit qu'il la testait – et qu'elle venait d'échouer.

— Ce n'est pas ma question à *moi*. C'est celle que te posera le ministère public. Et je doute fort que ta réponse soit la plus convaincante pour un tribunal.

Maureen se laissa retomber dans le fauteuil.

— Je suis désolée, Franco. J'ai les nerfs en pelote.

— Ça, je peux le comprendre. Mais ce n'est vraiment pas le moment de perdre les pédales.

Maureen eut du mal à avaler l'attitude paternaliste de son ami.

— Franco, cet homme avait bel et bien un pistolet et il a pressé la détente. Je ne suis ni une folle ni une menteuse. Et surtout, je ne suis pas stupide. Pourquoi est-ce que je maintiendrais cette version même avec toi ?

Le silence de son interlocuteur l'enfonça dans un malaise visqueux.

— Est-ce que tu me crois, au moins ?

— Ce que je crois, *moi*, ça n'a aucune importance, Maureen. Je suis payé pour réfléchir et pour faire réfléchir. Et ce que je dois trouver maintenant, c'est comment convaincre les juges que cet homme était effectivement armé.

Maureen fut blessée de constater qu'il n'avait pas répondu à sa question. Comment Franco pouvait-il persuader quiconque de son innocence, si lui-même en doutait ?

Peut-être l'avocat devina-t-il les pensées de Maureen, car il tenta de détendre l'atmosphère.

— Tu verras, tout va bien se passer. J'ai drôlement hâte d'encaisser un bon gros chèque signé par la Police nationale. Et je vais m'offrir ce plaisir grâce à toi !

Dès lors qu'un représentant de l'ordre abattait un individu au cours d'une opération de police, une procédure pénale était systématiquement engagée. Si la légitimité des faits était avérée et que l'agent fût innocenté, la Police nationale devait prendre en charge les frais d'avocat.

Franco lui fit ensuite signer les procurations dont il avait besoin. Ce plongeon dans la bureaucratie ne fit qu'épaissir l'air oppressant que Maureen avait l'impression de respirer dans cette pièce. Une dernière signature compléta enfin les formalités qui allaient décider en partie de son sort. Elle se leva et alla s'appuyer au rebord de la fenêtre. Sous ses yeux défilait la circulation du soir, lente, chaotique et agressive. Elle reconnut la chevelure frisée de Connor, qui remontait la rue d'un pas vif. Il s'arrêta juste sous la fenêtre et leva les yeux pour vérifier le numéro de l'immeuble.

Pour la première fois depuis son entrée dans le bureau, Maureen sourit.

Franco vint lui tenir compagnie et suivit la direction de son regard.

— Cet homme m'a tout l'air de t'attendre.

— Il m'en a tout l'air aussi.

— Il me paraît opportun, au point où nous en sommes, de t'informer cordialement que ta présence n'est plus requise en ces lieux.

Maureen se tourna vers lui et déposa un baiser sur sa joue.

— Merci, Franco. Merci pour tout.

— File. Personne ne mérite le supplice de t'attendre.

Dans sa grisante impatience, Maureen ne comprit le sens de ces mots qu'une fois sortie de la pièce. Elle descendit les escaliers en éprouvant une soudaine sensation de liberté. Les événements et souvenirs qu'elle venait d'affronter avaient creusé un vide dans sa poitrine, que seule pouvait combler la présence de Connor.

Avec lui, elle se sentait ailleurs, en sécurité. Maureen sourit avec la joie incrédule des amoureux face à ce sentiment déroutant. Paradoxalement, elle se sentait protégée par un homme qui affrontait la vie complètement désarmé. Heureuse de le savoir dehors à l'attendre, elle appuya sur l'interrupteur de la porte, tira sur la poignée et bondit dans la rue. Ce qui se passa alors resterait à jamais gravé dans sa mémoire, comme une séquence de diapositives projetées sur un mur.

Le bruit sec de la porte qui se refermait.

Le visage de Connor, qui patientait debout sous un arbre, de l'autre côté de l'avenue.

Les sourires échangés pendant qu'il traversait la rue pour la rejoindre.

L'éclat dans ses yeux qui la regardaient comme elle avait toujours rêvé qu'un homme la regarde.

Le dernier pas qui les séparait.

Puis le crissement strident des pneus du Voyager à vitres teintées qui surgit à toute allure et s'arrêta net à leur niveau.

Et les hommes qui sortirent de la voiture en courant.

Quatre hommes qui, en cette soirée qui s'annonçait magique, leur enfoncèrent une cagoule noire sur la tête et les entraînèrent de force.

12

Ténèbres.

L'odeur de moisi du tissu qui l'enveloppait dans une obscurité poussiéreuse. Les soubresauts et les écarts de la voiture qui filait dans les rues de Rome. La traversée cahotante d'une route pavée. Des liens serrés autour des poignets, un bâillon qui l'empêchait de crier, le tissu rugueux de la cagoule enfoncé dans sa bouche. Elle avait renoncé à se débattre quand une voix au léger accent étranger avait susurré dans son oreille :

— Ne bouge pas, ou ton homme va y passer.

Pour souligner la menace, quelqu'un avait appuyé une lame acérée sur sa gorge. On avait sûrement dit la même chose à Connor, avant de porter un couteau contre son cou à lui aussi. La peur de Connor s'était ajoutée à la sienne pour faire sombrer Maureen dans un désespoir plus noir que les ténèbres dans lesquelles elle était emprisonnée.

Elle resta immobile et silencieuse pendant tout le trajet. Face à son absence de réaction, l'homme finit par relâcher la pression de l'acier sur sa gorge. Dans un premier temps, Maureen guetta le moindre indice lui permettant de repérer leur situation géographique, mais le voyage dura tellement longtemps qu'elle finit par renoncer.

Lorsque les arrêts – sans doute dus à des feux rouges – se firent moins fréquents, Maureen en déduisit qu'ils s'éloignaient du centre. La voiture prit bientôt un rythme de croisière, sans plus aucune interruption : ils avaient quitté la ville et se dirigeaient vers une destination hors de Rome.

Après un interminable parcours, le Voyager tourna brusquement et s'immobilisa. Maureen entendit les portières s'ouvrir. Des bras vigoureux l'arrachèrent de son siège et la soulevèrent presque de terre alors qu'elle titubait à l'aveugle. Quand on lui eut ôté bâillon et cagoule, elle avala de grandes goulées d'air frais. La première chose qui lui sauta aux yeux, après un aussi long passage dans le noir, fut l'intensité des couleurs – la terre si rouge, la végétation si verte. Trois voitures garées en arc de cercle illuminaient de leurs phares bleus l'intérieur d'une sorte de grotte creusée dans un massif argileux. De chaque côté, il y avait une grande voie d'accès, en partie camouflée par des arbustes recouverts de poussière. Par une ouverture au centre de la voûte, on pouvait apercevoir le faible scintillement d'une poignée d'étoiles.

Face à Maureen, Connor était agenouillé dans la lumière crue qui éclairait la scène. Sa chemise et son visage étaient maculés de terre. Sans doute l'homme dans son dos l'avait-il bousculé pour l'obliger à monter sur les planches de ce petit théâtre improvisé où se jouaient le triomphe de la force brute et l'humiliation d'une victime sans défense.

Entre Maureen et Connor, un individu se dressait au milieu de la grotte.

Il était grand et robuste, mais pas lourd. Ses cheveux ras ombraient la surface de son crâne. Un tatouage descendait de son oreille droite et glissait dans son dos sous sa veste en cuir, tel du lierre sur un mur. Il sortit un paquet de cigarettes de sa poche et en alluma une ; Maureen regarda la fumée flotter dans le faisceau des phares.

Après quelques instants d'immobilité parfaite, il se retourna vers elle comme s'il venait seulement de se rappeler sa présence. Maureen découvrit un visage aux traits saillants, recouvert d'une barbe négligée qui était comme un prolongement naturel des cheveux très courts.

Des yeux froids et enfoncés dans leurs orbites se fixèrent sur Maureen – le regard de l'homme soulignait parfaitement la ligne cruelle de ses lèvres. Il portait à l'oreille gauche une boucle étrange en forme de croix stylisée, avec en son centre un minuscule brillant dont les reflets ponctuaient ses mouvements. Pendant qu'il dévisageait Maureen, il ne cessait de hocher la tête, comme s'il acquiesçait à des considérations qu'il était le seul à entendre. Lorsqu'elle entendit sa voix, Maureen reconnut un accent semblable à celui du malfaiteur dans la voiture.

— Nous voici enfin réunis, commissaire. J'espère que mes amis ne vous ont pas trop malmenés pendant le trajet.

— Qui êtes-vous ?

— Chaque chose en son temps, commissaire Martini. Puis-je vous appeler Maureen ?

— Je répète, qui êtes-vous et que voulez-vous ?

L'homme répondit à sa question par une autre question.

— Est-ce que vous savez où nous sommes ?

— Non.

— Bizarre. Je m'attendais à ce que vous reconnaissiez l'endroit.

L'homme indiqua l'une des entrées de la grotte.

— Il n'y a pas si longtemps, à quelques centaines de mètres d'ici, vous avez tué un homme.

Le silence qui tomba alors entre eux sembla faire office d'épitaphe. L'homme baissa la tête et gratta la terre du bout du pied, comme si le cadavre d'Avenir Gallani était enterré là.

— Eh oui. Nous sommes dans la forêt de Manziana. C'est drôle comme la vie nous ramène parfois à ces lieux qu'on imaginait ne jamais plus revoir, non ?

Il releva la tête d'un coup.

— Je m'appelle Arben Gallani.

Le nom à consonance étrangère resta suspendu entre eux, représentant ce qui les opposait et les unissait à la fois.

— Et je suis le frère d'Avenir Gallani, l'homme que vous avez assassiné.

— Je n'ai assassiné personne. Vous ne savez pas ce qui s'est réellement passé.

Arben balança son mégot de cigarette dans un recoin d'obscurité. Les dernières volutes de fumée s'échappèrent de sa bouche.

— Tu te trompes, Maureen. J'ai tout vu.

Il glissa une main dans son dos et prit le pistolet glissé dans sa ceinture. Il le montra à Maureen, en le tenant de manière à ce qu'elle puisse bien le voir.

— Regarde. Tu reconnais cette arme ?

— C'est la première fois que je la vois.

— Oh que non, ce n'est pas la première fois. Tu l'as déjà vue, même si c'était juste une fraction de seconde. Tu l'as vue dans la main d'Avenir, le jour où tu l'as abattu.

Son bras retomba le long de son corps comme si le pistolet était devenu tout d'un coup trop lourd.

— J'étais avec lui, ce jour-là. J'avais de sérieuses réserves sur cette opération et il le savait. Malgré tout, il m'a demandé de l'accompagner et j'ai été incapable de refuser. Difficile de dire non aux gens qu'on aime, n'est-ce pas ?

Son regard se porta un instant sur Connor. Maureen comprit mieux que jamais auparavant le sens du mot « peur ».

— J'attendais mon frère dans la BMW mais j'ai eu envie de pisser, alors je suis entré dans la forêt. Puis j'ai entendu un boucan d'enfer et j'ai compris que l'opération avait foiré. J'ai décidé de rester caché. Et à ce moment-là, vous êtes arrivés tous les deux.

Il alluma une nouvelle cigarette. Il parlait calmement, comme s'il racontait l'histoire de quelqu'un d'autre.

— Avenir était un garçon impulsif. Parfois trop. C'est un peu de ma faute. J'aurais dû le contrôler plus sévèrement au lieu de le laisser faire toutes les conneries qu'il voulait.

Arben inspira. Il avait les yeux fixés sur elle, mais Maureen comprit qu'il ne la voyait même pas. Il revivait la scène dans son esprit, exactement comme elle l'avait fait des dizaines de fois.

— J'ai lancé un caillou pour détourner ton attention. Quand tu t'es éloignée, j'ai récupéré le pistolet et je suis retourné me cacher. Je sais que ça t'a causé pas mal d'ennuis, mais ce n'est pas mon problème.

Dans la douceur de son sourire, Maureen vit que cet homme était fou. Fou – et dangereux.

— Et nous en venons à présent à la raison de cette petite réunion. Tu crois que je veux te tuer ? Pas du tout, ma chère...

Tout en parlant, Arben Gallani s'approchait peu à peu de Connor.

— Il est grand temps pour toi aussi d'éprouver ce que ça fait, la mort d'une personne qu'on aime.

Oh, non.

Maureen se mit à hurler, sans même se rendre compte qu'elle ne hurlait que dans sa tête.

non non non non non non non non non...

Arben Gallani leva soudain la main qui serrait l'arme et pointa le canon sur la tempe de Connor.

non non non non non non non non non...

Au contact du métal froid, Connor ferma les yeux instinctivement. Maureen vit les jointures d'Arben blanchir alors que son doigt augmentait la pression sur la gâchette.

non non non non non non non non non...

Une détonation et la tête de Connor explosa. Une gerbe de sang et de cervelle éclaboussa les phares d'une des voitures. Le désespoir de Maureen débloqua enfin sa gorge sèche de poussière et d'horreur. Elle poussa un hurlement infini qui accompagna la chute du corps sans vie – un hurlement qui renfermait la rage, le feu du métal chauffé à blanc et l'adieu déchirant d'une femme impuissante face à la mort de l'homme qu'elle aimait. Connor s'affaissa dans un nuage de poussière qui suffit à ensevelir leurs rêves, leurs projets, et toute vie en Maureen.

Arben se retourna pour la contempler, un sourcil légèrement arqué. Elle maudit son expression de miséricorde démente.

— C'est moche, pas vrai ?

Maureen voyait à peine sa silhouette à travers les larmes empoisonnées qui lui inondaient le visage.

— Je vais te tuer.

Gallani haussa les épaules.

— C'est possible. Mais toi, tu vas vivre. Pour te souvenir. Et ce n'est pas fini.

Il laissa tomber l'arme à terre, dans la flaque formée par le sang de Connor. Arben s'approcha de Maureen avec nonchalance et, quand il fut tout près d'elle, il lui asséna une gifle qui la fit basculer en arrière. Elle fut étonnée de ne ressentir aucune douleur, comme si toute souffrance en elle avait été absorbée par la mort de celui qu'elle avait tant aimé et qui gisait désormais dans une mare de sang. L'homme derrière elle la releva sans ménagement pour lui faire subir de nouveau la fureur de son chef. Gallani ne lui concéda même pas un poing fermé. Il continua de la gifler à s'en couvrir les mains de sang. Et d'un coup, la douleur réintégra le corps de Maureen. Ses jambes étaient sur le point de céder, une substance chaude et visqueuse recouvrait ses yeux tuméfiés et colorait ses larmes. Arben Gallani fit alors un signe du menton à l'homme qui maintenait Maureen. Celuici la laissa glisser par terre et s'agenouilla pour plaquer ses épaules au sol. Deux autres hommes vinrent lui prêter mainforte. Chacun immobilisa une jambe. Maureen ne pouvait plus faire le moindre mouvement.

Arben sortit un couteau de la poche et en fit jaillir la lame. Un rai de lumière lui conféra le même éclat que le diamant à son oreille. Il s'accroupit et découpa le pantalon de Maureen – bruit du couteau lacérant le tissu, air frais sur sa peau dénudée peu à peu. À travers le rideau de sang et de douleur qui obscurcissait par moments sa vision, elle vit l'homme se redresser entre ses jambes. Défaire la boucle de sa ceinture. Baisser la fermeture éclair avec un frottement de métal comme une épée tirée de son fourreau.

Arben s'allongea sur elle. Elle sentit le poids de son corps, ses mains qui la possédaient et l'écartelaient, puis la violence âpre et haineuse de la pénétration – une douleur rugueuse comme si du sable s'était insinué entre leurs corps. Maureen se réfugia dans le souvenir des belles choses qu'elle avait connues, en essayant d'oublier qu'elles appartenaient à un passé irrémédiablement perdu. Puis elle laissa une douleur bien plus grande la rendre insensible à celle du viol physique, qui ne pouvait plus rien lui arracher qui ne fût déjà mort en elle. Alors que les heurts dans son bas-ventre la secouaient et l'annihilaient, l'étrange boucle d'oreille en forme de croix se balançait à quelques centimètres de son visage, reflétant la lumière des phares, scintillant scintillant scintillant scin...

Elle n'aurait pas à éprouver le dégoût de sentir la semence de son bourreau se répandre en elle car le répit de l'inconscience lui fut enfin concédé. Juste avant que les ténèbres s'abattissent sur toute chose, Maureen Martini eut le temps de réaliser combien il était douloureux de mourir.

13

Les ténèbres, encore.

Puis, un cauchemar après l'autre, ses souvenirs se recomposèrent et, avec eux, la malédiction de la conscience.

Elle devinait un corps étendu sous des draps un peu rêches. Son corps. Une odeur de désinfectant, légère. Elle comprit qu'elle se trouvait dans une chambre d'hôpital. Et toujours ce corps, qui flottait entre brouillard et nuages de coton. Son corps. Son visage était comme enfermé dans un étau. Quand elle essaya de lever le bras droit, le tube d'une perfusion battit contre les soutiens latéraux du lit. Elle porta à grand-peine l'autre main à ses yeux et effleura du bout des doigts les compresses qui les recouvraient. Au loin, quelque part dans ce monde ou bien dans l'au-delà, elle entendit un chuchotement incompréhensible. Un bref écho de pas succéda aux murmures, puis Maureen reconnut la voix de son père, chargée d'une anxiété que tout son amour ne parvenait à masquer.

— Maureen, c'est moi.

Sa réponse fut à la fois un salut, un soulagement et une plainte.

— Bonjour, papa.

— Comment tu te sens ?

Comme je me sens ? Je voudrais que ces ténèbres disparaissent à jamais. Je voudrais ne plus voir l'image de Connor qui s'effondre, projetée en boucle sur mes paupières fermées. Ou alors je voudrais, moi, disparaître à jamais.

Elle mentit.

— Je vais bien. Où est-ce que je suis ?

— À la polyclinique Gemelli.

— Depuis combien de temps ?

— Tu as été hospitalisée dans un état critique. Ils t'ont maintenue en coma thérapeutique pendant deux jours.

— Comment est-ce qu'on m'a retrouvée ?

— Quand vous avez été enlevés, Franco a tout vu par la fenêtre. Il a immédiatement averti la police. Malheureusement, il n'a pas eu le temps de noter la plaque d'immatriculation de la voiture et les recherches étaient limitées à sa description du véhicule. Puis, il y a eu un coup de téléphone...

— Un coup de téléphone ?

— Un homme à l'accent étranger. Il a appelé ton commissariat et leur a dit où te trouver.

Le visage d'Arben Gallani s'imposa à elle. Sa voix, qui susurrait

c'est moche, pas vrai ?

après la détonation. Et la boucle d'oreille en forme de croix qui se balançait et scintillait devant ses pupilles pendant qu'il...

Elle posa la question qui la tourmentait, avec l'illusion naïve que rien de ce qu'elle avait vécu ne fût vrai.

— Et Connor ?

— Je suis désolé... Il est mort. Les autorités américaines sont intervenues et, une fois les formalités réglées, elles s'occuperont de rapatrier le corps. Il sera de retour aux États-Unis d'ici quelques jours. Je sais que ça ne va pas te consoler, mais...

— Quoi ?

— Connor est déjà une légende. D'une certaine manière, il vivra éternellement.

Maureen eut du mal à se retenir de hurler.

Je ne veux pas qu'il vive éternellement. Je voulais juste qu'il vive une vie normale, je voulais juste passer cette vie avec lui.

Et cette pensée en entraîna immédiatement une autre, glaçante : elle était responsable de sa mort. Le jour où elle avait tiré sur Avenir Gallani, elle avait tué Connor avec la même balle. Elle détourna instinctivement la tête de côté pour cacher les larmes invisibles qui s'écoulaient sous les compresses – et que le fin tissu buvait comme du sang. Elle pleura pour elle et pour ce garçon merveilleux qui l'avait frôlée juste le temps de lui dire adieu. Elle pleura sur cette souffrance que n'importe qui peut décider d'infliger et à laquelle personne ne peut se soustraire. Elle pleura en silence dans l'attente que le ciel ou l'enfer lui accorde le répit d'une colère aveugle.

Puis son corps s'abandonna à cette douleur infinie et même les larmes s'épuisèrent.

— Et les pansements ? Quand est-ce qu'ils vont les enlever ?

Une seconde voix, plus grave, répondit à sa question.

— Mademoiselle, je suis le docteur Corvini, médecin chef du service d'ophtalmologie de l'hôpital Gemelli. Vous êtes une femme courageuse, alors je vais être très franc avec vous. Je crains d'avoir une mauvaise nouvelle à vous annoncer. Les violences que vous avez subies ont révélé chez vous une anomalie congénitale non détectée jusqu'à présent. Vos blessures ont provoqué ce qu'on appelle, en termes médicaux, un leucome adhérent post-traumatique. Pour parler clairement et très brutalement, vos cornées ont subi des lésions irréversibles.

Il lui fallut un instant pour comprendre ce que le médecin venait de lui annoncer.

Puis une fureur indicible s'empara d'elle, avec plus de violence qu'aucun homme sur Terre ne pourrait jamais en exercer contre elle.

Non.

Elle ne le permettrait pas.

Elle ne permettrait pas à Arben Gallani de lui ôter non seulement la vue, mais surtout sa vengeance. Sa voix, une voix qu'enfin elle reconnaissait comme sienne, remonta de sa gorge et sortit entre ses dents serrées.

— Je suis aveugle ?

— Techniquement, oui.

— Qu'est-ce que ça veut dire, « techniquement, oui » ?

Maureen était soulagée de ne pas voir l'expression qui accompagnait sans doute le ton du médecin.

— Nous pouvons intervenir chirurgicalement et tenter une greffe. Cela a déjà été fait, et nous sommes assez confiants en ce qui concerne le résultat. Dans votre cas cependant, il y a un écueil supplémentaire. Je vais essayer de vous expliquer comment ça fonctionne. Dans tous les cas de figure, la cornée du donneur est un corps étranger que l'on introduit artificiellement dans l'œil du patient. Pour cela, nous devons utiliser une cornée dite pathologique, c'est-à-dire compatible avec le profil génétique du patient. Dans le cas contraire, la nouvelle cornée n'est pas reconnue et acceptée par l'organisme, et il se produit alors un rejet du greffon. D'après vos analyses sanguines et votre type histogénétique, nous avons découvert que vous êtes ce qu'on appelle une chimère.

— Ce qui signifie ?

— Ce qui signifie que vous être le produit de quatre gamètes. Pour résumer, deux ovules ont été fécondés par deux spermatozoïdes. Mais au lieu de donner des jumeaux, les deux embryons ont fusionné à un stade très précoce de leur développement, donnant ainsi naissance à un embryon unique dans lequel coexistent deux génotypes distincts. Dans votre cas, donc, nous sommes face à un sérieux problème de compatibilité pour trouver un greffon. Je nc vous mentirai pas : le pourcentage de personnes qui possèdent cette caractéristique avoisine le zéro.

Le docteur Corvini fit une courte pause.

— Ça, c'était la mauvaise nouvelle.

— Parce qu'il y en a une bonne ?

— Oui, absolument.

À la voix professionnelle du médecin succéda celle chaleureuse de son père.

— J'ai appelé ta mère à New York. Quand je lui ai dit ce qui s'était passé et dans quel état tu te trouvais, elle a immédiatement pris les choses en main. Parmi ses fréquentations, il y a un médecin qui s'appelle William Roscoe. Pour une pathologie comme la tienne, il est tout simplement le plus grand spécialiste du monde.

Son père repassa le témoin au docteur Corvini, qui s'appliqua à son tour à la rassurer.

— C'est ça, la bonne nouvelle. L'explication scientifique serait longue et fastidieuse, et je ne vais pas vous infliger des détails abscons que vous auriez sûrement du mal à ingurgiter. La seule chose qui compte, c'est que la greffe n'est pas impossible. J'ai consulté personnellement le docteur Roscoe. Il est l'un des plus brillants experts en microchirurgie oculaire, de même qu'un chercheur hors pair, à l'origine d'avancées phénoménales dans le domaine des cellules souches embryonnaires. Il vous faudra forcément aller aux États-Unis, car la législation italienne sur la fécondation assistée interdit la culture et l'utilisation de ce type de cellules. Une telle opération n'est pas faisable ici. Mais j'ai longuement discuté avec le docteur Roscoe, et il se peut que nous ayons une opportunité non pas rare, mais véritablement unique.

— C'est-à-dire ?

— Un donneur qui pourrait être compatible. Le docteur Roscoe est capable de pousser les cellules souches embryonnaires à se différencier en cellules lymphocitaires qui pourraient inhiber la réponse immunitaire hostile de l'organisme. Ce qui éviterait tout phénomène de rejet.

La voix de Carlo Martini conclut ce relais.

— Il y a une seule condition : nous devons faire vite. Un gros client du cabinet de ta mère a mis son jet privé à notre disposition. Nous partons demain pour les États-Unis, et l'opération est prévue pour après-demain. Enfin, si tu es d'accord et si tu en as la force...

Elle répondit docilement à la prière qui perçait dans le ton de son père.

— Bien sûr que j'en ai la force, dit-elle.

Bien sûr que j'en ai la force, pensa-t-elle. *J'en aurais la force même si je devais traverser les neuf cercles de l'enfer.*

Avec toute l'attention intransigeante d'un médecin pour son patient, le docteur Corvini mit fin à cet instant si fragile.

— Bien, très bien. Maintenant, nous ferions mieux de la laisser se reposer, monsieur Martini. Ça suffit pour aujourd'hui.

— D'accord.

Le père de Maureen déposa un baiser sur sa joue et lui murmura à l'oreille, comme s'il lui confiait un secret :

— À tout à l'heure, mon trésor. Dors bien.

Des doigts maigres et inconnus se posèrent sur son épaule.

— Je vous fais tous mes vœux de prompt rétablissement, mademoiselle. Et croyez-moi, ce n'est pas une formule. Personne ne devrait avoir à subir ce que vous avez subi.

Maureen sentit qu'on touchait à la perfusion, puis elle entendit les pas s'éloigner du lit. La porte s'ouvrit, se referma, et elle se retrouva seule dans le silence de sa chambre. Le médecin avait probablement injecté un sédatif dans le goutte-à-goutte, car elle fut prise d'une légère somnolence vite remplacée par un unique désir : réussir à dormir quelques heures sans penser à rien.

Avant de sombrer dans le sommeil, elle se promit de faire tout ce qu'on lui demanderait. Oui, elle allait faire le nécessaire et plus encore en échange d'une seule minute de vue.

Elle ne demandait rien d'autre.

Une seule minute.

Le temps suffisant pour graver à jamais dans ses yeux et dans sa mémoire le visage démoniaque d'Arben Gallani – et le voir disparaître dans le rugissement d'un coup de feu.

Et que les ténèbres soient.

Troisième Partie

New York

14

Jordan conduisait à faible vitesse sur la rampe d'accès au pont de Brooklyn. La circulation était fluide à cette heure du jour et, malgré la souplesse de la moto, il se contenta de suivre la file de voitures qui avançait tranquillement sur cette bande d'asphalte et métal.

Dieu s'étant fait discret depuis l'expérience de la mer Rouge, le pont de Brooklyn était le seul moyen de passer d'une rive à l'autre. Jordan suivit le parcours obligé sans vraiment savoir ce qui l'attendait de l'autre côté. Dans son dos, One Police Plaza. Quand il l'avait dépassé, quelques minutes plus tôt, il n'avait même pas lancé un regard de côté sur son ancien lieu de travail.

Il avait également laissé derrière lui le New York City Hall, cet ersatz de Maison-Blanche en modèle réduit où son frère exerçait et subissait ses fonctions de maire.

Le petit canyon urbain de Water Street s'étendait juste sous ses pieds. S'il avait tourné la tête à droite, il aurait aperçu le toit de l'immeuble où un jeune homme nommé Gerald Marsalis avait échangé sa vie contre le néant et l'anonymat, au point de mourir en portant un nom qui n'était pas le sien.

Et l'assassin de Jerry Kho était encore en liberté.

Jordan fixait la route devant lui, imaginant le reflet sur son casque de ces lieux qu'il préférait ignorer. Non qu'il fût indifférent, mais il n'avait pas besoin de regarder ces endroits pour savoir qu'ils existaient. Sa mémoire les renfermait tous. Chaque souvenir était net et immaculé, comme neuf, et portait bien en vue l'étiquette du prix qu'il avait coûté.

Certaines personnes préfèrent payer les conséquences de leurs choix plutôt que faire des choix en fonction de leurs conséquences. Jordan Marsalis en faisait partie. Il ne s'était jamais demandé si c'était une force ou une faiblesse.

Il était ainsi, tout simplement.

Autrefois, Ted Kochinscky, l'un de ses amis, lui avait demandé un prêt de mille dollars. Jordan savait à l'époque que cette somme était littéralement vitale pour Ted – tout comme il savait qu'il ne reverrait jamais son argent. Il avait accepté, car refuser l'aurait bien plus tourmenté que de perdre mille dollars.

C'est dans ce même état d'esprit qu'il avait pris la place de son frère, sur cette route de campagne, trois ans plus tôt. Il avait délibérément choisi d'endosser la responsabilité d'un accident avec lequel il n'avait rien à voir.

Le comportement de Christopher l'avait déçu et rempli d'amertume, certes, mais même dans ce cas, la « règle Kochinscky » s'appliquait : il ne s'agissait pas simplement de se sacrifier pour un frère, mais également de pouvoir se regarder dans le miroir. Qui plus est, il payait ainsi une partie de la dette qu'il considérait avoir à l'égard de Chris – cette dette que leur père, Jakob Marsalis, avait contractée pour lui. Christopher avait grandi dans la fortune et le mépris de son père, Jordan dans son amour. À tort ou à raison, il s'imaginait avoir un passif à éponger. La vie avait voulu qu'ils fussent élevés dans des conditions et des lieux bien différents, mais chacun était au courant de l'existence de l'autre. Quand ils s'étaient finalement rencontrés, chacun avait depuis longtemps tracé sa route. La seule chose qui les unissait vraiment, c'était la couleur des yeux et la figure de leur père. Cette figure que, dans leurs souvenirs, ils voyaient chacun avec un regard bien différent.

Ils n'avaient jamais affronté clairement le sujet, tout en sachant que l'ignorer ne revenait pas à en supprimer l'existence. Par un accord tacite, ils avaient toujours laissé la question en suspens telle une épée de Damoclès, sans savoir sur lequel d'entre eux elle projetait son ombre.

Combien de gens voyageaient en rêvant de retourner à leur point de départ ? Jordan venait de comprendre que son voyage à lui, qu'il croyait repoussé, avait en réalité commencé des années plus tôt. Sa vie à New York n'était qu'une longue halte, nécessaire pour trancher les derniers fils qui le retenaient avant de repartir.

Ce cœur enfin, étrange cœur qui déjà les récifs brave sans peur...

Jordan repensa aux paroles évocatrices de cette chanson. Connor Slave comprenait la valeur de la patience ; Jerry Kho, au contraire, avait affronté la montagne par son versant le plus abrupt – non par choix, mais parce qu'il n'en voyait aucun autre.

La Volvo devant Jordan freina brusquement et le conducteur se pencha par la vitre pour protester contre le véhicule qui le précédait. Jordan fit un écart contrôlé sur la gauche, puis retrouva le cours de la circulation et de ses pensées.

Arrivé au bout du pont, il suivit Adams Street jusqu'au croisement avec Fulton. Il dépassa Brooklyn Heights, un nouveau lotissement pour riches de maisons anciennes parfaitement rénovées, avec une vue superbe sur la *skyline* de Manhattan.

Après Boerum Place, il continua en direction du sud vers le quartier où habitait James Burroni, son partenaire dans l'enquête sur le « massacre Marsalis », comme l'avaient baptisé les médias.

Jordan l'avait appelé après un énième conseil de guerre avec Christopher à Gracie Mansion. Il avait longtemps considéré que les politiciens, en dépit de toutes leurs déclarations, vivaient dans un monde à part, une sphère blindée que les besoins des administrés ne pouvaient ébrécher. Leur principale préoccupation semblait être de continuer à jouer les hommes politiques.

Mais à présent qu'il discutait régulièrement avec son frère, il s'interrogeait pour la première fois : était-il un *bon* maire, ou avait-il simplement été assez habile pour le devenir ?

Depuis qu'il avait vu la mise en scène macabre du cadavre de son fils, Christopher était comme un lion en cage. Jordan n'aurait pas su dire si c'était à cause de sa douleur de père ou de l'image d'impuissance qu'il donnait en tant que premier citoyen de la ville.

Quoi qu'il en fût, après quinze jours d'investigation, l'enquête restait au point mort. Ils avaient retourné la vie de Gerald sens dessus dessous et mis à nu toutes sortes de secrets, sans trouver la moindre piste. La presse écrite et la télévision avaient fait leurs choux gras des révélations sordides qui étaient sorties au grand jour, allant jusqu'à exhumer la vieille histoire de l'accident pour agrémenter celle de Jerry Kho, *peintre maudit**.

Enfin, quand les médias s'étaient retrouvés à court d'éléments, l'information avait cédé le pas à l'invention pure et simple.

Heureusement, LaFayette Johnson avait été neutralisé avant que sa popularité inopinée cause de trop gros dégâts. Christopher possédait en abondance la seule chose qui pouvait convaincre LaFayette de ne pas parler aux médias : l'argent. Il avait donc acheté son silence. Les représailles qui n'auraient pas manqué de sanctionner d'éventuelles indiscrétions suffirent à dissuader d'autres « sources sûres ». En l'absence de fuites substantielles, les journalistes avaient fini par s'ensabler dans une marée basse de conjectures.

Malheureusement, la police aussi.

Jordan s'arrêta en face du domicile de Burroni, une maison individuelle avec jardin, plantée dans une impasse qui comptait toute une file de constructions identiques alignées au garde-à-vous. Chevauchant sa Ducati, Jordan sentait qu'il détonait sérieusement dans ce quartier populaire. D'après l'image qu'il s'était faite de Burroni, il s'attendait sinon à quelque chose de mieux, du moins à un environnement différent.

Une Jeep Cherokee blanche – un vieux modèle – était garée devant chez lui. La porte s'ouvrit et une femme sortit dans le jardin, tenant par la main un garçon d'une dizaine d'années. Elle était grande, blonde, avec un visage expressif et plein de douceur. Le gamin était le portrait craché de Burroni, au point que n'importe quel médecin aurait éclaté de rire si on lui avait demandé d'effectuer un test de paternité.

Jordan remarqua l'armature métallique qui entourait la jambe droite du petit. Le gamin marchait en boitillant, tout en parlant à sa mère avec enthousiasme. Burroni apparut alors dans l'encadrement de la porte, une valise dans chaque main.

Il repéra immédiatement le motard casqué de l'autre côté de la rue. Il s'arrêta un instant au milieu de l'allée qui traversait le jardinet. Jordan comprit qu'il l'avait reconnu. Entre-temps, la femme et l'enfant avaient rejoint la voiture et ouvert la portière arrière.

Burroni rangea les valises dans la Jeep, puis salua sa femme et s'agenouilla pour redresser la casquette de baseball sur la tête de son fils. Jordan l'entendit dire : « Bye, champion. » Il prit le garçon dans ses bras, le regard fixé sur Jordan.

Mère et fils montèrent dans la voiture, puis le petit adressa un dernier signe de la main à son père, debout sur la pelouse. Jordan suivit la voiture du regard jusqu'au carrefour. Stop, clignotant, flèche à droite. Jordan appuya la Ducati sur sa béquille, enleva le casque et traversa la rue.

L'embarras du détective se communiqua rapidement à Jordan. Il venait de surprendre un moment d'intimité et de faiblesse que Burroni ne tenait sans doute pas à partager – en tout cas pas avec lui.

— Salut, Jordan. Qu'est-ce que tu fais ici ?

Circonspect sans être hostile, ni brusque ni cordial. Malgré leur objectif commun, Burroni avait encore du mal à l'appeler par son prénom. Au cours de l'enquête, leurs rapports ne s'étaient pas plus améliorés qu'ils n'avaient empiré. Tous deux considéraient cette relation comme une condition de travail à laquelle ils ne pouvaient rien changer.

Burroni ayant fait le premier pas, Jordan parla à son tour.

— Salut, James. Je voulais te parler. Seul à seul, en privé. Tu as un moment ?

Le détective leva le menton vers le carrefour où la Cherokee avait tourné.

— Ma femme et mon fils sont partis en vacances chez ma belle-sœur, près de Port Chester. Je n'ai pas juste un moment, j'ai quinze jours.

Jordan secoua la tête.

— Quinze jours ? J'ai bien peur que nous ayons beaucoup moins que ça. L'un comme l'autre.

— À ce point ?

— À ce point.

Burroni parut réaliser soudainement qu'ils parlaient debout au milieu du jardin.

— Tu veux entrer prendre un verre ?

Sans attendre de réponse, il se retourna et le précéda dans la maison. Une fois à l'intérieur, Jordan jeta un œil autour de lui : un foyer américain normal, bonjour et bonsoir aux voisins, des piscines gonflables à l'arrière, barbecue et canettes de bière le dimanche.

La tranquillité, à défaut de bonheur.

Sur un meuble bas à côté de la porte, il y avait une photo encadrée de Burroni avec son fils. L'enfant brandissait une batte de baseball en direction de l'objectif. Jordan songea que son armature métallique immobilisait en réalité ses deux jambes.

Bye, champion...

Burroni suivit le regard de Jordan, lequel aurait préféré ne pas déceler la fêlure dans sa voix.

— Mon fils est dingue de baseball.

— Les Yankees ?

— Qui d'autre ?

L'entrée s'ouvrait sur le séjour. Le maître de maison invita Jordan à s'asseoir sur le canapé.

— Installe-toi. Qu'est-ce que tu bois ?

— Un Coca, ça ira.

— Compris.

Il partit chercher les boissons et revint avec deux canettes de Coca Light et des verres. Il posa le plateau sur la table basse devant le sofa, avant de s'enfoncer dans un fauteuil en cuir usé mais confortable.

— Je t'écoute.

— Du nouveau ?

Le détective ouvrit sa canette, secoua la tête.

— Rien de rien. J'ai pressé tous nos informateurs, en particulier ceux introduits dans les milieux intellectuels que fréquentait ton neveu. Que dalle. Tout un tas de...

Il se tut et avala une gorgée, réfléchissant à comment résumer la situation. Jordan lui épargna cette peine.

— Je sais ce que tu veux dire. Tout un tas de saloperies bien cachées, mais rien qui puisse nous être utile.

— Exactement. Les résultats de l'autopsie, tu les connais aussi bien que moi. Quant au labo, aucun résultat probant. Tu sais ce que c'est : trop de traces, aucune trace.

Ce fut au tour de Jordan de raconter ses propres tâtonnements.

— De mon côté, ce n'est franchement pas réjouissant non plus. J'ai fait toutes sortes de recherches et de conjectures sur les *Peanuts*, j'ai essayé de comprendre quel pouvait être le dénominateur commun entre mon neveu, Linus, et celle que le message sur le mur désigne comme Lucy. Résultat : je n'y ai absolument rien compris. Je me demande aussi combien de temps il nous reste avant que les journalistes découvrent ce que nous avons miraculeusement réussi à leur cacher. Notamment mon implication dans l'enquête.

— Et le maire, il en dit quoi ?

— Il n'en dit rien, parce que c'est précisément lui qui a voulu que je m'en occupe – officieusement, s'entend. De son côté, il subit sans doute son lot de pressions. Même en mettant de côté les sentiments personnels, sa position n'est pas sûrement pas confortable. La critique est évidente : comment peut-il protéger nos enfants s'il n'est même pas capable de protéger le sien ? La politique est une bête vicieuse.

— On est bien d'accord là-dessus. C'est pour ça que je suis encore dans la rue plutôt que derrière un bureau.

Cette fois, c'est Jordan qui se tut et avala une gorgée, le temps de choisir soigneusement ses mots pour dire ce qu'il avait à dire. Au départ, ce n'était pas la raison de sa visite, mais ça l'était devenu.

— Autre chose, James. En ce qui concerne ta participation à cette affaire, je tenais à te faire savoir que je me débrouillerai pour que tu obtiennes tout ce qui t'a été promis, quelle que soit l'issue de l'enquête.

Burroni ne savait que répondre. Il regardait sa canette comme si sa réplique était écrite dessus.

— Ce que je t'ai dit l'autre soir, au restaurant près de chez toi...

— Ne t'inquiète pas. Moi aussi, j'y ai été un peu fort. Ça arrive. On dit des choses qu'on regrette ensuite.

Le regard de Burroni glissa furtivement sur la photo de son fils en position pour recevoir une balle qui n'arriverait jamais. Cela ne dura qu'une fraction de seconde, mais Jordan s'en rendit compte.

Bye, champion...

— Décidément, la vie est rarement aussi simple qu'on l'espère.

— Je t'ai dit que ça va. Tu ne me dois aucune explication.

Ils échangèrent un regard. Burroni parla comme un homme qui comprenait s'adressant à un homme qui avait compris.

— Ça a dû être difficile pour toi, Jordan.

Jordan haussa les épaules.

— C'est difficile pour tout le monde.

Il prit son casque et se leva, imité par Burroni. Ce dernier était moins grand que Jordan mais plus robuste. Néanmoins, dans cette maison, sans son éternel chapeau noir vissé sur la tête, il paraissait inhabituellement exposé et fragile.

— On se voit bientôt.

— Ce n'est pas comme si on avait le choix, répondit le détective laconiquement.

Malgré le sens de la phrase, Jordan sentit que Burroni n'était plus sur la défensive.

Peu après, alors qu'il enfourchait sa moto et regardait à travers la visière la silhouette de Burroni sur le pas de la porte, il se dit qu'il avait bien fait de lui rendre visite.

C'est difficile pour tout le monde. Aucun doute là-dessus.

Difficile pour Burroni, pour Christopher, pour lui-même.

Mais s'ils ne mettaient pas les bouchées doubles, ce serait encore plus difficile pour une femme dont il ne connaissait ni le nom ni l'aspect – et qui se promenait comme une cible mouvante dans les pensées d'un homme qui l'appelait Lucy.

15

Chandelle Stuart bondit sur ses pieds. Ses cheveux noirs tombèrent en désordre sur son visage déformé par la colère. L'élégante robe Versace se retroussa juste assez sur ses jambes longues et minces pour laisser entrevoir aux deux hommes une bande de peau claire au-dessus des bas autofixants.

— Merde, mais vous vous foutez de ma gueule, bordel de Dieu !

Elle parlait du ton hautain et méprisant de qui est habitué à commander sans avoir jamais dû en gagner le droit. Elle toisa un instant ses interlocuteurs, puis leur tourna le dos et saisit d'un geste vif le paquet de cigarettes posé derrière elle. Elle en alluma une, actionnant son briquet rageusement, comme si elle voulait incendier le monde entier. Elle fit quelques pas vers la baie vitrée qui s'ouvrait sur la terrasse et contempla Central Park, dévorant sa cigarette, dévorée par sa fureur.

Dans le ciel, les nuages annonciateurs d'un orage d'été s'amoncelaient méthodiquement pour avaler jusqu'au dernier rayon de soleil.

L'avocat Jason McIvory se tourna vers Robert Orlik, l'autre moitié de McIvory, Orlik & Partners. Leur cabinet spécialisé en gestion patrimoniale était installé dans un immeuble prestigieux du centre-ville, face à Battery Park. Ils échangèrent un regard entendu : tous deux étaient habitués depuis des années aux caprices et à la grossièreté de leur cliente.

Et ils ne comptaient plus les supporter bien longtemps.

Mais pour le moment, ils se contentèrent de se redresser sur le canapé, en attendant patiemment que cette énième crise de nerfs se tasse.

McIvory croisa les jambes, et si Chandelle Stuart s'était retournée à ce moment-là, elle aurait surpris un léger sourire de satisfaction sur son visage à la Anthony Hopkins, cheveux blancs coiffés vers l'arrière, moustache fine et soignée. Puis l'avocat estima lui avoir laissé suffisamment de temps pour se reprendre, et il continua l'exposé que l'avalanche d'obscénités hystériques avait interrompu.

— Nous sommes on ne peut plus sérieux, mademoiselle Stuart. Vous êtes ruinée. Ou presque.

Chandelle se retourna, semblable à une furie. Ses cheveux battaient autour de son visage, menaçants comme un drapeau pirate dans le vent.

— Comment c'est possible, espèces d'abrutis ?

McIvory désigna l'attaché-case en cuir posé à ses pieds, appuyé contre une table basse en cristal qui coûtait plusieurs centaines de dollars par centimètre. Chandelle Stuart était trop enflammée pour saisir l'intransigeance et l'indifférence glacée qu'il y avait dans le geste de son avocat.

— L'intégralité des comptes rendus est là-dedans. Les ordres pour chaque opération portent tous votre signature, et si vous vous rappelez bien, nous vous avons demandé à plusieurs reprises de signer des décharges pour certains... comment dire... investissements peu orthodoxes d'un point de vue financier.

Chandelle Stuart écrasa la cigarette dans le cendrier avec une hargne qu'elle aurait bien dirigée contre les deux hommes. Elle siffla comme un serpent mystificateur pris à son propre jeu.

— Qu'est-ce qui me dit que c'est pas vous qui m'avez escroquée pendant toutes ces années ?

Robert Orlik, qui n'avait jusque-là pas pipé mot, décida d'intervenir. Sa voix ressemblait singulièrement à celle de son partenaire, comme si tant d'années de collaboration les avaient fondus l'un dans l'autre.

— Mademoiselle, au nom de l'amitié qui me liait à feu votre père, je vais faire semblant de ne pas avoir entendu ce que vous venez de sous-entendre. Pendant des années, je me suis efforcé de tolérer votre attitude capricieuse et votre vocabulaire pittoresque de reine du rodéo. Mais je ne suis pas – *nous* ne sommes pas disposés à tolérer la moindre insinuation sur la correction et l'honnêteté de notre façon d'opérer. Ceci étant dit, par souci de clarification – autant pour vous que pour nous-mêmes –, permettez-moi de faire un pas en arrière pour vous résumer les faits. Lorsque feu votre père, Avedon Lee Stuart, est décédé il y a sept ans, il vous a légué un patrimoine composé de biens immobiliers, de portefeuilles d'actions et obligations, et de liquidités dont la valeur globale atteignait environ cinq cents millions de dollars...

La femme l'interrompit avec la fougue d'un prêtre qui surprend l'une de ses brebis en train de blasphémer – et avec la rancœur de la brebis en question.

— On avait des dizaines de milliards de dollars et ce fils de pute les a dilapidés Dieu sait où avec ses conneries.

— Je me vois dans l'obligation de vous contredire. Des milliards, il y en avait cinq, pour être précis. Et cet argent n'a pas été dilapidé, comme vous dites. Votre père a simplement consacré la plus grande partie de votre patrimoine familial à un ensemble de fondations caritatives, afin de garantir la pérennité du nom des Stuart tout en l'associant à un souvenir positif.

— Et par un heureux hasard, vous avez été nommés administrateurs du patrimoine en question.

Elle avait prononcé ces mots d'une voix basse, avec une apparente douceur, pour les rendre plus mordants et allusifs. Mais elle ne parvint qu'à être mielleuse et le sous-entendu tomba à plat.

Il y avait dans les yeux de Robert Orlik l'acuité du professionnel ; si Chandelle Stuart voulait tenter sa chance au jeu, elle s'était assise à la mauvaise table.

— Notre rôle de fiduciaires est un aspect de la question qui ne vous concerne en rien. Tout comme la raison pour laquelle votre père a choisi de ne vous laisser qu'une portion de l'héritage : nous-même, nous l'ignorons et il ne nous appartient pas d'en juger le bien-fondé.

— La charité et le nom des Stuart, quelles foutaises ! Ce foutu mégalo a fait ça parce qu'il me détestait, c'est tout. Ce sac à merde m'a toujours détestée.

Si c'était le cas, impossible de lui donner tort. Étonnant qu'il ne t'ait pas étranglée dans ton berceau, connasse !

Le visage de Robert Orlik, avocat chevronné aussi impassible qu'un champion de poker, ne laissa rien paraître de ces pensées plutôt conformes au langage habituel de sa cliente. Il les rangea entre les cloisons insonorisées qui délimitaient le cadre général de sa vie, et en particulier de son travail au cabinet. La gestion des legs testamentaires du défunt et des activités personnelles de Chandelle Stuart avaient représenté un nombre conséquent d'heures facturées, qui pesaient lourdement dans le bilan annuel de McIvory, Orlik & Partners. Maintenant que la gabelle représentée par la demoiselle assise face à eux se trouvait d'un coup réduite à zéro, leur disponibilité et leur seuil de tolérance avaient radicalement dégringolé.

— Si un héritage de cinq cents millions de dollars est synonyme de haine, j'aurais aimé que mon père fût animé des mêmes sentiments à mon égard.

Il se pencha et sortit un dossier volumineux de la mallette. Il le posa avec précaution sur le plan de cristal, comme si son poids risquait de le fêler.

— Quoi qu'il en soit, voici le compte rendu détaillé de toutes vos activités pendant ces années, et des conséquences de certains choix personnels.

— Tout est de votre faute. Vous auriez dû me conseiller.

— Et nous l'avons fait. Permettez-moi de vous rappeler que vous avez toujours refusé de nous écouter. Votre société de production cinématographique et théâtrale...

Succédant à la surexcitation de la colère, la sombre réalité des faits semblait avoir teint de gris la pâleur coutumière de son visage. La peau de Chandelle Stuart était celle d'une vieille femme. Elle eut néanmoins un dernier sursaut altier, un accès de superbe presque pathétique.

— J'ai étudié la réalisation. Je m'y connais, en cinéma. Il n'y a rien de mal à produire des films.

— Il n'y a effectivement aucun mal à investir de l'argent dans la production de films. Simplement, il faut garder une chose à l'esprit : si lesdits films rapportent suffisamment d'argent pour dégager des bénéfices raisonnables, cela devient un travail. Dans le cas contraire, cela reste un hobby – très onéreux qui plus est. Et dans votre cas, beaucoup trop.

— Qu'est-ce qui vous permet de parler d'art ? Qu'est-ce que vous y comprenez ?

— Pas grand-chose, je l'admets. Mais mon métier, c'est les chiffres – et les chiffres, je les comprends.

Il saisit le dossier, l'ouvrit sur ses genoux et commença à le feuilleter. Après avoir trouvé la page qu'il cherchait, il chaussa une paire de lunettes cerclées d'or.

Ils en étaient au règlement de comptes final – au propre comme au figuré.

— Voici. Prenons un exemple parmi d'autres. Le roman du dénommé Levine. Vous avez dépensé quatre millions de dollars pour arracher les droits à Universal, qui n'était d'ailleurs que superficiellement intéressé par leur acquisition. L'agent de Levine a fait monter les enchères et vous avez fini par payer une fortune quelque chose que vous auriez pu acheter pour deux cent mille dollars. Je vous rappelle que nous vous avions conseillé d'attendre patiemment en bronzant sur votre terrasse. Au lieu de quoi, vous avez plongé de ladite terrasse la tête la première.

— C'était un roman époustouflant. Je ne pouvais pas risquer qu'il me file entre les doigts.

— Et il ne vous a pas échappé, félicitations. Le problème, c'est qu'avec une telle somme, vous auriez pu acheter tous les romans que Levine aurait jamais écrits. Passons au film que vous en avez tiré. Voulez-vous qu'on parle de ça, aussi ?

— Le film était une pure merveille. À l'avant-première de Los Angeles, nous avons pris un vrai bain de foule.

— Et au box-office, ç'a été un vrai bain de sang. Un budget de cent cinquante millions de dollars pour dix-huit millions de recettes, si je ne m'abuse. Mais vous préférez peut-être qu'on parle de *Clowns*, le spectacle musical censé être le nouveau *Cats* ? Plusieurs dizaines de millions, et pas une seule représentation. Écrit et mis en scène par vous, avec des chansons composées par un pianiste de cabaret rencontré pendant une croisière.

— Cet homme était un génie !

L'avocat eut un geste de dédain pour signifier que sa cliente avait perdu voix au chapitre.

— Si c'est le cas, alors vous seule l'avez compris. Le reste du monde s'obstine à le cantonner sur un bateau.

Orlik referma le dossier, le reposa sur la table basse.

— Il me semble inutile de continuer. Les épisodes analogues ne manquent pas. Et ils sont encore moins anodins que rares. Tout est documenté dans ces pages, noir sur blanc, à la libre disposition de tout expert que vous souhaiteriez consulter.

Chandelle accusa un instant de confusion qui lui conféra brièvement l'apparence d'un être humain. Elle rentra les épaules, vaincue, humiliée et enfin consciente des conséquences de ses marottes.

— Combien me reste-t-il ?

McIvory reprit la direction des opérations.

— Après solde des arriérés d'impôts et remboursement des prêts bancaires, si on vend toutes les œuvres d'art que vous possédez... il vous restera cet appartement et, disons, dans les deux cent mille dollars. Mais à la lumière des faits évoqués, je crois pouvoir affirmer que vous n'avez plus les moyens de vous offrir cette maison.

Les nerfs de Chandelle Stuart lâchèrent définitivement. Le visage cramoisi, elle voulait hurler le plus fort possible mais ne put que protester d'une voix étranglée.

— Ici, c'est chez moi. C'est le Stuart Building, le domaine de ma famille. Je ne peux pas m'en aller d'ici. Je ne partirai jamais, compris ? Jamais !

McIvory eut peur qu'elle se déchire les cordes vocales. Son hurlement hystérique était si aigu qu'il confinait aux ultrasons. L'avocat consulta sa Rolex pour ne pas avoir à affronter son regard injecté de sang.

— Nous, par contre, nous allons partir. Vous avez besoin de rester seule pour réfléchir à la situation. Bonsoir, mademoiselle Stuart.

Les deux hommes se levèrent. Maintenant qu'il s'était d'une certaine manière réalisé, leur vieux désir de gifler cette femme arrogante et présomptueuse laissait un arrière-goût amer. Ils ne se sentaient pas responsables de l'effondrement financier de leur cliente qui, malgré leurs conseils, avait saboté son propre navire avec une constance systématique. Mais le néant absolu qu'ils voyaient en elle les déconcertait. Même confrontée à la fin brutale de l'existence confortable qu'elle avait toujours connue, elle restait vide.

Jason McIvory et Robert Orlick se dirigèrent vers l'ascenseur qui s'ouvrait directement sur le salon. En les voyant de dos, Chandelle se sentit perdue. Sa rage devint angoisse et l'angoisse une chose visqueuse et gelée dans ses entrailles. Pour la première fois de sa vie, elle eut l'impression de ne plus dominer le monde : cette ombre envahissante qui s'étendait sur elle et en elle, c'était le monde qui menaçait de la broyer.

Elle fit quelques pas précipités et s'interposa entre les avocats et l'ascenseur. Elle s'agrippa au bras d'Orlik. Les deux hommes n'auraient jamais imaginé entendre un jour une voix suppliante sortir de la bouche de cette femme.

— Attendez. On peut sûrement en discuter. Demain, je passe chez vous, au cabinet, et je suis sûre qu'on va pouvoir tout arranger. Si on vend la maison d'Aspen, voire le ranch avec tous les terrains...

Malgré le détachement et l'indifférence que des années d'expérience avaient cultivés en lui, Robert Orlik ne fut pas loin de ressentir un début de compassion pour cette fille riche et gâtée, qui avait eu la chance de naître dans un paradis terrestre et la stupidité de le détruire de ses propres mains.

— Mademoiselle, vous n'avez plus ni maison à Aspen, ni ranch avec tous les terrains. Vous les avez vendus pour financer je ne sais plus quel film ou autre entreprise hasardeuse. Je ne sais pas comment vous le dire autrement, Chandelle : vous n'avez plus rien.

La colère reprit le dessus et la tempête se déchaîna après ce bref passage dans l'œil du cyclone.

— Tout est votre faute, bande de voleurs, fils de pute. Vous allez me le payer, sales raclures. Vous et tous les enculés de votre cabinet. Vous avez compris ? Je vais tous vous faire radier du barreau, vous allez finir en tôle !

Cette nouvelle explosion fit fondre comme neige au soleil l'once de compassion qui subsistait peut-être au fond d'eux. Le moindre sentiment humain que Chandelle Stuart pouvait encore susciter s'envola sous le souffle du Grand Méchant Loup.

La porte de l'ascenseur s'ouvrit enfin devant eux. Orlik entra le premier. McIvory bloqua un instant le mécanisme de fermeture et se retourna vers cette femme qu'une fureur impuissante défigurait.

— Il y a une chose que je voulais vous dire depuis des années. Vous n'êtes plus une petite fille, alors permettez-moi d'emprunter temporairement votre vocabulaire habituel.

Son sourire était courtois et impeccable, sa voix ténue et fluide, comme il convenait à cette perfidie suave, gratifiante et si longuement mûrie.

— Vous l'avez bien profond dans le cul, mademoiselle Stuart. Et pour être honnête, ce n'est même pas un beau cul.

Chandelle Stuart en eut le souffle coupé. Ses lèvres formaient un O de stupeur parfaitement rond. Elle avait les yeux grands ouverts, comme si elle cherchait du regard les mots que sa bouche ne trouvait pas.

Alors que les portes se refermaient, la dernière chose que virent Jason McIvory et Robert Orlik fut l'image d'une harpie qui se précipitait vers le grand piano à queue, cherchant désespérément quelque chose à leur balancer dessus.

Quand la cabine entama sa descente, aucun des deux hommes ne fit de commentaire. Ils se demandaient l'un comme l'autre quelle pouvait être la valeur du vase chinois dont Chandelle Stuart s'était emparé, et qui venait de se fracasser contre la ronce de noyer.

16

Chandelle Stuart se retrouva seule avec la vacuité de sa colère.

Ses chaussures Prada semblaient particulièrement indiquées pour envoyer valser les débris d'un vase chinois dont elle ignorait la valeur, tout comme elle avait ignoré la valeur de sa vie. Sa vie, consciencieusement jetée par-dessus bord. Mais il était peu probable que son état d'esprit lui permît de voir l'analogie.

La frustration décuplait ses forces. Prise d'une frénésie aveugle, elle déchira sa robe légère en lambeaux qu'elle éparpilla tout autour d'elle.

Elle ne portait plus qu'un soutien-gorge, sa culotte en dentelle et les bas. Malgré son jeune âge, son corps maigre à la pâleur malsaine avait la peau déjà flétrie d'une femme qui menait la belle vie de bien piètre manière.

Elle se mit à arpenter la pièce en se tordant les mains.

La seule chose dont elle se souvenait, la seule image qui se projetait devant elle comme sur un écran, c'était l'expression compassée de deux soi-disant avocats.

Elle parlait toute seule, à mi-voix et presque sans bouger ses lèvres réduites à une fente violacée, murmurant non des prières mais des imprécations.

Jason McIvory et Robert Orlik, deux enfoirés sortis du trou du cul de leurs salopes de mères. Elle les avait toujours détestés, depuis leur toute première rencontre, à la lecture du testament de son père. Elle n'oublierait jamais leur sourire poisseux quand ils avaient appris de la bouche du notaire qu'elle avait pratiquement été déshéritée. Des charognards sinistres, deux saloperies de vautours au bec crochu, perchés sur leurs chaises en attendant de désosser la carcasse encore fumante de cet autre connard intégral qu'était son père.

Elle le voyait encore, avec son pognon et son imitation pathétique de figure paternelle et tous ces charlatans avec leur Freud et leur Jung et leurs voix calmes qu'elle avait dû supporter pendant des années, pendant que lui se tapait toutes les gourdasses qui lui passaient à portée de trique.

Qu'il soit maudit pour l'éternité.

Chandelle leva les yeux au plafond, vers ce spectre qui flottait dans ses souvenirs et que son esprit instable lui faisait paraître réel. Elle s'époumona en invectives, dans une interprétation qui, s'il s'était agi d'une performance d'actrice, aurait été la meilleure de sa vie.

— Tu m'entends, Avcdon Lee Stuart ? Tu m'entends, raclure de chiotte ? J'espère que tu m'entends même depuis l'enfer où je t'ai expédié. Parce que t'as compris que c'est *moi* qui t'ai fait crever, hein ? Putain, j'ai presque envie de me tuer rien que pour venir te le dire en personne. Mais je te ferai pas ce plaisir. Compris ? Profite bien des flammes de l'enfer, parce que quand je te rejoindrai, t'auras l'impression que c'était le paradis avant que j'arrive.

Égarée dans son délire hystérique, Chandelle marchait à grands pas dans l'appartement. Elle arracha sa culotte et son soutien-gorge puis, seulement vêtue de ses bas, ellc rejoignit la chambre à coucher, qui trahissait la même richesse insouciante que le reste de l'appartement. Tant d'argent dépensé, toute une vie engloutie. Se voir nue ne suffit pas à la calmer. Le grand miroir lui renvoyait l'image d'une femme émaciée, aux seins petits et avachis, prcsque aussi décharnée qu'une anorexique, les poils pubiens rasés. Son corps nu avait une innocence impure et profane, une fragilité que niaient ce regard dément et la salive blanchâtre aux coins de ses lèvres.

— Tu voulais que je sois à la hauteur de notre famille, pas vrai ? Tu me demandais de vivre... comment tu disais, déjà ?

Elle écarta les jambes, posa les mains sur ses hanches et poussa le bassin en avant, dans une grotesque tentative d'imiter la figure paternelle. Elle modula sa voix stridente pour lui donner un ton plus grave.

— Ah, oui... Vivre selon les principes qui sont depuis toujours la pierre angulaire de l'image publique des Stuart.

Et elle se noya de nouveau dans un tourbillon de paroles et hurlements de rire.

— Au lieu de ça, tu sais ce que j'ai fait, moi ? Je me suis laissé baiser comme une chienne, par n'importe qui, n'importe où, n'importe comment. Tu m'entends, honorable monsieur Stuart ? Ha ! Le regard que tu m'as lancé quand t'es mort ! Je parie que t'as compris que c'est moi qui t'ai envoyé dans l'océan de merde où tu patauges maintenant. Moi, ta fille, je suis une salope. Oui, moi, cette fille qui t'a assassiné.

Le cri de Chandelle s'éteignit comme si ses dernières réserves d'énergie s'étaient d'un coup épuisées. Elle se laissa tomber bras et jambes écartés sur le lit, exténuée, tarie, crucifiée par son désespoir face à cette vie déroulée à ses pieds comme un tapis rouge – qui recouvrait en réalité une fosse hérissée de pieux.

Le contact avec le couvre-lit en satin la fit frissonner et le bout de ses seins durcit. La sensation de fraîcheur devint rapidement sensation de froid. Elle attrapa un coin de la couverture et se pelotonna dedans.

Ce tissu était désormais un oripeau de sa vie passée, et son seul rempart contre le présent. Elle ferma les paupières et, dans ce repaire de noirceur qu'étaient ses yeux et son âme, le film de ce qu'elle avait fait à son père, sept ans plus tôt, commença à défiler.

Quand sa mère Elisabeth était morte dans un accident de voiture, pas loin de leur chalet d'Aspen, son père avait eu la bonne idée de faire une attaque d'apoplexie. Elle n'avait pas été causée par la douleur de la perte mais par le fait que, dans la carcasse de la voiture, on avait retrouvé non seulement le cadavre de son épouse, mais également celui d'un jeune moniteur de ski, assis au volant, le pantalon baissé. Le dernier des crétins aurait compris que la voiture avait quitté la route parce que la passagère taillait une pipe au conducteur. Et le journaliste accouru sur les lieux de l'accident n'était pas un crétin. Son article avait non seulement fait sa fortune, mais également causé l'attaque qui manqua de faucher le dernier représentant – et néanmoins cocu – de la dynastie Stuart. Tout Wall Street s'était esclaffé aux dépens d'Avendon Lee Stuart et des principes érigés si haut qui depuis toujours étaient la « pierre angulaire de l'image publique du clan ».

On l'avait hospitalisé d'urgence et sauvé *in extremis*, mais la moitié droite de son corps était restée presque entièrement paralysée. Une fois hors de danger, il avait choisi de passer sa convalescence dans l'appartement du Stuart Building, assisté par toute une écurie d'infirmières omniprésentes et surpayées qui se relayaient pour être aux petits soins.

Chandelle avait vécu la mort de sa mère avec une totale indifférence, même si elle s'était efforcée, le jour des funérailles, de jouer à la perfection son rôle de fille accablée par le chagrin. En revanche, la maladie de son père – réduit à l'état de création post-cubiste démantibulée – suscitait chez elle malaise et répulsion. Dans *sa* maison, il y avait désormais cette caricature d'être humain, cloué au lit, nourri par intraveineuse parce qu'il était incapable d'avaler quoi que ce soit avec sa bouche tordue.

Chandelle n'avait jamais aimé son père, mais cette chose qui bavait en permanence était carrément répugnante. Son dégoût et son esprit pervers agissant de concert, une idée avait germé en elle. Chandelle n'avait éprouvé aucun scrupule : cette idée providentielle représentait la seule solution définitive à tous ses problèmes. Après quelques recherches, elle avait commencé à administrer son remède personnel à celui qu'elle appelait par dérision « notre cher patient ».

Du jour au lendemain, elle s'était transformée en fille dévouée et attentionnée.

Sous prétexte de soigner personnellement son père, elle remplaçait souvent les infirmières, plus attachées à leur chèque qu'à leur travail. Elle avait découvert que la vitamine K avait pour fonction d'accélérer la coagulation du sang. Elle s'arrangeait pour se retrouver seule avec lui pendant ses siestes ou encore la nuit, et elle lui injectait des doses massives de vitamine K par le biais de l'intraveineuse.

Chandelle se rappelait parfaitement la nuit où, après une énième injection, son père avait ouvert grand les yeux et l'avait aperçue à côté du lit, une seringue à la main. Quelques secondes d'immobilité, puis son regard s'était perdu dans le vague, comme s'il voyait devant lui le bout du chemin. Il n'avait plus qu'à rendre les armes pour vaincre enfin l'éternelle peur de la mort.

Fascinée, Chandelle avait suivi les variations du rythme cardiaque sur le moniteur. Les battements avaient ralenti et elle avait vu les pics de la courbe s'espacer puis s'aplatir tout à fait.

Le dernier regard de son père à jamais gravé dans sa mémoire, Chandelle était sortie de la chambre et avait refermé la porte doucement.

— Il dort, avait-elle chuchoté à l'infirmière qui feuilletait un magazine, assise dans le couloir.

La femme avait pris son sourire pour celui d'une fille aimante, alors que c'était en réalité celui d'une femme enfin libre.

Encore maintenant, allongée sur le matelas, repenser à cette nuit avait ramené le même sourire sur son visage. Mais elle ne s'en rendit pas compte.

Le défoulement et les souvenirs l'avaient définitivement apaisée. Elle se sentait vide et un appétit nouveau la tenaillait. Elle devait le cultiver et le satisfaire, à *ses* conditions, selon les règles de *son* désir et de sa perpétuelle recherche de la jouissance. De McIvory et Orlik, de leurs faces odieuses qui vomissaient des chiffres, il ne restait plus la moindre trace.

Toujours enveloppée dans la couverture, elle roula sur le côté et saisit le téléphone sur la table de chevet. Elle composa un numéro qu'elle connaissait par cœur.

Quand son interlocuteur décrocha, elle ne prit pas la peine de lui dire son nom.

— Allô, Randall ? J'ai envie de m'amuser, ce soir. Quelque chose de bien épicé. Vaudrait mieux que tu prennes une voiture discrète. Aux alentours de minuit, ça me paraît bien.

Elle n'attendit aucune confirmation et ne s'attendait à aucune objection – l'homme savait qu'elle n'en aurait pas toléré. Après tout, il y trouvait bien son intérêt. Elle lui versait tous les mois un joli paquet de fric et, quand son humeur s'y prêtait, elle ajoutait un satisfaisant bonus physique...

Elle ouvrit le tiroir sous le téléphone, tâtonna jusqu'à mettre la main sur un paquet scotché à la planche supérieure.

Elle détacha le ruban avec précaution et sortit le petit sachet en plastique rempli de poudre blanche. Déplier, plonger un ongle, prélever une petite quantité. La porter à son nez et renifler, une narine après l'autre. Chandelle se dit qu'il était trop tôt pour ranger le sachet et elle le posa à côté du téléphone. Elle sentait qu'elle en aurait encore besoin ce soir-là, grand besoin...

Elle s'allongea et sourit béatement au plafond, blanc comme la poudre qu'elle venait de sniffer.

Elle attendit la décharge lascive de la cocaïne, tellement semblable à l'orgasme parfait de la douleur. La drogue avait toujours eu un effet aphrodisiaque sur elle. En pensant à la nuit qui l'attendait, elle se sentit presque défaillir.

Elle glissa la main sous la couverture, lentement. Elle écarta les cuisses tout en se caressant des seins au nombril, puis plus bas, la fente imberbe.

Quand elle écarta les lèvres du bout des doigts et trouva son sexe déjà mouillé, elle ferma les yeux, imagina l'inconnu et frémit de plaisir.

17

Quand elle regarda de nouveau son réveil, il était presque vingt et une heures. Loin de l'épuiser, le petit avant-goût qu'elle venait de s'offrir avait injecté dans son corps une énergie renouvelée. Elle avait faim, envie de manger japonais. Elle se mit debout et, les mains sur les reins, elle étira son corps efflanqué vers l'arrière en s'observant dans le miroir, satisfaite. Elle s'était complètement remise de son effondrement. Oui, elle était redevenue elle-même : une femme déterminée, pleine de sang-froid.

Son père l'avait compris bien malgré lui, ce sacré fils de pute.

Et ces sangsues d'avocats ne tarderaient pas à comprendre.

Elle comptait bien leur montrer qui était Chandelle Stuart.

Elle allait prendre une douche, rappeler Randall Haze, lui demander de passer plus tôt et de réserver au Nobu. En attendant l'heure propice à ses activités nocturnes, elle irait écouter un peu de musique dans un club sur Bowery – si elle ne changeait pas d'avis d'ici là.

Elle entra dans la douche avec hydromassage shiatsu. Savourant la pression bénéfique des jets d'eau sur sa peau, elle pensa qu'elle devait absolument se faire belle et parfumée ce soir, pour apparaître comme une vision inaccessible aux yeux des inconnus qu'elle allait rencontrer. Elle voulait lire l'incrédulité dans leurs yeux, y déceler à la fois le désir et le plaisir du rêve devenu réalité.

Elle sécha patiemment ses cheveux lisses et brillants. *Avec les mêmes reflets bleus que les Inuits*, aimait-elle à penser. Elle se passa un stick déodorant sous les aisselles, et parfuma les endroits stratégiques d'une essence aromatique composée spécialement pour elle par une boutique de Canal Street.

Elle opta pour un maquillage un peu plus voyant que d'habitude, puis se glissa dans le dressing, une petite pièce adjacente à la salle de bains. Elle enfila des sous-vêtements noirs et de nouveaux bas autofixants, qu'elle affectionnait parce qu'ils excitaient l'imagination des hommes tout en restant confortables.

Très pratiques pour s'abandonner n'importe où à une attaque de libido impromptue.

Parmi les vêtements suspendus, elle choisit une courte robe noire, censée mettre en valeur sa silhouette élancée et ses longues jambes.

Habillée et fin prête, elle était en train de sniffer une deuxième dose de cocaïne quand le carillon de l'interphone tinta.

Elle se demanda qui pouvait bien sonner à une heure pareille. L'équipe de sécurité communiquait avec l'appartement par un canal dédié, et Chandelle avait laissé l'après-midi libre au personnel de maison afin de s'entretenir en privé avec ses avocats.

Elle alla jeter un œil au petit moniteur vidéo installé par commodité dans sa chambre. Quand elle appuya sur le bouton de réponse, le visage de son visiteur apparut sur l'écran, filmé par la caméra installée au-dessus de l'ascenseur privé. Il se trouvait donc dans l'aile gauche de l'énorme hall en marbre du Stuart Building.

Chandelle fut surprise non seulement par sa présence, mais surtout par son accoutrement. Dans l'image légèrement brouillée, elle vit qu'il portait une capuche rabattue sur la tête – le haut d'un survêtement, apparemment. Beaucoup de temps avait passé depuis leur dernière rencontre. Malgré ce qu'il avait fait pour elle, Chandelle n'était absolument pas d'humeur à le recevoir ce soir-là.

Sa voix sortit du haut-parleur légèrement étouffée.

— Bonsoir. C'est toi, Chandelle ?

— Oui, c'est moi. Que veux-tu ?

Le ton brusque et peu amène ne sembla pas troubler le visage de l'homme qui attendait.

Dans le cadre lumineux, un sourire ineffable.

— Je peux monter ? J'ai quelque chose à te dire.

— Ça ne peut pas attendre demain ? Je suis sur le point de sortir.

— Je n'en aurai pas pour longtemps. Je voulais te parler d'une nouveauté qui pourrait t'intéresser.

— Bon, d'accord. Je t'envoie l'ascenseur. Ne fais rien, je commande tout d'ici.

Elle traversa les mille trois cents mètres carrés de son appartement jusqu'au salon – là où s'ouvrait l'ascenseur –, tout en se demandant ce qui pouvait bien être si important pour justifier une visite aussi tardive.

Et surtout, après tout ce temps.

Vu sa tenue de sport, il venait probablement de courir à Central Park et, en passant devant l'immeuble, il en avait profité pour sonner chez elle.

Elle pianota la commande pour envoyer la cabine au rez-de-chaussée. L'ascenseur ne desservait que son étage. Elle pouvait le contrôler depuis son appartement et l'accès depuis le hall nécessitait une clef et un code alphanumérique qu'elle seule possédait.

Pendant qu'elle attendait, elle espéra pouvoir se débarrasser de lui en quelques minutes. Mais elle réalisa aussitôt qu'elle se mentait à elle-même. Elle s'efforça de rester calme malgré l'excitation perverse et sadique que cet homme suscitait inévitablement en elle. Une excitation qu'elle avait éprouvée dès leur première rencontre et qui ne s'était jamais tarie. Une excitation qui venait du plaisir qu'elle avait toujours pris à épier sans être vue, à savoir ce que les autres ignoraient, à pouvoir ainsi imposer sa volonté tonitruante dans le silence de l'impuissance générale.

Et à s'exposer ouvertement aux aléas de sa fortune.

Si seulement il savait la vérité...

Elle fut tentée de retourner dans la chambre pour s'envoyer encore un peu de coke.

Le frottement des portes qui s'ouvraient l'en empêcha. Dans la cabine, baigné par la lumière verticale, il y avait un homme en survêtement. La capuche projetait une ombre oblique sur son sourire et il gardait les mains enfoncées dans les poches.

Il fit un pas vers elle. La femme en robe de soirée, grande et mince au milieu du salon, réalisa pour la première fois combien un sourire pouvait être glacial.

— Bonsoir, Chandelle. Je suis désolé de te déranger chez toi. Mais comme je te l'ai dit, ça prendra juste un instant.

Avec un parfait sens de la dramaturgie, les nuages qui avaient surveillé New York pendant tout l'après-midi se transformèrent enfin en orage. Un éclair, le roulement du tonnerre, et la pluie se mit à marteler le carrelage du balcon, éclaboussant les vitres.

L'homme s'approchait d'elle. Arrivé tout près d'elle, il sortit la main droite de la poche. Chandelle pensait qu'il voulait lui serrer la main lorsqu'elle s'aperçut avec horreur qu'il tenait un pistolet au poing.

Comme hypnotisée par l'œil noir du canon, elle ne vit pas que l'homme ne souriait plus. Elle ne l'entendit même pas la railler :

— Juste un instant, même si j'ai comme l'impression que cet instant va être plutôt long pour toi.

Une pause. Sa voix se fit douce comme du velours.

— Ma tendre Lucy...

Chandelle Stuart releva brusquement la tête. Elle ne saurait jamais qu'elle avait exactement le même regard que son père au moment de mourir. La même lueur.

Un autre coup de tonnerre, un autre éclair qui zébra les vitres. Et dessina sur le mur l'ombre d'une femme inutile sur le point de mourir.

18

Extérieur, nuit. Le déluge.

Jordan était debout devant la fenêtre qui donnait sur la 16e Rue. Il regardait le rideau de pluie parfaitement vertical glisser sur les lumières et les merveilles de New York, sur cette ville impénétrable, pour s'écouler finalement dans les égouts, avec les eaux usées.

Il avait vu autrefois un vieux film avec Elliot Gould, *Campus*. Pendant le générique de début, le personnage principal avançait normalement dans une rue pleine de gens, alors que les voitures et les passants défilaient à l'envers comme si on rembobinait la pellicule.

Et Jordan se sentait exactement comme cet homme seul.

Il ignorait si sa façon d'avancer était la bonne ou pas, mais il constatait chaque jour que les gens autour de lui progressaient dans l'autre sens. Il se voyait comme un corps étranger inséré de force dans un contexte dont il avait naguère fait partie, mais qui n'était désormais plus le sien.

Savoir qui avait rejeté l'autre ne changeait rien à la nécessité de son voyage.

Il se détacha de la fenêtre et s'approcha du canapé, prit la télécommande sur la table basse pour allumer la télévision. Eyewitness Channel, la chaîne d'information en continu, diffusait un reportage réalisé l'après-midi même. Au premier plan, un journaliste parlait dans le micro. Il se tenait devant une énorme paroi en verre à travers laquelle on apercevait des avions et un bout de piste qui brillait sous la pluie.

— Une foule impressionnante a accueilli ici même la dépouille de Connor Slave. Alors qu'il séjournait à Rome avec sa fiancée Maureen Martini, commissaire de la police italienne, le chanteur a été enlevé et assassiné sauvagement. Une chapelle ardente sera ouverte au public pour permettre à ses fans de lui faire leurs derniers adieux. Ils sont plusieurs centaines de milliers dans tout le pays à pleurer la disparition du jeune artiste. Les obsèques seront célébrées...

Jordan coupa le volume, laissant les images s'exprimer au son de la pluie. Encore un garçon qui ne vieillirait jamais. Qui continuerait de sourire éternellement avec un visage sans rides, sur la photo de porcelaine placée sur une pierre tombale.

... les rayons de la lune sur la paume deviennent autant de mirages rêvés à perdre haleine...

La poésie du jeune chanteur nourrissait l'amertume de Jordan. La pluie battante développait toujours en lui un mystérieux sixième sens, et il ne fut pas surpris d'entendre la sonnerie du téléphone. Il le regarda quelques instants, indécis. Il hésitait à répondre, mais Lysa avait décidé pour lui : elle émergea du couloir en robe de chambre, le combiné sans fil à la main.

— C'est pour toi.

Jordan prit le téléphone et le porta à l'oreille. Il sentit contre sa joue la chaleur de Lysa.

— Jordan, c'est Burroni. J'ai bien peur que ça y soit.

— Qu'est-ce qui se passe ?

— On a trouvé Lucy.

— Et merde. C'est qui ?

— Tiens-toi bien. Chandelle Stuart. On l'a retrouvée chez elle, ce matin.

— Où ça ?

— Au Stuart Building, sur Central Park West.

Jordan remarqua qu'il avait les mains moites, comme si la pluie qui s'écrasait aveuglément sur les vitres avait réussi à entrer dans la pièce.

— Bon sang, j'espérais que cet enfoiré nous laisserait un peu plus de temps.

— Je suis déjà en route, tu veux que je passe te prendre ?

— S'il te plaît, oui. Avec un orage pareil, je n'ai pas tellement envie de prendre la moto.

— D'accord. Je ne suis pas loin, j'arrive dans cinq minutes.

— Je m'habille et je descends.

Debout au milieu de la pièce, Lysa le regarda enfiler sa veste en cuir.

— Désolé de t'avoir réveillée, Lysa. Je ne comprends pas pourquoi il n'a pas appelé sur mon portable.

— Ne t'inquiète pas, je ne dormais pas. Un problème ?

— Oui. Il y a eu un autre meurtre. Et selon toute probabilité, il est lié à celui de mon neveu.

— Je suis désolée.

— Moi aussi. J'espère seulement que cette fois-ci, nous trouverons des indices qui nous permettront de coincer ce malade.

Ils restèrent un instant l'un en face de l'autre, dans cette maison qui n'appartenait à aucun des deux. Les yeux de Lysa brillaient.

— Jordan, je ne sais pas ce qu'on est censé dire dans une situation pareille.

— Rappelle-toi tes propres mots, le jour de notre rencontre. Quoi que tu dises, je l'ai déjà entendu des centaines de fois.

Il sortit et referma délicatement la porte derrière lui, comme si le moindre bruit pouvait faire voler en éclats le sens des mots qu'il venait de prononcer. L'ascenseur n'était pas à son étage et il décida d'emprunter les escaliers. Aucune musique ne sortait de l'appartement du deuxième. Il arriva au rez-de-chaussée en pensant avec tristesse à Connor Slave, qui ne chanterait plus désormais que lorsque quelqu'un appuierait sur le bouton PLAY d'un lecteur.

Jordan sortit de l'immeuble au moment précis où la Ford de fonction conduite par Burroni s'arrêtait de l'autre côté de la rue. Il traversa en courant sous la pluie et Burroni lui ouvrit la portière. Il prit place dans la voiture qui sentait le tapis humide et le faux cuir.

À travers le pare-brise balayé par les essuie-glaces, il leva les yeux vers le rectangle lumineux où se découpait la silhouette immobile de Lysa. À la fois une présence et une absence. Burroni avait suivi la direction de son regard jusqu'à la fenêtre éclairée.

— C'est chez toi ?

— Oui.

Burroni n'ajouta rien et Jordan ne voulait rien ajouter. Pendant que la voiture s'écartait du trottoir et du regard de Lysa, Jordan repensa au matin qui avait suivi leur première rencontre.

Il avait ouvert les yeux et immédiatement humé un parfum inhabituel, du moins chez lui : l'arôme d'un café qui ne s'était sûrement pas fait tout seul. Il s'était levé et habillé en jean et tee-shirt. Avant d'aller dans la cuisine, il s'était regardé dans le miroir et y avait trouvé ce à quoi il s'attendait : le visage d'un homme qui, la veille au soir, avait servi de cible à une jolie série de coups de poings.

Après s'être lavé le visage, il avait quitté la chambre et rejoint Lysa Guerrero dans le séjour. Une fois de plus, il avait eu l'impression que l'air s'était raréfié dans cette pièce où...

Il ? Elle ?

Dans la voiture avec Burroni, il ressentit le même embarras qu'il avait éprouvé ce jour-là en se posant cette question. Sur le visage de Lysa, dans sa voix, il n'avait pas décelé la moindre trace de leur conversation de la veille.

Juste un sourire.

— Bonjour, Jordan. Je peux voir comment vont votre œil et votre nez, mais vous, comment vous sentez-vous ?

— Mon œil ? Mon nez ? Je ne les sens même pas. Ou plutôt si, mais je fais semblant que non.

— Parfait. Un café ?

Il s'était assis à la table dressée pour deux personnes.

— Qu'ai-je fait pour mériter ce privilège ?

— C'est le premier jour de mon premier séjour à New York. Nous le méritons tous les deux. Vos œufs, vous les aimez comment ?

— Parce qu'en plus j'ai droit à des œufs ?

— Bien sûr. Sinon, ce ne serait pas digne d'un *bed and breakfast*.

Lysa avait servi les plats et ils avaient pris leur petit déjeuner presque en silence, en équilibre précaire sur une couche de glace fendue mais pas encore brisée. Leurs pensées respectives flottaient au-dessus de leurs têtes comme de légers nuages.

Lysa avait mis fin à ce court instant de paix en ouvrant la porte à ce qui rôdait dehors.

— Tout à l'heure, ils ont parlé de votre neveu à la télévision.

— Quelle surprise. Cette histoire va déclencher une tempête de tous les diables.

— Et vous, qu'allez-vous faire maintenant ?

Jordan avait répondu d'un geste vague qui embrassait tout et rien.

— Première chose, je vais me trouver un coin pour dormir. Hors de question que je m'installe chez mon frère à Gracie Mansion. Trop exposé. J'y serais observé en permanence alors que j'aimerais au contraire rester le plus discret possible. Mais je connais un hôtel sur la 38e Rue qui...

— Écoutez, on peut s'arranger. Étant donné que nous avons clarifié la question de mon mari...

Un vide à l'estomac. Jordan avait espéré qu'il ne s'était pas traduit par une bouffée de chaleur sur son visage. Lysa avait continué comme si de rien n'était.

— Je viens de débarquer en ville et j'ai envie de faire un peu de tourisme avant de me mettre à la recherche d'un travail. Par conséquent, je passerai le plus clair de mon temps à l'extérieur. Quant à vous, cette histoire se réglera bien tôt ou tard et, à ce moment-là vous serez libre de partir. Mais en attendant, vous n'avez qu'à rester ici, si vous voulez.

Une pause, la tête inclinée sur le côté. Un bref éclair de défi avait fait briller l'or antique de ses yeux.

— À moins que ça ne vous pose un problème...

— Bien sûr que non.

Sa réponse avait été un peu trop précipitée et il s'était senti stupide.

— Alors, c'est réglé. Puisque nous allons cohabiter, autant nous tutoyer.

Jordan avait compris que ce n'était pas une suggestion, mais plutôt la constatation d'un nouvel état de fait. Lysa s'était levée et avait commencé à débarrasser la table.

— Allez, maintenant file.

— Je peux t'aider ?

— Tu plaisantes ? Tu as des choses beaucoup plus importantes à faire.

Jordan avait consulté sa montre.

— En effet. Bon, je vais prendre une douche et après, au boulot.

Il s'était acheminé vers la chambre quand la voix de Lysa l'avait retenu.

— Jordan...

Il s'était immobilisé, de dos.

— Au journal télévisé, ils ont aussi parlé de toi. Ils disaient que tu étais l'un des meilleurs policiers que New York ait jamais connus.

— On raconte tellement de choses à la télé...

— Ils ont aussi expliqué pourquoi tu avais quitté la police.

Il s'était retourné. Les yeux de Lysa s'étaient posés sur lui – fenêtres ouvertes sur un monde où chaque rêve est une possibilité. La réponse de Jordan avait volé au milieu de la pièce comme une serviette maculée de sang sur un ring.

— Quelle que soit la raison, quelle importance ?

— ... cette nuit par son garde du corps.

La voix de Burroni interrompit le flot de ses souvenirs et le ramena dans la voiture battue par la pluie, qui semblait flotter entre les lumières en hauteur et les reflets sur l'asphalte détrempé.

— Désolé, James. J'étais ailleurs. Tu peux répéter ?

— J'ai dit que la victime a été découverte cette nuit par son garde du corps. Il a appelé le commissariat central, c'est moi qui ai parlé avec lui. D'après sa description sommaire et la position du cadavre, il s'agit probablement de Lucy.

— Mon frère est au courant ?

— Bien sûr. On l'a averti immédiatement, selon ses instructions. Il veut qu'on le rappelle si c'est bien ce qu'on croit.

— Nous le saurons bien assez tôt.

Ils gardèrent le silence jusqu'à destination, chacun plongé dans des pensées qu'ils auraient volontiers laissées chez eux.

Jordan connaissait le Stuart Building, un gratte-ciel un peu sinistre de soixante étages, dont les derniers étaient ornés de *gargouilles** rappelant celles du Chrysler Building. Il occupait tout le pâté de maisons entre la 92e et la 93e Rue sur Central Park West, en face du Jackie Onassis Reservoir. Le patronyme Stuart était synonyme d'argent, de beaucoup d'argent. Au temps des Frick et Carnegie, le vieil Arnold J. Stuart avait accumulé une fortune considérable grâce à l'acier et à une totale absence de scrupules. Petit à petit, la famille avait diversifié ses activités : les Stuart avaient successivement investi dans une grande variété de domaines – qu'ils avaient systématiquement transformés en mines d'or. Quand ses parents étaient morts, l'un après l'autre, Chandelle Stuart s'était retrouvée unique héritière d'une fortune qui comptait un beau paquet de zéros.

Et à présent, malgré sa richesse, elle était venue s'ajouter à la suite de ces zéros.

Quand ils arrivèrent sur les lieux, Burroni gara la voiture juste derrière la camionnette de la Police scientifique. Il coupa le moteur mais ne bougea pas d'un pouce. Les essuie-glaces ne chassaient plus l'eau et la pluie noya bientôt le pare-brise.

— Jordan, il est important que tu saches quelque chose. Après notre conversation de tout à l'heure, chez moi, je dirais même que c'est *très* important.

Jordan attendit en silence. Il ignorait ce que Burroni allait dire, mais il pressentait que ça lui coûterait un gros effort.

— C'est à propos de mes ennuis avec la Division des affaires internes. J'ai pris cet argent, Jordan. Je l'ai pris. J'en avais besoin. Kenny, mon fils, il a...

Jordan interrompit la confession de Burroni avec un geste de la main. Son souffle embua la vitre quand il répondit.

— Ça va, James. Je sais que ça a été difficile pour toi aussi.

Ils échangèrent un regard. Visages spectraux sous la lumière orange des réverbères et le reflet des gouttes sur le pare-brise.

Puis Jordan déverrouilla la porte et posa la main sur la poignée.

— Courage, allons patauger dans la fange.

Ils ouvrirent les portières en même temps et sortirent sous la pluie. Ils coururent jusqu'à l'entrée de l'édifice, imprimant sur le trottoir les traces de pas de deux hommes que la pluie tentait en vain de purifier.

19

La silhouette immobile d'une femme assise près du piano. Ce fut la première chose qu'ils virent en entrant dans l'appartement. Le piano à queue, un Steinway noir brillant, trônait au milieu de la pièce. Il coûtait sûrement une fortune.

Installé sur un tabouret de bar, le corps de la femme était adossé contre la courbe du piano, les coudes posés sur le bois laqué et les mains flottant dans le vide. Le visage tourné vers le clavier, elle semblait envoûtée par la mélodie silencieuse d'un pianiste qu'elle seule pouvait voir et entendre.

Elle portait une robe de soirée décolletée mais sobre. Sa longue chevelure lisse masquait les traits de son visage. L'ourlet de la robe courte était remonté sur ses cuisses, laissant apparaître le repli ombré où les jambes se croisaient. Des genoux aux chevilles, une substance luisante engluait la texture soyeuse des bas.

Une femme pétrifiée à jamais dans l'instant si intime de sa mort, saisie par un photographe impudique. Une composition inhumaine, un noir et blanc impitoyable.

Jordan se surprit à parler d'une voix plus basse que d'habitude, comme si le maléfice de ce concert inaudible étouffait tous les autres sons.

— C'est un portrait parfait de Lucy écoutant Schroeder.

— Schroeder ?

— Un personnage secondaire de Snoopy, un petit prodige fanatique de Beethoven. Charles Schulz le dessinait invariablement devant son piano modèle réduit. Lucy est amoureuse de lui et l'écoute jouer, assise exactement dans cette position.

Ils s'approchèrent lentement du cadavre. Burroni remarqua que les coudes étaient littéralement collés à la surface laquée. Le bas du dos était pareillement soudé au petit dossier du tabouret. Pour immobiliser les jambes dans cette position, le tueur avait utilisé une grande quantité de colle qui avait dégouliné sur les mollets.

— Elle est collée sur place, comme ton neveu. Mais cette fois-ci, notre dessinateur a fait les choses en grand.

— Oui. Et je parie qu'il a utilisé la même marque, Ice Glue.

Jordan enfila les gants de latex que Burroni lui tendait et écarta les cheveux du visage de la victime.

— Nom de Dieu...

Enchâssés dans un visage livide et émacié, les yeux vitreux étaient eux aussi recouverts de colle, fixés sur le clavier. Jordan montra à Burroni les meurtrissures autour du cou, telles les marques d'un sacrifice.

— Strangulation. Elle aussi.

Jordan laissa retomber les cheveux, qui se déposèrent comme un suaire sur ce regard figé dans une stupeur chimique. Il contourna le piano pour examiner le corps sous un angle différent. Ce qu'il aperçut alors faillit lui arracher un cri de surprise. Sur le couvercle relevé du clavier, à la place des partitions, il trouva une feuille blanche avec un message :

C'était une nuit noire et orageuse...

Cette phrase revenait dans la plupart des vignettes où Snoopy, se prenant pour un écrivain devant sa machine à écrire, se lançait dans l'écriture d'un énième roman. Une sensation de malaise envahit Jordan. Il ne connaissait que trop bien les implications de ces mots. Simple blague récurrente dans une bande dessinée – et condamnation à mort pour une prochaine victime. Pardessus son épaule, Jordan sentit le regard de Burroni se planter comme une flèche sur la feuille de papier.

— Oh non, merde !

— Oh si, malheureusement. C'est une autre mise en garde. Si on n'arrête pas ce fils de pute très rapidement, un autre pauvre type, que dans sa tête il appelle Snoopy, va bientôt y passer.

Jordan s'éloigna du piano et promena son regard dans la pièce. Quand les portes de l'ascenseur s'étaient ouvertes sur l'intérieur de l'appartement, ils avaient été accueillis par la vision glaçante du cadavre de Chandelle Stuart, sinistre sculpture humaine composée par la fantaisie barbare d'un fou. À présent, Jordan considéra le lieu dans sa globalité. Il occupait tout le dernier étage du Stuart Building et la décoration se caractérisait par une épure soigneusement étudiée : meubles en wengé ou en aluminium anodisé, divans et rideaux discrets aux teintes sable ou tabac. Tout ce qui entourait les deux hommes exsudait la richesse, cette richesse insouciante des héritiers qui jonglent avec de véritables fortunes comme si c'était de la petite monnaie. Une collection de tableaux et d'objets d'art uniques témoignait de la longue histoire familiale des Stuart. Sur la gauche de Jordan, une baie vitrée s'ouvrait sur une immense terrasse avec vue sur Central Park. Sur sa droite, un tableau imposant dont l'authenticité ne faisait aucun doute couvrait toute la paroi. Il s'agissait d'une étude préparatoire du *Radeau de la méduse*, de Géricault. La toile grandeur nature mesurait quatre mètres sur sept, tout comme l'œuvre exposée au Louvre.

Jordan ne put s'empêcher d'y voir une énième preuve de l'ironie que le destin aime à glisser dans les tribulations humaines.

Géricault. Jerry Kho.

Deux peintres, deux homonymes, unis dans une même désespérance violente, chacun poussé à peindre son radeau personnel et à le gouverner tant bien que mal.

Désormais, l'âme de Chandelle Stuart accompagnait la dérive du frêle esquif, sans aucun espoir de retour.

Jordan avança vers le tableau et remarqua deux détails qui lui avaient jusque-là échappé. Des lambeaux de vêtements parsemaient le séjour et les débris d'un vase jonchaient le sol à côté de l'ascenseur. On l'avait vraisemblablement lancé contre la paroi puisque le panneau en noyer portait la trace de l'impact.

Apparaissant à l'angle de la paroi au *Radeau*, le médecin légiste rejoignit Jordan et Burroni. Sans préambule, il répondit à leurs regards interrogatifs.

— Pour l'instant, je ne peux pas vous dire grand-chose de plus que ceci : la victime a été étranglée et l'heure de la mort se situe grosso modo entre vingt et une et vingt-trois heures.

Jordan montra au coroner les fragments de vase et les haillons.

— Ça ressemble à des signes de lutte, en effet, mais je n'ai trouvé aucune blessure défensive sur le corps de la victime.

Sans se tourner, le médecin indiqua du pouce le cadavre appuyé au Steinway.

— Dans les conditions actuelles, il m'est impossible d'examiner le corps plus minutieusement. Je me demande d'ailleurs comment nous allons faire pour le détacher du piano et l'emporter au labo. Que Dieu me pardonne mais, si ce n'était pas une affaire criminelle, on se croirait en plein sketch de Mister Bean.

Au long de sa carrière, le légiste s'était familiarisé avec la mort dans toutes ses incarnations, et pourtant, même lui paraissait secoué.

— Nous aurons besoin des résultats de l'autopsie le plus vite possible.

— Comptez sur moi. Vu la situation, je vous parie qu'un gros bonnet ne va pas tarder à m'appeler pour me dire que cette affaire doit être ma priorité absolue.

Il s'éloigna en direction des deux hommes chargés du prélèvement du corps, plantés devant le piano avec une expression perplexe.

— Qu'est-ce que tu en penses, Jordan ?

— Honnêtement, je n'en sais trop rien. Et c'est bien ce qui m'inquiète.

— D'après toi, c'est un tueur en série ?

— Tout porte à le croire, mais il y a quelque chose qui me tracasse. Nous avons clairement affaire à un type sérieusement perturbé, et l'aspect rituel du meurtre mériterait d'être examiné par un expert. Ceci dit, toute cette mise en scène me paraît un peu trop élaborée, trop sophistiquée...

Burroni comprit qu'une fois de plus, Jordan parlait surtout pour lui-même, comme si le son de sa propre voix était indispensable à sa concentration.

— Au moment fatidique du contact avec la victime, les tueurs en série sont habituellement plus précipités, chaotiques, moins appliqués. Je ne sais pas, ça me gêne. Pour l'instant, allons plutôt interroger le garde du corps.

Burroni adressa un signe de tête à un policier noir dont la tenue masquait à peine l'embonpoint. L'agent moustachu les avait accueillis dans le hall puis escortés jusqu'à la scène du crime. Il quitta son poste près de l'ascenseur et s'approcha.

— Où est l'homme qui a trouvé le cadavre ?

— Suivez-moi.

Ils se frayèrent un chemin parmi les experts de la Police scientifique, qui achevaient leurs prélèvements. La traversée de l'appartement ne fit que confirmer l'immensité et la richesse des lieux. Ils débouchèrent enfin dans un vaste bureau. Sur les parois de droite et de gauche étaient installées de hautes étagères pleines de livres, avec des échelles métalliques montées sur rails. Face à l'entrée, une grande porte-fenêtre s'ouvrait sur une terrasse – sans doute le prolongement de celle du salon.

Un homme était assis derrière un bureau ultramoderne surmonté d'un écran et d'un clavier. Il se leva. Grand, athlétique, cheveux grisonnants coiffés vers l'arrière, traits anguleux. La petite cicatrice qui prolongeait légèrement son œil droit rompait la symétrie du visage et lui donnait un aspect inquiétant.

— Je suis le détective Burroni, et voici Jordan Marsalis, un consultant du NYPD.

Autrefois, Jordan aurait souri à ce qualificatif qui signifiait tout et rien. Mais à présent, il se sentait comme un intrus et aurait volontiers détourné le regard. Sa position actuelle l'obligeait à rester en retrait, abandonnant à Burroni la partie officielle de l'investigation.

— Je suppose que c'est à vous que j'ai parlé au téléphone, monsieur... ?

— Haze. Je m'appelle Randall Haze. C'est bien moi qui vous ai appelé, oui.

L'homme alla serrer les mains de Burroni et Jordan. Sa force transparaissait dans l'élasticité de ses mouvements et dans sa constitution robuste. Ce corps endurci, il le devait à des années passées sur les routes, et non à des dojos de troisième zone ou à des séances de musculation dopées aux stéroïdes.

— Avant tout, je voulais vous dire... Vous êtes sûrement en train de relever les empreintes dans la maison, non ?

— Évidemment.

— Vous trouverez forcément les miennes et... Avant que vous le découvriez par vous-mêmes, j'aime autant vous le dire : j'ai fait de la prison. Cinq ans pour agression et tentative de meurtre. Je ne cherche pas à me justifier, je vous explique, c'est tout. J'étais un jeune homme impulsif, j'ai commis une erreur et j'ai payé ma dette. Depuis, je me suis tenu à carreau.

— D'accord, c'est noté. Asseyez-vous donc, monsieur Haze.

Prenant garde aux plis de son élégant costume gris, l'homme s'installa devant le bureau dans un fauteuil au design audacieux. Burroni se dirigea vers la porte-fenêtre et resta quelques instants dans son dos, fouillant du regard les strates d'obscurité.

— Depuis combien de temps travailliez-vous pour Mlle Stuart ?

— Cinq ans, à un ou deux mois près.

— En quelle qualité ?

— Garde du corps et secrétaire particulier.

— Secrétaire particulier ? C'est-à-dire ?

— J'accompagnais Mlle Stuart dans certains déplacements personnels qu'elle souhaitait... disons... garder privés.

Burroni préféra ne pas approfondir la question pour le moment.

— Expliquez-nous ce qui s'est passé.

— Ce soir, Chand... Mlle Stuart m'a téléphoné.

— À quelle heure ?

— Vers huit heures et demie, je crois. Elle a appelé sur mon portable, vous n'aurez qu'à vérifier l'heure exacte auprès de la compagnie de téléphone.

Burroni se tourna vers lui. Son visage trahissait un certain agacement à se voir enseigner son propre métier.

— C'est ce que nous ferons si nécessaire. Et que voulait-elle ?

— Elle m'a donné rendez-vous vers minuit, elle comptait sortir. Je suis arrivé avec un quart d'heure d'avance, je suis monté et j'ai trouvé le corps. Et j'ai tout de suite appelé la police.

— Elle vous demandait souvent de l'accompagner, tard le soir ?

— Ce n'était pas rare. Mlle Stuart était une personne...

Randall Haze s'interrompit et baissa les yeux au sol, comme si une fissure s'était soudain ouverte sous ses chaussures brillantes. C'est alors que Jordan décida d'intervenir. Il prit place dans le second fauteuil.

— Monsieur Haze, écoutez-moi. J'ai la sensation que quelque chose m'échappe. Et à chaque fois que ça m'arrive, je me sens stupide – à moins que la personne face à moi ne soit stupide. Mais ça n'a pas l'air d'être votre cas. Donc, y a-t-il quelque chose que vous oubliez de nous dire ?

Haze laissa échapper un soupir. L'image d'une valve de sécurité évacuant un excès de pression vint à l'esprit de Jordan.

— Eh bien... Mlle Stuart était malade.

— « Malade » ? Comment ça ?

— Je ne sais pas comment dire ça autrement. Elle était malade. Dans sa tête. Elle aimait les jeux dangereux et une large partie de mon travail consistait à la protéger pendant qu'elle se livrait à ces jeux.

— Vous pouvez être plus précis ?

— Chandelle Stuart était nymphomane et elle aimait se faire violer.

Jordan et Burroni échangèrent un regard inquiet. Ce que Randall Haze venait de leur révéler compliquait sérieusement l'affaire, ils n'en étaient que trop conscients.

Le garde du corps continua son récit sans se faire prier. Sur son visage se peignit le soulagement d'un homme resté trop longtemps assis sur un bidon d'ordures et qui pouvait enfin soulever le couvercle et le vider.

— Je l'ai accompagnée et protégée dans des situations que toute autre femme aurait considérées comme le plus atroce des cauchemars. Certains soirs, dans des quartiers sordides, Chandelle se laissait baiser par dix ou douze types en même temps. Des clochards et des ivrognes de tout poil, des loques répugnantes rien qu'à les regarder. Elle avait des rapports sexuels avec n'importe qui, sans protection contre toutes les saloperies qu'on peut attraper de nos jours. D'autres soirs, je devais me cacher dans l'appartement pendant ses « soirées », pour éviter que les sadiques qu'elle ramenait chez elle se prennent un peu trop au jeu et lui fassent vraiment du mal. Et puis, il y avait les vidéos.

— Quelles vidéos ?

— Celles que je tournais au caméscope. Je devais filmer tout ce qui se passait, ici ou ailleurs. Elle transférait les images sur

DVD pour se les repasser. Sa propre perversion l'excitait. Les disques doivent se trouver quelque part.

Il fit un geste vague qui englobait la pièce, la maison, ou quelque autre lieu de laideur. Burroni et Jordan se regardèrent à nouveau.

— Je suppose que Mlle Stuart vous payait très bien pour de tels services.

— Ça, oui. De ce côté-là, elle était très généreuse. Et d'ailleurs, quand elle voulait bien, sa générosité ne se limitait pas à l'argent...

Il y eut un instant de suspension, qui laissa affleurer bien des choses que l'on ne pouvait évoquer les yeux dans les yeux. Randall Haze baissa la tête. La fissure sous ses pieds s'était peut-être transformée en crevasse. Apercevait-il un ciel bleu et pur, de l'autre côté de la Terre ?

— Encore quelques questions avant de vous laisser tranquille. Avez-vous l'impression qu'on a volé quelque chose ?

Si Burroni soulevait l'hypothèse du vol, c'était uniquement pour suivre la procédure. Les deux enquêteurs savaient pertinemment que le mobile de l'homicide était bien éloigné d'un vulgaire cambriolage. Mais avec cette question de routine, Burroni espérait sortir Randall Haze de son hébétude.

— À première vue, je ne crois pas. Tout m'a l'air à sa place.

— Récemment, est-ce que vous avez remarqué quelque chose, ou bien quelqu'un en particulier, qui vous aurait paru suspect ? Un détail inhabituel, étrange ?

— Rien, si on ne considère pas comme inhabituelles et étranges les situations pour lesquelles j'étais convoqué.

Jordan intervint. Une question lui brûlait les lèvres.

— Savez-vous si Mlle Stuart fréquentait ou connaissait un certain Gerald Marsalis ? Il se faisait aussi appeler Jerry Kho.

— Qui ça, le fils du maire ? Celui qui vient d'être assassiné ? J'ai vu sa photo dans les journaux. Pour ce que j'en sais, Chandelle n'avait pas de rapports particuliers avec lui. Elle le connaissait vaguement, je crois : un soir, je l'ai accompagnée au Pangya, un night-club sur Lafayette ; il était là et ils ont échangé un simple salut de la main. Mais à part ça, je ne l'ai jamais entendue parler de lui et je doute qu'elle l'ait fréquenté.

Jordan adressa un hochement de tête imperceptible à Burroni. Le détective sortit une carte de visite de sa poche et la tendit au garde du corps.

— Bien, monsieur Haze. Ce sera tout pour l'instant. Mais j'aimerais continuer notre discussion cet après-midi, au One Police Plaza. Donnez mon nom à l'accueil.

Randall glissa la carte dans sa veste et se leva. Avant de quitter la pièce, il leur souhaita bonne nuit. Mais pour Burroni et Jordan, la nuit s'annonçait tout sauf bonne.

Ils attendirent que l'homme s'éloigne, puis Burroni décrocha le talkie-walkie de sa ceinture.

— Ici Burroni. Un homme va bientôt descendre. Cheveux grisonnants, costume sombre. Il s'appelle Randall Haze. Je veux une filature vingt-quatre heures sur vingt-quatre. Et surtout, faites ça discrètement. Il n'est pas né de la dernière pluie.

Seuls à présent, ils rebroussèrent chemin jusqu'à l'entrée de l'appartement. Chacun réfléchissait de son côté, en silence. De retour dans le salon, ils constatèrent que la Police scientifique avait fini par prélever le corps. Sur la surface brillante du piano, il restait des traces de colle et les repères blancs posés par les techniciens.

— Alors, Jordan, qu'est-ce que tu en dis ?

— J'en dis que nous sommes dans une merde noire. Deux victimes, deux individus pour le moins troubles, mais qui appartiennent à des familles de haut rang. Un seul lien : le *modus operandi* du tueur. Par chance, aucune information n'a filtré à la presse pour l'instant. Mais ça ne va pas tarder. On n'a pas beaucoup de temps avant que toute cette affaire fasse les gros titres – de même que mon implication dans l'enquête.

— Ce qui veut dire que nous avons intérêt à accélérer le mouvement.

— Oui, pour un tas de raisons. La plus importante étant que si nous traînons, ce malade va passer en revue tous les personnages des *Peanuts*.

— Au fait, ton avis sur Randall Haze ?

— Tu as bien fait de lui coller quelqu'un aux basques, mais n'espère pas grand-chose de ce côté-là. Ce qui vaut pour LaFayette Johnson vaut aussi pour Randall Haze. Tous deux dépendaient beaucoup trop des victimes pour les tuer.

— Bordel. Les gens acceptent n'importe quoi du moment que c'est bien payé.

Jordan secoua la tête. Il promena son regard sur le piano à queue. L'instrument ne conservait aucun souvenir du concerto fatal dont il avait été l'accessoire et le témoin.

— Ce n'est pas seulement une question d'argent. Je dirais même que l'argent n'a pas grand-chose à voir avec cette histoire. La vie est une chose étrange, James. Une chose bien étrange.

Burroni s'était vite habitué à l'impression que Jordan Marsalis parlait surtout pour lui-même.

— Ça peut te paraître bizarre après ce qu'il nous a raconté, mais je crois que Randall Haze était profondément amoureux de Chandelle Stuart.

Surpris, Burroni se tourna vers Jordan.

Celui-ci se tenait debout au milieu de la pièce, face à l'énorme toile de Géricault. Il observait fixement le *Radeau de la méduse* comme s'il venait de remarquer la présence d'un nouveau passager à son bord.

20

Plusieurs agents entrèrent dans l'ascenseur, les bras chargés de boîtes en carton pleines de matériel. Les policiers avaient passé l'appartement au peigne fin et prélevé tout ce qu'ils estimaient potentiellement utile. Des objets de tous les jours, des morceaux de vie, même coûteux comme ceux de Chandelle Stuart. Agendas, documents, disquettes, DVD : autant d'éléments qui racontaient le mystère d'une existence absurde et qui serviraient à déchiffrer celui d'une absurde mort.

Le talkie-walkie à la ceinture de Burroni émit un double *bip*. Burroni le porta à son oreille.

— Détective Burroni.

Quelques pas plus loin, Jordan n'entendit que le croassement d'une voix noyée dans la friture du haut-parleur.

— Compris, on arrive.

Burroni se tourna vers Jordan.

— Le responsable de la sécurité du Stuart Building est arrivé. Tu veux l'interroger ?

— Non, vas-y, toi. J'aimerais rester seul ici encore quelques minutes, si ça ne te dérange pas.

Burroni acquiesça. Sans comprendre tout à fait les méthodes d'investigation de Jordan Marsalis, il les avait néanmoins acceptées. Il savait d'instinct qu'il ne s'agissait pas d'intuition ou de simple expérience, mais d'un authentique talent. Sa réputation n'était pas usurpée, loin de là. Il se demanda qui avait subi, en fin de compte, la plus grosse perte : Jordan en laissant tomber la police, ou la police en laissant tomber Jordan. Les portes de l'ascenseur se refermèrent sans un bruit sur sa silhouette immobile et concentrée.

Jordan se retrouva seul dans la pièce, attendant patiemment que l'appartement lui parle. Sur la scène d'un crime récent, il flottait toujours une aura indéfinissable, comme une trace invisible que l'on ne pouvait pas révéler avec un kit à empreintes, du Luminol ou n'importe quel autre outil à disposition de la police. Jordan l'avait souvent perçue, avec une intensité telle qu'il en avait toujours la chair de poule. Il se disait parfois que le narcissisme de la mort n'était jamais pleinement satisfait et qu'elle aimait glaner dans son sillage une dernière salve d'applaudissements. Il aurait voulu pouvoir se concentrer ainsi dans l'appartement de Gerald, mais trop de gens et trop de souvenirs l'en avaient empêché.

Vu le contexte, la maison de Gerald ne lui aurait dit que des mensonges.

Calmement, Jordan se laissait imprégner par cette logique qui n'en avait aucune. Il refit le parcours vers le bureau où ils avaient interrogé Randall Haze, en visitant cette fois toutes les chambres qu'ils n'avaient que traversées. Il se mit à l'écoute des sensations que les murs lui transmettaient, de cette histoire de pauvreté extrême dans un lieu qui ne parlait que de richesse, d'ennui, de mal-être – et de la lutte désespérée pour leur échapper. Après avoir fait le tour des chambres, il arriva finalement au bureau où Haze leur avait révélé la face cachée de Mlle Stuart.

Jordan se souvenait que quelque chose l'avait frappé pendant sa conversation avec le garde du corps, mais il avait oublié quoi. Dans cet appartement désert, il attendait une réponse que lui seul pouvait entendre. Il s'assit sur le même fauteuil que pendant l'interrogatoire et laissa son regard vagabonder dans la pièce.

Dans son dos, une bibliothèque pleine de livres. À sa gauche, la porte-fenêtre qui s'ouvrait sur une terrasse tendue vers les lumières de la ville. Face à lui, accroché au mur derrière le bureau, un tableau de Mondrian, tout en lignes et rectangles et couleurs – équilibre parfait. De part et d'autre, deux bibliothèques identiques à celle derrière lui.

Et sur l'une des étagères de gauche, il y avait...

Voilà ce qu'il cherchait. Jordan se leva pour aller examiner les quatre volumes reliés de cuir rouge bordeaux, alignés côte à côte à hauteur des yeux. Sur la tranche, un logo et un nom en caractères dorés :

« Vassar College – Poughkeepsie. »

Jordan connaissait cette université. Jusqu'à la fin des années soixante, elle était réservée aux femmes et formait, avec six autres instituts, une sorte de lobby nommé « Les sept sœurs ». C'était un établissement particulièrement élitiste dont les frais d'inscription tournaient autour des cent mille dollars par an. Par la suite, l'état des caisses avait convaincu la présidence d'ouvrir la faculté aux hommes. L'orientation générale des diplômes privilégiait la création artistique, avec des spécialisations en peinture, écriture et activités similaires.

Jordan sortit l'un des tomes et l'ouvrit. C'était un trombinoscope qui listait tous les élèves d'un cours de mise en scène théâtrale et audiovisuelle. Il feuilleta les pages en papier glacé jusqu'à tomber sur la photo qu'il cherchait.

Le buste encadré dans une photo pleine page, une Chandelle Stuart beaucoup plus jeune et moins soignée le regardait sans sourire. Derrière des lunettes probablement censées lui donner un air intellectuel, ses yeux ombrageux et légèrement plissés trahissaient déjà un caractère difficile. Jordan ne put s'empêcher de superposer ce regard à l'image qu'il avait gardée à l'esprit : le regard figé et vitrifié par la colle, comme ébloui par le flash inattendu de la mort.

Un détail au bas de la page attira son attention.

Il fut foudroyé.

Épinglée sur la poitrine de Chandelle, il y avait un badge rond, du genre qui faisait fureur dans les années soixante. Un dessin noir sur fond blanc qui portait la patte si particulière de Charles Schulz.

Et qui représentait le visage de Lucy.

Le corps et l'esprit de Jordan furent envahis par une sensation qu'il n'avait plus éprouvée depuis longtemps : l'excitation d'avoir trouvé une piste solide, telle la mèche d'une perceuse traversant la paroi d'une pièce plongée dans le noir pour laisser entrer un rai de lumière.

Même s'il ne l'avait jamais confié à personne, il était fermement convaincu que les motivations de tout enquêteur lancé aux trousses d'un criminel étaient fondamentalement égoïstes. La justice servait de prétexte à la recherche de cette exaltation qui confinait à la dépendance.

Il s'était souvent demandé si les meurtriers respiraient et baignaient dans cette même atmosphère au moment où ils faisaient jaillir le sang. Et si lui-même n'était pas un criminel potentiel que le hasard avait conduit à endosser l'uniforme de la police.

Il composa sur son téléphone portable le numéro de son frère à Gracie Mansion. Christopher répondit sans tarder : soit il était déjà réveillé, soit il ne s'était pas couché.

— Allô.

— Chris, c'est Jordan.

— Enfin ! Comment ça se passe ?

— Mal. Je suis chez Chandelle Stuart.

— Je sais. Alors ?

— Alors c'est reparti. D'après moi, c'est le même tueur que celui de Gerald. La victime était collée à un piano. Cette fois-ci, il a recréé un autre personnage des *Peanuts*, Lucy.

— Et merde.

— Tu peux le dire. Pour l'instant, aucune trace de son passage. Nous attendons les résultats de l'autopsie et des relevés de la Police scientifique.

— J'ai déjà appelé pour leur dire de mettre les bouchées doubles. Tout le monde est dessus. Les premiers résultats ne vont pas tarder.

Jordan félicita intérieurement le légiste pour sa prévoyance.

— Je t'ai aussi appelé pour avoir une information. Une confirmation, plutôt.

— Dis-moi.

— Je me souviens que Gerald a fait deux ou trois ans d'université. Ce n'était pas au Vasser College de Poughkeepsie, par hasard ?

— Si, pourquoi ?

— Tu devrais appeler le recteur et le prévenir que je vais passer lui poser quelques questions. Et j'aimerais y aller seul.

— Aucun problème. Je m'en occupe tout de suite. Tu as une piste sérieuse ?

— Peut-être, peut-être pas. J'ai un début d'idée, mais je préfère être sûr avant de t'en parler.

— Comme tu voudras. Bordel, c'est bien ce qui manquait à cette ville : un fou furieux de plus. Bon, tiens-moi au courant.

— D'accord, on se rappelle plus tard.

Jordan raccrocha.

Précédé par le grincement de ses chaussures neuves sur le parquet, un agent se matérialisa dans l'encadrement de la porte. Jordan le regarda en silence, ce que le policier interpréta comme une invitation à parler.

— Le détective Burroni demande si vous pouvez descendre. Il aimerait vous montrer quelque chose.

Jordan suivit l'agent aux semelles qui gazouillaient. Sans échanger un mot, ils prirent l'ascenseur et patientèrent le temps de la descente fluide jusqu'au rez-de-chaussée. Même le bruissement des portes à l'ouverture suggérait le luxe. Le hall principal du Stuart Building avait une forme de T, dont la partie la plus longue donnait sur la rue à travers la façade vitrée. La hauteur de plafond procurait une impression d'espace qui allégeait le style rétro et chargé du palace. Leurs pas claquèrent sur le sol alors qu'ils traversaient l'aile gauche. L'architecte de l'époque avait apparemment disposé de réserves illimitées de marbre. Au centre du hall se trouvait le bureau d'informations et de sécurité, face aux portes à tambour surmontées de l'inévitable drapeau américain. Un homme en uniforme noir y était assis et les regarda passer, l'air curieux, sans doute déconcerté par toute cette effervescence.

Ils prirent la porte derrière lui et montèrent deux volées de marches jusqu'à une pièce tout en longueur qui dominait le hall. Un autre homme en uniforme noir était assis devant une rangée d'écrans disposés en arc de cercle. À côté de lui se tenaient Burroni et un homme d'âge mûr, grand, légèrement dégarni. Jordan le connaissait bien : Harmon Fowley, lui aussi ex-policier. Depuis son départ à la retraite, il était consultant pour la Codex Security, une société pour laquelle Jordan avait lui-même travaillé par intermittence après sa démission.

Si Fowley fut surpris par sa présence, il n'en laissa rien paraître. Ils échangèrent une poignée de main ferme et cordiale.

— Salut, Jordan. Content de te revoir.

— Moi aussi, Harmon. Tu vas bien ?

— Je vivote. Et ces temps-ci, on dirait que c'est devenu un luxe.

L'espace d'une seconde, Jordan lut sur le visage de Fowley la même insatisfaction que celle qui le taraudait. Cet instant de frustration face à son quotidien passa rapidement, mais chez Fowley, il ne laissa aucune trace.

— Je suis vraiment désolé pour ton neveu. Sale histoire. Et si j'ai bien compris, son homicide et celui de Chandelle Stuart sont liés.

Jordan regarda Burroni pour s'assurer qu'il pouvait parler librement. Fowley savait combien la discrétion était cruciale dans une affaire aussi médiatisée ; il saurait se montrer utile du moment qu'ils ne le traitaient pas comme un intrus. Sans entrer dans les détails, Jordan lui résuma donc la gravité de la situation.

— En effet, nous pensons qu'il y a un lien. Nous ne savons pas encore lequel, mais si nous voulons éviter qu'il y ait une autre victime, nous devons faire vite.

Burroni renchérit.

— Foutrement vite, même. Tu veux bien nous repasser la vidéo de tout à l'heure ?

Ils se déplacèrent derrière l'homme assis à la console et Fowley décrivit brièvement un système de surveillance que Jordan connaissait déjà bien.

— Comme tu peux le voir, l'entrée est filmée jour et nuit par des caméras en circuit fermé. L'enregistrement est effectué directement sur DVD réinscriptible. Nous conservons les disques pendant un mois, après quoi nous les réutilisons. Dans l'immeuble, il y a des bureaux, des restaurants et de nombreux logements aux niveaux supérieurs. De part et d'autre du hall, deux groupes d'ascenseurs desservent les étages. L'appartement de Mlle Stuart est une exception : on y monte par un ascenseur privé, contrôlé depuis son étage. L'accès par le hall est protégé par un code alphanumérique. Et pour finir, il est muni d'un vidéophone.

— Ce vidéophone n'a pas de fonction d'enregistrement ?

— Non. Ça n'a pas été jugé nécessaire vu que toute la zone est sous télésurveillance.

Burroni indiqua la rangée d'écrans.

— Maintenant, regarde ce qui a été enregistré ce soir.

Fowley posa la main sur l'épaule de son collaborateur.

— Vas-y, Barton.

Ce dernier appuya sur un bouton et les images de la nuit commencèrent à défiler sur l'écran central, plus grand que les autres. D'après l'angle de vue, il s'agissait de la caméra disposée face à l'entrée. Tout d'abord, à travers la baie vitrée de gauche, ils virent un homme en costume et cravate s'approcher des portes à grandes enjambées. Il allait entrer quand un individu traversa la rue en courant et arriva derrière lui. Il portait un survêtement avec la capuche enfoncée sur le crâne. Il gardait la tête baissée – impossible d'apercevoir son visage.

Jordan agrippa le rebord du bureau. Une impression fugitive et absurde lui traversa l'esprit : dans l'ombre du tissu, il n'y avait pas un faciès humain mais le rictus décharné et les orbites vides de la mort.

La vidéo continuait de défiler. En franchissant les portes à tambour, le jogger s'était manifestement caché derrière l'homme qui le précédait pour se dérober à l'œil des caméras. Malgré l'image granuleuse, on remarquait qu'il boitait nettement de la jambe droite. Quand les deux individus débouchèrent sur le hall, celui en tenue de sport accéléra le pas et disparut sur la gauche, hors champ.

Changement de perspective, changement de caméra.

Le suspect était à présent de dos, les mains dans les poches. Ils le regardèrent boitiller jusqu'à l'ascenseur privé de Chandelle Stuart. Il appuya sur la sonnerie du vidéophone et, bien que la caméra fût distante, ils notèrent que l'homme avait utilisé la manche de son survêtement pour ne pas laisser d'empreintes. D'après les mouvements de sa tête, il parlait avec quelqu'un dans l'appartement. Peu après, les portes de l'ascenseur s'ouvrirent et il se glissa dans la cabine. Quand elles se refermèrent, il était toujours de dos.

La voix de Jordan vint rompre le silence presque religieux dans lequel ils avaient observé ce prélude à une mort inéluctable.

— Ça correspond à quelle heure ?

Fowley pointa le time code du doigt.

— Vingt et une heures cinquante.

Jordan s'avança plus près de l'écran, à côté de l'agent qui contrôlait la lecture. Une sensation de malaise le traversa, tel un vent glacé. La littérature regorgeait certes de tueurs ingénieux, mais les criminels en chair et en os étaient généralement prévisibles et commettaient des erreurs, par arrogance ou stupidité, par manque d'expérience ou excès d'émotivité. Mais celui-ci paraissait beaucoup plus froid, déterminé et intelligent que la moyenne. Le malaise de Jordan vira à l'anxiété, puis à la colère pure et simple.

— Sale enfoiré, il connaissait par cœur la position des caméras. Il a attendu que quelqu'un entre et il s'en est servi comme écran pour traverser le hall sans jamais être clairement identifiable. Et après, il a gardé le dos tourné.

Fowley énonça ses propres observations, qui reflétaient exactement les pensées de Jordan.

— Il y a autre chose à prendre en compte. Nous sommes juste en face de Central Park et de nombreux habitants du quartier vont y courir à n'importe quelle heure du jour et de la nuit. Des individus en survêtement, je peux vous en montrer des dizaines sur les autres enregistrements. Si vous ajoutez le fait que Chandelle Stuart lui a ouvert rapidement, il n'y avait pas de quoi éveiller les soupçons de l'agent de garde.

Burroni s'appuya contre la console et se pencha vers l'agent de surveillance.

— Barton, c'est quoi votre prénom ?

— Woody.

— Bien, Woody, j'ai deux services à vous demander. D'abord, il faudrait que vous nous fassiez une copie de cet enregistrement. Ensuite, j'aimerais que vous observiez la discrétion la plus absolue sur tout ce que vous avez vu et entendu ce soir. Croyez-moi, c'est capital : la vie d'autres personnes en dépend.

Barton, un type peu loquace aux sourcils fournis et rapprochés, acquiesça d'un hochement de tête. Il avait compris la situation. Fowley se porta garant.

— N'ayez aucune inquiétude. Je réponds de lui personnellement. Barton a la tête sur les épaules.

Jordan commençait à étouffer en présence de ces trois hommes. Depuis son arrivée, il n'avait fait qu'emmagasiner des informations ; à présent, il voulait s'isoler dans un coin tranquille pour réfléchir calmement. Burroni éprouvait probablement le même besoin, puisqu'il serra la main de Fowley et prit congé.

— Merci beaucoup. Ton aide nous a été précieuse.

— À votre disposition. Bonne chance, Jordan.

— Au revoir, Harmon.

Ils rebroussèrent chemin jusqu'à l'entrée, franchirent les portes et retrouvèrent la fraîcheur de l'air nocturne. La pluie s'était réduite à quelques gouttes hésitantes qui tombaient d'un ciel livide. Il n'en restait que des flaques sur les trottoirs. Arrivés à la voiture, Burroni parla le premier pour formuler ce que tous deux pensaient.

— La typologie correspond parfaitement à l'homme que LaFayette Johnson dit avoir rencontré chez Gerald.

— Oui, ça colle. Si ce n'est pas lui, c'est son frère jumeau. Ce qui nous conduit à deux, voire trois, conclusions évidentes.

— Tu t'en charges ?

Jordan l'invita d'un signe à se lancer.

— Non, vas-y, toi.

— La première, c'est que le meurtrier de Gerald Marsalis et le meurtrier de Chandelle Stuart ne font qu'un. La deuxième, c'est que Mlle Stuart connaissait personnellement son assassin, sinon elle ne l'aurait pas laissé monter. Et la troisième, c'est que Gerald le connaissait probablement aussi.

— Tout juste. Et j'en ajouterai même une quatrième, au risque de devenir sérieusement répétitif...

Burroni fronça les sourcils d'un air interrogateur. Jordan émit son hypothèse.

— La prochaine victime annoncée connaît probablement la personne qui a l'intention de la tuer. Et nous devons découvrir leurs identités respectives avant de nous retrouver nez à nez avec le cadavre de Snoopy collé à sa niche.

21

Jordan ouvrit la porte de l'appartement alors que les premiers rayons du soleil caressaient les gratte-ciel.

Les nuages de pluie s'en étaient allés, dérivant au gré du vent, et un éclat rouge descendait peu à peu dans les rues déloger les ombres nocturnes de leurs tanières. Pour New York, c'était une nuit de plus à oublier. Ni la première, ni la dernière pour cette ville, mais Jordan aurait aimé qu'elle fût la dernière pour lui. Il abandonna ses réflexions moroses sur le palier et se laissa bercer par le parfum de vanille qui flottait dans l'air depuis l'apparition de Lysa dans la maison et dans sa vie.

Dans le séjour désert, la télévision était allumée, le son à peine audible. Il fit quelques pas vers le centre de la pièce et il la vit. Étendue sur le canapé devant le poste, Lysa dormait paisiblement, la respiration légère, à demi couverte par un plaid. Alors qu'il l'observait, vulnérable, dans ce moment d'intimité, Jordan eut l'impression d'être un intrus.

Il éteignit la télévision, comme si ce geste pouvait dans le même temps éteindre sa gêne. La variation du niveau sonore réveilla Lysa. Elle perçut sa présence derrière le divan et ouvrit les yeux. Il se pencha sur ce regard – et fut transporté au-dessus d'un abîme sans fond, debout sur un plancher de verre. La couleur de ses yeux était le trésor flamboyant des pirates, l'ombre filante des nuages portés par le vent sur un champ de blé, ce mirage dont on s'approche sans y croire et qu'on arrive finalement à toucher, émerveillé.

Elle était le trouble que l'on ressentait à être traversé par de telles pensées.

Lysa referma les yeux, se tourna sur le côté et se pelotonna avec le sourire indolent et serein de quelqu'un qui se sent enfin en sécurité.

— Oh, bien, tu es rentré.

Le naturel avec lequel sa voix ensommeillée avait prononcé ces quelques paroles et la familiarité qui en émanait parvinrent à percer la cuirasse de Jordan comme une dague affilée. Il avait toujours vécu seul, préférant ignorer la voix qui l'interrogeait sur la raison de cette solitude. Dans le passé, il avait parfois mêlé le cours de sa vie à celui d'autres vies – des hommes avec lesquels il avait échangé des gestes d'amitié et de confiance, des femmes remplies d'espoirs qu'elles confondaient avec de l'amour. En définitive, il leur avait juste permis de semer un peu de vent, et chacun était reparti après avoir récolté son éphémère tempête.

Lysa rouvrit les yeux et se secoua un peu. Elle s'assit sur le divan et se tourna vers Jordan.

— Quelle heure est-il ?

— Six heures et demie.

— Alors, ta nuit ?

— Une autre personne est morte.

Lysa ne demanda aucune précision et Jordan lui en fut reconnaissant.

— J'étais en train de regarder la télévision, pour voir s'ils en parlaient, et je me suis endormie devant.

— Par je ne sais quel miracle, nous avons réussi à éviter l'invasion barbare des journalistes. Rome, pour ce qu'il en reste, est sauve. Du moins pour l'instant.

Lysa alla dans la cuisine. Il l'entendit ouvrir le réfrigérateur.

— Je te prépare un café ?

— Non, merci. J'ai pris mon petit déjeuner au restaurant juste en face. La seule chose dont j'ai besoin, c'est une bonne douche chaude, après quoi je devrais retrouver forme humaine.

Laissant derrière lui les auspices d'un délicieux arôme de café, Jordan retrouva la chambre d'amis. Pendant qu'il se déshabillait, jetant ses vêtements en pagaille sur le lit, il dut reconnaître l'absurdité minutieuse et parfaitement élaborée de la situation.

Au fond, rien n'a changé.

Mais il lui avait suffi de parcourir quelques mètres et voilà qu'il était devenu un invité, un ami. Dans la salle de bains, il se regarda longuement dans le miroir : son visage était toujours le même, et pourtant il lui sembla que son reflet avait changé. Il n'était plus cet homme qui, à peine deux semaines plus tôt, arpentait l'appartement avec un casque sous le bras, paré pour un voyage avec un grand point d'interrogation au bout du chemin.

Tout avait changé.

Si l'envie de fuir restait bien présente, il avait peur à présent de comprendre ce qu'il fuyait.

Il fit couler l'eau et se glissa sous la douche. L'odeur douceâtre de la colle persistait dans ses narines et une sensation poisseuse lui recouvrait la peau depuis sa visite au Stuart Building. Il se savonna consciencieusement le corps dans le vain espoir de nettoyer son esprit.

Il commença son jeu coutumier avec le mélangeur d'eau.

Chaude. Froide.

Gerald. Chandelle.

Chaude. Froide.

Linus. Lucy.

Chaude. Froide.

La couverture. Le piano.

Et Lysa.

Chaude. Froide.

Pris d'une irritation soudaine, il ferma l'eau d'un coup sec. Il sortit de la douche, dégoulinant sur le tapis, et attrapa un peignoir. Après s'être séché, il se rasa rapidement. La fraîcheur de l'après-rasage lui procura son habituel picotement, agréable et apaisant. Il instilla quelques gouttes de collyre dans ses yeux rougis par le manque de sommeil et se regarda une dernière fois dans le miroir. L'espace d'une seconde, il se surprit à considérer son reflet à travers les yeux de Lysa. Une seule seconde, un flottement, entre son identité à lui, qu'il connaissait par cœur, et son identité à elle, dont il ignorait tout.

La sonnerie de son portable dissipa son embarras. Il retrouva le téléphone sur son lit et prit la communication tout en commençant à s'habiller.

— Allô ?

— Bonjour, Marsalis. Ici Stealer, le légiste.

— Quelle rapidité !

— Qu'est-ce que je vous avais dit ? J'aurais peut-être dû faire prophète au lieu de médecin. Enfin. Je n'ai pas encore bouclé l'autopsie, mais je voulais vous communiquer quelques conclusions qui pourraient vous être utiles.

— Je vous écoute.

— Déjà, je peux vous confirmer la cause de la mort : asphyxie consécutive à strangulation. Mais il y a du nouveau : la victime a eu un rapport sexuel hier soir. Et d'après nos analyses, c'était un rapport post mortem.

— Vous voulez dire que l'assassin l'a d'abord étranglée et ensuite violée ?

— Exactement. Nous avons trouvé des traces de lubrifiant provenant d'un préservatif. Quant à ce que je m'apprête à vous dire, j'espère que ce n'était pas prémédité, sinon je préfère ne pas imaginer le degré d'humiliation et de folie dont cet individu est capable.

Jordan attendit la conclusion du pathologiste.

— Le préservatif était un modèle censé retarder l'éjaculation tout en augmentant le plaisir de la femme.

— Nom de Dieu, mais à quel genre de détraqué est-ce qu'on a affaire ?

— Un détraqué du genre malchanceux. Il est arrivé quelque chose de plutôt fâcheux. Pour lui, je veux dire. Il a utilisé un préservatif défectueux.

— Et ?

— Et nous avons retrouvé une infime quantité de sperme dans le vagin de Chandelle Stuart. Il y en a très peu, mais c'est suffisant pour effectuer une analyse d'ADN. J'ai déjà envoyé le prélèvement au labo.

Jordan cala le combiné entre l'oreille et l'épaule pour s'asseoir sur le lit et enfiler ses chaussettes.

— On a touché le gros lot !

— Oui, ça n'arrive pas toujours que l'assassin nous laisse sa carte de visite.

— Dommage qu'on ne puisse pas y lire son nom, prénom et adresse.

— Ça, je crains que ce ne soit plus de mon ressort.

— Non, malheureusement. Des marques sur le corps ?

— Une substance adhésive sur les poignets. On l'a probablement attachée avec du scotch.

Rien de surprenant. Jordan s'y attendait, tout comme il s'était douté que la colle utilisée pour immobiliser Chandelle contre le piano serait la même que celle retrouvée sur Gerald.

— Autre chose ?

— À part les contusions sur le cou, rien. Malgré les apparences, aucune trace de lutte. Le seul détail curieux, c'est la présence de minuscules fragments de fibres sous les ongles. Et ces fibres correspondent aux lambeaux de robe qu'on a retrouvés.

— Comme si elle l'avait déchirée elle-même ?

— Tout à fait. Pour le reste, nous avons bien constaté quelques bleus ici et là, mais ils sont largement antérieurs à la date du décès.

En repensant au récit de Randall Haze, Jordan n'eut aucun mal à imaginer comment Chandelle Stuart se les était faits.

— Une dernière chose, même si c'est peut-être insignifiant.

— À ce niveau de l'enquête, rien n'est insignifiant. Dites-moi.

— Sur l'aine, il y a la trace d'une intervention de chirurgie plastique anodine. Je pense qu'on a effacé un tatouage. Et voilà qui conclut mes observations pour le moment.

— Ça me semble plus que suffisant. Merci beaucoup, Stealer.

— Bonne journée.

— Si elle l'est, ce sera en partie grâce à vous.

Jordan raccrocha et laissa tomber son portable sur le lit. Il ouvrit l'armoire pour en tirer une chemise propre. Alors qu'il finissait de s'habiller, il sentit en lui la poussée fortifiante d'un élan d'optimisme. Il mit sa montre au poignet et regarda le cadran. Il était presque sept heures mais, malgré sa nuit blanche, il se sentait frais et dispos. Les nouveaux indices avaient occasionné une montée d'adrénaline qui remplaçait avantageusement ces heures qu'il aurait gâchées à se retourner dans les draps, en quête d'une intuition qui se dérobait à lui.

Il prit son casque et le blouson de sa combinaison. C'était une journée idéale pour faire un tour en moto. Jusqu'à Poughkeepsie, pourquoi pas ? L'endroit étant à mi-chemin entre New York et Albany, il y arriverait en un clin d'œil avec la Ducati. Il regagna le salon. Entre-temps, Lysa s'était changée. Elle se tenait debout devant la fenêtre. D'une simple promesse, le soleil s'était transformé en une réalité radieuse dans le ciel bleu et limpide de ce début d'été.

Quand elle entendit ses pas sur le parquet, Lysa se retourna. Elle murmura quelques mots avec la légèreté d'une pensée exprimée à voix haute.

— Tes yeux ont la même couleur.

— La même couleur ?

— Que le ciel.

— En ce moment, c'est bien la seule chose que nous ayons en commun.

Un silence. Puis le regard de Lysa glissa sur le casque et le blouson qu'il tenait à la main.

— Tu sors ?

— Oui, j'ai quelque chose à faire.

Jordan apprécia cette diversion opportune car il ne savait jamais comment réagir aux commentaires sur son aspect physique. Lysa continuait de fixer le casque intégral, fascinée.

— C'est comment, faire de la moto ?

— C'est dangereux, toujours. Rapide, si on en a envie. Et avec la liberté pour récompense, si on en est capable.

Lysa retomba dans un de ces silences que Jordan avait appris à déchiffrer, quand son sourire teinté d'ironie glissait au coin des lèvres et ses yeux prenaient l'expression sournoise d'un chat qui s'ennuie.

Quand elle parla, ce fut d'une voix où l'innocence feinte voilait une provocation espiègle.

— Et tu penses que j'en serais capable, moi ?

Jordan répondit sans réfléchir.

— Il n'y a qu'une seule façon de le savoir. Je dois aller quelque part, pas trop loin. Ça te dirait de m'accompagner ?

Quand il comprit ce qu'il venait de lui proposer, c'était trop tard : l'invitation était lancée comme un pont entre eux, et il n'était plus question de s'en dédire.

— Je n'ai pas de casque.

Jordan se retrouva dans la peau du joueur obligé de relancer pour essayer de se refaire. Après tout, c'était lui qui avait démarré la roulette et lancé la bille. Il ne pouvait plus qu'attendre le nombre qui finirait bien par sortir.

— Ce n'est pas un problème. De l'autre côté de la rue, sur la Sixième, il y a un magasin d'accessoires où j'achète tout mon équipement. Nous pouvons passer te choisir un casque.

— À cette heure-ci, c'est sûrement fermé.

— Le propriétaire est un ami et je sais qu'il dort à l'arrière du magasin. Il ne sera sans doute pas enchanté, mais je peux le réveiller.

— Alors, c'est d'accord. Donne-moi une minute.

Lysa disparut dans le couloir et Jordan enfila sa tenue. Elle revint peu après, vêtue d'un jean, d'un épais blouson en cuir et de bottes au style vaguement country. Elle avait attaché ses cheveux en queue-de-cheval. Jordan la trouva plus lumineuse encore que le jour qui les attendait dehors.

— Je suis prête.

Jordan doutait fort de pouvoir en dire autant. Mais tel un joueur forcé de pousser son bluff jusqu'au bout, il fit la seule chose qu'il pouvait faire : il mentit.

— Moi aussi, je suis prêt.

En descendant les escaliers, cependant, Jordan réalisa que cela faisait une éternité qu'il ne s'était pas senti aussi bien. Comme tout être humain qui se respecte, il gâchait beaucoup plus d'énergie et d'imagination à se trouver des excuses qu'il n'en consacrait à vivre. Ainsi, il préféra attribuer son euphorie à l'excitation de l'enquête, plutôt qu'admettre qu'il la devait à la perspective d'une journée entière en compagnie de Lysa.

22

La moto permettait d'apprécier le voyage à l'état brut, sans la distraction d'une conversation.

Jordan se rappelait qu'à un certain moment de sa vie, il avait renoncé au confort d'un toit sur sa tête, à la danse hypnotique des essuie-glaces ou à la simple commodité du cendrier. Cela n'avait été ni facile ni difficile. C'était venu naturellement. Ce qui ne lui paraissait plus naturel désormais, c'étaient les deux roues supplémentaires. Il avait peu à peu découvert ce que représentait la moto. S'abriter sous un pont suspendu, les yeux levés vers le ciel, en attendant qu'il arrête de pleuvoir ; traverser la nuit éclairée par un phare tel l'œil du Cyclope ; profiter de la vitesse quand c'était nécessaire ; et surtout, comme il l'avait dit à Lysa, goûter à cette liberté dont on ne se lassait jamais. Même maintenant qu'il était tout sauf libre. *D'autant plus* maintenant que, dans sa petite hypocrisie humaine, il détournait les yeux pour ne pas voir ce qui le retenait.

À Amazing Race, le magasin en bas de chez lui, ils avaient acheté un casque intégral pour Lysa. En regardant son visage disparaître sous le kevlar, Jordan avait eu l'impression d'assister à une cérémonie d'adoubement, un rite qui connectait chaque motard à un passé où la technologie se résumait au métal de l'armure pliant sous le marteau du forgeron. Dans ce geste – le casque qui venait envelopper la tête –, il y avait un désir d'aventure qui, lui, ne pliait jamais. Et, peut-être, le besoin inavoué de se cacher avec l'excuse de se protéger.

De Lysa, il ne restait plus que le détail des yeux encadrés par le casque. Puis ils s'étaient cachés derrière le plastique sombre de la visière et Jordan les avait immédiatement regrettés.

Il avait rapidement mis le contact pour que le bruit du moteur couvrît cette pensée.

Il sentait à présent le corps de sa passagère bouger en parfaite harmonie avec les exigences de la conduite et de la route. Pour voyager sans danger, il ne fallait pas combattre sa peur mais au contraire s'y soumettre pleinement et, seulement ainsi, la vaincre. Lysa semblait avoir compris instinctivement qu'en moto, l'attitude la plus sûre était la moins naturelle. Se suspendre dans le vide était la seule façon d'éviter que ce vide, qui avait pour plancher l'asphalte défilant à toute allure, ne les engloutisse.

Elle était la compagne de voyage parfaite.

Le compagnon de voyage parfait.

Jordan s'imposa cette pensée mesquine pour ne pas perdre de vue qui il était, et surtout qui Lysa *n'était pas*.

Il empoigna l'accélérateur comme un alcoolique le goulot d'une bouteille.

Il sentit la poussée du moteur, la force de gravité comprimée par l'accélération. La route devant, derrière et sous lui, mais Lysa était toujours là, souple et conciliante dans les courbes des virages, présente et absente et toujours collée contre son dos, l'empêchant de prétendre qu'elle n'existait pas. Même si le souffle de la vitesse perdait loin derrière eux son parfum de vanille.

Ils avaient quitté New York et emprunté la West Side Highway vers le nord, après quoi Jordan avait opté pour la Route 9, dont le parcours côtoyait par endroits le chemin de fer en bordure de l'Hudson. Ils dépassèrent l'Académie militaire de West Point, qui surplombait les eaux du fleuve, aussi fermement ancrée sur la rive qu'elle l'était dans ses principes et ses traditions. Plus loin, les rails coupaient en deux la prison de Sing Sing. Le sifflement du train qui escaladait les murs barbelés était synonyme de liberté aux oreilles des prisonniers – jusqu'au moment où les sifflets des gardiens leur ordonnaient de quitter la cour pour regagner leurs cellules.

Jordan et Lysa furent accueillis à bras ouverts par la verdure miroitante de cette fin de printemps, qui renaissait chaque année avec émerveillement et réussissait pour cela à toujours émerveiller.

Une succession de maisons, de petits embarcadères baignés de soleil, quelques barques au mouillage prêtes à remonter et descendre le fleuve pendant l'été. Quand la circulation se faisait plus dense, ils s'en dégageaient d'un bond, comme si les deux roues s'étaient transformées en bottes des sept lieues.

Jordan se sentait apaisé, il ne pensait à rien et aurait voulu que ce voyage ne finisse jamais.

Malheureusement, juste quand on croit effleurer le pouls du temps, il finit par s'échapper dans un dernier tour de cadran.

Et ainsi, leur balade s'acheva comme elle avait commencé.

En un clin d'œil.

Ils avaient suivi le fleuve jusqu'à Poughkeepsie et dépassé la gare ferroviaire, une bâtisse en briques rouges devant lequel somnolait un unique taxi. Ils entrèrent dans l'agglomération proprement dite, une petite ville bourgeoise de carte postale. Sur l'une des nombreuses Raymond Avenue d'Amérique, les églises disputaient le trottoir aux associations de vétérans, aux restaurants et à une forêt de feux de signalisation. Après un croisement, ils arrivèrent devant un muret d'enceinte. Au-delà du parc planté d'arbres majestueux se dressait un édifice monumental.

Jordan n'aurait pas à demander son chemin pour trouver le Vassar College.

Il suivit les indications et tourna à droite. Il prit toute la mesure du campus en parcourant la route interminable qui le longeait.

Ils atteignirent bientôt une construction au style architectural impossible à identifier, d'inspiration vaguement médiévale. Trois arches signalaient l'entrée du campus. La plus grande, réservée aux véhicules, était surveillée par un agent de sécurité en uniforme beige. Jordan s'arrêta à l'ombre de la guérite et ôta son casque. Le gardien posté à l'intérieur, visage rubicond et cheveux très courts, ressemblait à s'y méprendre à l'engagé Baleine, le marine adipeux de *Full Metal Jacket*.

— Bonjour, je suis Jordan Marsalis. J'ai rendez-vous avec le recteur Hoogan.

Christopher connaissait personnellement Travis Hoogan, qui dirigeait le Vassar College. Le comportement du gardien confirma à Jordan que le coup de téléphone de son frère avait eu l'effet escompté. L'homme adressa à Jordan et à sa passagère un sourire spontané qui le rendit immédiatement sympathique.

— Bonjour, monsieur Marsalis. On m'a averti de votre arrivée. Le recteur se trouve actuellement sur le terrain de golf. Il vous prie d'attendre dans le réfectoire, le temps que je l'informe de votre arrivée.

L'agent se pencha hors de sa forteresse miniature pour leur indiquer le chemin.

— Suivez la route jusqu'au bout, puis prenez à droite. Vous pourrez vous orienter avec les panneaux. Une fois arrivés au terrain de golf, le réfectoire est juste en face. Un peu plus loin, vous trouverez une placette où garer votre moto.

Le bras glissé dans la visière du casque, Jordan remonta à vitesse réduite l'avenue bordée de plates-bandes et d'un superbe gazon anglais.

Devant eux se découpait la structure massive du Vassar College, une construction austère dont les hautes fenêtres blanches contrastaient avec la brique sombre. La partie centrale était encadrée par deux ailes allongées qui semblaient dater d'une époque ultérieure.

Sur la façade, deux plaques commémoraient l'édification du bâtiment en 1881 « Anno Domini », ainsi que la générosité et la grande soif de connaissances d'Andrew Vassar, fondateur de l'université.

Accroché à un mât planté sur le point le plus élevé du toit, un drapeau américain flottait dans le vent. Sa fonction première semblait être de rappeler aux étudiants le prestige et l'influence dont leur université avait toujours joui dans le pays.

La conscience et la certitude réconfortante d'une identité établie.

Comme tout le monde, Jordan avait eu ses propres certitudes autrefois. Il savait qui il était, où était sa place. Puis, graduellement, son identité s'était délitée en une simple probabilité, avant de se fondre dans une incompréhension qui englobait sa vie tout entière.

Suivant les instructions du gardien, ils continuèrent sur la droite. De part et d'autre de la rue s'alignaient des structures dédiées à une grande variété d'activités : théâtre, piscine, gymnase, court de tennis. Quand il vit enfin le splendide terrain de golf, Jordan dut admettre que les frais de cent mille dollars par an n'étaient pas totalement aberrants.

Il se gara sur la zone de stationnement et coupa le contact.

À peine descendue, Lysa ôta son casque et se pencha en avant. Elle démêla vivement sa chevelure sombre, qui sembla ruisseler telle une cascade souterraine.

Elle se redressa d'un coup et ses cheveux tombèrent en arc-en-ciel sur ses épaules, brillants et paresseux comme des serpents au soleil. Jordan se demanda fugacement s'il ne risquait pas d'être pétrifié en croisant son regard. Cette crainte absurde sembla presque se matérialiser quand Lysa se retourna : son sourire et ses yeux rayonnaient d'un éclat si pur que la Méduse elle-même en serait devenue statue.

Laissant son regard vagabonder tout autour d'elle, elle paraissait heureuse.

— Quelle merveille.

— Quoi ?

Lysa fit un geste qui embrassait le monde entier, la vie, ou simplement cet instant.

— Tout. Cette journée, le soleil, le voyage, la moto. Cet endroit improbable. Et dire que c'est une école. Je connais pas mal de gens qui seraient heureux d'y passer juste une semaine de vacances.

— Malheureusement, nous allons devoir nous contenter d'une seule journée. Point positif : c'est gratuit.

Jordan s'achemina vers la construction basse située à quelques dizaines de mètres de là, délimitée et masquée par une haie que les jardiniers avaient soigneusement taillée pour lui donner un aspect sauvage. Lysa marchait à ses côtés et ils parcoururent en silence la courte distance jusqu'au réfectoire.

Une jeune fille qui avançait à vive allure les dépassa. Une paire de chaussures de jogging attachées par les lacets se balançait sur son épaule. Elle portait un caleçon bariolé avec un tee-shirt vert et des tongs aux pieds. Ses cheveux teints en roux semblaient avoir été plantés sur sa tête en épis désordonnés. Sortie de ce contexte, elle aurait pu passer pour une jeune sans-abri qui se demandait où et comment passer la journée. Mais là, elle était simplement une fille de bonne famille un peu originale, dans une université aux tarifs prohibitifs. Les pensées de Jordan le ramenèrent à Gerald qui, à peine quelques années plus tôt, avait fréquenté les mêmes lieux que cette étudiante.

À sa manière, elle était peut-être bel et bien sans abri.

À sa suite, ils descendirent une volée de marches et franchirent la porte vitrée du self-service, un vaste espace aux murs jaune clair. Quelques étudiants travaillaient dans la zone de service alors que d'autres bavardaient tranquillement, assis autour des tables.

L'endroit respirait une modestie affectée, mais un ostensible guichet automatique ornait néanmoins l'une des parois. La fille aux cheveux roux trotta jusqu'au point de retrait et inséra sa carte dans la machine. Jordan sourit à part lui. Casual, hip-hop, artistes *bohémiens**, tous munis de cartes de crédit aimablement alimentées par leurs familles. Et la gratitude était sans doute un bonus auquel tous les géniteurs n'avaient pas droit.

À leur entrée, tous les garçons se tournèrent vers Lysa dans un même mouvement. Le bourdonnement des conversations se tut. Si Jordan n'avait pas été aussi éberlué par la réaction des hommes, il aurait remarqué de nombreux regards féminins pareillement posés sur lui.

Le moment de flottement fut interrompu par l'entrée d'un homme qui portait à l'épaule un sac de golf rempli de fers. La soixantaine, presque aussi grand que Jordan, les yeux pleins d'assurance derrière des verres sans monture, des cheveux à la couleur indéfinissable, mi-longs et clairsemés. Il avait l'air d'un homme qui connaît énormément de choses et qui puise dans ces connaissances toute la sérénité dont il a besoin. Un homme tranquille à qui la vie avait apporté tout ce qu'il désirait, soutenu par la précieuse certitude que ce qu'il ne désirait pas lui était de toute façon inutile.

Il vint vers eux en arborant un large sourire.

— Jordan Marsalis, je suppose. Je suis Travis Hoogan, le recteur de cet antre de perdition.

Jordan serra la main tendue de son interlocuteur.

— Ravi de vous rencontrer. Je vous présente Lysa Guerrero.

Une malice contenue illumina les yeux de Hoogan, qui prolongea légèrement sa poignée de main avec Lysa.

— Mademoiselle, votre apparition est un pur enchantement. Pour le commun des mortels, votre présence sur cette planète est un encouragement à croire aux miracles. Vous me permettez de garder l'espoir qu'un jour mes talents cachés de golfeur se révéleront enfin.

Lysa eut un petit rire élégant.

— Si vous êtes aussi versé dans l'art du golf que dans celui de la flatterie, nul doute que nous vous verrons bientôt disputer les Masters.

Le recteur haussa les épaules.

— Oscar Wilde disait très justement que notre plus grande tragédie n'est pas de vieillir à l'extérieur, mais de rester jeune à l'intérieur. Et croyez-moi, en avoir conscience ne résout en rien le problème. Quoi qu'il en soit, merci.

Jordan n'avait pas expliqué à Lysa la raison de leur présence à Vassar. Après ces quelques civilités, Lysa lui démontra avec son tact habituel qu'à défaut de connaître le but de leur visite, elle en devinait l'importance. Quel que fût le sujet, les deux hommes devaient l'affronter seuls.

— Vous avez sûrement beaucoup de choses à vous dire. Pendant que vous parlez boutique, j'espère que ça ne vous dérange pas si je me promène un peu.

Il lui présenta d'un geste une clef du campus imaginaire.

— Si cela me dérangeait, je crois que la frange masculine du conseil d'administration exigerait ma démission.

Lysa prit congé et sortit. Deux garçons qui entraient à ce moment-là s'écartèrent pour la laisser passer. Ils s'arrêtèrent sur le seuil, échangèrent un regard et repartirent dans l'autre sens.

Hoogan souriait en la suivant des yeux.

— Elle n'est peut-être pas un miracle à proprement parler, mais elle s'en rapproche drôlement. Vous avez beaucoup de chance, monsieur Marsalis.

Jordan aurait aimé lui dire que Lysa était en réalité un homme, et que cela tempérait singulièrement sa « chance ».

Hoogan mit fin aux amabilités et fit comprendre à Jordan qu'il saisissait pleinement la gravité de la situation.

— Quand il m'a prévenu de votre visite, Christopher m'a dit que vous occupez tous deux une position précaire depuis la mort de Gerald. Son décès m'a sincèrement touché, j'espère que vous trouverez quelque chose ici qui pourra vous orienter vers le meurtrier.

— Je l'espère vivement, moi aussi.

— Voulez-vous me suivre dans mon bureau ? Nous pourrons discuter sans être dérangés.

Jordan emboîta le pas à Hoogan. À l'extérieur du réfectoire, il aperçut Lysa en contrebas, debout sous un arbre, casque à la main. Elle essayait de dialoguer avec un écureuil par des signes que l'animal interloqué observait depuis sa branche sans rien comprendre.

Lysa souriait. À nouveau, Jordan se dit qu'elle semblait heureuse.

23

Le bureau du recteur était exactement tel que Jordan l'avait imaginé. Du bois et du vieux cuir, un léger arôme de tabac à pipe. Jordan se demanda dans quelle mesure cette odeur était réelle, et dans quelle mesure elle lui était suggérée par l'aspect général de la pièce. Il avait l'impression d'être entré de plain-pied dans une illustration du *Saturday Evening Post*. Les meubles auraient fait la fortune de n'importe quel antiquaire. Seuls deux éléments détonaient avec le reste : l'écran LCD et le clavier d'ordinateur.

Hoogan prit place au bureau disposé devant la fenêtre, qui donnait sur l'avenue que Jordan et Lysa avaient remontée quelques instants plus tôt. Il avait tiré les rideaux pour éviter un contre-jour fastidieux à son interlocuteur. En entrant, il avait demandé à sa secrétaire – une jeune femme à l'air perspicace et au sourire malicieux – de filtrer tous ses appels. Elle avait noté consciencieusement ces instructions et lancé un regard complaisant à Jordan.

L'attitude de Travis Hoogan ne dénotait plus la moindre insouciance. Jordan comprit que c'était un homme fiable et digne de confiance, qui ne volait certainement pas son salaire. En le voyant installé à son poste de commandement, il eut la confirmation de cette première impression positive.

Il se demanda combien d'étudiants l'avaient précédé à la place qu'il occupait en ce moment, pour une entrevue avec le recteur de Vassar. Peut-être Gerald était-il resté assis sur cette même chaise en attendant, exaspéré, que Travis Hoogan daigne se montrer.

— La réponse est oui.

— Je vous demande pardon ?

— Vous étiez en train de vous demander si votre neveu était jamais entré dans mon bureau. Et la réponse est oui, plus d'une fois.

Hoogan profita de l'étonnement de Jordan pour ôter ses lunettes et les nettoyer avec une lingette imprégnée qu'il avait sortie d'un tiroir. Ce n'est que lorsqu'il les remit sur son nez que Jordan remarqua la couleur grise de ses yeux.

— Son père, par contre, quasiment jamais.

Aucun reproche dans sa voix : il se contentait d'énoncer un fait. Jordan y perçut néanmoins une note de regret. Hoogan s'appuya contre le dossier de son fauteuil.

— Voyez-vous, monsieur Marsalis, de tous les jeunes gens qui viennent étudier dans ces murs, seuls quelques-uns méritent l'éducation qui leur est dispensée, car seuls quelques-uns *désirent* réellement étudier. Ceci pour dire que la majorité de nos élèves est constituée de personnes... comment dire... stationnées ici par leurs familles respectives. Souvent par un accord tacite, d'ailleurs. Laissez-moi tranquille et je vous laisserai tranquilles.

— Et Gerald appartenait à cette catégorie ?

— Votre neveu était fou, monsieur Marsalis. Ou alors, s'il jouait un rôle, il méritait un oscar pour son interprétation.

Jordan dut admettre que ce diagnostic concis décrivait à la perfection le garçon qui se réinventerait ensuite en Jerry Kho. Hoogan continua son état des lieux avec la même franchise, et Jordan lui savait gré de ne pas réciter un discours convenu du haut de sa chaire.

— Le programme d'études à Vassar College concerne des domaines artistiques tels que la peinture, l'écriture ou la mise en scène. Ce sont des domaines où l'on ne peut pas acheter le talent, mais où l'on peut en revanche refuser pendant très longtemps d'admettre qu'on en est dépourvu. Gerald, lui, était talentueux. Extrêmement talentueux, même. Malheureusement, il était convaincu qu'un talent extrême supposait des choix de vie tout aussi extrêmes. J'ignore d'où lui est venue cette idée, mais je peux vous dire qu'il l'appliquait comme si c'était un dogme. Et il y a autre chose. Je vous ai dit tout à l'heure que votre frère n'était pas un père très présent...

Il fit une pause comme pour éclaircir des souvenirs légèrement embrumés.

— Mais c'est Gerald qui s'éclipsait systématiquement à chacune de ses visites. Je crois qu'il le haïssait. Et d'après moi, c'est l'une des explications de son comportement hors normes. Chacun de ses excès était une piqûre de rappel, un désir de présence continue et néfaste dans la vie de Christopher. Le père a fait son possible pour cacher au monde le caractère du fils. Mais au bout d'un moment, les écrans de fumée se sont dissipés.

L'image de Burroni avec son fils émergea dans l'esprit de Jordan.

Bye, champion.

Peut-être que si quelqu'un avait dit à Gerald ce genre de mots tout simples, Jerry Kho n'aurait jamais existé. L'amertume qui refaisait surface obligea Jordan à archiver cette hypothèse avec toutes celles qu'il ne pourrait jamais vérifier.

— Gerald avait-il des amis à Vassar ?

Hoogan secoua la tête en grimaçant.

— Oh, pour ça, il aurait pu en avoir des dizaines. À sa façon tourmentée, il était une sorte d'idole. Mais il voulait absolument démontrer qu'il n'avait besoin de personne. Pas même de nous.

Le recteur posa les coudes sur le bureau et se pencha légèrement vers Jordan.

— Après son départ, j'ai suivi son évolution. Si vous me permettez un instant de sincérité un peu cruelle, voire cynique, sa mort violente m'a profondément attristé, mais pas étonné.

Moi non plus, malheureusement.

Jordan avait écouté ce long préambule sur Gerald essentiellement pour jauger Hoogan. Il était désormais sûr que l'homme se montrerait à la hauteur de la situation. Le moment était venu d'expliciter le motif de son voyage jusqu'à Poughkeepsie.

— Vous n'êtes peut-être pas au courant des dernières évolutions de l'affaire, monsieur Hoogan. Avez-vous suivi les infos aujourd'hui ?

— Non, j'ai passé la matinée sur le green.

— La nuit dernière, Chandelle Stuart a été assassinée dans son appartement à New York. Elle aussi a étudié à Vassar, environ à la même époque que Gerald.

Outre l'énoncé objectif des faits, la voix de Jordan contenait un filet d'espoir. Quant au recteur, il accusa le coup et sembla désorienté. Il se remit à nettoyer des lunettes qui n'en avaient plus besoin.

— Je me souviens très bien d'elle. Qu'est-ce qui s'est passé ?

— Monsieur Hoogan...

Le recteur l'interrompit en levant la main.

— Appelez-moi Travis, je vous en prie.

Jordan fut ravi de cette familiarité, car elle donnait plus de poids aux révélations qu'il s'apprêtait à faire.

— D'accord, Travis. Tout ce que je vais vous apprendre est strictement confidentiel. Jusqu'ici, nous avons miraculeusement réussi à éviter les fuites et nous aimerions sauvegarder ce petit avantage aussi longtemps que possible. Les modalités du meurtre de Chandelle Stuart le relient directement à celui de mon neveu.

— Et quelles sont ces modalités, si je peux savoir ?

Malgré l'habitude, Jordan se sentit mal à l'aise pendant qu'il exposait à Hoogan les détails de deux crimes. Il ouvrait la porte sur un univers dont Hoogan connaissait certes l'existence, mais auquel il n'imaginait sans doute pas se trouver un jour confronté.

— Et aussi incroyable que ça puisse paraître, l'assassin a disposé les corps de manière à imiter deux personnages des *Peanuts*.

— Quoi, Charlie Brown et compagnie ?

— Absolument. Gerald était assis contre le mur avec une couverture collée à l'oreille et Chandelle était adossée à un piano à queue. Linus et Lucy.

Comme Travis ne demandait aucun éclaircissement à Jordan, celui-ci en déduisit qu'il connaissait bien les personnages du *comic strip*.

— Nous avons trouvé chez Chandelle Stuart un indice sur la prochaine victime. Ce sera probablement Snoopy.

Travis Hoogan, recteur du Vassar College de Poughkeepsie, un homme pour qui les mots étaient toute sa vie, semblait peiner à en trouver un seul.

— Doux Jésus. C'est dingue.

— Là, nous sommes bien d'accord. Est-ce que vous pouvez me dire quelque chose que j'ignore ?

— Absolument rien. Rien sur la bande dessinée, et rien sur un éventuel rapport entre Gerald et Chandelle. Ici, nous vivons quasiment en vase clos, on sait tout sur tout le monde – et d'autant plus quand ça concerne deux personnages aussi particuliers. Mais je ne suis au courant d'aucune relation entre votre neveu et cette pauvre femme.

— Quel genre de fille était-elle ?

— Riche et insupportable. Avec, de surcroît, une veine morbide. Son décès ne change pas le souvenir que je garde d'elle.

— Elle fréquentait quelqu'un ?

— Elle était aussi solitaire que votre neveu, mais pour une raison très différente. Gerald ne voulait fréquenter personne, alors que personne ne voulait fréquenter Chandelle. Le seul semblant de rapport humain qu'elle ait tissé à Vassar, c'était avec une étudiante nommée Sarah Dermott, si je me souviens bien.

Jordan sentit qu'il avançait, qu'un soupirail s'ouvrait peu à peu, laborieusement.

— Pouvez-vous m'en dire plus sur cette Sarah Dermott ?

Hoogan se tourna vers l'écran et pianota sur le clavier. Il prit ensuite quelques secondes pour parcourir les informations à l'écran.

— Voilà. Sarah Dermott, une étudiante boursière originaire de Boston. Elle faisait partie de ce petit pourcentage dont je vous parlais tout à l'heure : intelligente, douée et très ambitieuse.

Il insista discrètement sur le mot « très » – une manière détournée de dire qu'elle avait les dents qui rayaient le parquet.

— Elles fréquentaient le même cours de mise en scène. À mon avis, Sarah a supporté Chandelle quelque temps par pur intérêt, parce qu'elle appartenait à la famille Stuart. Mais au bout d'un moment, elle a dû jeter l'éponge. Même sa grande ambition ne suffisait plus.

— Où puis-je trouver cette Sarah Dermott ?

— À Los Angeles. Elle est devenue réalisatrice à Hollywood. Je crois qu'elle a un contrat avec Columbia. Elle est revenue à Vassar récemment pour une réunion d'anciens élèves.

— J'aimerais lui parler, ça pourrait être utile.

— Aucun problème.

Hoogan saisit le téléphone et appuya sur une touche.

— Mademoiselle Spine, pourriez-vous appeler Sarah Dermott à Los Angeles, s'il vous plaît ? Passez-la-moi directement sur ma ligne.

Une minute plus tard, le téléphone sonna.

Hoogan décrocha.

— Sarah, ici Travis Hoogan, je t'appelle de Vassar.

Une pause, le temps que la réponse arrive de l'autre bout du pays.

— Très bien, merci. J'ai dans mon bureau une personne qui a besoin de te parler. C'est très important.

Jordan se pencha pour attraper le combiné sans fil.

— Mademoiselle Dermott, bonjour. Je suis Jordan Marsalis, de la police de New York.

Il pensa qu'au fond, ce n'était pas tant un mensonge qu'une demi-vérité, en essayant d'oublier que le fait de ne *plus* appartenir à la police changeait singulièrement la donne. À l'autre bout du fil, il entendit la voix d'une femme très occupée. Précise, concise. Aussi cordiale que pouvait l'être une personne concentrée sur sa carrière.

— Que puis-je faire pour vous ?

— Je suis désolé de vous déranger, mais il est arrivé quelque chose d'extrêmement grave. Chandelle Stuart a été assassinée.

La nouvelle parut mettre temporairement entre parenthèses la vie professionnelle de Sarah Dermott.

— Oh, mon Dieu. Quand ça ?

— La nuit dernière. Et ce n'est pas tout. Mais avant toute chose, j'insiste sur la nature particulièrement sensible des informations qui vont suivre. Je compte sur votre discrétion.

Tout en prononçant ces mises en garde habituelles, Jordan se demanda dans combien de temps le meurtre de Chandelle deviendrait du domaine public, puisqu'il se trouvait obligé d'en parler à tout le monde. Toujours est-il que s'il voulait la proverbiale omelette, il devait bien casser des œufs.

— Nous avons toutes les raisons de croire que la personne qui a commis ce crime est la même que celle qui a tué Gerald Marsalis. Je ne sais pas si vous êtes au courant de cette affaire.

— Oui. J'en ai entendu parler sur CNN.

C'est seulement alors que le nom de Jordan la fit tiquer.

— Attendez. Vous êtes de la famille ?

— Oui, je suis l'oncle de Gerald.

— Mes condoléances. Gerald était un garçon compliqué, mais personne ne mérite de finir comme ça.

Au risque de paraître insensible, Jordan était trop pressé pour répondre avec les formules d'usage.

— Vous le connaissiez ?

Sarah répondit d'instinct, sans tergiverser.

— Personne ne le connaissait. Il avait un talent indéniable, mais c'était un garçon marginal, limite inquiétant. Renfermé, introverti, rebelle. Parfois violent. Et solitaire.

Une pierre de plus à ajouter à l'édifice instable qu'était l'identité de Gerald Marsalis.

— Et Chandelle Stuart ?

— Pareil, mais sans le talent. Je crois être la seule personne à qui elle se soit un peu ouverte. Elle ne fréquentait quasiment personne à Vassar, mais de nombreuses rumeurs circulaient sur sa vie mouvementée à l'extérieur du campus. Apparemment, elle aimait flirter avec les extrêmes. Puisque vous enquêtez sur elle, vous savez sûrement de quoi je veux parler.

— En effet. Comment étaient les relations entre Gerald et Chandelle ?

Sarah réfléchit quelques instants. De ses souvenirs, elle tira une réponse, mais pas une certitude.

— Quelconques, je suppose. Pour autant que je sache, ils restaient chacun de leur côté. Gerald était trop hostile et Chandelle trop riche pour que ça puisse coller entre eux.

— Ma prochaine question vous paraîtra incongrue, mais je vous prie de réfléchir très sérieusement avant de répondre.

— J'écoute.

— Avez-vous jamais entendu Chandelle ou Gerald faire référence aux *Peanuts* ? Linus, Lucy ou quoi que ce soit d'autre.

— Non, je ne... Attendez. Maintenant que j'y pense, il s'est passé quelque chose...

Le cœur de Jordan fit un double saut périlleux dans sa poitrine. Restait à espérer qu'il atterrisse en douceur.

— Un jour, je suis entrée dans la chambre de Chandelle. Elle prenait une douche. En attendant qu'elle sorte, je me suis approchée de son bureau et j'ai remarqué un billet écrit à la main.

— Quel était le message ?

— Je m'en souviens mot pour mot : *C'est pour demain. Pig Pen.*

— Et vous savez qui se cache derrière « Pig Pen » ?

— Non.

La réponse négative fut comme une croix tracée sur une piste en or.

— Et ensuite, que s'est-il passé ?

— Chandelle est sortie de la douche juste à ce moment-là. Elle m'a surprise en train de lire le billet, elle l'a pris et l'a déchiré. Puis elle est repartie dans la salle de bains. Je crois qu'elle a jeté les bouts de papier dans les toilettes parce que j'ai entendu la chasse d'eau.

— Ça ne vous paraît pas étrange comme comportement ?

— Avec elle, tout était étrange.

Jordan n'eut aucun mal à le croire, même s'il ne connaissait Chandelle que depuis quelques heures.

— Est-ce que vous vous souvenez d'autre chose ? Un détail ?

— Non, rien. Mais je veux bien me creuser la cervelle si ça peut vous servir.

L'excitation qui affleurait dans sa voix n'échappa pas à Jordan. Après tout, son interlocutrice travaillait dans le monde du cinéma, toujours en quête de nouvelles idées.

Si tu comptes en tirer un film, Sarah Dermott, dis-nous à l'avance comment ça se termine.

— Même l'anecdote la plus insignifiante pourrait nous être utile. Je vais demander votre numéro au recteur Hoogan et je vous rappellerai.

— Très bien. Bonne chance, et dites au revoir à Travis de ma part.

— D'accord. Passez une bonne journée, et encore merci.

Il coupa la communication et rendit le téléphone à son hôte. Il se leva car il avait besoin d'être debout pour réfléchir.

— Du nouveau ?

— Un autre personnage des *Peanuts*. Pig Pen.

— Jamais entendu parler. Qui est-ce ?

— C'est un personnage mineur, qui a complètement disparu au fil des années. Un garçon qui a pour particularité d'attirer la poussière. Il est toujours tellement sale que la seule fois où il se présente à une fête tout propre, personne ne le reconnaît et il se fait refouler.

— Ah oui, ça me revient. C'est Sarah qui vous en a parlé, j'imagine.

— Oui. Mais au lieu de clarifier la situation, ça ne fait que la compliquer.

Hoogan leva les bras en signe d'impuissance.

— Malheureusement, je ne peux rien faire de plus pour vous aider.

— Chaque petit pas nous rapproche du but.

Jordan se rendit compte de la banalité qu'il venait de lâcher.

— Et avec cet axiome de philosophie de comptoir, je vous remercie. Comme j'ai dit à Sarah, si jamais vous vous souvenez d'autre chose...

— Comptez sur moi.

Il ne restait plus à Hoogan qu'à mettre fin à leur entrevue. Il se leva et consulta sa montre.

— C'est l'heure du déjeuner. Je vous invite officiellement à vous joindre à nous, tout en vous conseillant officieusement de refuser avec politesse mais fermeté. La cuisine à Vassar est bonne, mais certainement pas digne de votre compagne. Et certains de nos enseignants sont mortellement ennuyeux. Vous repartez à New York, non ?

— Oui.

— Il y a un excellent restaurant à quelques kilomètres d'ici. Vous n'aurez pas à faire un grand détour. C'est un vieux remorqueur amarré au bord de l'Hudson. Un endroit au charme suranné irrésistible. Ce serait mon premier choix pour emmener une femme comme Lysa.

Sans faire de commentaire, Jordan prit son casque posé sur une chaise. Hoogan contourna le bureau sans cesser de parler.

— Elle a les yeux les plus incroyables que j'ai vus de ma vie. Une femme avec des yeux pareils ne peut pas être mauvaise. Il lui arrive peut-être de faire des dégâts, mais seulement si on est incapable de soutenir son regard.

Jordan comprit qu'il n'y avait aucune présomption paternaliste dans ces mots, mais seulement la manifestation de sa sensibilité. Avec un sourire, cet homme extraordinaire lui tendit la main.

— Bonne chance, lieutenant Marsalis. Vous êtes un homme intelligent, mais je crois que vous en aurez besoin malgré tout.

— Je le crois aussi. Au revoir, Travis. Inutile de me raccompagner, je connais le chemin.

Jordan quitta le bureau et rebroussa chemin jusqu'au réfectoire. Quelques étudiants faisaient la queue, d'autres étaient déjà assis, en train de manger. Jordan n'eut qu'à suivre les regards de certains d'entre eux pour savoir où était Lysa.

Elle se tenait debout à l'extérieur, juste à côté de la porte en verre, appuyée au muret des escaliers. Absorbée dans la contemplation des arbres du parc, elle ne remarqua pas la présence de Jordan.

— Me voilà.

Lysa se tourna vers lui.

— Ça s'est bien passé ? Tu as trouvé ce que tu cherchais ?

Il essaya de se montrer positif.

— J'en ai trouvé des fragments. Mais j'ai du pain sur la planche si je veux assembler toutes les pièces du puzzle. Entre-temps, je crois que nous avons mérité un bon déjeuner.

— Où ça ?

Jordan avança sa proposition tout en laissant flotter un air de mystère.

— Un ami m'a conseillé une bonne table, dans le coin...

Quelques minutes plus tard, les yeux de Lysa disparurent à nouveau derrière la visière du casque. Il enfila le sien, mais la coque en kevlar ne le protégeait pas contre les paroles de Hoogan.

Une femme avec des yeux pareils...

24

L'établissement conseillé par Travis Hoogan était un navire d'époque arrimé à un embarcadère, protégé par un bras de ciment qui s'avançait sur l'Hudson et formait un modeste port fluvial. Grâce à un minutieux processus de rénovation, le remorqueur avait retrouvé une forme et une splendeur peut-être supérieures à celles d'origine. Dans la tranquillité de ce refuge, entouré de petits yachts aux lignes profilées, l'embarcation courte et trapue qui avait naguère remorqué des paquebots donnait l'impression d'être un Titan au repos, un grand lion bienveillant qui regarde jouer ses petits.

Quand Jordan arrêta la moto et vit le nom du restaurant, il fut content de pouvoir cacher derrière le casque son sourire dépité.

« Steamboat Willie. »

C'était le titre d'un des tout premiers dessins animés de Walt Disney. Décidément, les bandes dessinées ne lui accordaient aucun répit. À croire que le hasard persistait à en faire les protagonistes indésirables de sa vie. Mais peut-être que c'était sa vie qui se transformait en *comic strip*. Jordan se retrouvait enfermé dans une case avec les autres personnages de cette histoire insensée – ignares, muets, avec au-dessus de leurs têtes des nuages remplis de pensées qu'un dessinateur omnipotent leur écrivait sans qu'ils puissent rien y changer.

Ils descendirent de la Ducati et Jordan assista de nouveau à la danse des cheveux de Lysa. Pour sa propre tranquillité d'esprit, il préféra attribuer à la nervosité des derniers jours ce qu'il ressentait à chaque fois que Lysa accomplissait ce geste si naturel.

Ils approchèrent de la passerelle en bois appuyée à la coque bleu foncé. Ils sentirent sous leurs pas le balancement précaire du pont suspendu sur l'eau. La pénombre du restaurant sentait le bois verni et la mer, comme si le navire portait la mémoire de son passé. L'atmosphère marine s'incarnait dans une décoration irréprochable, grâce aux laitons soigneusement lustrés et aux tables recouvertes d'une toile bleue comme le bateau.

Un jeune garçon de salle vint les accueillir d'un pas élastique. Bronzé, l'air sympathique, il ressemblait plus à un matelot qu'à un serveur.

— Bienvenue à bord. Préférez-vous manger à l'intérieur, ou bien vous installer sur le pont pour profiter de cette belle journée ?

Sa courtoisie toute professionnelle céda la place à un ton plus amical et complice.

— Si je peux me permettre un conseil, dehors vous aurez un panorama superbe, et vous serez seuls.

Indécis, Jordan laissa Lysa décider.

— Allons sur le pont, ça m'a l'air parfait.

Le serveur les escorta jusqu'à une table située à l'ombre d'une tonnelle en bois lamellé, aménagée à la proue du bateau. Il posa ensuite deux menus sur la table et s'éclipsa discrètement pour les laisser choisir.

Jordan ouvrit l'un des menus à couverture en toile cirée. Il avait beau fixer les mots qui décrivaient chacun des plats, son regard traversa la carte pour aller s'échouer dans ce lieu où ses pensées se télescopaient.

Son entrevue avec Travis Hoogan et les révélations de Sarah Dermott le faisaient cogiter. La procédure officielle aurait voulu qu'il téléphone immédiatement à Burroni pour l'informer, mais Jordan préférait prendre le temps d'intégrer les nouvelles informations.

Après Linus, Lucy et Snoopy, quel rôle jouait donc ce quatrième personnage des *Peanuts* ? La mort avait révélé l'identité des deux premiers. Snoopy courait le même danger – en supposant qu'il n'avait pas déjà reçu la visite d'un homme en survêtement qui boitait légèrement de la jambe droite.

C'est pour demain. Pig Pen...

Qu'est-ce qui était prévu pour le lendemain ? Et qui était Pig Pen ?

Pour l'instant, il n'était rien de plus qu'une figure en deux dimensions, tracée à l'encre de Chine par un dessinateur nommé Charles Schulz. Quant à ce *demain*, il s'était décomposé en trop de « hier » pour qu'il puisse l'identifier facilement. Il appartenait à cette quatrième dimension si hostile à leur enquête : le temps.

— Si tu me dis où tu es, je peux essayer de te rejoindre ou au moins te passer un coup de fil.

La voix de Lysa ouvrit une brèche dans sa bulle et rétablit l'unité de temps et de lieu. Jordan abaissa le menu et découvrit le sourire ironique de sa compagne de voyage. Le serveur le regardait, carnet et stylo à la main.

Pendant que Lysa avait passé commande, Jordan était resté sourd et aveugle.

— Je suis désolé. Je réfléchissais et je crois avoir raté un épisode. Tu as déjà choisi ?

— Depuis un bon moment, oui.

— Alors, pour faire vite, ce qui te convient me conviendra aussi.

Le serveur était du genre compréhensif. Il hocha la tête et griffonna sur son carnet.

— Très bien, ça nous fait deux fritures de serpent.

Le jeune homme répondit à l'expression ébahie de Jordan par un sourire désarmant.

— Ne vous inquiétez pas, monsieur. C'est une spécialité de la maison. Notre chef le cuisine de telle manière que même les sonnettes deviennent tendres.

Il s'éloigna au milieu des rires de Lysa et quitta le pont de sa curieuse démarche élastique. Jordan et Lysa restèrent seuls sur le pont de ce bateau qui ne naviguerait plus jamais. Jordan tourna la tête sur sa gauche. La rive opposée du fleuve était telle une terre lointaine et différente, peuplée de gens qui vivaient dans le futur. Déroutante, comme tout horizon qui se respecte. De l'autre côté, les gens le voyaient sans doute de la même manière – preuve supplémentaire de l'extrême versatilité des perceptions.

Il reporta son regard sur Lysa.

Une femme avec des yeux pareils...

Jordan réalisa qu'il ne savait rien d'elle. Il ignorait tout de sa vie, il ignorait la raison de sa venue à New York. Était-ce par crainte de se montrer indiscret ou par peur des réponses que Lysa lui aurait données ?

Pendant cette brève période de coexistence sous le même toit, ils n'avaient fait que se croiser, chacun absorbé dans les choix qu'ils avaient faits – ou qui s'étaient imposés à eux. Quels que fussent ceux de Lysa, elle possédait une arme enviable : un caractère solaire mais déterminé, ainsi qu'un optimisme espiègle à opposer aux tracas qui venaient lui barrer la route.

Un soir, pourtant. Un soir où il était rentré très tard, il traversait le couloir sur la pointe des pieds quand il avait cru entendre, en passant devant la chambre de Lysa, le bruit de ses pleurs. Mais au matin, si les larmes avaient coulé sur son visage, elles n'avaient laissé aucune trace.

— Comment ça se fait qu'il y ait une telle différence d'âge entre Christopher et toi ?

Jordan essaya de répondre avec la plus grande désinvolture.

— Oh, c'est une histoire toute simple. Mon père était un beau garçon sans le sou qui jouait très bien au tennis. La mère de Christopher était une belle fille très riche qui jouait très mal au tennis. Ils se sont rencontrés et sont tombés amoureux. Il y avait un seul problème : lui était pétri de qualités que certains milieux considèrent comme des défauts, et elle était précisément issue des milieux en question. Avant le mariage, ses parents firent signer à mon père un accord prénuptial aussi épais qu'un bottin. Leur mariage dura pas mal d'années, mais l'inévitable finit par arriver. Mon père se rendit compte que sa femme faisait de plus en plus partie de son milieu, et lui de moins en moins. Quand il lui proposa de partir pour se construire une vie bien à eux, il essuya un refus net et horrifié. Son beau-père avait balisé le chemin vers la sortie avec des lumières clignotantes, et mon père quitta la maison comme il y était entré : sans un *cent* en poche. À partir de là, il eut de plus en plus de mal à voir son fils. Puis il a rencontré ma mère et, douze ans après Christopher, je suis né. À l'époque de notre première rencontre, Christopher s'était déjà lancé en politique et moi, je venais de terminer l'Académie de police. Pour des fautes qui n'étaient pas les leurs, deux frères se faisaient face sans éprouver le moindre sentiment fraternel. Et malgré tout, le rapport a survécu jusqu'à aujourd'hui.

Jordan savait que ce discours appellerait fatalement une autre question. Elle concernerait la raison qui l'avait poussé, une nuit quelques années plus tôt, à prendre une place qui n'était pas la sienne sur une voiture accidentée. Il n'était pas prêt à y répondre et il accueillit avec soulagement l'arrivée du serveur.

Le plat que Lysa avait commandé n'était pas du serpent frit, mais un poisson succulent mariné dans une sauce à base de basilic et lait de coco. Alors qu'ils attaquaient leur repas, Jordan se décida à aborder un sujet qu'il avait jusque-là évité.

— Ma vie est somme toute plutôt banale. Mais toi, par contre, tu ne m'as encore rien raconté de la tienne.

Lysa haussa les épaules et prit une expression insouciante que contredit pourtant le passage d'une ombre dans ses yeux. Une ombre fugace, mais qui suffit à obscurcir le soleil et l'optimisme que son regard contenait d'habitude. Elle s'abrita derrière un sourire trop faible pour voiler son amertume.

— Oh, en ce qui me concerne, tout est très simple : rien n'a été simple.

Lysa fit une petite pause éternelle.

— Jamais.

Secoué par la spontanéité crue de ce mot sec, Jordan se remit à scruter l'horizon. Et le jeu des deux rives recommença. Lysa habitait les terres du *jamais* tandis que sur l'autre rive ondoyait le mirage du *toujours*. Deux perceptions pour une seule malheureuse réalité.

La voix de Lysa racontait l'histoire pour Jordan et pour elle-même.

— Je suis née dans une petite ville de campagne. Tu n'en as sûrement jamais entendu parler. C'est le genre d'endroit où tout le monde connaît tout sur tout le monde. Mon père était un pasteur méthodiste et ma mère, le type de femme parfaite pour un homme comme lui. Dévouée et dévote, silencieuse et serviable. Imagine d'abord cet homme obsédé par l'idée de Dieu qui regarde avec orgueil son fils unique grandir. Imagine ensuite son écœurement quand, à quatorze ans, les seins du garçon commencent à se développer. Il m'a cachée comme si j'étais une punition divine pour ses péchés et les péchés du monde entier. Jusqu'au jour où l'amour pour Dieu a définitivement supplanté en lui l'amour pour son enfant, qu'il fût fille ou garçon. À seize ans, quand je suis partie de la maison, j'ai vu la porte se refermer toute seule derrière moi, sans même que je l'effleure.

Jordan n'était pas sûr de vouloir entendre la suite. Il avait passé sa vie dans un monde en noir et blanc qui excluait les nuances intermédiaires. Depuis quelque temps, il se voyait projeté malgré lui à travers toutes les teintes de gris possibles. Ses rencontres récentes l'avaient placé face à un océan infini de possibilités. Et Lysa était l'une d'entre elles.

Mais au moins, il pouvait enfin mettre un nom sur l'attirance qu'il ressentait pour elle. La beauté était rarement synonyme de caractère. Elle permettait d'obtenir ce que l'on désirait sans grands efforts, car il y avait toujours des gens disposés à se mettre en quatre pour un sourire. Cela valait aussi bien pour les hommes que pour les femmes. Cela aurait pu valoir pour Lysa, qui avait vécu à cheval sur la ligne de démarcation entre les deux. Mais ce qui faisait toute la différence, c'était la souffrance. Jordan l'avait seulement pressentie jusque-là, et Lysa venait de lui en apporter la confirmation.

Pour elle, rien n'avait été simple.

Jamais.

Ces deux syllabes contenaient la dureté de l'acier et la rugosité de la pierre, mais également quelque chose d'extrêmement fragile, juste sous la surface.

— Après ça, j'ai erré d'un endroit à l'autre. Toujours la même histoire : je cours derrière toi qui cours derrière elle qui court derrière lui. Fuir devant ceux qui me cherchaient uniquement parce que je suis comme ça, et regarder s'enfuir pour la même raison les gens que moi je cherchais.

— Il n'y a jamais eu personne dans ta vie ?

— Oh, si. Comme dans toute bonne histoire faite de désillusions, il y a bien eu une parenthèse d'illusions. C'était juste avant de venir à New York. Un homme jovial et épanoui. Il était acteur. J'aurais dû me douter que lorsqu'on est habitué à faire semblant d'être amoureux, on risque de voir l'amour même là où il ne se trouve pas. Mais quand nous étions ensemble, il me faisait rire aux larmes.

— Et ensuite, que s'est-il passé ?

— Ce qui se passe toujours. Les rires se sont arrêtés et il n'est resté que les larmes.

Puis Lysa changea subitement d'expression et sa voix prit un ton plus léger, par pudeur ou par crainte de s'être trop dévoilée. Elle redevint une jeune femme joyeuse et secrète. Jordan eut la vision éphémère d'une vie passée à fuir et à chercher. Quoi exactement, seule Lysa pouvait le savoir.

— Et du coup, me voici. Tu connais l'histoire du rêveur, du fou et du psychanalyste ?

— Non.

— C'est juste une blague, mais très utile comme illustration. Le rêveur construit des châteaux dans le ciel, le fou y habite, et le psychanalyste encaisse le loyer. Voilà pourquoi j'ai débarqué à New York. J'en ai assez de construire et d'habiter, maintenant j'aimerais encaisser un début de loyer.

Jordan se rendit compte qu'il devait être honnête avec elle. Il n'aimait pas ce qu'il avait l'intention de lui dire et il savait qu'elle l'aimerait encore moins.

— J'ai quelque chose à te dire.

Lysa piqua un morceau de son poisson avec la pointe du couteau.

— Je t'écoute.

— Il vaut mieux que je trouve un autre endroit où habiter.

— Je comprends.

Sèche, cassante, allusive, mais presque indifférente.

— Non, je ne crois pas que tu comprennes.

Il posa les couverts sur son assiette. Rien ne devait distraire Lysa – ou lui-même – de sa voix.

— Quand j'étais enfant, ma famille habitait dans le Queens. Nos voisins avaient un petit garçon, Andy Masterson. On s'amusait souvent ensemble. Un jour, ses parents lui ont offert une petite voiture électrique. Je m'en souviens parfaitement : il se promenait dans sa voiturette en plastique rouge, les yeux brillants de joie et d'excitation. Je savais que je ne pouvais pas avoir la même et je restais là, à le regarder, en espérant qu'il me propose juste d'y faire un tour. Ça n'est jamais arrivé.

— Ton ami Andy n'était pas un bambin très généreux.

— Non, en effet. Mais là n'est pas la question.

Jordan planta ses yeux dans ceux de Lysa.

— Je me rappelle à quel point je désirais cette petite automobile. Je la désirais désespérément, avec toute mon imagination. Je la désirais avec la force, l'intensité et la mélancolie que seul un enfant peut avoir.

— Je suppose qu'à cet âge, c'était un gros problème.

Jordan inspira profondément, comme s'il allait plonger en apnée.

— Non. Ça, c'était un problème minuscule. Le gros problème, c'est que le désir ressenti à cette époque n'est rien comparé à celui que j'éprouve aujourd'hui pour toi.

Il se rendit alors compte qu'il n'avait pas suivi le conseil de Travis Hoogan. En prononçant ces paroles, il avait détourné les yeux, incapable de soutenir le regard de Lysa.

Quand il releva la tête, Lysa l'observait fixement, parfaitement inexpressive. Puis son visage se durcit et elle se leva de table. Elle savait que le discours n'était pas terminé, mais elle voulait en anticiper la fin.

Elle parla sans le regarder, avec dans la voix toute la lassitude d'un sentiment de *déjà-vu** écrasant.

— Je pense que tu as raison. Il est peut-être souhaitable que tu ailles habiter ailleurs. Je n'ai plus tellement faim. Si tu veux bien m'excuser, je t'attendrai à la moto.

Pendant qu'elle s'éloignait, ses cheveux dansèrent une dernière fois au rythme de ses pas et de la brise qui soufflait sur le fleuve. Jordan resta seul comme jamais auparavant, seul avec ses petits remords et ses petites hontes, seul à se sentir petit.

Après quelques minutes, il appela le serveur et régla l'addition. En voyant son expression, le garçon comprit qu'il s'était passé quelque chose. Il accepta le pourboire et remercia poliment, en gardant cette fois la réserve qui convenait à la situation.

Jordan descendit la passerelle en cherchant Lysa du regard. À quelques pas du bateau, il vit la tache rouge de la Ducati et, à côté, la silhouette de Lysa. Elle avait déjà mis son casque. Comme avant, Jordan eut la nostalgie de son visage, mais il savait que derrière la protection, il n'y avait plus de sourire. Ni pour lui, ni pour personne.

Sans un mot, Jordan se réfugia à son tour derrière la visière et rejoignit la moto. Il mit le contact puis attendit de sentir dans son dos la présence de sa passagère.

Quand il comprit au léger soubresaut du châssis qu'elle s'était installée, il passa la vitesse et regagna la route. Ainsi démarra leur voyage muet vers New York. Ils laissèrent le vent prononcer les mots qu'ils étaient incapables de se dire. Ce vent qui d'un même souffle insouciant dissipait les nuages et les parfums de vanille.

25

Maureen Martini se réveilla avec une forte sensation de démangeaison aux yeux. Elle passa les doigts sur les compresses, comme si ce geste pouvait d'une manière ou d'une autre soulager la gêne. Qu'on l'eût prévenue à l'avance ne l'aidait en rien à supporter ce fourmillement exaspérant.

Après l'opération, la vitesse de cicatrisation des microlésions avait étonné tout le monde, y compris le professeur Roscoe, le chirurgien qui avait effectué la transplantation. Sa récupération si rapide avait nourri la bonne humeur générale. Et le jour était enfin arrivé de découvrir si leur optimisme était justifié ou pas. À onze heures précises, les pansements allaient tomber, la laissant seule face à l'avenir.

Cet avenir, elle ne savait pas encore si elle pourrait le vivre ou si elle allait devoir le traverser à tâtons.

À cause de son appréhension, elle avait peu et mal dormi. L'obscurité et les draps emmêlés, l'oscillation continue entre optimisme et pessimisme, une traversée cahotante de tous les états d'âme compris entre *peut-être que oui* et *espérons que non*. Le sommeil aurait pourtant dû rétablir un certain équilibre, en lui permettant de se réfugier quelques heures dans une inconscience partagée avec le reste du monde. En attendant le réveil, où elle se retrouverait seule.

Dans un des rares instants où elle était parvenue à glisser dans un demi-sommeil poisseux, elle avait fait un rêve étrange dont la clarté extraordinaire l'avait frappée. À présent qu'elle était réveillée, elle gardait un souvenir très net des images, là où ses expériences oniriques se résumaient habituellement à quelques éclats morcelés.

Elle se trouvait dans une chambre d'enfant. Ce n'était pas la sienne à Rome, car elle ne reconnaissait pas les meubles et, par la fenêtre, on apercevait de la végétation sur les berges d'un fleuve. Elle se trouvait assise devant un bureau, elle voyait ses mains qui dessinaient. Sur la feuille, un homme et une femme. La femme était appuyée à une table et l'homme se tenait debout derrière elle. Malgré le graphisme approximatif, le dessin était suffisamment explicite : les deux personnages faisaient l'amour. Puis la porte de la chambre s'était ouverte et un homme à moustaches était entré. Avec toute la candeur de l'enfance, elle lui avait fièrement montré son œuvre. Après l'avoir regardée, l'homme avait explosé de colère. Ses lèvres bougeaient mais elle n'entendait pas les mots qui en sortaient. Furieux, le visage cramoisi, il avait agité le dessin sous ses yeux avant de le déchirer en mille morceaux. Il lui avait ensuite agrippé le bras et l'avait enfermée dans un débarras. Maureen se rappelait chaque détail haineux du visage de l'homme, dévoré par l'obscurité de la porte qui se refermait.

Puis elle s'était réveillée en sursaut, trempée de sueur, enfermée dans les mêmes ténèbres.

Elle était à Manhattan, dans l'appartement de sa mère, au dernier étage d'un petit immeuble en briques sombres. 80 Park Avenue, pas loin de Grand Central Station. Maureen aurait préféré se reposer dans l'appartement de son père en centre-ville mais il était évident, vu son état, qu'elle aurait besoin de l'assistance d'une femme.

Ainsi, après l'intervention, elle avait accepté à contrecœur de passer sa convalescence chez Mary Ann Levallier. Malgré l'inquiétude naturelle de sa mère, Maureen avait décidé de ne se faire aucune illusion quant à l'évolution de leurs rapports. Ils pouvaient se synthétiser en quelques mots : tolérance contre suffisance. Il existait bien entre elles une affection atavique, génétique, presque institutionnelle, mais rien qui ressemblât à de la tendresse ou de l'amitié ne semblait à l'ordre du jour.

Atténués par le double vitrage, les bruits de la circulation new-yorkaise remontaient jusqu'à elle. Après Rome, New York était la ville qu'elle connaissait le mieux. Et parmi ces millions d'être humains, elle en avait trouvé un, juste un, qui avait réussi à la connaître, elle. L'histoire de sa vie se partageait entre deux continents : elle faisait partie de chacun, sans appartenir à aucun. Seule une personne qui ressentait la même chose pouvait lui servir de passeur. Une personne poussée vers les cieux par la musique mais contrainte de vivre enchaînée à la terre. Une personne qui avait exploré les mensonges des ténèbres et qui, dans l'obscurité de Maureen, demeurait la seule vérité.

Une seule et unique personne.

Mais désormais...

Depuis son réveil à la polyclinique Gemelli, sa vie se résumait à un chaos de sensations monochromatiques. Ses autres sens avaient du mal à pallier la perte de la vue pour lui permettre d'appréhender ce qui se passait autour d'elle. Du voyage en avion, elle ne conservait que des souvenirs fragmentaires puisque la fluidité des images ne renforçait plus l'ossature de sa mémoire.

À présent qu'elle en était privée, elle prenait la mesure du rôle déterminant de la vue pour les moindres petites choses. Ses déplacements se réduisaient au bruit des moteurs et des turbines, aux odeurs de la rue ou aux irrégularités de la chaussée. Les gens n'étaient plus que voix et parfums – parfois le contact d'une peau qui la faisait se sentir humaine. Et dans ces ténèbres sans frontières, la boucle d'oreille d'Arben Gallani continuait d'osciller en scintillant et le corps de Connor n'en finissait jamais de tomber dans la poussière.

Et pendant tout ce temps, dans son âme, Maureen n'avait pas un seul instant cessé de hurler.

Le chirurgien William Roscoe n'était qu'une voix parmi d'autres qui venaient épisodiquement se superposer à ce long hurlement silencieux. Son agréable timbre de baryton conférait une chaleur rassurante à cet accent que Maureen n'arrivait pas à identifier, mais qui n'était pas celui de New York. Elle associait sa présence à une odeur d'après-rasage et de linge propre. Elle se rappelait ses mots avant l'opération :

— Mademoiselle Martini, nous allons vous soumettre à une intervention relativement simple, dont la période d'observation postopératoire sera brève. Nous allons vous implanter deux nouvelles cornées et j'utiliserai les cellules souches que j'ai développées pour nous prémunir contre les risques de rejet liés à votre particularité génétique. Nous serons en mesure de retirer les bandages après quelques jours seulement. Quant aux probabilités que vous retrouviez la vue, je peux vous affirmer d'ores et déjà qu'elles frôlent les cent pour cent. Il y a une seule contrainte : vous devrez par la suite subir deux très légères interventions qui serviront à stabiliser définitivement les nouvelles cornées, toujours à l'aide de cellules souches. Par ailleurs, vous devrez porter des lunettes de soleil pendant quelque temps, mais cela ne fera qu'ajouter une touche de mystère à votre charme naturel. Ai-je été assez exhaustif ou voulez-vous que je revienne sur certains points ?

— Non, tout est parfaitement clair.

— Soyez tranquille. Je vous le répète, d'ici une semaine au maximum vous aurez retrouvé la vue.

Maureen avait offert une preuve d'optimisme en échange de celui du médecin.

— Bien sûr que je retrouverai la vue, avait-elle répondu avec sérénité.

Bien sûr que je retrouverai la vue. Non parce que je le désire, mais parce que je le dois. *Et ce que je dois voir, c'est le canon d'un pistolet collé sur un visage. Sur* son *visage.*

Et après, la transplantation. Le grincement des roues du brancard. L'odeur de désinfectant. Plusieurs voix dans une salle opératoire pleine de lumières dont elle ne percevait que la chaleur. La piqûre d'une aiguille dans le bras. Et enfin, un doux néant. L'anesthésie comme un plongeon dans un noir plus profond. Le luxe de ne plus penser à rien.

De la narcose au réveil. Les voix et les mains de son père et sa mère l'avaient accueillie. Le parfum féminin, discret et unique. Maureen avait essayé d'imaginer Mary Ann Levallier, assise à côté du lit, élégante malgré tout, impeccable jusque dans les moindres détails. Une classe irréprochable, un contrôle de soi absolu. Dans d'autres circonstances, Maureen l'aurait accusée de froideur ; à ce moment-là de sa vie, pourtant, elle lui avait concédé le bénéfice du doute. Mais elle aurait aimé que l'anxiété maternelle lui fasse oublier pour une fois la symétrie des plis de son foulard.

Elle décida de ne pas allumer la radio posée sur la table de chevet. Elle ne voulait pas que sa mère et la femme de chambre comprennent qu'elle était réveillée – et surtout, elle n'aurait pas supporté de tomber sur quelque hommage opportuniste à la vie et l'œuvre de Connor Slave.

Quelques jours plus tôt, Maureen avait entendu parler d'un projet de concert événement au Carnegie Hall. Grâce à un programme sophistiqué d'imagerie digitale, il était possible d'utiliser les vidéos et les apparitions télévisées de Connor pour créer une modélisation en 3D. Des projecteurs holographiques permettraient alors d'animer cette figure virtuelle sur la scène du Carnegie, avec un orchestre réel en accompagnement.

C'était un supplice auquel Maureen n'accepterait jamais de se soumettre.

Voir ce fantôme électronique, savoir qu'il n'était qu'une marionnette contrôlée par ordinateur – et néanmoins éprouver l'envie de courir vers lui, de l'embrasser, de plonger les mains dans ses cheveux, et étreindre un courant d'air coloré d'illusions.

La démangeaison aux yeux s'était calmée et Maureen voulait se lever pour aller aux toilettes. Ce besoin si banal et physique suffit à lui rappeler qu'elle était vivante. Si elle préférait éviter sa mère, elle redoutait tout autant les attentions d'Estrella, la femme de ménage hispanique. Cette dernière avait tendance à abreuver Maureen d'un flot de paroles parasité par son accent soyeux mais inintelligible et par l'intrusion occasionnelle de termes espagnols.

Même cette obstination à retrouver son autonomie renforçait son sentiment de vie. Elle connaissait assez bien la chambre. Elle l'avait visitée à une époque où elle n'était pas obligée de se fier aux sens de chauve-souris qui la guidaient depuis peu.

Elle se leva pour rejoindre la salle de bains, mains tendues en avant, d'un pas hésitant et prudent. Elle évita un meuble, contourna un fauteuil, posa la main sur la surface lisse et froide du mur, puis avança à tâtons jusqu'à atteindre la porte des toilettes. Elle trouva la poignée, ouvrit, laissa le mouvement du battant la guider à l'intérieur de la petite pièce. Un seul pas vacillant et brusquement...

il y a de la lumière et un visage féminin recouvert de peinture bleue sous moi. Nous sommes allongés par terre et le plancher autour de nous est tout blanc avec des taches de couleur, je suis sur son corps et je sens un organe qui est le mien entrer et sortir de la femme – chaude, humide –, je vois son visage rendu livide par la couleur qui disparaît, disparaît, disparaît. Je la vois mais je n'entends pas sa voix. Je l'observe alors qu'elle se perd en gémissant dans les volutes de fumée enivrantes de l'orgasme, je me relève d'un coup, l'étonnement d'un pénis que je saisis et que je masturbe, les gouttes de spermes qui giclent tout autour alors que moi aussi je tombe dans le puits sans fond d'une jouissance violente et inconnue. Après quoi je tombe et...

... je suis debout face au miroir et mon visage me regarde, rouge comme s'il était recouvert du sang de mille blessures. Il m'observe depuis le cadre d'argent qui s'ouvre sur le versant d'un autre monde où règne la folie. Mes lèvres s'agitent et je pointe le doigt contre mon reflet comme un pistolet et...

... je m'approche de la porte au fond de cette énorme pièce si lumineuse, je l'ouvre, le palier dans la pénombre, une silhouette en émerge et s'avan...

Quand Maureen reprit ses esprits, elle était à genoux, les mains écrasées sur les tempes, à nouveau perdue dans le noir. Épuisée, comme après un cauchemar – ou plutôt, comme après un orgasme. Elle se sentait vidée, comme si le plaisir éprouvé pendant son évanouissement avait été réel, mais vécu du côté de l'homme. La main qui avait glissé sur le pénis était la sienne et elle avait senti le jet de sperme remonter en elle, jaillir de cette partie du corps qu'elle n'aurait pas dû et ne *pouvait pas* avoir.

Elle inclina le buste en avant, lentement, jusqu'à sentir la fraîcheur apaisante du plancher sur son front brûlant de fièvre.

C'est impossible. C'est impossible...

La porte de la chambre s'ouvrit juste avant qu'elle cède à la panique – qui profitait des ténèbres pour tendre ses pièges les plus redoutables.

— *Madre de Dios*, qu'est-ce qui vous arrive, mademoiselle ? Attendez que je vous aide.

La voix alarmée et le pas rapide d'Estrella s'approchèrent d'elle. Puis, provenant d'un coin plus reculé de l'appartement, le claquement des talons de sa mère parvint à ses oreilles.

Le confort de deux bras vigoureux contrôlés, eux, par des yeux fiables.

— Mademoiselle, venez, appuyez-vous sur moi. Je vous ramène au lit.

Estrella l'aida à se relever et la guida à travers la chambre. Le cœur de Maureen peinait à retrouver un rythme régulier. La voix posée de Mary Ann Levallier la surprit à mi-chemin.

— Maureen, que se passe-t-il ? Tu t'es blessée ?

Voilà, tolérance contre suffisance.

— Ce n'est rien, maman. J'ai trébuché et je suis tombée.

— Estrella, comment c'est arrivé ? Je croyais avoir été claire. Vous ne devez pas la laisser seule une seconde.

Maureen secoua la tête.

— Elle n'y est pour rien. C'est uniquement de ma faute. J'ai voulu aller aux toilettes toute seule et j'ai glissé. Mais je vais bien.

L'inquiétude passée, une pointe d'irritation vint se mêler au soulagement dans la voix de sa mère.

— Je suis étonnée que dans ton état, tu ne trouves rien de mieux à faire que te lancer dans ce genre de bravades. C'est incroyable. Pourquoi ?

Maureen aurait aimé lui expliquer le *pourquoi* de ces choses qu'elle cataloguait depuis toujours comme des bravades. Déjà enfant, elle avait si souvent essayé de le faire. Mais Mary Ann Levallier avait toujours refusé d'embrasser le crapaud que sa fille tenait fièrement dans les mains. Pour elle, c'était juste un animal dégoûtant qui ne pourrait jamais se transformer en prince.

Les contes de fées étaient et resteraient toujours des contes de fées.

Maureen se dit qu'il était inutile d'essayer de lui expliquer à présent. Elle la laissa à son incompréhension et changea de sujet.

— Quelle heure est-il ?

— Neuf heures et demie. Il est temps que tu te prépares. Tu sais que nous avons rendez-vous avec le docteur Roscoe à onze heures.

Comment aurais-je pu oublier ? Depuis que j'y pense, j'ai entendu *passer chaque seconde de chaque minute.*

— Je m'habille tout de suite.

— Parfait. Je vais réserver une voiture pour dix heures et demie. Estrella, restez ici. Et cette fois-ci, soyez plus vigilante.

La conversation avec sa mère et le bref repos sur le lit avaient détourné Maureen de l'angoisse qui s'était emparée d'elle. Un flash, et ces images sorties de nulle part. Elle se redressa et chercha le soutien d'Estrella, non pas tant pour assurer son équilibre que pour tempérer les paroles de la maîtresse de maison.

Elle se laissa conduire jusqu'à la salle de bains et écouta patiemment les commentaires d'Estrella qui l'aidait à se déshabiller.

— Quel joli corps que vous avez, mademoiselle. Pas un gramme en trop. On dirait une star du cinéma.

Maureen visualisa la corpulence généreuse d'Estrella et son visage de femme mûre, qui avait sûrement été beau, autrefois. Elle fit couler l'eau pour prendre une douche chaude, après celle glacée qui lui était tombée dessus quelques instants plus tôt. Maureen se força à bavarder avec la prévenante Estrella, évitant de penser à ce qui venait de lui arriver et à ce qui l'attendait.

Elle s'essuya avec une serviette qui n'était pour elle qu'un tissu éponge sans couleurs, puis elle endossa des vêtements qu'elle avait appris à reconnaître au toucher. Elle se laissa coiffer par des mains étrangères, acceptant le jugement d'yeux étrangers.

— Et voilà, mademoiselle, c'est fait. Faites-moi confiance, vous êtes très belle.

Curieusement, les paroles d'Estrella lui rappelèrent Duilio, le gérant du garage où elle laissait sa voiture à Rome. Est-ce que cet homme existait encore, au-delà du seuil de l'immense chambre noire dans laquelle elle était confinée ? Est-ce que Rome existait encore ? Et le monde ?

Et moi... Est-ce que j'existe encore, moi ?

Quand sa mère vint l'avertir que la voiture les attendait dans la rue, elle la suivit avec l'espoir d'obtenir bientôt une réponse à cette question.

En quittant la maison pour aller découvrir si elle avait retrouvé la vue, elle s'efforça de laisser derrière elle la peur d'avoir perdu la raison.

26

Maureen accepta volontiers de confier à une chaise roulante la responsabilité de son équilibre. Une infirmière l'avait accueillie dès sa sortie de voiture. À présent, un autre inconnu, un homme dont l'haleine sentait le dentifrice, la poussait dans les couloirs du Holy Faith. Maureen n'avait pas une image claire de l'architecture de l'édifice. Habituellement, on regarde les hôpitaux un court instant et on les efface aussitôt de notre mémoire, pour oublier qu'ils existent. Elle connaissait New York assez bien pour savoir que le Holy Faith était situé dans le Lower East Side, sous la tache verte du Tompkins Square Park. Pendant son alitement, elle s'était souvent demandé si la cime des arbres était visible par sa fenêtre. Et à chaque fois, elle s'était fait la même réponse : peut-être ne verrait-elle plus jamais la cime d'aucun arbre.

Après la conversation avec Estrella, Maureen n'avait pipé mot pendant le trajet jusqu'à l'hôpital. Sa mère s'était occupée d'indiquer la destination au chauffeur, qui parlait anglais avec un fort accent russe. Juste une voix parmi d'autres.

Elle avait essayé d'imaginer son visage.

La fréquence implacable de ces vides vertigineux la ramenait inexorablement au vide primordial, où se balançait une boucle d'oreille en forme de croix. Maureen essayait de réorienter ses pensées comme on change de sujet, mais c'était avec sa propre conscience qu'elle dialoguait. Les diversions étaient rares et guère apaisantes : dans la voiture, le souvenir de son hallucination avait remplacé le scintillement impitoyable du diamant, mais là aussi il n'y avait que terreur. Elle avait hésité quant à l'opportunité d'en parler au docteur Roscoe, mais elle avait finalement opté pour le silence. Dans le théâtre qu'était devenue sa tête, elle voyait parfaitement la scène : elle imaginait l'embarras très clinique du chirurgien – à qui elle avait attribué un visage provisoire –, pendant qu'il réfléchissait à la manière la plus délicate de lui conseiller un bon psychiatre. Et la dernière chose dont elle avait besoin, c'était de sc trouver cernée par des gens convaincus que son traumatisme avait ébranlé sa raison.

Ils avançaient dans le silence feutré des couloirs, interrompu seulement par les pas de quelqu'un

un médecin ? une infirmière ? un autre aveugle comme moi ?

qui marchait dans l'autre sens. De temps en temps, une vague odeur de médicament. Le Holy Faith n'avait pas de service d'urgences, et par conséquent on n'y trouvait pas l'agitation émaillée d'appels à l'interphone qui régnait dans les autres hôpitaux. Il s'agissait avant toute chose d'un centre de recherches avancées en ophtalmologie. Il accueillait peu de patients, qui bénéficiaient des techniques de soin et d'opération les plus sophistiquées. Malgré son jeune âge, le docteur Roscoe était l'un des plus grands spécialistes au monde dans son domaine. Certains disaient que ses travaux sur les cellules souches totipotentes le propulseraient vers le prix Nobel.

Et si tout se passait comme il l'avait prédit, vers une place d'honneur parmi les saints du petit paradis privé de Maureen Martini.

Elle sentit la chaise roulante ralentir et tourner à droite. Une porte s'ouvrit devant elle et la main dc son père vint lui effleurer la joue. Même un stage intensif à l'Actor's Studio ne lui aurait pas permis de masquer son anxiété.

— Bonjour, mon trésor.

— Salut, papa.

— Je suis sûr que tout ira bien.

La voix du professeur Roscoe s'ajouta à celle de Carlo Martini, identique sinon dans le ton, du moins dans l'intention.

— Je suis absolument d'accord, mademoiselle. Comment vous sentez-vous ?

— Plutôt bien, je dirais.

— Je parie que vous n'avez pas beaucoup dormi, cette nuit.

Maureen avait remarqué qu'il était facile de percevoir le sourire dans une voix, même quand on ne le voyait pas.

— Pari gagné.

— C'est normal que vous soyez agitée. Madame Wilson, donnez-lui un anxiolytique.

— Si possible, je préfère éviter.

— La démocratie n'a jamais existé en médecine, madame le commissaire. Et vu que moi, je préfère *ne pas* éviter, vous allez obéir.

Sa mère insista dans le même sens.

— Je t'en prie, Maureen, écoute le docteur.

Quelqu'un s'approcha – une infirmière, sans doute. Elle se retrouva avec un verre d'eau dans une main et un cachet dans l'autre. Docilement, elle ingurgita le médicament.

Roscoe parut satisfait.

— Parfait. Madame Wilson, auriez-vous l'amabilité de baisser les stores et d'allumer la petite lampe sur mon bureau ?

Maureen entendit le raclement d'un tabouret sur le sol. Le chirurgien s'assit face à elle.

— Bien. Maintenant, voyons voir le résultat.

D'une légère pression, William Roscoe releva le menton de Maureen. Puis, deux mains expertes détachèrent délicatement les pansements.

D'abord l'un...

mondieuparpitiémondieuparpitiémondieuparpitié

... puis l'autre.

mondieuparpitiémondieuparpitiémondieuparpitié

L'air frais sur ses paupières moites, la sensation d'être libre enfin. Elle retenait son souffle, le temps retenait son cours. Elle avait l'impression que le monde entier était en train d'assister au jeu du destin qui se nouait dans cette pièce.

— Mademoiselle. Nous y sommes. Ouvrez lentement les yeux.

Maureen s'exécuta.

mondieuparpitiémondieuparpitiémondieuparpitié !

Et ne vit que les ténèbres.

Elle sentit son cœur exploser dans sa poitrine, un seul battement comme un dernier coup de tonnerre avant le silence, avant la mort.

Puis une lueur soudaine perça les ténèbres. La silhouette trouble d'un homme penché sur elle. Les mains levées vers son visage. Une vision éphémère – puis cette clarté miraculeuse se replia sur elle-même, tel un film projeté à l'envers.

Et de nouveau, le noir d'encre de son âme.

Maureen entendit sa propre voix aride sortir de sa gorge, sans un souffle. Sa prière muette avait été engloutie par la nuit.

— Je ne vois rien.

La voix de Roscoe lui parvint comme un message d'espoir, calme et lumineuse.

— C'est normal. Attendez un instant. Laissez à vos yeux le temps de s'habituer à la lumière.

Maureen referma les paupières et attendit. Ses yeux brûlaient comme si du sable fin avait coulé dedans.

Mais quand elle les rouvrit, elle vit l'aurore la plus merveilleuse du monde. Un halo rose et cotonneux nimbait de magie le cabinet médical et le visage de cet homme penché sur elle, la blouse blanche et les tableaux colorés sur les murs clairs, une petite lampe allumée comme un phare sur le bureau et une infirmière aux cheveux roux debout au fond de la pièce. Sa mère en tailleur bleu, son père avec une cravate à larges rayures, l'espoir sur leurs visages. Et enfin, après tout ce qu'elle avait traversé, elle se concéda le luxe inimaginable de quelques précieuses larmes de joies.

L'homme en blouse blanche lui sourit et prit la parole. Le professeur Roscoe cessa de n'être qu'une voix sans visage.

— Et maintenant, comment ça va ?

Elle garda le silence quelques secondes avant de comprendre que le martèlement sourd dans ses oreilles provenait de son cœur.

Mais elle finit par lui rendre son sourire.

— Professeur, on vous a déjà dit que vous êtes très séduisant ?

William Roscoe se redressa et fit un pas en arrière. Une moue ironique s'imprima sur son visage bronzé.

— Plus d'une fois, Maureen, plus d'une fois. Mais c'est la première qu'une femme me dit ça *après* que je l'ai soignée. D'habitude, une fois qu'elles m'ont vu nettement, elles changent d'avis. Pardonnez ma familiarité, mais j'ai du mal à retenir mon enthousiasme face à une telle réussite.

Mary Ann Levallier et Carlo Martini n'avaient toujours rien dit. Ils semblaient observer la scène sans comprendre ce qui se passait devant leurs yeux. Quand ils eurent assimilé le sens de la conversation entre Maureen et le médecin, ils se précipitèrent sur leur fille pour la serrer dans leurs bras, sans réaliser qu'ils s'embrassaient aussi entre parents.

Maureen se laissa contaminer par leur émotion. Cette fois, le conte de fées s'était bel et bien matérialisé. Elle avait embrassé un crapaud, le crapaud s'était transformé en prince et elle pouvait le voir de ses yeux.

— Excusez-moi, madame, mademoiselle, monsieur. Après cet élan tout à fait compréhensible, puis-je continuer de faire mon travail ?

Roscoe se fraya un passage entre les trois paires de bras et tendit la main à Maureen.

— Venez, laissez-moi vous examiner de manière un peu plus approfondie. Levez-vous lentement. Vous risquez d'avoir le vertige après tout ce temps sans rien voir.

Il l'aida à rejoindre un appareil complexe installé dans un coin du cabinet. Elle s'installa sur un tabouret et posa le menton sur un support en plastique.

— Ne vous inquiétez pas. Cette machine a de quoi intimider, mais vous ne sentirez rien.

Assis face à elle, Roscoe commença son examen détaillé, fait d'éclairs de lumière bleue et d'outils qui lui effleuraient les globes oculaires, occasionnant une légère sensation de prurit accompagnée de larmoiement.

— Très bien. Vraiment très bien.

Roscoe se leva et aida Maureen à s'extirper du squelette métallique.

— Comme je vous l'ai déjà dit, vous allez devoir porter des lunettes de soleil pendant quelque temps. La gêne que vous ressentez actuellement s'estompera peu à peu. Mme Wilson va vous donner du collyre et un antibiotique en gouttes. J'ai indiqué la posologie sur l'ordonnance. Pas d'écrans d'ordinateur, peu de télévision. Essayez de ne pas trop vous fatiguer, dormez le plus possible et revenez me voir dans une semaine. Selon votre vitesse de guérison, nous établirons un calendrier pour l'insertion de la seconde série de cellules.

Il écarta les bras comme un saltimbanque saluant son public après une acrobatie périlleuse.

— Mesdames et messieurs, le spectacle est fini. En ce qui me concerne, vous pouvez rentrer chez vous.

Pendant le rituel des salutations et des remerciements, Maureen prit soin de graver définitivement dans sa mémoire le visage de William F. Roscoe. Il mesurait une dizaine de centimètres de plus qu'elle, son visage était séduisant sans être vraiment beau, il avait les tempes grisonnantes et la complexion saine d'un homme qui aimait la vie au grand air. Avec sa corpulence sèche, elle n'aurait pas été surprise de le voir derrière le gouvernail d'un voilier. Et son sourire contagieux rehaussait une aptitude naturelle à communiquer.

Ils quittèrent le cabinet. Le parcours inverse jusqu'à la sortie de l'hôpital fut pour Maureen un spectacle époustouflant. Le carrelage vert clair du Holy Faith rivalisait avec les mosaïques de la Piazza Armerina, le soleil qui l'accueillit à l'extérieur resplendissait comme celui des Maldives. Le chauffeur de la limousine s'avéra être un homme d'âge mur à l'air placide, au curieux accent russe.

Elle embrassa son père, qui pouvait à présent repartir à Rome le cœur beaucoup plus léger qu'à l'aller. Pendant le trajet vers Park Avenue, sa vue semblait vouloir prendre sa revanche. Mary Ann Levallier respecta un silence attentionné pendant que sa fille savourait chaque couleur et chaque scène qui se déroulait devant ses yeux. Elle absorbait toutes ses perceptions – auditives, tactiles, olfactives – à travers le filtre de sa vue retrouvée. Elle avait l'impression de *voir* les bruits de la circulation et les odeurs de la ville alors qu'ils remontaient Bowery. L'horloge électronique de Union Square lui apparut comme une œuvre d'art et non un simple monument au temps qui passe, et Grand Central comme un lieu magique d'où les trains partaient pour des destinations inconnues.

À peine entrée dans l'appartement, Maureen fut submergée par la joie et l'émotion d'Estrella, qui l'escorta jusqu'à sa chambre comme si elle avait encore besoin d'un guide. Maureen demanda à rester seule. Elle pria Estrella de fermer les stores avant de sortir.

Bien qu'elle ne partageât pas les goûts de sa mère en matière d'ameublement, la chambre plongée dans la pénombre lui parut soudain magnifique. Toute la tension accumulée se relâcha d'un coup et Maureen se sentit exténuée. Elle s'assit sur le lit pour enlever ses chaussures, puis s'allongea. Elle avait tellement écouté les voix sans visage de la radio qu'elle décida de s'autoriser une brève transgression.

Elle prit la télécommande et alluma la télévision sur Eyewitness Channel.

— L'enquête continue autour du mystérieux homicide de Chandelle Stuart, unique héritière de la fortune des magnats de l'acier, retrouvée morte il y a deux jours dans son appartement du Stuart Building, sur Central Park West...

L'image d'une femme aux cheveux bruns et au visage effilé apparut sur l'écran. La ligne incurvée de ses lèvres lui donnait un air lascif.

— Les autorités ont tenu à maintenir la plus grande confidentialité, mais des sources accréditées évoquent un lien possible entre ce meurtre et celui de Gerald Marsalis, mieux connu sous le pseudonyme de Jerry Kho. Le peintre, fils du maire de New York, avait lui aussi été retrouvé assassiné à son domicile, il y a trois semaines de cela. Une conférence de presse devrait...

Les paroles du journaliste se noyèrent dans les limbes où Maureen essayait de surnager : le visage de l'homme qui était apparu en médaillon avait balayé d'un seul coup toutes les sensations délicieuses des minutes précédentes.

Maureen connaissait ce visage.

Elle l'avait vu le matin même, au cours de ce qu'elle avait pris pour une hallucination.

C'était l'homme qui lui avait offert l'expérience déconcertante de posséder un pénis, avant de lui imposer son sourire cruel sur la surface d'un miroir ouvert sur le néant. L'homme au visage de démon, rouge comme s'il était recouvert du sang de mille blessures.

27

Le taxi s'arrêta au fond du Carl Schurtz Park, à hauteur de Gracie Mansion. Après avoir réglé le prix de la course à un chauffeur enturbanné qui devait se nourrir exclusivement d'ail, Maureen sortit à l'air libre et emprunta le passage goudronné qui conduisait à la demeure officielle du maire de New York. Elle entendit sur sa gauche les cris des enfants qui s'amusaient. En bas du terrain de jeu se dressait la statue de Peter Pan, sur une placette qui avait servi de décor à une multitude de films. Elle se fit la réflexion que New York était finalement un énorme plateau de cinéma plein de lieux tellement vus et revus que personne n'avait plus envie d'aller les découvrir par soi-même.

Maureen se reposa sur un banc, désorientée par la sensation qu'une volonté inconnue s'imposait à elle et la poussait sur un parcours prédéfini. De l'extérieur, elle avait simplement l'air d'une belle femme qui profitait d'un moment de détente dans le parc, avant de reprendre le cours de sa journée.

Et c'était précisément ce que Maureen aurait pu être à ce moment-là. Une personne normale avec une vie normale, sans aucun souvenir – ou plutôt, sans souvenirs qui ne lui appartenaient pas. La veille, sa découverte l'avait d'abord bouleversée. Ces images violentes avaient surgi dans son esprit comme un appel lancé depuis un lieu inconnu. Ensuite, elle avait compris que le lieu en question était peut-être la scène d'un homicide.

Et la victime, c'était elle.

Encore, et encore, et encore.

Une première fois, à travers ses propres yeux ; et la seconde, à travers les yeux d'un autre, qui, dans un monde sans queue ni tête, étaient devenus les siens.

Maureen ôta ses lunettes et les posa à côté d'elle sur le banc, pour avoir le triste privilège de pleurer quelques larmes dans la chaleur réconfortante de ses mains. Quand elle avait vu le visage de l'homme assassiné et appris son identité, il lui avait fallu plusieurs minutes pour se dégager du carcan d'acier qui s'était refermé sur elle. Sa rationalité avait repris le dessus, elle s'y était agrippée comme à une ligne de vie tendue au-dessus d'un précipice.

Elle avait téléphoné au docteur Roscoe. Quand il avait décroché, sa voix lui avait procuré un sentiment de sécurité, telle une présence amicale dans une situation désespérée.

— Bonjour, Maureen. Quelque chose ne va pas ? Vous allez bien ?

Elle avait immédiatement voulu dissiper l'anxiété du médecin.

— Tout va bien. Aucun problème physique, si c'est ce que vous voulez dire. Je voulais simplement vous poser une question, si possible.

— Bien sûr.

— Connaissez-vous l'identité du donneur ? Est-ce que vous savez à qui appartenaient les cornées que vous m'avez greffées ?

Un instant de réflexion à l'autre bout du fil, que Maureen n'avait pas réussi à déchiffrer. Roscoe ignorait-il ce qu'elle voulait savoir, ou bien rechignait-il à le lui révéler ?

— Non. Quand un organe est disponible, on nous communique le génotype du donneur mais pas son identité. L'explant est effectué ailleurs. Pour des raisons que vous pouvez comprendre aisément, l'opération est couverte par le secret médical.

Maureen avait hésité. En tant que médecin, ce n'était sûrement pas la première fois que Roscoe devait répondre à une telle requête, d'un côté comme de l'autre – des patients qui voulaient connaître l'identité du donneur, des parents qui demandaient à savoir qui avait reçu les organes d'un proche pour se bercer dans l'illusion qu'une partie au moins de l'être aimé continuait de vivre.

— Maureen, je sais ce que vous ressentez. C'est compréhensible pour n'importe qui, et d'autant plus dans les circonstances qui ont été celles de votre transplantation. Mais ce n'est pas souhaitable. Vous ne devez penser à personne d'autre qu'à vous-même. Les souvenirs sont parfois des bêtes féroces. Mais il ne tient qu'à vous de les dompter peu à peu, jour après jour.

Maureen avait été tentée de lui parler de son expérience. La confidence aurait pu lui apporter un sentiment de délivrance passager, mais risquait surtout de la faire passer d'une cage à une autre – dont elle ne possédait pas la clef.

Ces eaux-là, elle devait y naviguer seule.

— Vous avez peut-être raison.

— J'ai *sûrement* raison. Ce n'est pas mon arrogance qui parle, simplement l'expérience. Relaxez-vous et acceptez ce que la vie pourra vous apporter dorénavant. Et si ça ne vous plaît pas, je suis convaincu que vous trouverez en vous la force de le changer.

Elle avait remercié le docteur William Roscoe, la personne qui, sans le savoir, l'avait sauvée d'un cauchemar pour la livrer à un autre. Après avoir raccroché, elle avait parcouru la chambre du regard en se demandant à qui appartenait ce regard. Elle était retombée dans le même état d'esprit que la veille, quand elle attendait de savoir si elle allait recouvrer la vue ou pas.

Avec une différence.

Cette fois-ci, elle avait pu suivre par la fenêtre le parcours de la nuit qui s'étirait jusqu'à l'aube et elle n'avait pas rêvé – car elle n'avait pas dormi. Ses pensées étaient devenues une forêt impénétrable où chaque illusion d'avoir trouvé la sortie débouchait sur la déception d'avoir tourné en rond.

Et finalement, ce trop-plein d'irrationnel l'avait poussée à se raccrocher à la seule chose rationnelle qui lui restait : elle était officier de police et elle pouvait contribuer à résoudre une enquête criminelle. Même si elle ne savait pas encore comment. Ni avec qui.

Assise sur un banc devant Gracie Mansion, elle appréhendait la réaction de ses futurs interlocuteurs. Mais elle n'avait pas le choix : si elle voulait éviter de devenir folle pour de bon, une seule voie s'offrait à elle désormais. C'était la raison pour laquelle elle se trouvait là, assise sur un banc devant Gracie Mansion. Elle savait que le maire Marsalis connaissait bien Mary Ann Levallier. Elle comptait là-dessus et sur ses bons états de service en Italie pour contrebalancer l'énormité de ce qu'elle s'apprêtait à lui dire.

Si près du moment crucial, elle ne trouvait plus le courage de franchir le pas décisif.

Elle se demanda si un criminel ressentait la même chose au moment de se livrer à la police. Avant de se lever, elle remit ses lunettes pour se retrancher derrière la protection illusoire qu'elles offraient. Elle se dirigea enfin vers le portail, dressé devant elle tel un mur d'incertitude.

28

— Expliquez-moi pourquoi on n'arrive pas à trouver le moindre indice dans cette putain d'histoire !

Christopher Marsalis se leva de derrière son bureau et resta debout, immobile, comme s'il ne savait pas quelle suite donner à cette soudaine explosion de colère. Il avait les manches retroussées sur ses avant-bras robustes et le col de la chemise ouvert. Veste et cravate reposaient en désordre sur le dossier d'une chaise.

Il passa une main dans ses cheveux blancs et regarda les deux hommes face à lui. Puis il se rassit, une expression désolée sur le visage.

— Désolé. Je suis un peu nerveux ces temps-ci.

Jordan jugea bon de garder le silence. C'était la première fois qu'il entendait son frère présenter des excuses. Il devait vraiment être à bout.

Le détective James Burroni, par contre, se crut obligé de parler.

— Monsieur le maire, je vous garantis que nous explorons toutes les pistes possibles. L'intuition de Jordan au sujet de Chandelle Stuart nous a permis d'avancer. Les hommes du département interrogent discrètement les membres du corps enseignant en activité à Vassar à l'époque des faits. Nous enquêtons aussi auprès de la United Feature Syndicate, la maison d'édition des *Peanuts*. Par leur intermédiaire, nous avons même contacté les héritiers de Charles Schulz, dans l'espoir que quelque chose d'utile se cache parmi les notes et les documents en leur possession.

Christopher recula sa chaise du bureau pour être plus à l'aise. Il avait les yeux cernés. En l'observant, Jordan comprit qu'il n'avait sans doute pas beaucoup dormi depuis la mort de Gerald.

— Détective, je sais bien que vous faites tout votre possible. Ce qui me rend furieux, c'est de savoir que pendant qu'on tourne en rond, un putain de tueur en série est en train de préparer son prochain crime.

Jordan prit la parole tout en se levant de sa chaise.

— La théorie du tueur en série est une possibilité, mais je ne suis pas tout à fait convaincu. D'habitude, les sociopathes aiment la publicité, ils veulent que leur « œuvre » soit connue par le public. La médiatisation leur apporte la gratification qu'ils cherchent. Mais dans ce cas, il n'a rien fait pour compromettre le secret que nous avons réussi à maintenir quant aux modalités des meurtres.

— Tu as peut-être raison, mais je ne sais pas comment on est censé appeler un type qui tue des gens en puisant son inspiration dans des vignettes humoristiques.

— C'est justement là que se trouve la clef, à mon avis. Mais je n'arrive toujours pas à comprendre.

En employant le verbe au singulier, Jordan endossait la responsabilité de la stagnation de l'enquête et Burroni lui en fut reconnaissant. Depuis qu'il était entré dans cette pièce, il se sentait en position inconfortable. Cela n'arrivait pas tous les jours qu'un simple flic soit admis dans le bureau du maire, le saint des saints. Ça et l'absence de résultats, il n'en fallait pas plus pour mettre Burroni mal à l'aise.

Jordan se mit à arpenter la pièce de long en large, réfléchissant à voix haute. Burroni avait appris à reconnaître et à respecter sa façon de procéder. Il assista en silence à son analyse froide et impersonnelle, qui faisait abstraction aussi bien de sa parenté avec la victime que de la présence du père. L'instinct de Burroni lui souffla que le prix d'une telle concentration devait être particulièrement élevé.

— Réfléchissons. Nous avons un assassin qui s'inspire d'une bande dessinée pour mettre en scène ses meurtres. La première victime est un personnage important. Non seulement peintre célèbre, mais également fils du maire de New York. Il pourrait s'agir d'une vengeance contre le maire, dont nous ignorons la raison. Mais les modalités de l'homicide tendent à exclure cette hypothèse. Puis arrive une seconde victime – une femme, cette fois-ci, qui appartient à une autre grande famille de cette ville. Un lien : les *Peanuts*, bande dessinée populaire dans le monde entier et publiée aux États-Unis dans les éditions quotidiennes ou dominicales d'au moins cent cinquante journaux différents.

Le temps d'une pause, Jordan sembla distrait par une idée qui avait surgi comme un éclair avant de disparaître aussitôt.

— À chaque fois, le tueur nous laisse une indication quant au prochain personnage sur sa liste, mais rien qui nous permette d'en découvrir l'identité. Le premier homicide est associé à la figure de Linus, cérébral et névrosé, avec son éternelle couverture collée à l'oreille dans les moments de panique. Et c'est précisément dans cette position que le corps est disposé. En arrivant sur la scène du crime, le témoin qui découvrira le corps croise un homme en survêtement de sport, qui boite légèrement de la jambe droite. Pour le second meurtre, le tueur choisit Lucy, la sœur de Linus, qui est entichée de Schroeder, le petit prodige du piano. Là aussi, la position du corps imite un dessin de Charles Schulz. Les caméras de surveillance enregistrent la présence de l'homme au survêtement. Il s'avère que les deux victimes ont étudié au même endroit, et qu'elles connaissaient probablement leur bourreau. On peut envisager que la prochaine victime, « Snoopy », ait également étudié à Vassar. Elle connaît probablement un homme qui souffre d'une légère claudication à la jambe droite. Élément capital : grâce à sa distraction et au hasard, nous possédons un échantillon d'ADN du meurtrier.

Jordan leva les yeux sur Burroni et Christopher comme s'il venait à peine de remarquer leur présence.

— Et surtout, il ne faut pas oublier que nous avons un minuscule avantage sur l'assassin. Infime, mais bien réel.

Interrompant la rigueur carrée du raisonnement, Christopher glissa une question pleine d'espoir.

— Lequel ?

— Un nom, Pig Pen. C'est un autre personnage des *Peanuts*, beaucoup moins célèbre que les trois autres. L'homme que nous poursuivons ignore que nous connaissons ce nom. Je répète, ce n'est qu'une toute petite lueur, mais c'est toujours mieux que de tâtonner dans le noir.

Burroni et Christopher prirent quelques instants de silence pour assimiler tout ce que Jordan venait d'exposer.

Le détective fut le premier à sortir de sa contemplation. Il se leva d'un bond, comme galvanisé après cette pause de réflexion.

— Monsieur le maire, avec votre permission, j'aimerais retourner au commissariat central. Je vais contrôler les rapports des hommes que j'ai envoyés à Vassar, à la lumière de ce qui vient d'être dit. Il pourrait y avoir du nouveau.

Christopher lui tendit la main.

— Je vous remercie, détective. Malgré les circonstances, vous faites du bon travail et je saurai m'en rappeler au moment opportun.

Pendant que Burroni serrait la main de son frère, Jordan se tourna vers la fenêtre pour cacher sa réaction instinctive à ces paroles. Personne mieux que lui ne pouvait savoir combien la mémoire de son frère était capricieuse. Mais cette fois, quelque chose jouait en faveur de Burroni : Jordan s'était juré de faire en sorte que Christopher tienne ses promesses.

— Au revoir, Jordan. À plus tard.

— Tiens-moi au courant.

Le détective quitta la pièce et referma doucement la porte derrière lui. Jordan et Christopher n'eurent même pas le temps d'échanger un mot que la porte se rouvrit. Ruben Dawson apparut sur le seuil.

— Oui, Ruben ?

Jordan s'étonna de remarquer une hésitation dans le comportement de Dawson. Celui-ci s'avança jusqu'au bureau avant de répondre.

— Il y a du nouveau. Et du bizarre, si je peux me permettre. Le garde à l'entrée vient de m'appeler. Il a dit qu'une femme demande à parler avec vous. Elle s'est présentée comme commissaire de la police italienne.

— Qu'est-ce qu'elle veut ?

Les paroles de Ruben Dawson tombèrent comme de la grêle sur une route pavée.

— Elle croit posséder des informations sur l'homicide de votre fils.

29

Maureen patientait devant le portail blanc.

À travers les grilles, elle apercevait des berlines noires garées dans la petite cour et, au milieu, la tache rouge vif d'une moto appuyée sur sa béquille. Elle crut reconnaître une moto italienne.

Jusque-là, tout s'était déroulé exactement comme elle l'avait imaginé. Quand elle s'était approchée de l'entrée, un garde à la mâchoire carrée était sorti de la guérite. Il avançait, la démarche méfiante et alerte d'un soldat en zone de conflit.

— Bonjour, mademoiselle. Je peux vous aider ?

— Bonjour. Je m'appelle Maureen Martini, je suis commissaire dans la police italienne. Je suis également citoyenne américaine. Je dois m'entretenir avec le maire de toute urgence.

Elle avait tendu son insigne de police et son passeport. Le policier les avait pris par politesse, mais il ne semblait pas pressé d'y jeter un œil.

— Je crains que le moment soit mal choisi pour parler avec le maire.

Maureen avait prévu cette réaction. Malgré l'inconfort que ça lui causait, elle avait ôté ses lunettes pour regarder dans les yeux le jeune policier.

— Laissons le maire en décider. Dites-lui simplement que j'aimerais partager avec lui des informations qui concernent le meurtre de son fils.

Le ton et les implications de ces paroles avaient fait fondre l'expression glaciale de son interlocuteur comme un jet d'eau brûlante.

— Veuillez patienter un instant.

L'agent en uniforme bleu avait regagné son poste. À travers la vitre, Maureen l'avait vu décrocher le téléphone et prononcer quelques mots, tout en contrôlant les documents qu'elle lui avait remis.

À présent, elle le voyait acquiescer pendant qu'il écoutait la réponse.

Peu après, il revint vers elle et lui tendit les documents.

— Entrez. Quelqu'un va venir vous chercher.

Maureen franchit le portail, traversa la cour et gagna le porche de la demeure. Alors qu'elle gravissait les petits escaliers, la porte s'ouvrit et un majordome à la distinction toute britannique apparut sur le seuil.

Sa voix correspondait parfaitement à son apparence physique.

— Mademoiselle, je vous en prie, monsieur le maire vous attend. Permettez-moi de vous conduire à son bureau.

Maureen était tellement nerveuse qu'elle ne prêta aucune attention à ce qui l'entourait. Elle remarqua à peine le regard curieux d'un homme au chapeau rond et au manteau en daim qui venait dans l'autre sens. Elle fixait un grain blanc qui se détachait nettement sur la veste noire du majordome. Au bout de la galerie, celui-ci s'arrêta devant une porte. Il frappa deux coups légers sur le bois et ouvrit sans attendre de réponse, puis s'effaça pour la laisser entrer.

— Mademoiselle.

Maureen fit deux pas en avant et la porte se referma derrière elle sans un bruit.

Il y avait deux personnes dans la pièce.

Debout entre elle et la fenêtre, un homme grand aux cheveux poivre et sel. Maureen n'avait jamais vu des yeux bleus aussi incroyables. D'emblée, elle se dit qu'il avait le visage et l'attitude d'un homme qu'on aimerait avoir près de soi en cas de danger. L'autre, bien plus âgé, était assis derrière le bureau. Il respirait l'assurance qui va de pair avec l'habitude du pouvoir, et son visage portait les signes d'usure qui accompagnent son exercice. Comparés à ceux de l'autre homme, ses yeux bleus semblaient éteints. Son corps empâté trahissait trop de repas officiels et trop peu d'exercice physique.

Il se leva pour l'accueillir comme le voulait la politesse, mais elle put lire dans son regard l'appréhension, la curiosité et la méfiance.

Il lui tendit une main sèche.

— Bonjour, mademoiselle. Je suis Christopher Marsalis. Je vous présente mon frère, Jordan.

Le frère en question ne bougea pas et ne dit rien. Il se limita à la saluer d'un simple hochement de tête.

— Bonjour, monsieur le maire. Je vous présente mes excuses pour vous déranger de manière aussi importune. Je suis commissaire de police en Italie.

— Vous parlez un anglais parfait. Et votre visage a un air familier. Est-ce que nous nous sommes déjà rencontrés ?

Maureen sourit et évoqua cette parenté qu'elle n'aurait jamais citée en dehors des circonstances qui l'avaient conduite à Gracie Mansion.

— Je crois que vous connaissez ma mère. Elle est avocate pénaliste, ici à New York. Elle s'appelle Mary Ann Levallier. Tout le monde dit que nous nous ressemblons beaucoup.

Sauf les personnes qui nous connaissent bien.

Elle ne laissa rien transparaître sur son visage. Elle préféra couper court à un éventuel commentaire du maire et enchaîna.

— Je m'appelle Maureen Martini.

Ce n'est que lorsqu'elle prononça son nom qu'elle parvint à attirer l'attention de l'homme que Christopher lui avait présenté comme son frère, Jordan. Il fit un pas en avant, l'air à la fois gêné et intrigué.

— Je vous demande pardon, mademoiselle, mais j'aimerais vous poser une question probablement désagréable à entendre. Êtes-vous la fiancée de Connor Slave ?

Maureen le remercia intérieurement d'avoir parlé de Connor comme s'il était encore parmi eux, parce que c'était ainsi qu'elle pensait à lui chaque seconde.

— Oui, c'est bien moi.

Le maire connaissait certainement son histoire, lui aussi, mais le commentaire qu'il fit ressemblait plus à une déclaration officielle qu'à une marque de sympathie sincère. Maureen ne pouvait pas savoir qu'il avait défini la mort de son fils exactement de la même manière.

— C'est une disparition tragique.

Et juste après, le silence de l'attente et quatre yeux inquisiteurs pointés sur elle.

Maureen comprit que le moment était venu. Elle s'efforça de résumer sa situation en quelques mots.

— J'en viens à la raison de ma visite. Puisque vous savez ce que Connor et moi avons traversé, permettez-moi de ne pas revenir là-dessus. À cette occasion, j'ai subi des lésions qui ont rendu nécessaire une transplantation de cornées. À cause d'une série d'incompatibilités génétiques, les probabilités de trouver un donneur étaient très proches de zéro. Malgré tout, on en a trouvé un.

Les yeux bleus de Christopher Marsalis s'écarquillèrent de stupéfaction. Il devinait où elle voulait en venir, mais il redoutait de l'entendre.

— J'ai de sérieuses raisons de penser que le donneur en question était votre fils, Gerald Marsalis.

— C'est possible. J'ai moi-même autorisé le prélèvement quand j'ai appris qu'il était inscrit à une association pour le don d'organes. Si vous avez raison, je suis content que ce geste vous ait permis de retrouver la vue. Mais en quoi cela peut-il faire progresser l'enquête sur sa mort ?

Maureen enleva ses lunettes noires et la lumière oblique qui entrait par la fenêtre lui perfora les yeux comme une lame. Mais si l'expressivité du regard s'ajoutait à celle de la voix, elle savait que ses paroles seraient plus incisives.

— Ce que je vais dire vous semblera impossible. Je ne suis d'ailleurs pas sûre d'y croire moi-même. Mais aussi insensé que ça puisse paraître, je suis assaillie par des visions récurrentes de la vie de votre fils.

Le silence qui s'abattit dans la pièce était celui de la pitié. Le maire chercha du côté de son frère la complicité d'un regard. Il essaya de cacher son embarras manifeste par un ton calme et maîtrisé, s'efforçant de continuer à la regarder droit dans les yeux.

— Mademoiselle, la gravité de l'expérience que vous venez de subir ne doit pas être sous-estimée. Je sais qu'il est parfois difficile d'accepter certaines choses sans en payer les conséquences. Je parle par expérience personnelle. Votre mère est une femme compétente et une bonne amie. Je pense que vous devriez me permettre de...

Encore une réaction qu'elle avait prévue, avant même d'entrer dans la pièce. Elle ne pouvait leur donner tort : elle aurait réagi de la même manière si quelqu'un s'était présenté à elle avec une histoire aussi extravagante.

Mais elle avait tracé son itinéraire et elle le suivrait jusqu'au bout.

— Monsieur le maire, sauf votre respect, je ne vous aurais pas exposé une telle hypothèse sans la conviction raisonnable qu'elle correspond à la vérité. Je réalise combien le mot « raisonnable » paraît inopportun ici. Je travaille dans la police, on m'a entraînée à me fier à des faits objectifs, et pas à des conjectures ésotériques ou autres perceptions extrasensorielles. Croyez bien que j'ai longuement réfléchi avant de venir ici. Mais j'ai *choisi* de le faire et je ne changerai pas mon histoire même devant un parterre de psychiatres.

Elle se sentit nue et vulnérable face au verdict de ces yeux bleus scrutateurs, mais elle dut admettre que c'était elle qui leur avait fourni les pièces à conviction. Elle remit ses lunettes et termina ce qui lui restait à dire, sans reprendre son souffle et sans regarder personne.

— J'habite provisoirement chez ma mère. Si vous pensez que je suis folle, téléphonez-lui. Si vous décidez par contre de m'offrir le bénéfice du doute, téléphonez-moi. Sur ce, messieurs, je vous remercie pour votre patience et je prends congé.

Maureen se retourna dans un silence fait de stupeur, de gêne et de compassion.

Elle s'apprêtait à ouvrir la porte quand son regard tomba sur une photo encadrée à côté du chambranle. Deux hommes se serraient la main en souriant à l'objectif. L'un d'entre eux était Ronald Reagan. Après un instant d'hésitation, elle reconnut aussi l'autre : Christopher Marsalis, beaucoup plus jeune et mince, avec une moustache et les cheveux bruns. Il avait beaucoup changé depuis, mais ses yeux bleus restaient incomparables. Puis une violente bouffée de chaleur lui monta au visage quand elle se rendit compte qu'elle avait déjà vu l'homme de la photo, *cet homme-là* précisément.

Dans le rêve, c'est lui qui est entré dans ma chambre et qui a déchiré mon dessin.

Elle se raidit. Elle parla d'une seule traite, le regard concentré sur le bois de la porte.

— Un jour, quand il était petit, votre fils a fait un dessin. C'était juste un croquis d'enfant, mais il montrait assez précisément un homme et une femme en train de faire l'amour, debout contre une table. Vous êtes entré dans la chambre et Gerald vous a montré son dessin. Cela vous a mis dans une colère noire. Vous avez déchiré la feuille et, pour punir votre fils, vous l'avez enfermé dans un débarras.

Et Maureen se retourna. L'air compatissant de Christopher Marsalis s'était décomposé en une expression incrédule. Il se leva et marcha lentement jusqu'à la fenêtre. Maureen respecta ce silence dont chaque seconde en disait plus que mille paroles. La voix du maire de New York arriva du coin de la pièce, comme effilochée par un long voyage dans le temps et les souvenirs.

— C'est vrai. Ça s'est passé il y a longtemps. Gerald était enfant. À l'époque, ma femme était encore en vie, même si elle ne faisait déjà plus que passer d'un hôpital à l'autre. J'étais jeune et, à cause de sa maladie, nous n'avions pas fait l'amour depuis plus d'un an. Il y avait cette femme de ménage très jolie qui travaillait à la maison et je...

Il fit une pause. Le moment d'incertitude qui précède toute confession, petite ou grande qu'elle soit.

— C'est arrivé dans la cuisine. Ce fut une chose instinctive, qui ne s'est plus répétée par la suite. Gerald a dû nous surprendre, mais nous n'avons rien remarqué. Quand il m'a montré son dessin, il était tout fier, il n'avait rien compris à ce qu'il avait vu. Pour lui, seule comptait la joie d'avoir produit une petite œuvre d'art. Mais j'ai eu peur qu'il montre la feuille à quelqu'un d'autre et je l'ai déchirée. Je lui ai fait jurer de ne jamais en parler à personne et, pour lui faire comprendre qu'il avait fait quelque chose de mal, je l'ai enfermé dans un placard. Il était très jeune, mais je crois qu'il n'a jamais oublié. Et surtout, qu'il ne m'a jamais pardonné.

Maureen revit la porte qui se refermait sur le visage empourpré de colère. Elle imagina un enfant prisonnier de l'obscurité, seul dans un monde tout noir peuplé de monstres et de fantômes.

Jordan Marsalis vint au secours de Christopher et s'interposa entre Maureen et la faiblesse de son frère.

— Mademoiselle Martini, comme vous l'avez dit tout à l'heure, vous êtes un policier, avec tout ce que cela suppose. Je l'étais moi aussi, autrefois, alors nous savons tous deux de quoi il retourne. Vous admettrez que nous sommes face à des éléments inhabituels et difficilement classifiables. Pour parler clairement, si nous présentions quelque chose de ce genre devant un tribunal, nous en retirerions seulement deux rendez-vous par semaine chez un psychiatre. Mais je ne peux pas ignorer ce qui vient de se passer ici. Y a-t-il autre chose que vous ayez...

Maureen comprit que Jordan cherchait le mot adéquat pour définir un concept qu'elle-même avait du mal à décrire.

— Vous voulez savoir si j'ai *vu* autre chose ?

— Oui.

Ce maigre son semblait avoir forcé le passage dans sa gorge et entre ses dents serrées.

Maureen ressentit alors le même sentiment vertigineux de délivrance que Christopher un instant plus tôt. Elle pouvait enfin sortir du confinement de sa solitude, en décrivant minutieusement les images imprimées dans son cerveau. La femme sous elle – sous lui –, le visage peint en bleu et celui de Gerald reflété dans le miroir, la silhouette menaçante de l'homme enveloppé dans la pénombre du palier, le pistolet dans sa main, le visage caché par la capuche.

Absorbée par son récit, elle ne vit pas les ondes de choc successives qui frappèrent les deux hommes auxquels elle confiait son désarroi. Quand elle se tut, un vide suffoquant engloba la pièce, comme s'ils flottaient soudain en état d'apesanteur.

La voix du maire rompit le silence comme un diapason faisant voler le cristal en éclats.

— C'est complètement dément.

Maureen comprit que ces mots ne s'adressaient pas à elle. Christopher Marsalis entérinait l'absurdité d'une situation qui l'obligeait à renoncer à toutes ses certitudes. Même s'il y avait eu une explication, elle n'aurait rien changé au témoignage à peine concevable qu'ils venaient d'entendre.

Jordan semblait moins secoué. Il s'assit sur la chaise devant Maureen et s'appuya calmement au dossier.

— Je crois qu'au point où nous en sommes, il ne nous reste qu'à définir une stratégie. Nous avons deux victimes. Les meurtres sont probablement connectés par un élément qui nous échappe encore pour l'instant. Le seul lien entre Gerald Marsalis et Chandelle Stuart, c'est qu'ils ont tous les deux étudié au Vassar College de Poughkeepsie.

Il prit quelques-unes des photos éparses sur le bureau de Christopher et les poussa vers Maureen.

— Le voici.

Maureen tendit la main et tira les photos à elle. Elle en prit une et...

je suis sur une avenue qui coupe en deux un grand pré vert, je marche et je croise des étudiants qui me regardent sans me saluer et moi non plus je ne les salue pas et il y a une grande construction blanche devant moi, austère et pleine de grandes vitres, je regarde la montre à mon poignet et je pars en courant vers l'entrée et...

... je suis dans une chambre et mon champ de vision est restreint, comme si je regardais à travers des trous, il y a deux autres personnes dans la pièce, un homme et une femme habillés en noir qui portent des masques en plastique à l'effigie des Peanuts. L'un représente Snoopy, l'autre Lucy. Mon cœur bat de plus en plus fort et je regarde alors dans la même direction que les deux autres...

... et je vois le dos d'un homme penché sur une table, un corps étendu, on dirait un enfant, soudain l'homme lève les bras au ciel et dans sa main droite il y a un couteau rouge de sang, du sang du sang et encore du sang qui coule de ses mains sur ses bras sur les manches retroussées et je n'entends rien mais je sais, je sais, je sais que l'homme est en train de hurler à la mort et je...

... suis encore avec l'homme et la femme habillés en noir avec les masques de Lucy et Snoopy mais nous avons changé d'endroit, l'homme s'adosse au mur et enlève le masque, un visage

de gamin strié par les larmes et il se cache entre ses mains et se laisse glisser contre le mur, puis assis par terre tandis qu'elle...

Maureen se sentit happée par un courant qui la ramena au bureau du maire. Elle se retrouva agenouillée par terre. Devant ses yeux, un nœud dans le bois du plancher entre deux chaussures de sport. Elle comprit que les bras qui la soutenaient solidement étaient ceux de Jordan Marsalis.

La voix aussi appartenait à Jordan, mais elle semblait provenir d'un lieu situé à des kilomètres de ces chaussures.

— Maureen, vous allez bien ?

Elle entendit une autre voix tout aussi lointaine – la sienne.

— Un meurtre. Il y a eu un meurtre.

— De quoi parlez-vous ? Quel meurtre ?

Elle n'entendit pas la question. Son corps devint soudain trop lourd et elle s'évanouit, profitant de ce répit comme d'un radeau de sauvetage avant de retomber dans les eaux glacées de la terreur.

30

Quand Maureen reprit conscience, elle se rendit compte qu'elle était allongée par terre. Sa tête reposait sur la main de Jordan et, immédiatement, la lumière lui redonna cette maudite impression d'avoir du sable fin dans les yeux. Elle referma les paupières en grimaçant.

— Les lunettes.

Elle tendit le bras et sentit sous ses doigts la surface polie du parquet. Elle tâtonna à la recherche de ses lunettes, pensant les avoir perdues dans sa chute. Puis elle perçut un mouvement derrière elle. Les branches qui glissaient sur ses oreilles, l'apaisement des verres foncés. Elle rouvrit les paupières, soulagée que les deux hommes ne puissent pas voir les larmes qui brillaient dans ses yeux. Elle s'efforça de retrouver une respiration normale et de calmer les battements affolés de son cœur.

La voix de Jordan filtra à travers l'aura qu'elle essayait de reconstruire autour d'elle.

— Vous allez bien ?

— Oui, dit-elle.

Non, pensa-t-elle.

Je ne vais pas bien du tout. Si c'est là le prix à payer pour voir, alors je préfère retourner dans le noir, je préfère retrouver mes *cauchemars plutôt qu'assister, impuissante, à ceux de quelqu'un d'autre.*

— Voulez-vous quelque chose à boire ?

Maureen secoua la tête négativement. Les images qu'elle avait vues quittaient progressivement ses pupilles comme les morceaux d'un puzzle qu'on ôtait un par un. Ne restait que cette angoisse indestructible qui lui perçait l'estomac comme une lame de glace ou d'acier. Elle se redressa avec difficulté et se trouva nez à nez avec Jordan. Elle sentit l'odeur de son souffle – l'odeur d'un homme bon et sain, à peine teintée d'un léger goût de tabac. C'était sûrement lui qui l'avait retenue dans sa chute et qui l'avait allongée sur le sol.

— Vous pouvez m'aider à me relever ?

Jordan passa les mains sous ses bras et la souleva, délicatement et sans effort. Il la conduisit vers la chaise sur laquelle elle était assise avant son...

— Tout va bien ?

— Oui, je vais bien, maintenant. C'est fini.

— Que vous est-il arrivé ?

Maureen se passa la main sur le front. Malgré ce qu'elle venait de raconter aux deux hommes, elle ne put s'empêcher de ressentir une honte profonde après ce nouveau...

ce nouveau... ce nouveau quoi ?

Maureen décida de l'appeler « épisode ». Elle refusait d'utiliser le mot « attaque », même dans ses pensées.

— J'ai vu quelque chose.

Christopher Marsalis émergea de l'angle de la pièce dans lequel il s'était réfugié pour laisser à Maureen la place de respirer. Il s'assit de l'autre côté du bureau, face à elle.

— Vous avez vu quoi ?

Maureen montra du doigt les cadres posés çà et là.

— J'ai vu le Vassar College. Pas tel qu'il est aujourd'hui, mais tel qu'il était il y a longtemps.

— Comment pouvez-vous en être sûre ?

Sur les photos, Maureen indiqua les arbres de part et d'autre de l'avenue principale.

— Ces arbres étaient beaucoup plus petits dans ma vision.

— Continuez.

Une courte hésitation. Puis un élan et le flot du récit.

— J'étais à Vassar et je remontais une allée vers le grand bâtiment qu'on voit sur cette photo. Et puis, d'un coup, j'étais ailleurs. Avec Lucy et Snoopy.

Replongée dans les brumes des événements qui s'étaient déroulés dans son esprit – ou Dieu sait où –, Maureen ne remarqua ni le sursaut de Christopher Marsalis ni le regard stupéfait qu'il lança à son frère. Les deux hommes parlèrent presque à l'unisson.

— Lucy et Snoopy ?

Maureen ne perçut que la surprise dans leurs voix, pas l'anxiété. Elle se hâta de reprendre sa description.

— Je n'ai pas perdu la tête. Je veux seulement dire que j'étais avec deux personnes portant des masques des *Peanuts*. Lucy et Snoopy. Moi aussi, j'en portais un et...

Jordan s'assit face à elle et lui prit les mains.

— Maureen, excusez-moi de vous interrompre.

Elle lui fut reconnaissante pour ce contact bienveillant, tout comme elle lui fut reconnaissante d'utiliser son prénom.

Familier, protecteur... humain.

Mais ce qu'elle éprouvait, elle, n'avait rien d'humain. Elle ne savait pas si elle était de taille à affronter ces sensations. Elle redoutait que son esprit la trahisse et dégringole dans un abysse dont elle ne parviendrait plus jamais à s'extirper. La *chose* qu'elle devait affronter n'avait pas émergé de cette bulle hors du temps où naissent les silhouettes troubles des rêves et des cauchemars. Cette chose surgissait de ténèbres ouateuses qui puisaient leur source dans le plus terrifiant des lieux : la réalité.

Les yeux bleus de Jordan parvenaient à percer l'écran des lunettes noires.

— Il y a une chose que tout le monde ignore. Ce qui vient de vous arriver devrait dissiper les derniers doutes. Vous connaissez les *Peanuts* ?

— Qui ne les connaît pas ?

— Bien. L'assassin de Gerald et Chandelle a laissé les corps dans une position qui rappelle précisément deux personnages des *Peanuts*. Mon neveu avait une couverture collée à l'oreille et un doigt dans la bouche, comme Linus. Chandelle Stuart, elle, était adossée à un piano comme Lucy quand elle écoute Schroeder jouer. Et le meurtrier nous a laissé un indice : il transformera la prochaine victime en Snoopy.

Jordan parlait d'une voix calme qui inspirait confiance. Maureen admira le sang-froid avec lequel il résistait à la pression du temps qui s'écoulait, inexorable.

— Vous avez parlé d'un meurtre, tout à l'heure.

— Oui. Dans la pièce où nous nous trouvions, il y avait quelqu'un debout devant une table. Un petit corps était allongé dessus, peut-être un enfant. Je ne peux pas vous donner de détails parce que l'homme me tournait le dos, il m'empêchait de bien voir. Puis il a levé les bras au ciel et sa main droite tenait un couteau ensanglanté.

— Et ensuite ?

— D'un coup, j'ai été comme transportée dans un lieu différent. Les deux autres personnes étaient toujours avec moi. Celui qui portait le masque de Snoopy l'avait enlevé et il pleurait.

— Vous avez vu son visage ?

— Oui.

— Vous pourriez le reconnaître ?

— Je crois que oui.

— Nom de Dieu.

Jordan se leva brusquement et réfléchit à la vitesse des mots qui parcourent les lignes téléphoniques, de l'électricité qui traverse les câbles à haute tension. Il pointa le doigt vers son frère, qui était resté sans voix en les écoutant.

Il allait devoir la retrouver.

— Christopher, appelle tout de suite le recteur Hoogan. Dis-lui que nous avons besoin de consulter la base de données de Vassar de toute urgence. Il nous faut le mot de passe.

Le maire décrocha immédiatement le téléphone. Jordan répondit au regard interrogateur de Maureen en lui expliquant son raisonnement.

— Il est probable que Snoopy soit lui aussi un étudiant de Vassar. Si c'est le cas, nous pouvons peut-être l'identifier grâce aux archives de l'université et le mettre sous protection policière, s'il n'est pas déjà trop tard.

La voix enflammée de Christopher couvrit l'excitation de son frère.

— Travis, je t'ai dit que c'est une question de vie ou de mort. Je me contrefous du respect de la vie privée. D'ici un quart d'heure, je t'enverrai tous les mandats du monde, mais j'ai besoin de ce mot de passe *tout de suite*.

Il attendit quelques instants et raccrocha. L'effervescence de la conversation lui avait mis un peu de couleur aux joues.

— J'ai donné mon adresse e-mail à Hoogan. Il va nous envoyer le lien vers les archives et le mot de passe pour entrer.

— Parfait. Maureen, tu sais te servir d'un ordinateur ?

L'urgence de la situation imposa rapidement une certaine familiarité entre eux. Ils étaient certes des inconnus, mais ils n'en étaient pas moins deux policiers.

— J'ai suivi une formation approfondie sur la criminalité informatique. Je n'ai pas le niveau d'un hacker mais je m'en sors plutôt bien.

— Très bien.

Entraînés par la force magnétique qui semblait émaner de Jordan, tous trois se rendirent dans une grande pièce remplie de matériel électronique, située dans l'aile opposée de la maison. Elle était encombrée d'ordinateurs, écrans plasma, imprimantes, scanners, fax et photocopieuses.

Ruben Dawson, toujours aussi impeccable et laconique, était assis devant un clavier. Leur entrée ne le fit même pas ciller. Jordan se demanda s'il existait quelque chose au monde capable de rider la surface du lac gelé qu'était le secrétaire du maire.

L'agitation de Christopher, en tout cas, ne suscita chez lui aucune émotion.

— Ruben, regarde mes e-mails personnels. Il devrait y en avoir un du Vassar College de Poughkeepsie. Après, laisse ta place à Mlle Martini.

Dawson ouvrit le logiciel de messagerie et une cascade d'e-mails non lus s'afficha à l'écran. Il se leva et offrit la chaise à Maureen, le visage aussi lisse que ses vêtements.

Maureen ôta ses lunettes. Elle ouvrit le message provenant de Vassar et donna le lien vers le site confidentiel. Elle donna le nom d'utilisateur et le mot de passe fournis par Hoogan.

Une fois obtenu l'accès aux archives, Maureen se trouva face à une liste d'années qui correspondaient aux différentes promotions. Elle paraissait interminable.

— Et maintenant ?

Jordan s'adressa à son frère sans décoller les yeux de l'écran.

— Christopher, quand est-ce que Gerald a étudié à Vassar ?

— En 1992 et 1993, je crois.

La façon dont il articula « je crois » en disait long sur les rapports entre le père et son fils.

En haut à gauche de l'écran, une petite fenêtre permettait d'insérer les critères de recherche.

— Je pense qu'il faut fouiller la période 1992-1994. On peut introduire des critères discriminants ? Classer les étudiants par sexe ?

Maureen haussa les épaules.

— J'ai bien peur que non. C'est la base de données d'une université, pas un logiciel de police. On peut accéder directement à la fiche d'un élève si on connaît son nom, mais remonter au nom à partir d'autres données me semble compliqué.

Jordan posa les mains sur les épaules de Maureen, pas tant pour lui donner courage que pour lui témoigner sa solidarité.

— Eh bien, je crains que nous devions regarder pas mal de visages. En espérant que celui que nous cherchons fasse partie du lot.

Ainsi commença une longue succession de photos, des garçons et filles devenus hommes et femmes, qui s'étaient depuis construit des vies modelées par le hasard et les opportunités, installés dans des existences qu'ils avaient choisies ou coincés dans un rôle qui s'était imposé à eux. L'inéluctabilité du temps imprégnait cette chaîne infinie de visages. À cause de la luminosité de l'écran, Maureen éprouvait de nouveau la sensation d'avoir du sable fin dans les yeux – le même sable qui avait coulé dans la clepsydre personnelle de chacun de ces enfants, les transformant peu à peu. Lorsque les fiches de Gerald Marsalis et Chandelle Stuart s'insérèrent à leur tour dans cette parade morne et silencieuse, Maureen s'efforça de ne pas penser que pour certains d'entre eux, le sable était épuisé. Car cela l'aurait ramenée à Connor.

Elle se concentra donc sur l'interminable litanie de Margaret, Alan, Jamie, Robert, Allison, Scarlett, Loren...

— Le voilà ! C'est lui !

Emprisonné dans une photo vieille de dix ans, un garçon aux cheveux châtains presque roux et aux traits délicats leur adressait un sourire timide. Maureen frissonna à la pensée qu'en ce moment même, la version adulte de cette image se trouvait quelque part, inconsciente du fait que des gens livraient une course contre la montre pour lui sauver la vie.

La voix de Jordan s'éleva dans son dos.

— Alistair J. Campbell, né à Philadelphie le...

Christopher interrompit l'énumération de son état civil.

— Mais bien sûr. C'est le fil d'Arthur « Eagle » Campbell, le champion de golf. Son père est anglais mais il vit aux États-Unis depuis des années. Je crois d'ailleurs qu'on lui a accordé la citoyenneté américaine. Il habite en Floride et il joue sur le circuit senior.

Maureen parcourut rapidement la fiche biographique du garçon qui continuait à les observer avec son ébauche de sourire.

— Oui, mais Alistair Campbell est surtout écrivain. Il y a deux ou trois ans, il a écrit un best-seller qui avait suscité pas mal de tapage à l'époque. Si je me souviens bien, ça s'appelait *Délivrance d'un homme brisé*. Je l'ai même lu. Il a été publié par Holland & Castle, je crois.

Jordan exprima à voix haute ce que tous trois pensaient.

— Et le message que nous avons trouvé sur le piano de Chandelle Stuart fait précisément référence à Snoopy quand il joue les écrivains.

Une pause, un instant d'immobilité, le bref décalage entre l'éclair et le grondement du tonnerre. Puis Jordan sortit précipitamment son portable de la poche, comme s'il était devenu incandescent.

Il composa le numéro de Burroni et exposa les faits avec calme et concision.

— Burroni, ici Jordan. Écoute-moi et prends des notes. Nous avons un autre nom. Ancien étudiant de Vassar. Écrivain. Il s'appelle Alistair Campbell, il est publié chez Holland & Castle. C'est le fils d'Arthur Campbell, un champion de golf qui vit en Floride. Snoopy, c'est peut-être lui. Tu as tout compris ?

Il écouta la réponse et hocha la tête, satisfait.

— Parfait. Retrouve-le mais sois discret, il ne faut pas attirer l'attention. Nous devons l'atteindre avant notre assassin.

Jordan rangea le téléphone dans sa poche. Le silence s'abattit sur la pièce. Le ronronnement de l'ordinateur faisait écho à celui de leurs pensées. Maintenant que la machine était lancée, il ne leur restait plus qu'à attendre, en priant pour que le maigre espoir qui leur servait de carburant suffise à les mener à bon port. Ils se savaient embarqués dans un voyage qui risquait de se terminer par la découverte d'un nouveau cadavre.

Maureen se leva et se tourna vers Jordan. Instinctivement, elle le considéra comme son unique point d'attache, telle un animal de chasse qui reconnaît un semblable grâce à son flair. Peut-être Jordan partageait-il cette impression. Il lui rendit son regard et sembla lire dans ses pensées, car ses mots firent écho à l'hypothèse que Maureen était en train de retourner dans sa tête.

— Ce que tu as vu pourrait être le chaînon manquant entre les victimes. Peut-être ont-ils été témoins d'un meurtre. Mais si nous ne retrouvons pas Alistair Campbell à temps, nous risquons de ne jamais découvrir lequel.

Maureen garda le silence. Elle remit ses lunettes de soleil pour apaiser ses pupilles – et pour amoindrir sa gêne à se sentir protagoniste dans un tel contexte. Seule, renfermée, imperméable aux regards des hommes présents dans la pièce. Elle obtint la réponse à une question qu'elle n'avait jamais posée. Elle comprit pourquoi Connor disait que la chaleur des applaudissements donnait parfois naissance à la plus glaciale des sensations.

31

— West Village, à l'angle de Bedford et Commerce.

Alistair Campbell donna l'adresse de sa maison au chauffeur et s'enfonça dans un siège dont les vieux ressorts avaient connu des temps meilleurs. Le taxi quitta l'aéroport JFK où l'avion d'Alistair venait d'atterrir et s'inséra dans le flot des véhicules jaunes en route vers la ville.

Les lumières de New York étaient allumées mais leur lutte contre l'obscurité n'était pas encore engagée. Après un long séjour à Sainte-Croix, dans sa propriété des îles Vierges, retrouver les lueurs colorées de la ville l'intimidait et l'éblouissait, comme toujours. Chaque retour à New York se traduisait par un mélange d'angoisse et de soulagement. Alistair Campbell : homme et écrivain, homme dépourvu de courage et par conséquent écrivain fragile et indécis qui, comme tous les indécis de ce monde, avait sans cesse besoin de reconnaissance. Cette ville illuminée qui s'avançait pour avaler le taxi semblait seule capable de lui en apporter. Une fois que la reconnaissance et les flatteries avaient exercé leur magie et qu'elles se métamorphosaient en oppression et en nouvelles peurs, il comprenait que le moment était venu de retrouver son île.

Dans son domaine au bord de la mer, la nuit n'était pas une simple convention, le soleil baignait chaque journée et il suffisait de faire une vingtaine de pas pour aller pisser dans l'océan.

La sonnerie du portable retentit dans sa poche. Alistair l'interrompit sans même regarder l'écran. Il avait programmé le téléphone pour lui rappeler, heure par heure, les divers cachets qu'il devait ingurgiter. Dans la poche intérieure de son sac à dos, il prit le boîtier à pilules qui contenait un comprimé d'amiodarone. Son cœur étant depuis longtemps sujet à la fibrillation artérielle, sa tranquillité dépendait de ce type de médicament.

Il posa le cachet sur sa langue et l'avala sans eau, comme il en avait depuis longtemps l'habitude.

Garçon frêle et peu endurant, Alistair avait dû apprendre à vivre avec sa cardiopathie dès l'enfance. Les premiers temps, les médecins avaient même craint qu'il ne fût affligé d'une cardiomyopathie dilatée, une pathologie dégénérative qui fait grossir le cœur jusqu'à l'empêcher de battre. Sans transplantation, aucune chance de survie.

Son père était Arthur Campbell, le célèbre « Eagle » Campbell, l'homme ayant réussi le plus grand nombre de *big shots* de toute l'histoire du golf. Comprenant qu'Alistair ne deviendrait jamais un champion – ni au golf, ni en aucun autre sport –, il l'avait archivé au rayon des « impondérables et pertes variées ». Il était par ailleurs trop occupé à cultiver sa légende pour se soucier des vies misérables et trop réelles de ceux qui l'entouraient, même quand il s'agissait de son propre fils.

Quant à sa mère, Hillary, elle avait réussi, en se comportant de manière totalement opposée, à réaliser l'impossible : causer des dégâts encore plus importants. Elle l'avait étouffé sous son aile protectrice, lui avait inculqué la peur et l'envie de fuir.

Depuis lors, Alistair Campbell n'avait fait que craindre et fuir.

Le téléphone se manifesta de nouveau. L'impérieuse sonnerie annonçait cette fois une communication en attente. Alistair ouvrit le clapet du Samsung : affichés à l'écran, le nom et la photo de Ray Migdala, son agent littéraire.

— Allô ?

— Salut, Alis. Où es-tu ?

— Je viens d'atterrir. Je suis dans un taxi, pas loin de la maison.

— Parfait.

— Tu as lu le manuscrit que je t'ai envoyé ?

— Bien sûr. J'ai justement fini hier soir.

— Tu en penses quoi ?

La nature impatiente et enthousiaste d'Alistair interpréta le court silence de Ray comme un signal d'alarme.

— J'en pense que nous devrions nous voir.

— Merde, Ray, tu fais le mystérieux ? Tu as aimé ou pas ?

— C'est précisément de ça que je veux te parler, quand nous nous verrons. Si le voyage ne t'a pas trop fatigué, est-ce que demain matin te convient ?

— Non, parlons-en maintenant. Et pour une fois, exprime-toi clairement, si seulement tu en es capable.

Ray Migdala accueillit ces paroles comme une aimable incitation au crime. Il n'éprouva aucun scrupule à répondre à la provocation d'Alistair.

— Très bien, comme tu voudras. J'ai lu ton nouveau roman et c'est de la merde. C'est assez clair pour toi ?

— Comment tu peux dire ça ? Tu l'as bien lu ? Je le trouve très beau, moi.

— Autant te dire que tu es le seul de cet avis. J'en ai parlé longuement avec Haggerty, ton éditeur chez Holland & Castle, et il est d'accord avec moi.

Se souvenant peut-être de la santé fragile d'Alistair, Ray se rendit compte qu'il avait été trop brusque. Il adopta un ton plus conciliant pour faire passer la pilule.

— Je dis ça pour ton bien, Alis. Si tu sors un bouquin pareil, tu vas te faire massacrer par la critique.

— Tu connais aussi bien que moi le poids de la critique. Elle n'a aucun impact sur le résultat commercial.

— Ça, je n'en suis pas sûr. Ceci dit, je t'informe que Ben Ayeroff, le directeur éditorial, n'est pas disposé à vérifier l'exactitude de ton affirmation.

Pâles symptômes de panique qui se profilent. La ville, de plus en plus proche, paraissait désormais incapable de lui offrir la reconnaissance et les flatteries dont il avait besoin. Elle était devenue un lieu menaçant où l'échec, toujours à l'affût, s'accompagnait invariablement d'une punition cinglante. Devant le taxi, le Queens Midtown Tunnel apparut tel un gouffre dont nul ne ressortait jamais, tel un ver des sables géant venu tout droit de la planète Dune.

Alistair répondit en s'efforçant de chasser les tremblements de sa voix.

— Qu'est-ce que tu veux dire ?

— En un mot comme en cent, ils n'ont pas l'intention de publier ton roman. Ils accepteraient même de renoncer à l'avance qu'ils nous ont déjà versée.

— Qu'est-ce que ça peut foutre ? Ce n'est pas la seule maison d'édition au monde. Knopf, Simon & Schuster, et puis...

Ray Migdala éteignit cette flambée d'orgueil sans conviction avec quelques paroles glacées :

— Je sais, mais là, c'est moi qui n'ai pas envie d'aller leur proposer ton manuscrit. Je ne vais pas t'assassiner de mes propres mains.

Cette dernière objection se traduisit dans la poitrine d'Alistair Campbell par un battement inquiet, affaibli. Lisant entre les lignes, il voyait clairement que dans cette situation épineuse, Ray s'inquiétait bien plus de *sa* réputation que de celle de son client.

— Il vaut peut-être mieux faire un pas en arrière, Alis. Désolé d'être aussi brutal, mais tu dois savoir que si Holland & Castle a publié ton premier roman, c'est parce que ton paternel a accepté de mauvaise grâce que sa biographie sorte chez eux. En toute franchise, ton livre était médiocre et tout le monde s'en foutait, mais l'éditeur est largement rentré dans ses frais avec le bouquin de ton père. Tu étais au courant, n'est-ce pas ?

Alistair ne l'était que trop. Il se rappela son humiliation quand sa mère lui avait présenté cet arrangement, un passage obligé, disait-elle, pour parvenir à se faire connaître.

— Évidemment que j'étais au courant, mais quel est le rapport ? Mon premier livre était une œuvre de jeunesse et devrait être jugé comme tel.

— En effet. Et c'est pour cette raison qu'ils ont accepté de lire le suivant. Quand tu as écrit ce petit chef-d'œuvre, *Délivrance d'un homme brisé*, tu as pu constater que le succès a été au rendez-vous. Public *et* critique...

Ray laissa cette dernière idée en suspens, par volonté manifeste de contredire l'opinion d'Alistair sur les critiques littéraires.

— Je ne sais pas comment te dire ça. Ce troisième roman ne semble même pas avoir été écrit par la même personne que celle qui a produit *Délivrance d'un homme brisé*.

Heureusement qu'à l'autre bout du fil Ray ne pouvait pas voir l'expression affichée sur le visage d'Alistair. Eussent-ils été face à face, Ray aurait peut-être compris qu'il avait frappé dans le mille.

Ne semble même pas avoir été écrit par la même personne...

S'il en avait été capable, Alistair Campbell aurait éclaté de rire.

Dans la grande maison du Vermont où sa mère et lui étaient presque toujours seuls, il y avait une sorte de factotum qu'ils avaient plus ou moins hérité du propriétaire précédent. Il s'appelait Wyman Sorhensen et il vivait dans une dépendance au fond du parc. Aussi loin que se rappelait Alistair, cet homme n'avait pas changé d'un iota. Cheveux blancs, grand et mince, vêtu d'habits qui semblaient toujours une taille au-dessus. Le genre de personne dont on se dit qu'il devait être vieux dès la naissance.

Mais il parlait toujours d'une voix douce, son sourire et ses yeux étaient les plus sereins du monde.

Pour Alistair, coincé entre une présence paternelle toujours plus évanescente et une mère qui, à force d'affection et d'inquiétude, l'avait isolé du monde extérieur, Wyman Sorhensen était devenu le seul véritable point de référence, l'unique individu qui ne le traitait pas comme un malade mais comme un garçon normal. Seul Wyman lui faisait oublier l'interdiction de jouer, transpirer et rire avec les autres enfants.

Il lui avait enseigné tout ce qu'il savait et une forte complicité s'était tissée entre les deux naufragés du monde – Alistair qui n'avait pas le droit d'y mettre les pieds, et Wyman qui ne s'y intéressait plus depuis longtemps. Il ressemblait à un personnage de Steinbeck, un homme qui s'était construit une résidence confortable dans son Tortilla Flat personnel.

Il avait communiqué à Alistair l'amour des livres et de la lecture, il lui avait fait découvrir un univers parallèle d'évasion et de voyage que l'on pouvait visiter sans bouger de cette chaise installée sous le porche de la maisonnette au fond du parc. Grâce à lui, Alistair avait compris l'importance de la parole et de l'imagination, même s'il parlait et rêvait bien peu à l'époque. C'est aussi à Wyman qu'il devait l'ambition longuement mûrie de s'inscrire au Vassar College pour étudier la littérature et l'écriture ; en prenant cette décision, il s'était opposé pour la première fois à la volonté de sa mère.

Alistair avait quatorze ans quand le vieil homme s'était éteint paisiblement dans son lit, passant de vie à trépas par le filtre indolore du sommeil et de la nuit. Tant d'années plus tard, Alistair pensait toujours avec la même tendresse que le vieux Wyman Sorhensen avait largement mérité ce privilège.

Sa mère ne l'avait pas autorisé à assister à l'enterrement, car elle était convaincue qu'avec sa constitution chétive, son fils supporterait mal un trop-plein d'émotions. Le matin des funérailles, il avait erré dans le parc et, pour la première fois, il s'était senti réellement seul. Il avait marché jusqu'à la maison de son ami décédé. La porte étant ouverte, il était entré malgré un léger sentiment de gêne, malgré l'impression qu'il violait l'intimité et la confiance d'un homme qui ne pouvait plus se défendre. Il avait néanmoins commencé à fouiller parmi les possessions de Wyman, en se demandant ce qu'il allait advenir de ses affaires puisqu'il n'avait aucune famille.

Puis il avait ouvert le tiroir.

Posé à l'intérieur se trouvait un épais dossier à couverture noire, attaché par une ficelle rouge. Sur la couverture, une étiquette blanche portait un titre écrit au stylo :

Délivrance d'un homme brisé.

Il l'avait sorti, puis feuilleté. Des centaines de feuilles numérotées, remplies par une écriture fine et nerveuse. Alistair avait trouvé à peine croyable qu'à l'époque de l'informatique, un homme ait pu noircir à la main un tel volume de papier, avec une patience et une ténacité d'un autre temps.

Alistair avait pris le dossier et l'avait ramené dans sa chambre. Il l'avait caché parmi ses affaires les plus intimes. Il avait lu ce roman écrit par Wyman dans les dernières années de sa vie, ce manuscrit qu'il n'avait jamais évoqué avec personne. Alistair n'avait pas tout compris mais il en avait pris soin comme s'il s'agissait d'un secret précieux – d'abord comme relique d'une merveilleuse amitié, et ensuite comme un petit trésor à dépenser dans le futur.

Et en effet, il l'avait bien dépensé.

Son premier roman ayant été accueilli avec indifférence par le public et la critique, il avait décidé de publier le texte de Wyman sous son propre nom, après y avoir apporté les quelques modifications nécessaires pour adapter l'histoire à son style et à son époque.

Le taxi s'engouffra dans le tunnel du Queens et la communication avec Ray Migdala fut coupée. Le silence qui avait remplacé la voix de Ray dans son tympan le tira de sa rêverie. Il attendit la sortie du tunnel pour reprendre cette conversation qu'il avait attendue avec impatience et qui, à présent, le démoralisait.

Quand il appuya sur la touche d'appel du téléphone, il eut l'impression d'être assis sur une chaise électrique actionnée par ce bouton vert.

Ray décrocha après la première sonnerie.

— Désolé, je suis passé dans un tunnel, la ligne a été coupée.

— J'étais en train de te dire que tu n'as aucune raison de t'inquiéter. Ayeroff s'est montré assez dur, mais pas catégorique. Si je me donne du mal, je pense qu'ils seront disposés à te laisser tout le temps dont tu auras besoin pour leur livrer un roman comme tu sais les écrire.

Mais je ne sais pas les écrire. La personne qui savait est morte depuis longtemps et c'est moi *qui suis un homme brisé maintenant. Sans aucune délivrance possible.*

Voilà ce qu'il aurait aimé hurler dans le combiné jusqu'à s'en arracher les cordes vocales, au lieu de garder le silence, caché dans ce taxi comme il s'était caché toute sa vie.

— Tu verras, tout va s'arranger. Ça pourrait être bien pire. Tu as entendu parler de la dernière grande affaire en date, ici à New York ?

— Non, tu sais que quand je suis à Sainte-Croix, je débranche complètement.

— Eh bien, un truc incroyable. Le fils du maire – le peintre – a été assassiné. Et Chandelle Stuart aussi.

Une série inquiétante d'extrasystoles comprima le cœur d'Alis Campbell et un voile de sueur froide lui couvrit le front. La main qui tenait le téléphone devint soudain moite comme si une vapeur glacée émanait du portable.

Il posa une question dont il connaissait déjà la réponse, poursuivant malgré lui un espoir chimérique.

— Stuart ? L'héritière de cette famille qui a fait fortune dans l'acier ?

— Oui, c'est bien elle. La police n'a donné aucun détail mais il paraît que c'est le même tueur. Ça pourrait faire un bon début de thriller.

Alistair Campbell resta sans voix, sa langue telle une lime dans la rouille de sa bouche desséchée.

— Tu es toujours là ?

— Oui, je suis là. Comment c'est arrivé ?

— Je te l'ai dit, secret absolu. Pas la moindre indiscrétion. Juste ce que je viens de te raconter. Plutôt compréhensible, quand on considère que l'une des victimes est le fils de Christopher Marsalis.

La voix de Ray Migdala exprima enfin une légère inquiétude pour le brusque changement de ton d'Alistair.

— Qu'est-ce qui se passe, Alis, tu te sens bien ?

— Oui, désolé, je suis juste un peu fatigué. Ne t'inquiète pas, ça va.

Mais en réalité, ça n'allait pas du tout.

Tout d'un coup, le goût acide de la peur lui emplissait la bouche et le poussait vers le placebo illusoire de la fuite. Il aurait voulu dire au chauffeur de faire demi-tour et de le ramener à l'aéroport, il aurait voulu retrouver la quiétude immobile de son île. La seule chose qui l'en empêcha était le fait que le prochain vol ne partait que le lendemain.

— Bon, on se voit demain pour faire le point sur la situation.

— D'accord, à demain.

Il raccrocha alors que le taxi quittait la 1re Avenue pour s'engager dans la 34e Rue. Il se laissa aller sur la banquette. À partir de cet instant, devant ses yeux écarquillés, à travers une vitre qu'il ne voyait pas, le trajet jusqu'à destination ne fut qu'une succession d'images floues et de sillons lumineux tracés par les néons et les feux des voitures.

Quand de violentes pulsations commencèrent à lui marteler les tempes, il fouilla son sac à la recherche du boîtier à pilules. Avec les mêmes gestes fébriles qu'auparavant, il sortit un cachet de Ramipril pour faire baisser sa tension, sans attendre l'alarme du téléphone.

Deux noms ricochaient sans fin contre les parois de son crâne, tel l'économiseur d'écran d'un ordinateur fou.

Gerald et Chandelle.

Et un mot.

Assassinés.

Il n'eut pas le temps de s'abandonner complètement à ses réminiscences et à la panique qu'elles pouvaient provoquer. Quand le taxi s'arrêta devant sa maison, Alistair en fut presque surpris. Il régla la course et sortit de la voiture. Pendant qu'il cherchait ses clefs dans le sac, il avança vers la petite maison en bois clair d'aspect accueillant, avec trois marches qui menaient à une porte en noyer encadrée de laiton.

Bedford Street était une rue courte et étroite, perpendiculaire à Hudson et peu animée. À cette heure-là, elle était tranquille et éteinte. La seule lumière encore allumée venait d'un atelier de couture anachronique au coin de Commerce Street, en face de sa maison. La vitrine éclairée indiquait que quelqu'un était encore en train de travailler, mais Alistair Campbell était à tel point perdu dans ses pensées qu'il n'y prêta pas attention – tout comme il ne remarqua pas la vieille voiture cabossée garée à une centaine de mètres, qui se mit en marche et remonta lentement la rue dans sa direction, tous phares éteints. Il n'entendit pas l'auto qui s'arrêtait dans son dos, portière ouverte, il ne vit pas l'homme qui en sortit et s'approcha de lui d'un pas chancelant. Il portait un survêtement avec la capuche sur la tête, il boitait légèrement de la jambe droite. Alistair Campbell venait de gravir les trois marches et d'insérer la clef dans la serrure quand un bras fit irruption dans son champ visuel. Un tissu humide recouvrit son nez et sa bouche. Il essaya de se dégager mais son agresseur l'étranglait avec son autre bras.

Il happa une goulée d'air et l'odeur piquante du chloroforme lui attaqua les narines. Ses yeux brûlaient, sa vision se troubla et il sentit que ses jambes étaient sur le point de céder. Son corps malingre s'écroula dans les bras de l'agresseur, qui le souleva sans effort.

Un instant plus tard, son corps inerte se retrouva allongé sur la banquette arrière d'une Dodge Nova branlante. L'homme au visage caché par l'ombre de la capuche se mit au volant. Sans allumer les phares, il engagea la voiture sur la route et, sans se presser, alla se mêler aux lumières et à l'anonymat de la circulation.

32

Alistair Campbell était nu et terrorisé.

Son corps transi était enfermé dans l'obscurité d'un coffre de voiture qui sentait les chaussettes sales et les égouts. Le véhicule roulait rapidement et les suspensions inexistantes n'épargnaient aucun cahot aux côtes d'Alistair. Il n'avait pas entièrement perdu connaissance après l'agression devant son domicile, mais il se sentait embourbé dans une torpeur malsaine qui alourdissait son corps comme si ses os s'étaient mués en plomb.

Il avait commencé le voyage allongé sur la banquette arrière, mais était tombé sur la moquette poussiéreuse dès les premiers virages, négociés à vive allure par le conducteur. Il avait vu défiler au-dessus de sa tête l'interminable cortège des lumières de la ville, reflétées sur les vitres et dans ses yeux jusqu'à disparaître presque entièrement. À un certain moment, ils s'étaient arrêtés dans une zone déserte où de rares lueurs tremblaient au loin, sur l'horizon humain qu'il apercevait par la fenêtre.

Il s'était concentré sur un clignotement jaune – peut-être un phare qui indiquait aux marins la direction du port, peut-être une balise de sécurité pour les avions. Ou tout simplement une étoile indifférente dont ses larmes de détresse voilaient par intermittence le scintillement fragile.

Le conducteur avait ouvert sa portière puis, juste après, celle de sa victime. Un courant d'air frais s'était engouffré dans la voiture, chargé d'une odeur de rouille et d'algues. Une première pensée articulée avait réussi à pénétrer l'engourdissement d'Alistair : ils devaient se trouver dans un lieu en bord de mer, même s'il ne pourrait jamais comprendre ou se rappeler lequel.

Dans son champ visuel embrumé par le chloroforme et l'obscurité, il avait distingué la silhouette d'un homme en survêtement, le visage caché par une cagoule. Des mains gantées de noir l'avaient soulevé pour l'asseoir sur le siège arrière, aussi facilement que s'il avait été un ballot de paille. Ses pieds dépassaient à l'extérieur de la voiture comme un poids mort. Il s'était senti tel un pantin à la merci du ventriloque qui l'animait.

En proie à une terreur sans cesse grandissante, il avait vu son agresseur sortir de sa poche un gros rouleau de scotch et un cutter. Malgré l'obscurité, la lame avait réussi à accrocher assez de lumière pour lancer un éclair menaçant tandis que l'homme, avec des gestes rapides et précis, appliquait le ruban adhésif sur sa bouche et autour de ses poignets.

Sans le moindre effort, il l'avait ensuite traîné à l'extérieur, derrière la voiture. Il avait appuyé le corps de sa victime contre la carrosserie, passé une main autour de sa taille pour le soutenir et, de l'autre, ouvert le coffre.

Alistair avait brutalement basculé à l'intérieur. Sans ménagement, son ravisseur avait poussé ses jambes dans le compartiment noir. L'éclat d'une lampe torche l'avait ébloui, tombant sur lui tel un faisceau mortel qui coulait directement du lieu maudit où la folie des hommes puise ses cauchemars.

La lame brillante avait coupé le cône lumineux, juste devant ses yeux. Son corps avait alors abdiqué toute pudeur et les battements affolés de son cœur avaient étouffé sa honte tandis qu'il se pissait et se déféquait dessus.

Le ravisseur était resté insensible à ses gémissements désespérés, tout comme il avait ignoré la tache sombre qui s'élargissait sur le pantalon d'Alistair. Calmement, avec dextérité, il avait découpé les vêtements légers de son prisonnier. Alistair frissonnait à chaque fois que la lame entrait en contact avec sa peau nue.

Ses larmes de détresse et de résignation coulaient sans discontinuer. Déchirure après déchirure, sursaut après sursaut, goutte après goutte, il s'était retrouvé nu sous cette lumière stérile, au milieu de haillons qui empestaient l'urine, la merde et la peur. Quand l'homme avait refermé le coffre, les ténèbres s'étaient ajoutées aux ténèbres et Alistair était resté seul, plongé dans sa terreur et sa propre puanteur.

Silence, puis le bruit des portières qui se refermaient, le moteur remis en marche. Cet arrêt n'avait été qu'une étape, pas leur destination finale. L'auto était repartie et Alistair voyageait à présent au rythme cahotant de la vieille voiture et de ses pensées confuses.

Qui est cet homme ?

Que veut-il ?

Les paroles que Ray avait prononcées récemment

il y a une heure ? un siècle ?

lui revinrent à l'esprit – ces mots tombés dans son oreille avec le bruit de la glace qui se brise sous les pieds.

Gerald Marsalis et Chandelle Stuart étaient morts.

Ceux qu'il avait autrefois connus comme Linus et Lucy avaient été assassinés par un inconnu qui les avait retrouvés pour les faucher l'un après l'autre. Et lui, Alistair Campbell, était enfermé dans un coffre de voiture, nu et ligoté, probablement en route pour la même destination.

Sous le ruban qui lui fermait la bouche, ses dents se mirent à battre la cadence incontrôlable de la peur. Depuis cet événement irrémédiable, il y a tant d'années, son âme de poltron avait programmé ses remords exactement comme il avait programmé le téléphone portable pour lui rappeler de prendre ses pilules.

Chaque matin, au réveil, le souvenir vif et précis de cette journée s'imposait à lui comme si la tragédie passée se déroulait une nouvelle fois juste sous ses yeux. Cela faisait des années qu'il voulait tout raconter sans jamais trouver le courage de le faire. Se retranchant derrière les métaphores, il avait cherché à se confesser dans ses livres, à travers les mots qu'il couchait sur le papier tel un acte de contrition dissimulé par les voiles de la fiction. Mais il savait bien que ces caractères noirs ne portaient pas en eux la délivrance des aveux véritables – et encore moins la possibilité pour lui de se regarder un jour dans le miroir et d'y trouver une forme d'absolution.

Après quelques instants
une heure ? un siècle ?
la voiture s'arrêta dans un soubresaut, comme si elle venait de grimper sur le trottoir. Le choc envoya ses poings liés heurter douloureusement ses testicules.

Dans le ronronnement du moteur fatigué, il entendit une fois de plus la portière s'ouvrir. Un bruit sec et métallique, puis le raclement d'une chaîne que l'on traîne, et enfin le grincement d'un portail aux gonds mal huilés.

Le véhicule se remit en mouvement sur une route accidentée. Après un court trajet, il s'arrêta définitivement et le moteur se tut.

Alistair entendit alors quelqu'un marcher sur le gravier. Chaque nouveau pas à l'extérieur provoquait une explosion dans son cœur. Le coffre s'ouvrit enfin. La lampe torche, pointée vers le bas, lui permit d'entrevoir la silhouette d'un homme qui tenait une énorme paire de tenailles en équilibre sur son épaule. Le ravisseur jeta un coup d'œil rapide à son passager. Apparemment satisfait, il referma ensuite le coffre, abandonnant Alistair à l'obscurité de sa prison exiguë. Seul souvenir de la lumière, une tache jaune imprimée dans sa pupille.

Les bruits qui provenaient de l'extérieur lui arrivaient à travers le filtre des pulsations qui cognaient ses tympans. Dans sa poitrine, après une série de battements arythmiques inquiétants, son cœur s'emballa et entra en fibrillation. Alistair avait appris à reconnaître et à redouter ce genre d'affolement. Le souffle court, il sentait que sa respiration affaiblie ne parvenait plus à apporter l'oxygène jusqu'aux poumons.

Dans des conditions normales, il aurait commencé à inspirer par la bouche, happant avec avidité l'air indispensable pour survivre. Mais le scotch qui le bâillonnait l'en empêchait et, s'il voulait s'accrocher à la vie, il devait absolument réussir à respirer par le nez. La poussière et l'odeur fétide de ses excréments s'étaient déposées comme une pellicule dans ses narines et il n'arrivait pas à arracher une seule bouffée d'air à l'atmosphère stagnante et viciée du coffre.

Les battements de son cœur paniqué se firent de plus en plus courts et irréguliers.

ta-dum ta-dum ta-dum ta-dum ta-dum

Les gouttes de transpiration acides qui coulaient dans ses yeux le brûlaient. Il essaya de lever les bras pour s'essuyer le front, mais l'étroitesse du coffre et les liens autour de ses poignets ne lui laissaient aucune liberté de mouvement.

À travers la carrosserie, il entendit de nouveau un bruit sec et métallique, comme un cadenas qu'on fait sauter avec une pince, puis le crissement d'un portail coulissant.

Les pas sur le gravier s'approchèrent de la voiture à un rythme beaucoup plus lent que celui de la course effrénée du cœur d'Alistair.

ta-dum ta-dum ta-dum ta-dum ta-dum

Pour la troisième fois, le coffre s'ouvrit. Au moment où un rai de lumière éclaira l'intérieur, Alistair entendit un cri étouffé et il vit ensuite son assaillant porter la main à son bras droit, comme s'il s'était blessé en ouvrant le coffre.

L'homme avait posé la lampe sur le toit de la voiture pour avoir les mains libres. Instinctivement, il releva la manche de son sweat-shirt pour inspecter la blessure dans la lumière. Un sillon rouge sang creusait la peau du poignet jusqu'au...

Ce qu'Alistair vit depuis sa position inconfortable lui glaça le sang.

L'avant-bras de son ravisseur était recouvert d'un large tatouage coloré qui représentait un démon au corps d'homme avec des ailes de papillon éthérées et chatoyantes.

Alistair connaissait ce tatouage et la personne qui l'arborait. Il savait où et quand il avait été fait, il savait qui en possédait un identique.

Il savait aussi que cette autre personne était morte.

L'effet du chloroforme s'était complètement dissipé. Les yeux aussi ronds que des billes, il se mit à geindre, se débattre et donner des coups de pieds tandis que son cœur

ta-dum ta-dum ta-dum ta-dum ta-dum

n'était plus qu'un long battement ininterrompu plein d'épines dans sa gorge et sa poitrine.

Comme étonné par son propre réflexe, le ravisseur rabaissa hâtivement sa manche et s'appuya contre la voiture, refermant partiellement le coffre. Par l'interstice qui restait dégagé, Alistair le vit s'accroupir et serrer étroitement son bras, comme si la douleur était particulièrement violente. Une tache rouge sang s'élargissait sur le tissu.

À cet instant, une voix dont il ne put situer la provenance parvint à ses oreilles.

— Hé ! Qu'est-ce qui se passe ici ? Qui êtes-vous ? Comment êtes-vous entrés ?

L'homme se releva. Soulagé de son poids, l'arrière de la voiture remonta légèrement sur les suspensions. La lampe électrique tomba du toit et s'éteignit.

Alistair entendit un bruit de pas qui s'approchait rapidement de l'auto, auquel s'ajouta immédiatement celui du ravisseur qui s'éloignait.

— Hé, toi ! Reviens ici tout de suite !

Une forme humaine traversa fugacement le champ de vision d'Alistair et se lança en courant à la poursuite de son agresseur. L'écho de leurs pas devint de plus en plus faible et finit par s'éteindre au loin.

Silence.

Il attendit un instant – des années –, et toujours, le silence.

Alistair colla son front contre la carrosserie et poussa vers le haut. Le coffre s'ouvrit tout grand et lui permit d'observer les alentours. Il se trouvait au milieu d'une énorme place immergée dans une pénombre faiblement éclairée par quelques lumières lointaines. Sur sa gauche, à l'horizon, il reconnut le scintillement nocturne de New York, de l'autre côté d'un fleuve. À droite, des réverbères, des maisons et une route qui longeait une grille métallique.

L'éclairage et les maisons étaient synonymes de voitures, de gens. D'aide.

De vie.

En poussant des pieds contre le côté du coffre, il réussit à grand-peine à se tourner sur le dos et se redresser en position assise. Il porta les mains à sa bouche et arracha comme il pouvait le ruban adhésif. Sans même sentir la brûlure sur ses lèvres, il avala l'air humide du soir tel un nouveau-né recevant la tétée. Dans sa poitrine, son cœur continuait sa danse guerrière. Il s'attendait presque à ce qu'il explose d'un instant à l'autre, réduisant son corps nu à une pluie de lambeaux ensanglantés qui auraient arrosé les maigres arbustes qu'Alistair entr'apercevait à proximité de la voiture.

ta-dum ta-dum ta-dum ta-dum ta-dum

En faisant attention à ne pas se cogner la tête contre la tôle, il parvint à se mettre à genoux et, agrippant le rebord de la carrosserie, il s'extirpa du coffre en laissant derrière lui les vêtements sales et déchirés, vestiges de sa faiblesse pitoyable face à la mort.

Il commença à marcher d'un pas mal assuré, sans se soucier des aspérités du chemin de terre sur lequel il s'abîmait les pieds, avançant droit devant lui, sans même regarder l'entrepôt industriel devant lequel était garée la voiture, une Nova vieille de quinze ans maladroitement rafistolée çà et là au mastic. Il laissa derrière lui l'énorme porte du bâtiment, ouverte sur des ténèbres impénétrables. Il était attiré tel un papillon de nuit par les réverbères au loin, qui symbolisaient en cet instant son unique espoir de survie.

Il revit dans sa tête le tatouage ensanglanté faiblement éclairé par la lampe et la silhouette menaçante de celui qui le portait. Alistair le connaissait assez bien pour deviner sans mal le genre de châtiment que cet homme lui réservait – à défaut de comprendre pourquoi.

Ces pensées ne firent que nourrir sa terreur. Une poussée d'adrénaline lui donna l'énergie nécessaire pour ordonner à ses jambes ankylosées de bouger plus vite.

Il se mit à courir vers les lumières du bout du monde, chaque pas marqué par l'angoisse, une douleur sourde entre les tempes et dans la poitrine

ta-dum ta-dum ta-dum ta-dum ta-dum

sans même remarquer que ses pieds nus laissaient des traces de sang derrière lui, traçant une piste sur le gravier.

33

La Ford Corona bleu et blanc de la police descendit lentement la rampe de sortie du pont Williamsburg et tourna à droite. Le quartier était habité en majorité par des juifs orthodoxes – chapeaux noirs, barbes et longs cheveux bouclés – mais à cette heure tardive, les rues étaient quasiment désertes. Plus une seule enseigne n'était allumée sur les façades des magasins, boucheries et supermarchés qui vendaient des produits rigoureusement casher. Les rideaux métalliques étaient tous baissés. Des yeux pour ne rien voir, des oreilles pour ne rien entendre.

Manhattan avec ses mille couleurs était juste assez distant pour sembler irréel, telle une contrée imaginaire. Cette zone, en un soir comme celui-là, n'était traversée que par les phares qui balayaient l'asphalte et les ondes radio des satellites qui pleuvaient sur la terre, croisant au passage les prières qui montaient des synagogues vers les cieux.

L'officier Sereena Hitchin, une belle femme noire de vingt-neuf ans, conduisait la voiture de patrouille. À côté d'elle, son coéquipier Lukas First était penché en avant et la regardait avec un grand sourire espiègle, tout en battant sur le tableau de bord un rythme franchement médiocre tant par son tempo que par sa banalité.

— Toi qui t'y connais, je tiens le bon bout, non ?

Depuis quelque temps, Sereena sortait avec un membre de *Stomp*, la célèbre troupe de percussionnistes qui présentait son spectacle depuis plusieurs années sur la scène de l'Orfeus, dans l'East Village. Lukas savait que cette relation comptait beaucoup pour Sereena, mais les excellents rapports qu'il entretenait avec ellc lui permettaient de la taquiner quand bon lui semblait.

Elle éclata de rire face à ses piteux efforts.

— Tu es une catastrophe, Luke. À ta place, je laisserais tomber la musique.

Lukas se rassit normalement et déclara d'un ton suffisant, une expression arrogante sur le visage :

— Et pourtant, quand j'étais enfant, je chantais dans la chorale de l'église.

— Et c'est à cette époque-là que Dieu est apparu au beau milieu de la messe et qu'il a pointé le doigt sur toi en disant : « C'est lui ou moi. »

Lukas se tourna vers sa coéquipière, les index croisés comme s'il affrontait un vampire.

— Silence, hérétique. Si le Tout-Puissant était réellement apparu, il m'aurait montré à la congrégation et il aurait dit : « Voici mon chef-d'œuvre. Un jour, cet homme sera grand. »

Sereena rit de nouveau de ses belles dents blanches et régulières.

— Tu es un vrai fanatique. Tu n'as toujours pas abandonné, hein ?

— Bien sûr que non ! Tu verras, j'y arriverai tôt ou tard. Je vois déjà mon nom en lettres de néon sur Broadway et une voiture tellement luxueuse que vous serez tous verts de jalousie quand je viendrai vous voir au district. D'ailleurs, regarde ce qui est arrivé au capitaine Shimmer...

Lukas First était un garçon très attrayant, tout particulièrement lorsqu'il portait son uniforme de policier. Par passion, il avait suivi de nombreux cours de théâtre, en y dévoilant un talent indéniable. De temps en temps, il faisait de la figuration dans des séries télé. Et personne n'oublierait jamais le jour où il avait annoncé fièrement à tout le département qu'il avait joué dans un film de Woody Allen. Il avait traîné tout le monde au cinéma et, après avoir vu la scène mémorable où l'on apercevait ses épaules pendant deux secondes, ses collègues s'étaient payé sa tête pendant des semaines.

Lukas hocha la tête avec résolution et baissa la vitre pour griller une cigarette. Par accord tacite avec sa coéquipière, il avait le droit de fumer seulement dans ces conditions et quand personne ne les voyait.

— Le capitaine a drôlement bien réussi son coup. Un sacré coup de bol.

Au sein du NYPD, le capitaine Shimmer passait pour une sorte de légende. Il avait d'abord commencé à travailler comme consultant pour le cinéma et, depuis son départ à la retraite alors qu'il était encore assez jeune, le milieu du spectacle l'avait rappelé à lui. Il jouait souvent des policiers dans des films et des séries télé. Il était devenu un véritable symbole dans un milieu où tout le monde rêvait de remporter ce gros lot qui vous change la vie.

— Ton sacré coup de bol à toi, c'est d'avoir été accepté dans la police, Luke. Je parie que tu n'abandonnerais jamais ce boulot, tu l'aimes trop.

Lukas tira une dernière fois sur la cigarette et jeta le mégot dans la rue. Il se tourna vers Sereena et lui répondit sur un ton exagérément pompeux :

— Évidemment. Je suis *né* pour être flic. Mais j'aime aussi l'idée d'être né pour remporter un oscar. Et ce jour-là, j'en profiterai pour remercier mon ancienne coéquipière Sereena Hitchin, dont la confiance et le soutien indéfectible m'ont aidé à atteindre mon but.

En cette soirée tranquille, une entente parfaite régnait entre les deux policiers, chacun satisfait de sa vie et de son métier. Ils avaient toutes les raisons du monde de plaisanter avec légèreté.

Mais bientôt, ils eurent une bonne raison d'arrêter.

La radio grésilla et ils reconnurent immédiatement, malgré la piteuse qualité des haut-parleurs, le phrasé caractéristique des annonces officielles.

— Attention. Appel à toutes les unités. Alerte du One Police Plaza, priorité absolue. On nous a signalé un enlèvement. La victime s'appelle Alistair Campbell. Homme blanc, la trentaine, un mètre quatre-vingts, mince, cheveux châtains. Le ravisseur pourrait être le responsable des meurtres de Gerald Marsalis et Chandelle Stuart. Il conduit une Dodge Nova en très mauvais état qui porte des traces de mastic sur la carrosserie. Je répète, priorité absolue.

Lukas poussa un long soupir.

— Eh bien, avec la discrétion qu'ils ont voulu garder autour de cette affaire, c'est étonnant qu'ils passent un communiqué pareil sur une fréquence standard que n'importe quel journaliste peut intercepter. À mon avis, les gros bonnets ont vraiment le feu au cul.

— Toi aussi, tu aurais le feu au cul si tu étais le maire de New York et qu'on avait assassiné ton fils de cette manière.

— Oui, tu as raison.

Le moment de bonne humeur était définitivement passé. Ce n'était pas la première fois que ça leur arrivait, et ce ne serait pas la dernière. Ce genre d'intrusion venait souvent leur rappeler ce que ça impliquait, de sillonner les rues dans une voiture du NYPD et de porter un uniforme bleu marine. Ils l'avaient accepté et s'y étaient habitués, comme tant d'autres avant eux qui n'étaient plus là pour le raconter.

Pendant qu'ils se taquinaient, ils avaient tourné à droite au début de Rolling Street pour descendre vers l'East River. Ils dépassèrent l'intersection avec White Avenue et, arrivés au bout de Clymer Street, ils se retrouvèrent devant l'entrée des docks de Brooklyn.

Au-delà des grilles rouillées qui délimitaient la zone se découpaient les silhouettes noires des vieilles rames de métro destinées à la casse. Dans l'obscurité, les édifices en brique délabrés et désaffectés projetaient leur ombre sur la route et semblaient la regarder à travers leurs fenêtres brisées, prêts aussi bien à être rasés pour laisser place à un quartier résidentiel qu'à demeurer sur place comme vestige archéologique industriel.

Sereena prit à gauche et remonta Kent Avenue à allure modérée, en direction de Brooklyn Heights, au sud. Ils longèrent le dépôt où les voitures confisquées par la police étaient entreposées en attendant d'être vendues.

Lukas se laissa distraire un instant par ces véhicules en attente d'un nouveau propriétaire, après avoir été trahis, d'une manière ou d'une autre, par le précédent.

— Bordel de Dieu ! C'est quoi ça ?

La voix inquiète de Sereena ramena d'un coup son attention sur la route.

Sous le faible éclairage des réverbères, un homme venait d'émerger des grilles et courait vers la voiture de patrouille en agitant les bras. À part quelques lambeaux de tissu accrochés aux épaules, il était entièrement nu et il vacillait comme si chaque pas lui coûtait un effort surhumain. Quand il les vit et comprit qu'ils appartenaient à la police, il s'arrêta sur place. Sur son visage, le soulagement se mêlait à la souffrance. Il serra les mains sur sa poitrine, tomba lentement à genoux et s'immobilisa en plein milieu de la route.

Les deux policiers jaillirent de la voiture, laissant les portières ouvertes derrière eux. En s'approchant de l'homme nu, Sereena remarqua du coin de l'œil que Lukas avait dégainé son arme.

Ils s'arrêtèrent devant l'homme, qui respirait avec difficulté et les regardait avec des yeux pleins de larmes, tel un croyant stupéfait qui assiste à un miracle. Dans la lumière des phares, ils purent enfin distinguer les traits de son visage.

— Sereena, son signalement correspond à celui qu'on vient d'entendre à la radio.

— Bon, surveille les environs, Luke.

Pendant que son coéquipier, debout, scrutait les alentours avec le pistolet en joue, Sereena s'agenouilla à côté de l'homme qui la fixait en silence, les mains recueillies sur le torse. Il respirait dans un râle et dégageait une écœurante odeur d'excréments. Sereena se pencha pour regarder entre ses cuisses, souillées d'une substance dont la nature ne faisait aucun doute.

— Êtes-vous Alistair Campbell ?

L'homme acquiesça de la tête, puis il ferma les yeux et s'écroula sur l'asphalte. Malgré la puanteur, s'efforçant de résister à la nausée, Sereena lui passa promptement une main sous la nuque pour éviter qu'il se cogne la tête.

Elle posa deux doigts sur son cou et sentit les pulsations frénétiques d'un cœur affolé.

— Il fait une crise cardiaque. Son pouls est beaucoup trop précipité, il fibrille. Appelle une ambulance.

Sans baisser la garde, Lukas rebroussa chemin jusqu'à la voiture. Elle l'entendit demander des renforts par radio ainsi que l'intervention des services médicaux d'urgence.

Elle reporta son attention sur la masse frissonnante de peur, de honte et de douleur à laquelle Alistair Campbell avait été réduit.

Il ouvrit les paupières. Sa voix n'était qu'un souffle maladif qui peinait à vaincre le martèlement de son cœur terrifié et à franchir ses lèvres.

Il balbutia quelques syllabes, trop faiblement pour que Sereena puisse déchiffrer ses mots.

— Qu'est-ce que vous dites ? Je ne comprends pas.

Faisant un effort énorme, Alistair Campbell releva mollement la tête. Tout en le soutenant, Sereena se pencha pour approcher l'oreille de sa bouche.

Ses paroles tremblotantes furent couvertes par le bruit des pas de Lukas qui revenait en courant.

— L'ambulance arrive d'une mi...

Sereena leva brusquement la main pour lui couper la parole.

— Chut, attends.

Elle se baissa de nouveau sur l'homme allongé, mais elle vit que l'obscurité des entrepôts, telle une contagion, envahissait peu à peu les yeux d'Alistair Campbell. Les ténèbres montaient en lui comme la brume qui s'élève du fleuve en hiver. Ses dernières paroles quittèrent ses lèvres avec son dernier souffle de vie.

L'agent Hitchin comprit que les secours ne serviraient plus à rien. Sous ses doigts, le pouls chaotique ralentit peu à peu, s'affaiblit et disparut complètement. L'instant d'après, elle n'avait plus entre ses bras qu'un corps tiède où le sang avait fini à jamais de circuler.

Comme à chaque fois qu'elle s'était trouvée confrontée à la mort, Sereena éprouva un sentiment de perte que les années de service – elle en était sûre – n'estomperaient jamais. Elle posa une main sur le visage d'Alistair Campbell, ferma ses paupières et espéra que l'une des prières qui s'élevaient tout autour d'eux était portée par une foi assez forte pour conduire l'âme de ce malheureux au bon endroit.

34

Leur véritable adversaire était le temps, comme toujours, pour tout le monde.

Assis à l'avant d'une voiture qui filait à travers la ville, les gyrophares allumés, Jordan regardait droit devant lui, avec l'impression que ce n'était pas le véhicule qui se déplaçait mais les ombres et les lueurs fuyantes de part et d'autre. Cette sensation lui rappelait les effets spéciaux primitifs que Mack Sennet avait inventés à l'époque du cinéma muet pour créer l'illusion de mouvement : personnages et voitures ne bougeaient pas, alors que derrière eux un énorme cylindre faisait défiler un paysage peint sur un rouleau.

Et peut-être bien qu'il se trouvait dans cette situation-là.

Chaque individu impliqué dans cette affaire croyait progresser vers l'avant alors que c'était le monde qui courait à toute vitesse autour d'eux, faux et trompeur, plein de dédain pour leur immobilité impuissante.

Burroni se concentrait sur sa conduite. L'alternance de lumières et d'ombres qui traversaient son visage rendait ses traits mouvants, instables, comme s'il était en perpétuelle mutation – mais Jordan savait bien qu'un unique état d'esprit le préoccupait : la certitude d'avoir échoué.

Maureen Martini était assise sur le siège arrière, silencieuse. Jordan admirait la force de caractère de cette femme tiraillée entre ses perceptions rationnelles et cette chose qui n'avait aucune explication logique – et qui n'en trouverait peut-être jamais. Sans autre soutien qu'une foi inébranlable en sa santé mentale, elle affrontait la situation comme peu de gens auraient su le faire.

Grâce à elle, ils avaient identifié Snoopy. Sur le moment, un sentiment d'urgence mêlé d'embarras les avait empêchés de réfléchir à la façon dont ils l'avaient identifié. Ils avaient téléphoné chez Alistair Campbell sans obtenir de réponse et son téléphone portable était éteint. Par une recherche rapide sur Internet, ils avaient trouvé le nom de son agent littéraire et réussi à le joindre. Ray Migdala leur avait résumé sa dernière conversation avec Campbell, qui venait d'atterrir à l'aéroport JFK et se dirigeait actuellement vers son domicile new-yorkais. Une fois Burroni averti, Jordan et Maureen avaient sauté dans la voiture de police stationnée en permanence à Gracie Mansion pour rejoindre l'adresse que Migdala leur avait donnée.

Et pendant le voyage, la nouvelle était tombée.

La radio de bord s'était mise à grésiller et le policier au volant avait décroché l'appareil.

— Agent Lowell.

— Ici le détective Burroni. Jordan Marsalis est avec toi ?

Pour une fois, la voix était sortie du haut-parleur avec une clarté étonnante, et Jordan avait tout de suite deviné que Burroni n'avait rien de bon à lui annoncer. Il avait pris la radio en main.

— James, c'est moi. Qu'est-ce qui se passe ?

— Je viens d'arriver sur place et il y avait déjà une patrouille. Ils ont répondu à l'appel d'un homme qui travaille dans un atelier de couture juste en face de la maison de Campbell. Il a appelé le 911 pour signaler un enlèvement.

Une sensation glacée avait envahi Jordan, comme si la température de l'air conditionné s'était soudain effondrée en-dessous de zéro. Inutile de poursuivre cette conversation par radio.

— Je t'aurai rejoint d'ici deux minutes, on discutera à ce moment-là.

Ils étaient arrivés à l'angle de Bedford et Commerce peu après. La voiture de patrouille et celle de Burroni étaient garées devant la maison d'Alistair Campbell. Sur le trottoir, le détective interrogeait un métis d'âge moyen, grand et brun, qui portait des vêtements dignes de Carnaby Street dans les années soixante-dix.

Jordan et Maureen étaient descendus juste à leur niveau. Intrigué par l'invitée surprise, Burroni avait lancé un regard interrogateur à son partenaire.

— Tout va bien, James. Je te présente Maureen Martini, un commissaire de la police italienne. Je t'expliquerai plus tard.

Alors même qu'il prononçait ces mots, Jordan s'était demandé *comment* il allait lui expliquer. Sans rien dire, Burroni avait adressé un signe de tête à Maureen avant de se retourner vers le métis.

— Monsieur Sylva, pouvez-vous leur répéter ce que vous venez de me dire ?

L'homme à la peau bistrée avait entamé un récit coloré par son accent sud-américain, dans lequel Maureen avait reconnu des sonorités portugaises. Le témoin avait montré d'un geste la vitrine illuminée dans son dos.

— J'étais en train de travailler dans mon atelier. Un taxi s'est arrêté et Alis est descendu.

— Vous voulez parler d'Alistair Campbell ?

— Oui. Ça fait des années que je le connais, ses amis l'appellent Alis.

— Continuez.

— Il a réglé la course et il a commencé à marcher vers la porte d'entrée. Une voiture s'est arrêtée derrière lui et un homme a ouvert la portière...

Burroni l'avait interrompu pour lui demander, tout en indiquant Jordan du menton :

— Décrivez-lui à quoi ressemblait cet homme.

Avant que Sylva ouvre la bouche, Jordan avait deviné ce qu'il allait dire.

— Je n'ai pas pu voir son visage, il portait un survêtement avec la capuche sur la tête. Mais il était assez grand et j'ai remarqué qu'il boitait légèrement de la jambe droite.

— Et ensuite, que s'est-il passé ?

— Il est descendu de voiture, il est arrivé dans le dos d'Alis et il l'a agressé. Il lui a mis le bras autour du cou comme pour l'étrangler. Alis a dû s'évanouir parce que l'autre l'a retenu alors qu'il tombait, et puis il l'a porté jusqu'à la voiture, sur la banquette arrière. Après, il a repris le volant et il est parti.

— Avez-vous noté le numéro d'immatriculation ?

— Je n'ai pas eu le temps. Comme vous pouvez le voir, il n'y a pas beaucoup de lumière ici, et il n'a pas allumé les phares. Mais je me souviens très bien de sa voiture : une Dodge Nova vraiment mal en point. Une couleur indéfinissable et la carrosserie pleine de mastic.

La fin du compte rendu replongea Jordan, Maureen et Burroni dans ce silence qui mettait fin à tout espoir. Sans un mot, sans un geste. Leur dernier recours consistait à émettre un appel radio avec la description de la voiture du ravisseur.

Et c'est ce qu'ils avaient fait.

Quelques minutes plus tard, une patrouille de Williamsburg avait signalé qu'elle venait de retrouver Alistair Campbell.

Mort.

Jordan s'accrocha à la poignée de la portière quand la voiture vira brusquement à gauche sur Kent Avenue et se dirigea tout droit vers les lumières clignotantes au-delà des barrières métalliques. Sur ses instructions, on avait bloqué tous les accès à cette route. Au-dessus de leurs têtes, ils entendirent le bruit des hélices d'un hélicoptère sans pouvoir deviner s'il appartenait à la police ou à une chaîne de télévision.

Presque toutes les fenêtres qui donnaient sur Kent Avenue étaient ouvertes ; les riverains observaient la scène avec curiosité, en proie à la fascination que le spectacle vibrionnant de la mort ne manquait jamais de susciter. Jordan songea avec amertume qu'il n'avait jamais trouvé le terme « scène du crime » aussi approprié que ce soir-là.

Quand ils arrivèrent devant les barrières, un policier fit signe à deux de ses collègues, qui ouvrirent le passage juste assez pour laisser entrer la voiture.

Burroni arrêta la voiture derrière un véhicule de patrouille garé au milieu de la route. À quelques mètres de là, éclairé par les phares, un drap blanc recouvrait une forme qu'on devinait être celle d'un corps sans vie.

La lumière crue des phares et le reflet bleuâtre sur le linceul rappelèrent à Maureen d'autres phares pour d'autres voitures, une autre scène pour un autre cadavre, à des milliers de kilomètres de distance et pourtant, dans sa tête, à quelques secondes à peine.

C'est moche, pas vrai ?

Oui. C'était moche. C'était horrible, toujours et à jamais, de voir un être humain assassiné par un autre humain, allongé sur l'asphalte, avec pour seule miséricorde le drap en coton qui le recouvrait.

Un jeune officier athlétique était debout près de la voiture de patrouille. Quand il les aperçut, il se dirigea vers eux.

— Je suis l'agent First. Je quadrillais la zone avec l'agent Hitchin. C'est nous qui l'avons trouvé.

— Détective Burroni. Je m'occupe de l'affaire.

Il ne se donna pas la peine de présenter les deux personnes qui l'accompagnaient, en partie parce que c'était superflu, mais surtout parce qu'il ne savait pas bien comment justifier leur présence sur les lieux.

— Il était déjà mort quand vous l'avez trouvé ?

L'agent secoua la tête. Une mèche de cheveux glissa doucement sur son front.

— Non. Il a surgi de ce portail, là-bas, et il a couru vers nous. Complètement nu, l'air terrorisé. Quand il nous a vus, il est tombé à genoux et a failli perdre connaissance. Étant donné qu'il correspondait au signalement radio, nous avons pensé qu'il pouvait s'agir d'Alistair Campbell. Nous lui avons demandé si c'était bien lui et il a confirmé d'un hochement de tête. Après ça, je crois qu'il a fait une attaque cardiaque. Son cœur était déjà en fibrillation quand nous l'avions rejoint.

Jordan s'était éloigné de quelques pas et, à l'écart du groupe, il regardait tout autour de lui comme si le compte rendu ne l'intéressait pas. Mais Burroni, désormais habitué à sa façon de procéder, savait parfaitement que pas un seul mot de l'agent First ne lui échappait.

— Il a dit quelque chose avant de mourir ?

— Je l'ignore. À ce moment-là, j'étais revenu à la voiture pour appeler des renforts et une ambulance. C'est ma coéquipière qui était avec lui quand il est mort.

Jordan s'approcha et prit la parole.

— Où est-elle ?

L'agent First leva la main en direction des gyrophares au-delà de la clôture grillagée, qui éclairaient par intermittence les façades des entrepôts à l'arrière-plan.

— L'officier Hitchin est là-bas, à l'endroit où on a découvert la voiture du ravisseur.

Jordan s'éloigna de nouveau et alla s'agenouiller près du cadavre. Il leva un pan de tissu. First, Maureen et Burroni le rejoignirent et restèrent debout derrière lui.

— Pauvre garçon. Dans quel état il est...

Maureen s'accroupit à côté de Jordan. Elle tendit la main et écarta presque entièrement le drap blanc.

— Il devait être vraiment terrifié. Il y a une forte odeur d'excréments, probablement les siens.

Jordan perçut une nuance de pitié dans sa voix ferme, mais il n'y trouva pas la moindre trace de son effondrement à Gracie Mansion. Il dut reconnaître que son admiration pour cette femme ne cessait de croître.

— En effet. Pour en être arrivé là – et même jusqu'à la crise cardiaque –, il a dû ressentir de la terreur à l'état pur. Allons jeter un œil à la Dodge.

Ils reprirent place dans la voiture de Burroni, laissant First monter la garde autour du cadavre en attendant l'arrivée du légiste et de la Police scientifique. Ils remontèrent le chemin de terre qui menait à l'entrepôt, laissant derrière eux la scène du crime et les spectateurs abasourdis aux fenêtres, dans l'attente morbide du rappel que la mort concédait toujours. Par la vitre, Jordan vit défiler des taches noires – de rares arbustes citadins qui avaient réussi à pousser dans ce lieu hostile, malgré la pollution et les pluies acides.

Au bout de la ruelle, ils s'arrêtèrent devant la masse imposante d'un entrepôt qui se découpait sur la gauche de l'esplanade, jouxtant un chantier. Devant la porte coulissante ouverte sur un hangar non éclairé, deux voitures de police étaient garées à côté de la Nova décrite par Sylva comme le véhicule du ravisseur. À l'aide d'une lampe torche, un policier inspectait l'intérieur du coffre. Quand Burroni, Maureen et Jordan s'approchèrent, il s'écarta pour leur permettre de regarder à leur tour – et pour se soustraire un instant à l'odeur asphyxiante.

— Vous avez trouvé quelque chose ?

— Rien qu'un tas de haillons et une telle puanteur que ça donne envie de vomir. Le coffre était déjà ouvert quand nous sommes arrivés. Nous n'avons pas encore examiné l'intérieur du véhicule, nous avons préféré vous attendre.

— Parfait.

Burroni sortit des gants en latex de sa poche et les tendit à Jordan.

— À toi l'honneur.

C'était plus un geste de proposition que de résignation. Jordan le remercia d'un signe de tête, en espérant que Burroni pouvait le voir malgré l'obscurité.

Il enfila les gants, prit la lampe de l'officier et ouvrit la portière arrière dans un grincement. La lumière se posa sur une banquette en faux cuir que le temps et d'innombrables passagers avaient réduite à une sorte de toile d'araignée. Une odeur d'humidité et de poussière imprégnait l'habitacle.

Jordan promena le faisceau lumineux au hasard jusqu'à tomber sur un objet, derrière le siège avant droit : un sac en plastique transparent au contenu difficile à identifier. S'appuyant au siège usé, Jordan se pencha et attrapa le sachet avec la main gauche, puis émergea de la voiture.

Il tendit la lampe à Burroni.

— Tu peux m'éclairer ?

Il ouvrit le sachet et en tira un chiffon rouge qui enveloppait quelque chose. Délicatement, il écarta le tissu et en dégagea une paire de vieilles lunettes à la forme étrange, sans branches mais fixées par un élastique effiloché à un bonnet en cuir rembourré. Il étudia pendant quelques secondes l'objet posé sur le chiffon – une écharpe en laine – comme une pièce à conviction, une source d'hypothèses.

Puis il releva brusquement la tête.

— Qu'est-ce qu'il y a dans cet entrepôt ?

Un nouvel agent qui venait de les rejoindre répondit.

— Nous ne sommes pas encore entrés. Les interrupteurs ne marchent pas. J'ai envoyé l'agent Hitchin demander le rétablissement du courant.

Et comme pour confirmer l'efficacité de Sereena Hitchin, une série de néons paresseux s'allumèrent les uns après les autres, hésitants. Tous ceux qui regardèrent à l'intérieur du bâtiment en restèrent bouche bée.

Une collection impressionnante d'avions d'époque était entreposée dans le hangar, en attente de restauration. Deux Hurricane, un Spitfire, un Messerschmitt qui portait les armes de la Luftwaffe, un Zero japonais marqué du Soleil levant. Tout au fond, à demi dissimulé par les avions plus récents, Jordan crut reconnaître un Savoia Marchetti.

Il ne put retenir une exclamation de rage acide.

— Sale fils de pute.

Il agita les objets qu'il tenait à la main, tel un lot de consolation inutile pour son impuissance face à ce qu'il venait de réaliser. Burroni et Maureen se tournèrent vers lui.

Jordan leur montra du doigt le biplan.

— Ça, c'est un vieux bonnet d'aviateur et des lunettes de la même époque que cet avion. Plus l'écharpe. Ce fumier voulait installer Alistair Campbell sur un avion et le déguiser en Snoopy quand il se prend pour un as de l'aviation de la Première Guerre mondiale.

Burroni eut l'impression d'avoir raté un épisode.

— Soit, mais pourquoi nu ?

La bouche de Jordan se tordit en un sourire amer.

— Je crois que c'est l'énième subtilité de notre homme, James. Snoopy est un chien et, à part quelques accessoires distinctifs de temps en temps, il ne porte jamais aucun vêtement.

Ils entendirent alors un bruit de pas qui s'approchait sur le gravier, à l'extérieur. Peu après, une belle femme noire entra dans la lumière du hangar, promena un regard étonné sur les avions et se dirigea vers eux.

Burroni attendit qu'elle arrive à leur hauteur. Jordan le laissa parler car il sentait que le détective avait besoin de reconquérir un peu d'assurance.

— Vous êtes l'agent Hitchin ?

— Oui, monsieur.

— C'est vous qui vous êtes occupée d'Alistair Campbell quand vous l'avez trouvé ?

— Oui.

— Il a dit quelque chose avant de mourir ?

— Oui, il a prononcé quelques mots.

Jordan sentit qu'une petite lueur d'espoir s'allumait dans sa tête.

— Quels mots ?

— Juste un nom. Julius Whong.

— C'est tout ? Rien d'autre ?

La femme parut gênée. Elle regarda rapidement ses collègues, comme si ce qu'elle s'apprêtait à dire risquait de devenir sujet de moqueries.

— Eh bien, j'ai sûrement mal compris, parce que ça n'a aucun sens.

— Ça, officier Hitchin, c'est à nous de le déterminer. Dites-nous seulement ce que vous avez entendu.

— Voilà. Juste avant de mourir, il a articulé quelque chose...

Une nouvelle pause. Puis sa voix brisa le silence de leur attente anxieuse avec le fracas d'un feu d'artifice.

— Après le nom, il a dit *Pig Pen*.

35

Le temps était redevenu leur principal adversaire.

La voiture de Burroni, une fois de plus, se réduisait à un point lumineux dans la circulation nocturne de New York, mû par la frénésie du hasard. Ils ne pouvaient que foncer à travers la ville en espérant avoir encore une toute petite voix au chapitre de ce chaos assourdissant. La révélation de l'agent Hitchin sur les dernières paroles d'Alistair Campbell avait fait sauter les gonds d'une porte qu'ils croyaient fermée et verrouillée. Mais s'ils savaient pertinemment *qui* était Julius Whong, ils ignoraicnt *pourquoi* il était Pig Pen.

Et ils se rendaient chez lui pour le découvrir.

Le hurlement suraigu de la sirène faillit noyer la sonnerie du portable de Jordan.

Il le sortit de sa poche et eut l'impression d'entendre la voix de son frère avant même d'avoir décroché.

— Jo, ici Chris. Du nouveau ?

— Oui, du bon et du mauvais. Alistair Campbell est mort.

Silence à l'autre bout de la ligne, coupé par le souffle rageur d'un juron étouffé.

— Encore lui ?

— On dirait bien, oui. Mais cette fois-ci, quelque chose s'est mal passé. Nous ne savons pas comment ni pourquoi, mais Campbell a réussi à s'enfuir. Il devait souffrir de problèmes cardiaques parce que la peur lui a causé une attaque fatale. Mais avant de mourir, il nous a laissé un indice.

— C'est-à-dire ?

— D'après ses dernières paroles, on peut supposer que la prochaine victime sera Julius Whong. Nous sommes en route pour chez lui.

— Julius Whong ? Nom de Dieu, Jordan, tu sais qui est son père ?

— Évidemment. Et je sais aussi qui est Julius.

Christopher réfléchit rapidement, s'empressant d'analyser la situation. Il accepta finalement l'inévitable.

— Bien, vas-y. Mais fais très attention. Et laisse parler Burroni.

— Entendu. Je te tiens au courant.

Il referma le téléphone et le rangea dans sa poche.

L'inquiétude de son frère se justifiait amplement. Il avait d'excellentes raisons pour lui conseiller de se tenir en retrait par rapport à Burroni. Quoi qu'il se passe chez Whong, Jordan n'avait aucune attribution officielle et Christopher ne voulait pas qu'un vice de procédure invalide tous leurs efforts.

Julius était le fils de Cesar Whong, ce qui suffisait à en faire un membre de la jet-set new-yorkaise. Mais surtout, le garçon était un pervers sociopathe à qui seuls l'argent, le pouvoir et les avocats onéreux de son père avaient évité la prison. Entre autres choses, deux femmes avaient déposé plainte contre lui pour agression et viol, avant de retirer leurs plaintes juste avant le procès, suite à des développements peu clairs mais que l'on pouvait attribuer à Whong senior.

Argent, menaces ou Dieu sait quoi encore.

L'image publique de Cesar Whong était celle d'un homme prospère dont les affaires s'étendaient à divers secteurs économiques, avec un intérêt particulier pour la grande distribution et la spéculation immobilière. En réalité, bien que personne n'eût jamais réussi à le prouver, il trempait dans des commerces bien moins reluisants – drogue et trafic d'armes. Il avait commencé à construire sa fortune colossale à l'époque où, jeune, plein d'imagination et sans le moindre scrupule, il avait monté un stratagème brillant pour recycler de l'argent sale grâce aux magasins chinois de Canal Street. Au fil des années, sa richesse avait crû avec une constance insolente, jusqu'à l'installer dans une position de force absolue. Cesar Whong pouvait compter sur des couvertures inébranlables et, selon des rumeurs insistantes, il s'était attaché la loyauté d'un nombre indéterminé de sénateurs grâce à son carnet de chèques. Mais tout cela, pour l'instant, n'était que pure conjecture. Une seule certitude : Cesar Whong n'était pas le genre de personne à qui il était conseillé de marcher sur les pieds. Et si jamais il arrivait quelque chose à son fils, le responsable le paierait très cher.

L'avertissement de Christopher venait de le confirmer.

Burroni coupa le moteur devant un bâtiment à deux étages dans la zone ouest de la 14e Rue, en plein Meat Market District. Lukas First et Sereena Hitchin se garèrent juste derrière Burroni, et un troisième véhicule vint compléter le cortège, avec à son bord des policiers qui les avaient suivis depuis Williamsburg.

Le Meat Market s'appelait ainsi car, jusqu'à une époque relativement récente, les grossistes qui alimentaient toute la ville en viande y avaient leurs dépôts. À présent, le quartier était en cours de restructuration et de réhabilitation. Deux édifices entourés d'échafaudages se dressaient d'ailleurs de l'autre côté de Jackson Square, dominés par le bras d'une grue dont la silhouette inquiétante se découpait sur l'écran noir du ciel.

New York soignait de plus en plus son apparence, refoulant graduellement les catégories sociales moins aisées vers la périphérie. Éternel obstacle à la cupidité, la pauvreté avait été inexorablement repoussée vers la mer – et noyée dedans.

Sur cette portion de route, le contraste entre l'être et le désir d'être vu était particulièrement marqué. D'un côté, les dépôts de viande aux rideaux métalliques grands ouverts. À cette heure-là, de nombreux camions étaient garés en marche arrière contre les rampes de déchargement et, à l'aide de crochets en acier, des hommes faisaient glisser d'énormes quartiers de bœuf sur les tapis d'acheminement.

Il y avait dans ce spectacle quelque chose de cannibale, de fascinant. On aurait dit un rituel souterrain de sang et de luxure pratiqué à la lueur de torches accrochées sur les murs – Vulcain et ses assistants dans les profondeurs de la terre, obligés de se nourrir sans cesser de forger les armes avec lesquelles Achille ferait couler le sang.

Et juste en face, à quelques dizaines de mètres, les immeubles remis à neuf et les boutiques de Stella McCartney, Boss et autres stylistes célèbres, aux vitrines éteintes et impatientes que le commerce de la viande se retranche derrière les façades muettes, pour recommencer à briller le lendemain sur la même réalité mais une autre apparence.

Cependant, Maureen, Jordan et Burroni étaient trop anxieux pour s'arrêter à admirer le paysage. Ils sautèrent hors de la voiture avec précipitation, et marchèrent d'un pas vif jusqu'à l'immeuble de Julius Whong, une construction légère en aluminium anodisé et vitres incassables. Le petit vestibule, presque entièrement occupé par l'ascenseur et un énorme dracéna ornemental, venait visiblement d'être refait.

Une plaque à droite de la porte portait les noms des locataires. Après un rapide coup d'œil, Jordan appuya sur un bouton où apparaissait juste la lettre J.

Aucune réponse.

Jordan sonna encore, mais le vidéophone restait aveugle et muet. Il appela une troisième fois, gardant le doigt sur l'interrupteur pendant plusieurs secondes. Et enfin, le micro crachota et une voix mécontente en sortit.

— C'est qui ?

Burroni montra son insigne à la caméra puis se plaça devant l'objectif.

— Police. Je suis le détective Burroni. Vous êtes Julius Whong ?

— Oui. Qu'est-ce que vous me voulez, bordel ?

— Nous vous l'expliquerons dès que vous nous aurez laissés entrer.

— Vous avez un mandat ?

— Non.

— Dans ce cas, allez vous faire foutre.

Burroni serra les dents. Jordan savait qu'il aurait bien volontiers collé son poing dans la gueule qui lui parlait avec une telle insolence. Mais il se maîtrisa et parla d'une voix on ne peut plus calme.

— Monsieur Whong, nous n'avons pas besoin de mandat. Nous ne sommes là ni pour vous arrêter, ni pour fouiller votre appartement.

— Alors je répète ma question, puisqu'apparemment vous avez les cages à miel bouchées. Qu'est-ce que vous me voulez, bordel ?

Jordan poussa délicatement Burroni et se mit face à l'œil froid de la caméra.

— Monsieur Whong, nous avons de sérieuses raisons de penser que quelqu'un a l'intention de vous tuer. Vous voulez bien nous laisser entrer, ou vous préférez poser votre question à l'assassin quand il aura un pistolet braqué sur vous ?

Le souffle du micro s'interrompit d'un coup. Quelques secondes de silence. Bien que ce fût peu probable, Jordan espéra que, par quelque justice divine, Julius s'était chié dessus en entendant ses mots, comme le malheureux Alistair Campbell.

Finalement, la porte s'ouvrit et Burroni poussa le battant. Jordan le retint par le bras.

— James, il vaut peut-être mieux que Maureen et moi restions en dehors de ça.

Même s'il n'avait pas parlé avec Christopher, Burroni comprit instantanément la réticence de Jordan.

— Oui, tu as sûrement raison.

Il se tourna vers les quatre agents qui attendaient sur le trottoir. Il fit signe à Lukas First et Sereena Hitchin.

— Vous deux, venez avec moi. Vous autres, surveillez le quartier et gardez bien les yeux ouverts.

Burroni et les deux agents entrèrent dans le vestibule et disparurent dans les escaliers. Les policiers restants se mirent à inspecter les parages.

Jordan et Maureen se retrouvèrent seuls au milieu du trottoir. Pendant quelques minutes, les hommes qui déchargeaient la viande s'étaient intéressés à eux, mais puisque l'arrivée de la police n'avait débouché sur rien de bien excitant, ils s'étaient remis au travail.

De l'autre côté de la rue, à l'angle avec la 11e Avenue, les videurs en costume gris du High Noon montaient la garde sur le trottoir. Le célèbre night-club était essentiellement fréquenté par des mannequins et autres personnages du milieu de la mode, ce qui accentuait encore plus le mélange des genres déroutant qui caractérisait le quartier.

Jordan se tourna vers Maureen et remarqua les cernes sous ses yeux. Elle avait l'air épuisée. Il espéra que les années lui permettraient d'oublier les événements qu'elle traversait en ce moment – ou au moins, pour sa sérénité, de leur trouver un nom.

— Je n'arrive pas à comprendre ce qui se passe, Jordan. Trop de choses en trop peu de temps. Et pour être honnête, j'ai vraiment peur. Je suis terrifiée.

Sa voix s'était affaiblie sur la dernière phrase. Puis elle baissa la tête, comme honteuse de cet instant de faiblesse. Il s'approcha d'elle et lui releva doucement le menton.

— À ta place, moi aussi j'aurais peur.

— Mais toi, au moins, tu peux te situer dans toute cette histoire. Moi, je ne sais plus rien.

Jordan secoua la tête et esquissa un demi-sourire en signe d'amitié.

— Maureen, moi non plus, je ne connais pas bien mon rôle dans cette affaire. Et maintenant que tu en fais partie, je comprends que ces bouleversements soient difficiles à accepter. Mais tu es une femme très courageuse et je suis convaincu que tu étais – et que tu redeviendras – un policier exceptionnel.

Sans répondre, Maureen plongea son regard dans ces yeux d'un bleu incroyable.

Elle ne connaissait cet homme que depuis quelques heures mais elle savait qu'elle pouvait se fier à lui. Sans pouvoir expliquer pourquoi ni comment, elle sentit que, malgré l'océan qui les séparait, ils avaient vécu des expériences semblables qui aujourd'hui créaient entre eux un rapport de confiance instinctif.

Elle se leva sur la pointe des pieds et l'éclat d'une larme refléta la nuit qui les entourait, la nuit dans ses nouveaux yeux. Jordan sentit la chaleur humide des lèvres de Maureen sur sa joue. L'idée qu'il pût y avoir dans ce baiser la moindre intention romantique ne l'effleura même pas. C'était simplement une façon de lui dire, sans parler, *tu m'as comprise et je t'ai compris.*

— Tout va bien se passer, Maureen.

Il prit le corps mince de la jeune femme entre ses bras, elle appuya le visage sur son torse. Il attendit que les larmes bienfaitrices viennent commencer leur petit travail réparateur.

— Tout va bien se passer, répéta-t-il.

Ils restèrent ainsi immobiles dans le rectangle lumineux que l'éclairage du vestibule découpait sur l'asphalte, unis dans une communion silencieuse.

Quand Jordan leva les yeux, il aperçut une silhouette familière de l'autre côté de la route, debout près d'une grosse BMW à l'arrêt. Lysa.

Une femme avec des yeux pareils...

Après leur voyage à Poughkeepsie et la conversation dans le restaurant sur le fleuve, Jordan avait déménagé ses quelques affaires dans un hôtel de la 38e Rue. Ils ne s'étaient plus vus ou parlé depuis. Quand Lysa se rendit compte que Jordan l'avait remarquée, elle se retourna vivement vers un groupe d'hommes et de femmes qui venaient de sortir de la discothèque et qui marchaient vers elle. En riant, ils se répartirent entre la BMW et la Porsche Cayenne garée juste derrière. Lysa s'engouffra à l'avant de la berline, sur le siège passager.

La voiture démarra et s'éloigna, sans que Lysa détourne jamais le regard d'un point imaginaire droit devant elle, imprimant dans l'esprit de Jordan l'image de son profil et de son mutisme.

Après quoi il n'eut pas le temps de réfléchir à ce qui venait de se passer, car la porte de l'ascenseur s'ouvrit. Trois personnes émergèrent de la lumière crue de la cabine.

L'une d'entre elles était l'agent Lukas First.

Une autre, Burroni.

Et la troisième était un garçon d'une trentaine d'années, presque aussi grand que le détective, aux traits quasi parfaits, d'autant plus séduisant qu'il possédait quelques gouttes de sang asiatique – une origine lointaine diluée par deux ou trois générations ayant vécu aux États-Unis. Seule sa bouche, fine et cruelle, altérait la perfection de ce visage. Il avait le corps sec et les cheveux raides et brillants caractéristiques des peuples d'Extrême-Orient.

Il portait une chemise blanche, un jean sombre, et des menottes aux poignets.

Burroni le poussa hors de l'ascenseur en lui prenant le coude. Julius Whong se dégagea brusquement comme si le policier était un pestiféré.

— Ne me touche pas, sale connard de flic. Je peux avancer tout seul.

— D'accord, avance tout seul, mais avance.

Guidé par Burroni, le garçon ouvrit la porte de verre et marcha dans la direction qu'on lui indiquait. Il promena un regard méprisant sur le monde qui l'entourait, comme s'il venait d'accepter une provocation en duel. Malgré la fureur qui y flamboyait, Jordan reconnut dans les yeux opaques de Julius Whong la marque du vice et de la dépravation.

En passant devant Jordan et Maureen, Burroni leur adressa une grimace qui se voulait une réponse à leur expression interloquée. Et qui signifiait : « Ne vous mêlez pas de cette histoire. »

Alors que le détective et son prisonnier marchaient vers la voiture garée quelques mètres plus haut, Jordan eut le temps de remarquer que Julius Whong boitait très nettement de la jambe droite.

36

Lysa Guerrero ôta le long tee-shirt avec lequel elle avait dormi et resta nue devant le miroir de la salle de bains. La surface argentée lui renvoya son reflet coupé à la taille par le lavabo en marbre blanc. La clarté de la pierre produisait un contraste sensuel avec sa peau olivâtre de femme latine, mais elle n'avait pas la tête à ce genre de considération. Elle leva les bras, se passa distraitement les doigts dans les cheveux puis posa les paumes à plat sur ses tétons sombres. Elle avait les seins fermes et hauts, d'une taille idéale pour se nicher dans la main d'un homme. Elle poussa un soupir qui alla embuer la vitre. Si elle avait eu un tempérament rêveur, elle aurait pensé que d'un instant à l'autre, Jordan Marsalis allait ouvrir la porte et apparaître dans son dos, la chemise rouge de sang, une expression de stupeur sur le visage.

Et elle aurait pu tout recommencer depuis le début.

Mais ce n'était qu'un rêve. Ce ne serait jamais qu'un rêve.

Et ce genre de rêve était un luxe que Lysa Guerrero ne pouvait plus se permettre depuis longtemps, car il se traduisait presque inévitablement par un désir tourmenté qui flottait, instable et fragile, dans le royaume informe des hypothèses.

Elle se pencha en avant, observa ses pupilles de près et y trouva une froideur terne. Elle avait les yeux rougis par la nuit passée et le manque de sommeil.

En rentrant chez elle, la veille, elle s'était déshabillée et couchée immédiatement, espérant en vain que l'obscurité étoufferait la réalité qui l'assiégeait. Allongée dans le noir, les yeux ouverts, la protection dérisoire des draps n'avait pas suffi à éloigner sa peur et son amertume. La fenêtre ouverte laissait entrer la musique en provenance de l'étage inférieur, la même chanson passée en boucle par ce fan anonyme de Connor Slave qui s'obstinait à en poursuivre le fantôme.

Il n'existe point de gloire ou désir ardent
que l'on puisse boire ou dévorer,
ni aucune roue de moulin à vent,
qui cette pierre dans mon cœur puisse broyer...

Dans la douceur de la mélodie et la mélancolie des paroles, l'image de Jordan serrant une femme dans ses bras ne cessait de se mouvoir et de ressusciter cet instant harmonieux où deux personnes se fondent en une seule. Ironie suprême du destin, ils se tenaient juste devant *cette maison...*

Quand elle était sortie du night-club en compagnie de ces gens qui ne représentaient rien pour elle, prête à les suivre dans un autre lieu qui ne l'intéressait pas, elle s'était acheminée d'un pas léger vers les voitures stationnées le long du trottoir, s'efforçant de croire à l'illusion que le monde lui souriait, qu'elle n'avait qu'à tendre la main pour cueillir tout ce qui lui faisait envie.

Puis elle les avait vus, unis dans une étreinte qui définit en un instant et pour toujours le concept de normalité.

Sous ses yeux.

Un homme né dans un corps d'homme qui embrasse une femme née dans un corps de femme.

Il n'existait aucune voie intermédiaire, aucun compromis possible à l'exception de quelques chemins de traverse que l'on n'empruntait jamais à deux. Chez les animaux, le mâle choisit toujours une femelle de son espèce, guidé par son instinct. Chez les êtres humains, la raison s'ajoutait à l'instinct pour ériger des barrières que, par cruauté, elle construisait en verre. On y trouvait parfois quelques zones d'ombre, mais aucune qui constituât un refuge durable sous le soleil aveuglant. Des zones d'ombre comme autant de malédictions pour qui était contraint de s'y cacher toute sa vie.

Elle s'écarta du miroir et cessa de scruter son visage pour ne plus voir à la surface les sentiments qui déjà la tourmentaient en profondeur. Elle ouvrit le robinet de la douche et entra dedans immédiatement, sans même attendre que l'eau devienne chaude, pour noyer ses larmes dans un million d'autres gouttes froides et identiques.

Cette fois-ci, ce n'était pas le monde qui l'avait repoussée, mais bien le contraire.

Elle était tombée amoureuse de Jordan en un battement de cœur, peut-être à l'instant même où il avait fait irruption dans la salle de bains, le nez ensanglanté et ses superbes yeux bleus effarés de l'avoir surprise nue.

De m'avoir surpris nu, corrigea-t-elle rageusement pour se rappeler son identité et ce qu'elle représentait pour les gens normaux. Une élégante et sublime pirouette de la nature, qui ne faisait jamais économie de moyens quand elle mettait en scène ses curiosités. Et qui ensuite éclatait de rire devant l'embarras d'un pauvre être humain incapable de choisir entre les toilettes des hommes et celles des femmes.

Elle avait proposé à Jordan de continuer à vivre chez elle. Elle l'avait fait instinctivement, mue par le simple désir de le garder près d'elle, douloureusement consciente que c'était une erreur. Tout comme elle avait fait *cette autre chose*, en se retranchant derrière une myriade d'alibis fallacieux – non moins consciente que cette décision-là aussi était une erreur.

Elle repensa à sa détermination en arrivant à New York, au déjeuner rituel à base d'huîtres et champagne, à l'imbécile qui l'avait importunée, Harry, et à la façon dont elle l'avait traité. À sa décision de traiter tout le monde de cette manière dorénavant. Quand elle était sortie du restaurant, elle avait cru voir devant elle un splendide paysage à conquérir – et voilà qu'à présent, elle s'était résignée à l'idée qu'il n'y avait jamais rien eu à conquérir. Elle n'était arrivée que quelques jours plus tôt, et pourtant ces événements lui semblaient remonter à des années.

Toute sa vie, elle n'avait rien demandé d'autre que de pouvoir rester cachée en coulisses sans jamais tenter de gagner le devant de la scène. Elle l'avait désiré avec ardeur, tout comme elle avait désiré une personne douce, qui la voulût et l'acceptât pour ce qu'elle était. Elle cherchait la même chose que tout le monde : quelques maigres certitudes et une illusion modeste, raisonnable.

Elle avait rêvé tout cela, elle s'était battue pour l'obtenir, mais elle semblait condamnée à échouer.

À cause de son aspect physique, tous les hommes qu'elle rencontrait la sollicitaient et la courtisaient, mais quand ils découvraient *qui* et *ce* qu'elle était, les visages souriants venus vers elle se transformaient en dos et nuques qui s'éloignaient.

Ne restaient que les coups de téléphone à deux heures du matin, les voix rendues pâteuses par l'alcool, ces hommes qui passaient dans le quartier « par hasard » et lui demandaient s'ils pouvaient monter quelques instants prendre un verre, lui promettant que si elle acceptait, elle ne le regretterait pas.

Ainsi, Lysa avait compris que beaucoup de gens, en cachette, en secret, désiraient les créatures comme elle. Il existait une foule de passionnés – pour ne pas dire de déviants – qui ne demandaient pas mieux que de passer quelques heures onéreuses avec des femmes dans son genre, avant de s'en retourner à leur vie normale, avec une épouse, des fils et des filles normaux.

Et toujours, elle avait tracé sa route, les dents serrées et refusant de pleurer, tournant parfois sa propre vie en dérision pour ravaler ses larmes.

Puis, un jour, elle avait reçu une enveloppe. À l'intérieur, une proposition mystérieuse, folle et perverse, déterminante et insultante. Mais avec une rémunération incroyablement alléchante...

Elle avait rendu les armes.

Puisque c'était ce qu'ils attendaient d'elle, elle avait décidé de le leur donner. Cent mille dollars pouvaient représenter un nouveau départ, une somme qui lui permettrait de s'acheter une conscience en plus d'un corps.

Deux pour le prix d'un seul.

Mais Jordan s'était interposé entre elle et cet objectif discutable – qu'elle avait rapidement renoncé à discuter. Jour après jour, elle l'avait senti se rapprocher d'elle, entraîné malgré lui dans la danse éternelle du papillon et de la flamme. Puis, au restaurant, après ce voyage où lui, elle et la moto avaient traversé à une allure folle un temps qui paraissait immobile, Jordan avait prononcé ces mots merveilleux. Et pendant qu'il parlait, Lysa l'avait vu céder, mais elle ne l'avait pas *entendu* accepter.

Et elle avait répondu à son hésitation non par de la tendresse, mais par une façade hermétique. Elle s'était endurcie, cachée et, comme toujours, enfuie. Elle l'avait repoussé par peur et lassitude mêlées, effrayée de subir une nouvelle désillusion, une déception d'autant plus douloureuse qu'elle aimait cet homme avec une force et une violence qu'elle n'avait jamais éprouvées auparavant.

Et voilà qu'elle se retrouvait seule pour la énième fois, avec pour toute compagnie la présence indésirable d'une honte cuisante.

Elle ferma le robinet et se pencha hors de la douche pour attraper le peignoir. Elle l'enfila et se frotta les cheveux avec la capuche, sortit du bac et posa les pieds sur le tapis en éponge. Le miroir était embué et son reflet se réduisait à un mouvement flou et indistinct derrière le rideau de vapeur immobile.

Immobile comme elle, incapable de se décider à essuyer la vitre pour retrouver son image sous le voile d'humidité.

Elle détourna finalement le regard et finit de se sécher. Pieds nus, elle regagna sa chambre. Après s'être habillée hâtivement – jean, tee-shirt et tennis –, elle ouvrit l'armoire, sortit la plus grande de ses valises et la jeta sur le lit. Elle attrapa les vêtements accrochés aux cintres et les empila à côté. Elle commença ensuite à les ranger dans la valise, rapidement et avec une grande efficacité.

Lysa était douée pour faire ses bagages.

Des années de pratique l'avaient entraînée à la perfection.

Elle venait de passer la journée entière au lit, allongée sous les couvertures, à écouter les bruits de pas provenant de l'étage supérieur. Elle ne s'était levée que pour aller aux toilettes, sans avoir à choisir entre hommes et femmes.

Par la fenêtre, elle voyait à présent les ombres du soir qui grimpaient sur les façades des immeubles. Elles n'allaient pas tarder à envelopper les sommets des gratte-ciel et, de là-haut, elles observeraient leurs rivales, les lumières de New York. Puis le jour se lèverait et les chasserait de nouveau au fond des parkings souterrains, des caves et des égouts.

C'était la dernière fois qu'elle voyait ce spectacle.

Elle saisit la télécommande sur la table de chevet et alluma le poste. Elle choisit la chaîne NY1 comme bruit de fond. À l'écran, un journal télévisé. Lysa ne connaissait pas les présentateurs, un homme et une femme assis derrière leur bureau.

— ... c'est pourquoi nous restons dans l'attente d'informations supplémentaires, que nous vous communiquerons aussitôt. Revenons maintenant sur la mort du peintre Gerald Marsalis, le fils du maire de New York, mieux connu sous le nom de Jerry Kho. Il semblerait que l'enquête ait pris un tournant décisif. Rejoignons Peter Luzdick au One Police Plaza. Peter, c'est à vous.

Un reporter apparut à l'image, microphone au poing, encadré en plan américain. Derrière lui s'élevait un monument immédiatement reconnaissable : la sculpture rouge vif érigée devant le commissariat central de New York.

— Oui, Damon. Comme vous le voyez, je suis devant le One PP et je peux vous confirmer que la garde à vue de Julius Whong vient de déboucher sur son arrestation pour le meurtre de Gerald Marsalis. Certaines indiscrétions laissent penser qu'il pourrait également être inculpé du meurtre de Chandelle Stuart et de l'enlèvement de l'écrivain Alistair Campbell, à l'origine hier soir de sa mort par crise cardiaque.

Brutalement, Lysa sentit un poignard gelé déchirer son estomac et lui glacer le sang dans les veines, telle une infection qui contaminait tout son corps. Elle s'assit sur le lit avant que ses jambes cèdent, avec sur le visage la pâleur laiteuse du marbre de la salle de bains.

Le journaliste poursuivait avec professionnalisme son exposé des dernières nouvelles.

— Je le répète, ce ne sont là que des indiscrétions, mais il semblerait que la police soit en train d'effectuer des tests ADN à une vitesse record. Ces tests pourraient apporter une preuve définitive. Des traces de liquide séminal appartenant à l'assassin auraient été trouvées sur le corps de Mlle Stuart. Pour l'instant, nous n'avons pas d'autres informations. Tout le monde ici attend les résultats des analyses, après quoi une conférence de presse viendra sûrement éclairer les aspects les plus sombres de cette affaire.

Une photo couleur remplit l'écran pendant que le reporter continuait sa chronique.

— Ce n'est pas la première fois que Julius Whong, le fils de Cesar Whong, est mis en cause dans un fait divers. Il y a quelques années, déjà...

Lysa coupa le volume.

Elle fixa la photo, les yeux grands ouverts.

Julius Whong la dévisageait, froid et silencieux, son image se superposant au propre reflet de Lysa sur l'écran.

37

Jordan se recula et leva les bras de la table pour permettre au serveur en veste noire de poser l'assiette sur la nappe en lin blanc. L'homme s'éloigna ensuite discrètement. L'air perplexe, Jordan regarda la composition qu'il avait sous les yeux.

— Qu'est-ce que c'est ?

De l'autre côté de la table ornée de verres en cristal, Maureen sourit. Elle avait devant elle la même fantaisie culinaire.

— Poitrine de pigeon cuite avec du cacao et une sauce au raisin.

Jordan avança la chaise et saisit les couverts.

— Voilà une description intimidante. Et ça a l'air d'être bon, en plus.

— Mon père dit toujours que la cuisine, c'est comme la littérature. La seule limite, c'est l'imagination. Il est convaincu que la nourriture doit flatter le plus de sens possibles. Le goût avec la saveur, l'odorat avec le parfum, et la vue avec la présentation.

Jordan haussa un sourcil et commenta, ironique :

— Un homme avec des pensées aussi profondes devrait être politicien pas restaurateur.

Il découpa un petit morceau de viande et le porta à sa bouche. Il mâcha consciencieusement, sans la frénésie d'un dévoreur d'entrecôtes.

Après sa dégustation, une expression d'extase caricaturale se dessina sur son visage.

— Fantastique. La réputation du Martini's n'est vraiment pas usurpée. Votre chef est un authentique paradoxe.

— Comment ça ?

— Il cuisine divinement bien des plats d'enfer.

Maureen rit de bon cœur. Pour la première fois depuis longtemps, elle rit.

— Ça y est, fit Jordan.

— Quoi ?

— Tu as ri. Je ne t'avais encore jamais entendue rire. Tu devrais venir ici plus souvent.

— Ou alors passer plus de temps avec toi.

Jordan prit le verre de vin rouge que le serveur venait de lui verser – réserve personnelle de Carlo Martini – et l'entrechoqua doucement avec celui de Maureen.

— C'est la première goutte d'alcool que j'avale depuis longtemps, mais tu es le genre de personne qui justifie une petite entorse à mes résolutions.

Jordan se rappela un autre toast, à peine esquissé avec une tasse de café amer.

Aux rendez-vous manqués, avait-il dit à Annette.

Aux rendez-vous repoussés, Jordan. Juste repoussés, avait répondu celle-ci.

Il avala une gorgée de vin, savourant son bouquet exquis. Le moment de repartir en voyage n'était pas encore venu. Et Jordan n'était même plus sûr de l'attendre avec la même impatience.

Maureen l'avait invité à dîner dans le restaurant de son père, un charmant bâtiment d'époque à un étage, sur la 46e Rue, entre la 8e et la 9e Avenue. Ils n'étaient pas loin des lumières de Times Square et des affiches de Broadway, couvertes de visages célèbres. Si Maureen ne le lui avait pas dit, Jordan ne se serait jamais douté qu'elle était la fille de l'un des restaurateurs les plus renommés de New York. Il avait accepté son invitation comme un petit privilège.

Maureen l'avait vu arriver à moto, ôter le casque, passer la main dans ses cheveux poivre et sel. Ce n'était pas son véhicule ou ses vêtements qui lui conféraient cette manière d'être hors normes, mais simplement ce qu'il portait à l'intérieur de lui. Il s'était approché de la table d'un pas léger et rapide, avec un sourire qui illuminait – pour la première fois depuis que Maureen le connaissait – aussi bien son visage que ses yeux.

Elle avait noté avec plaisir que Jordan s'était fié au menu dégustation du restaurant et qu'il n'avait pas demandé une bouteille de ketchup.

En apparence, on aurait pu croire qu'ils célébraient la conclusion heureuse d'une enquête à laquelle ils n'avaient pas participé officiellement, et à laquelle ils auraient préféré ne pas participer. Mais en réalité, la raison de leur présence dans ce restaurant, ensemble, était ce lien indistinct mais solide qui les avait rapprochés dès le départ – un lien qu'aucun des deux n'auraient été capables de caractériser.

Peut-être était-ce le simple désir de mettre fin à une sale histoire en s'épaulant mutuellement, car aucun d'entre eux n'avait de belle histoire à laquelle retourner. Chacun avait un parcours difficile devant soi mais ils faisaient semblant de l'ignorer pour se souhaiter bon voyage et bonne chance.

Maureen continua d'observer discrètement Jordan pendant qu'il finissait de manger. Elle remarqua sa précision et sa délicatesse dans le maniement des couverts et, pour la première fois, elle nota qu'il avait de belles mains. Il y avait en lui quelque chose qui lui rappelait Connor, même si les deux hommes étaient on ne peut plus différents tant par leur constitution que par leur personnalité.

Connor vibrait de créativité, tel un feu follet habité par la magie de la musique. Jordan était la force, la maîtrise et le silence, qui participent tout autant à la musique.

Connor avait de longues mains qui frémissaient du désir de saisir son violon, Jordan les mains d'un homme qui, comprenait-elle à présent, aurait aimé qu'il ne fût jamais nécessaire de saisir un pistolet.

Et malgré cela, il l'avait fait.

Elle se demanda si, en un autre temps et un autre lieu, quelque chose aurait pu naître entre Jordan et elle. Mais elle préféra s'abstenir d'apporter une réponse inutile à une question inutile. Elle continua à le regarder de temps en temps, profitant de cet instant paisible et du sentiment de répit que la présence de cet homme lui offrait.

Tout s'était passé tellement vite, dans un enchaînement endiablé de diapositives entre ténèbres et lumière. Dans les ténèbres, elle avait été assaillie par ces images de mort qu'elle ne parvenait pas à effacer de ses souvenirs. Et depuis que la lumière était revenue, c'étaient les spectres qu'une autre personne ne parvenait pas à chasser, même après la mort, qui l'accablaient.

Jordan parla sans lever les yeux de l'assiette. Sa voix calme tira Maureen de ses pensées.

— J'ai réussi l'examen ?

Elle se traita d'idiote. Elle aurait dû deviner que son regard scrutateur n'échapperait pas à Jordan.

Elle secoua la tête en souriant pour s'excuser.

— Désolée. Ce n'était pas un examen. Et même s'il y en avait eu un, tu l'aurais réussi depuis longtemps.

La vibration du téléphone dans la poche de Jordan vint à point nommé pour désamorcer le léger embarras qui s'était installé entre eux. Si Jordan avait coupé la sonnerie du portable, Maureen lui avait néanmoins conseillé de ne pas l'éteindre. Depuis l'arrestation de Julius Whong, la procédure se devait de suivre scrupuleusement les rouages officiels. Pour des raisons évidentes, Maureen et Jordan s'étaient repliés dans les coulisses. Maintenant que la presse avait investi la place en réclamant la vérité, il aurait été difficile de justifier leurs rôles respectifs – surtout l'intervention d'un commissaire italien doué de double vue. Ne pouvant participer aux interrogatoires ou obtenir des nouvelles en direct, ils s'étaient résolus à attendre un éventuel appel de Burroni ou Christopher.

À présent, ils regardaient le téléphone en espérant que le coup de fil venait de l'un d'eux.

Aucun numéro n'apparaissait sur l'écran. Jordan décrocha, en ignorant les quelques regards désapprobateurs que lui valut son apparente absence de tact.

— Allô ?

— C'est James.

Jordan leva les yeux vers Maureen et répondit à sa question muette par un hochement de tête.

— Il y a du nouveau ?

— Et comment. C'est lui, Jo. Ils ont analysé l'ADN en un temps record. Ça correspond parfaitement, bien au-delà des minima exigés par les tribunaux. Il n'a pas été capable de fournir le moindre alibi pour aucun des meurtres. Ni pour hier. Il dit qu'il a passé la soirée chez lui, tout seul. Il n'y a plus aucun doute, même si on n'arrive pas à lui arracher le moindre aveu. C'est un dur. Mais donne-lui quelques années dans le couloir de la mort à Sing Sing et je te parie qu'il va se ramollir.

Jordan assimila ces informations en silence, ce qui permit à Burroni d'aborder un sujet moins officiel.

— Jordan, je ne sais pas comment tu as réussi à nous conduire jusqu'au bout. Et je ne comprends pas non plus ce que l'Italienne vient faire dans l'histoire. Il y a beaucoup de choses que je n'arrive pas à m'expliquer.

Jordan ne pouvait lui donner tort. En accord avec Christopher, il avait décidé de garder Burroni dans l'ignorance des informations apportées par Maureen. Et surtout, de la manière dont elle les avait obtenues.

— Tu sais, moi non plus je ne comprends pas tout.

— Non, là je ne parle plus de l'enquête. Sur un plan strictement personnel, je suis content d'avoir travaillé avec toi, Jordan. Et je ne le dis pas simplement parce que grâce à cette affaire mes ennuis sont probablement réglés. J'ai changé d'avis sur toi, ce qui t'est arrivé est un vrai scandale.

— Ne t'inquiète pas, James. Je vais bien. Tiens-moi au courant et dis bonjour à ton fils.

Jordan raccrocha et répéta à une Maureen anxieuse ce que Burroni venait de lui dire.

— On dirait bien que c'est lui le coupable. L'ADN l'a confirmé. C'est fini pour Julius Whong.

Ils se regardèrent un instant en silence. Puis Jordan formula ce à quoi ils pensaient tous deux.

— Mais tu sais que pour nous, ce n'est pas fini, n'est-ce pas ?

— Oui, je sais.

— Tu as vu quelque chose qui nous a conduits à Julius Whong. Je n'ai pas l'ombre d'une explication sur le pourquoi et le comment, mais nous savons bien ce qui s'est passé. L'homicide auquel tu as assisté dans ta vision s'est forcément produit. Tu crois que Whong pourrait être l'homme qui tenait un couteau à la main ?

— Je ne sais pas, Jordan. Je l'ai vu de dos, à peine quelques secondes. La corpulence de Whong pourrait correspondre.

Maureen arrêta d'un signe de main le serveur qui s'approchait pour débarrasser les assiettes. Il tourna les talons et s'éloigna.

Jordan poursuivit son discours. Maureen savait exactement vers quelle conclusion il s'acheminait.

— Maintenant que l'élément *Peanuts* a été révélé au public, laissons les enquêteurs qualifiés s'en occuper. Nous, nous devons découvrir ce qui s'est passé dans cette pièce, même si nous ignorons le lieu, la date et le mobile. Ce meurtre pourrait bien être la base des trois homicides récents, mais malgré ça, nous ne pouvons en parler à personne. Tout le monde – y compris Burroni – nous rirait au nez ou appellerait l'hôpital psychiatrique le plus proche.

Une panique sourde s'emparait peu à peu de Maureen. Se rappelant ses pleurs de la veille, elle eut la force de ne pas baisser la tête mais Jordan vit que ses yeux brillaient.

— Je ne sais pas si je peux y arriver.

Jordan tendit le bras et prit la main de Maureen, qui s'étonna qu'un geste aussi infime de la part de cet homme pût la rassurer aussi facilement.

— Mais bien sûr que tu peux. Tu es courageuse et tu n'es plus seule, maintenant. Et surtout, tu n'es pas folle. Je le sais, moi, et je te crois. Tôt ou tard, je suis sûr que tu en verras la fin.

Maureen n'eut pas le temps de répondre car leur conversation fut interrompue par un homme mince vêtu d'un costume noir parfaitement coupé. Il s'approcha de leur table et s'adressa à Jordan.

— Monsieur, si cette ravissante créature vous dit que vous êtes très séduisant, ne l'écoutez pas. Elle dit la même chose à tous les hommes qu'elle rencontre.

Jordan resta interloqué mais, quand il vit le sourire qui fleurit sur les lèvres de Maureen, il se réjouit que cette joyeuse diversion soit venue conclure un moment difficile.

— Jordan, je te présente le professeur Roscoe, le chirurgien qui m'a opérée. C'est grâce à lui que j'ai retrouvé la vue. William, voici Jordan Marsalis, un ami très cher.

Les deux hommes échangèrent une poignée de main qui donna à Jordan l'impression que Roscoe était un homme intègre.

— Mille excuses pour vous avoir dérangés, mais vous devez savoir que nous autres, les médecins, nous sommes de vraies divas. Nous aimons bien savourer nos succès, au risque d'être parfois importuns. Mais c'est humain, non ?

Roscoe se tourna vers Maureen.

— Comment vont vos yeux, commissaire ?

— Très bien. Je ne vous remercierai jamais assez.

Le chirurgien ne sembla pas remarquer que l'enthousiasme de sa patiente était forcé, ni voir l'ombre qui lui avait traversé le visage alors qu'elle prononçait ces mots. Jordan, lui, s'en rendit bien compte et il se demanda comment Roscoe aurait réagi en apprenant les effets secondaires de l'opération.

— Maureen, je crois que cette intervention a été l'un des travaux les plus extraordinaires de ma vie. Et mis à part la satisfaction professionnelle, elle m'a ouvert les portes d'un des temples new-yorkais de la cuisine. Votre père m'a offert un crédit quasi illimité dont j'ai honte de profiter...

Il haussa les épaules et ébaucha un sourire timide.

— ... et c'est pourquoi je me limite à venir seulement un jour sur deux.

Jordan lui indiqua la chaise libre à côté de lui.

— Nous avons presque fini, mais si vous voulez vous joindre à nous...

Le visage de William Roscoe se fit d'un coup très sérieux. Il jeta un coup d'œil vers une table où étaient assis deux hommes d'une cinquantaine d'années, à l'air compassé et plutôt rigide.

— Ces deux barons de la médecine ne me le pardonneraient jamais. C'est incroyable de voir à quel point la science fait ressortir l'absence d'humour de certaines personnes.

Il se redressa et leur lança un sourire complice. Il avait probablement mal interprété la relation entre Maureen et Jordan, mais ni l'un ni l'autre ne prit la peine de corriger son impression.

— Bien, les enfants. Soyez heureux, vous qui le pouvez.

Il se retourna et, d'une démarche droite soulignée par l'élégance de son vêtement, il rejoignit la table où l'attendaient ses collègues, plongés dans le grand menu à reliure en cuir.

Jordan et Maureen n'eurent pas le temps de commenter l'apparition de Roscoe, car le téléphone posé sur la table se mit à vibrer.

Cette fois, un numéro apparut sur l'écran et Jordan le reconnut immédiatement. C'était le poste fixe de son appartement. Il éprouva une sensation de vide à l'estomac ; il savait qui se trouvait à l'autre bout du fil. L'espace d'une seconde, il pensa ignorer l'appel. Il regarda autour de lui, gêné.

Maureen perçut son embarras et pointa le portable du doigt.

— Réponds, ça pourrait être important.

Tu n'imagines pas à quel point. Et tu n'imagines pas non plus combien ça me terrifie.

Il prit la communication. La voix qu'il désirait et craignait sortit du micro.

— Jordan, c'est Lysa.

Impossible d'oublier son regard quand elle l'avait surpris réconfortant Maureen. Impossible d'oublier ce que lui-même avait ressenti à ce moment-là. Il répondit en mode télégraphique, non parce que les mots lui manquaient mais plutôt parce qu'il avait peur de les prononcer.

— Dis-moi.

— J'ai besoin de te parler. C'est très important.

— D'accord, je t'appelle dem...

— Non, Jordan. Tu ne comprends pas. C'est très important et très urgent. J'ai besoin de te parler *maintenant*. Demain, je n'en aurai plus le courage.

Jordan leva les yeux vers Maureen, qui perçut l'urgence dans son regard et hocha la tête.

Jordan n'avait plus d'excuse derrière laquelle se retrancher. Il consulta sa montre et calcula mentalement la durée du trajet en moto jusqu'à la 16e Rue.

— Entendu. Je serai là d'ici vingt minutes.

Il raccrocha et fixa le téléphone pendant un instant, comme si l'appareil était un oracle et que la solution à tous ses problèmes allait apparaître sur l'écran d'une seconde à l'autre.

La voix de Maureen le ramena à la réalité, le distrayant momentanément de ses inquiétudes.

— Des ennuis ?

— Pas tout à fait. Juste un problème personnel sans rapport avec notre affaire.

— Alors, vas-y. Ne t'en fais pas pour moi. Ici, c'est chez moi. Je vais profiter de l'absence de mon père pour jouer à la patronne.

Jordan se leva. Il avait beau être grand et costaud, Maureen trouva sur son visage l'égarement d'un petit garçon.

— On se parle demain. Il va falloir mettre au point une stratégie, comme on dit dans ces cas-là.

— D'accord. Allez, dépêche-toi, tu as déjà perdu trois minutes sur les vingt.

Pendant qu'elle l'observait rejoindre le vestiaire et récupérer son blouson en cuir et le casque, elle n'eut pas besoin de faire appel à son intuition féminine pour comprendre que lorsqu'un homme porte cette expression sur le visage, c'est qu'il a des problèmes de cœur. Elle se dit qu'effectivement, c'était sans rapport avec leur affaire.

Ni elle ni Jordan n'auraient pu deviner à quel point ils se trompaient.

38

Jordan arrêta la Ducati devant l'entrée de son ancien immeuble, éteignit le moteur et appuya la moto sur sa béquille. Après avoir ôté le casque, il resta immobile à observer le cadre lumineux de la porte d'entrée, comme si, par magie, son futur allait se matérialiser sur la surface brillante. Il n'avait pas les clefs de l'appartement, mais même dans le cas contraire, il aurait été incapable de monter et d'ouvrir la porte comme si rien n'avait changé entre Lysa et lui.

Il descendit de la moto et s'approcha de l'interphone, le casque sous le bras.

Il y a peu de temps, au même endroit et presque à la même heure, il s'en était servi pour se défendre de Lloyd et ses amis, après quoi il était rentré chez lui avec un œil enflé et la chemise pleine de sang. Et là, il avait rencontré Lysa, si tranquille face à l'imprévu, si ironique devant la stupeur de cet intrus confronté à une femme nue dans la salle de bains.

Et vous saignez toujours du nez quand vous êtes gêné ?

Il se rappelait parfaitement ses paroles, son visage, ses yeux. Et ce qu'il y avait sous le peignoir quand elle l'avait ouvert. Il aurait préféré que rien de tout cela ne soit arrivé.

Et pourtant, les choses arrivent.

On prononce des mots qui entraînent des conséquences. Voire des séquelles. On fait des gestes qui blessent, par dessein ou par inadvertance.

Ou par peur d'être soi-même blessé.

Ainsi s'était comporté Jordan, ainsi s'était comportée Lysa. Qui des deux avait fait le premier pas – en avant ou en arrière – n'avait plus d'importance désormais.

Jordan avait vu la mort – cadavres allongés sur le sol, éclaboussures de sang sur les murs. Il avait tiré sur d'autres hommes et s'était fait tirer dessus.

Il avait tué.

Et pourtant, en appuyant sur le bouton à côté de la plaque avec son nom, il se sentait désarmé face à tout ce qu'il n'avait pas compris chez Lysa – et surtout face à ce qu'il n'avait ni compris, ni accepté en lui-même.

Il se décida et appuya sur la sonnerie. Peut-être l'avait-elle vu arriver par la fenêtre car elle répondit presque immédiatement.

— Je descends.

Jordan éprouva malgré lui un certain soulagement. Si ses sentiments le faisaient rêver à la chaleur et la tendresse de l'appartement, où il se serait retrouvé seul avec Lysa, ses instincts le rabaissaient au niveau de n'importe quel animal qui choisit de fuir lâchement dès qu'il le peut.

Il entendit le déclic de la serrure électronique et, peu après, Lysa apparut telle que Jordan l'avait toujours vue.

Belle, sensuelle, et derrière une vitre.

Lysa ouvrit la porte quelques secondes plus tard, brisant sa piteuse métaphore. Lysa, si sublime et si proche.

— Salut, dit-elle simplement.

— Salut.

Jordan remarqua que, contrairement à ses habitudes, elle évitait de le regarder en face. Elle paraissait fatiguée, le visage marqué par l'inquiétude et le manque de sommeil. Et ses yeux, ses yeux couleur d'imaginaire, semblaient monochromes alors qu'ils poursuivaient vainement des points qu'eux seuls voyaient.

— Tu as déjà mangé ?

— Oui, j'étais en train de dîner quand tu m'as appelé.

Tu dînais avec elle ?

Voilà ce que Lysa aurait aimé demander. Mais elle ravala ses mots et le goût amer des non-dits lui glissa dans la gorge.

— Désolée de t'avoir dérangé.

— Non, ce n'est rien. J'avais fini.

Lysa fit un signe de tête vers les vitrines éclairées du snack de l'autre côté de la rue.

— Ça te dirait, un café ?

Jordan trouva que c'était une excellente idée. À la maison, ils se seraient sentis distants ; parmi d'autres gens, ils pourraient se donner l'illusion d'être ensemble.

— Un café, oui, parfait.

Ils traversèrent la route en silence, côte à côte, dans la nuit tombante. Jordan sentait le poids du casque dans sa main, Lysa sentait en elle celui de ses tourments. Au fur et à mesure qu'ils se rapprochaient du restaurant, les vitres leur rendaient une silhouette, un visage et un corps après ce court trajet dans l'anonymat nocturne.

Le reste ne fut qu'une succession d'éclairs.

Jordan entendit le vrombissement d'une moto, et soudain, une Honda bleu et blanc surgit sur leur gauche, au coin de la rue, avec à son bord deux passagers en casque intégral et blouson de cuir.

Le conducteur s'arrêta brusquement et l'engin vacilla sous la force du freinage brutal. L'homme à l'arrière leva un bras gainé de cuir dans leur direction.

Même sans voir le pistolet, Jordan comprit en une fraction de seconde ce qui allait se passer. Il réagit instantanément et, alors que le claquement du coup de feu explosait dans ses oreilles et son estomac, il empoigna Lysa et la poussa sur le sol, puis s'allongea sur elle pour faire bouclier avec son propre corps.

Deux autres projectiles déchirèrent la nuit.

Jordan entendit un sifflement à quelques centimètres de sa tête et il reçut quelques éclats de pierre du mur ébréché par les balles.

Grondement du moteur qui accélérait violemment, crissement de pneus sur l'asphalte, et la moto fit demi-tour en dérapage puis repartit, au milieu des klaxons furieux des voitures qui arrivaient dans l'autre sens.

Jordan releva la tête, étourdi par le silence qui venait de tomber après la tempête des coups de feu. Sa chemise était humide et collante au niveau de la poitrine. Il roula sur le côté pour permettre à Lysa de respirer.

— Tout va bien ?

Lysa redressa la tête avec difficulté, cherchant quelque chose des yeux. Jordan suivit la direction de son regard jusqu'à une tache rouge qui s'étendait sur son cœur et descendait comme une main écarlate qui lui caressait le sein.

— Jordan, je...

Il s'agenouilla précipitamment à côté d'elle. Il s'efforça de parler d'un ton le plus rassurant possible.

— Chut, ne dis rien. Tu vas t'en sortir.

Jordan déchira le chemisier et vit que le projectile était entré juste sous l'épaule gauche, à quelques centimètres du cœur. Il approcha son visage de celui de Lysa. L'obscur sortilège de la douleur avait rendu la couleur à ses yeux, mais il en absorbait la lumière.

— Lysa, tu m'entends ? La blessure n'est pas grave, tu vas t'en sortir. Tiens bon, l'ambulance va arriver.

Lysa n'arrivait pas à parler mais elle cligna des yeux pour signifier qu'elle avait compris.

À cet instant, Annette sortit du local en courant, une serviette à la main. Dans tout ce chaos, elle était la seule qui avait eu le courage de sortir. Jordan prit la serviette avec gratitude et l'appuya sur la blessure de Lysa.

— Annette, viens ici et prends ma place. Il faut stopper l'hémorragie.

Jordan se leva, prit son téléphone et le glissa dans la poche du tablier vert d'Annette.

— Appelle la police et dis-leur ce qui s'est passé. Je les contacterai dès que possible.

Jordan ramassa son casque et l'enfila sans prendre le temps de l'attacher, tandis qu'il courait vers la Ducati. Il mit le contact et fit rugir le moteur, la roue arrière patina et la moto bondit en avant. Lancé comme une fusée, il traversa le carrefour en obligeant la camionnette verte d'un traiteur à un virage sec vers le trottoir.

Il s'inséra dans le flot de la circulation, s'efforçant de réfléchir tout en continuant à accélérer.

Il était peu probable que la Honda eût emprunté l'une des voies transversales qui partaient vers l'est, car elle aurait dû traverser un échiquier de croisements et une interminable série de feux tricolores. Or, griller un feu rouge ou filer à travers ces rues à toute vitesse signifiait se retrouver avec la police au train dans la minute.

Il était plus logique pour les motards de continuer vers le sud et d'emprunter la 11e Avenue, où la circulation était moins dense et les contrôles de vitesse beaucoup moins stricts. Le retard de Jordan paraissait impossible à combler, mais il arrivait que le hasard daigne réaliser l'impensable – tantôt en mal, tantôt en bien.

Il remonta la grande artère qui longeait le fleuve Hudson en direction du centre. Non loin de là se trouvait la 14e Rue, où, la veille à peine, l'arrestation de Julius Whong avait mis le point final à une série de meurtres.

Le bolide rouge fonçait à cent cinquante kilomètres heure, slalomant entre les voitures avec l'agilité d'un toréador. Jordan conduisait les mâchoires serrées, bouillonnant de rage, dévoré par l'inquiétude.

Il avait été bouleversé à la vue de la tache rouge qui grossissait sur la chemise de Lysa et aspirait sa vie pour la déverser sur le trottoir. Il ignorait qui étaient les deux hommes sur la Honda, mais c'était de toute évidence Jordan qu'ils voulaient éliminer et, à cause de lui, une personne innocente risquait de mourir.

Arrivé à hauteur du Quai 40, un rétrécissement de la chaussée l'obligea à ralentir. Une série de panneaux et de plots en plastique jaunes signalaient l'entrée dans une zone de travaux. Un bouchon s'était formé et, alors qu'il s'en approchait, Jordan aperçut le feu arrière d'une moto qui serpentait entre les voitures.

Pris dans l'embouteillage, le pilote essayait de rester sur la gauche de la chaussée, mais les automobiles qui se rabattaient sur la droite le contraignaient à avancer en zigzag. Jordan l'observait à travers la visière, les yeux pleins d'espoir.

S'il voulait toutefois profiter de ce coup de chance, il ne devait pas suivre le même itinéraire, sans quoi il allait finir englué dans la file de véhicules. Ce genre de petit miracle ne risquait pas de se reproduire une seconde fois dans la même journée et Jordan ne perdit pas de temps à espérer.

Il prit sa décision en une seconde.

Il freina à l'improviste et amena presque sa moto à l'arrêt. Les automobilistes qui durent l'éviter le maudirent sur Dieu sait combien de générations. Il vira à droite d'un coup et réaccéléra suffisamment pour que la Ducati se cabre, poussée par ses cent quarante chevaux.

Jordan fit retomber la roue avant sur le trottoir surélevé et, quand la roue postérieure heurta le rebord, Jordan contrôla sa légère embardée en faisant contrepoids pour rééquilibrer la moto.

Il repartit à pleins gaz et la fureur des cylindres fit écho à celle de Jordan tandis qu'il filait sur la promenade pour piétons en bordure du fleuve. Il pria intérieurement pour que son pneu arrière ne se soit pas abîmé dans le choc avec le trottoir.

Sa vitesse lui permit de rejoindre la moto au moment où elle sortait du bouchon. Jusque-là, Jordan n'était pas sûr d'avoir retrouvé ses agresseurs, il l'avait simplement espéré. Mais quand la Honda bleu et blanc lui apparut nettement dans la lumière jaunâtre des lampadaires, il ne put retenir un cri d'exultation étouffé par son casque.

— Oui ! Sales fils de pute.

Il accéléra encore.

Terrifié par le bolide qui fondait sur lui, un jogger bondit sur le parapet. Ses imprécations furent noyées dans le bruit du moteur et le déplacement d'air décomposa ses mots en syllabes dépourvues de sens.

Jordan ne ressentait pas la moindre peur. Elle viendrait sûrement plus tard lui présenter l'addition, mais pour l'instant, il était aiguillonné par la vitesse et l'adrénaline, par son désir de faire payer aux deux criminels cette fleur de sang sur le chemisier de Lysa.

Dès que Jordan entra dans son champ visuel, le pilote de la Honda remarqua du coin de l'œil la flèche écarlate qui roulait sur le trottoir à sa droite. Il tourna la tête et comprit immédiatement. Il accéléra à fond, un soubresaut de la carène marquant chaque passage de vitesse.

Les deux bolides couraient désormais en parallèle.

Le passager leva le bras dans sa direction et Jordan, cette fois, eut le temps de voir l'énorme pistolet qu'il brandissait. Avec un synchronisme parfait, il braqua à gauche à l'instant où l'homme pressait la détente. Il vit l'éclair craché par le canon mais n'entendit pas la détonation.

Profitant d'une rampe, il redescendit sur l'asphalte et se colla à la Honda, roue dans roue, légèrement décalé sur la gauche pour que le passager – un droitier – ait plus de mal à le viser.

Mais cela n'empêcha pas l'homme de changer le pistolet de main pour tirer deux fois à l'aveugle, ce qui força Jordan à braquer violemment une nouvelle fois.

Il ne parvenait pas à voir l'arme assez précisément pour en reconnaître le modèle. Et sans cela, impossible de calculer le nombre de balles restantes. Trois devant le restaurant, trois à présent. S'il était dans la moyenne des automatiques, le chargeur devait contenir neuf ou dix coups, ce qui en laissait au moins trois. Au goût de Jordan, ça en faisait trois de trop.

Dans la poursuite échevelée, les deux motos qui se frôlaient presque avaient tracé vers le sud à toute vitesse, fonçant entre les voitures comme deux billes de flipper affolées.

Ils avaient perdu le fleuve de vue et traversaient à présent le Financial Center, avec les bureaux de Merryl Lynch et d'American Express sur leur droite, et sur la gauche les lumières de Ground Zero, qui se perdaient dans un ciel vide et désolé. Ces projecteurs-là ne servaient pas à embellir une façade, mais à rappeler celles qui avaient disparu.

Jordan vit alors une voiture de patrouille arriver dans l'autre sens, gyrophares allumés, et faire un demi-tour rapide à hauteur d'Albany Street pour se lancer à leurs trousses. Rien d'étonnant à ce qu'un honnête citoyen ait appelé la police en voyant deux motos lancées comme des fusées sur la 11e, le passager de la première tirant sur le pilote de la seconde.

Jordan ignora son poursuivant ; il n'entendait même pas les sirènes hurlantes. Il resta concentré sur les assaillants devant lui, attentif au flux des véhicules et aux carrefours. Seuls les contours de la Honda apparaissaient nets à ses yeux, le reste étant réduit, sous l'effet de la vitesse, à un entrelacement de traînées colorées. Bien qu'ils eussent réduit l'allure à cause de la circulation, la moindre distraction pouvait être fatale.

Le pilote de la Honda avait dû remarquer l'escorte de police car, arrivé au bout de l'avenue, il continua tout droit dans Battery Park et se faufila dans les ruelles goudronnées du parc. Il manœuvrait sa moto avec une grande dextérité et pensait sûrement mettre ses poursuivants en difficulté sur les chemins tortueux. Il s'était sûrement dit que la voiture de police ne pourrait pas s'engager dans les méandres de la zone boisée et que Jordan ne parviendrait peut-être pas à le suivre.

Ils dépassèrent la construction circulaire de Castle Clinton aussi vite que la route le permettait, en firent le tour, et Jordan vit la Honda effectuer un dérapage contrôlé impressionnant de maîtrise – d'autant plus qu'ils étaient à deux sur la moto.

Il comprit qu'il devait absolument trouver un moyen de le bloquer. Il se savait bon pilote, mais l'autre était d'un tout autre niveau. S'il tombait ou si la Honda réussissait à sortir du parc de l'autre côté, il ne pourrait probablement jamais la rejoindre.

Tandis qu'il réfléchissait, la moto braqua à droite et se dirigea vers les embarcadères pour Ellis Island. Elle évita avec agilité les petites baraques des vendeurs de souvenirs, heureusement fermées à cette heure tardive.

Jordan le vit orienter la moto droit sur l'eau et accélérer violemment. Il comprit instantanément. Au bord de la mer, le parc était délimité par un passage piétonnier qui conduisait aux terminaux des ferries pour Staten Island. On accédait à cette promenade – bien plus basse que le reste du parc – par une volée de marches.

Le pilote de la Honda comptait les sauter.

C'était une cascade extrêmement périlleuse car elle devait être exécutée en diagonale : à cause de l'étroitesse du front de mer, c'était la seule manière d'éviter le crash contre le parapet. Et s'il réussissait, Jordan devrait abandonner la poursuite, car il se sentait incapable de faire la même chose.

La roue antérieure de la Honda se décolla du sol, le pilote cabrant la moto pour empêcher que le poids du moteur la fasse plonger en avant pendant le saut.

Et un éclat de seconde plus tard, un dernier rugissement du moteur propulsa la moto dans les airs.

C'est l'homme au pistolet qui compromit la manœuvre. Par peur ou par inexpérience, il ne calqua pas ses mouvements sur ceux du pilote et son poids fit déraper la moto au moment de l'atterrissage. La roue arrière chassa à droite mais l'effet élastique la fit repartir dans l'autre sens et la Honda s'écrasa sur le flanc. Le passager fut catapulté en l'air et atterrit sur le dos contre l'épaisse barrière de métal qui constituait le rebord du ponton. Jordan vit son corps se plier à la limite de la rupture puis basculer dans l'eau après une pirouette parfaite. Emprisonné sous la carrosserie, le pilote glissa sur les pavés et finit broyé contre la base en ciment du parapet.

Jordan avait pilé sec et s'était arrêté à quelques centimètres des marches d'où la Honda avait tenté son acrobatie hasardeuse. Il mit la 999 sur sa béquille et descendit les escaliers en courant.

Sous l'éclairage incertain des lampadaires, Jordan s'approcha du pilote coincé sous la moto accidentée. En voyant la position de la tête par rapport au corps, il comprit que l'homme n'attaquerait plus jamais personne. Inutile de contrôler son pouls pour deviner qu'il était mort.

Jordan ôta son casque, le posa par terre et se pencha sur le cadavre.

Il entendit alors un bruit de pas précipité derrière lui, suivi par le faisceau d'une lampe torche et une voix qu'il reconnut immédiatement.

— Hé, toi ! Debout, les mains derrière la tête, tout de suite ! Retourne-toi lentement, allonge-toi face contre terre et ne bouge plus.

Jordan imagina le tableau dans son dos : l'un des agents qui l'éclairait, l'autre décalé sur le côté, pistolet dégainé, prêt à tirer au moindre signe de danger.

Il obéit donc aux ordres et se releva, les doigts entrelacés sur la nuque. C'était la première fois qu'il subissait ce qu'il avait tant de fois imposé à d'autres.

— Je ne suis pas armé.

Impérieuse, la voix que Jordan connaissait répéta ses ordres, comme on le lui avait enseigné à l'Académie de police.

— Fais ce que je t'ai dit, connard. Oublie pas que t'as un pistolet pointé sur toi. Un faux mouvement et je tire.

Jordan se retourna ; le cône lumineux se fixa sur son visage. Il s'adressa à la voix cachée dans l'obscurité.

— Si quelqu'un doit m'arrêter, je suis content que ce soit toi, Rodriguez.

La lumière resta encore quelques secondes sur la tête de Jordan puis descendit sur la moto écrasée contre le parapet et le corps encastré dessous. La voix résonna de nouveau, mais la fermeté avait cédé la place à l'étonnement.

— C'est pas vrai. Lieutenant Marsalis ?

Je ne suis plus lieutenant, Rodriguez...

Mais cette fois, il ne prit pas la peine de corriger.

— Je peux baisser les bras ?

Ils rengainèrent leurs armes. Les soldats en bleu s'approchèrent de Jordan dans l'éclairage ambré.

— Bien sûr. Mais qu'est-ce qui s'est passé ? On nous a signalé deux motos qui faisaient la course sur la...

Jordan l'interrompit, au risque de paraître brusque.

— Rodriguez, s'il te plaît. J'ai besoin de ton téléphone, juste une minute. Je passe un coup de fil et après, promis, je t'explique tout de A à Z.

Le policier lui tendit son portable. Jordan composa son propre numéro avec précipitation, comme si les touches étaient incandescentes. Annette répondit immédiatement.

— Allô ?

— C'est Jordan. Vous êtes où ?

— À l'hôpital Saint Vincent, sur la 7e Avenue, à hauteur de la 12e Rue.

— Oui, je connais. Comment va-t-elle ?

— L'ambulance est arrivée très vite. Ton amie est encore en salle d'opération.

— Que disent les médecins ?

— Rien pour l'instant.

Jordan était content d'être dans la pénombre car les policiers ne purent voir la flamme qui s'alluma d'un coup dans ses pupilles.

— De mon côté, c'est le bordel. J'arrive dès que possible.

— Ne t'inquiète pas. En ce moment, de toute façon, tu ne pourrais rien faire de plus que moi. Juste attendre.

— S'il y a du nouveau, rappelle le numéro qui s'est affiché sur l'écran.

— Compris.

— Je te remercie, Annette. Je te revaudrai ça un jour.

— C'est moi qui suis en train de payer ma dette, Jordan. Et je suis désolée que ce soit de cette manière.

Jordan raccrocha et retourna vers Rodriguez pour lui rendre son téléphone. Pendant la conversation, tenaillé par l'anxiété, il s'était éloigné de quelques dizaines de mètres sans s'en rendre compte.

L'autre policier, que Rodriguez lui présenta comme l'agent Bozman, était agenouillé à côté de la moto et pointait la torche sur la visière relevée du casque du pilote. Yeux éteints, peau noire.

— Il est raide, dit-il en se relevant.

— Je vous conseille d'appeler la brigade fluviale, qu'ils envoient des plongeurs. Il y avait un passager, il a été catapulté dans l'eau. Vu la façon dont il s'est écrasé contre la barrière, il ne devrait pas être en meilleur état que le pilote.

Rodriguez regagna la voiture pour appeler les renforts nécessaires et Bozman se pencha au-dessus de la balustrade pour éclairer les eaux noires qui clapotaient entre les pylônes du débarcadère.

Jordan s'accroupit de nouveau à côté du cadavre. Par habitude et en profitant du fait que personne ne le surveillait, il fouilla le corps rapidement, comme l'aurait fait tout policier dans cette situation. Les poches étaient vides. Il ouvrit la fermeture éclair du blouson en cuir et, à l'intérieur, il trouva une enveloppe blanche sans adresse ni aucune autre mention écrite.

Sans réfléchir, il la prit et l'enfila dans la poche de sa chemise.

Il défit ensuite les attaches du casque et l'enleva. Il ne fut pas tellement surpris de reconnaître Lord, les globes oculaires révulsés, fixés sur un ciel aussi noir que le lieu où il se trouvait désormais. À peine libéré du casque, son visage se déforma et s'allongea vers le bas comme si les os s'étaient en partie liquéfiés sous la peau. Jordan comprit que le casque rigide avait maintenu le crâne fracturé jusqu'au moment où il l'avait ôté. Il fut saisi d'une envie soudaine de piétiner la tête de Lord pour finir le travail. Le salaud avait eu ce qu'il méritait.

Espèce de sale connard de fils de pute.

Lord lui avait promis un deuxième round et il avait tenu parole.

Et à cause du manque de précision de son complice, Lysa avait reçu la balle destinée à Jordan.

En attendant les renforts que Rodriguez avait appelés par radio, Jordan fit un rapide topo de la situation aux deux agents. Peu après l'intervention des plongeurs, le corps du tireur fut repêché. Ils l'avaient retrouvé facilement, juste sous le parapet, entraîné jusqu'au fond par le poids du casque rempli d'eau. Le cadavre émergea des flots ruisselant et démantibulé, le dos brisé, telle une poupée de chiffon qu'une petite fille aurait laissée tomber dans la mer par inadvertance.

Quant à Lord, la dernière image que Jordan conserverait de lui était son visage disparaissant sous la fermeture éclair d'un grand sac noir que l'on chargea dans l'ambulance. Ses yeux contemplaient toujours le vide ; personne ne s'était soucié de lui fermer les paupières et Jordan espéra que personne ne le ferait jamais, pour que cet enfoiré continue de fixer le couvercle de son cercueil jusqu'à la fin des temps.

39

Assis dans la salle d'attente de l'hôpital, Jordan patientait.

Quelques minutes plus tôt, après avoir arrêté la Ducati devant le panneau qui indiquait en lettres rouges l'entrée des ambulances, il avait remarqué l'enseigne blanc, bleu et or sur le fronton de l'établissement : Saint Vincent Catholic Medical Center.

Il n'avait pu retenir une grimace, gêné par cette affiliation religieuse.

L'impuissance des hommes et le pouvoir de Dieu rassemblés dans un même endroit.

Jordan avait pensé à Cesar Whong et Christopher Marsalis, deux hommes très riches et influents qui, malgré tout, n'avaient pas réussi à éviter que leurs enfants donnent ou reçoivent la mort.

Quant au pouvoir de Dieu...

À quelques dizaines de mètres du Saint Vincent, des centaines de petites plaques colorées étaient accrochées en rangées régulières sur les grilles d'un parc de stationnement. Elles avaient été fabriquées par les enfants des écoles primaires en souvenir des victimes du 11-Septembre.

Devant de tels témoignages, Jordan avait du mal à croire en l'existence d'un Dieu infiniment bon, qui chérissait chaque être humain comme son enfant. Combien de personnes s'étaient trouvées dans la salle d'attente de ce bâtiment en brique sombre, en train de prier pour une personne aimée avec toute la ferveur de leur foi, obtenant pour toute réponse un médecin qui sortait de la salle d'opération en secouant la tête ?

Jordan avait garé sa moto dans la rue, malgré le risque qu'elle ne soit plus là à son retour. Il avait rejoint l'entrée, franchi les portes automatiques en verre et ôté son casque, offrant son visage à la vue des hommes et sans plus se soucier du regard des dieux.

Une sœur blanche comme les murs du hall était passée devant lui, frêle enveloppe humaine qui marchait à petits pas pressés dans sa quête de sainteté.

Jordan l'avait suivie du regard tout en cherchant à s'orienter. Quand la forme immaculée était sortie de son champ de vision, il avait aperçu Annette sur une chaise à sa droite, encore vêtue de l'uniforme du restaurant.

Elle s'était levée pour venir à sa rencontre et avait répondu immédiatement à la question qu'elle lisait dans ses yeux.

— Toujours rien.

Jordan avait essayé de se convaincre que la sagesse populaire disait vrai : pas de nouvelles, bonnes nouvelles.

— Merci, Annette. Rentre chez toi, je vais rester ici.

La serveuse avait fait un geste timide vers le bureau d'accueil, où une employée en tailleur bleu gardait les yeux rivés sur un écran d'ordinateur.

— Je crois qu'il y a des formalités administratives à régler. Ils m'ont posé des questions auxquelles je ne savais pas répondre.

— Ne t'inquiète pas, je m'en charge.

Jordan avait alors baissé la voix et parlé sans regarder Annette dans les yeux, non par honte mais pour ne pas la mettre dans l'embarras.

— Est-ce qu'ils t'ont dit que Lysa est un homme ?

Ses paroles et ses hésitations n'avaient pas eu grand effet sur Annette. Elle faisait partie de ces gens que plus rien n'étonne.

— Non, ils ne m'ont rien dit. Mais si c'est le cas, tout ce que je peux dire c'est que, pour un homme, elle est la plus belle femme que j'ai jamais vue.

Elle avait glissé la main dans la poche de sa robe pour en tirer le téléphone de Jordan.

— Tu les as attrapés, au moins ? Ceux qui vous ont tiré dessus ?

— Oui. Ils ne tireront plus jamais sur personne.

— Amen, avait commenté Annette, laconique.

S'était ensuivi un bref instant de flottement, que la serveuse avait désamorcé en regardant sa montre.

— Bien, il est temps que je m'en aille.

Jordan avait sorti son portefeuille.

— Laisse-moi te donner de l'argent pour le taxi.

Elle avait bloqué son geste en lui prenant le poignet.

— Même pas si je devais rentrer jusqu'à Brooklyn à pied. Le métro ira très bien, comme toujours.

Elle avait fait quelques pas vers la porte puis s'était arrêtée, comme si elle venait de changer d'avis. Elle s'était retournée pour revenir près de Jordan, un sourire malicieux sur le visage – une expression qu'il ne lui avait encore jamais vue.

— Éventuellement, comme récompense, si un jour tu as le temps, j'aimerais bien que tu m'emmènes faire un tour sur ta belle cylindrée.

Jordan lui avait renvoyé un sourire teinté de stupeur auquel Annette avait répondu par un geste d'exaspération feinte.

— Ah, les hommes...

Elle avait parachevé son numéro en secouant la tête avec une incrédulité ironique face à l'incompréhension de Jordan.

— À mon âge, mon garçon, ça fait un moment que je suis sortie du circuit, mais c'est bien pour ça que je vais te dire une chose. Et j'ai l'impression que tu es tellement déconnecté de ces questions que tu ne t'en rends même pas compte...

— De quoi ?

— Du fait que *toi aussi*, tu es l'une des plus belles personnes que j'ai jamais vues. Bonne chance à toi et à cette pauvre femme.

Sans rien ajouter, elle avait tourné les talons et quitté l'hôpital. Jordan n'avait pas bougé jusqu'à ce que les portes se referment derrière elle.

Puis il s'était rendu à l'accueil. La réceptionniste était une femme d'âge moyen à l'air aimable et intelligent, que le badge épinglé sur sa veste bleu marine identifiait comme Franzisca Jarid. Il lui avait fourni les informations nécessaires sur Lysa, qu'Annette ignorait. Si elle était au courant de la discordance entre le sexe d'Alexander Guerrerro et son apparence physique, l'employée n'en avait rien laissé paraître.

Ignorant si Lysa avait une mutuelle ou pas, il avait laissé sa carte de crédit en promettant qu'il irait dès le lendemain chercher les papiers de l'assurance à l'appartement.

L'aimable et intelligente Franzisca avait regardé attentivement le rectangle en plastique coloré, puis le visage de Jordan, et lui avait enfin indiqué la rangée de fauteuils à sa gauche. Le hall était désert. Elle l'avait prié de s'asseoir et de patienter, l'assurant qu'il serait immédiatement informé de toute évolution.

C'est donc ce qu'il avait fait et continuait de faire. Attendre.

Et pendant cette attente interminable, la tempête qu'il traversait sur une coquille de noix depuis la mort de Gerald lui parut aussi lointaine que la plus distante des étoiles. Jordan ne pensait qu'à une chose : les yeux éperdus de Lysa allongée sur l'asphalte, la surprise et la peur qu'il y avait lues tandis qu'elle cherchait son regard à lui.

Il observa la salle d'attente, imprégnée de cette légère odeur de désinfectant qui marque l'identité olfactive de tous les hôpitaux. Il imagina l'arrivée de l'ambulance, la pochette de sang et l'aiguille plantée dans la veine, la précipitation organisée des infirmières, la course du brancard. Il imagina Lysa, les paupières mi-closes et encore consciente, qui voyait les lumières du plafond défiler au-dessus d'elle, tels autant des petits soleils qui se levaient et se couchaient.

Et il réalisa qu'ils n'avaient jamais réellement parlé. Pendant leur seule véritable conversation, ils s'étaient raconté des fragments anodins de leurs vies respectives – lui, trop préoccupé par son enquête macabre, et elle, trop inaccessible dans sa tactique de guérilla, se montrant peu et restant cachée la plupart du temps.

Ils n'avaient jamais échangé leurs impressions sur un livre, discuté d'une comédie en sortant du théâtre ou écouté de la musique ensemble – excepté celle imposée par le voisin du dessous, littéralement obsessif dans sa commémoration de la mort de Connor Slave.

Le désir ressenti à cette époque n'est rien comparé à celui que j'éprouve aujourd'hui pour toi...

Les mots prononcés ce jour-là au restaurant sur le fleuve l'avaient fait fuir. Jordan comprenait seulement maintenant que ce n'était pas lui qu'elle fuyait, mais elle-même.

Dans le couloir à sa gauche, à travers le verre dépoli des doubles portes, il vit s'approcher deux silhouettes blanches. Le cœur de Jordan bondit dans sa poitrine mais sa bouffée d'espoir retomba quand les battants s'ouvrirent pour laisser entrer deux jeunes infirmières. Elles passèrent devant Jordan en bavardant, traversèrent le hall et s'éloignèrent, le laissant dans l'expectative. Il ne saurait jamais ce que la plus grande avait fait avec Robert ce fameux week-end, ni ce qui était écrit sur la carte qu'elle avait reçue pour son anniversaire.

Mais ce fragment de conversation, par association d'idées, lui rappela autre chose.

Il porta la main à sa poitrine et sentit le bruissement de l'enveloppe dans sa poche – cette enveloppe qu'il avait prise dans le blouson de Lord sans réfléchir. Il la sortit et l'examina : blanche, simple, sans aucune inscription. Jordan eut d'abord l'impression qu'elle était vide.

Il l'ouvrit et découvrit à l'intérieur un petit morceau de papier coloré. Il le sortit et constata avec étonnement qu'il s'agissait d'un chèque de banque de vingt-cinq mille dollars émis par la Chase Manhattan Bank. Il n'y en avait que la moitié, coupée en diagonale. Le nom du bénéficiaire n'apparaissait pas en entier car le début se trouvait sur la partie manquante, mais Jordan le devina facilement.

...ay Lonard.

DeRay Lonard, nom de rue « Lord », dernière adresse connue : un congélateur à la morgue. Cette ordure représentait pour Jordan la seule raison valable de croire en Dieu et au Paradis : il espéra que le Tout-puissant lui avait réservé une place d'honneur dans Son pire enfer.

Assis les coudes appuyés sur ses genoux, le regard fixé sur ce morceau de papier serré entre ses doigts, il se demanda vainement comment Lord avait obtenu ce chèque et pourquoi.

Deux chaussons de papier vert entrèrent dans l'horizon restreint de son champ visuel – les pieds d'un chirurgien qui venait de sortir du bloc.

— Excusez-moi, vous êtes Jordan Marsalis ?

Il se redressa d'un coup et se trouva face à un médecin qui portait encore blouse et bonnet. Il était relativement jeune et de constitution frêle, mais ses yeux marron donnaient une impression de maîtrise et de tranquillité. Jordan se leva. Il avait beau faire une tête de plus que le chirurgien, il se sentait tout petit.

— Oui ?

— Je suis le docteur Melwyn Leko, c'est moi qui viens d'opérer votre amie.

— Comment va-t-elle ?

— La balle est entrée et ressortie sans endommager aucun organe vital. Si vous croyez aux miracles, ne cherchez pas plus loin. Elle a perdu beaucoup de sang et il faut attendre les vingt-quatre heures habituelles avant de pouvoir se prononcer, mais elle est en très bonne santé générale et nous pouvons raisonnablement espérer un rétablissement complet.

Jordan expira tout l'air de ses poumons et toute son inquiétude. S'efforçant de tempérer son impatience, il demanda :

— Je peux la voir ?

— Pour l'instant, il vaudrait mieux que non. Elle se trouve actuellement en salle de réveil et l'anesthésie ne devrait pas tarder à se dissiper, mais je pense que nous allons prolonger son sommeil et la garder en soins intensifs jusqu'à demain.

Le médecin s'écarta ensuite du pur compte rendu médical pour devenir un homme qui essaie simplement de rassurer un autre homme, confirmant la première impression positive que Jordan avait eue de lui.

— Croyez-moi, vous ne pouvez rien faire pour l'instant. Vous devriez rentrer chez vous. Faites-moi confiance, elle est entre de bonnes mains.

Jordan hocha la tête à plusieurs reprises pour montrer qu'il avait compris et qu'il se fiait à son interlocuteur.

Ils se serrèrent la main.

— Merci, dit Jordan simplement.

— C'est mon travail, répondit le médecin avec la même simplicité.

Puis il s'éloigna, les mains derrière le dos. Jordan ramassa son casque et s'achemina vers la sortie. Il attendit l'ouverture des portes automatiques et quitta l'hôpital. Dehors, le second miracle de la soirée l'attendait : sa moto n'avait pas bougé. Il décida d'y voir un bon augure et, à la lumière du pronostic optimiste de Melwyn Leko, il s'autorisa une petite considération ironique.

En remettant son casque, il se demanda avec un sourire caché qui résoudrait la question de savoir si Lysa devait être hospitalisée avec les hommes ou avec les femmes.

40

Maureen se réveilla avec la sensation d'être plus fatiguée que lorsqu'elle s'était couchée. Malgré le somnifère avalé la veille, elle avait passé une nuit agitée, peuplée de cauchemars et d'angoisse, sans même savoir avec certitude si les images qui saturaient son inconscient lui appartenaient, à elle et à elle seule.

Je ne suis même plus maîtresse de mes propres rêves.

Elle regarda le réveil digital posé sur la surface en marbre gris de sa table de chevet. Les chiffres rouges indiquaient qu'il était presque midi.

Elle repoussa les draps froissés, se leva et chaussa ses lunettes noires avant d'aller ouvrir les lourds rideaux qui bloquaient la lumière du jour. Elle écarta également les voilages et laissa entrer les pleins rayons du soleil. Sous ses yeux, Park Avenue semblait pavée d'une mosaïque bigarrée de toits de voitures bloquées dans un embouteillage. Maureen envia ces gens qui conduisaient leurs autos, marchaient sur le trottoir, se déplaçaient en ville. Quand ils regardaient autour d'eux, le monde qu'ils voyaient existait ici et maintenant ; ils n'étaient pas plongés dans un univers incompréhensible et inconnu, parasité par des messages surgis d'autrefois et d'ailleurs.

Après la constatation irréfutable que les souvenirs éclatés qui se substituaient parfois à sa vue appartenaient à Gerald Marsalis, elle s'était hâtée – presque par devoir – de découvrir les œuvres de Jerry Kho. Une galerie d'art à Soho avait organisé une rétrospective. Elle avait parcouru les salles calmement, étrangement indifférente, sans éprouver le moindre déjà-vu, et redoutant que se manifeste, d'un instant à l'autre, un nouvel épisode de

de quoi ? quel nom donner à cette chose ?

mais finalement, il ne s'était rien passé. Elle s'était longuement arrêtée devant chaque tableau exposé et, peu à peu, face à ces taches colorées, un sentiment de malaise s'était emparé d'elle. À l'intérieur de cadres, *derrière* ces toiles, elle avait perçu la nuit et la destruction, des plaies béantes et le hurlement de douleur d'un esprit dévoré par les cauchemars, tel le corps d'un homme attaqué par des piranhas dans un grand bouillonnement d'eau.

Tout comme Connor Slave, Jerry Kho était un artiste disparu trop tôt, assassiné par la folie humaine alors qu'il entrait tout juste dans le printemps de sa créativité. Mais Connor avait également été un homme, alors que Kho avait refusé de le devenir. Gerald était probablement déjà mort bien longtemps avant que la mort physique s'emparât de lui, dispensée par quelqu'un qui n'était pas plus humain que lui.

Maureen se détacha de la fenêtre et les rideaux légers retombèrent doucement entre elle et le monde extérieur. Elle s'approcha du fauteuil et, pendant qu'elle enfilait un confortable pantalon de survêtement, elle entendit sonner le téléphone, quelque part dans l'appartement.

Pour ne pas troubler son sommeil, Mary Ann Levallier avait fait couper la sonnerie du poste installé dans la chambre de sa fille. La porte s'ouvrit sans un bruit et le visage hâlé d'Estrella apparut dans l'embrasure.

— Ah, mademoiselle, vous êtes réveillée. Il y a un appel d'Italie pour vous, vous pouvez le prendre ici.

Maureen alla décrocher le téléphone sur la table de chevet, un meuble en ronce de noyer de style Empire. Hésitante, elle approcha le combiné de son oreille.

— Oui ?

La voix rassurante et positive de Franco Roberto la surprit.

— Comment va le plus beau commissaire de la police italienne ?

Elle connaissait trop bien son ami et avocat pour ignorer combien il était sensible et attentif dans le choix de ses mots.

Son insouciance ne dérivait pas d'un manque de tact, mais plutôt d'une affection sans bornes.

— Bonjour, Franco. Ne me dis pas que tu es encore au bureau à cette heure-ci !

— Bien sûr que je suis encore au bureau. J'ai passé toute la journée – et je vais passer une bonne partie de la nuit – à réviser mes notes pour une audience importante, demain. Il faut que je gagne ma croûte, tu sais ?

— Si je me souviens bien de tes honoraires, ta croûte est somptueusement garnie.

Maureen s'aligna sur le ton léger de la conversation, contaminée malgré elle par cet optimisme qui lui arrivait de six mille kilomètres de distance.

— Mensonges menteurs et fausses faussetés, si tu me concèdes ces deux doubles négations réalistes. Mais plus sérieusement, j'ai parlé à ton père et j'ai appris la bonne nouvelle. Il m'a dit que l'opération a parfaitement réussi.

Ça, oui... même si je t'expliquais, tu ne pourrais jamais concevoir à quel point...

Mais elle n'eut pas besoin de répondre. De l'autre côté, Franco poursuivit et en arriva au fait.

— Eh bien, moi aussi je voulais te donner une bonne nouvelle. Le procès sur l'affaire Avenir Gallardo sera une simple formalité. Sur la base de ton témoignage après ce qui t'est arrivé, la moitié des policiers de Rome se sont mobilisés. Ils ont quadrillé la forêt de Manziana millimètre par millimètre et, finalement, ils ont trouvé une balle fichée dans un arbre. L'expertise balistique a montré qu'elle venait de la même arme que les projectiles extraits du corps de Connor. Ça confirme ta version des faits à cent pour cent, ce qui signifie que je vais faire d'une pierre deux coups.

— C'est-à-dire ?

— Établir ton innocence et encaisser un chèque avec le tampon de la Police nationale. Quoique... Je ne suis même pas sûr de l'encaisser, peut-être que je vais l'encadrer dans mon bureau comme un *ex-voto*.

Maureen resta silencieuse.

— Qu'est-ce qu'il y a ? Je pensais que tu serais contente.

— Bien sûr que je le suis, c'est une excellente nouvelle.

Ou du moins, elle *aurait dû* l'être. Il n'y a pas si longtemps, dans cette situation, elle aurait pu prendre le premier avion pour rejoindre Connor, l'embrasser et partager sa joie avec lui. Mais désormais, comment pouvait-elle se réjouir quand ce résultat avait été obtenu au prix de sa vie ?

Franco parut deviner les pensées de Maureen car il se fit compréhensif et réconfortant, comme lui seul savait l'être.

— Bien. Sache qu'ici, tout le monde t'attend. Je ne suis pas assez stupide pour croire que les choses pourront reprendre comme avant, ni pour essayer de te faire avaler ça. Mais si tu me permets une considération banale, laisse faire le temps et repose-toi sur les gens qui t'aiment. Ça ne changera pas la situation, mais ça t'aidera à la supporter. Et si tu as besoin de moi, tu sais que je serai toujours là.

— Je sais, Franco, et tu ne peux pas imaginer à quel point je t'en suis reconnaissante. Bonne chance pour ton audience demain.

Elle raccrocha. Franco avait raison sur beaucoup de points.

Elle était jeune.

Certains la trouvaient belle.

Il y en avait même qui la trouvaient belle *et* intelligente.

Mais au cours de son existence, elle n'avait rencontré qu'une seule personne capable, par sa simple présence, de lui donner l'impression qu'elle était la plus belle, la plus intelligente et la plus aimée de toutes les femmes.

Et maintenant, son absence faisait d'elle une femme seule et obligée de se cacher.

Le monde n'admet pas volontiers les gens qui souffrent sans pudeur. Chacun court après l'illusion que le mal n'existe pas, et personne n'est disposé à supporter bien longtemps une preuve flagrante du contraire.

Maureen se dit qu'une tasse de café ne pouvait pas rendre sa journée plus amère qu'elle n'était déjà. Mais elle pouvait la réchauffer un peu. Estrella se serait empressée de lui en apporter une, mais Maureen préféra quitter sa chambre et aller à la cuisine.

La maison était relativement grande, avec une surface de presque quatre cents mètres carrés nettement divisée entre pièces diurnes et nocturnes, séparées par un grand vestibule qui donnait sur la cuisine. Pendant ses années en Italie, la mère de Maureen avait parfaitement assimilé le goût européen ; l'ameublement juxtaposait harmonieusement des objets au design le plus novateur avec des meubles anciens français ou espagnols, qui s'accordaient impeccablement avec les tentures et les couleurs pâles des murs.

En adéquation avec le caractère de Mary Ann Levallier, rien n'était laissé au hasard.

Alors qu'elle marchait pieds nus dans le couloir, elle entendit des voix qui provenaient de l'autre bout de la maison. Elle crut reconnaître sa mère et s'en étonna : d'habitude, à cette heure-là, l'avocate était dans son cabinet, un vaste bureau tout en verre et boiseries qui occupait un demi-étage des Trump Towers.

Quand Maureen déboucha dans l'entrée, elle trouva sa mère en compagnie de deux inconnus.

Le premier était grand et très musclé, les cheveux en brosse et un cou trop large pour sa chemise, qu'il portait ouverte et sans cravate sous un costume noir. Maureen ne put voir la couleur de ses yeux car il portait des lunettes de soleil.

L'autre avait une soixantaine d'années. Plus petit et beaucoup plus mince que son acolyte, il était habillé avec élégance d'une veste croisée de facture impeccable. Il avait des cheveux grisonnants coiffés vers l'arrière et des yeux légèrement allongés typiquement asiatiques, même après de nombreux mélanges avec d'autres origines. Sa peau brillante évoqua étrangement à Maureen les statues de cire de Madame Tussaud.

Il parlait à sa mère d'une voix basse et profonde qui contrastait avec sa corpulence svelte.

— Madame Levallier, je ne sais comment vous remercier d'avoir accepté de me recevoir chez vous et pas à votre bureau. Pour des raisons personnelles, je tenais à vous parler en personne dans un lieu moins... comment dire... officiel.

— Il n'y a aucun problème. Je commence aujourd'hui même à m'occuper de l'affaire.

Elle remarqua alors la présence de Maureen et fit un pas vers elle.

— Ah, Maureen, te voilà. Monsieur Whong, je vous présente ma fille, Maureen.

L'homme sourit, les yeux réduits à une fente. Malgré la chaleur qu'il tentait de donner à sa voix, son sourire n'était qu'une crispation glaciale des lèvres. Les mots qui suivirent se voulaient un compliment mais sonnèrent plutôt comme une application formelle de l'étiquette.

— Vous avez beaucoup de chance et votre fille aussi, pour la même raison.

Cet homme qu'on venait de lui présenter comme monsieur Whong s'approcha de Maureen et lui tendit la main. En la serrant, elle s'étonna presque de ne pas sentir sous ses doigts les écailles d'un serpent.

— Bonjour, mademoiselle. Je suis enchanté de vous rencontrer. Je m'appelle Cesar Whong ; l'homme derrière moi est monsieur Hocto. Il n'est pas très disert, mais vous imaginez bien que ce n'est pas pour son éloquence que je l'emploie. Votre mère a accepté de me recevoir et de m'aider dans une affaire qui me touche de près.

Maureen jeta un coup d'œil rapide vers Mary Ann et la vit se raidir. Elle reporta son attention sur le visage de cire de Cesar Whong et adopta la même froideur cordiale.

Elle lui adressa son plus beau sourire.

— Je suis certaine que vous possédez le profil idéal pour trouver en ma mère la personne la plus apte à résoudre votre affaire.

Cesar Whong ne remarqua pas – ou fit semblant de ne pas remarquer – le geste d'irritation instinctif que Mary Ann n'avait pu retenir. Il acquiesça d'un léger hochement de tête.

— Je n'en doute pas un instant, moi non plus. Je vous salue, madame Levallier. Et bonne chance à vous, Maureen. Nous en avons tous grand besoin, n'est-ce pas ?

Pendant toute leur conversation, Hocto s'était maintenu en retrait. Une présence muette et immobile. Comprenant que l'entrevue était terminée, il s'anima et ouvrit la porte à Cesar Whong. En le voyant faire ce geste anodin, Maureen se dit que, si son patron lui en avait donné l'ordre, il aurait sûrement pu briser le cou des deux femmes avec la même indifférence. Ils sortirent l'un derrière l'autre et, quand ils eurent refermé la porte derrière eux, Maureen eut l'impression que la température de la pièce était remontée de plusieurs degrés.

Mary Ann Levallier saisit son bras et la tira vers la cuisine. Elle parlait à mi-voix, comme si elle craignait que les deux hommes puissent l'entendre. Loin d'amoindrir la colère qui flamboyait dans ses yeux, son chuchotement ne faisait que la rehausser.

— Mais tu as perdu la tête ?

— Pourquoi ? Ce que j'ai dit correspond à la réalité, non ? Car si j'ai bien compris, un triangle parfait vient de se dessiner : cet homme est immensément riche, son fils a commis trois meurtres, et toi, tu es avocate.

Mary Ann avait vite retrouvé la maîtrise de ses émotions, ce sang-froid et cette lucidité qui faisaient d'elle l'une des meilleures spécialistes en droit criminel de l'État.

— Tu vois, Maureen, il existe une différence notable entre nous.

— Seulement une ?

Mary Ann ne releva pas la provocation.

— Comme tu viens justement de le dire, je suis avocate. Pour moi, tout le monde est innocent jusqu'à preuve du contraire. Toi, tu travailles dans la police et tu pars du point de vue opposé.

Si cette femme de l'autre côté du fossé qui les séparait avait été une étrangère, Maureen aurait éclaté de rire. Sa mère, sa propre mère, se retrouvait chargée de défendre l'homme qu'elle avait contribué à faire arrêter. L'espace d'une seconde, elle voulut tout lui raconter, rien que pour observer de près comment aurait réagi Mary Ann Levallier, parangon de logique et de pragmatisme, en apprenant l'implication de sa fille dans l'affaire Julius Whong et, surtout, la nature de sa participation.

Mais elle se contenta de sourire en secouant la tête.

— Ça te fait rire, en plus ?

— Pas rire, non. Mais sourire, ça oui. Et même si tu vivais encore un siècle, tu ne comprendrais jamais pourquoi.

— C'est tout ce que tu as à dire ?

— Non. Je peux ajouter que j'avais envie de me faire un café. Mais maintenant, je crois que je vais aller le prendre à l'extérieur.

Elle tourna les talons et laissa sa mère debout au milieu de la pièce – belle, élégante et distante, observant sa fille qui disparaissait au bout du couloir.

À l'instant où elle ouvrit la porte de sa chambre, Maureen sentit que ça allait recommencer.

Désormais, elle savait ce qu'annonçait ce long frisson venu de loin, qui n'était pas causé par le froid mais lui glaçait néanmoins le sang. Avant d'être frappée par l'étourdissement qu'elle éprouvait à chaque fois qu'elle cédait ses yeux à la vision d'un autre, elle réussit à rejoindre son lit en titubant.

Elle s'était à peine posée sur le bord du matelas, s'efforçant de ne pas hurler, quand...

... je suis assis à une table près d'une grande vitre, dans ce qui ressemble à une cantine scolaire, je suis entourée d'étudiants et je vois une fille, là-bas, à l'autre bout de la salle, qui me regarde et me fait signe de la suivre, avec un mouvement de tête imperceptible, puis elle se lève et marche vers la sortie et je...

... suis ailleurs, je sens la pression d'un masque en plastique sur mon visage et, à travers les trous pour les yeux, je vois beaucoup de gens avec les bras levés qui me regardent, terrorisés. Je comprends que je suis en train de vociférer mais je n'entends rien, puis je remarque un poids dans ma main, un pistolet, je l'agite vers ces gens qui s'allongent par terre et...

... une silhouette vêtue de noir qui brandit un fusil à pompe passe à côté de moi, elle tient un sac en toile et porte un masque à l'effigie de Pig Pen, elle empoigne mon épaule et, en voyant une veine qui tressaute dans son cou, je comprends qu'elle me crie quelque chose...

... assise sur une chaise au milieu de la pièce, il y a une jeune femme noire aux cheveux courts, elle a un très joli visage et de grands yeux sombres écarquillés par la peur, un gros ruban adhésif est collé sur sa bouche et, derrière elle, une autre personne habillée en noir finit de la ligoter, elle porte un masque de Lucy...

Maureen fut aspirée en arrière, de retour dans son époque et dans son espace à elle, allongée sur le dos, le cou et les aisselles trempés de sueur, épuisée par la sensation d'égarement total que cette *chose* imprimait toujours dans sa chair et son esprit. Elle aurait voulu se retourner, agripper un coussin et pleurer jusqu'à ce qu'on lui rende sa vie.

Au lieu de ça, elle s'étira, saisit le téléphone et composa un numéro qu'elle avait appris par cœur, car il appartenait à la seule personne qu'elle voulait avoir à ses côtés en un moment pareil. Quand on décrocha, elle sentit toute sa peur et son soulagement se déverser dans le micro.

— Jordan, c'est Maureen. Ça a recommencé.

L'inquiétude sincère dans la voix de Jordan la fit se sentir moins seule et désespérée.

— C'est fini ? Tu vas bien ?

— Oui, ça va maintenant.

— Tu as vu quelque chose de nouveau ?

— Oui.

Elle savait que ce monosyllabe suffisait à ouvrir dans l'esprit de Jordan un univers de nouvelles perspectives. Il s'exprima cependant sans excitation, sans fébrilité, mais encore et toujours avec la même compassion.

— Si tu t'en sens capable, il faudrait qu'on se voie.

— Ça va, je me sens bien. Où est-ce que je te retrouve ?

— Si ça t'arrange, je peux te rejoindre. À moins que tu préfères passer chez moi.

Maureen se dit qu'il serait difficile d'expliquer à sa mère la présence de Jordan Marsalis.

— Chez toi, ça vaut mieux. Donne-moi ton adresse.

— 54 West, 16e Rue, entre la Cinquième et la Sixième.

— Entendu. J'arrive tout de suite.

Maureen raccrocha, se leva et rejoignit la salle de bains d'un pas hésitant pour aller se laver. La transpiration coulait dans son dos comme des doigts sales et froids ; en réglant la température de la douche, elle songea qu'elle aurait aimé se dissoudre comme une statue de sel sous la force du jet brûlant, puis se mélanger à l'eau et disparaître à jamais dans les entrailles de la terre.

41

Quand le téléphone avait sonné, Jordan venait de refermer la porte de l'appartement. Il avait écouté Maureen avec la sensation électrisante que donne une nouvelle découverte, mais il s'était efforcé de la contenir et, dans la mesure du possible, de transmettre à cette femme un sentiment de sécurité qu'il n'était pas sûr d'éprouver lui-même. C'était bien le minimum, vu le prix que représentait pour Maureen chacun de ces *contacts* – ainsi qu'il les avait baptisés.

Il remit le téléphone dans sa poche et regarda autour de lui.

Lysa avait loué des meubles pour remplacer ceux qu'il avait confiés au garde-meubles. La maison avait l'air plus complète, habitée, et elle portait l'empreinte des goûts de Lysa – dans la limite des possibilités offertes par des objets de location.

Des affiches colorées recouvraient les parois et, inaltérable, son parfum de vanille flottait dans l'air, figé dans le temps comme la tasse sur la table et le tee-shirt sur le dossier d'une chaise. La maison semblait attendre Lysa, sortie pour un rendez-vous rapide et allongée à présent dans un lit d'hôpital, reliée à la vie par un moniteur et des tubes enfilés dans ses veines.

Dans un passé qui lui parut infiniment lointain, à l'endroit précis où il se tenait à présent, Jordan avait signé le reçu que lui tendait un homme vêtu d'un uniforme jaune, envieux de son sort.

Ils avaient parlé de voyages et de liberté.

Il aurait bien aimé que cet homme fût là, pour atténuer la déception qu'il ressentait, pour lui confirmer tristement que la liberté n'existait pas dans leur réalité, qu'elle n'était qu'une illusion de prestidigitateur, un mot qui revenait trop souvent dans les discours et pas assez dans la vie des gens.

Jordan était rentré dans l'appartement pour y chercher une éventuelle police d'assurance de Lysa. Jusqu'à récemment, cette maison était la sienne, mais il s'y sentait désormais comme un intrus.

Pendant ses années dans la police, il avait effectué des dizaines de perquisitions, chacune étant nécessaire et justifiable en regard d'un objectif précis. C'était la première fois que le fait de violer l'intimité d'autrui le gênait, d'autant plus que Lysa avait barricadé la sienne, construisant tout autour un mur insonorisé afin de ne pas entendre le vacarme à l'extérieur. Et de pouvoir hurler à chaque fois qu'elle en avait besoin.

Jordan se demanda où elle rangeait ses documents.

Il décida de commencer par la chambre à coucher. Même si la pièce n'avait pas subi de changements radicaux, Jordan remarqua néanmoins quelques touches apportées ici et là par une main délicate – le nouveau couvre-lit bleu ciel et les deux tapis de raphia assortis, les abat-jour soigneusement nettoyés qui semblaient neufs. Jordan s'efforça de ne pas se laisser distraire par la tranquillité lumineuse qui émanait de cette chambre et se concentra sur la raison de sa présence.

D'habitude, quand il perquisitionnait au domicile d'un suspect, il partait du principe que ce qu'il cherchait était vraisemblablement dissimulé dans quelque cachette improbable. Mais dans le cas présent, il paraissait plus logique de commencer par les endroits évidents.

Il ouvrit l'armoire en face du lit et la chance lui sourit.

Sur la tablette du haut à gauche, à côté de plusieurs pulls légers, il trouva un épais porte-documents qui avait tout l'air d'être un Cartier. Il n'aurait su dire s'il s'agissait d'un original ou seulement d'une contrefaçon parfaite comme on en trouvait sur Canal Street, mais il avait bien d'autres préoccupations à ce moment-là.

Il s'assit sur le lit et ouvrit le dossier.

Quantité de papiers étaient rangés avec soin à l'intérieur, exactement comme on pouvait s'y attendre de la part d'une femme comme Lysa. Jordan se rendit compte qu'il venait d'utiliser le mot « femme » et il se dit qu'après tout, aucune définition ne lui convenait mieux.

Bonne chance à toi et à cette pauvre femme...

Il se rappela la phrase d'Annette quand, au moment de quitter le Saint Vincent, elle avait encore parlé de Lysa au féminin, même après avoir appris la vérité. Du moment que Lysa se sentait femme, alors il était juste que tout le monde la perçoive ainsi.

Il se mit à éplucher les documents un par un, sans les sortir entièrement et sans en regarder les détails, pour éviter de tomber dans un voyeurisme malsain.

Entre deux cartes d'anniversaire, il trouva une photo aux couleurs légèrement passées.

Malgré toutes ses bonnes intentions, il ne put s'empêcher de la sortir. Il la tenait délicatement entre deux doigts, comme si le moindre mouvement un peu trop brusque pouvait faire mal aux personnes qui étaient immortalisées dessus. Le cliché montrait un très joli garçon debout entre un homme et une femme aux vêtements austères, qui regardaient l'objectif avec une expression courroucée. En arrière-plan, on apercevait une construction blanche en bois peint, qui ressemblait fort à une église.

Jordan fouilla le reste du compartiment contenant la photo sans en trouver aucune autre. Enfermé dans ce rectangle de papier plastifié auquel le temps volait peu à peu ses couleurs, il y avait tout le passé d'un être humain. Il repensa à ce que Lysa lui avait confié au sujet de sa famille, assise à la table du restaurant flottant.

Quand je suis partie de la maison, j'ai vu la porte se refermer toute seule derrière moi, sans même que je l'effleure.

À la lumière révélatrice du présent, on pouvait déjà déceler dans la beauté presque surnaturelle de ce garçon le début d'une histoire qui se conclurait avec le grincement d'une porte se refermant.

Il rangea la photo à sa place et se remit à feuilleter les papiers. Dans une pochette en plastique transparent, il trouva enfin la carte d'assurée sociale et un contrat d'assurance qui portaient le véritable nom de Lysa.

Quand il sortit la pochette du porte-documents, une enveloppe blanche tomba sur le couvre-lit. Le rabat n'était pas cacheté, juste replié à l'intérieur.

Jordan la ramassa et la retourna pour voir le recto. Une simple enveloppe blanche, sans rien d'écrit, identique à des millions d'autres enveloppes rangées dans les rayons ou dans les stocks de milliers de magasins sur tout le territoire américain.

Et pourtant, Jordan l'ouvrit avec la peur au ventre.

Il souleva le rabat lentement, écarta les bords et regarda à l'intérieur. Puis il renversa le contenu sur le lit.

Sous ses yeux, posés sur le tissu bleu, il y avait quatre rectangles colorés. Tous avaient été coupés en deux en diagonale et recollés à l'aide de ruban adhésif. Les mains tremblantes, il les plaça côte à côte devant lui. Quatre chèques de banque, vingt-cinq mille dollars chacun, émis par la Chase Manhattan Bank, en tout point identiques au fragment trouvé dans la poche du défunt DeRay Lonard – nom de scène, Lord.

À la différence que ceux-ci étaient établis à l'ordre d'Alexander Guerrero.

Dans un mouvement involontaire, Jordan se leva et fit un pas en arrière. Il avait blêmi et ne pouvait plus décoller ses yeux des bouts de papier alignés sur le lit. S'il avait jamais éprouvé de la surprise auparavant, ce qu'il ressentait en ce moment en était aussi éloigné que Pluton du Soleil.

Il glissa la main dans sa poche, sortit le téléphone et fit défiler les noms du répertoire jusqu'à celui de Burroni.

Le détective répondit à la seconde sonnerie.

— Bonjour James, c'est Jordan.

— Salut. On m'a dit que tu as fait un feu d'artifice hier soir.

— En effet. Un fils de pute que j'avais envoyé en prison a voulu se venger. Malheureusement, une personne qui n'avait rien à voir avec ça en a fait les frais.

— J'ai appris. Je suis désolé. Comment va-t-elle ?

— État stationnaire. Pour l'instant, les médecins réservent le pronostic.

Jordan n'ajouta rien d'autre et Burroni en resta là.

— James, je t'ai appelé parce que j'ai besoin d'un service.

— Tout ce que tu voudras.

— Je vais te faxer la copie d'un morceau de chèque émis par la Chasc Manhattan. Le nom du bénéficiaire n'est pas complet mais il s'agit de DeRay Lonard, le type qui m'a tiré dessus hier. Essaie de remonter au donneur d'ordre.

— Compris, je m'en occupe.

Pour le moment, Jordan préférait garder pour lui les quatre chèques qu'il venait de découvrir parmi les affaires de Lysa. Il ne chercha même pas à inventer une justification pour lui-même. Il avait décidé, point.

— Autre chose ? fit Burroni.

— Non, rien.

— De mon côté, j'ai du nouveau sur Julius Whong. On est en train de déterrer des choses à son sujet que tu ne peux même pas imaginer. Peut-être que ton neveu avait la folie des génies, mais Whong est un vrai psychopathe, le genre qu'il faudrait enfermer à vie dans un asile. Il s'obstine à ne rien dire, imperturbable, mais nous avons réussi à découvrir quelques éléments pour le moins bizarres. Des coïncidences étonnantes.

— Je t'écoute.

— Le 14 septembre 1993, dans une petite ville proche d'Albany qui s'appelle Troy, une banque locale a été cambriolée par quatre individus masqués. Ils ont délesté la Troy Savings Bank de presque trente mille dollars. Et devine ce qu'ils portaient sur le visage ?

— Laisse-moi deviner : des masques en plastique à l'effigie des *Peanuts*. Je parierais même sur Linus, Lucy, Snoopy et Pig Pen.

Burroni en resta coi.

— Jordan, si un jour tu es tenté par la chirurgie esthétique et si tu acceptes de te balader avec ma tronche, je te céderai volontiers ma place dans la police. Se passer d'un talent pareil, c'est vraiment du gâchis. Mais ce n'est pas tout.

— À ton tour de m'étonner.

— Je vais essayer. Entre autres choses, nous avons quadrillé les environs de Poughkeepsie, sur un rayon d'environ dix kilomètres. Le propriétaire d'un pub a reconnu Julius Whong sur les photos. Il se souvenait de lui à cause d'une discussion très animée que Whong aurait eue dans ce bar une dizaine de jours après le braquage, avec trois autres personnes – deux hommes et une femme. Si la dispute n'a pas dégénéré en rixe, c'est uniquement parce que le propriétaire les a chassés en les menaçant avec une batte de baseball. Et il a ajouté que l'un des deux autres hommes était certainement ton neveu.

— Donc, en plus de tous les indices qui crucifient Whong, ce braquage pourrait bien être la piste qui nous manquait pour arriver au mobile. Tu es un vrai génie, James.

— S'il y a un génie, ce n'est pas moi. J'aimerais bien avoir autant d'hommes à disposition sur toutes mes enquêtes. Je te garantis qu'au bout d'un mois, le pire criminel de toute la ville serait un gamin qui se cure le nez.

— Ça, je veux bien le croire. Dommage que ce ne soit qu'un doux rêve.

— Des rêves, toujours des rêves, oui. Mais malgré mes problèmes, je n'envie vraiment pas ton frère ou Cesar Whong. Tu vois ce que je veux dire, pas vrai ?

Jordan comprenait parfaitement. Dans sa tête, il visualisa l'image de Burroni qui ajustait la casquette sur la tête de son fils.

Bye, champion...

Tout en parlant avec Burroni, Jordan s'était déplacé vers le séjour, où la réception était meilleure. Par la fenêtre, il vit un taxi s'arrêter le long du trottoir. Quelques secondes plus tard, Maureen en sortit et leva les yeux vers le haut pour regarder l'immeuble à travers ses lunettes noires. Jordan se pencha au dehors pour lui indiquer l'étage. Puis il alla lui ouvrir la porte.

— James, je dois te laisser maintenant. Tiens-moi au courant pour la suite.

— D'accord, à bientôt.

Jordan raccrocha. En ouvrant la porte d'entrée, il entendit le ronronnement de l'ascenseur. Peu après, Maureen émergea par les portes automatiques, comme si elle venait de se matérialiser dans la cabine.

Jordan s'écarta pour la laisser entrer. Elle marchait avec les épaules légèrement rentrées et on devinait qu'il y avait derrière les verres foncés des yeux fatigués de voir ce qu'ils étaient contraints de voir.

Jordan lui sourit, plus par solidarité que par simple politesse.

— Bienvenue. Je te dirais bien bonjour, mais je doute que ta journée ait été très bonne.

— En effet. Mais essayons de faire en sorte qu'elle soit utile, au moins.

Jordan l'invita à s'installer sur le canapé.

— Mets-toi à l'aise et raconte-moi.

Il devina que Maureen n'attendait rien d'autre que la possibilité de se débarrasser d'un poids qu'elle avait supporté seule jusque-là et qu'elle ne pouvait partager qu'avec lui. À peine assise sur le divan, elle commença sans attendre à décrire les nouveaux fragments de cette vie qui appartenait à un autre.

Jordan était resté debout et l'écoutait en silence. Maureen gardait les yeux baissés en parlant et elle ne vit pas ses réactions au fur et à mesure qu'elle progressait dans le récit.

Quand elle eut fini, il alla s'asseoir à côté d'elle et lui prit la main. Il essaya de lui transmettre son excitation, à la fois comme source d'énergie et comme rempart contre la peur.

— Maureen, je viens de parler avec Burroni au téléphone et ce qu'il m'a dit concorde parfaitement avec ce que tu viens de décrire. Ce que tu as vu, c'est un braquage en règle perpétré par mon neveu, Julius Whong, Chandelle Stuart et Alistair Campbell. La seule chose qu'il nous reste à découvrir, c'est l'identité de cette femme ligotée. Si les quatre de Vassar portaient les mêmes vêtements dans tes deux visions, la femme noire est sûrement liée à l'homicide que tu as vu l'autre fois. Et si Julius Whong est coupable d'attaque à main armée et d'un quatrième meurtre, je veux les ajouter à la liste de ses crimes.

Maureen retira ses lunettes pour regarder Jordan dans les yeux, bien que la lumière la gênât.

— Voilà qui va entraîner une complication supplémentaire dans ma vie, dit-elle.

— Comment ça ?

Il aurait préféré ne pas voir cette grimace sur le visage de Maureen Martini.

— Cesar Whong vient d'engager Mary Ann Levallier pour la défense de son fils. Et cette femme, au cas où tu l'aurais oublié, se trouve être ma mère.

Jordan lui sourit à nouveau avec la même complicité.

— Quand mon frère l'apprendra, ça entraînera quelques complications dans sa vie aussi. Remarque, je parie qu'il est déjà au courant. Mais nous n'allons pas tarder à en être sûrs.

— Qu'est-ce que tu comptes faire ?

Jordan se mit debout et tendit la main à Maureen pour l'aider à se lever.

— Christopher est à Gracie Mansion en ce moment. Et c'est justement là que nous allons.

42

Jordan et Maureen descendirent du taxi et remontèrent l'allée qui menait au portail de Gracie Mansion. Jordan avait opté pour ce moyen de locomotion afin d'éviter à Maureen le trajet à moto, beaucoup trop dangereux car elle risquait à tout moment d'avoir un autre *contact*. Et après ce qu'elle venait de vivre, il avait préféré ne pas la laisser prendre le taxi toute seule.

Ils n'avaient quasiment pas échangé un mot pendant le voyage. Maureen regardait à travers la vitre, comme hypnotisée par le paysage urbain adouci par ses verres solaires. Jordan l'avait observée plusieurs fois à la dérobée. À la lumière de ce qu'elle traversait, peut-être pensait-elle qu'il existait quelque part un univers parallèle authentique, alors que celui dans lequel elle évoluait n'était qu'apparences et vapeurs chromatiques, un monde où rien n'était réel sauf ce qui venait parfois s'inscrire dans ses yeux.

C'était Maureen qui avait rompu le silence.

— Il y a quelque chose, Jordan.

Elle lui avait parlé sans se détourner de la vitre, le regard toujours fixé sur la bande colorée qui défilait hors de la voiture comme sur un écran de télévision.

— Où ça ? De quoi tu parles ?

— Il y a quelque chose en moi. À l'intérieur. Quelque chose que je devrais savoir mais que je n'arrive pas à identifier, à isoler. C'est comme si je regardais quelqu'un à travers le verre dépoli d'une douche. Je sais que cette personne est là, devant moi, mais je n'arrive pas à voir son visage.

Maureen avait ôté puis immédiatement remis ses lunettes, les ajustant sur son nez avec une méticulosité excessive. Jordan avait essayé de lui tendre une main secourable avant qu'elle se laisse avaler par les sables mouvants.

— Le mieux, c'est de ne pas y penser. Ça viendra tout seul.

— Je ne devrais pas dire ça, mais c'est justement ce qui me fait peur.

Elle avait replongé dans le silence et Jordan en avait profité pour appeler le Saint Vincent. Il avait demandé au standard de lui passer Melwyn Leko. Quand celui-ci avait pris la communication, il avait immédiatement reconnu la voix de Jordan.

— Bonjour, monsieur Marsalis.

— Bonjour à vous. Comment va Mlle Guerrero ?

— Ses conditions de santé sont satisfaisantes, voire très bonnes vu le traumatisme qu'elle a subi. En ce moment, elle est dans un état de demi-sommeil, mais nous pouvons d'ores et déjà la considérer hors de danger.

Jordan poussa un soupir de soulagement sans essayer de le cacher.

— Je peux faire quelque chose ?

— Rien pour l'instant, non.

— Merci beaucoup, docteur. Si ce n'est pas trop vous demander, pouvez-vous me tenir informé de la suite ?

— Bien sûr, je vous appelle dès qu'il y a du nouveau.

Il avait raccroché au moment précis où la voiture arrivait à destination.

À présent, ils passaient devant le banc où Maureen s'était assise le jour de sa première visite à Gracie Mansion, ce banc où elle avait rassemblé tout son courage avant de se présenter devant des inconnus et de leur demander d'accepter cette folie à laquelle elle-même avait du mal à croire.

Tout ce qui l'entourait la ramenait à ce jour-là.

Les arbres, le soleil, filtré par les branches, qui se déposait en taches lumineuses sur l'herbe, les cris des enfants dans le terrain de jeux et, sur la placette derrière eux, la statue en bronze de Peter Pan qu'aucune poudre magique n'aurait jamais réussi à faire voler.

Même l'agent de service dans la guérite était celui de la fois précédente, avec sa dégaine de sheriff. Il les laissa entrer sans rien demander mais, d'après le regard peu amène qu'il posa sur elle, Maureen comprit que le policier n'avait pas changé d'avis à son sujet.

Rien n'avait changé – sauf elle et Jordan.

Le majordome de Gracie Mansion vint leur ouvrir la porte mais ne les escorta pas jusqu'au bureau car, leur dit-il, Christopher participait actuellement à une réunion informelle avec deux représentants de son parti.

Au fond du couloir, Jordan et Maureen prirent à gauche et retournèrent dans la pièce où Ruben Dawson et un employé étaient assis chacun devant un ordinateur. Impeccable comme à son habitude, le secrétaire du maire les accueillit avec son flegme coutumier. Jordan était convaincu que, même dans la chaleur la plus torride, cet homme n'avait pas besoin d'air conditionné et que son corps se réfrigérait tout seul.

— Ruben, nous avons besoin d'accéder à Internet...

Il laissa la phrase en suspens et lança un regard éloquent vers la quatrième personne présente dans la pièce, un homme robuste d'une trentaine d'années qui leur tournait le dos, assis devant l'écran plat d'un Macintosh.

Ruben comprit l'allusion mais son expression ne changea pas d'un iota.

— Martin, tu veux bien nous laisser un instant, s'il te plaît ?

— Bien sûr, monsieur Dawson.

En attendant que Martin se lève et quitte la salle informatique, Jordan alla vers la photocopieuse et, faisant écran avec son corps, il prit le chèque de Lord dans sa poche, en fit une copie et la faxa ensuite à Burroni.

Puis il se retourna vers Dawson, toujours assis derrière son clavier.

— Ruben, tu sais si la ville de Troy a un journal local ?

— Non, mais nous allons le découvrir tout de suite.

Il ouvrit Explorer et, après une rapide recherche, il s'appuya contre le dossier de sa chaise et leur montra l'écran.

— Le voilà. *The Troy Record*.

— Tu peux leur téléphoner et demander s'ils ont des archives numérisées ? Si c'est le cas, nous pourrions les consulter en ligne. Je ne pense pas qu'ils soulèveront trop d'objections à une requête qui vient du bureau du maire. Dis-leur que c'est très important.

Ruben se leva et se dirigea vers le téléphone. Mais avant de composer le numéro, il s'arrêta, le combiné à la main.

— Je vous rappelle que c'est un journal. Si ce que vous cherchez doit rester confidentiel, s'adresser à eux est la garantie du contraire.

Jordan dut admettre qu'en choisissant Ruben Dawson comme collaborateur, Christopher n'avait pas accordé sa confiance à n'importe qui.

— Ça ira quand même. Vu le stade où en est l'enquête, plus besoin d'avancer à couvert.

Ruben Dawson téléphona et demanda à parler au directeur du journal. Pendant ce temps, Maureen prit sa place devant l'écran et consulta le site du *Troy Record*. Debout derrière elle, Jordan s'appuya au dossier de la chaise.

Ruben salua son interlocuteur et raccrocha.

— C'est fait. Les archives sont en partie numérisées et remontent jusqu'à douze ans en arrière. Le mot de passe est *connorslave*.

Jordan vit Maureen se raidir mais il s'abstint de commenter la douloureuse coïncidence. Décidément, le destin se montrait toujours aussi cruel quand il choisissait de rappeler aux êtres humains leurs pires souffrances.

Maureen cliqua sur *Archives* et tapa le mot de passe. Un moteur de recherche apparut sous le logo du journal.

Elle entendit la voix de Jordan dans son dos.

— Ce que nous cherchons s'est passé le 14 septembre 1993, on trouvera probablement quelque chose dans l'édition du 15.

Après que Maureen eut entré la date, le numéro du *Troy Record* correspondant s'afficha.

Dans un silence total, l'ordinateur déroula les pages du quotidien sans le frottement familier du papier. Sur l'écran défilaient des phrases écrites il y a longtemps et que l'on aurait pu réécrire presque à l'identique des années plus tard tant la vie fabriquée par les hommes est monotone et répétitive.

Seule la fantaisie du mal ne connaissait aucune limite.

Ils tombèrent sur l'information qu'ils recherchaient dans la rubrique des faits divers. L'article, signé par un certain Rory Cardenas, occupait quasiment toute la page.

Dollars et Peanuts

Charlie Brown dévalise une banque

Dans la journée d'hier, le siège de la Troy Savings Bank à East Greenbush, sur la Columbia Turnpike, a été le théâtre d'une attaque à main armée. Trois personnes portant des masques de carnaval à l'effigie de certains personnages des *Peanuts* se sont introduites dans les locaux de la banque et ont menacé clients et personnel avec des pistolets et un fusil à pompe. Elles ont volé l'intégralité des réserves que l'agence avait en dépôt, soit trente mille dollars. Linus, Lucy et Pig Pen ont pris la fuite à bord d'une Ford blanche qui les attendait à l'extérieur et dont le conducteur portait un masque de Snoopy.

Il semblerait que les malfaiteurs aient ensuite joué de malchance car leur voiture a été retrouvée à une dizaine de kilomètres au sud, abandonnée, le moteur en panne. Ils ont néanmoins réussi à disparaître sans laisser de traces. On ne dénombre aucun blessé parmi les personnes qui ont assisté au braquage. Cependant, Mary Hallbrook, 72 ans, a eu un malaise sous le coup de l'émotion et a été rapidement hospitalisée au Samaritan Hospital, où elle se trouve actuellement sous observation. Les médecins se sont dits optimistes quant à son état de santé. C'est la première fois que la Troy Savings Bank doit déplorer ce genre de...

L'article était illustré par un portrait du directeur et une photo montrant la police au travail sur les lieux du hold-up. Jordan s'était penché en avant pour lire l'article, et Maureen sentit la pression de ses mains sur le dossier se relâcher quand il se redressa. Il se déplaça sur le côté.

— Rien de nouveau sous le soleil. Si ta vision précédente est vraie, alors le meurtre s'est produit peu après le braquage. Ils devraient en parler dans ce même journal.

Et en effet, deux pages plus loin, en bas à droite, ils trouvèrent l'encadré qu'ils cherchaient.

Jordan lui indiqua l'article et Maureen l'encadra avec la souris, puis fit un zoom avant. La zone sélectionnée occupa tout l'écran. Outre l'article, elle comportait deux portraits coupés aux épaules. L'un représentait une femme de couleur à la peau assez claire, cheveux courts, séduisante, qui souriait sagement à l'intérieur du cadre ; l'autre, un enfant aux yeux noirs et au teint plus clair encore que celui de sa mère. Il avait l'air éveillé et fixait l'objectif avec une expression amusée.

Même si elle l'avait vue dans des conditions très différentes, Maureen reconnut la femme instantanément – encore une sensation qui la ramenait au jour où, devant ce même écran, ils avaient découvert l'identité de Snoopy quand le visage juvénile d'Alistair Campbell était apparu. Elle posa la main sur le poignet de Jordan et le serra doucement, sans parler.

Mort tragique d'un enfant malgré les efforts de sa mère infirmière

Thelma Ross, infirmière au Samaritan Hospital de Troy, a été la protagoniste malheureuse d'une série d'événements dramatiques qui ont coûté la vie à son fils de cinq ans. Le petit Lewis jouait dans le jardin de sa maison quand un grand nombre de bourdons l'ont piqué, ce qui a provoqué chez l'enfant un violent choc anaphylactique. En quelques secondes à peine, un œdème s'est développé dans son larynx jusqu'à entraîner l'occlusion totale des voies respiratoires. La présence d'esprit de la mère – qui, grâce à sa longue expérience en milieu hospitalier, a pratiqué une trachéotomie d'urgence – n'a pas suffi à sauver la vie du garçon. Quand les secours sont arrivés, le médecin de l'ambulance n'a pu que prononcer le décès de Lewis Ross. Nous tenons à exprimer à sa mère toute l'affection et la solidarité d'une communauté à laquelle elle a beaucoup donné, et qui se trouve aujourd'hui unie autour d'elle dans cette épreuve.

Jordan tapota l'épaule de Maureen avec une impatience qu'il avait du mal à masquer.

— Il y a quelque chose qui ne cadre pas. L'information telle qu'elle est rapportée ici ne correspond pas du tout à...

Il s'interrompit au milieu de sa phrase. Si Ruben n'avait pas compris à quoi Jordan faisait référence, Maureen, elle, n'avait pas besoin d'un dessin.

Jordan exerça une pression légère mais urgente sur son bras.

— Trouve-moi le numéro du Samaritan Hospital de Troy.

Maureen se rendit sur le site des Pages jaunes et une minute plus tard, les coordonnées téléphoniques et l'adresse de l'hôpital s'affichèrent à l'écran.

Sans perdre un instant, Jordan décrocha le combiné posé sur le bureau. Le standard répondit à la première sonnerie.

— Samaritan Hospital, en quoi puis-je vous aider ?

— Bonjour, le bureau du personnel, s'il vous plaît.

— Tout de suite, monsieur. Ne quittez pas.

Il patienta quelques secondes au son de l'habituelle musique d'attente, puis une voix ferme prit la communication.

— Michael Stills.

— Bonjour, monsieur Stills, je m'appelle Jordan Marsalis et je vous appelle du bureau du maire de New York.

— Mais bien sûr. Je suis désolé de vous avoir fait attendre, mais j'étais en ligne avec le Président des États-Unis.

Jordan apprécia la repartie de son interlocuteur et ne se vexa pas. Il s'attendait à une réaction de ce genre – peut-être moins chargée d'ironie, ceci dit.

— Monsieur Stills, je comprends votre méfiance. Je serais bien venu personnellement mais c'est extrêmement urgent. Pouvez-vous dire à votre standard d'appeler Gracie Mansion et de demander Jordan Marsalis ? Je suis le frère du maire.

— Inutile, vous m'avez convaincu. Je vous écoute.

— Je recherche des informations sur l'une de vos employées, une infirmière nommée Thelma Ross. J'aimerais savoir si elle travaille encore au Samaritan. J'aimerais lui parler, si possible, ou avoir son adresse.

Stills poussa un long soupir avant de répondre :

— Ah, Thelma. Cette pauvre femme...

Jordan l'interrompit pour couper court au récit qui allait suivre.

— Je suis au courant de ce qui est arrivé à son fils. Je voudrais savoir où la trouver.

Jordan attribua un visage imaginaire à Michael Stills et se le figura perdu dans ses souvenirs.

— Ici, tout le monde l'aimait beaucoup. C'était une personne très douce et une infirmière exceptionnelle. Malheureusement, elle n'a jamais réussi à surmonter cette tragédie. Elle a fait une dépression qui s'est aggravée de jour en jour, jusqu'à la plonger dans un état semi-catatonique. En ce moment, elle est internée dans un institut de soins psychiatriques.

— Quel est le nom de cet institut ?

— Je ne sais plus, je crois que ça s'appelle The Cedars, The Oaks, ou un autre nom d'arbre. D'anciennes collègues qui lui rendent visite de temps en temps m'ont dit que c'était juste après Saratoga Springs, au nord. Pour autant que je sache, c'est la seule clinique du genre dans la région.

— Vous croyez que je pourrais parler à son mari ?

— Thelma n'est pas mariée. Ou du moins, elle ne l'était plus quand elle est entrée chez nous.

— Merci beaucoup, monsieur Stills. Vous m'avez apporté une aide précieuse.

Jordan raccrocha et resta silencieux quelques instants, la main posée sur le combiné, comme s'il ne voulait pas se détacher de cette conversation avant d'en avoir parfaitement assimilé la teneur.

— Thelma Ross est actuellement soignée dans un institut psychiatrique près de Saratoga Springs. Je ne sais pas si ça peut nous avancer à grand-chose, mais nous devrions aller la voir.

Maureen comprit au ton de Jordan que leur visite à Gracie Mansion était terminée. Christopher était toujours occupé, mais l'idée de partir sans le voir ni lui expliquer la raison de cette visite ne leur posa aucun problème.

Après avoir pris congé de Ruben, ils quittèrent la pièce et rebroussèrent chemin jusqu'à la sortie.

Debout sur le seuil, Dawson les suivit du regard jusqu'à ce qu'ils disparaissent au bout du couloir. Puis il retourna dans le bureau et composa un numéro qui, dans l'annuaire, correspondait à une association caritative.

Lorsqu'on décrocha, il ne prit pas la peine de se présenter. Malgré son imprescriptible froideur, il ne put s'empêcher de baisser légèrement le ton.

— Informez monsieur Whong que j'ai quelques informations qui pourraient sérieusement l'intéresser...

43

L'hélicoptère survolait l'Hudson en direction du nord, à une altitude de deux mille pieds.

De sa place à côté de la vitre, Jordan voyait l'ombre de l'engin volant qui les suivait en glissant sur les eaux ridées du fleuve. Sur demande pressante de Jordan, Christopher avait accepté sans poser de questions de mettre à leur disposition son hélicoptère personnel, un Agusta-Bell AB139. Avant de décoller du Downtown Manhattan Heliport pour rejoindre Saratoga Springs, ils avaient contacté The Oaks, la clinique où Thelma Ross était soignée. Jordan avait parlé au directeur, Colin Norwich et, en apprenant que l'institut possédait sa propre piste d'atterrissage, il avait décidé de rallier l'institut par les airs.

Lui et Maureen étaient à présent assis côte à côte derrière le pilote. Bien que le cockpit fût insonorisé, ils avaient suivi son conseil et mis des casques Peltor munis d'interphone pour pouvoir parler pendant le voyage sans être gênés par le bruit du rotor.

Jordan appuya sur le bouton qui excluait le pilote de la conversation et s'adressa à Maureen, installée sur son siège avec la tête légèrement relevée en arrière, comme si elle s'était assoupie, les yeux fermés sous ses lunettes.

— Il y a une chose qui m'échappe.

La réponse immédiate de Maureen fit comprendre à Jordan qu'elle était bien réveillée et qu'elle réfléchissait, tout comme lui.

— Peut-être que nous pensons à la même chose.

— En considérant ce qui s'est passé jusqu'ici, on peut difficilement douter de l'authenticité de tes visions. Mais si Julius Whong a tué le fils de Thelma Ross, pourquoi est-ce qu'elle ne l'a pas dénoncé ?

— Nous pensions *effectivement* à la même chose...

— Espérons qu'elle sera en état de nous en dire plus, même si le médecin auquel j'ai parlé est resté plutôt vague sur le sujet.

Ils échangèrent un regard. Ils ne voyageaient qu'à sept cents mètres du sol mais, suspendus dans cette boîte d'acier et de verre dont les pales déchiraient le silence immobile de la campagne, ils avaient l'impression de flotter bien plus haut.

Maureen profita d'un virage à droite de l'hélicoptère pour contempler le paysage sous ses yeux. Bien qu'elle tournât le dos à Jordan, sa voix lui arriva parfaitement claire – et amère comme un mauvais souvenir.

— Être ou ne pas être, être ou avoir... Les livres regorgent de ce genre de questionnements abstraits. Moi, en ce moment, tout ce que je demande, c'est comprendre.

Les pensées de Jordan le ramenèrent brusquement devant *Le Radeau de la Méduse*, l'énorme étude accrochée dans l'appartement de Chandelle Stuart. En retournant le voir, il n'aurait pas été étonné de reconnaître à présent, au milieu des naufragés, son propre visage et celui de Maureen.

Peut-être parce qu'il n'en était pas amoureux, il se sentait proche d'elle comme cela lui était rarement arrivé dans sa vie. La fusillade de l'avant-veille lui faisait éprouver de manière encore plus intime l'histoire de cette étrange femme italienne à qui le destin avait réservé des épreuves aussi difficiles à surmonter. En voyant Lysa allongé sur le sol, avec cette tache de sang écarlate qui s'étendait sur sa poitrine en drainant les couleurs de son visage, il avait compris combien Maureen avait dû souffrir quand Connor Slave était mort sous ses yeux.

Lysa...

La veille, après leur visite à Gracie Mansion et malgré son entretien téléphonique avec le docteur Leko, Jordan était allé au Saint Vincent pour rendre visite à Lysa. Il avait obtenu l'autorisation de la voir à condition de ne pas faire de bruit. Il était entré dan sa chambre sur la pointe des pieds et l'avait trouvée endormie, les cheveux en couronne sur l'oreiller, si pâle, tellement belle qu'elle semblait prête pour une séance photo, pas pour une nuit à l'hôpital. Les battements de son cœur, représentés par une ligne verte sur le moniteur, étaient réguliers. Bien plus que ceux du cœur de Jordan.

Il se tenait debout à côté du lit quand Lysa avait ouvert les yeux pendant quelques secondes et posé sur lui un regard trouble, voilé par une torpeur narcotique. Jordan avait cru voir un demi-sourire flotter brièvement sur ses lèvres, immédiatement aspiré vers le lieu sans douleur où les médicaments lui permettaient de se réfugier. Il avait quitté la pièce comme il y était entré, dans un silence absolu, laissant Lysa à un sommeil profond que lui n'avait pas réussi à trouver.

Le pilote leva la main droite et ramena Jordan à la réalité. D'un geste vers le bas, l'homme aux commandes de l'appareil leur montra la surface étincelante du lac Saratoga.

Jordan rouvrit le canal audio de son casque.

— Monsieur Marsalis, nous voici au-dessus du lac. Notre point d'atterrissage se trouve juste au nord.

L'ombre reprit à glisser sur l'eau tandis que l'hélicoptère virait tout en réduisant l'altitude. Le système de navigation par satellite guida le pilote jusqu'aux coordonnées exactes de la piste. Quelques minutes plus tard, l'ombre se raccrocha finalement à cet objet curieux qu'elle avait pourchassé avec acharnement.

Pendant la phase d'atterrissage, Jordan avait observé les deux bâtiments de la clinique, construite au sein d'un parc qui appartenait sûrement au complexe hospitalier et qui pouvait s'enorgueillir de gazons incroyablement verts, délimités par des arbres imposants et des carrés de végétation plus basse. L'édifice le plus proche de la piste d'atterrissage n'était pas aussi grand que l'autre, situé sur la droite face à une longue esplanade prolongée par un jardin fleuri.

Le pilote coupa les moteurs. Jordan et Maureen descendirent de l'appareil, instinctivement penchés en avant à cause du sifflement menaçant des pales. Ils empruntèrent une allée bordée de houx et aperçurent un homme qui venait à leur rencontre. Maintenant qu'il la voyait de près, Jordan fut impressionné par la splendide construction de couleur claire, avec des appliques en pierre et de grandes baies vitrées. L'homme arriva à leur hauteur.

Jordan lui tendit la main, en parlant assez fort pour couvrir le bruit décroissant de l'hélicoptère.

— Bonjour, je suis Jordan Marsalis et voici Maureen Martini, un officier de la police italienne.

L'homme était presque aussi grand que Jordan, avec des cheveux châtains. Il avait l'air assez décontracté mais efficace. Tout en leur serrant la main, il se présenta.

— Bienvenue. Je suis Colin Norwich, le directeur de The Oaks. C'est moi que vous avez eu au téléphone.

— Merci de nous accueillir et de nous autoriser à rencontrer votre patiente.

Il se contenta de hausser les épaules et s'achemina vers le bâtiment principal.

— Vous avez parlé d'une affaire de la plus haute importance, mais ne vous attendez pas à grand-chose de la part de Mme Ross. Je doute qu'elle puisse vous être d'un grand secours.

— Pourquoi ça ?

— Deux raisons, très simples. La première, c'est que Thelma, suite au traumatisme qu'elle a subi, a créé autour d'elle une barrière qu'elle ne franchit quasiment jamais, pour utiliser une image facile à comprendre. Nous avons longuement travaillé pour l'aider à atteindre une forme d'équilibre. Aujourd'hui, il lui arrive de passer des journées entières en silence, alors qu'à son arrivée, elle n'arrêtait pas de hurler.

— Et la seconde raison ?

Norwich s'arrêta et regarda Jordan puis Maureen d'un air grave.

— Même si ce n'est pas évident à première vue, ceci est un hôpital, je suis médecin et Thelma Ross est ma patiente. Je suis responsable d'elle. Si je me rends compte que votre visite menace sa stabilité de quelque manière que ce soit, je me verrai contraint de mettre fin à votre visite *ipso facto*.

Tout en parlant, ils avaient rejoint la place semi-circulaire devant l'institut. Norwich leur montra un jardinet incroyablement soigné, derrière un muret de briques rouges. Des femmes se promenaient librement dans les allées, seules ou en groupe. Des infirmières en blouse blanche poussaient les patientes en chaise roulante.

— Voici quelques-unes de nos pensionnaires. Comme vous pouvez le constater, nous n'accueillons que des femmes.

Jordan écarta les bras d'un geste qui englobait tout le complexe.

— Docteur Norwich, à voir de telles installations, j'imagine que ce lieu est réservé à des patientes qui disposent de moyens financiers considérables, non ?

— Dit comme ça, c'est assez cru, mais oui, vous avez raison.

— Madame Ross était infirmière. Comment peut-elle se permettre de séjourner ici ?

— D'après ce que je sais, elle disposait d'un patrimoine personnel approchant le million et demi de dollars. Il est géré par une banque et les intérêts sont suffisants pour couvrir ses dépenses de santé.

— Vous ne trouvez pas ça étrange qu'une simple infirmière possède une fortune pareille ?

— Monsieur Marsalis, je suis psychiatre, pas agent du fisc. Pour moi, ce qui est étrange, c'est ce qui se trouve dans la tête de mes patients, pas sur leur compte bancaire.

Jordan réfléchit à une réponse adéquate mais l'arrivée d'une infirmière blonde et replète au visage charmant mit fin à son embarras. Elle s'arrêta à côté d'eux, irréprochable dans sa tenue blanche, et dévora Jordan des yeux. Maureen s'en rendit compte et imagina la femme posant le même regard sur une double portion de fraises à la chantilly.

Norwich donna ses instructions.

— Carolyn, M. Marsalis et Mlle Martini sont ici pour voir Thelma. Accompagnez-les et assurez-vous que tout se passe bien.

La façon dont Norwich avait imperceptiblement insisté sur ses derniers mots n'échappa pas à Jordan. L'infirmière se décida enfin à décoller les yeux de Jordan.

— Bien, monsieur le directeur.

— Carolyn va vous escorter. Si vous voulez bien m'excuser, je suis attendu dans mon bureau. Je repasserai avant que vous partiez.

Le psychiatre fit demi-tour et regagna rapidement le bâtiment. Maureen et Jordan suivirent l'infirmière, qui marchait d'un pas dynamique bien qu'elle n'eût pas exactement une taille de sylphide. Elle les conduisit à travers les allées de ce jardin aux couleurs si particulières que Maureen eut l'impression de pénétrer peu à peu dans un tableau de Manet. Les patientes qu'ils croisèrent avaient toutes cet air docile et étonné des gens qui vivent dans leur bulle. S'il s'était trouvé seul avec Maureen, Jordan aurait commenté la considération qu'elle avait exprimée dans l'hélicoptère. La partie la plus fragile de l'esprit de ces malades avait choisi : plutôt que de trancher entre être et ne pas être, être et avoir, elle avait opté pour la bénédiction de l'indifférence.

Thelma Ross était assise sur un banc en pierre, le dos bien droit, sous une pergola entièrement recouverte par les branches d'un rosier grimpant qu'un jardinier expert avait fait pousser sur toute la structure, qui semblait désormais incorporée à la terre. Thelma portait une jupe grise et un twin-set rose un peu démodé, mais qui offrait un joli contraste sur sa peau noire. Bien qu'elle fût évidemment plus âgée que sur la photo, elle n'avait pas de rides. C'était encore une très belle femme, comme si la fatalité, rassasiée après avoir détruit son esprit, avait décidé de montrer plus de miséricorde envers son corps.

Quand elle entendit le bruit de leurs pas sur le gravier, elle leva les yeux vers eux. Maureen fut parcourue d'un frisson malgré la chaleur du soleil. On devinait qu'une violence inouïe avait chassé la raison de ces yeux noirs si tranquilles.

Thelma Ross était la première personne issue de ses hallucinations que Maureen rencontrait. Même si elle avait conservé le moindre doute, elle n'aurait eu qu'à tendre la main et la poser sur l'épaule de Thelma Ross pour le balayer définitivement : ces images étaient peut-être une illusion dans le présent, mais elles appartenaient à la réalité du passé.

L'infirmière s'approcha de cette femme qui exerçait autrefois la même profession qu'elle et lui parla d'une voix douce.

— Thelma, j'ai une surprise pour toi. Regarde ces gens, ils sont venus te voir.

Elle regarda Carolyn et puis Jordan comme s'ils n'existaient pas. Ses yeux se posèrent ensuite sur Maureen.

— Tu es une amie de Lewis ?

Une profonde innocence imprégnait cette voix si douce. Maureen s'accroupit devant elle, prise de cette tendresse qu'on éprouve souvent pour les personnes sans défense.

— Oui, je suis une amie de Lewis.

Thelma leva la main, effleura les cheveux de Maureen. Cette dernière repensa à Thelma bâillonnée, les yeux grands ouverts pendant qu'une gamine idiote portant un masque de Lucy la ligotait à une chaise.

La femme sourit et son sourire illumina la pénombre.

— Tu es très belle. Mon Lewis aussi est beau. Il étudie à l'université maintenant. Il veut devenir vétérinaire. J'aurais préféré qu'il fasse médecine, mais il aime tellement les animaux.

Maureen releva la tête et croisa le regard de Jordan. Le cœur serré, tous deux réalisèrent qu'ils avaient fait le voyage pour rien. Néanmoins, Maureen saisit avec délicatesse les mains de Thelma, recueillies sur ses genoux.

— Madame Ross, vous vous souvenez de ce qui est arrivé à Lewis quand il s'est fait piquer par des bourdons ?

Sa question ne sembla pas rejoindre le lieu où vagabondait l'esprit de Thelma.

— Lewis est aussi un très bon joueur de basket. C'est le meilleur, il court très vite. Son entraîneur dit qu'il fera un excellent meneur.

Jordan sortit de sa poche les photos de Julius Whong et de ses victimes. Il les montra à Maureen, qui était devenue l'interface entre leur monde et celui de Thelma.

— Thelma, vous reconnaissez ces personnes ?

Elle fit défiler les portraits devant le visage serein de Thelma. Son expression ne changea pas alors que passaient sous ses yeux les gens qui l'avaient mise là, sur un banc en pierre, à construire dans sa tête le futur d'un enfant qui n'avait jamais grandi.

Jordan rangea les photos dans la poche intérieure de sa veste et en sortit des feuilles pliées en deux. Il les déplia et les passa à Maureen. Il y avait un dessin de Snoopy sur la première. Jordan l'encouragea d'un signe de tête.

Maureen posa le dessin sur les genoux de Thelma.

— Madame Ross, vous avez déjà vu ce personnage ?

La femme prit le papier entre ses doigts et le regarda avec le même air absent qui avait accueilli leurs questions.

Mais brusquement, sa respiration s'accéléra.

Quand Maureen lui montra Linus, Lucy et Pig Pen, une terreur indicible s'empara de Thelma Ross. Ses pupilles se dilatèrent et elle se replia sur elle-même en secouant la tête avec des mouvements saccadés, inspirant par la bouche tout l'air qu'elle pouvait happer. Il y eut une parenthèse d'immobilité parfaite – puis un hurlement lacérant sortit de sa gorge, un cri de peur, de souffrance et de souvenirs refoulés, si déchirant que Maureen se releva d'un bond.

L'infirmière réagit au quart de tour. Elle sortit un beeper de sa poche et appuya sur un bouton, après quoi elle repoussa brutalement Maureen et Jordan et s'approcha de Thelma, qui se noyait dans ce hurlement sans fin.

— Thelma, calme-toi, tout va bien.

Elle l'entoura de ses bras pour l'immobiliser alors que Thelma tirait sur son gilet avec des mouvements convulsifs, essayant de l'arracher comme s'il avait soudain pris feu.

— Vous deux, disparaissez.

Juste au moment où ils sortirent de l'ombre de la pergola, le docteur Norwich arriva en courant, suivi par deux infirmières aussi robustes que Carolyn. L'une d'entre elles apportait une seringue. Elle se précipita vers le banc et, avec l'aide de ses collègues, retroussa une manche du pull de Thelma et planta l'aiguille dans son bras.

Furieux, Norwich empoigna Jordan par le coude et le fit tourner avec force.

— Je vous avais pourtant prévenus. J'espère que vous êtes fiers de vous. À partir de maintenant, votre présence ici n'est plus tolérée. Vous avez causé assez de dégâts comme ça.

Il tourna les talons et s'empressa de rejoindre les infirmières auprès de sa patiente qui, sous l'effet de l'injection, commençait à se calmer sans pourtant cesser de crier.

Jordan et Maureen étaient seuls.

Dans ce lieu, ils faisaient partie des rares personnes qui n'avaient pas perdu la raison. Ils se demandèrent tous deux si c'était réellement une chance.

Ils regagnèrent la piste d'atterrissage sans trouver le courage de se regarder l'un l'autre. Alors qu'ils étaient de nouveau assis côte à côte, immobiles et silencieux dans l'hélicoptère qui les ramenait à New York, Jordan ressassait ce qui venait de se passer, incapable de penser à autre chose qu'au visage bouleversé de Thelma Ross et à ce hurlement qui lui vrillerait les oreilles encore longtemps.

Sa réaction quand elle avait vu les dessins des *Peanuts* prouvait définitivement que l'article de journal ne rapportait pas la vérité et que la mort du petit Lewis Ross était bien liée à ce que Maureen avait vu.

Il se demanda pourquoi Thelma, face à deux inconnus qui cherchaient à communiquer avec elle, s'était instinctivement tournée vers Maureen.

Il se tourna pour regarder son profil régulier, découpé en contre-jour sur la vitre, et se rappela ses pensées de la veille, pendant le trajet en taxi vers Gracie Mansion.

C'était peut-être ça la réponse :

Pour Thelma comme pour Maureen, tout ce qui l'entourait était mensonge et la seule vérité se trouvait dans ses yeux.

44

Quand il ouvrit la porte de la chambre, Lysa avait les yeux fermés mais elle était réveillée.

Ramenés vers l'arrière en une queue-de-cheval, ses cheveux bruns laissaient éclater la perfection de ses traits. Elle ouvrit les yeux avec la même timidité que Jordan entrant dans la pièce. Elle était encore sous perfusion, mais le moniteur à côté du lit était éteint et l'écran opaque ne montrait plus les battements verts de son cœur.

— Bonjour, Jordan.

— Bonjour, Lysa.

Leurs salutations sommaires restèrent comme suspendues, en prélude à ces retrouvailles qu'ils avaient tant attendues et redoutées. Devant la beauté ivoirine de Lysa, Jordan se sentait empoté et désemparé. Il finit par prononcer une banalité de circonstance.

— Ils s'occupent bien de toi ? Tu as tout ce qu'il te faut ?

Il fit un geste qui engloba la pièce, tellement confortable qu'elle ne ressemblait même pas à une chambre d'hôpital. Les parois étaient peintes en nuances pastel, le lit faisait face à la porte et, sur la gauche, une grande fenêtre aux rideaux ouverts laissait entrer le soleil. Ses rayons dessinaient sur le sol un petit tapis de lumière.

— Oui, ça va. Le personnel est fantastique, et cette femme, Annette, est passée pour m'apporter mes affaires. Elle est vraiment adorable.

Jordan acquiesça. Il avait demandé ce énième service à Annette et l'avait envoyée à l'appartement pour y choisir tout ce dont une femme pouvait avoir besoin dans une situation pareille. Elle lui avait ainsi évité l'embarras de s'en occuper lui-même.

Mais il ne pouvait s'empêcher d'en éprouver une certaine culpabilité et il ne parvenait pas à la cacher derrière celle, infiniment plus grande, qu'il ressentait à être la cause des blessures de Lysa.

— Je suis désolé. Je sais que ce n'est pas agréable de savoir qu'une étrangère a fouillé dans tes affaires, mais je n'avais aucune idée de...

— Mais tu *as* eu une idée. Une très belle idée, même.

Elle indiqua la table à côté de la fenêtre, sur laquelle était posé un gros bouquet de fleurs enveloppé avec du papier kraft et de la ficelle épaisse.

Quand Jordan l'avait choisi chez un fleuriste en bordure de l'Hudson, il avait tourné et retourné la carte entre ses doigts sans savoir quoi écrire. Tout ce qui lui venait à l'esprit lui semblait inapproprié ou puéril. Il s'était finalement contenté d'inscrire un simple « J » au centre du billet, en espérant que Lysa saurait lire dans cette ligne ténue tout ce qu'il ne parvenait pas à exprimer.

— Elles sont magnifiques, ça m'a fait énormément plaisir. Je te remercie sincèrement, Jordan.

— Ce n'est rien. Dis-moi plutôt comment tu te sens.

Lysa si pâle sourit.

— Je ne sais pas trop. D'après les médecins, je vais bien. On ne m'a pas souvent tiré dessus dans ma vie, alors je manque d'éléments de comparaison.

— Tu n'imagines pas à quel point je m'en veux, Lysa.

— Pourquoi ? Tu m'as sauvé la vie.

— Non, au contraire, je l'ai mise en péril. Tu as reçu une balle qui m'était destinée.

Il expliqua à Lysa ce qui s'était passé et lui raconta ses altercations précédentes avec Lord, un homme qu'il avait envoyé en prison et qui avait voulu se venger. Il ne lui parla pas de la mort des deux criminels, ni du demi-chèque trouvé sur le cadavre, et encore moins de ceux qu'il avait découverts chez elle.

Lysa lui coupa la parole et le désarçonna en changeant complètement de sujet, comme si ce qu'il était en train de lui exposer n'était déjà plus que l'histoire ancienne. Son esprit était absorbé dans ses propres pensées, pas dans les paroles de Jordan.

— Elle est très belle.

— Qui ?

— La femme avec laquelle je t'ai vu, l'autre soir. Elle est très belle et son aspect correspond sûrement à ce qu'elle est. Une femme.

— Lysa, Maureen est seulement...

— Ça n'a aucune importance, Jordan, crois-moi sur parole.

Un sourire tendu telle une petite blessure sur son visage blême, illuminé par des yeux qui semblaient avoir reçu des gouttes de douleur en guise de collyre. Jordan se demanda s'il y avait plus d'amertume chez la femme qui arborait ce sourire ou chez l'homme qui le regardait.

— Le destin aime bien se moquer de nous tous, Jordan.

Elle tourna la tête vers la lumière de la fenêtre et ses yeux s'animèrent d'un reflet qui ne venait pas du soleil mais de son cœur.

— Le problème, ce n'est pas avec qui je t'ai vu, mais *où* je t'ai vu...

Lysa l'invita à s'asseoir sur la chaise en aluminium posée contre le mur, juste devant la fenêtre.

— Assieds-toi. Je dois t'expliquer la raison de mon appel l'autre soir. Alors assieds-toi, écoute-moi et, surtout, ne me regarde pas pendant que je parle, sinon je n'aurai pas le courage d'aller jusqu'au bout.

Jordan prit place sur la chaise. D'instinct, son regard se posa sur le bouquet de fleurs, dont les teintes vives se détachaient sur le fond bleu clair. Les jardins chatoyants de The Oaks lui revinrent à l'esprit, toutes ces couleurs éblouissantes pour des gens qui ne les voyaient peut-être même pas – et avec ce souvenir, une vieille comptine que sa mère lui récitait quand ils s'occupaient des plates-bandes devant la maison.

... une rose écarlate refermée comme un poing de soie autour de la passion...

— Avant tout, je tiens à préciser que je ne cherche pas à justifier quoi que ce soit, mais simplement à t'expliquer. Je ne suis pas venue à New York par hasard, mais avec un but précis. Toute ma vie, j'ai essayé d'être une personne normale, avec une vie normale, sans me sentir comme une bête de foire à chaque fois que je me regardais dans le miroir. Je voulais juste ce que tout le monde peut avoir : vivre tranquillement jour après jour, éprouver un sentiment d'appartenance, me réveiller le matin et m'endormir le soir après une journée remplie des mêmes petites choses que la précédente. Aux femmes que je connaissais, j'enviais même *l'ennui* de ce genre de vie. Mais je n'étais entourée que par des hommes qui m'évitaient pendant le jour et que, moi, je devais éviter la nuit. Peut-être que mon père, le révérend Guerrero, avait raison. Il disait que ma beauté était un don de Satan. Un jour, dans la ville où j'habitais avant de venir ici, j'ai reçu cette maudite lettre.

... une tulipe jaune de cette jalousie si mordante qu'elle blesse les yeux...

— Le message qu'elle contenait me demandait si je voulais gagner cent mille dollars. Je l'ai jetée à la poubelle en pensant que c'était une plaisanterie. Le lendemain, j'ai reçu une autre lettre, puis une troisième le jour d'après. Chacune répétait que l'offre était sérieuse et que, si je voulais en savoir plus, je devais mettre une annonce dans le *New York Times* avec pour seul texte : « LG Okay ». Et je l'ai fait. Deux jours après la publication, j'ai reçu une enveloppe qui contenait quatre chèques de banque de vingt-cinq mille dollars, établis à mon ordre par la Chase Manhattan Bank, coupés en deux. Et avec ces chèques, j'ai trouvé les instructions à suivre pour obtenir les autres moitiés. Cette chose a débloqué tous les freins que je m'imposais dans la vie.

Lysa fit une pause. Jordan comprit qu'elle était en train de pleurer, mais il garda le regard obstinément fixé sur le bouquet de fleurs.

... un carré de marguerites pour l'amour et le désamour...

— Quand j'ai compris de quoi il s'agissait, j'ai pensé : pourquoi pas ? Au fond, c'était la seule chose que le monde attendait de moi. Un corps et un peu de temps. Cent mille dollars, ça semblait un bon prix pour jeter tous mes scrupules aux oubliettes.

... une anémone blanche pour les mille épines du cœur...

— En arrivant à New York, j'avais décidé que dorénavant j'allais être telle qu'on me voulait. Un jouet très cher qui se loue à l'heure. J'ai mené à bien ma mission et, deux jours après avoir livré ce qui était prévu dans une boîte postale de Pennsylvania Station, j'ai reçu l'autre moitié des chèques. Mon mystérieux bienfaiteur a tenu parole. Mais dans toute cette histoire, il y a deux choses que je n'avais pas prévues. La première, c'est que notre conscience nous suit où que nous allions.

... et mauve est la fleur de la perfidie et de la douleur...

— La seconde, c'est que j'allais te rencontrer. J'ai tout fait pour t'ignorer et j'ai tracé ma route, convaincue que tu ne serais que la énième illusion et la énième déception. Mais ça ne s'est pas passé comme ça. Chaque jour, en découvrant peu à peu l'homme que tu es et l'homme que tu n'es même pas conscient d'être, j'ai réalisé que je ne pouvais pas me passer de toi. Mais le jour où j'ai arrêté de nier que j'étais tombée amoureuse, je n'étais déjà plus celle que tu as surprise nue dans la salle de bains. Par ma faute, j'étais devenue une autre personne et toutes les douches du monde n'auraient pas suffi à me débarrasser de la sensation de saleté qui me collait à la peau. C'est pour ça que je t'ai chassé quand j'ai senti que tu t'attachais à moi.

Jordan savait combien cette confession lui coûtait. Il le comprit au ton de Lysa, aux larmes qui coulaient sur ses joues et qui semblaient mouiller et dissoudre le son de sa voix. Et en même temps, il redoutait la conclusion, parce qu'il ignorait encore combien ces aveux allaient lui coûter à lui.

— Quand j'ai vu ce reportage à la télé sur l'assassin de ton neveu et les tests ADN qui prouvaient sa culpabilité, j'ai découvert la véritable portée de ce que j'avais fait – et l'atrocité à laquelle j'avais participé.

Une pause aussi grinçante que des ongles sur une ardoise. Et qui laissa des traces bien plus profondes.

— J'ai accepté cent mille dollars pour coucher avec un homme et donner à la personne qui m'a payé un préservatif contenant son sperme. Et cet homme est Julius Whong.

Jordan resta pétrifié, le regard perdu dans un stupide bouquet de fleurs,

... et mauve est la fleur de la perfidie et de la douleur...

et entendit à peine les derniers mots de Lysa.

— Maintenant, je t'en supplie, lève-toi et pars. Va faire ce que tu dois faire. Et par pitié, ne me regarde pas.

Jordan se leva et entama le long voyage vers la porte. Il l'ouvrit et la referma délicatement derrière lui. À peine libéré de l'influence hypnotique que Lysa exerçait sur lui – en bien comme en mal –, son esprit se mit à réfléchir à la vitesse de l'éclair.

Il prit son téléphone mais il n'y avait pas de réseau dans les étages.

Il gagna l'ascenseur et, en attendant l'arrivée de la cabine, il continua à retourner dans sa tête cette pensée perçante comme une aiguille qui s'enfonçait de plus en plus dans son cerveau.

La descente jusqu'au rez-de-chaussée dura une éternité.

Il n'était même pas sorti dans le hall que déjà il appelait Burroni.

— James, c'est encore Jordan.

Le détective le salua avec un ton paternaliste de vieux curé.

— Tout va bien, mon fils, tu es pardonné. Qu'est-ce que je peux faire pour toi ?

— Tu as eu les résultats de la recherche que je t'ai demandée l'autre jour ?

— Oui, bien sûr. Attends une minute.

Jordan entendit un bruissement de papier pendant que Burroni cherchait ses notes dans le chaos de son bureau.

— Voilà. Le chèque a été émis par une agence de la Chase Manhattan Bank, à l'angle de Broadway et Spring. Il n'a pas été alimenté par un compte particulier, mais par un versement en espèces de la somme correspondante.

— Tu as pu remonter à la personne qui a payé ?

— La requête a été établie au nom d'un certain John Rydley Evenge, mais l'employé qui s'en est occupé ne se souvient pas de lui. L'agence en question est énorme, ils effectuent ce genre d'opérations des centaines de fois par jour.

— Mais je croyais que les contrôles anti-blanchiment les obligeaient à signaler les transactions en espèces.

— En effet, mais la somme en question reste inférieure au seuil à partir duquel la déclaration devient obligatoire. Et puis, le chèque porte le nom du bénéficiaire. Ils auraient été plus pointilleux pour un chèque au porteur.

L'anxiété de Jordan lui criait les mots qu'il devait répéter à Burroni.

— Tu as fait fort, James. Et je dois te demander de faire encore plus fort.

— Je t'écoute.

— J'ai besoin que tu me rendes deux autres services, légaux mais pas officiels, si tu vois ce que je veux dire.

— Absolument. Dis-moi.

— Est-ce que tu as deux ou trois agents – des femmes – qui pourraient placer une personne sous protection en dehors des horaires de travail ?

— Si je dis que c'est pour toi, j'en trouverai une douzaine. Tu as laissé un souvenir impérissable dans le coin. C'est pour protéger qui ?

— Chambre 307 de l'hôpital Saint Vincent, sur la 7e Avenue.

— Je connais. On commence quand ?

— Il y a une demi-heure.

— Bien reçu. Tu as parlé de deux services ?

— Oui. Est-ce que tu as des amis journalistes ?

— Bien sûr. Quelques-uns ont d'ailleurs une dette envers moi.

— Alors demande-leur de raconter la fusillade dans laquelle j'ai été impliqué. Et dis-leur d'écrire que Mlle LG a pris une balle perdue et qu'elle est morte des suites de ses blessures. Tu crois que c'est faisable ?

— Ça ne devrait poser aucun problème. Je te tiens au courant.

Le détective raccrocha. Jordan resta debout dans le hall, au milieu des allées et venues du personnel et des visiteurs. Il réfléchit à ce que Burroni venait de lui dire – et à ce que lui n'avait pas dit à Burroni.

Il n'avait pas parlé des chèques trouvés chez Lysa, identiques à celui sur lequel James avait enquêté. Pour l'instant, il préférait ne pas l'cntraîner dans cette histoire, car cela aurait signifié la jeter en pâture aux lions du cirque et la vouer à un véritable lynchage médiatique. Dans sa courte relation avec Lysa, ce n'était pas la première fois qu'il agissait sans s'encombrer de justifications.

Le plus important pour l'instant, c'était la confession de Lysa, car ses implications directes apportaient deux bouleversements cruciaux.

Même s'il ne savait pas encore ce qu'il devait en déduire, Jordan était quasiment sûr que Julius Whong n'avait ni assassiné Gerald et Chandelle Stuart, ni enlevé Alistair Campbell.

En outre, quand le complice de Lord avait tiré sur eux, il ne s'était pas trompé de cible.

La balle n'était pas destinée à Jordan, mais bel et bien à Lysa.

45

Le taxi déposa Maureen à quelques mètres de l'auvent rouge foncé qui protégeait l'entrée du 80 Park Avenue. Elle régla la course et s'approcha de l'immeuble. Au moment où elle allait entrer dans le hall, elle fut surprise par la forme massive de M. Hocto. Maureen était en train de penser à la réaction de terreur et au visage décomposé de Thelma Ross, malheureuse pensionnaire de la prison dorée de The Oaks, enfermée derrière les barreaux rouillés de son esprit. Toute à sa réflexion sur l'incident inquiétant qui avait conclu leur voyage à Saratoga Springs, elle n'avait pas vu Hocto s'approcher.

Habillé du même costume noir qui contenait à grand-peine son corps de culturiste, l'homme apparut à côté de Maureen et s'adressa à elle d'une voix douce et aimable, teintée d'un léger accent étranger difficile à identifier. On aurait dit qu'une nature capricieuse avait interverti les voix d'Hocto et de Cesar Whong.

— Mademoiselle Martini, je vous pric de m'excuser. M. Whong aimerait avoir le plaisir de s'entretenir avec vous.

D'un geste, il indiqua une grosse berline noire garée derrière eux, la portière ouverte.

— Si vous voulez me suivre.

Bien que son instinct lui conseillât de refuser l'invitation, sa curiosité eut le dessus et, sans rien dire, Maureen accompagna Hocto jusqu'à la voiture. Elle se demanda de quoi voulait discuter le discutable businessman.

Après avoir refermé la portière, Hocto s'assit derrière le volant et Maureen se glissa sur la banquette en cuir de couleur claire, à côté de Cesar Whong. Sobre dans ses vêtements sur mesure, celui-ci l'accueillit avec un sourire taillé au couteau dans son visage de cire.

— Bonsoir, mademoiselle Martini. Je vous remercie infiniment de m'accorder cette entrevue, d'autant plus que vous ne me portez guère dans votre cœur.

D'un geste de la main à peine esquissé, il empêcha Maureen de le contredire.

— Vous n'êtes absolument pas tenue de vous justifier. Je sais très bien qui je suis ct à quoi m'attendre de la part des gens que je rencontre. Quand j'étais jeune déjà, je préférais être craint plutôt qu'aimé. C'est peut-être là qu'a été mon erreur. Surtout avec mon fils Julius...

Ses observations n'appelaient aucun commentaire et Maureen s'abstint de répondre. Elle se limita à écouter la suite en silence.

— Vous n'avez pas d'enfants, mademoiselle. Vous m'excuserez de céder à la facilité de ce lieu commun, mais quand vous en aurez, vous observerez le monde qui vous entoure selon une tout autre perspective – même si vous essaierez de le nier...

Il laissa de nouveau sa phrase en suspens. Sa voix ne trahissait aucune émotion, il regardait droit devant lui avec dureté. Entre-temps, la voiture avait démarré pour aller se fondre dans les ombres et les lumières de la circulation nocturne. Whong avait probablement demandé à Hocto de tourner autour du pâté de maisons pendant sa conversation avec Maureen.

Il se mit bien face à elle et parla avec une précipitation inattendue. Maureen songea qu'au fond, lui aussi était humain.

— Mon fils est innocent.

Elle affecta un air ingénu pour poser une question néanmoins pertinente.

— N'est-ce pas le cas de tous les fils ?

L'ombre d'un sourire traversa le visage de Whong.

— Vous devez comprendre que je ne dis pas cela par pur réflexe paternel. J'ai commis plus d'un acte contestable dans ma vie, mais j'aime à croire que je l'ai toujours fait avec astuce, voire avec intelligence. Le fait que Julius soit mon fils ne m'a pas rendu aveugle à son sujet.

Il tira un mouchoir immaculé de sa veste et se tamponna les coins de la bouche.

— Je sais qu'il est malade. Il souffre de graves troubles de la personnalité qui lui ont attiré beaucoup d'ennuis par le passé. À une ou deux occasions, c'est par miracle que j'ai réussi à lui éviter la prison, mais il ne m'a jamais paru susceptible d'en arriver au meurtre. Dans tous les cas, je me suis préoccupé de le garder sous contrôle et c'est pour cette raison que j'ai engagé M. Hocto.

Il leva le menton vers le conducteur.

— Il était chargé de surveiller Julius de loin et ainsi lui éviter de nouveaux désagréments. Les soirs où ces homicides ont été commis, Julius était chez lui. Indépendamment du fait qu'il ignorait être sous surveillance, il aurait pu échapper à la vigilance de Hocto une fois, mais certainement pas trois.

— Pourquoi ne pas le faire témoigner au procès, dans ce cas ?

Cesar Whong prit l'expression d'un adulte qui explique la différence entre la nuit et le jour à une enfant.

— Mademoiselle, vous connaissez ma réputation. Quant à M. Hocto, il a un passé dont il ne peut être fier. Et parmi ses erreurs de jeunesse, il y a une condamnation pour faux témoignage. Qui plus est, il travaille pour moi. Pour invalider sa déposition devant un tribunal, il n'y aurait même pas besoin de faire appel au ministère public. L'employé qui fait le ménage dans le bureau de votre mère pourrait s'en charger.

Maureen ne comprenait pas où il voulait en venir.

— Vous avez déjà engagé les meilleurs avocats de la place pour défendre votre fils. Quel est mon rôle dans tout ça, à moi ?

Juste après avoir parlé, elle comprit que Cesar Whong n'occupait pas le sommet de la pyramide par hasard. Son expression se durcit et des mots acérés sortirent de sa bouche en lame de couteau.

— C'est précisément la question que j'allais vous poser.

Mais cet instant de détermination glaciale passa immédiatement. Il reprit un air plus décontracté et s'enfonça dans son siège.

— Je sais presque tout à votre sujet, *commissaire* Martini. Je sais ce qui vous est arrivé en Italie et je connais la raison de votre présence aux États-Unis. Je sais également que vous avez participé à l'enquête qui a mené à l'arrestation de mon fils, même si j'ignore comment. Pour l'instant.

Maureen se sentit tout à coup vulnérable en entendant ces paroles. Nue au milieu d'une foule d'inconnus. La conversation était terminée et la voiture s'arrêta à point nommé devant la tenture bordeaux qui portait « 80 Park Avenue » écrit en lettres d'or sur les côtés.

Cesar Whong pointa sur Maureen ses yeux d'un noir d'encre. Elle ne pouvait pas réchauffer ce regard glacial, mais elle pouvait résister au froid.

— Qu'attendez-vous de moi ? demanda-t-elle sans se détourner.

— De la même manière que vous avez collaboré à l'arrestation de mon fils, j'aimerais que vous contribuiez – à la lumière de ce que je viens de vous dire – à établir son innocence.

— Vous me surestimez, monsieur Whong.

— Non, Maureen, c'est vous qui vous sous-estimez. Je sais reconnaître les faiblesses des gens. C'est ce qui m'a permis de construire ma fortune. Et chez vous, j'en vois très peu.

Sa voix s'était adoucie et, si Maureen n'y avait pas perçu une sincérité indéniable, elle aurait pu la comparer au glissement sinueux d'un reptile dans le sable.

... les traces des serpents froids et indolents qui rampent et rampent sans fin...

— Aidez-moi, mademoiselle. Je ne vous insulterai pas en faisant miroiter une récompense financière, car je sais que l'argent ne guide pas vos choix de vie. Je vous promets cependant que, d'une manière ou d'une autre, je saurai m'acquitter de ma dette. Je ne sais pas encore comment, mais je vous garantis que je le ferai.

La portière s'ouvrit du côté de Maureen. Hocto était au garde-à-vous sur le trottoir gris.

Elle posa un pied hors de la voiture.

— Je vous crois sur parole, monsieur Whong, même si je ne suis pas sûre de pouvoir gagner votre gratitude. Je ne suis d'ailleurs pas sûre de *vouloir* la gagner. Je n'ai rien contre votre fils, mais ma nature et mon travail font de moi une personne attachée à la vérité, même lorsqu'elle est difficile à atteindre ou à accepter. Je tiendrai compte de ce que vous venez de me dire – et aussi de ce que vous avez eu la délicatesse de ne pas me dire.

— Comment ça ?

Maureen descendit de la voiture et se pencha pour que l'homme à l'intérieur puisse voir son visage à la lumière du plafonnier.

— Pendant toute notre discussion, vous n'avez pas cité un seul proverbe chinois. Bonsoir, monsieur Whong.

Elle s'éloigna et rejoignit la porte d'entrée, qui n'était plus surveillée. Le service de conciergerie finissait à dix-huit heures trente et Maureen dut batailler quelques instants avec le trousseau peu familier avant de trouver la bonne clef. Son entrevue avec Cesar Whong l'avait distraite. Sans logique et sans raison, elle se sentait portée à le croire.

Pendant la montée en ascenseur, elle continua à réfléchir à cette rencontre si difficile à déchiffrer. Elle ne s'interrogea pas sur la façon dont Whong avait obtenu ces informations sur elle. En homme d'affaires averti, il savait combien la connaissance des faits – et surtout de leurs coulisses – était essentielle pour quiconque prétendait suivre un parcours comme le sien. Et le monde était plein de gens sensibles au miroitement de l'argent, comme il l'avait dit si justement.

Elle trouva l'appartement désert. Sa mère était sortie. Étant donné que celle-ci ne voulait pas garder son personnel à demeure, Estrella était repartie chez elle à dix-neuf heures, comme tous les jours.

Maureen s'arrêta quelques instants dans l'entrée, lieu de sa première rencontre avec Cesar Whong. Puis, après un instant de réflexion, elle se dirigea vers le cabinet de travail de sa mère.

Peu impressionnée par l'ameublement austère qui célébrait le succès professionnel de Mary Ann Levallier, elle s'approcha de l'élégant bureau en bois qui trônait au centre de la pièce.

Sur la surface en malachite, elle trouva immédiatement ce qu'elle cherchait : un gros dossier portant en couverture le nom de Julius Whong. Elle ouvrit le rabat en plastique vert épais et constata qu'il y avait là toute la documentation nécessaire pour mettre au point la meilleure défense possible.

Maureen s'installa sur le fauteuil et, feuille après feuille, elle parcourut les pièces du dossier. Il contenait les copies des procès-verbaux, des autopsies et des rapports de laboratoire. Environ une heure plus tard, elle avait fini d'examiner tous les documents. Bien que sa mère fût – comme tous les avocats – une bonne acrobate, elle allait devoir faire des sauts périlleux au-dessus d'un ravin pour éviter la peine de mort à son client.

Toutes les preuves détenues par la police l'incriminaient, sans laisser place au moindre doute. Témoins et caméras avaient établi la présence sur chaque scène de crime d'un homme qui boitait de la jambe droite, ce qui était le cas de Julius Whong depuis une opération récente du ménisque et des ligaments. En outre, le braquage perpétré avec les victimes ainsi que le thème des *Peanuts* commun à tous les homicides cadraient parfaitement avec le profil psychologique de Julius, consommateur notoire d'alcool et de stupéfiants qui avait essuyé plusieurs plaintes pour coups et blessures, agression sexuelle et pédophilie.

Cerise sur le gâteau, les tests ADN avaient démontré que le sperme dans le vagin de Chandelle Stuart était le sien. Même le hangar où il avait prévu de transformer Alistair Campbell en une grotesque parodie de Snoopy appartenait à son père. Cesar avait acheté les avions entreposés à l'intérieur pour en faire don à la ville après restauration.

Son mobile était la seule zone d'ombre. Les enquêteurs favorisaient l'hypothèse d'une vieille rancune remontant à l'époque du braquage. Peut-être que Julius avait été lésé dans le partage du butin et qu'il avait ruminé sa rancœur pendant des années, jusqu'au jour où il avait explosé et s'était vengé.

Et pourtant...

Mon fils est innocent...

Les mots de Cesar Whong et son inaltérable conviction tournaient en boucle dans sa tête. Bien qu'elle éprouvât une répulsion instinctive pour les individus tels que Julius, l'un des principes fondamentaux du travail qu'elle avait choisi était de ne pas laisser ses sentiments personnels influencer son appréciation des faits.

Mon fils est innocent...

Il y avait une chance sur mille que Julius ait effectivement été accusé à tort, et mille chances contre une que Cesar ait menti. Elle repensa à sa dernière conversation avec sa mère,

Pour moi, tout le monde est innocent jusqu'à preuve du contraire.

se leva du fauteuil en soupirant et quitta le bureau de maître Mary Ann Levallier.

Elle voulait aller prendre une douche mais avant d'emprunter le couloir qui menait aux chambres, elle s'arrêta devant la cuisine, indécise. Elle se rendit compte qu'elle n'avait pas envie de manger – et surtout pas seule. Elle hésita à appeler Jordan, pour lui relater sa rencontre avec Cesar Whong et, éventuellement, y réfléchir ensemble autour d'une table. Mais elle se rappela qu'à peine descendu de l'hélicoptère, Jordan avait paru pressé de s'enfuir sur sa moto – et c'est ce qu'il avait fait presque immédiatement. Le soir où ils avaient dîné au *Martini's*, il s'était montré particulièrement évasif quand il avait reçu ce coup de téléphone. Du temps où il appartenait à la police, Jordan était sûrement un excellent enquêteur mais, en ce qui concernait ses affaires personnelles, il était comme un livre ouvert. Maureen avait compris d'instinct que son embarras cachait une histoire qui le touchait profondément. Finalement, elle ne savait rien sur lui, elle ignorait s'il avait une compagne, une femme ou pas. Mais elle appréciait cet homme, elle le considérait désormais comme un ami et elle ne voulait pas faire intrusion dans sa vie privée en l'appelant à l'improviste.

Arrivée dans sa chambre, elle ôta ses chaussures et se laissa tomber sur le lit, s'octroyant quelques instants d'une paresse exquise. Elle repoussa à plus tard le plaisir d'une bonne douche.

Elle resta allongée sur le couvre-lit en piqué, à fixer le plafond. Elle se sentait inhabituellement calme, débarrassée de cette angoisse sourde qui la guettait depuis sa découverte du don obscur qu'elle portait comme un corbeau sur l'épaule.

L'esprit vif, éveillé, serein.

Une par une, elle repassa dans sa tête toutes ses visions de la vie malheureuse de Gerald Marsalis. Le corps écarlate, le visage de démon reflété dans le miroir, la femme peinte en bleu qui se tordait de plaisir, la sensation étrangère de posséder un pénis et d'éprouver l'orgasme expéditif d'un homme. Elle suivit le jeu de pistes fixé de manière indélébile dans sa mémoire : le dessin innocent d'un petit garçon, la fureur de Christopher Marsalis, l'expression de terreur de Thelma Ross, le dos de l'homme au couteau ensanglanté, le braquage et les masques des *Peanuts*, cette silhouette menaçante dans la pénombre du palier, qui disparaissait un instant avant d'émerger à nouveau, plus près, à visage découvert...

Les premières images l'avaient terrorisée, l'avaient fait vaciller et douter de sa santé mentale, jusqu'au jour où elles s'étaient avérées être non pas des hallucinations produites par un esprit dérangé mais des instants de vie gravés dans ses pupilles, perpétuant le souvenir de celui qui les avait vécus avant elle.

À présent qu'elles semblaient lui appartenir depuis toujours, elle pouvait les disposer en ordre dans sa tête et les observer sans peur. Même si elle ne parvenait pas à trouver d'explication, elle pouvait réussir à les accepter.

Et alors qu'elle était ainsi étendue sous ce plafond bleu ciel, entourée d'objets qui faisaient partie du monde réel, la vérité éclata tel un coup de tonnerre. Maureen se releva brusquement et s'assit sur le lit, avec l'impression qu'une bouffée de chaleur étouffante venait de s'élever du matelas.

D'un coup, elle avait visualisé ce qu'elle savait porter en elle comme une image kaléidoscopique qu'elle n'avait pas réussi à recomposer jusque-là. Mais désormais, tout était clair et, rétrospectivement, d'une évidence enfantine. Maureen se traita d'imbécile pour ne pas l'avoir compris plus tôt.

Même si elle ne saisissait pas bien pourquoi, elle savait qui avait assassiné Gerald Marsalis et Chandelle Stuart, et causé la mort d'Alistair Campbell.

À la seconde où cette certitude lui était venue, elle en avait vu le profond paradoxe.

En réalité, elle l'avait toujours su.

46

Les ténèbres et l'attente ont la même couleur.

Maureen, installée dans l'obscurité comme dans un fauteuil, avait suffisamment goûté aux deux pour en avoir peur. Elle n'avait que trop bien appris – à ses dépens – que la vue pouvait devenir un sens aussi bien mental que physique.

Soudain, les phares d'une voiture de passage dessinèrent un carré de lumière qui promena brièvement sa curiosité furtive sur les parois. Puis, fuyant la captivité de la pièce, il s'en retourna dehors, à la poursuite de la voiture qui s'éloignait.

Au-delà des rideaux, au-delà des vitres et des murs, dans l'obscurité jaunie par mille lumières et mille néons, il y avait toujours l'incompréhensible folie que l'on nommait New York, cette ville que tous prétendaient haïr tout en continuant à l'arpenter, dans le but inavoué de comprendre combien ils l'aimaient – et avec l'angoisse de découvrir qu'ils n'étaient pas aimés en retour. Réduits à n'être que de simples humains identiques à ceux qui peuplaient le reste du monde, ils renonçaient à ouvrir les yeux, à écouter, à élever leurs voix contre le vacarme qui les dominait.

Sur la table basse à côté de Maureen, il y avait un Beretta 92 SBM, pistolet dont la crosse étroite était prévue pour s'adapter aux mains féminines.

Il appartenait à sa mère.

Maureen savait dans quel tiroir il était rangé et elle l'avait pris peu avant de quitter l'appartement.

Avant de poser l'arme sur la surface en verre, elle avait fait monter une balle dans le canon, d'un geste décidé. Le bruit de l'obturateur, identique au son d'un os qui se brise, avait rebondi dans le silence de la pièce. Habitués à l'obscurité, ses yeux lui donnaient une idée assez précise du lieu où elle se trouvait. Son regard était rivé sur le mur droit devant, où elle devinait le contour sombre d'une porte. Jadis, à l'école, elle avait appris que si l'on concentrait le regard sur une surface colorée et qu'ensuite on s'en détournait, il s'imprimait dans la pupille une tache lumineuse de couleur parfaitement complémentaire à celle que l'on avait observée.

Maureen sentit son sourire amer fleurir dans les ténèbres.

Deux couleurs sont dites complémentaires lorsque leur mélange selon des proportions déterminées donne le gris absolu. Mais les ténèbres n'avaient pas de complément : l'obscurité n'enfantait que plus d'obscurité. En cet instant-là, ce n'était pas un problème : à l'arrivée de l'homme qu'elle attendait, la lumière inonderait la pièce. Ce qui ne serait pas non plus un problème, ni une solution.

Au terme d'un itinéraire qui semblait infini, parcouru pour donner la mort ou pour y échapper, après un long voyage à travers un tunnel où seules des lueurs dérisoires balisaient le chemin, deux personnes étaient sur le point de rejoindre le soleil. Elles partageaient cette connaissance qui réunissait la vue, la parole et l'ouïe : la vérité.

L'une était Maureen, cette femme qui avait longtemps été trop effrayée pour prendre conscience de cette vérité.

L'autre, inévitablement, était l'homme qu'elle attendait.

Lui, l'assassin.

Quand elle avait compris son identité, elle s'était empressée d'appeler Jordan mais son portable était éteint. Jordan, la seule personne à qui elle pouvait expliquer le mécanisme qui l'avait conduite à la vérité. Christopher Marsalis, lui aussi, était au courant du secret de Maureen, mais le maire Christopher Marsalis était trop aveuglé par sa soif de vengeance contre l'assassin présumé de son fils pour prêter l'oreille à une hypothèse absconse qui allait à l'encontre des preuves écrasantes contre Julius Whong.

N'importe qui d'autre – Burroni le premier –, l'aurait écoutée patiemment, lui conseillant de ne pas s'inquiéter et de ne pas bouger, et serait arrivé peu après avec des infirmiers et une camisole de force.

En cherchant le nom de l'assassin dans l'annuaire, elle avait obtenu son numéro et une adresse à Brooklyn Heights. Elle avait téléphoné et laissé sonner longuement, avant de raccrocher.

Elle avait quitté la maison avec l'impression que la fin du monde allait arriver d'un instant à l'autre. Sur le pas de la porte, elle avait croisé sa mère qui rentrait du cabinet, aussi belle et irréprochable qu'en tout début de journée. Maureen l'avait serrée dans ses bras, en faisant attention à camoufler la bosse du pistolet glissé dans la ceinture du jean.

Elle avait déposé un baiser sur sa joue avant de la regarder dans les yeux.

— C'est toi qui avais raison, maman.

L'instant d'après, elle avait déjà refermé la porte derrière elle, laissant Mary Ann Levallier seule dans le vestibule à se demander si sa fille était possédée par une volonté extraterrestre.

Pendant le voyage en taxi, Maureen avait rappelé Jordan plusieurs fois, en vain. Se résignant finalement à laisser un message sur son répondeur, elle lui avait expliqué ce qui lui était arrivé, où elle allait et ce qu'elle comptait faire.

Le chauffeur l'avait déposée à l'adresse indiquée, à l'angle des rues Henry et Pierrepoint. À peine descendue sur le trottoir, Maureen avait évalué la situation. Henry Street était illuminée sur presque toute sa longueur par des globes lumineux qui dispensaient un éclairage doux et diffus. La dernière portion de la route était plongée dans l'obscurité. Le premier réverbère de Pierrepoint se trouvait à une dizaine de mètres de la maison et il y avait très peu de voitures à cette heure tardive.

Parfait.

Elle n'aurait pu rêver meilleures conditions.

Protégée par le cocon noir de la nuit, elle avait longuement observé la façade en brique de la grande demeure à un étage. Les ténèbres et les intempéries rendaient son architecture néogothique presque lugubre. En temps normal, Maureen l'aurait jugée trop chargée. Mais vu les circonstances, l'aspect extérieur de la maison convenait parfaitement à la série d'événements nébuleux qui l'avaient menée jusque-là – ce sinistre Halloween empoisonné qui n'avait pas de bonbons à offrir aux enfants, mais seulement la mort.

Sur toute sa largeur, l'entrée était surmontée d'un auvent rectangulaire assez large pour que l'on puisse s'y abriter même en cas d'orage violent. En gravissant quelques marches, on accédait à une lourde porte en bois. Découpé à hauteur du visage, il y avait un cadre en verre biseauté, décoré d'une mosaïque comme on en voyait dans certaines cathédrales.

En passant la main dessus, Maureen avait constaté qu'il n'était pas incassable. Sa fonction était purement décorative, ce qui lui simplifiait drôlement la tâche. En effet, la fragilité de la vitre rendait peu probable la présence d'une alarme car la moindre bourrasque de vent aurait suffi à la déclencher.

Maureen avait tiré de sa poche un étui en cuir, qu'elle avait baptisé « Casa-kit » en référence à une vieille chaîne de magasins d'ameublement italienne. Il lui avait été offert par un dénommé Alfredo Martini, un vieil homme à l'air distingué et à la main leste, avec qui elle n'avait aucun lien sinon leur homonymie et le fait qu'ils se rencontraient périodiquement au commissariat, à chaque fois qu'il se faisait surprendre dans des appartements où il n'était pas censé se trouver. Un jour, alors qu'il savait que le cancer ne tarderait pas à l'emporter, Maureen lui avait évité un énième séjour en prison. En signe de gratitude, il lui avait légué ses outils et enseigné comment les utiliser. Il s'était justifié avec un vieux proverbe italien : « Cultive tous les arts, ils te serviront tôt ou tard. » Et à présent, Maureen était ravie de l'avoir écouté.

Habituellement, elle conservait l'étui dans un compartiment de son vanity-case. Par chance, la personne qui avait préparé ses valises au départ de Rome l'avait laissé dedans, probablement sans réaliser à quoi il servait.

Maureen avait sélectionné les outils adéquats et fait sauter le verrou sans grande difficulté. Retenant son souffle, elle avait poussé le battant mais, comme escompté, aucune alarme ne s'était déclenchée pour signaler son intrusion.

Le hall d'entrée était vaste, avec un plafond élevé et une décoration sobre. Il était agrémenté de plantes ornementales et de quelques tableaux dont l'obscurité ne permettait pas de distinguer les détails. Face à la porte, disposées contre le mur, une petite table avec deux chaises jouxtait un rideau de couleur indéfinissable. Sur les parois de gauche et de droite, deux portes d'aspect robuste permettaient d'accéder au reste de la maison.

En crochetant la serrure, elle avait continué à se répéter que ce qu'elle faisait n'était ni prudent, ni logique, ni encore moins légal. En refermant la porte, elle avait pensé que c'était humain – ce qui lui suffisait amplement. Elle se moquait des conséquences. Ce qui la tenaillait, maintenant qu'elle connaissait le *qui*, c'était le besoin de découvrir le *pourquoi*.

Sans hésiter, Maureen avait marché vers l'une des chaises et s'était assise. Depuis, elle patientait. Elle avait en sa possession toutes les armes nécessaires : le pistolet, la surprise et la vérité.

À présent, il ne manquait plus que lui.

Le temps s'écoulait aussi lentement que la bave d'une limace. Toutefois, cette attente se révéla payante.

Annoncée par la lueur des phares sur la fenêtre, une auto s'arrêta dans la rue, juste devant la maison. Le bruit d'une portière qui se refermait, la lumière sur la vitre qui repartait, l'écho des pas qui montaient les marches vers la porte. Elle entendit le son d'une clef qu'on insérait dans la serrure, puis le verrou qui s'ouvrait. Le hasard voulut qu'une autre voiture passât à ce moment-là dans la rue et, dans la transparence du verre dépoli, Maureen aperçut les contours imprécis d'une silhouette masculine. C'était exactement ainsi qu'elle se l'était toujours représenté – une forme vague, déconstruite par la réfraction de la lumière, à laquelle elle n'avait pas réussi à donner un nom jusqu'au jour où la porte dans son esprit s'était enfin ouverte.

Et une autre porte – bien concrète celle-là – allait s'ouvrir d'une seconde à l'autre.

Calmement, elle allongea le bras et saisit le Beretta sur la table, les muscles tendus. Le poids du pistolet la rassura : ce n'était qu'un morceau de métal neutre et inerte, mais il lui offrait cette prise tangible sur le réel dont elle avait tellement besoin après tant de voyages forcés dans l'irréel.

Une autre voiture à l'extérieur et la porte s'ouvrit dans un parfait silence. L'ombre de l'homme se dessina dans le rectangle jaune projeté par les phares sur le plancher. Une lame de lumière vint effleurer les pieds de Maureen, telle une vague qui reflua une fois la porte refermée.

L'ombre et la lumière qui gouvernaient cette histoire sans rime ni raison.

Quelques secondes après être entré, l'homme actionna un interrupteur et la pièce s'éclaira. Le dos tourné, il ne remarqua pas tout de suite la présence de cette intruse dans sa demeure. L'instant de pause permit aux yeux de Maureen de s'adapter au changement de luminosité.

Puis l'homme se retourna et la vit, devant lui, l'arme au poing. La surprise le cloua sur place. Maureen vit ensuite son corps et les traits de son visage se détendre, comme s'il avait attendu et préparé ce moment.

C'était un assassin, mais Maureen ne put qu'admirer son sang-froid. Cette réaction maîtrisée suffisait à confirmer le bien-fondé de ses suppositions.

L'homme leva le menton en direction du pistolet et prononça une seule parole étonnée.

— Pourquoi ?

Maureen répondit avec la même simplicité et la même voix calme.

— C'est ce que je suis venue vous demander.

— Je ne comprends pas.

— Gerald Marsalis, Chandelle Stuart, Alistair Campbell.

L'homme hocha la tête à plusieurs reprises, pour signifier qu'il avait bien compris. Puis il haussa les épaules comme s'il se rendait à l'évidence.

— Au point où nous en sommes, c'est vraiment important ?

— Pour moi, oui.

Afin de satisfaire sa curiosité, l'homme demanda :

— Et vous, qu'est-ce que vous venez faire là-dedans ?

— Si je vous le disais, vous ne me croiriez pas.

Il sourit. Il gardait les yeux fixés sur Maureen mais celle-ci eut l'impression qu'il ne la voyait pas.

— Vous n'avez pas idée des choses que je suis disposé à croire...

Ces mots, il les avait prononcés plus pour lui-même que pour cette femme. Puis l'image qui avait dû naître dans son esprit disparut aussi rapidement qu'elle était venue, et l'homme sembla revenir à la réalité.

— Par où voulez-vous que je commence ?

— Par le début, c'est généralement une bonne idée.

— D'accord. Venez, allons dans l'autre pièce. Nous serons plus à l'aise.

Quand Maureen se leva, le pistolet toujours pointé sur le meurtrier, elle sentit que ça allait recommencer. Le long frisson glacial qu'elle connaissait si bien lui traversa le dos, sa peau lui parut d'un coup trop étroite pour contenir son corps, elle se surprit à balbutier les mêmes prières inutiles que les autres fois et

mon Dieu pas maintenant je t'en prie mon Dieu pas maintenant pas maintenant

cette sensation familière déferla, quelque chose au loin qui s'approchait d'elle en roulant, en roulant, et le bruit métallique du Beretta qui tombait par terre, et...

... je suis debout au centre d'une grande pièce bien éclairée, aux fenêtres placées près du plafond, je marche vers la paroi du fond et, en baissant les yeux, je vois mes pieds couleur de sang sur le carrelage si clair et bientôt j'arrive à la porte qui s'ouvre sur le palier et...

... je suis dans une chambre à coucher où Julius Whong écrase Chandelle Stuart sous son poids et la gifle en la baisant et Alistair est là, juste à côté, le pantalon sur les chevilles, qui se branle en attendant son tour, et moi aussi je me masturbe et...

... je suis devant une autre porte, qui s'ouvre sur le beau visage incrédule de Thelma Ross et soudain, quelqu'un la repousse violemment et elle tombe en hurlant et un poing serré autour de la crosse d'un pistolet apparaît dans mon champ visuel et...

... je suis à nouveau devant la porte entrouverte de la pièce si lumineuse, je l'ouvre et une silhouette émerge de la pénombre, elle porte un survêtement et s'avance vers moi jusqu'à ce que je puisse enfin voir son visage, je comprends qu'elle me parle même si je n'arrive pas à détourner le regard de l'arme qu'il tient braquée sur moi et son visage est souriant et...

Et ce fut fini.

Maureen rentra en elle-même, allongée par terre, vidée de ses forces comme toutes les autres fois où les démons intérieurs de Gerald Marsalis étaient venus à travers elle dévorer encore un peu de vie. Le souffle court, elle s'appuya sur les bras et se mit à quatre pattes. Elle resta sans bouger quelques secondes, tête baissée, les cheveux qui tombaient autour de son visage. Elle essaya de calmer son cœur affolé qu'elle entendait cogner dans ses tempes avec le battement sourd d'un tambour taiko.

Cette vision définitive lui avait montré le visage de l'homme qui avait tué Jerry Kho, le peintre maudit, à l'instant précis où il était entré dans la maison en brandissant un pistolet.

Maureen releva lentement la tête.

Et là, devant ses yeux, la même image. Le même homme, debout face à elle, qui la regardait avec un air perplexe, la tête penchée sur le côté. Des vêtements différents mais, comme dans le dernier fragment acéré de sa vision, le canon d'une arme pointé sur elle.

47

Harmon Fowley, responsable de la Codex Security, attendait Jordan devant l'accès principal du Stuart Building. Quand il vit une moto rouge se garer le long du trottoir, il reconnut le pilote et s'approcha de lui. Il attendit que Jordan eût mis la béquille et éteint le moteur.

Debout à quelques pas de la 999, il admira le bolide pendant que son propriétaire descendait de selle.

— Italienne, hein ? Jolie bête.

Jordan ôta son casque et se recoiffa rapidement. Il serra la main de Fowley.

— Jolie bête, tu l'as dit.

— Elle peut faire du combien ?

Jordan répondit nonchalamment :

— Assez pour que la police de la route ne puisse pas lire la plaque d'immatriculation.

Harmon Fowley le dévisagea, l'air aussi stupéfait que si des antennes d'extraterrestre avaient poussé sur la tête de son ex-collègue.

— Je n'en crois pas mes oreilles. Le lieutenant Marsalis, parangon de vertu, serait donc capable de violer la loi ?

Jordan pensa à l'agent Rodriguez et à l'estime inaltérable qu'il lui avait témoignée.

— On dirait un de mes hommes. Je dois te le répéter à toi aussi que je ne suis plus lieutenant ?

Fowley leva une main pour bien appuyer son propos.

— Officiellement peut-être, mais le feu couve encore sous la braise. D'ailleurs, je crois savoir que tu mérites des compliments. J'ai appris qu'ils ont coincé le coupable. Personne n'a prononcé ton nom mais, tel que je te connais, je parie qu'il y a ta patte derrière tout ça.

Jordan laissa planer l'hypothèse.

— Ce n'est pas impossible. Tu sais aussi bien que moi comment ça se passe. En général, l'explication la plus simple se trouve être aussi la bonne.

— Mais si tu es venu, je suppose que ce n'est pas le cas aujourd'hui.

— Malheureusement, non. J'ai besoin de contrôler un détail essentiel et je ne peux le faire que par ton intermédiaire. Merci de m'avoir attendu. Tu me rends un service énorme.

Harmon Fowley haussa les épaules.

— Ne me remercie pas. Depuis mon divorce, j'ai beaucoup de temps libre.

— C'était quoi déjà, le proverbe ? Quand le chat n'est pas là, les souris dansent... Tu as pas mal dansé, en ton temps.

Fowley lui répondit par un sourire terne.

— Ces temps-ci, j'ai plutôt l'impression que c'est le chat qui danse.

— Elle te manque ?

Cette question, Fowley se l'était sûrement posée plus d'une fois.

— Bah, je n'en sais trop rien... J'ai passé les trois dernières années de ma vie à rêver de liberté, et maintenant que je l'ai obtenue, je n'éprouve aucun plaisir à rentrer à la maison en ayant bu quelques bières de trop. Et le fait de ne plus être obligé d'effacer le rouge à lèvres sur le col des chemises enlève beaucoup de piment à mes aventures.

Tout en parlant, ils avaient franchi les portes à tambour et ils traversaient à présent le hall du Stuart Building. Vus de l'extérieur à travers les parois en verre, ils ressemblaient à deux personnages de télévision trop petits pour cet écran énorme.

Après les politesses, ils en vinrent aux choses sérieuses.

— D'après ton coup de fil, tu n'as pas de temps à perdre en palabres. Qu'est-ce que je peux faire pour toi ?

— Tu pourrais me repasser les DVD du soir du meurtre ?

— Aucun problème. Et tu as de la chance, c'est Barton qui est de service aujourd'hui. Il fait partie des hommes que j'ai recrutés moi-même, on peut compter sur lui.

Tandis qu'ils montaient les escaliers jusqu'au poste de contrôle, Jordan se rappela le soir où il avait inspecté l'appartement de Chandelle Stuart. Son corps maigre, collé au piano. L'amertume de Randall Haze, un homme qui se croyait fort et qui, comme Jordan, avait trouvé sa faiblesse là où il s'y attendait le moins. La confession de Lysa avait blessé Jordan comme la balle l'avait blessée, elle. Mais contrairement à Haze, il avait réussi à garder la tête assez froide pour réfléchir au maximum de ses facultés.

Et quelques minutes plus tard, il s'était traité d'imbécile.

En regardant l'enregistrement de Julius Whong qui traversait l'atrium du Stuart Building en boitant, Burroni et lui s'étaient laissé prendre par le zèle des bons enquêteurs. Exaltés par cette première piste et aveuglés par de fausses évidences, ils en avaient négligé d'explorer d'autres éventualités. Comme cela arrivait souvent, des conjectures complexes et sinueuses les avaient détournés des vérifications les plus élémentaires.

Principalement une, que Jordan ne se pardonnait pas d'avoir omis.

Ils avaient vu le meurtrier entrer, mais pas ressortir.

Du temps où il était policier pour de bon, son entraînement l'empêchait de commettre de telles erreurs. Peut-être que depuis sa retraite forcée, il s'était rouillé. À moins que, dans ce cas aussi, il ne fût en train de négliger l'hypothèse la plus simple : il n'en avait plus rien à foutre d'être flic.

Mais il devait régler cette histoire avant de...

avant de quoi ?

Jordan remit à plus tard ses interrogations sur son avenir car ils arrivaient devant la console où opérait Barton.

Fowley s'adressa à l'agent assis derrière sa console, le visage éclairé par le rayonnement des écrans.

— Barton, mon ami aimerait examiner les DVD du soir où Chandelle Stuart a été tuée. Ceux de tous les accès de l'édifice. On peut faire ça tout de suite ?

— Bien sûr. Suivez-moi.

L'homme se leva du fauteuil en cuir et les précéda dans un bureau situé sur la gauche du poste de commande. À l'intérieur, toute une paroi était occupée par les étagères qui contenaient les enregistrements, soigneusement classés. Au centre de la pièce se trouvait un ordinateur éteint, relié à un lecteur numérique.

— C'est ici que nous conservons les disques et que nous les formatons avant de les réintroduire dans le circuit.

Barton s'approcha des rangées de boîtiers noirs et en sélectionna deux qu'il déposa sur la table.

— Voilà les vidéos de la soirée en question, pour les deux entrées de l'immeuble.

Jordan s'approcha d'une chaise à roulettes près du mur et la fit glisser jusqu'au bureau.

— C'est parfait. Bon, je crois que je peux m'en sortir tout seul. Vous n'êtes pas obligés de rester avec moi, ça risque de prendre un moment et je vous ai déjà volé assez de temps comme ça.

Les deux agents de sécurité n'eurent aucun mal à saisir le sous-entendu de Jordan. En indiquant l'ordinateur, Barton demanda :

— Vous saurez vous servir du programme ?

— Je pense que oui.

— Pour la lecture des enregistrements, ça marche à peu près comme une platine de salon.

Jordan s'installa aux commandes puis alluma l'unité centrale et l'écran.

— Je crois que ça ira.

Voyant son patron opiner du chef, Barton s'éloigna et alla reprendre son poste. Fowley comprit que Jordan était déjà plongé dans ses réflexions. Il lui posa une main sur l'épaule.

— Bon, Jordan, j'y vais. Je ne sais pas ce que tu cherches, mais j'espère que tu le trouveras – ou que tu ne le trouveras pas, selon ce qui t'arrange.

Avant de commencer, en attendant que le système d'exploitation finisse de se charger, Jordan fit pivoter la chaise vers Fowley.

— Merci beaucoup, Harmon. Tu es vraiment un ami.

— Pas de quoi. Je vais dire à Barton de te procurer tout ce dont tu auras besoin.

Jordan le suivit du regard jusqu'à ce qu'il sorte de la pièce. Puis il se mit au travail, sortit le disque du premier boîtier et l'inséra dans le lecteur. Il cliqua sur l'icône « DVD Player » et lança la lecture.

Pour gagner du temps, il visionna les deux disques en accéléré. Par chance, le programme comme le matériel étaient du haut de gamme et l'image défilait sans les saccades typiques des lecteurs grand public.

Une heure plus tard, il avait fini.

À vitesse rapide, la démarche claudicante de l'assassin sur le point d'accomplir sa mission de mort était à la fois grotesque et tragique.

Jordan avait observé les enregistrements avec une concentration à s'en brûler les pupilles – douze heures de film qui montraient les entrées désertes, à part quelques rares noctambules qui rentraient après avoir fait la bringue. D'après le *time code*, ce n'était qu'à l'aurore que les lieux commençaient à s'animer.

Les sportifs matinaux partant vers Central Park, des hommes avec costume gris et attaché-case, un couple avec des valises qui s'apprêtait vraisemblablement à partir en vacances, et en arrière-plan les couleurs et la diversité de l'humanité.

Au fur et à mesure qu'approchait l'heure d'ouverture des magasins et des bureaux, les entrées et sorties s'intensifièrent, jusqu'à atteindre le rythme de croisière d'un palace comme le Stuart Building.

Aucune trace de ce que guettait Jordan. Aucun individu boiteux n'avait quitté l'immeuble, même en se cachant derrière quelqu'un d'autre pour passer inaperçu.

L'homme était entré, mais il n'était jamais ressorti.

À moins que...

Jordan se força à tout repasser une seconde fois. Il scruta le premier disque en redoublant d'attention et, à un certain moment, son regard fut attiré par quelque chose qui le fit bondir. Il cliqua sur la commande STOP.

Après un retour rapide, il rejoua la vidéo à vitesse normale. Il contrôla l'heure : ce segment correspondait à sept heures et demie.

Un homme en costume sombre traversait le hall principal vers la sortie, en prenant manifestement soin de ne montrer que son dos à la caméra. C'étaient précisément ses déplacements illogiques qui avaient permis à Jordan de le remarquer au milieu des allées et venues des gens sur l'écran.

Jusqu'au moment où un incident fortuit bouleversa la donne.

Un homme chauve plutôt robuste marchait dans l'autre sens et, distrait par sa conversation avec la personne à côté de lui ou dérouté par la démarche imprévisible de l'individu suspect, il ne put éviter la collision. Le coup d'épaule fit pivoter l'homme au costume sombre, qui offrit alors son visage à la caméra.

Jordan mit le lecteur en pause et recula image par image jusqu'à avoir le visage au centre de l'écran.

Il tâtonna quelques secondes avant de trouver la fonction zoom et, après deux tentatives ratées, il réussit à faire un gros plan sur la partie désirée. Et malgré la pixellisation due à l'agrandissement, il reconnut immédiatement ces traits.

Son sang ne fit qu'un tour.

Si Jordan avait raison, alors cet homme avait passé toute la nuit dans la cage d'escalier pour pouvoir ressortir au matin et passer inaperçu. Il prit conscience d'une multitude de petites négligences, qui éclatèrent dans son esprit tel un orage soudain. Comme s'ils venaient d'être lubrifiés, les engrenages de son cerveau se mirent à élaborer toutes les hypothèses possibles.

Mais pour en arriver à une conclusion viable, il devait absolument vérifier quelque chose – et pour cela, retourner à l'appartement de Chandelle Stuart.

Il sortit du bureau et s'approcha du poste de commande, dont les écrans montraient des images semblables à celles qu'il venait de visionner.

— Burton, l'étage de Chandelle Stuart est encore sous scellés ?

— Non, ils les ont enlevés il y a deux jours.

— Tu as le code ?

— Oui.

— J'aurais besoin d'y faire un tour. Si tu n'as pas confiance, envoie quelqu'un avec moi, je ne veux pas te causer des ennuis.

Burton prit un post-it jaune, y recopia un numéro et le donna à Jordan.

— Monsieur Fowley a dit « tout ce qu'il voudra ». À part mes fesses, vous pouvez tout me demander.

— Merci Barton, vous êtes un chic type.

Peu après, l'ascenseur s'arrêtait avec un léger soubresaut au dernier étage du Stuart Building. Jordan entra dans le salon. Le piano portait encore les marques blanches laissées par la Police scientifique pour indiquer la position du corps de Chandelle.

Le médecin légiste avait raison : on aurait vraiment dit un gag de Mister Bean.

C'était bien la première fois qu'il voyait une scène de meurtre où les contours du cadavre suivaient les courbes et les angles d'un piano à queue. Jordan promena son regard dans la pièce. La maison n'avait pas changé, mais le sentiment d'expectative avait disparu. Une légère couche grise recouvrait désormais les meubles. La poussière était destinée à s'accumuler jusqu'au jour où l'appartement serait confisqué et mis aux enchères.

Jordan passa devant le tableau de Géricault sans même y jeter un œil et se dirigea vers les chambres.

La chose qu'il cherchait était tellement banale que personne n'aurait eu idée de la ranger dans une cachette. Au contraire, c'était le genre d'objet qu'on garde à portée de main. Il commença donc par la salle de bains, puis fouilla les chambres et tous les meubles de la maison munis de tiroirs.

Rien.

Mais en cherchant ce qu'il ne trouvait pas, il trouva ce qu'il ne cherchait pas.

Dans un rangement du bureau, il tomba sur une série de dossiers médicaux. Il les sortit, les posa sur la table et les examina l'un après l'autre. Pour l'essentiel, il s'agissait de rapports d'analyses et de check-up réguliers – mais l'un d'entre eux contenait une information surprenante qui pouvait expliquer beaucoup de choses.

Après avoir visionné les DVD, il s'était rappelé que Chandelle Stuart portait des lunettes sur la photo dans l'annuaire de Vassar. On voyait clairement à leur épaisseur que les verres avaient une correction très forte. Or, la police n'avait pas trouvé de lunettes, de lentilles de contact ou de solution saline.

Le dossier posé sous ses yeux expliquait pourquoi : il contenait le bilan d'une opération chirurgicale de réduction de la myopie, effectuée au Holy Faith.

Jordan se posait mille questions. Pour démêler ce sac de nœuds, il devait faire un brin de causette avec l'homme qui apparaissait dans les enregistrements, sortant du Stuart Building au matin du meurtre de Chandelle Stuart. Peut-être était-ce une pure coïncidence, peut-être existait-il une foule d'explications anodines, mais Jordan était curieux de savoir ce qu'il faisait dans cet endroit, à cette heure et précisément ce jour-là.

Lui seul possédait les réponses à ces questions. Lui, l'élégant et ironique professeur William Roscoe, qui, selon toute probabilité, était également la personne qui avait fait établir une série de chèques par la Chase Manhattan Bank sous le nom de John Ridley Evenge. En appliquant l'usage qui consistait à remplacer le second prénom par son initiale, ce nom devenait John R. Evenge.

Revenge.

Vengeance.

48

— La vengeance. Voilà l'unique raison. Qui de mieux placé que vous pour me comprendre ?

Maureen garda le silence, essayant de ne pas se laisser attirer et hypnotiser par la gueule noire du pistolet.

La voix de William Roscoe se fit insidieuse, captivante, perfide.

— Dites-moi une chose, Maureen. Quand cet homme a tué Connor Slave sous vos yeux, est-ce que votre douleur n'a pas été immédiatement noyée par une haine féroce et un désir de vengeance obsessionnel ? En ce moment même, n'aimeriez-vous pas avoir ce monstre devant vous, pour lui faire payer les souffrances que vous avez endurées et que vous continuerez à endurer pour le restant de vos jours ?

Oui, de toutes mes forces, pensa-t-elle.

— Oui, mais ce n'est pas à moi de le punir, affirma-t-elle sans conviction.

Roscoe sourit.

— Vous ne savez pas mentir, Maureen. L'éclat de haine qui a brillé dans vos yeux ne m'a pas échappé. N'oubliez pas que je connais la haine par cœur et que c'est moi qui vous ai donné ces yeux.

Quelques minutes plus tôt, quand une crise incompréhensible avait réduit Maureen à sa merci, William Roscoe avait eu un moment d'hésitation, comme s'il réfléchissait à la suite des événements en attendant qu'elle reprenne ses esprits.

— Tout va bien ? s'était-il inquiété.

Malgré la situation, sa sollicitude de médecin demeurait intacte. Maureen avait répondu par un faible signe de tête, la voix bloquée dans les replis rocailleux de sa gorge.

Quand elle s'était relevée, Roscoe avait agité le pistolet vers le rideau derrière Maureen.

— Par là.

Elle avait écarté la tenture pour découvrir un couloir étroit qui menait au reste de la maison. Elle avait senti la pression du canon contre son dos. Dans la lumière ténue qui filtrait depuis l'entrée, elle avait cru deviner au bout du passage le contour d'une porte en verre qui donnait sur une véranda. Impossible d'en être sûre car Roscoe lui avait dit de s'arrêter devant une autre porte, sur la gauche, qui semblait recouverte d'un épais blindage.

Il avait posé la paume sur un appareil encastré dans le mur, déclenchant l'ouverture de la porte de sécurité. La lumière s'était allumée automatiquement sur un escalier abrupt.

Roscoe lui avait ordonné d'avancer la première.

Elle l'avait donc précédé dans les deux rampes en colimaçon qui conduisaient au sous-sol, un espace énorme au carrelage blanc, qui s'étendait sous toute la surface de la maison. En débouchant sur la coursive qui prolongeait les escaliers, Maureen avait été impressionnée. Sous ses yeux, éclairé par la lumière du plafonnier, se trouvait un authentique laboratoire de recherches encombré de machines et d'instruments sophistiqués, dont elle ignorait la fonction mais qui coûtaient certainement une fortune. Tout le long de la paroi de droite trônaient plusieurs ordinateurs ainsi qu'un imposant microscope électronique, relié à des écrans par des câbles en fibre optique. Au centre de la pièce, semblable à une île, un plan de travail surmonté d'équipements à bras articulés servait manifestement aux opérations en milieu stérile. Enfin, la moitié de la paroi de gauche était occupée par une vitre opaque derrière laquelle on devinait une chambre frigorifique éclairée par des néons.

— Voici mon laboratoire privé, l'antre de Faust. Magnifique, n'est-ce pas ?

Après avoir descendu les dernières marches, Roscoe avait fait un grand geste pour montrer fièrement son installation. Mais

Maureen avait remarqué que l'autre main, qui tenait le pistolet, n'avait pas bougé d'un millimètre.

— C'est dans des lieux comme celui-ci que l'on essaie de révolutionner la science. Même si parfois, ce n'est que de la poudre aux yeux.

Il avait indiqué la paroi en verre, derrière laquelle même la lumière bleuâtre des néons semblait gelée.

— Ce que vous voyez là, en réalité, ce n'est rien dc plus qu'un gros réfrigérateur alimenté par de l'azote liquide, où je conserve des embryons à environ moins deux cents degrés Celsius. À cette température, une rose se briserait comme un verre en cristal et aucun être humain ne pourrait survivre après avoir inspiré une simple bouffée d'air.

À côté du réfrigérateur, Maureen avait remarqué des bonbonnes pressurisées et un ensemble de manomètres connectés à d'épais tubes noirs. L'installation permettait de maintenir une température constante dans la salle frigorifique. Pendant que Roscoe parlait, ils avaient traversé le laboratoire jusqu'au mur face aux escaliers. Le chirurgien avait obligé Maureen à s'asseoir dans un fauteuil à roulettes. Il avait disparu dans son dos, avant de lui demander de mettre les bras en arrière et d'attacher ses poignets avec du ruban adhésif.

Puis il était revenu face à Maureen, avec une expression de commisération sur le visage.

— Tous les scientifiques du monde commettent la même erreur. Ils poursuivent la connaissance dans l'espoir quc la science les rendra un jour semblables à Dieu. Quelle naïveté !

Roscoe avait dévisagé sa captive qui, pour la première fois, avait clairement vu dans les yeux de l'homme la flamme livide de la folie.

— Chaque progrès ne fait que nous placer face à une nouvelle énigme. La spirale est sans fin. La seule chose susceptible de nous rendre égaux – voire supérieurs – à Dieu, c'est la justice.

Maureen avait essayé de le contredire, avant de se rendre compte qu'elle ne faisait que servir son propos.

— Mais la justice des hommes est la seule que nous ayons.

— Faux. Ce que les hommes mettent en application, c'est la loi. Et la loi ne garantit pas toujours que justice soit faite.

Appuyé nonchalamment contre la paillasse derrière lui, il avait regardé le pistolet dans sa main comme s'il s'agissait plus d'un bibelot curieux que d'une arme. Quand Maureen lui avait finalement demandé la raison de ces meurtres absurdes, sa réponse avait été sèche, tranchante et sans appel.

La vengeance.

L'heure des comptes était arrivée, le moment magique où tous deux allaient abattre leurs cartes et obtenir les réponses qu'ils cherchaient.

Elle voulait savoir pourquoi, lui voulait savoir comment.

Il parla le premier, avec détachement, presque indifférent.

— Qui sait que vous êtes venue ici ?

— Personne.

— Et pour quelle raison devrais-je vous croire ?

— À cause de la manière dont j'ai découvert que vous avez tué Gerald Marsalis.

— C'est-à-dire ?

Maureen comptait sur le fait que, tôt ou tard, Jordan écouterait son message et passerait à l'action. Roscoe avait beau être un assassin, il n'en restait pas moins un médecin et, surtout, un chercheur. Pour gagner du temps, une seule possibilité : exciter sa curiosité en lui racontant l'expérience sans précédent qu'elle avait vécue et qui résultait directement de la greffe.

— Vous n'allez pas me croire, mais je vous ai vu le tuer.

Roscoe lui jeta un regard stupéfait comme si elle venait de prendre feu sous ses yeux, puis il éclata de rire.

— Vous m'avez... Si c'est une plaisanterie, elle n'est pas drôle.

— Vous avez ri, pourtant. Je vous avais bien dit que vous ne me croiriez pas. Vous vous rappelez quand je vous ai téléphoné pour vous demander si vous connaissiez l'identité du donneur ?

— Oui, absolument.

— Et bien, je pense que les cornées que vous m'avez greffées ont été explantées de Gerald Marsalis.

— Qu'est-ce qui vous fait dire ça ?

— À partir du moment où j'ai rouvert les yeux, j'ai commencé à être tourmentée par des images de sa vie passée.

— Vous vous moquez de moi ? Vous vous croyez dans un épisode de *X-Files* ?

— Malheureusement, non. Si c'était le cas, je n'aurais eu qu'à éteindre la télévision pour tout arrêter. Mais les choses sont légèrement plus compliquées.

— Maureen, je suis un scientifique. Je crois seulement ce que je peux toucher ou voir de mes propres yeux.

— Eh bien, il va pourtant falloir que vous croyiez ce que moi, j'ai vu avec les yeux d'un autre. Je suis ici devant vous, non ? C'est une preuve suffisante. Tout à l'heure, quand je me suis effondrée, c'était à cause d'une de ces crises. Et je vous ai vu. La porte de l'appartement était entrouverte. Vous portiez un survêtement à capuche et, quand Gerald a ouvert, vous avez émergé de l'ombre du palier, pistolet au poing. Et lui, il était recouvert de peinture rouge.

Roscoe resta sans voix. Toutes ses certitudes d'homme de science venaient d'être remises en question. De même que toutes ses certitudes d'homme.

— C'est incroyable.

— Incroyable, en effet. Voilà pourquoi personne ne sait que je suis ici, William. Imaginez la réaction du fonctionnaire de police moyen devant une femme qui prétend avoir vu un meurtrier à travers les yeux de sa victime.

Maureen espérait que son argumentation suffirait à le convaincre. Malheureusement, elle était obligée de s'en tenir à une version expurgée, en omettant ses autres visions et ce qu'elles avaient permis de mettre au jour à travers l'histoire de Thelma Ross. Sans cela, Roscoe aurait compris quc d'autres personnes étaient au courant et, dans la meilleure des hypothèses, il l'aurait laissée attachée à la chaise et se serait enfui.

Quant à la pire...

Le médecin était plongé dans ses réflexions. Ce qu'il venait d'apprendre représentait sans doute à ses yeux une nouvelle contrée à explorer, vierge et fascinante.

— Il doit y avoir un message inscrit au niveau cellulaire, une sorte d'empreinte, un lien neuronal qui, d'une manière ou d'une autre, se conserve indépendamment de l'individu. C'est fantastique. Nous pourrons y travailler ensemble et arriver à...

Maureen l'interrompit.

— Ensemble ?

— Évidemment. Pour un tel chantier de recherche, il faudra que je vous aie à disposition pour les analyses et les tests que je devrai effectuer.

— Et pourquoi est-ce que je collaborerais avec vous, au juste ?

Roscoe sembla se rappeler soudain le contexte dans lequel ils se trouvaient : elle était un commissaire de police ligoté à une chaise, et lui un meurtrier qui tenait un pistolet pointé sur sa tête.

Néanmoins, comme à chacune de leurs précédentes rencontres, il réussit à glisser un fil d'ironie dans ses paroles.

— Pourquoi ? Oh, rien, à cause d'un tout petit détail. Personne d'autre que moi ne sait où se trouve la culture de cellules staminales nécessaires pour poursuivre votre thérapie. Dénoncez-moi et je garderai ce secret pour moi. Si vous me privez de ma justice, vous redeviendrez bientôt telle que vous étiez le jour de notre première rencontre.

Ses derniers mots furent plus froids que le gaz qui alimentait la machine frigorifique.

— À l'instant même où Julius Whong retrouvera la liberté, vous perdrez la vue.

49

Jordan roula sous les arbres et les réverbères jaunes de Henry Street jusqu'à rejoindre la maison qu'il cherchait. Juste après être sorti du Stuart Building, il avait allumé son téléphone. Quelques secondes plus tard, un signal sonore lui avait indiqué la présence d'un message sur son répondeur. Maureen. Sans rien savoir des progrès de Jordan, elle était parvenue à la même conclusion que lui. Et elle s'apprêtait à rendre visite à Roscoe.

Ce message avait certes chassé les dernières incertitudes de Jordan, mais il lui avait surtout glacé le sang : Maureen avait l'intention de se confronter à Roscoe toute seule. Il s'en voulut terriblement d'avoir éteint son téléphone. Jordan représentait le seul repère pour Maureen, la seule personne à laquelle confier les images qui lui arrivaient par cette voie mystérieuse.

N'ayant pu le joindre, elle avait décidé malgré tout de suivre son instinct.

D'une certaine manière, Jordan la comprenait, mais cela ne l'empêchait pas d'être inquiet. Il avait sauté sur sa moto et couvert la distance entre le Stuart Building et la maison de Roscoe en un temps record, redoutant tout le long de croiser une voiture de patrouille.

Il coupa le moteur, descendit et recula de l'autre côté de la rue pour avoir une vue d'ensemble de la construction massive à l'angle de Pierrepoint Street. Cette portion de la rue était plongée dans l'obscurité et, dans l'ombre projetée par les lumières de l'avenue, Jordan trouva la maison inquiétante, maléfique, vénéneuse.

De l'extérieur, elle semblait déserte.

Les cadres noirs des fenêtres se découpaient sur la façade. Mis à part la lueur orangée qui filtrait par le verre de la porte d'entrée, Jordan ne vit aucun signe d'une éventuelle présence humaine.

Ce qui pouvait être un bon présage – ou un très mauvais.

Il fit le tour de la maison. La partie arrière était bordée d'un haut mur d'enceinte, fait avec les mêmes briques rouges que l'habitation. À en croire les cimes des arbres qui s'élevaient au-dessus, un jardin occupait tout le terrain. Après une estimation rapide de la hauteur, Jordan se rendit à l'évidence : il ne pourrait jamais escalader le mur, même en prenant appui sur sa moto.

Quelques mètres plus loin, cependant, un édifice de trois étages en cours de restauration jouxtait la propriété de Roscoe. Une palissade délimitait l'aire du chantier. Jordan leva les yeux sur les échafaudages et les protections. Et il prit sa décision, optant pour la seule voie qui lui paraissait empruntable. Sans grande difficulté, il réussit à se glisser à travers un interstice dans la clôture. Les travaux étant encore peu avancés, aucune précaution n'avait été prise pour éviter d'éventuelles intrusions. Jordan s'avança dans le rez-de-chaussée de la construction quasiment dépourvue de murs et partiellement illuminée par l'éclairage de la rue.

Il flottait dans l'air l'odeur des briques et du ciment, et cette atmosphère rugueuse et provisoire des bâtiments en devenir. Jordan repéra les escaliers – en ciment brut et sans balustrades – et monta au premier étage. Arrivé sur le palier, il trébucha sur un récipient en plastique sombre à peine visible dans l'obscurité, abandonné là par quelque ouvrier. Les outils qu'il contenait se renversèrent dans un fracas métallique qui, dans un tel silence, résonna plus fort que le choc frontal entre deux semiremorques.

Jordan se figea et retint son souffle, les mâchoires serrées à cause d'une douleur lancinante au tibia. Il tendit l'oreille car le bruit avait peut-être alerté quelqu'un.

Aucun signe de vie.

Il se détendit et, du haut de son perchoir, il observa la petite portion du jardin de Roscoe visible malgré le mur d'enceinte et les arbres. À travers les feuillages, il lui sembla apercevoir le reflet d'une surface vitrée, mais il ne pouvait rien distinguer d'autre.

Jordan promena son regard autour de lui. Sur sa gauche, il vit un amas de larges planches de bois, probablement destinées à consolider les échafaudages aux étages supérieurs.

Il en prit une, la souleva et, s'aidant de la balustrade métallique pour l'équilibrer, la fit glisser jusqu'au bord du mur. Il s'assura ensuite qu'elle était bien stable, puis alla chercher une autre planche qu'il cala à son tour pour la superposer à la première, en espérant qu'elle serait assez longue pour l'usage qu'il lui réservait.

Il fouilla parmi les outils renversés sur le plancher et y trouva ce qu'il cherchait : un pied-de-biche assez robuste pour désolidariser des poutres clouées dans du béton armé. Il l'introduisit sous sa ceinture.

Il retourna devant le pont improvisé et posa un pied dessus, en se tenant prudemment à l'un des tubes de l'échafaudage. Puis il lâcha prise et fit le premier pas sur la planche branlante.

Aux dernières nouvelles, il n'était pas sujet au vertige. Il espéra que sa peur du vide n'allait pas choisir ce moment-là pour se révéler.

S'efforçant de regarder droit devant, il posa un pied après l'autre sur la passerelle, tel un équilibriste avec du sable et des sacs de ciment en guise de filet de sécurité, et rejoignit bientôt l'autre côté. Il se rendit compte qu'il avait retenu son souffle pendant toute la traversée et laissa échapper un long soupir de soulagement. Il s'assit à califourchon et, serrant les genoux de part et d'autre du mur pour se stabiliser, il fit glisser la seconde planche jusqu'au sol. À cause de l'effort qu'il dut fournir, son sang se mit à battre violemment à ses tempes. Il s'arrêta quelques instants pour respirer et surmonter un léger étourdissement.

Il vérifia comme il pouvait que la planche était solidement appuyée contre le mur. Il avait l'intention de s'en servir comme glissoire, s'allongeant dessus et se coulant peu à peu jusqu'à terre à la force des bras.

Malheureusement, quand il mit son projet à exécution, l'appui se révéla moins stable que prévu. Il s'était à peine allongé sur son toboggan de fortune que l'extrémité posée par terre dérapa d'un coup vers l'avant. Il chercha instinctivement à se rattraper au mur mais sa main gauche ripa sur les briques recouvertes de mousse et il resta accroché d'une seule main. La chute infligea à son corps une violente torsion et Jordan entendit nettement le craquement de l'articulation qui cédait tandis que son épaule se déboîtait. La douleur aiguë lui fit lâcher prise. Un laurier freina sa dégringolade mais l'envoya rouler en avant, ce qui ne fit que décupler les élancements de son épaule luxée, comme si on l'avait lardée de coups de poignard.

Il se retrouva étalé par terre, haletant. Allongé sur le côté, il attendit que la souffrance devienne tolérable puis essaya de s'asseoir.

La luminosité avait sensiblement diminué. Le feuillage des arbres et le mur faisaient écran contre l'éclairage des réverbères. Il fallut quelques minutes aux yeux de Jordan pour s'ajuster à l'obscurité. Quand il réussit enfin à deviner les formes alentour, il se leva et chercha un tronc d'arbre contre lequel réduire sa luxation. Il s'appuya à l'écorce rugueuse d'un érable et la frappa d'un coup sec de l'épaule pour remettre l'os à sa place. Il fut traversé par un spasme qui le mit au supplice et faillit lui faire perdre connaissance. Il palpa la zone lésée avec la main gauche. L'agression de Lord et ses hommes avait déjà fragilisé ses ligaments et la manœuvre de Jordan n'avait pas eu l'effet escompté. Il continuait d'avoir très mal et l'épaule n'était pas rentrée dans son axe, ce qui réduisait presque à zéro la mobilité de son bras droit.

Jordan inspira profondément et essaya de ne pas trop y penser. Maureen se trouvait peut-être en danger quelque part dans cette maison, il n'avait pas le temps de se plaindre. Il se concentra de nouveau sur les environs.

De l'autre côté du jardin, il aperçut la verrière qu'il avait cru deviner de l'extérieur. Il se fraya précautionneusement un chemin sur le terrain inégal et, quand il se fut suffisamment approché, il remarqua que la véranda s'étendait sur toute la longueur du jardin et sur un tiers de sa largeur, formant une sorte de jardin d'hiver. Dans la lumière incertaine, il entrevoyait en transparence les formes des plantes et de quelques meubles en rotin. La verrière communiquait avec l'intérieur de la maison par trois portes-fenêtres, dont l'une était faiblement éclairée. Jordan se plaça juste devant pour essayer de voir au-delà du seuil. Un couloir s'enfonçait dans l'habitation ; au milieu, une ouverture sur la paroi de droite projetait un rectangle lumineux sur le plancher ; tout au fond, l'éclairage de la pièce suivante révélait une ouverture encadrée par des rideaux.

Jordan empoigna le pied-de-biche de sa seule main valide et, avec difficulté à cause de son bras droit inutilisable, il l'inséra entre les deux battants en bois de la porte coulissante. Un coup sec et peu bruyant. Les deux vitres glissèrent aisément sur les rails bien huilés et Jordan entra.

Il traversa la véranda en prenant garde à ne pas trébucher et arriva devant la porte-fenêtre qui donnait sur le couloir. Avant de la forcer, cependant, il essaya à tout hasard de tourner la poignée et, à sa grande surprise, la serrure n'était pas verrouillée.

Il franchit le seuil et s'engagea dans le repaire du meurtrier. Arrivé à côté de la première source lumineuse, il s'arrêta et découvrit une porte qui donnait sur un escalier en spirale. En voyant le blindage et le mécanisme d'ouverture à reconnaissance d'empreintes digitales, Jordan songea que la cave devait contenir plus que quelques bouteilles de bon vin. Il descendit la première marche et quelque chose se brisa sous sa semelle avec un craquement sec.

Il souleva le pied et aperçut une paire de lunettes de soleil. Quand il s'accroupit pour ramasser les débris, son épaule se rappela à son bon souvenir avec un nouvel élancement de douleur. Bien que les verres fussent brisés, Jordan reconnut immédiatement la monture.

C'étaient les lunettes de Maureen.

Le fait que la maison soit vide pouvait être un bon comme un mauvais présage – mais ces lunettes, elles, ne laissaient rien augurer de positif.

Dans le silence, il crut entendre des voix provenant du sous-sol.

Il commença à descendre avec précautions en balançant son poids sur le côté pour éviter des contrecoups douloureux à son épaule, qu'il essayait de stabiliser au mieux avec son bras valide. Il atteignit un premier palier puis, sur la droite, une seconde rampe d'escaliers.

Les voix devenaient de plus en plus fortes, même si elles restaient trop confuses pour que Jordan comprenne ce qu'elles disaient.

Jamais autant qu'à cet instant il n'avait souhaité avoir un pistolet. Que ce soit à l'Académie de police ou pendant ses années de service, il n'avait jamais été un fanatique des armes à feu. S'il visait plutôt bien, c'était par instinct et certainement pas grâce à un entraînement assidu : il ne pratiquait le tir à la cible que le minimum d'heures nécessaire pour atteindre le quota obligatoire.

Mais à présent, il aurait payé à prix d'or le calibre .38 qu'il avait rendu avec son insigne. Il reprit sa descente et chaque marche le rapprochait des voix. Bientôt, le bourdonnement sonore devint assez clair pour que Jordan puisse y discerner deux timbres distincts, l'un masculin et l'autre féminin. Il arriva enfin au bas des escaliers et remercia les semelles silencieuses de ses Reebok.

Les voix étaient désormais facilement reconnaissables.

L'une appartenait à Maureen, l'autre à cet homme qu'il n'avait rencontré qu'une fois mais dont il se souvenait très bien.

Les bribes de conversation venaient d'une porte grande ouverte sur une coursive légèrement surélevée par rapport au plancher.

La partie du sous-sol que Jordan voyait depuis son point d'observation ressemblait à une sorte de laboratoire. Sur la paroi face à lui étaient accrochés de nombreux appareils et instruments qui lui rappelèrent le QG de la Police scientifique.

Jordan se plaqua contre le mur et avança la tête pour repérer les lieux. Et la scène qu'il découvrit ne lui plut pas du tout.

À l'autre extrémité de l'énorme pièce, au-delà d'un plan de travail qui en occupait le centre, Maureen était assise sur une chaise, les bras immobilisés dans le dos, le visage tourné vers lui.

De dos, il reconnut la silhouette de l'homme qu'il avait vu traverser le hall du Stuart Building et gagner prudemment la sortie après avoir assassiné Chandelle Stuart.

Mais il y avait deux différences cruciales : il était présent en chair et en os, et il avait un pistolet braqué sur la poitrine de Maureen.

50

Maureen venait de recevoir en pleine figure la sentence prononcée par William Roscoe quand elle aperçut la tête de Jordan qui dépassait de l'embrasure de la porte. Elle baissa brusquement le menton, comme si la menace de son geôlier l'avait brusquement vidée de ses forces. Quand elle se redressa, elle s'obligea à fixer Roscoe dans les yeux sans se détourner une seule seconde, pour éviter d'éveiller ses soupçons et trahir la présence de l'intrus.

Elle devait faire comprendre à Jordan qu'elle l'avait remarqué. Elle prononça donc une phrase qui pouvait passer aux oreilles de Roscoe pour la suite de leur conversation, mais elle modula légèrement son intonation pour que Jordan saisisse le message.

— Maintenant, tu sais que je t'ai vu. C'est à ton tour de m'expliquer, tu ne crois pas ?

Et Jordan comprit. Il se pencha, leva le pouce, puis fit un geste circulaire de la main pour inviter Maureen à faire parler Roscoe le plus possible, afin d'accaparer son attention.

Le médecin ne s'était aperçu de rien mais il se déplaça sur le côté, de manière à avoir dans son champ de vision aussi bien Maureen que l'entrée du laboratoire. Dans cette situation, impossible pour Jordan de se faufiler dans son dos pour tenter de le neutraliser.

Roscoe gratifia Maureen d'un sourire condescendant.

— Ça me paraît équitable. Tout à l'heure, tu m'as demandé de commencer par le début. Par souci de clarté, je vais donc remonter à la source du mal.

Il s'octroya une courte pause, comme s'il devait se préparer mentalement à affronter pour la énième fois un parcours accidenté à travers les ruines de sa vie.

— Il y a de nombreuses années, au cours d'un séminaire que j'animais à Boston, j'ai rencontré une infirmière. Une femme de couleur qui s'appelait Thelma Ross. Nous sommes tombés amoureux au premier regard, un coup de foudre, comme si nous n'étions sur Terre que pour nous rencontrer. C'était le sentiment le plus beau et le plus pur que j'avais jamais éprouvé. Sais-tu cc que ça fait de se retrouver face à unc personne et comprendre qu'aucune autre n'occupera jamais la même place qu'elle dans ton cœur ?

Les yeux de Maureen s'embuèrent de larmes et l'image de Connor se substitua l'espace d'un instant au visage de l'assassin, qui la menaçait avec une arme dont elle n'avait plus peur.

Oui, espèce d'enfoiré, bien sûr que je le sais.

Roscoe sembla lire dans ses pensées. Il hocha doucement la tête, d'un mouvement qui entrait dans sa gestuelle coutumière de médecin.

— Oui, je vois que tu comprends de quoi je parle.

Il poursuivit son récit sur un ton différent, comme si le fait d'avoir partagé des cxpériences similaires avait installé une certaine complicité entre eux.

— Je traversais une période décisive de ma carrière. J'étais le premier assistant de Joel Thornton – son disciple, en quelque sorte. À l'époque, Thornton était une sommité mondiale dans son domaine. Tout le monde – y compris lui – voyait en moi son fils spirituel, une étoile naissante de la microchirurgie oculaire et de la recherche en ophtalmologie. Et pour couronner le tout, j'étais son gendre. Je venais d'épouser Greta, sa fille aînée. Thelma connaissait ma situation et elle ne voulait pas mettre en péril mon avenir. Elle refusait de m'imposer quoi que ce soit car à la longue, disait-elle, je lui en aurais terriblement voulu. Thornton avait le pouvoir de ruiner ma carrière. Si je m'en étais fait un ennemi, toutes les portes se seraient refermées devant moi.

Roscoe abandonna ses réminiscences le temps d'un sarcasme.

— Mais l'Amérique n'est-elle pas ce beau pays démocratique dont nous essayons d'exporter le modèle ? Si un Blanc quitte la fille d'un célèbre baron de la médecine, pour épouser une femme de couleur...

Il ne termina pas sa phrase, laissant à Maureen le soin de tirer ses propres conclusions.

— Thelma et moi avons continué à nous fréquenter en cachette, jusqu'au jour où elle est tombée enceinte. D'un commun accord, nous avons décidé de garder l'enfant. C'est ainsi que naquit Lewis. J'avais trouvé pour Thelma un poste de première assistante en chirurgie, au Samaritan Hospital de Troy, une petite ville proche d'Albany. Un cadre parfait. Assez proche pour me permettre de voir Thelma et notre enfant aussi souvent que possible, et assez éloigné pour éviter d'être trop exposés. Nous avons toujours procédé avec la plus grande discrétion, au point qu'aucun de ses amis ne m'a jamais vu ou n'a jamais entendu parler de moi. Aux yeux de tous, Thelma était une jeune divorcée, rescapée d'une mauvaise expérience dont elle ne parlait jamais. Pour Lewis, j'étais comme un oncle qui les aimait tous les deux et qui venait le voir de temps en temps, les bras chargés de cadeaux. Je leur avais acheté une maison et, quand j'allais les voir, nous ne fréquentions aucun lieu où il était dangereux qu'on nous voie ensemble. Cinq années ont passé. Thornton est mort et ma relation avec Greta s'est rapidement dégradée, au point qu'elle m'a proposé de divorcer. Bien entendu, j'ai accepté. J'avais des violons qui résonnaient dans la tête et ce jour-là, ce jour honni de Dieu, j'allais à Troy justement pour annoncer à Thelma que nous allions bientôt pouvoir vivre notre relation au grand jour.

À son air absorbé, Maureen comprit que Roscoe n'était plus là, avec elle, mais enfermé dans les confins de sa mémoire, où il revivait en boucle les souvenirs qu'il était en train d'évoquer.

— Lewis jouait dans le jardin, Thelma et moi étions dans la maison. Pendant que je lui expliquais ce qui allait se passer, nous avons entendu Lewis crier et, l'instant d'après, il est arrivé en courant avec le bras tendu vers moi. Sa peau portait des marques de piqûres – des bourdons, d'après la taille. Je savais que la piqûre simultanée de plusieurs de ces insectes pouvait entraîner un choc anaphylactique très grave. Je me suis immédiatement occupé de Lewis et j'ai dit à Thelma de sortir la voiture pour l'emmener aux urgences du Samaritan. Elle était dans le vestibule, sur le point de sortir, quand la sonnette a retenti. Thelma a ouvert la porte et s'est trouvée face à face avec eux.

Roscoe serra les mâchoires. La haine, une haine très pure raffinée méticuleusement avec les années, tordit les traits de son visage.

— Quatre personnes habillées en noir, trois hommes et une femme avec des masques qui représentaient les personnages des *Peanuts*. Linus, Lucy, Snoopy et Pig Pen, si tu veux le détail. L'un d'entre eux – j'ignore lequel – a violemment repoussé Thelma à l'intérieur. Elle est tombée à la renverse et ils ont fait irruption dans la maison, pistolets au poing. Ils nous ont rassemblés dans une pièce, nous ordonnant de ne pas bouger. Nous avons vite compris ce qu'ils faisaient là : peu après, une voiture de police s'est arrêtée dans la rue et deux agents ont sonné. Celui qui portait le masque de Pig Pen – c'était apparemment leur chef – a collé le canon de son arme contre la tempe de Lewis. Il voulait que Thelma aille ouvrir et se débarrasse des policiers d'une manière ou d'une autre.

Roscoe leva les yeux au plafond et prit une longue respiration, comme si ses poumons avaient besoin d'une grande quantité d'oxygène pour lui permettre de continuer.

— J'ignore comment Thelma a réussi à rester suffisamment calme dans cette situation pour convaincre les policiers. Elle les a persuadés que tout allait bien, ils ont regagné leur véhicule et sont repartis. Entre-temps, l'état de Lewis avait empiré. Il commençait à avoir du mal à respirer. Je ne comprenais que trop bien ce qui se passait : les piqûres avaient provoqué un spasme laryngé qui, peu à peu, obstruerait complètement ses voies respiratoires. Je les ai implorés de nous laisser partir. Je leur ai dit que j'étais médecin, je leur ai expliqué pourquoi Lewis avait besoin de soins urgents. Les larmes aux yeux, à genoux devant leur chef, j'ai juré que nous n'allions pas les dénoncer. En pure perte. Je me souviens de l'indifférence dans sa voix, ses mots à travers le masque : « Tu es médecin, tu sais quoi faire. » Il m'a autorisé à intervenir mais, pour éviter les mauvaises surprises, il a dit à Lucy et Snoopy de prendre Thelma et de la conduire dans une autre pièce pendant que j'essayais de sauver mon fils. Lewis s'était évanoui, il ne respirait plus et il était sur le point de suffoquer. Avec deux pistolets pointés contre moi, j'ai sorti un scalpel de ma sacoche et là, sans anesthésie, sans instruments, comme un véritable boucher, j'ai dû faire une trachéotomie à mon fils et lui enfoncer le tube d'un stylo dans la gorge pour ouvrir une voie d'air.

Des larmes de rage et de souffrance baignaient les joues de Roscoe. Maureen savait parfaitement combien elles brûlaient et combien la rage était impuissante à éclipser la souffrance.

— Ça n'a servi à rien. Je n'ai pas réussi à le sauver. Quand j'ai entendu que le cœur ne battait plus, j'ai levé les mains et je me suis mis à hurler alors que je sentais le sang de mon fils couler le long de mes bras.

Maureen revit en un éclair l'une des images de ses visions.

C'est lui que j'ai vu de dos, pas Julius. Et ce que j'ai pris pour un couteau, c'était un scalpel.

— L'instant d'après, quelqu'un m'a frappé à la tête et j'ai perdu connaissance. Quand je me suis réveillé, ils étaient tous partis. Ils avaient volé notre voiture pour s'enfuir, laissant derrière eux le cadavre de mon fils allongé sur une table, comme un animal, et Thelma ligotée à une chaise dans la pièce d'à côté. Je l'ai détachée et, en voyant ce qui s'était passé, elle s'est précipitée vers la table et a serré le corps de Lewis tellement fort qu'on aurait dit qu'elle voulait le faire rentrer dans le sien pour lui donner la vie une nouvelle fois. Je n'ai jamais oublié cette image, elle m'a poussé vers l'avant pendant toutes ces années, comme une drogue : les larmes de la femme que j'aimais mêlées au sang de notre fils.

— Pourquoi ne pas les avoir dénoncés à la police ?

— C'est Thelma qui l'a décidé. Elle m'a convaincu de partir, de ne pas rester là. Brusquement, après cet instant de souffrance atroce, elle était redevenue froide comme un morceau de glace. Elle m'a expliqué pourquoi elle voulait que je m'en aille : même si la police arrêtait ces quatre monstres, ils passeraient quelques années en prison avant de ressortir, libres de continuer à faire le mal. Elle me fit jurer de les retrouver et de les tuer de mes propres mains. Et si cela signifiait ne plus jamais nous revoir, elle était prête à payer ce prix. Voilà pourquoi nous avons décidé de déclarer que c'était elle qui avait fait la trachéotomie.

La nervosité de Roscoe lui faisait ouvrir et fermer sa main comme s'il essayait de se débarrasser d'une crampe.

— J'ai vécu jusqu'ici avec la vengeance comme seul objectif. Impuissant, j'ai regardé Thelma perdre progressivement la raison et s'enfoncer dans ces limbes où son esprit s'est réfugié pour ne plus souffrir. Maintenant, elle est dans une clinique psychiatrique. Ça fait des années que je ne l'ai pas vue...

Sa voix éteinte se perdit dans les méandres de l'amertume. Maureen ne put s'empêcher d'éprouver de la compassion pour cet homme qui avait sacrifié son présent et son avenir à un passé qu'aucune vengeance ne pouvait effacer.

— J'ai consacré presque dix années d'efforts, de temps et d'argent à retrouver ces monstres, sans résultat. Pas la moindre avancée. À croire qu'ils avaient disparu dans le néant. Jusqu'au jour où le hasard a joué en ma faveur. Chandelle Stuart est venue me voir, conseillée par un collègue qui se trouvait être son médecin de famille. J'ai opéré sa myopie au laser. C'était un travail de routine, mais cette femme était tellement mégalomane qu'elle exigeait le meilleur des spécialistes. Et pendant une visite de suivi, elle a commis une erreur...

Une pause, les yeux perdus dans le vide.

— Quelle erreur ?

Roscoe sursauta et tourna d'un coup la tête vers Maureen, comme si elle avait perturbé un moment de transe.

— Elle m'a demandé le nom d'un bon chirurgien pour lui enlever un tatouage sur l'aine. C'était le souvenir d'une personne qui avait beaucoup compté pour elle mais qu'elle désirait à présent effacer de sa vie. Elle a baissé son pantalon et quand j'ai vu le tatouage, j'ai été comme frappé par la foudre. Le jour où Lewis est mort, alors que Lucy et Snoopy étaient dans l'autre pièce, Pig Pen avait retroussé sa manche dans un geste de nervosité. À peine une seconde, mais c'était suffisant pour voir le gros tatouage sur son avant-bras – un démon aux ailes de papillon. Et celui que Chandelle Stuart m'a montré était en tout point identique. Sans soupçonner ce qui me passait par la tête, elle a interprété ma confusion comme une manifestation de désir. Cette salope de Chandelle Stuart, debout devant moi, le pantalon sur les chevilles, a osé prendre ma main et se la frotter entre les jambes.

Dents serrées et visage blême de mépris. Ses doigts s'étaient refermés en un poing serré aux jointures blanches.

— À partir de là, ma vie a basculé de nouveau. J'étais frénétique, comme si des centaines de voix parlaient simultanément dans mon oreille. J'avais enfin une piste, encore fragile mais bien assez réelle pour me redonner espoir. Je consacrais tout mon temps libre et tout l'argent que je gagnais à cette quête. J'ai engagé des agences de détectives loin de New York, dépensant des sommes exorbitantes pour ne pas être obligé de sortir à découvert. En remontant à l'époque des faits, j'ai découvert que Chandelle étudiait au Vassar College de Poughkeepsie. L'un après l'autre, j'ai identifié Gerald Marsalis et Alistair Campbell. Ç'a été plus difficile avec Julius Whong parce qu'il n'était pas à Vassar, mais je suis quand même parvenu à mettre un nom et un visage sur le plus féroce et le plus déterminé des quatre. Au fur et à mesure que je les voyais en personne, j'arrivais à les relier aux masques que chacun d'entre eux portait ce jour-là.

Roscoe souriait. Peut-être revivait-il l'instant exaltant que chaque chercheur rêve de connaître : celui de la découverte après des années de vaines tentatives. Sauf que dans son cas, le but ultime n'était pas de vaincre la mort, mais de la donner.

— Quand j'ai compris que Julius Whong était Pig Pen, j'ai failli aller directement chez lui, sonner à sa porte et coller une balle dans son crâne de dépravé. Mais une fois calmé, je me suis obligé à réfléchir. Et j'ai décidé que j'allais tuer les trois premiers, un par un, et faire en sorte que les homicides retombent sur Julius Whong. Je pouvais me contenter de tuer Chandelle Stuart, Gerald Marsalis et Alistair Campbell. Mais pas lui. Il devait souffrir plus que tous les autres, passer le temps qui lui restait dans le couloir de la mort, conscient que chaque journée le rapprochait un peu plus du moment où on enfoncerait dans sa veine l'aiguille d'une seringue pleine de poison.

Voyant que Roscoe était bouleversé par l'émotion, Maureen décida d'en profiter pour agir, même si elle ne pouvait pas faire grand-chose. Elle déplaça très lentement sa chaise à roulettes, pour obliger Roscoe à tourner le dos à la porte s'il voulait continuer à la regarder en face.

— Je me suis organisé. Après m'avoir ignoré pendant des années, la chance s'était rangée de mon côté et semblait même faire du zèle. Julius Whong avait subi une opération au ménisque et aux ligaments qui l'avait forcé à marcher avec des béquilles pendant quelque temps. Quand il les a abandonnées, il a gardé une légère claudication – qui ne durerait pas longtemps, certes, mais suffisamment pour moi.

Un centimètre.

Puis un autre.

Et un autre encore.

— Je me suis rendu compte que Julius et moi avions la même corpulence et, traits asiatiques mis à part, la même morphologie. J'ai donc tué Linus en premier – enfin, Gerald Marsalis. Quand il a ouvert la porte, il m'a reconnu immédiatement. Je l'ai obligé à s'asseoir, j'ai attaché ses poignets et ses chevilles avec du scotch et je l'ai étranglé, pour qu'il souffre le plus possible. Pendant qu'il mourait, je lui ai demandé s'il comprenait ce que mon fils avait subi quand ses poumons n'arrivaient plus à happer la moindre bouffée d'air. Après ça, je l'ai collé au mur avec une couverture fixée contre l'oreille, pour imiter les dessins de Schulz, et j'ai écrit ce message idiot sur le mur. Je savais que la police allait le déchiffrer en quelques minutes, mais je voulais leur faire croire que le meurtre était l'œuvre d'un psychopathe. Il fallait ensuite que je me fasse remarquer pendant que je repartais en boitant. Pendant que j'attendais sur le palier, une femme est sortie de l'appartement et a laissé la porte entrouverte. J'ai entendu Gerald téléphoner à quelqu'un pour lui dire de venir immédiatement. Ça me laissait moins de temps que prévu mais, en même temps, c'était une occasion en or de laisser un indice. Quand la personne est arrivée et qu'elle a sonné, je suis redescendu en ascenseur et je l'ai croisée. Je l'ai bousculée, en veillant toutefois à cacher mon visage.

— Mais vous n'avez pas eu peur d'alerter les autres, vu la façon dont vous avez tué Gerald ?

Roscoe haussa les épaules.

— C'était le fils du maire de New York. Avec une affaire aussi sensible, j'étais sûr que la police maintiendrait une chape de plomb sur les détails. Et j'ai eu raison. J'ai utilisé le thème des *Peanuts* parce que je savais que quelqu'un remonterait au braquage, tôt ou tard. Ça pouvait fournir un mobile aux enquêteurs – dispute, rancune ou Dieu sait quoi.

Encore un centimètre.

Roscoe baissa les yeux au sol, le regard absent. Un autre petit déplacement.

Quand il releva la tête, Maureen fut frappée par la dureté mêlée de satisfaction qui se lisait sur son visage.

— Après vint le tour de Chandelle. Je n'éprouve aucun scrupule à admettre que tuer cette créature inutile a été un véritable délice. J'ai même pu y instiller une petite touche de raffinement. Je suis arrivé chez elle après avoir traversé le hall avec le même survêtement, toujours en boitillant. Je me déplaçais de façon furtive, je me suis caché derrière quelqu'un – bref, tout pour être remarqué par les caméras. Je savais que le premier réflexe de la police serait de contrôler la vidéosurveillance. J'ai dit à Chandelle que je voulais lui parler de certaines nouveautés concernant son opération et elle m'a laissé monter. Tu n'imagines pas la tête de cette pute quand elle m'a vu débarquer avec un pistolet à la main. Avec Linus, j'avais dû me dépêcher, mais j'avais tout mon temps pour bien m'occuper de Lucy. Je l'ai laissée croire que j'allais l'épargner si elle me racontait toute l'histoire. C'est comme ça que j'ai appris qu'à l'époque elle avait une relation avec ce détraqué de Julius. Ils ont attiré Gerald et Alistair dans le projet de hold-up – Gerald pour sa folie, Alistair Campbell pour sa faiblesse et sa soumission psychologique à Julius. Et finalement, Chandelle m'a confessé qu'ils avaient planifié le braquage pour s'amuser, pour éprouver des sensations fortes. Tu comprends à quel point c'est grotesque ? Mon fils est mort parce que ces gosses, pour tromper leur ennui, ont décidé un beau jour d'attaquer une banque. Et en plus, cette chienne m'avait reconnu à la seconde où elle était entrée dans mon cabinet. Elle avait passé tout ce temps avec moi malgré la dimension malsaine de la situation. Peut-être même qu'elle s'en délectait, peut-être que la pensée de ce qu'ils m'avaient fait l'excitait. Quand je me suis approché d'elle et que j'ai serré les mains autour de son coup, elle m'implorait de ne pas la tuer. J'ai susurré à son oreille les mots de Julius : « Je suis médecin, je sais quoi faire. » Après l'avoir collée au piano comme Lucy, j'ai laissé un billet avec un indice sur la victime suivante.

Roscoe changea enfin de position. D'un mouvement distrait, il se tourna et appuya le bassin contre le plan de travail, comme s'il était fatigué de rester debout et avait besoin de s'appuyer quelque part. Le pistolet, toutefois, n'avait pas bougé, le canon toujours pointé sur Maureen.

— Et avant de partir, j'ai laissé un autre indice – décisif. J'ai fait croire que l'assassin avait violé Chandelle post mortem. Et tu sais comment je m'y suis pris ? J'ai trouvé un godemiché dans sa chambre. Je l'ai enfilé dans un préservatif qui contenait le sperme de Julius Whong. J'avais choisi un modèle censé retarder l'éjaculation tout en stimulant la femme – d'abord parce qu'il laisse un résidu chimique plus facilement détectable, ct ensuite parce qu'utiliser ce genre de préservatif sur un cadavre correspondait parfaitement au profil d'un psychopathe. J'ai percé le bout de manière à laisser une quantité de liquide séminal assez faible pour qu'on l'impute à un préservatif défectueux.

— Mais comment vous êtes-vous procuré le sperme ?

— Ça, justement, c'était l'étape la plus compliquée de mon plan. Après une jeunesse d'expériences sexuelles violentes, Julius Whong est devenu beaucoup plus exigeant. Les femmes ne l'intéressaient plus et seules les situations les plus singulières l'attiraient. L'alcool, la drogue et son cerveau malade l'avaient transformé en... comment dire... en esthète. Mais je me suis rappelé une personne que j'avais connue quclque temps auparavant.

Jordan sortit prudemment à découvert et s'approcha des trois dernières marches. Maureen remarqua son bras droit immobile, qui pendait sur le côté comme s'il était cassé.

Une marche.

Deux marches.

Trois marches.

Retenant son souffle, elle suivait avec la même anxiété la progression de Jordan et l'histoire de Roscoe.

— Il m'arrivait de donner des conférences un peu partout à travers les États-Unis. Dans un hôpital de Syracuse, j'ai connu une infirmière, une femme d'une beauté incroyable. Sans doute l'une des plus belles créatures que j'avais jamais vues, avec un charme subtil, singulier. Il émanait d'elle une sensualité presque palpable. Elle s'appelait Lysa et elle possédait une particularité assez étonnante : en réalité, elle était un homme. Je suis devenu son ami et, peu à peu, son confident. C'était une personne douce, réservée, mélancolique. Et surtout, sincère. Rien à voir avec les transsexuels mercenaires que tu peux trouver sur Internet. Nous avons gardé contact, même après qu'elle a arrêté de travailler à l'hôpital. Le moment venu, j'ai pensé qu'un pervers comme Julius Whong ne résisterait pas à l'excitation de coucher avec une telle bizarrerie sexuelle. J'ai donc appuyé sur les faiblesses de Lysa, sur sa lassitude à devoir combattre une bataille qu'elle considérait perdue d'avance. Je l'ai contactée anonymement et je lui ai offert cent mille dollars pour avoir un rapport avec Julius Whong, puis me remettre un préservatif qui contenait son sperme.

— Vous n'avez pas pensé que cette Lysa pourrait aller voir la police, une fois qu'elle aurait appris ce dont Julius Whong était accusé ? Surtout en sachant que c'était son ADN qui le condamnait définitivement.

Roscoe se débarrassa de ses derniers lambeaux d'humanité. Le docteur Jekyll avait perdu le contrôle de la potion et Mister Hyde prenait le dessus.

— Bien sûr, il y avait un risque. Mais j'ai résolu ce problème-là aussi. Naïvement, elle m'avait écrit pour m'informer de son déménagement à New York. Je connaissais donc le jour de son arrivée et sa nouvelle adresse. Et vous ne savez pas le plus drôle : son appartement de location appartenait à Jordan Marsalis, frère du maire et oncle de Gerald...

Roscoe sembla contempler avec délectation cette touche d'ironie. Puis il fit un geste de la main comme pour balayer un insecte fastidieux.

— Mais peu importe. Comme je disais, ce n'est plus un problème. J'ai lu dans le journal qu'elle a eu un accident...

Maureen fut horrifiée par la barbarie contenue dans ces mots.

— Vous n'êtes qu'un monstre.

— C'est probable. Mais on le devient inévitablement si on veut éliminer un autre monstre, non ?

— Avec Alistair Campbell, tout ne s'est pas passé comme prévu, n'est-ce pas ? Il a réussi à s'enfuir.

Sur les lèvres de Roscoe, Maureen vit s'étendre le sourire du diable.

— En êtes-vous si sûre ?

Maureen fut effarée par ce qu'elle venait de comprendre.

— Bravo Maureen, je vois que vous saisissez. Ça s'est passé *exactement* comme prévu. J'ai fait en sorte qu'il puisse s'enfuir parce que j'avais besoin de lui vivant : la police devait remonter à Julius Whong grâce à lui. J'avais choisi d'épargner ce pauvre garçon parce que, finalement, il était le moins coupable des quatre. Ce jour maudit, il implorait les trois autres de partir et de nous laisser tranquilles.

Entre-temps, Jordan s'était déplacé jusqu'au plan de travail. Il se baissa et disparut sous le bord. Maureen devina qu'il voulait prendre Roscoe à revers et l'attaquer par surprise.

Ce dernier continua l'évocation macabre de ses machinations.

— Je savais que Campbell s'était retiré dans sa maison de l'île Sainte-Croix pour écrire. Heureusement, grâce à mon travail, je suis plutôt calé en informatique. J'ai pénétré dans la base de données de sa compagnie aérienne habituelle pour trouver sa date de retour. Je l'ai attendu dans une vieille guimbarde volée et je l'ai enlevé juste devant chez lui, afin que le tailleur au coin de la rue me voie et puisse décrire à la police l'éternel boiteux en survêtement. J'ai emmené Campbell jusqu'à cet entrepôt de Williamsburg pour faire croire qu'une nouvelle fois, j'allais composer un tableau inspiré des *Peanuts* – Snoopy aux commandes de son avion. Je m'étais fait dessiner un faux tatouage sur le bras : un démon aux ailes de papillon qui, sans être identique à celui de Julius Whong, lui ressemblait bien assez. Après tout, l'endroit était mal éclairé et Alistair Campbell était terrorisé. Il ne risquait pas d'examiner les détails. Malheureusement, j'ignorais qu'il était cardiaque. Il est mort, non sans mener à bien sa mission : lancer la police aux trousses de Julius Whong.

— Il y a quelque chose que je ne comprends pas. Comment pouviez-vous être sûr que Julius n'aurait pas d'alibi pour ces trois soirs ?

Roscoe montra du doigt des bonbonnes de taille moyenne rangées dans une caisse à sa droite.

— Protoxyde d'azote. Incolore, inodore et insipide.

— Et alors ?

— Whong habite le dernier étage d'un immeuble sur la 14e Rue. C'est une construction basse – deux étages – avec un toit facilement accessible par les escaliers de secours à l'arrière. Il m'a suffi de relier l'une de ces bonbonnes au système d'aération pour m'assurer qu'il dorme jusqu'au matin, sans rêves, sans aucun souvenir.

Roscoe haussa les épaules avec insouciance, comme s'il venait de raconter ses vacances à une amie.

— Que dire d'autre ? Je crois que c'est fini.

Maureen se rendit compte qu'il n'y avait dans son attitude ni narcissisme ni orgueil pour le plan machiavélique qu'il avait échafaudé. Seulement le naturel d'une personne convaincue d'avoir fait ce qui était juste.

En son for intérieur – et elle se maudit pour cette pensée –, Maureen ne pouvait pas lui donner entièrement tort.

— Maintenant, vous savez tout. Il m'a fallu des années pour en arriver là, je ne peux pas vous permettre de tout ruiner.

— Vous n'avez jamais envisagé la possibilité que quelqu'un découvre la vérité ? Tout ce que vous avez fait pourrait être anéanti : Julius Whong sortira de prison et vous, vous prendrez sa place derrière les barreaux.

Le professeur William Roscoe sourit avec une douceur extrême et parla dans un soupir si léger que Maureen eut du mal à l'entendre.

— Non, ma chère. J'ai pensé à tout. Si jamais on remonte jusqu'à moi, un monsieur très professionnel s'occupera de régler son compte à Julius Wh...

Roscoe ne put terminer sa phrase car à ce moment-là, Jordan surgit de derrière la table et se jeta sur lui.

51

Tout se joua en quelques instants qui durèrent une éternité pour Jordan et Maureen.

Chacun de leurs mouvements semblait se décomposer au ralenti, comme s'ils se déplaçaient dans une énorme masse d'eau.

Avec son seul bras valide, Jordan avait saisi la main droite de Roscoe tout en levant la jambe pour lui donner un coup de genou au poignet et lui faire lâcher le pistolet.

Mais la surprise n'entrait apparemment pas dans la gamme des émotions de William Roscoe. Si l'arrivée de Jordan l'avait désarçonné, sa capacité de réaction n'cn fut pas compromise pour autant.

Le seul résultat de la prise de Jordan fut que le doigt de son adversaire se contracta sur la détente. Un coup partit vers le bas et fit voler le carrclage en éclats, soulevant un nuage de débris.

Jordan comprit rapidement qu'il aurait du mal à prendre le dessus, d'autant plus qu'il devait lutter avec un seul bras.

Certes, il était plus jeune et plus grand, mais la force avec laquelle Roscoe avait résisté à sa traction montrait clairement que l'homme était robuste, en excellente forme physique. Et surtout, lui pouvait compter sur ses deux bras.

En exploitant autant que possible le poids de son corps, malgré des pointes de douleur qui lui coupaient le souffle, Jordan réussit à saisir le poignet du professeur et à le cogner plusieurs fois contre le rebord de la paillasse.

Une autre balle partit et un écran d'ordinateur explosa dans une pluie d'étincelles fumantes.

La main de Roscoe céda enfin et ses doigts lâchèrent prise. Jordan entendit le merveilleux son de l'arme qui tombait sur le sol.

Maureen assistait à la scène en cherchant désespérément quoi faire pour aider Jordan. Attachée comme elle l'était, les bras derrière le dossier de la chaise, ses options étaient très limitées. Avant tout, elle pouvait empêcher Roscoe de retrouver son arme si jamais il se libérait de l'emprise de Jordan. Elle s'appuya sur la pointe des pieds tout en balançant le buste pour avancer. Elle roula jusqu'au pistolet et lui donna un coup de pied. Les deux hommes engagés dans un duel sans merci entendirent le raclement métallique du Beretta qui glissa sur le carrelage, frappa le mur de l'autre côté de la pièce, rebondit et s'immobilisa finalement sous la coursive.

La lutte faisait rage sous les yeux de Maureen. Elle ignorait pourquoi Jordan ne se servait quasiment pas de son bras droit, mais elle se rendit vite compte du déséquilibre des forces en présence.

Roscoe s'était facilement libéré de la prise de Jordan et il lui faisait désormais face, dans une position défensive parfaite. Il avait probablement pratiqué la boxe à l'université et, de toute évidence, il n'avait pas abandonné l'entraînement à la fin de ses études.

Contrairement à Maureen, il avait instantanément compris que son adversaire avait un gros point faible à l'épaule. À chaque fois que Jordan s'avançait pour le frapper avec la main gauche ou tentait un coup de pied, il parvenait à esquiver et contre-attaquer en frappant l'épaule blessée, avant de reculer immédiatement en défense.

Maureen réalisa que Jordan ne résisterait pas longtemps à ces assauts répétés.

Elle se remit en mouvement, essayant de rouler jusqu'à Roscoe pour le coincer avec ses jambes et permettre à Jordan de respirer. Mais quand il la vit s'approcher et comprit ce qu'elle avait l'intention de faire, il appuya un pied contre le bord de la chaise et la repoussa avec violence.

Maureen partit en arrière sur plusieurs mètres, puis les roues se bloquèrent contre une aspérité du plancher et la chaise s'inclina dangereusement sur le côté. Maureen se retrouva un court instant en équilibre précaire, penchée vers le sol.

Et la seconde d'après, elle vit les carreaux blancs s'approcher à une vitesse vertigineuse.

Entraînée par son poids, elle s'effondra par terre sur le flanc gauche. Elle essaya d'amortir sa chute avec l'épaule mais ne put éviter d'écraser son coude contre la surface dure. Une secousse électrique se propagea dans son bras et une brûlure intense la priva de toute sensibilité.

Entre-temps, profitant de la diversion qu'elle avait malgré tout réussi à créer, Jordan était parvenu à enserrer le cou de Roscoe dans l'étau de son bras gauche et il l'étranglait avec toutes les forces qui lui restaient. Le médecin ne se laissait pas faire et martelait le ventre de Jordan à coups de coude à chaque fois que les mouvements frénétiques de la lutte lui offraient une ouverture.

La chaise ayant dévié dans sa course avant de chuter, Maureen ne voyait plus la scène. Elle entendait dans son dos les halètements des deux hommes qui se bagarraient mais elle ne pouvait même pas tourner la tête pour se rendre compte de la situation.

Elle commença à se débattre et constata qu'elle pouvait faire glisser les bras vers le haut du dossier. Centimètre après centimètre, en s'aidant de ses jambes dès que ce fut possible, elle parvint à se libérer complètement de la chaise, qu'elle repoussa d'un coup de pied.

Elle put alors se retourner mais Jordan et Roscoe avaient disparu. Si elle entendait leurs ahanements et les bruits du combat au corps à corps, elle ne les voyait plus. L'un des deux avait probablement fait tomber l'autre par terre et ils continuaient leur combat désordonné sur le sol, près de l'imposant réfrigérateur, cachés à la vue de Maureen par le plan de travail.

Elle leva la tête et aperçut le pistolet.

Prenant appui sur sa hanche et poussant avec l'épaule, elle réussit à s'asseoir par terre. L'instant d'après, elle s'était relevée et se précipitait vers le Beretta. Quand elle l'atteignit, elle s'agenouilla juste à côté de manière à pouvoir se pencher et l'attraper avec la main droite. Elle n'avait aucune confiance en la précision de son tir si jamais elle devait faire feu sur Roscoe avec les bras attachés dans le dos, mais elle espérait ne pas devoir en arriver là. Il lui suffisait de tendre l'arme à Jordan pour stopper net toute résistance de la part de son antagoniste.

Malheureusement pour elle, ce n'est pas ce qui se passa. Elle vit soudain le corps de Roscoe voler en arrière comme si Jordan avait réussi à appuyer les pieds sur sa poitrine pour le repousser de toutes ses forces. Le professeur alla s'écraser brutalement contre les grosses bonbonnes d'azote liquide qui alimentaient la chambre frigorifique où il conservait les embryons. Son polo sortait de son pantalon. Du revers de la manche, il essuya le filet de sang qui s'écoulait de son nez, sans décoller le regard de son adversaire resté au sol.

Peu après, une main émergea vers le milieu du plan de travail et s'agrippa au rebord. Jordan apparut, essoufflé, le visage tordu par la douleur.

Maureen admira son endurance et la résistance acharnée qu'il opposait à Roscoe, mais elle comprit qu'il ne pourrait pas continuer longtemps ainsi. Vu la souffrance que semblait lui causer son épaule, elle s'étonna qu'il n'ait pas encore perdu connaissance.

En voyant Jordan se redresser, Roscoe lui aussi eut l'air étonné. Mais une expression cruelle revint aussitôt défigurer ses traits – ceux d'un homme ravagé par la démence, un homme que des années de haine avaient fait sombrer dans des limbes sans retour.

Il se baissa et saisit à deux mains l'un des tubes qui acheminaient l'azote jusqu'au système réfrigérant. Horrifiée, Maureen comprit ce qu'il comptait faire et son sang devint aussi glacé que le liquide contenu dans les bonbonnes.

Jordan s'était complètement relevé et avançait vers Roscoe.

Si ce dernier réussissait à arracher le tube et le braquait sur Jordan, celui-ci serait heurté de plein fouet par un jet à moins deux cents degrés et subirait des brûlures fatales.

Maureen avait à peine une fraction de seconde pour prendre une décision.

Et elle la prit.

Elle s'étendit par terre, sur le côté, les jambes en direction de Roscoe. Dans cette position précaire, elle essaya de viser. Elle songea que si elle réussissait, si le projectile atteignait son but au bout de son voyage éclair, alors toutes ses réserves de chances seraient épuisées pour de nombreuses années à venir.

Par contre, si elle ratait son coup et touchait l'un des containers, une explosion en chaîne transformerait cette partie de la maison en un cratère tapissé de lambeaux de corps humains.

— Jordan, couche-toi ! hurla Maureen.

Et elle pressa la détente à l'instant même où Roscoe arrachait le tube.

L'écho de la détonation rebondit entre les murs comme le glas d'une énorme cloche funèbre.

Roscoe se retourna d'un coup vers Maureen, comme s'il avait entendu son nom au lieu d'un coup de feu. Il la considéra pendant quelques secondes avec l'expression incertaine de quelqu'un qui reconnaît une personne sans arriver à la situer.

Puis, dans un léger vacillement, il baissa le menton et son regard tomba sur l'orifice qu'il avait dans la poitrine. Il vit une tache de sang s'élargir jusqu'à noyer le logo Ralph Lauren.

Ses forces l'abandonnèrent et ses doigts desserrèrent leur étreinte sur le tube dont sortait le jet d'azote liquide. Le flux glacé enveloppa les pieds et les chevilles de Roscoe mais celui-ci sembla insensible aux terribles lésions infligées à ses chairs. Il tomba d'abord à genoux et, après une petite éternité, il s'affala en avant, face contre terre. Son corps recouvrit le tube et bloqua en grande partie l'écoulement.

Tandis qu'elle se remettait sur ses pieds, Maureen ne pouvait détourner les yeux du cadavre du professeur William Roscoe. Bien que la déflagration résonnât encore dans ses tympans, elle entendait dans sa tête la menace qu'il avait proférée.

À l'instant même où Julius Whong retrouvera la liberté, vous perdrez la vue...

Puis elle scruta les environs à la recherche de Jordan, craignant que l'azote répandu sur le carrelage l'eût atteint.

En entendant l'avertissement de Maureen, Jordan s'était tourné vers elle et avait instantanément saisi la situation. Il s'était jeté par terre sur le flanc gauche, espérant que le contrecoup dans son épaule déboîtée ne le ferait pas s'évanouir.

Il ne perdit pas connaissance mais il eut tout loisir de contempler à nouveau les étoiles et les constellations qu'il avait découvertes après sa chute, quelques instants auparavant.

Il sentit que la température de la pièce baissait rapidement et crut entendre la voix de Maureen qui lui parvenait de l'autre bout du monde.

— La bonbonne ! Jordan, tu dois fermer la bonbonne !

Il mobilisa ses dernières forces pour se relever. Le soulagement de Maureen quand elle le vit reparaître fut aussi profond que le froid qui envahissait la pièce.

Au lieu d'aller fermer la valve, Jordan fit le tour de la paillasse aussi vite qu'il pouvait et attrapa Maureen par le bras.

— Vite, sortons d'ici.

Ils gravirent les trois marches qui menaient à la coursive tandis que leur souffle précipité dessinait des nuages dans l'air. Se soutenant mutuellement, Jordan et Maureen remontèrent les deux étages. Ils sortirent de la maison, à la recherche d'un peu de chaleur pour chasser le gel qui leur enserrait la poitrine – et dont les vapeurs d'azote n'étaient pas la cause principale.

52

— Tu as encore mal à l'épaule ?

Jordan avala une gorgée de café et secoua la tête.

— Non, c'est presque passé.

Maureen et Jordan étaient assis face à face dans le Starbucks de Madison Avenue. Sur fond de circulation matinale, la vitre leur renvoyait le reflet poussiéreux de deux individus exténués. La nuit sans sommeil avait laissé des traces sous leurs yeux. Tout ce qu'ils avaient appris de Roscoe représentait une cicatrice de plus dans leurs souvenirs – et une nouvelle évolution dans le degré de folie qu'un homme pouvait atteindre.

Ils ne ressentaient ni exaltation ni triomphe, seulement l'épuisement des rescapés après la bataille, étourdis par la stupeur d'être encore vivants.

Après avoir quitté le laboratoire, Jordan avait téléphoné à Burroni pour lui expliquer où ils se trouvaient et ce qui s'était passé.

Quelques minutes plus tard, lui et Maureen s'étaient retrouvés au cœur de la sarabande habituelle de gyrophares et de fourgons, de médecins légistes, rubans jaunes et barrières. Ils s'étaient esquivés avant l'assaut inévitable des journalistes. Les médias auraient bu du petit-lait avec cette histoire de cape et d'épée qui avait pour héros deux marginaux, deux voix qui n'appartenaient pas au chœur officiel mais qui s'étaient montrées dignes d'y occuper une place de plein droit.

Alors qu'ils s'apprêtaient à quitter la sinistre demeure de Henry Street, ils avaient vu le cadavre de feu le professeur William Roscoe disparaître à l'arrière d'une ambulance, recouvert par un drap blanc – seule coquetterie consentie par la mort.

Burroni les avait rejoints au moment où ils montaient dans une voiture de police.

— J'aimerais bien comprendre comment vous avez fait, même si je sais déjà que je ne connaîtrai jamais la vérité. En tout cas, félicitations.

Il les avait salués d'un geste avant de se remettre à la tâche, avec son éternel chapeau noir qui semblait flotter au milieu de la petite foule présente sur les lieux. La voiture de patrouille les avait conduits aux urgences du Saint Charles Hospital, à Brooklyn, où un orthopédiste avait remis l'épaule de Jordan en place et l'avait ensuite bloquée avec un bandage élastique. Après avoir examiné les radios, le médecin s'était montré relativement pessimiste. La double dislocation allait sans doute obliger Jordan à subir une petite intervention chirurgicale pour réparer les ligaments distendus afin qu'il récupère le plein usage de son articulation.

Maureen avait été traitée pour une légère brûlure due aux vapeurs de l'azote liquide.

Ne désirant rien d'autre qu'une tasse de café, ils avaient quitté les urgences pour s'installer dans le Starbucks le plus proche. Une pause indispensable, un moment de réflexion nécessaire après ce qu'ils venaient de vivre.

— Comment est-ce que tu as compris que c'était lui ? demanda Jordan.

— Je t'ai dit qu'il y avait quelque chose dont je n'arrivais pas à me souvenir, un détail qui me glissait sans cesse entre les doigts. Hier soir, sans vision, je m'en suis souvenue.

— C'était quoi ?

— Quand Roscoe a ôté mes pansements après l'opération, j'ai ouvert les yeux et je l'ai vu penché sur moi, les mains à hauteur de mes yeux. Ça n'a duré qu'une seconde parce que l'image s'est tout de suite dissipée. Je suis retombée dans le noir et, comme tu peux t'en douter, j'ai eu l'impression de mourir. J'ai cru que l'opération avait échoué, que j'allais rester aveugle à jamais. Mais juste après, la lumière est revenue et j'ai revu son visage proche du mien. Mon soulagement était si grand qu'un détail m'a échappé. Entre les deux visages, il y avait une différence que je n'ai pu identifier que beaucoup plus tard.

— Comment ça, « les deux visages » ?

— Quand j'ai vu Roscoe pour la première fois, il ne portait pas de blouse blanche. Mais la deuxième fois, après ces quelques secondes d'obscurité, il en portait une. Ce qui ne peut signifier qu'une chose...

Jordan attendit patiemment la conclusion inévitable. Il la devinait, mais il ne put réprimer un frisson en écoutant Maureen.

— Quand Roscoe a défait les bandages, le visage devant moi n'était pas la première chose que je voyais. C'était la dernière que Gerald Marsalis avait vue. Le visage de son assassin.

Jordan se reposa en arrière. Il n'y avait aucune autre explication. Le dénouement insensé d'une histoire insensée. Le problème, c'était que, malgré ce qu'ils avaient traversé, ils devaient continuer à vivre dans un monde peuplé de gens sensés.

Jordan vida son gobelet en carton et le jeta dans la poubelle.

— Et maintenant, qu'est-ce que tu vas faire ?

Maureen fit un geste d'impuissance mais pas de désespoir. Une force immense émanait d'elle, telle une aura.

— Que veux-tu que je fasse ? Je vais rentrer en Italie et avancer. Tu sais ce qu'on dit : la vie continue.

Ni elle ni Jordan n'avaient oublié la sentence de Roscoe. Placée face à un choix aussi dramatique, Maureen n'avait pas hésité. En un éclair, elle avait sauvé Jordan et tué le seul médecin qui pouvait lui garantir de conserver la vue.

Peut-être n'était-ce qu'une menace dans le vent. Peut-être pas. Seul le temps pourrait répondre à cette énigme. Mais quelles que soient les conséquences de ce choix, Jordan n'oublierait jamais qu'elle l'avait fait.

— Tu ne veux pas en parler avec quelqu'un d'autre ?

— À quoi bon ? Pour risquer de devenir une sorte de phénomène de foire et subir les ricanements et les plaisanteries des gens que je croiserai dans les couloirs ?

Maureen sourit et posa la main sur le bras de Jordan. Il songea que *ça*, c'était une authentique marque de complicité.

— Je préfère que ça reste un secret entre nous, Jordan. Juste toi et moi. Ça me suffit de savoir qu'il y a sur Terre une autre personne convaincue que je ne suis pas folle.

Jordan regarda à l'extérieur. Dans la rue, au milieu de dizaines de voitures, il vit une petite curiosité. C'était un véhicule plutôt voyant, une sorte de fourgon à la carrosserie repeinte avec des couleurs vives. Au centre était dessiné un gorille souriant qui agitait un chapeau de canotier en paille. La camionnette appartenait à l'un de ces théâtres ambulants qui s'installaient dans la rue, à Washington Park ou ailleurs, et gagnaient quelques sous en montant des spectacles pour enfants.

L'amertume de Jordan se reflétait dans la vitre.

Le spectacle continuait – il *devait* continuer. Non par indifférence, mais pour donner à tous ces gens l'espoir que leur avenir, quel qu'il fût, se construirait dans un lieu habitable. Comme l'avait dit Maureen, l'espoir pouvait représenter un compromis acceptable quand on n'avait aucune certitude.

Sa voix le tira de ses réflexions.

— Et toi ?

— Et moi, quoi ?

Maureen ne se laissa pas convaincre par son innocence feinte.

— Jordan, je te connais maintenant. C'est présomptueux de dire ça, mais je te connais peut-être mieux que tu ne te connais toi-même. Y a-t-il quelque chose dont tu aimerais me parler ?

— Non, répondit-il instinctivement.

Mais il réalisa que c'était justement l'instinct qui l'avait mis dans le pétrin. S'il voulait clarifier sa situation, il devait absolument comprendre. Et pour y arriver, il avait besoin de l'aide de Maureen.

Un nouveau trait d'union entre eux, un nouveau secret à partager.

— En fait si, il y a une chose dont j'aimerais parler. Au sujet d'une personne...

— Qui s'appelle... Lysa, au hasard ?

Jordan ne s'étonna pas que Maureen ait deviné. Il acquiesça.

— Oui, c'est elle. Tu as entendu ce qu'a dit Roscoe, le rôle qu'elle a joué dans cette affaire.

Jordan se mit à palper son épaule droite bandée, comme s'il voulait vérifier l'efficacité du travail du médecin.

Et enfin, il prit son courage à deux mains et raconta tout à Maureen.

Pendant qu'il parlait, elle le vit perdre peu à peu le fil et s'emmêler dans les replis d'un discours qui était en réalité aussi transparent que l'air. Tout le long du récit, elle le regarda dans les yeux avec tendresse – quand il ne baissait pas la tête. Au fur et à mesure qu'il progressait, le bleu de ses iris se nettoyait de toutes les impuretés des derniers jours. Quand il eut fini, ses yeux avaient retrouvé l'azur parfait d'un ciel de mai et Maureen savait tout.

L'histoire de Lysa, ce qui s'était passé entre elle et Jordan – et ce que Jordan lui-même ignorait encore.

Avec une candeur absolue, elle le lui dit.

— C'est tellement simple, Jordan. Lysa est amoureuse de toi et elle a eu le courage de te le dire. Et toi, tu préfères casser tous les miroirs pour ne pas t'avouer que tu es amoureux de cette femme.

Jordan fut frappé par le choix de ses mots. Sans connaître Lysa, elle l'avait définie comme « femme » – ce que Jordan avait mis beaucoup de temps à faire.

Maureen continua à parler alors que Jordan gardait obstinément les yeux rivés sur la table.

— Elle a commis une erreur et elle est en train de la payer. Encore maintenant, en ce moment même, pendant que nous en parlons devant un café.

Maureen fit une pause pour obliger Jordan à se redresser et à la regarder. Elle reprit en essayant de mettre dans sa voix toute la chaleur qu'elle pouvait.

— À présent, c'est à toi de faire en sorte qu'elle ne passe pas le restant de ses jours à payer.

Jordan hasarda faiblement une dernière objection.

— Mais Lysa est...

Maureen l'interrompit d'un geste à peine esquissé mais aussi péremptoire que ses mots.

— Lysa est l'amour, Jordan. Quand tu le trouves, peu importe d'où il vient : reçois-le comme un cadeau et serre-le bien fort.

Jordan n'oublierait jamais le scintillement tremblant des larmes qu'elle avait dans les yeux pendant qu'elle le regardait et voyait d'autres choses.

— L'amour est tellement difficile à trouver, et tellement facile à perdre...

Par pudeur, Jordan se détourna, pour ne pas violer l'intimité des souvenirs douloureux de Maureen.

Leur café était fini, tout comme leur conversation.

Ils sortirent de ce bar plein d'étrangers et se retrouvèrent sur le trottoir parmi des gens pressés, pour qui les événements vécus par Jordan et Maureen se résumeraient à un titre qu'ils liraient distraitement en parcourant le journal.

Maureen leva le bras et eut immédiatement de la chance. Un taxi libre passait à ce moment-là et se rangea quelques mètres plus loin.

Jordan l'accompagna jusqu'à la voiture jaune. Elle ouvrit la portière et, avant de monter, elle déposa un baiser sur sa joue en gage d'amitié.

— Bonne route, ô mon séduisant chevalier blanc.

Après avoir pris place sur la banquette, elle ajouta :

— Lysa ne le sait pas encore, mais elle a beaucoup de chance. À ta place, j'irais le lui faire savoir au plus vite.

Maureen donna l'adresse au chauffeur et la voiture s'écarta du trottoir pour s'insérer prudemment dans la circulation. En la regardant s'éloigner dans ce taxi un peu cabossé, Jordan pensa avec un serrement de cœur qu'après toute cette histoire, malheureusement, rien n'avait changé pour elle.

Maureen Martini allait sortir de sa vie de la même manière qu'elle y était entrée.

Seule.

53

L'après-midi était déjà bien avancée et Jordan se tenait immobile devant la chambre de Lysa, casque en main et sac à l'épaule. Une infirmière passa à côté de lui et l'examina comme s'il était une statue.

Jordan haussa les sourcils et lui sourit.

Elle tourna la tête d'un coup et glissa jusqu'au bout du couloir, sa blouse immaculée engloutie par la blancheur des parois.

Jordan était figé devant cette porte depuis une éternité et il n'arrivait pas à frapper. Il repensa aux paroles de Maureen, quelques heures plus tôt. À son bref discours passionné et à cette leçon qu'elle avait apprise bien malgré elle.

C'est l'amour, Jordan. Tellement difficile à trouver et tellement facile à perdre...

Il se décida finalement.

Il attendit que la voix de Lysa l'autorise à entrer avant de tourner la poignée.

Elle était devant lui, assise sur le lit, le dos appuyé contre les coussins. On lui avait enlevé la perfusion et il ne restait qu'un petit cercle bleu là où avait été plantée l'aiguille. Ses cheveux tombaient librement sur ses épaules, sa peau avait gardé une pâleur extrême. Dans la lumière du crépuscule qui entrait par la fenêtre, ses yeux semblaient dévorer son visage de leur éclat.

Elle sursauta en le voyant et rajusta ses cheveux d'un geste instinctif très féminin.

— Bonsoir, Jordan.

— Bonsoir, Lysa.

Après ces brèves salutations, il y eut un instant de silence pareil à un cristal à travers lequel ils pouvaient se voir, mais sans réussir à trouver les mots pour communiquer. Lysa se dit qu'heureusement il n'y avait plus de moniteur à côté du lit pour enregistrer son rythme cardiaque.

— Comment tu te sens ? demanda Jordan, conscient de la stupidité de sa question.

— Bien, répondit Lysa, consciente de la stupidité de sa réponse.

C'est elle qui réagit la première. Elle montra du doigt la télévision, allumée sur NY1 avec le son coupé.

— Je viens de voir un reportage aux infos. Toi et cette femme, Maureen Martini, vous êtes les héros du jour.

Elle avait parlé d'un ton neutre mais elle avait involontairement baissé la voix en prononçant le nom de Maureen. À présent, elle savait qui elle était – mais dans son esprit, elle restait avant tout la femme qu'elle avait vue dans les bras de Jordan.

— Avant, j'aurais été fier de ce dénouement. Mais maintenant, je me dis simplement qu'il fallait le faire, c'est tout. En ce qui concerne Maureen...

Lysa ressentit une pointe de jalousie en l'entendant prononcer ce nom avec tant de familiarité.

Jordan alla poser la besace et le casque sur la table.

— Tu te souviens de Connor Slave, le chanteur kidnappé en Italie avec sa fiancée, et assassiné ? Le type qui habite juste en dessous de chez nous n'arrête pas de passer ses chansons.

La façon dont Jordan avait dit « chez nous » provoqua un pincement au cœur à Lysa. Deux mots tous simples qui contenaient le monde entier. Un monde qu'elle avait perdu.

— La fiancée, c'était Maureen.

Jordan s'assit sur la chaise en aluminium, s'installant convenablement pour reposer son épaule bandée.

— Moi, je suis libre de retourner à ma vie, maintenant. Mais je ne sais pas quelle vie elle peut attendre, elle. J'espère juste qu'elle réussira à oublier et qu'elle pourra un jour être heureuse.

Et pas seulement elle.

Lysa indiqua à nouveau l'écran.

— Regarde, c'est ton frère.

Jordan se tourna vers le téléviseur. Christopher se tenait debout derrière un pupitre hérissé de micros, dans la salle des conférences de presse du New York City Hall. Il était seul face à un parterre de journalistes tel un matador devant le taureau. La caméra fit un gros plan sur son visage et Jordan eut de la peine pour son frère. Depuis la mort de Gerald, il semblait avoir vieilli de dix ans. Il avait visiblement refusé les soins du maquilleur que sa conseillère en image lui imposait avant tous ses passages télévisés.

Lysa saisit la télécommande et augmenta le volume, au moment où le maire de New York commençait sa déclaration.

> « Mesdames, messieurs, je tiens avant tout à vous remercier d'être venus si nombreux. Ceci me rend la tâche à la fois plus facile et plus difficile. »

Christopher laissa passer quelques secondes d'un silence qu'aucun commentaire ne vint troubler. Sa tension et sa concentration étaient palpables. Jordan savait que son talent pour communiquer faisait partie de sa nature profonde, et pas seulement de son personnage public. Sa voix, cependant, trahissait le même épuisement que son visage.

> « Vous êtes tous au courant des événements tragiques qui ont bouleversé ma famille ces derniers temps. La perte d'un enfant est un drame qui pousse fatalement à la réflexion. Et quand elle s'inscrit dans un contexte à ce point atroce, cette réflexion doit être d'autant plus grave et se doubler d'une autocritique lucide. J'ai réalisé que pendant toutes ces années, je me suis attaché à être un bon homme politique, puis un bon maire. J'en ai oublié – et je ne me le pardonnerai jamais – d'être un bon père. À présent, je me trouve dans l'incapacité de répondre à la question que chacun d'entre vous pourrait logiquement m'adresser : comment pouvez-vous prétendre aider nos enfants, alors que vous avez été incapable de secourir le vôtre ? C'est pour cette raison – parmi d'autres de nature personnelle – que j'ai décidé de donner ma démission. Mais avant de quitter le poste que les habitants de cette ville m'ont confié, je dois rendre justice à mon frère, le lieutenant Jordan Marsalis de la police de New York. Il

y a plusieurs années, afin de me protéger, il a endossé une faute qu'il n'avait pas commise et dont j'étais seul responsable. Je l'ai laissé faire, et c'est une autre chose que je ne me pardonnerai jamais. Je me rappelle ce qu'il m'a dit ce soir-là : "Un bon maire est beaucoup plus important qu'un bon flic." Le dénouement positif de l'enquête lui est en grande partie imputable, et je ne peux répondre qu'une seule chose à ses mots : un policier exceptionnel est beaucoup plus important qu'un maire qui ne mérite sans doute pas de l'être. J'espère de tout cœur que cette ville en tiendra compte, sinon pour lui rendre la place qu'il mérite, au moins pour lui témoigner la reconnaissance dont il est digne.

Ceci conclut ma déclaration. Ma démission est irrévocable.

Mesdames, messieurs, je vous remercie. »

Sans rien ajouter, Christopher tourna le dos aux journalistes en effervescence et disparut derrière la porte au fond de la salle.

Lysa coupa de nouveau le son.

Elle s'adressa alors à Jordan avec une ébauche de sourire sur le visage.

— Je suis heureuse pour toi.

Jordan fit un geste vague.

— Crois-moi, cette histoire ne compte plus du tout à mes yeux. C'est moi qui suis content pour lui. Ce n'est pas facile de prendre une décision pareille, et c'est encore moins facile de faire un discours pareil devant des dizaines de milliers de personnes. Je suis content qu'il en ait trouvé la force et le courage.

Depuis le lit, Lysa indiqua finalement le sac et le casque vers lesquels son regard dérivait constamment malgré elle.

— Tu es sur le départ ?

— Tôt ou tard, il fallait bien que je parte.

Lysa aurait voulu que Jordan ne la regardât pas ainsi. Elle aurait voulu qu'il s'en aille immédiatement pour l'imaginer sur sa moto qui l'emportait de plus en plus loin, parce qu'aucune distance physique n'aurait pu dépasser celle qu'elle ressentait en le voyant juste devant ses yeux.

— Je suis ravie que cette histoire n'ait rien changé.

Jordan secoua la tête pour appuyer ses paroles.

— Tu te trompes. Quelque chose a changé et je ne peux pas me voiler la face.

Il se leva et alla ouvrir la besace. Il fouilla à l'intérieur, en sortit un casque et le posa à côté du sien sur la table. Lysa le reconnut immédiatement. C'était celui qu'ils avaient acheté le matin de leur expédition à Poughkeepsie.

— Quand je partirai, j'aimerais que tu enfiles ça et que tu viennes avec moi, si tu en as envie.

Estomaquée, Lysa dut reprendre son souffle avant de pouvoir répondre.

— Tu en es sûr ?

— Oui. Je ne suis sûr de rien en ce qui concerne tout le reste, mais à ce sujet, je n'ai pas le moindre doute.

Juste après, Jordan couvrit le trajet le plus court et le plus important de sa vie. Il fit deux pas vers le lit, se pencha et posa ses lèvres sur celles de Lysa. Elle sentit son parfum d'homme et l'odeur de sa peau et enfin, elle se sentit libre de rêver. Alors elle se plia en avant, enfouit le visage dans ses mains et ne vit plus rien, n'entendit plus rien, car elle avait les yeux et les doigts baignés de larmes.

Elle aurait aimé que Jordan l'embrasse encore, mais elle songea qu'ils avaient tout le temps pour ça.

Quatrième Partie

Rome

54

L'avion atterrit avec un léger rebond souligné par le crissement des roues sur la piste.

Maureen imagina le train d'atterrissage enveloppé par la fumée du freinage, tandis que le pilote inversait les turbines pour réduire la vitesse de l'avion. Par le hublot, elle reconnut le paysage familier de l'aéroport à taille humaine de Fiumicino, tellement éloigné de la froideur et du chaos technologique de JFK à New York.

Ni meilleur ni pire, seulement différent.

L'appareil se positionna docilement contre la passerelle de débarquement pendant que la voix d'une hôtesse souhaitait aux passagers la bienvenue à Rome, en italien et en anglais. Maureen avait beau maîtriser les deux langues, l'une et l'autre lui semblèrent inexplicablement étrangères.

L'avion s'immobilisa définitivement, donnant ce signal tacite qui marque la fin de tous les vols et déclenche la rafale des ceintures de sécurité que l'on détache.

Maureen tira son sac du compartiment au-dessus de sa tête et fit la queue jusqu'à la sortie. À l'instant où ils sortaient de l'avion, les passagers redevenaient des individus avec les pieds collés sur terre, que seul un hasard éphémère avait suspendus ensemble au milieu des nuages.

Maureen suivit le courant vers les tapis de retrait des bagages. Elle savait que personne ne l'attendait à l'extérieur et c'était précisément ce qu'elle souhaitait.

Son père l'avait appelée de Tokyo, où il s'occupait de l'ouverture d'un nouveau Martini's. Il avait entendu parler de la conclusion de l'enquête à laquelle elle avait participé et il l'avait traitée en star internationale.

Quand Franco Roberto lui avait appris que ses collègues du commissariat voulaient venir l'accueillir en masse à l'aéroport, elle avait décidé d'anticiper son retour, déplaçant sa réservation au vol qui précédait celui initialement prévu. Elle ne voulait pas être acclamée en triomphatrice alors qu'elle se sentait tout sauf triomphante.

Elle attrapa ses affaires, les posa sur le chariot et se dirigea vers la sortie.

Elle venait de quitter la zone de livraison des bagages et s'approchait des taxis quand un homme l'aborda.

— Excusez-moi, vous êtes mademoiselle Maureen Martini ?

Elle s'arrêta et le regarda. C'était un Chinois d'âge moyen, un peu plus grand que la moyenne, avec ces traits asiatiques que la plupart des Occidentaux sont incapables de différencier.

— Oui. Je peux vous aider ?

— Non, mademoiselle. Je dois simplement vous faire une commission. J'ai été chargé par une personne aux États-Unis de vous remettre ce paquet.

Le Chinois lui tendit une boîte enveloppée d'un emballage sobre en parchemin, nouée par un élégant ruban doré.

— Mais qu'est-ce que... ?

— La personne qui m'a confié cette tâche a dit quc vous comprendriez. Elle m'a par ailleurs prié de vous remercier et de vous informer qu'elle n'attend aucune réponse de votre part. Bienvenue chez vous, mademoiselle. Je vous souhaite une agréable soirée.

Il s'inclina légèrement et, sans un mot de plus, tourna les talons et alla se mêler aux voyageurs qui marchaient vers la sortie, jusqu'à disparaître entre ces dizaines d'autres têtes inconnues.

Maureen observa la boîte pendant quelques instants, puis la glissa dans le sac posé sur son chariot.

Tout le long du parcours de Fiumicino à sa maison, elle ne vit même pas défiler le paysage familier de la campagne romaine.

Au moment de quitter sa mère, Maureen avait compris que quelque chose avait changé entre elles. Dans le passé, elles avaient été tellement absorbées dans leurs rôles respectifs, tellement figées dans leurs positions, qu'elles en avaient oublié d'être simplement deux femmes. Quand sa mère l'avait embrassée, Maureen avait ressenti une véritable gratitude pour ce vrai contact physique car Mary Ann Levallier l'avait étreinte avec une émotion sincère, sans se soucier de froisser ses vêtements. C'était un début, certes infime, mais qui laissait néanmoins présager une suite. Une suite qui arriverait peu à peu, avec le temps.

Elle avait vu Jordan Marsalis pour la dernière fois au One Police Plaza, quand ils avaient signé leurs dépositions définitives sur la mort de William Roscoe. Ils n'avaient parlé de rien en particulier, mais Jordan lui avait paru serein. Ils s'étaient promis de se revoir en Italie. Que la promesse se réalise ou pas, une chose était sûre : aucun d'entre eux n'oublierait l'autre et l'expérience qu'ils avaient vécue ensemble.

Après avoir traversé les rues affolées de la capitale, le taxi déposa finalement Maureen devant chez elle, à côté de la masse antique et rassurante du Colisée. Le chauffeur l'aida à porter les bagages jusqu'à l'ascenseur.

Maureen vida sa boîte aux lettres pleine de courrier, qu'elle parcourut rapidement dans l'ascenseur. Pour l'essentiel, il s'agissait de publicités, de lettres d'associations caritatives et des factures de téléphone, gaz et électricité. Un pli du ministère de l'Intérieur, quelques lettres d'amis. Maureen n'avait aucune envie de les lire.

Seule une enveloppe attira son attention.

Relativement épaisse, en papier kraft, avec du papier bulle.

Elle venait des États-Unis. Le tampon sur les timbres indiquait qu'elle avait été expédiée de Baltimore.

Elle l'ouvrit et y trouva un CD accompagné d'une feuille pliée en deux. Une lettre.

Chère Maureen,

Nous ne nous sommes jamais rencontrés en personne, et pourtant, j'ai tellement entendu parler de vous, depuis si longtemps, que je vous connais très bien. Je m'appelle Brendan Slave, je suis le frère de

Connor. Vous et moi sommes unis par la douleur d'avoir perdu ce qu'il a emporté avec lui à jamais, mais aussi par la joie de pouvoir apprécier les paroles et la musique qu'il nous a laissées en témoignage de son talent. Après le drame, j'ai récupéré toutes ses affaires ; quand je les ai passées en revue, j'ai trouvé le CD ci-joint. Il contient une chanson inédite écrite pour vous. Vous remarquerez d'ailleurs votre nom sur la face supérieure du disque. Il m'a semblé juste de vous l'envoyer. C'est votre chanson, elle vous appartient et vous pourrez en faire ce que bon vous semble. À vous de choisir si vous voulez l'offrir au monde ou la garder comme un petit trésor privé à conserver en secret.

Par les mots de mon frère, je sais combien votre amour était profond – et c'est pourquoi je me permets de vous donner un conseil. N'oubliez jamais Connor, mais ne vivez pas dans son souvenir. Je suis convaincu qu'il vous dirait la même chose, si seulement il pouvait. Vous êtes belle, jeune et sensible. Ne vous privez pas de la possibilité de vivre et d'aimer à nouveau. Si cela vous paraît trop difficile, il y aura toujours cette dernière chanson de Connor pour vous rappeler comment on fait.

Avec toute mon affection,

Brendan Slave

Maureen se retrouva avec le visage ruisselant de larmes, dans un ascenseur plein de bagages arrêté au dernier étage d'un vieil immeuble romain. Comme une petite fille, elle s'essuya les yeux du revers de la manche, insoucieuse des légères traces noires laissées par le maquillage sur le tissu. Elle souleva ses valises et les sortit sur le palier. En fouillant son sac à la recherche des clefs, elle tomba sur la boîte que le Chinois lui avait remise.

À peine entrée dans l'appartement, elle alla ouvrir les volets pour inonder de soleil et d'air frais cette maison qu'elle avait pensé ne jamais revoir. Elle se régala du spectacle du ciel de Rome et des merveilleuses découvertes que chaque fenêtre offrait à son regard.

Appuyée à un des rebords, sa silhouette découpée sur un fond de crépuscule, elle défit le ruban et ouvrit la boîte empaquetée comme un cadeau.

À l'intérieur, posée sur une couche de coton jaune clair, il y avait une oreille sectionnée. Accrochée au lobe, une étrange boucle d'oreille en forme de croix avec un brillant au centre captait la lueur monochrome du soleil pour la refléter dans un prisme de couleurs.

Maureen la reconnut instantanément.

Une personne aux États-Unis, avait dit le Chinois.

Elle repensa aux paroles de Cesar Whong, le soir de leur brève rencontre dans la voiture, quand il avait juré de l'innocence de son fils et qu'il avait prié Maureen de l'aider à la démontrer.

Je vous promets que, d'une manière ou d'une autre, je saurai m'acquitter de ma dette. Je ne sais pas encore comment, mais je vous garantis que je le ferai...

Elle contempla la relique macabre sans ressentir la moindre émotion. William Roscoe avait affirmé que la seule chose susceptible de nous rendre supérieurs à Dieu était la justice. Maureen ignorait si Jordan, au moment de l'attaquer, avait entendu ses derniers mots à propos de Julius Whong.

Un monsieur très professionnel s'occupera de lui régler son compte...

S'il avait entendu et compris ce que Roscoe suggérait, Jordan n'en avait rien laissé paraître, Maureen l'avait imité. Il existait bel et bien une justice humaine et, à ce moment-là, elle et Jordan s'étaient arrogé les pouvoirs d'un jury. Le troisième secret qui les unissait. Peut-être devraient-ils un jour affronter leur conscience – mais ils y penseraient en temps voulu.

Maureen alla jeter le contenu de la boîte dans la cuvette des toilettes et tira la chasse. Elle resta là pour s'assurer que ce résidu de l'abject Arben Gallani était bien descendu dans un lieu qui lui convenait parfaitement : les égouts de Rome.

Après quoi elle prit l'enveloppe marron qu'elle avait posée sur un meuble et monta à l'étage supérieur. Elle ouvrit la grande vitre coulissante qui donnait sur des toits à perte de vue, puis elle marcha jusqu'à la chaîne hi-fi. Elle prit l'album de Connor posé à côté et observa pendant quelques secondes le visage aux yeux intenses sur la couverture.

Les Mensonges des ténèbres.

Mais les ténèbres s'étaient dissipées. Elle ignorait jusqu'à quand, mais c'était là le cœur même de la vie – ne pas savoir comment, où et quand. Elle sortit le disque qu'elle venait de recevoir. Sur la surface brillante, quelques mots écrits au feutre noir indélébile.

Sous l'eau
Maureen

Elle alluma le lecteur et glissa le CD sur le plateau. Elle le referma et appuya sur PLAY.

C'était une maquette sobre, dépouillée, et d'autant plus émouvante. La chanson se suffisait à elle-même, elle n'aurait pas supporté d'être ensevelie sous des plâtras d'arrangements superflus.

Quelques mesures de cordes samplées, un arpège de guitare très doux – et puis le violon de Connor commença à glisser sur cette base éthérée avec l'élégance et l'énergie d'un patineur artistique qui trace des volutes mélodiques dans les airs tout en sculptant la glace avec les lames de ses patins.

Et enfin arriva sa voix, un couteau acéré de douleur et de bonheur, le tranchant et la pointe. Maureen se laissa couler dans le sentiment magique d'un secret partagé ; cette chanson dissimulée au reste du monde n'appartenait qu'à elle – non parce qu'elle en possédait le seul exemplaire, mais parce qu'elle en était la seule destinataire.

Toi qui es née sous l'eau
Et qui sous l'eau est restée
À danser pendant des mois
lente et seule et moirée
dans un ralenti liquide et clair
à présent tu marches cachée
dans tes voiles de douleur aride
tu veux croire que ton cœur
est resté au fond de l'eau
et tu ignores pourtant
qu'il suffirait d'un court instant
pour transformer ce désert stérile
en un bouquet de possibles
mais tu veux croire que sous l'eau
où il n'y a pas de couleurs
tu trouveras une bulle d'air

pour redonner souffle à ton amour
que l'on a caché là
et qui a résisté pour toi
drapé dans sa lueur ténue
sous l'eau il continue
à briller comme une bougie
pour toi qui te réfugies sous l'eau
quand tu as perdu la foi.

Maureen comprit le sens intime de ces mots et, au lieu des larmes, elle s'accorda la tendresse illogique d'un sourire.

Elle s'assit dans le fauteuil en osier devant la porte-fenêtre, arrangeant les coussins pour être plus confortablement installée. Elle se laissa envelopper par la musique et s'abandonna à la voix et aux souvenirs, désormais consciente que personne ne la priverait jamais de la richesse profonde qu'elle avait connue. Elle contempla le crépuscule triomphal qui enflammait le ciel de Rome, dans l'attente de ce qui viendrait, sans certitudes et avec pour seule force cette vérité qu'elle avait apprise malgré elle – et qu'elle parvenait enfin à affronter.

Maureen Martini ferma les yeux et songea que les ténèbres et l'attente ont la même couleur.

Remerciements

Je dois remercier en tout premier lieu deux personnes extraordinaires : Pietro Bartocci et son épouse, le docteur Mary Elacqua du Samaritan Hospital de Troy. Sans leur aide, ce roman aurait connu une gestation beaucoup plus difficile, mon séjour aux États-Unis aurait été nettement moins agréable, je n'aurais jamais découvert l'appétit incroyable des perroquets de Nouvelle Angleterre et, surtout, je n'aurais pas pu donner un nouveau sens au mot « amitié ».

J'aimerais également remercier :

Andrea Borio, chef cuisinier sans pareil, amicalement surnommé « Cow Borio » pour avoir réussi à importer le pot-au-feu à la piémontaise en plein cœur de Manhattan ;

le docteur Victoria Smith, chiropracteur d'exception et femme adorable, qui a redressé mon dos mal en point lors de mon séjour à New York ;

tous les membres du personnel de Via della Pace et les autres personnes admirables que j'ai connues aux États-Unis : je peux leur assurer que si j'ai oublié certains de leurs noms, leurs visages sont à jamais gravés dans ma mémoire.

Pour le contenu scientifique, je suis redevable au docteur Gianni Miroglio, médecin et ami de toujours, et au docteur Bartolomeo Marino, chirurgien en chef de l'Ospedale Civile d'Asti, auxquels j'aimerais ajouter l'anesthésiste multiforme Rossella Franco, de l'Ospedale Civile S. Andrea de La Spezia.

Un remerciement particulier au docteur Carlo Vanetti, expert en microchirurgie oculaire à Milan, membre de l'ASCRS

(American Society of Cataract and Refractive Surgery), ainsi qu'au professeur Giulio Cossu, directeur de l'Institut de recherche sur les cellules souches à l'Istituto Scientifico S. Raffaele de Milan, qui se sont montrés, comme l'écrit le poète Giosuè Carducci dans *Piemonte*, « puissants et patients ».

Un grand merci également au docteur Laura Arghittu, responsable des relations presse de la Direction et communication pour le développement à la Fondation S. Raffaele du Monte Tabor, qui a servi de médiatrice – avec un grand savoir-faire – aux assauts d'un écrivain tout sauf confirmé.

Toute ma gratitude et mon affection au docteur Annamaria di Paolo, officier supérieur de la Police d'état, indispensable pour ses trouvailles et ses arguments, et irremplaçable pour son amitié et son soutien.

En ce qui concerne l'équipe de travail soudée qui entoure mon activité d'auteur, je tiens à remercier *in primis* Alessandro Dalai, un homme de grande intelligence aux multiples talents. Et avec lui, je remercie :

l'invulnérable Cristina Dalai,

l'inébranlable Piero Gelli,

l'inéluctable Rosaria Guacci,

l'indomptable Antonella Fassi,

la scrupuleuse Paola Finzi,

l'éclatante Mara Scanavino,

et l'insoupçonnable Pierluigi Zecchin qui assurait leurs arrières.

Une place d'honneur enfin à l'incisif Piergiorgio Nicolazzini, agent vaillant et preux conseiller.

Sans oublier :

Angelo Branduardi et Luisa Zappa qui m'ont aidé à conjurer le mauvais sort en écoutant mon intrigue en avant-première, dans notre bistrot habituel ;

le docteur Angela Pincelli, que les facteurs géographiques m'empêchent de voir souvent, mais qui reste toujours proche de moi par la tendresse que je lui porte ;

le docteur Armando Attanasi, qui représente beaucoup plus pour moi que je ne représente pour lui ;

Francesca Rapisarda, responsable de la communication pour le département Courses chez Ducati, qui réussira tôt ou tard à m'emmener voir un Grand Prix ;

Annarita Nulchis, aussi *unforgettable* que son e-mail et aussi précieuse que son sourire ;

Marco Luci pour sa courtoisie et son amabilité ;

l'agence de voyages Malabar Viaggi pour l'assistance et la distinction.

Pour conclure, j'embrasse tous les amis qui se promènent depuis des années dans ma vie et dans mon immuable affection, pour leur soutien, leur estime, et la douceur impérissable des choses authentiques.

Sur un niveau strictement personnel, un grand MERCI du fond du cœur à Renata Quadro et Jole Gamba pour leur prévenance, leur présence rassurante et l'aide qu'ils ont apportée à une personne qui m'est très chère, pendant une période très difficile pour elle comme pour moi.

Les personnages de cette histoire sont strictement le fruit de mon imagination.

Les personnes que je viens de remercier, heureusement pour moi, ne le sont pas.

LITTÉRATURE ÉTRANGÈRE
CHEZ FLAMMARION

Déjà parus :
Walter Abish, *Les esprits se rencontrent*
Walter Abish, *Eclipse Fever*
Leila Aboulela, *Minaret*
Miroslav Acimovic, *La porte secrète*
Giovanni d'Alessandro, *Si Dieu a pitié*
Karen Armstrong, *Une brève histoire des mythes*
Margaret Atwood, *L'Odyssée de Pénélope*
Julianna Baggott, *Comme elle respire*
Julianna Baggott, *Miss Amérique ne pleure jamais*
Elia Barceló, *Le secret de l'orfèvre*
Lluis-Antón Baulenas, *Le fil d'argent*
Lluis-Antón Baulenas, *Le bonheur*
Lluis-Antón Baulenas, *Combat de chiens*
Bai Xianyong, *Garçons de cristal*
Bai Xianyong, *Gens de Taïpei*
John Banville, *Kepler*
John Banville, *Le livre des aveux*
John Banville, *Le monde d'or*
John Banville, *La lettre de Newton*
John Banville, *L'Intouchable*
William Bayer, *Mort d'un magicien*
William Bayer, *Pièges de lumière*
Jochen Beyse, *Ultraviolet*
Maxim Biller, *Ah ! Si j'étais riche et mort*
Maxim Biller, *Au pays des pères et des traîtres*
Steven Bochco, *Mort à Hollywood*
Raul Brandaõ, *Humus*
Nicolae Breban, *Don Juan*
Philip Brebner, *Les mille et une douleurs*
William S. Burroughs, *Havre des Saints*
William S. Burroughs, *Œuvre croisée*
A. S. Byatt, *Possession*
A. S. Byatt, *Des anges et des insectes*
A. S. Byatt, *Histoires pour Matisse*
A. S. Byatt, *La vierge dans le jardin*
A. S. Byatt, *Nature morte*

A. S. Byatt, *La tour de Babel*
A. S. Byatt, *Une femme qui siffle*
A. S. Byatt, *Petits contes noirs*
Andrea Camilleri, *Pirandello*
Maria Cano Caunedo, *Le miroir aux Amériques*
Neal Cassady, *Première jeunesse*
Gianni Celati, *Narrateurs des plaines*
Gianni Celati, *Quatre nouvelles sur les apparences*
Gianni Celati, *L'almanach du paradis*
Paulo Coelho, *Le Zahir*
Flavia Company, *Donne-moi du plaisir*
Evan, S. Connell, *Mr. & Mrs. Bridge*
Avigdor Dagan, *Les bouffons du roi*
Paloma Díaz-Mas, *Le songe de Venise*
James Dickey, *Là-bas au nord*
E. L. Doctorow, *La machine d'eau de Manhattan*
Bruce Duffy, *Le monde tel que je l'ai trouvé*
Olav Duun, *La réputation*
Umberto Eco, *Histoire de la beauté*
Alain Elkann, *Un long été*
Giorgio Faletti, *Je tue*
Sebastian Faulks, *Les désenchantés*
Alison Findlay-Johnson, *Les enfants de la désobéissance*
Richard Flanagan, *À contre-courant*
Richard Flanagan, *Dispersés par le vent*
Richard Flanagan, *Le livre de Gould*
Susana Fortes, *Des tendres et des traîtres*
Connie May Fowler, *La cage en sucre*
Nicci French, *Memory Game*
Nicci French, *Jeux de dupes*
Nicci French, *Feu de glace*
Nicci French, *Dans la peau*
Nicci French, *La Chambre écarlate*
Nicci French, *Au pays des vivants*
Teolinda Gersaõ, *Le cheval de soleil*
Kaye Gibbons, *Histoires de faire de beaux rêves*
Kaye Gibbons, *Une sage femme*
Kaye Gibbons, *Signes extérieurs de gaieté*
William Gibson, *Idoru*
Molly Giles, *Semelles de plomb*
Allen Ginsberg, *La chute de l'Amérique*

G.-A. Goldschmidt, *La ligne de fuite*
Jo-Ann Goodwin, *Danny Boy*
Manuela Gretkowska, *Le tarot de Paris*
John Griesemer, *Par-delà les océans*
Brion Gysin, *Désert dévorant*
Sahar Khalifa, *L'impasse de Bab Essaha*
Joanne Harris, *Dors, petite sœur*
Jessica Hagedorn, *Les mangeurs de chien*
Lennart Hagerfors, *L'homme du Sarek*
Lennart Hagerfors, *Les baleines du lac Tanganyika*
Lennart Hagerfors, *Le triomphe*
Werner Heiduczek, *Départs imprévus*
Alice Hoffman, *La lune tortue*
Alice Hoffman, *Drôles de meurtres en famille*
Alice Hoffman, *La saison du noyé*
Alice Hoffman, *Un secret bien gardé*
Alice Hoffman, *Le Roi du fleuve*
Alice Hoffman, *Prémonitions*
Michael Holroyd, *Carrington*
Keri Hulme, *The Bone People*
Huang Fan, *Le goût amer de la charité*
José Jiménez Lozano, *Les sandales d'argent*
José Jiménez Lozano, *Le grain de maïs rouge*
José Jiménez Lozano, *Le monde est une fable*
Jack Kerouac, *Le livre des rêves*
Michael Kleeberg, *Le Roi de Corse*
Anatole Kourtchatkine, *Moscou aller-retour*
Léonide Latynine, *Celui qui dort pendant la moisson*
Michael Lawson, *Les assassins du Président*
David Leavitt, *À vos risques et périls*
David Leavitt, *Tendresses partagées*
David Leavitt, *L'art de la dissertation*
Lilian Lee, *Adieu ma concubine*
Lilian Lee, *La dernière princesse de Mandchourie*
Doris Lessing, *Le monde de Ben*
Doris Lessing, *Mara et Dann*
Doris Lessing, *Le rêve le plus doux*
Doris Lessing, *Les grand-mères*
Robert Littel, *Légendes*
Li Ang, *La femme du boucher*
Li Xiao, *Shanghai Triad*

Sharon Maas, *Noces indiennes*
Sharon Maas, *La danse des paons*
Ann-Marie MacDonald, *Un parfum de cèdre*
Ann-Marie MacDonald, *Le vol du corbeau*
Vladimir Makanine, *Le citoyen en fuite*
Melania Mazzucco, *Vita*
Carmen Martín Gaite, *La chambre du fond*
Carmen Martín Gaite, *Passages nuageux*
Carmen Martín Gaite, *La reine des neiges*
Carmen Martín Gaite, *Drôle de vie la vie*
Carmen Martín Gaite, *Claquer la porte*
Carmen Martín Gaite, *Paroles données*
Gustavo Martín Garzo, *Le petit héritier*
Luis Mateo Díez, *Les petites heures*
Luis Mateo Díez, *Le naufragé des Archives*
Simon Mawer, *L'Évangile selon Judas*
Ana Menendez, *Che Guevara mon amour*
Ana Menendez, *À Cuba j'étais un berger allemand*
Anne Michaels, *La mémoire en fuite*
Alberto Moravia, *Le mépris*
Alberto Moravia, *Les indifférents*
Alberto Moravia, *Agostino*
Alberto Moravia, *Le conformiste*
Alberto Moravia, *La femme-léopard*
Alberto Moravia, *Promenades africaines*
Alberto Moravia, *La polémique des poulpes*
Alberto Moravia, *Histoires d'amour*
Alberto Moravia, *Histoires de guerre et d'intimité*
Alberto Moravia, *L'ennui*
Alberto Moravia, *Moi et lui*
Marcel Möring, *Le grand désir*
Marcel Möring, *La fabuleuse histoire des Hollander*
Jeff Noon, *Vurt*
Sigrid Nunez, *Pour Rouenna*
Nico Orengo, *On a volé le Saint-Esprit*
Tim O'Brien, *Juillet, Juillet*
Andrew O'Hagan, *Le crépuscule des pères*
Andrew O'Hagan, *Personnalité*
Laura Pariani, *Quand Dieu dansait le tango*
Pier Paolo Pasolini, *Saint Paul*
Pier Paolo Pasolini, *Écrits corsaires*

Viktor Pelevine, *Minotaure.com*
Walker Percy, *Lancelot*
Sandra Petrignani, *Trois fois rien*
Sandra Petrignani, *Navigation de Circé*
Agneta Pleijel, *Les guetteurs de vent*
Agneta Pleijel, *Fungi*
Fabrizia Ramondino, *Althénopis*
Fabrizia Ramondino, *Un jour et demi*
Ermanno Rea, *Démantèlement*
Nancy Richler, *Ta bouche est ravissante*
Patrick Roth, *Johnny Shines ou la résurrection des morts*
Patrick Roth, *Corpus Christi*
Juan José Saer, *Les grands paradis*
Juan José Saer, *Nadie, Nada, Nunca*
Juan José Saer, *Unité de lieu*
Juan José Saer, *L'ancêtre*
Juan José Saer, *L'anniversaire*
Juan José Saer, *L'occasion*
Juan José Saer, *L'ineffaçable*
Juan José Saer, *Quelque chose approche*
Lisa See, *Fleur de Neige*
Michael Simon, *Dirty Sally*
Adolf Schröder, *Le garçon*
Adolf Schröder, *La partie de cartes*
Steinunn Sigurdardóttir, *Le voleur de vie*
Mona Simpson, *N'importe où sauf ici*
Mona Simpson, *Bea Maxwell*
Elizabeth Smart, *J'ai vu Lexington Avenue se dissoudre dans mes larmes*
Art Spiegelman, *Maus*
Art Spiegelman, *Une nuit d'enfer*
Art Spiegelman, *Bons baisers de New York*
Wesley Stace, *L'Infortunée*
Sarah Stonich, *Cet été-là*
Lytton Stratchey, *Ermynstrude et Esmeralda*
Amy Tan, *Le club de la chance*
Adam Thorpe, *Ulverton*
Adam Thorpe, *Mauvais plan*
Colm Toíbín, *Désormais notre exil*
Colm Toíbín, *La bruyère incendiée*
Colm Toíbín, *Bad Blood*
Colm Toíbín, *Histoire de la nuit*

Victoria Tokareva, *Le chat sur la route*
Victoria Tokareva, *Première tentative*
Victoria Tokareva, *Happy End*
Su Tong, *Épouses et concubines*
Su Tong, *Riz*
Tarjei Vesaas, *Le germe*
Tarjei Vesaas, *La maison dans les ténèbres*
Tarjei Vesaas, *La blanchisserie*
Tran Vu, *Sous une pluie d'épines*
Paolo Volponi, *La planète irritable*
Paolo Volponi, *Le lanceur de javelot*
Kate Walbert, *Les jardins de Kyoto*
Wang Shuo, *Je suis ton papa*
Alan Wall, *Loué soit le voleur*
Eudora Welty, *Le brigand bien-aimé*
Eudora Welty, *Les débuts d'un écrivain*
Eudora Welty, *La mariée de l'Innisfallen*
Eudora Welty, *Les pommes d'or*
Eudora Welty, *Oncle Daniel le Généreux*
Mary Wesley, *La pelouse de camomille*
Mary Wesley, *Rose, sainte nitouche*
Mary Wesley, *Les raisons du cœur*
Mary Wesley, *Sucré, salé, poivré*
Mary Wesley, *Souffler n'est pas jouer*
Mary Wesley, *Une expérience enrichissante*
Mary Wesley, *Un héritage encombrant*
Mary Wesley, *Une fille formidable*
Mary Wesley, *La mansarde de Mrs K.*
Edith Wharton, *Le fruit de l'arbre*
Edith Wharton, *Le temps de l'innocence*
Edith Wharton, *Les chemins parcourus*
Edith Wharton, *Sur les rives de l'Hudson*
Edith Wharton, *Les dieux arrivent*
Edith Wharton, *La splendeur des Lansing*
Edith Wharton, *Les New-Yorkaises*
Edith Wharton, *Une affaire de charme*
Edith Wharton, *Libre et légère*
Edith Wharton, *Un fils sur le front*
Edith Wharton, *Preuve d'amour*
Jan Wiese, *Elle qui s'est mise nue devant son aimé*
Niall Williams, *Quatre lettres d'amour*

Mark Winegardner, *Le retour du Parrain*
Mako Yoshikawa, *Vos désirs sont désordres*
Laura Zigman, *Vacheries*
Laura Zigman, *Neuf mois de réflexion*
Laura Zigman, *L'Ex*

Composition et mise en page

NORD COMPO
multimédia

CET OUVRAGE
A ÉTÉ REPRODUIT
ET ACHEVÉ D'IMPRIMER
SUR ROTO-PAGE
PAR L'IMPRIMERIE FLOCH
À MAYENNE EN AVRIL 2006

N° d'éd. FF888201. N° d'impr. 65625.
D. L. : avril 2006.
Imprimé en France